嗤う猿

J・D・バーカー
富永和子 訳

THE FIFTH TO DIE
BY J.D. BARKER
TRANSLATION BY KAZUKO TOMINAGA

Published by K.K. HarperCollins Japan, 2020

父に捧げる

嗤う猿

おもな登場人物

サミュエル（サム）・ポーター――シカゴ市警刑事
ヘザー・ポーター――ポーターの妻。故人
ブライアン・ナッシュ――シカゴ市警刑事。ポーターの相棒
クレア・ノートン――シカゴ市警刑事。ポーターの同僚
エドウィン・クロゾウスキー（クロズ）――シカゴ市警ＩＴ課
スチュワート・ディーナー――ＦＢＩ特別捜査官
フランク・プール――ＦＢＩ特別捜査官
ハーレス――ＦＢＩシカゴ支局長。４ＭＫ特別捜査本部指揮官
ソフィ・ロドリゲス――児童行方不明センターの職員
トム・アイズリー――検視官
サラ・ワーナー――弁護士
ジェーン・ドウ――オーリンズ郡刑務所囚人
エラ・レイノルズ――少女。公園の池で死体で発見
リリ・デイヴィーズ――行方不明の少女
リビー・マッキンリー――４ＭＫの被害者の姉
アンソン・ビショップ――連続殺人犯。４ＭＫ、四猿殺人鬼とも呼ばれる

1

一日目　午後八時二十三分

ポーター

サム・ポーターは闇のなかにいた。

濃く、深い闇が渦巻き、光を吸いこんで黒い虚空(こくう)に変える。頭のなかの霞(かすみ)が思考を窒息させていた。単語が集まり、意味のある思いを綴ろうとあがくものの、その思いが形になりかけたとたんに呑みこまれ、消えてしまう。あとに残るのはしだいに膨れあがる恐怖と倦怠感(けんたいかん)だけ。よどんだ水の濁った深みに体が沈んでいくようだ。

湿気を含む、黴臭(かびくさ)いにおい。

目を開けようとすると、鉛のように重いまぶたがその願いを拒む。

頭が割れるほど痛かった。

右耳の後ろとこめかみにも、脈打つ痛みがある。

「動かないほうがいいですよ。嘔吐(おうと)されると困る」

離れたところから聞こえるくぐもった声。この声には聞き覚えがある。

どうやら寝かされているようだ。指先が冷たい金属に触れる。

あの注射。首のつけねがちくりと痛んだかと思うと、冷たい液体が皮膚の下、筋肉のなかに流れこみ、それから――

ポーターはまぶたの重さに抗い、どうにか目を開けた。乾いた目が焼けるようだ。右手でこすろうとしたが、なぜか手が上がらない。

喉が詰まり、息が苦しい。無理やり上体を起こすと、頭から一気に血がさがり、再び倒れこみそうになった。

「おっと、急に動くからですよ。エトルフィンはもうすぐ完全に抜けるはずだから、それまではじっとしていたほうがいい」

その言葉とともに、まぶしいハロゲンランプの光が正面から当たった。ポーターは目を細め、光の横に立つ、輪郭のぼやけた黒いシルエットをにらみつけた。

「ビショップか?」自分のものとは思えない、しゃがれた声だ。

「久しぶりですね、サム」黒いシルエットが一歩右に寄り、空っぽのペンキの缶を逆さにしてそれに腰を下ろす。

「そのくそライトをどけろ」

右の手首には手錠がかかっていた。手首の鎖をぐいと引くと、水道だかガスの太い管にかけられた片割れが音をたてた。「こんなことをして、どういうつもりだ?」

アンソン・ビショップがライトに手を伸ばし、ほんの少し左にそらす。コンクリート・ブロックの壁に光が当たり、奥の隅にある電気湯沸かし器と古い洗濯機、乾燥機が見えた。

「少しはましかな？」

ポーターは再び鎖を引っ張った。

ビショップがかすかな笑みを浮かべ、肩をすくめる。

最後に見たときはこざっぱりと短かった髪が、かなり伸びていた。色も焦げ茶からだいぶ明るくなっている。三、四日分の無精髭が顔の下半分を覆い、鑑識官——いまふうに言えば科学捜査班（CSI）の職員の制服も、ジーンズとダークグレーのパーカーに変わっている。

「なんだかみすぼらしいな」

「お尋ね者ですから」

だがこの目と、その奥にある冷たさは同じだった。この目だけは、初めて会ったときから変わらない。

ビショップは尻ポケットから小さなスプーンを取りだし、うわの空でもてあそびはじめた。ぎざぎざの縁が光を反射する。グレープフルーツ用のスプーンだ。

ポーターはわざと気づかぬふりをして目を落とし、人差し指で自分が座っている金属板を叩いた。「このストレッチャーはエモリーを鎖で繋いだのと同じタイプか？」

「ええ、だいたい」

「どうせなら、ちゃんとしたベッドにしてくれればよかったのに」

「ベッドは壊れますから」

ストレッチャーの下から滲みでた暗赤色の液体が、汚れたコンクリートの床に濃い染みを作っていた。それが何なのか、ポーターは訊かなかった。ストレッチャーの下側に触れた指がねばついたが、そのことも尋ねなかった。左手の壁には何段か棚が作りつけられ、ペンキを塗るのに必要な缶やはけ、防水シートなどが乱雑に置かれている。天井に三十センチくらいの間隔でわたされた板のあいだから、電気の配線や水道管、通風管がもろに見える。

「戸建ての地下室か。大きな家じゃないが、どの管もアスベストで包んであるところを見ると、かなり古いな。ここは空き家のようだな。電気のコンセントが延長コードに差してある。そいつは上の……何に繋がってる？　バッテリーパックか？　モーターの音がしないから発電機じゃない。壁の差込口を使わないのは、電気が止まっているからだ。吐く息が白く見えるほど寒いってことは、ヒーターも止まってる。やはり空き家だな。二、三日留守にするだけなら、ヒーターを止めて水道管が凍る危険をおかす人間がいるか？」

ポーターが推理するあいだ、ビショップは機嫌よくかすかな笑みを浮かべていた。

「この家の間口はかなり狭い。部屋が縦一列に並んだ、いわゆるショットガン・ハウスだな？　たしかに、あちこちにスターバックスがある流行りの地域より、ウェストサイドのほうがきみの性には合いそうだ。ウッド通り沿いか？　あそこは空き家がたくさんある」

ポーターは自由になるほうの手を分厚いコートの下へ入れたが、ホルスターは空っぽだった。携帯電話も消えている。

「こんなときでも、刑事魂が抜けないんですね」

ウォバシュにあるポーターのアパートからウッド通りまでは、渋滞がなくても車で十五分はかかる。首に注射針を刺されたとき、ポーターはアパートの一ブロック手前にいた。もちろん、ここがウッド通りだというのはまったくの推測だが、ポーターはビショップの注意を、あのスプーンからそらしておきたかった。

「自首を勧めないんですか？　そうすれば死刑だけは免れるようにしてやる、とか？」

「そんなことを言うもんか」

ビショップはにっこり笑った。「いいものを見せてあげましょうか？」

見たくないと言いたかったが、なんと答えようと関係ないこともわかっていた。ビショップには計画がある。行為のひとつひとつに目的があるのだ。そもそも、よほどの理由がなければ、シカゴ市警の刑事を麻酔で眠らせ、誘拐するはずがない。

ビショップが奪ったのは銃と電話だけらしく、右の前ポケットにはキーホルダーが残っていた。そこには手錠の鍵もある。一般には知られていないが、ほとんどの手錠は同じ鍵で開く。逮捕された容疑者は、手続きが完了するまでには何度も場所を移される。そのため手錠をかけた警官とそれをはずす警官は、異なる場合が多いからだ。〝少しばかり頭の働く犯罪者は、新米が確認し忘れるのを見込んで、予め手錠の鍵を用意してる。だから身体検査では忘れずに鍵も取りあげろ、全部の鍵をだぞ〟ポーターは警官になりたてのころそう教わったが、物知りのビショップも、さすがにこれは知らなかったようだ。

やつが二メートル弱の距離を詰める前に、なんとかして自由になる左手でキーホルダーを取りだし、手錠をはずさなくては。

ビショップは武器を持っているようには見えない。持っているのはスプーン一本だけだ。

「どこを見ているんですか、サム」

ポーターは前に目を戻した。

ビショップは洗濯機の横にある小さなテーブルに向かった。ポーターのグロックが載っている木箱を手に戻ってくると、銃をすぐ横の床に置き、留め金をはずして箱の蓋を開ける。

赤いビロードの上から、ビショップが殺した娘たちの眼球がポーターを見上げていた。

ポーターは床の銃を見た。

「ほらほら、よそ見をしないで」ビショップが低い声で笑う。

なぜ目玉がここにあるんだ？　この男は常に同じパターンに従ってきた。まず被害者の耳を切り落とし、眼球をえぐり、最後に舌を切ってそれぞれを白い箱に入れ、数日おきに黒い紐をかけて家族に送りつける。常にこの手順を踏んできたのだ。悪事を働いた本人を罰するのではなく、ひねくれた制裁を加えるために。

くりぬいた目玉を手元に残したことは一度も――

「そろそろ始めましょうか」ビショップは片手で蓋を閉めてその上をなでると、箱を銃のそばに置き、手にしたスプーンを光にかざした。

ポーターはうめきながら寝返りを打ち、勢いよくストレッチャーから下りた。手錠が手首に食いこんだが、その痛みを無視してポケットの鍵をつかみ、手錠の鍵を探りながらストレッチャーをビショップに向かって蹴った。なんなくかわしたビショップが、左脛を蹴ってくる。ポーターは倒れた。管に繋がった手錠に右手を引っ張られ、肩がはずれそうになる。

起きあがるまもなく、またしても注射針が、今度は太腿に突き刺さった。それを見ようとしたが、髪をつかまれ、顔を上向けにされた。

ポーターは混濁していく意識に必死にしがみついた。グレープフルーツのスプーンが左目に近づき、でこぼこの縁が瞼板(けんばん)に突き刺さる――

「よっぽどいい女だったらしいな」

がばっと身を起こすと、シートベルトが肩に食いこんだ。ポーターは霞を払うように頭を振りながら深く息を吸いこみ、運転席に目をやった。「なんだって？　誰が？」

ナッシュが鼻を鳴らす。「おまえの夢に出てきた娘さ。気持ちよさそうにうめいてたぞ」

ポーターはまだぼんやりした頭で、自分がシボレーの助手席にいることに気づいた。二カ月前の午前三時、お気に入りのフォード・フィエスタがついに二九〇号線で動かなくなったあと、ナッシュが選んだ七二年型のシボレー・ノヴァだ。

氷と跳ねた泥の薄い膜に覆われた窓に目をやる。「どのあたりだ?」

「ヘイズ通り。公園に着いたところだ」方向指示器を弾き、ナッシュが答える。「車のなかで待ってるか?」

ポーターは首を振った。「いや、もう目が覚めた」

ナッシュは左に折れてジャクソン公園に入り、除雪された道路を進んでいった。周囲の暗い木立から、パトカーの屋根で回る赤と青の光が跳ね返ってくる。「もう四カ月だぞ、サム。まだ眠れないなら、誰かに相談すべきだ。俺やクレアじゃなくても……」

「大丈夫だよ」

冬のあいだは誰も使わない野球場を右に見て、葉を落とした木々のあいだを奥へと進むと、前方にさらに多くの回転灯が見えてきた。六台かそれ以上の車が駐まっている。パトカーが四台、救急車、消防車。大きな投光照明が池の縁沿いに設置され、現場を囲んだ黄色いテープのなかにはプロパンガスのヒーターがいくつも置かれていた。

ナッシュはワゴン車の後ろに車をつけ、ギアをパーキングに入れてエンジンを止めた。旧式のエンジンが二度ばかり咳きこみ、バックファイヤーを起こしかけたあとようやく静かになる。警官が何人かこちらを振り向いた。ふたりは注がれる視線を無視して車を降り、凍るような冷たい空気のなかに出た。

「俺の車で来ればよかったな」ポーターは積もったばかりの雪をブーツの底で踏みながら

言った。

ポーターが乗っているのは二〇一一年型のダッジ・チャージャーだ。二年前、五十歳の誕生日にトヨタ・カムリから乗り換えたときは、同僚に〝中年の危機か？〟とからかわれたものだ。治安の悪いサウスサイド地域でカムリが壊されたあと、いまは亡き妻のヘザーが買ってくれたのだ。たしかに運転席におさまるだけで四、五歳若がえる気がしたし、何より若返り効果はともかく、あのスポーツカーに乗っていると幸せを感じた。

車の鍵はヘザーが焼いた誕生日のケーキに入っていた。おかげでそれを見つけたときは、危うく歯がかけるところだった。そのあとヘザーは目隠しをしたポーターの手を引き、アパートの正面に駐めた車のところへ導くと、お世辞にも上手とは言えない《ハッピーバースデー》を歌った。

あの車に乗るたびに、ヘザーのことを思い出す。だが妻を思い出すものはどんどん少なくなり、妻の顔も少しずつぼやけはじめていた。

「そいつも悪いのさ。俺たちはいつもおまえの車を使う。そのせいで、コニーはうちの車寄せで腐っていくんだ」

「コニー？」

「車にも名前が必要だろ」

「ばかいえ。車に名前をつけるやつがどこにいる？　だいたい、シボレー・ノヴァなんか買うのが悪いんだぞ。古すぎて自分で修理もできないのに」

「まあな。金さえあれば、腕のいい修理屋でコニーを一新してもらえるんだが。ああ、クレアはあそこだ――」

ふたりは黄色いテープをくぐって池の縁へと向かった。クレアは携帯電話を耳に押しあてヒーターのそばに立っている。ふたりの姿が目に入ると、水際へと顎をしゃくり、受話口を覆って「エラ・レイノルズだと思う」と告げ、電話に戻った。

ポーターはみぞおちを締めつけられた。十五歳のエラ・レイノルズは、三週間前、学校帰りにローガン広場の近くで行方不明になった。自宅から二ブロックほど離れたところでバスを降りるのを目撃されてからまもなくのことだ。両親はすぐさま娘の行方不明を警察に届け、エラが姿を消した一時間後には、テレビやラジオなど公のメディアを通じて情報提供が求められたものの、役に立つ情報は何ひとつ得られなかった。

ポーターは水際に向かうナッシュのあとをついていった。

池は凍っていた。氷の上にはオレンジ色の円錐標識が四つ置かれ、それを繋ぐように黄色いテープが張られて長方形を作っている。割れないとわかっていても、氷の上を歩くのは苦手だ。その長方形にじりじり近づいていくと、少女の姿が見えてきた。ガラスのように透明な氷の下から、うつろな目で空を見上げていた。どきっとするほど青ざめた肌は目の周りだけが暗紫色に変色し、何か言いたげに口が開いている。

ポーターはもっとよく見ようと膝をついた。

赤いコートに黒いジーンズ姿で、白いニット帽とお揃いの手袋をつけている。両手を脇にたらし、両脚の膝から下は黒い水のなかに消えている。水に浸かった死体はふつう膨張するが、これだけ気温が低いとほぼ死んだときのまま保たれる。膨れた死体のほうがよかった、とポーターは思った。人間らしく見えなければ、自分が見ているものを受け入れるのが多少とも容易になる。心の痛みが少しは違う。

冷たい氷の下に、ひとりぼっちで横たわる無力な少女。この子を大切に育ててきた親の気持ちを思うとやりきれない気がした。

「知ってるか？　ここは一八九三年に万国博覧会が開催された場所なんだ。あそこに日本庭園があった」後ろにいるナッシュが、そう言って前方の木立を指差す。「あれがそっくりそうだ。子どものころ親父がよく連れてきてくれた。第二次世界大戦中はずいぶん荒らされたらしい。資金のめどがついて今年の春には修復される、と何かで読んだ気がする。ほとんどの木にしるしがついてるだろ？　あれは切り倒されるんだ」

ポーターは相棒の視線をたどった。大きな池は東と西に分かれ、小さな〝島〟を囲んでいる。そこに密集している木の大部分にピンクのリボンが巻いてあった。岸に見えるふたつのベンチにも、うっすらと雪が積もっている。「この池はいつごろ凍ったのかな？」

ナッシュは首を傾(かし)げた。「十二月の終わりか、一月の初めか？　どうしてだ？」

「これがエラ・レイノルズだとすると、どうやって氷の下に入ったんだ？　行方不明になったのは三週間前だぞ。すでに池はカチカチに凍っていたに違いない」

ナッシュは携帯電話の画面にエラ・レイノルズの最近の写真を呼びだし、ポーターに見せた。「写真はそっくりだが、似ているのはたんなる偶然で、まだ氷が柔らかかったときに仰向けに落ちた別の娘か？」

「たしかに、よく似ているな」

クレアが両手に息を吹きかけ、こすりながらやってきた。「さっきの電話は児童行方不明センターのソフィ・ロドリゲスよ。写真を送ったの。ソフィは間違いなくエラ・レイノルズだと言ってる。けど、着ているものが一致しない。行方不明になった日、エラは黒いコートを着ていたそうなの。三人の目撃者もみんな、赤ではなく、黒いコートを着たエラをバスで見てる。母親に電話したところ、娘は赤いコートも白い帽子と手袋も持っていないって」

「すると、まったく違う少女か、誰かが着替えさせたかだな」ポーターは考えこんだ。「エラが行方不明になった場所からここまで、二十キロはあるぞ」

クレアは下唇を噛んだ。「検視官に身元を確認してもらうしかないわね」

「死体を見つけたのは？」

クレアは遠くのパトカーを指さした。「男の子よ」携帯のメモを見て付け加える。「スコット・ワッツ、十二歳。そろそろ池でスケートができそうか父親と一緒に見に来たそうよ。父親の名前はブライアン。息子が雪を払うと、少女の腕が見えた。で、父親が警察に通報した。それが一時間ほど前よ。電話が入ったのは七時二十九分。直接話を聞きたいかもしれないと思って、ふたりにはパトカーで待ってもらってる」

ポーターは人差し指で氷をこすり、岸沿いに目を走らせた。鑑識員がふたり、左手に立って用心深い目で三人を見ている。「テープのなかの雪を払ったのは誰かな？」

「わたしです」分厚いピンクのコートを着た、若いほうの鑑識員が手を挙げた。眼鏡をかけ、ブロンドの髪を短くした三十歳ぐらいの女性だ。

もうひとりが足踏みした。女性よりも五歳ぐらい年上に見える。「わたしが監督したんですが、何か？」

「ナッシュ、それをこっちにくれるか？」ポーターは鑑識キットの上に置かれた、毛の長い白いブラシを指さし、鑑識員たちを手招きした。「大丈夫。嚙みついたりしないよ」

去年の十一月、ポーターの妻は近所のコンビニエンスストアに入った強盗に殺された。だが、ポーターは忌引きを早めに切りあげ、職場に復帰した。実際、突然妻を失った悲しみと孤独から気を散らすことができるのは、ありがたかった。ふたりで暮らしたアパートに引きこもっているほうが、はるかにつらかったのだ。

部屋のなかには妻の残り香が漂い、あちこちの棚から妻の写真が笑いかけてくる。最初の一週間はベッドに妻の服を広げておかないと眠ることさえできず、ヘザーを殺した男をどうしてやるか、それしか考えられなかった。自分でもぞっとするほど残酷な空想が頭を占領していた。

だが四猿殺人鬼（4MK）が、アパートから引っ張りだしてくれた。ポーターの妻を殺した男に復讐したのも４ＭＫだった。ふたりの鑑識員がポーターのそばで奇妙なそぶりを見せているのも、４ＭＫのせいに違いない。怖がっているのとは少し違う。どちらかと言えば、畏れている、だろうか？

ポーターは鑑識員を装っていた４ＭＫを捜査に加えたばかりか、自宅で４ＭＫに刺され、あの連続殺人鬼を取り逃がした刑事でもあった。あれから四カ月になるが、ポーターのいないところで、同僚はまだ飽きずにその話をする。

ふたりの鑑識員が近づいてきて、女性のほうがポーターのそばにしゃがみこんだ。

ポーターは鑑識員が雪を払った長方形の外側の、岸に近いほうの雪をブラシで払い、さらに五十センチばかり外側まで氷を露出させると、その部分の氷にゆっくり手のひらを走らせ端から十センチほど手前で止めた。「ここだ。触るとわかる」

若いほうの鑑識員が手袋をはずし、ためらいがちに指先で氷に触れ、ポーターの手のひらから二、三センチのところで手を止めた。

「小さなくぼみがありますね。こちらにも」

「それをぐるりとたどってくれ。このマーカーでしるしをつけるといい」

まもなく死体を囲んでほぼ真四角のしるしがついた。新たなしるしの両側に、何かはわからないが小さな突起がある。

「これで謎は解けたな」

ナッシュがけげんな顔で尋ねた。「どういうことだ？」

ポーターは立ちあがり、鑑識員が立つのに手を貸した。「名前は？」

「CSIのリンジー・ロルフェスです」

「ロルフェス鑑識員、これがどういう意味か説明できるか？」

ロルフェスは戸惑ったようにポーターと氷を見比べていたが、すぐに、ああ、という顔になった。「池は完全に凍っていました。おそらくコードレスのチェーンソーで誰かが氷を切り、この少女を水のなかに入れたんですね。少女が自分で落ちたのだとすれば、氷の縁はこんなふうにきれいな四角ではなく、ぎざぎざになったはずです。でも……」

「何か？」

鑑識員は眉をひそめ、キットのなかからコードレスのドリルを取りだし、太さ二・五センチの錐をつけると、ひとつは自分が引いた線の外、もうひとつは死体の近くに穴を開け、定規で二箇所の水面までの深さ、つまり氷の厚みを測った。「なぜなの？　この子がいる場所の氷のほうが、池のほかの部分の氷よりも厚い」

「どういうこと？」クレアが口を挟んだ。

「犯人が水を入れたんだ」ポーターが答える。「おそらく犯人は水を一度に入れずに、新しく氷が張るたびに少しずつ加えていったんだろう。実に時間のかかる方法だ」ポーターはもうひとりの鑑識員を見た。「ここの氷が必要だ。死体の上の部分すべて。それに少なくともこの四角の周囲数センチ分まで。犯人は水が凍るのを待って長いこと氷の上をうろうろしていたわけだから、なんらかの痕跡を残した可能性はじゅうぶんある」

年上の鑑識員がうなずくと、ポーターは氷の向こうに見える、伸び放題の木に目を戻した。

「そもそもこんな手のこんだことをせずに、なぜあそこに死体を放りだしてさっさと立ち去らなかったんだ？　橋を渡って向こうの木立まで運べば、春が来て庭園の修復が始まるまでは誰にも見つからずにすむのに。それに池が凍る前から死体があったように見せかけるなんて、少し調べればそんなごまかしはすぐに見破られるとわかってるだろうに」

「だが死体は浮かないぞ」ナッシュが指摘した。「少なくとも、日数が経って腐敗が進むまでは浮かない。あの子を見ろよ。死んだときのきれいな状態のままだ。それなのになぜ氷の下で浮いてるのか、俺にはよくわからんな」

ポーターは四角の縁を指でなぞり、さきほどの小さな突起で指を止めて、氷に顔を近づけ、少女を横から見た。「驚いたな」

「どうしたんです？」ロルフェスがかがみこむ。

ポーターは少女の肩の上に張った氷に手を走らせた。そして探していたものを見つけると、ロルフェスの手をそこに置いた。ロルフェスは最初のうち半信半疑だったが、そこがほんの少しほかよりへこんでいるのに気づいて目を見開き、反対側の同じ場所にも手をやった。「犯人は死体が沈まないように、この穴の上に何かを置いていたんですね。それから細か細いロープをこの子の肩にまわして、足した水が凍るあいだ死体をそれに固定しておいた」ロルフェスはさきほどのポーターのように氷に顔を近づけ、横から氷のなかを見た。「正しい角度で見れば氷のなかに細いロープが見えます。この突起はロープの切っ先だったんですね」

「犯人は死体を見つけてほしかったってことか？」

「もしも見つかったら、衝撃を与えたかった、ってことかな」ポーターはナッシュの言葉を訂正し、付け加えた。「死体が二カ月近く池の氷の下にあったように見せるために、犯人はずいぶん手間をかけた。が、実際は長くて数日、おそらくもっと短いあいだしかなかったんだろう。それにしても、こんな手間をかけた理由はなんだ？」

「犯人は犯罪現場にひねくれた細工をして、わたしたちを手玉に取っているんですよ」ロルフェスが吐き捨てるように言った。

人間にとって自己防衛と不安はもっとも強い本能だ。だが恐ろしいことに、この犯人はそのどちらも持っていないようだった。「あの子をあそこから出してあげてくれ」ポーターは暗澹（あんたん）とした思いでそう言った。

2

一日目　午後十一時二十四分

ポーター

「上まで送ろうか？」

ナッシュはポーターのアパートの前に車を停め、愛車のエンジンが止まらないようにアクセルを軽く踏みながら尋ねた。気温はどんどん下がりつづけている。

ポーターは首を振った。「いいから帰って休め。明日は朝から忙しいぞ」

鑑識のふたりはチェーンソーを使って大きめに切った池の氷を、注意深く割ってバケツに入れ、車に積みこんで科学捜査研究所へ戻っていった。身元確認と解剖のため少女の遺体を死体置き場に送りだしたあと、ポーターは検視官のトム・アイズリーに電話を入れ、明朝は早めに仕事にかかる、身元が確認できたらすぐに連絡する、という約束を取りつけて、ナッシュとともに現場を離れた。あとに残ったクレアは、制服警官による現場付近の捜索を指揮し、公園の入り口に設置された唯一の防犯カメラの映像を確認することになっている。とはいえ、まだ何を探すべきかはっきりしないいまの段階では、この三週間――とくに日が暮れてからのあやしげな車や人物の出入りを確認しろ、と指示を出すのが精いっぱいだった。公園は黄昏とともに閉まる。その後は、よく使われる場所にいくつか街灯がつく以外は暗くなる。池には夜のあいだついている明かりはなかったから、暗くなってから来た者がいても目立たない。

「さっきは車で寝てしまって悪かったな――」

ナッシュがさえぎった。「気にするな」

ポーターは意味もなく片手を振った。「ヘザーが死んでから、あまりよく眠れないんだ。前に進むべきなのはわかってるんだが……それができるかどうか」

ナッシュはポーターの肩をぎゅっとつかんだ。

「ちゃんと進めるようになるさ。そのときが来れば、自然とそうなる。急ぐ必要はないよ。ただ俺たちがいるってことを心の片隅に置いといてくれ。必要なら、いつでも、どんなことでも頼っていいんだぞ」ナッシュは縫い目がほつれてハンドルからたれている偽物の革を引っ張った。「思い切って引っ越したらどうだ？　新しい場所で、新しく出発するんだ」

ポーターは首を振った。「そんなことができるか。ここはふたりで見つけた家なんだ」

「だったら休暇を取ってどっかに行くとか？　休みはいやになるほどたまってるだろ」

「ああ」ポーターは建物を見上げながらつぶやいた。「引っ越しだって？　冗談じゃない。取っ手を引くと、ぎいっという音がしてドアが開いた。ポーターは車を降りた。「くそ、なんて寒さだ」

「分厚い下着とウイスキーが恋しくなる時期だな」

ポーターは車の屋根を二度叩いた。「こいつは時間をかけてやれば、いい車になるぞ」

ナッシュがにやっと笑う。「それじゃ、作戦室で。七時にするか？」

「ああ、そうしよう」

ポーターはナッシュの車が消えるまで見送り、階段で凍っている糞を注意深く避けて狭い玄関に入った。郵便受けを通り過ぎ、階段を上がる。選択の余地があれば、最近はエレベーターには乗らないようにしていた。

アパートに入ったとたん、少なくとも十日分のテイクアウトのにおいが鼻をついた。いちばんひどいのはキッチンのテーブルに積み重ねたピザの箱だ。古いチーズとペパロニのにおいがアパートを満たしている。

コートを椅子の背にかけ、寝室に入り、明かりをつけた。

ベッドはふたつの小テーブルと一緒に奥の壁に押しつけられ、空いた壁には大量の写真、覚書、ポストイット、新聞の切り抜きが貼ってあった。最初は紐で繋げていたが、手持ちの紐が底をついたあとは黒いペンで線を引いている。

そこには、アンソン・ビショップ、またの名を４ＭＫ、もしくはポール・ワトソンに関してポーターが知っているすべてがあった。ビショップの過去の犯罪に関する詳細もあるが、これらの資料の目的は逃げたあとビショップがどこへ行ったかを探ることだ。

ポーターは隅の床に置いたノートパソコンをつかみ、画面を見た。このノートパソコンには、ビショップ、ワトソン、4MKに関する言及や目撃情報、記事がメールに配信されるように、「Googleアラート」で設定してあった。ときには何時間もかかるものの、帰宅後あらゆるメッセージに目を通し、部屋の真ん中に貼ってある大きな地図に、その指摘がなされた位置を記す。記すのはそこだけではない。何十という地域の、あらゆる主要都市の地図にもしるしをつける。

ここにあるのは四カ月分のデータだ。どの地図にも画鋲がたくさん刺さっていた。赤は目撃情報。青はビショップの名前が言及された場所、黄色は行方不明になったか4MKとよく似た手口で殺された人間の家があった場所だ。模倣犯はどこにでもいる。画鋲の多くはシカゴに集まっているが、ブラジルやモスクワのような、はるか彼方の場所にもいくつか刺さっていた。

ポーターは黄色い画鋲をつかみ、シカゴの地図でジャクソン公園の池を見つけた。「エラ・レイノルズ、二〇一五年一月二十二日から行方不明。おそらく二〇一五年二月十二日に見つかる」低い声でつぶやく。あれが4MKの仕業だと信じる理由はひとつもないが、たしかに違うとわかるまで画鋲を刺しておくとしよう。

睡眠不足で疲れきった目はともすれば閉じようとし、ひどい頭痛もする。ポーターは床の真ん中に座り、今日届いたGoogleアラートに目を通しはじめた。全部で百五十九通ある。

作業に没頭していると、電話が鳴りだした。無視しようか？　そう思ったが、理由もなしに午前一時半に電話してくる者はいない。

「ポーターだ」真夜中だと、自分の声が驚くほど大きく聞こえる。

相手はやや遅れて尋ねてきた。

「ポーター刑事ですか？　児童行方不明センターのソフィ・ロドリゲスです。この番号はクレア・ノートンから教えてもらいました」

「なんの用だい？」

またしても返事が少し遅れた。「新たに行方不明になった少女がいるんです。相棒の方といますぐこちらに来てもらえませんか？」

3

二日目　午前二時二十一分
ポーター

〝こちら〟とは、キング・ドライブに面したブロンズヴィルにある灰色火山岩（グレイストーン）の建物だった。

ロドリゲスは電話で詳しいことを語らなかった。今回の行方不明は数時間前に公園で見つかった遺体と繋がりがある、ポーターも知りたいに違いない、と言っただけだ。

チャージャーを通りに駐まっているナッシュの愛車の後ろにつけ、道路脇の雪の土手を通過して角の建物の階段を上がった。ノックをする必要はなく、ドアのところに立っている制服警官がうなずいて、なかに入れてくれた。ナッシュと知らない女性が、入り口の左手にある客間に座っているのが見えた。ナッシュはそのすぐ横に立つ、すっきりした体つきの黒髪に白いものが混じった男と話している。四十代後半、ツイードのジャケットとジーンズ姿だ。もうひとりの女性は男の妻だろう、ティッシュを握りしめてソファに座っている。

ポーターが入っていくと、ナッシュと一緒に座っていた女性が立ちあがった。「ポーター刑事ですね？　児童行方不明センターのソフィ・ロドリゲスです。こんな時間に呼びたてすみません」

ポーターは差しだされた手を握り、部屋を見まわした。

こういうグレイストーンの家は、ほとんどが二十世紀初頭に建てられたものだ。この家は当時のドアや窓の飾り枠、照明器具などを丹念に復元していた。おそらく注意深く真似た複製だろうが、絨毯（じゅうたん）も当時のものに見える。家具はすべてアンティークだ。

ナッシュと話していた男が片手を差しだし、ソファの隣にある椅子を示した。「ドクター・ランダル・デイヴィーズだ。これは家内のグレース。こんな時間にありがとう」

ポーターは座るのを断った。「長い夜でしたからね。立っていたほうがよさそうです」

「コーヒーを淹れようか？」

「ありがたい。ブラックでお願いします」

ドクター・デイヴィーズはみんなに断り、廊下の向こうに姿を消した。

ポーターはソファに戻ったロドリゲスをちらっと見た。

「真夜中少しすぎに、お嬢さんが帰ってこない、とデイヴィーズ夫人からセンターに電話があったんです」ロドリゲスが説明した。

夫人は赤く腫れた目でポーターを見た。「リリはダウンタウンの画廊でアルバイトをしているの。木曜日は学校が終わるとそこに直行して、十一時に店を閉めてから帰ってくるのよ。必ず十一時半には戻るんです。わたしたちが心配することがわかっているから、遅れるときは、きちんとメールで知らせてくれる。責任感の強い子なの」夫人は手にしたティッシュを目に当てた。「十一時四十五分になっても連絡がなかったので携帯に電話をしたんですが、何度かけても留守電になってしまって。それでオーナーのエドウィンズさんに電話をすると、今日は来なかった、何度か連絡を取ろうとしたけれど、そのたびに留守電になった、と言うじゃありませんか。そんなことありえないんですよ。わたしが心配するのを知っているから、リリは携帯電話の電源を切ったことなんかないんですもの。だからあの子の親友のガビーに電話を――」

「ガビーの苗字は？」ポーターは口を挟んだ。

「ディーガン。ガブリエル・ディーガンです。連絡先はこちらの方に教えましたわ」夫人はロドリゲスをちらっと見てから続けた。「ガビーの話では、今日は朝から一度もリリを見ていない、学校にも来なかったし、メールにも返事がなかったそうなんです。これもリリらしくありません。あの子はオールAの優等生で、四年生のときに水疱瘡で休んだ以外には、一日だって学校を休んだことなどないんです」デイヴィーズ夫人はポーターをじっと見た。「あの、ひょっとしてあなたは……ああ、どうしましょう。娘をさらったのは4MKなの？　だからあなたがここに来たんですか？」大きくみはった目にたちまち涙があふれた。

「4MKはこの件には関係ありません」確信があるわけではなかったが、ポーターはきっぱり否定した。「それに、まだ誘拐を疑うのは早すぎます」

「でも、こんなふうに消えてしまうなんておかしいわ」

ポーターは話題を変えようとした。「学校はどちらに？」

「ウィルコックス・アカデミーよ」

ドクター・デイヴィーズが戻り、ポーターに熱々のコーヒーカップを手渡して、ソファに座っている妻のそばに立った。「刑事さんの考えていることはわかります。しかし、こちらのおふたりにも言ったように、リリはボーイフレンドもいないし、学校をずる休みするような子でもない。無断でバイトを休むこともありえない。画廊の仕事はとても気に入っているんだ。何かがあったに違いない。娘のｉＰｈｏｎｅには位置検索の機能がついているんだが、わたしと妻のアカウントに位置情報が表示されないんでアップルに電話をしたら、電話の電源が切れていると言われた。さっき妻も言ったように娘が携帯電話の電源を切ることは絶対にない」

ナッシュが咳払いをした。「奥さん、今朝出かけるときにお嬢さんが何を着ていたか、ポーターに話してもらえますか？」

夫人はうなずいた。「今朝、登校するときに着ていたのは赤いコートに、白い帽子とお揃いの手袋、黒っぽいジーンズでした。靴はピンクのスニーカー。寒い日は学校に着いたあとで制服に着替えるの。あのコートはお気に入りなんですよ。最初にもらったお給料で買ったものだから」

ロドリゲスが唇を引き結んだ。

ポーターは何も言わなかった。

4

二日目　午前三時二分
ポーター

「そんなことが、いったいどうすればできるんだ？」ポーターはつぶやいた。「死んだ娘の写真を見せて、着ているものを確認してもらうか？」

「いや、さすがにそれは酷だ」

三人はデイヴィーズ家の外で、白い息を吐きながら話していた。

「今朝のうちにリリ・デイヴィーズを誘拐して、その服をエラ・レイノルズに着せ、エラを公園の氷の下に沈める？　だがそうなると、昼間あの池に行くしかない。誰かが見とがめたはずだ」

ナッシュは少し考えてから言った。「そうともかぎらんさ。この天気じゃ、公園にはほとんど人がいなかっただろう。それに、唯一危険なのは遺体を車から池まで運ぶときだけだ。よほど近くに誰かがいれば別だが、池で作業をしていたって、とくにあやしくは見えない。池の氷に穴を開け、釣りをしてる、と思われるだけだ。実際に釣り糸を用意しておけば、一日中あそこにいても誰の目も引かなかったと思うね」

「それは別にしても、服を交換したのはなんのためかしら？」ロドリゲスが口を挟んだ。

ポーターとナッシュは目を見合わせた。連続殺人鬼のやることはめったに意味をなさない。少なくとも犯人以外の人間には意味をなさないのだ。そして遺体はまだひとつしか見つかっていないが、ロドリゲスの言うように、リリ・デイヴィーズがエラの事件と関係しているとすれば、犯人は連続殺人鬼だという可能性が出てくる。

「エラ・レイノルズとリリ・デイヴィーズは知り合いだったのか？」

ロドリゲスは首を振った。「デイヴィーズ夫妻はエラのことはテレビで知ったそうよ」

「あとでガビーというリリの友人に確認したほうがいいな。リリは何時に学校に出かけたって？」

ロドリゲスはちらっとメモを見た。「七時十五分過ぎ」

ナッシュが目を閉じ、すばやく計算した。「リリが消えたとされる時間帯からエラが池で凍った状態で見つかるまで、十二時間ぐらいしかない。ひとりでやってのけたとしたら、すごい早業だ。手際もいいな」

ポーターはロドリゲスを見た。「ソフィだったね？」

ロドリゲスがうなずく。

「家に戻ってリリの部屋を調べてくれ。何かおかしなものがないかどうか。パソコンをあずかって、メールや保存してあるドキュメント、履歴をチェックするんだ。日記とか写真も……何かわかったら電話をくれ。学校までのルートも確認してもらいたい。歩いて通っているのか、車に乗せてもらうのか？　友人と一緒に行くのか、ひとりで行くのか？」

ロドリゲスは下唇を嚙んだ。「服の件は、リリにとってどんな意味があるのかしら？」

まだこの問いに答えるだけの情報は集まっていない。ポーターはナッシュに言った。

「アイズリーを起こしに行こう」

5

二日目　午前四時十八分
ポーター

クック郡検視局および死体安置所は、街の中心、ウェスト・ハリソン通りを折れたところにある。時間が時間だけに渋滞などもちろんなく、建物の前にある駐車スペースもがらんとしていた。受付にいる警備員が眠そうな目でふたりを見上げ、挨拶代わりにうなずく。ポーターはナッシュを従えロビーの奥に並んでいるエレベーターに向かった。できれば乗りたくないが、徹夜したあとで三階まで階段を上がるのはさすがにきつい。

左から二番目のエレベーターが先に到着した。気持ちが変わらぬうちにナッシュのあとから乗りこんで、三階のボタンを押す。

まもなく、ひと気がない廊下に向かってドアが開いた。

ナッシュが自動販売機を横目で見ながら、突き当たりにある両開きの扉へと歩きだす。

トム・アイズリーは机に向かっていた。ふたりが入っていくと顔を上げたものの、再び読んでいたものに目を落とし、時間のことをあてこすられるに違いないと思ったポーターの予測を裏切った。「きみたちは海を見たことがあるかね?」

ポーターとナッシュは顔を見合わせた。

アイズリーは本を閉じて立ちあがった。「いや、答える必要はないよ。この件を話す準備ができているかわからんからな」

「俺たちの遺体を調べてくれているんだな?」ポーターは尋ねた。

アイズリーはため息をついた。「努力はしている。ここに運ばれてきたときからずっと温めているよ。何しろ凍っているから。まあ、完全に凍っているわけではないが、正常な体温よりずっと低かった。死亡時刻を特定するのは難しいだろうね」

「死因はどうだ?」

アイズリーは何か言おうとしたものの、考え直したようにいったん口を閉じた。「まだわからない。あと何時間か必要だ。待っていたければ、それでもかまわんよ」そう言うとポーターたちが答えるまもなく、境のドアを通り抜けて解剖室に姿を消した。

ナッシュがポーターを振り向く。「しばらくかかりそうだな」

ポーターは寝不足の重いまぶたを閉じながら、ドアの近くにある黄色いビニール張りの椅子に倒れこむように座った。

6

二日目 午前七時二十六分

ポーター

「諸君?」

ポーターはまぶたをぴくりと動かし、目を開けた。一拍遅れて、自分がアイズリーのオフィスにいるのを思い出し、ずり落ちそうになっていた体を椅子の上に引き戻す。奇妙な角度にうつむいていたせいで、顔を上げたとたん首がぽきっと音をたてた。ナッシュはアイズリーの机に突っ伏し、書類の束に顔を埋めている。

アイズリーは医療関係の分厚い本を机から持ちあげ、それを落とした。どすんと大きな音がして、顎によだれをたらしたナッシュががばっと体を起こす。「なん――」

「きみたちは〝仕事熱心な腕利き刑事〟だと思っていたが」アイズリーがちくりと嫌味を言った。「こっちに来てくれ」

ポーターは奥の壁の時計に目をやった。午前七時半。ここに着いてから三時間あまりか。

「くそ、眠るつもりはなかったのに」ぼやきながらポケットから携帯を取りだす。クレアから電話が三本、留守電には何もない。

アイズリーは机の脇を通り過ぎ、オフィスの奥にある両開きの扉から広い解剖室に入った。ポーターもナッシュもドアのそばの壁にぶら下がっている手袋をつかんだ。

ずいぶん音が反響する――どういうわけかここに入るたびに、まず頭に浮かぶのはそれだった。ここはあらゆる音が床と壁を覆うタイルから跳ね返り、ほかの部屋とは違って聞こえるのだ。そのあとは決まって温度差が気になる。解剖室の実際の温度は知らないが、ほかよりも十度近く低いのではないか？　たちまちうなじに鳥肌がたち、体に震えが走る。最後に気づくのは、においだった。これには何度来ても慣れない。必ずしも不快というわけではないが、とにかくきつい。別のにおいをごまかそうと安物のクリーナーをふんだんに使うせいだろう。〝別のにおい〟が何かは、考えたくもない。

頭の上の明るい蛍光灯が、ステンレスのキャビネットをきらめかせていた。公園の池から引きあげられた遺体は、手術室などに使われる大きな丸い無影灯に照らされ、中央の解剖台に横たわっている。

アイズリーは少女の目を閉じていた。〝眠れる森の美女〟のように。

電気毛布が一枚、大きなランプが四つ、少し離れたところに置いてある。

アイズリーがポーターの見ているものに気づいた。「さいわい、この子はそれほど長く池に浸かっていなかったらしく、体温は氷点のすぐ下だった。なかまでカチカチに凍っていたら、少なくとも二、三日経たないと無理だが、この子の場合はそこまで待たずに解剖できる体温に戻ると思う」

「まだ切り開いてないんだな。始めてもいないみたいに見えるぞ」ナッシュが指摘した。

「どこを見ればいいかわかっていれば、死体は驚くほどいろいろと教えてくれるものだよ」アイズリーが言い返す。「切り開くのは明日まで待つしかない。まだ冷たすぎるんでね。あまり急いで温めると細胞が損傷する危険があるんだ。だからと言って、手をつかねて待っているしかないという意味ではないよ。きみたちふたりと違って、わたしはせっせと働き、この子が語ってくれることにじっと耳を傾けていた」

「やれやれ、薄気味の悪い言い方をしないでくれ」ポーターは遺体の髪を手ですいている検視官をたしなめた。

アイズリーは微笑し、台から一歩さがった。「何を見つけたか知りたいかな？」

「教えてもらえるとありがたい」

検視官は台の横へとまわり、遺体の手を取った。「冷たい水は死体をきわめて良好な状態で保った。水に浸かっていた死体のほとんどは指紋を取るのが難しいんだよ。皮膚が膨張することが多いから、指紋を取る前に、縮めなくてはならない。風呂に長く浸かっていると手や足の指がふやけるが、あれを極端にしたようなものだな」

「俺はどっちかというとシャワー派でね」

アイズリーはポーターの軽口を無視して、持ちあげていた手を体の脇にそっと置いた。「しかし、氷点下に近い水が指の指紋を完璧に保ってくれた。春になって氷が解けるまで見つからなくても、この状態だっただろうね。照合の結果は二時間前に届いた。これは間違いなく三週間前に行方不明になったエラ・レイノルズだ」

ポーターはため息をついた。予測していたことではあるが、こうして断定されると心が萎える。「死亡時刻と死因はどうだ？」

「さきほど言ったように、凍るような水のせいで死亡時刻の判断は難しい。いまの時点では、四十八時間以上前ではないが、死んでから少なくとも二十四時間は経っている、としか言えないね。肝臓やほかの器官を見れば、もう少し狭められるはずだ。うつぶせにするのを手伝ってくれないか？」

ポーターは相棒を見た。ナッシュが小さく一歩さがる。殺人課の刑事だというのに死体が苦手なのだ。

ポーターが脚を持ち、アイズリーが肩を抱えて、ふたりで一緒に死体をうつぶせにした。

アイズリーは背中を横切る、長い、黒っぽい跡に指を走らせた。「この子を水のなかでも浮かせておくために使われたロープの跡だ。この色からすると、池に落とされたときには死んでいたが、死後それほど時間は経っていなかった。さもなければこれほどくっきり跡が残ることはない。厚いコートを着ていたことを考えればなおさらだ」アイズリーはそう言って、きちんとたたんでステンレスのカウンターに重ねてある服に目をやった。

　ナッシュはそちらに歩いていき、赤いコートを手に取ると、ポケットを探りはじめた。

「身元のわかるようなものがなかったか？」

「その服はこの子のものではないね」

　ポーターは検視官を見た。「どうしてそう思った？」

「あくまで推測だがね。身に着けているものがすべてきついようだ。通常の溺死体（できしたい）なら、体が水で膨張したせいだとみなすところだが、膨張はほとんど見られないわけだから、おかしなことだ。下着とジーンズはとくに、少なくとも一、二サイズは小さい。どうにか着てはいたが、不快なほどきつかったろう。帽子を見てごらん」アイズリーはカウンターを示した。「タグに書かれた文字は、名前の頭文字だと思うが」

　ナッシュはコートを置いて白い帽子を手に取り、裏返した。「L・D。少し消えかけているが、間違いなくそう書いてある」

「リリ・デイヴィーズか」

「ああ、たぶん」ナッシュがうなずく。

「それは誰だね？」

「昨日から行方不明の別の少女だ」ポーターは答えた。

「すると、この子を殺した犯人は、その少女の服をこの子に着せたわけか?」

「そのようだな」

「ふむ」

「死因はどうだ? 死体には傷とか、そういうものは見当たらない。絞殺の跡もないな」

アイズリーはこの質問に顔を輝かせた。「それだがね、聞いて驚くなよ」

「なんで死んだんだ?」

「溺れたんだよ」

ナッシュがけげんな顔をした。「それのどこがへんなんだ? この子は池の氷の下で見つかったんだぞ」

ポーターが片手を上げて相棒を制した。「背中の跡は死後についたものだと言ったような気がしたが。あの池に落とされたとき、この子は生きていたのか?」

「いや、その時点では死んでいた。犯人はまず溺死させ、それから池に落としたんだ」アイズリーは左手のテーブルに歩み寄り、そこに置かれた顕微鏡を指さした。「見てごらん」

ポーターは近づいてレンズに目を寄せた。「これは?」

「肺のなかに管を挿入して抜きとった水だ」

ポーターはけげんな顔で尋ねた。「水のなかに浮いている細かい粒はなんだ?」

アイズリーは片方の口の端を上げ、微笑んだ。「塩さ」

「塩水のなかで溺れたのか?」

「そのとおり」

ナッシュは一瞬わけがわからないという顔になった。「ここはシカゴだぞ……いちばん近い海は、ええと、ここから千キロ以上離れてる」

「大西洋がいちばん近い。メリーランド州ボルティモア。ここからだと千百キロだ」

ポーターの電話が鳴りだした。ちらっと画面を見て通話ボタンを押す。「やあ、クレア」

「休暇から戻った？　何十回も電話したのよ」

「三回だろ」

「あら、電話が壊れていたわけじゃないのね」クレアは皮肉った。「女の電話を無視するなんて、トラブルのもとよ」

ポーターは呆れてくるりと目を回しながら、ゆっくり部屋を横切った。「アイズリーのところにいるんだ。池から引きあげた娘はエラ・レイノルズだよ。アイズリーが確認した。それと、やはりリリ・デイヴィーズの服を着ていたようだ」

「リリ・デイヴィーズって？」

考えてみれば、クレアと話すのは公園で別れて以来だ。ふたり目の行方不明者のことを知っているはずがなかった。くそ、頭がぼうっとしてまともに働かない。睡眠をとる必要がある。「三十分後に作戦本部で会えるか？　そこで情報交換といこう」

「いいわよ。あたしがなぜしつこく電話していたか訊かないの？」

ポーターは目を閉じ、片手で髪をかきあげた。「なぜ電話してきたんだ、クレア？」

「公園の防犯カメラで掘り出し物が見つかったの」

「作戦本部で三十分後だ。そのとき話そう。クロズも引っ張ってこいよ」

7

二日目　午前七時二十六分

リリ

「牛乳を飲むといい」

男の姿が見える前に、その声が聞こえた。

男はゆっくり、低い声で話す。ひと息ずつ、ひとつひとつの言葉を注意深く発音する。まるで言葉を口から出す前に自分が言いたいことをじっくり考えるみたいに。ところどころ舌足らずな発音をする。

男が階段をきしませながら下りてきたのは五分近くも前だった。それから階段のすぐ下に立ったままだが、影がその姿を包み、リリには輪郭しか見えなかった。

リリは牛乳を飲みたかった。砂をまぶしたみたいに喉がからからだ。それにお腹もすいている。ずっと胃がぐるぐる鳴りつづけで、食べ物を催促してくる。でも何も言わなかった。声さえもらさなかった。

代わりに少しでも遠ざかろうと隅に縮こまって湿った壁に背中を押しつけ、いやなにおいが染みついた緑のキルトをさらにきつく体に巻きつけた。この素材の何かが母の腕に包まれているような安心感を与えてくれる。

男は少なくとも一時間、たぶんもっと長くどこかに行っていた。リリは無理やり恐怖をねじ伏せ、自分がどこに連れこまれたのか突きとめようとしてみた。怖がっている暇はない。これは問題よ。問題を解決するのは得意のはず。そう自分に言い聞かせて。

ここは古い家の地下室だ。

古い家だとわかったのは、リリの家も古くて、改装する前の地下室がどんなふうに見えたか知っているからだった。天井が低く、床もでこぼこ。何もかもが黴臭くて、蜘蛛がいたるところに巣をかけ、我が物顔で天井や壁、床を這っていた。両親が雇った業者は地下にあったものをすべて取り壊し、床をたいらにして、壁のひびを塞ぎ、あらゆる表面に乾いた石膏を塗り、その上からペンキを塗った。そのあと蜘蛛はいなくなった。少なくとも、少しのあいだは。

友だちのガビーは二年前に建てられたばかりの家に住んでいる。あそこの地下室はリリの家の地下室とは全然違う。天井が高く、床はたいらで、明るくて、広い。絨毯を敷いて家具を入れ、家族が集まるすてきな娯楽室になっている。だけど、どれほど手間暇をかけても古い家の地下室は絶対にそんなふうにはならない。石膏とペンキでじとつく壁を覆い、床を張り替えることはできても、そのにおいが消えると蜘蛛が戻ってくる。古巣をあきらめることなんか絶対ない。

この地下室にも蜘蛛がいた。ここからは見えないが、すぐ上にいる。露出した天井の梁を出入りし、細い糸を紡ぎながら、こっちを見ているに違いない。

いまリリが着ているのは、自分の服ではなかった。

緑のキルトにくるまれて床で目を覚ましたとき、リリは着ていたものをすべて脱がされ、檻のなかにいた。見たこともない服がきちんとたたまれ、頭の近くに置いてあった。二サイズぐらい大きい服だったが、少しゆるくても裸で緑のキルトにくるまっているよりはましだ。とはいえ、それを着たあと、結局キルトで体を包んだ。

ここは薄暗い、湿った地下室。もっと正確に言えば、薄暗くて湿った地下室の、金網でできた檻のなかだ。

角を溶接した金網は、床からほぼ天井まで達している。犬を入れる檻みたい——すぐにそう思ったのは、ハスキー犬を飼っているガビーの家の裏庭にも、まったく同じではないにせよ、これとよく似たものがあるからだ。ホームセンターで買ってきたそれを、夏のあいだにガビーのお父さんが組み立てるのを、ふたりで見物した。組み立てにはあまり時間はかからなかった。たしか一時間ぐらいで完成した気がする。

リリは服を着たあとキルトを巻いたまま立ちあがり、そのときの記憶をたどりながらパイプや太いワイヤーに指を走らせ、接合部を探した。ごつごつした溶接の跡が見つかると、がっかりした。正面の扉は、ひとつどころか上と下に南京錠を使って厳重に閉めてある。念のため扉を揺すってみたが、びくともしなかった。檻全体がコンクリートの床にボルトで固定されているのだ。はずれる箇所も、壊せる箇所もない。リリはそのなかに閉じこめられていた。

「何か飲んだほうがいい。体力をつけないと」またしても舌足らずな発音が混じる。

リリは黙っていた。

返事なんかするものか。言われたとおりにするのもごめんだ。

ここには、たぶん階段の上の開いているドアから射しこんでくる明かりしかない。男は階段のすぐ下でじっと立っている。

リリの目が少しずつ暗がりに慣れていった。でも男の姿は相変わらずぼんやりしている。壁を背にしたシルエット。ほかにもたくさんある影のなかの、ひときわ黒い影にすぎない。

「後ろを向くんだ。奥の壁に向かって立て。いいと言うまで振り向くな」

リリは動かなかった。

「後ろを向いてくれ」男が消え入りそうな声で懇願する。

リリは細い体に巻いたキルトをぎゅっとつかんだ。

「後ろを向けと言ってるだろ！」怒鳴り声は壁に反響して地下室に轟きわたった。

リリはあえぐように息を呑んで、転びそうになりながらあとずさった。

それからすべてがまた静かになった。

「大声を出させないでくれ。怒鳴るのは嫌いなんだ」

心臓が胸のなかでどくどく打っている。リリはもう一歩さがり、それからまたさがった。檻の奥、地下室の壁が背中にぶつかると、動きたがらない足を無理やり動かし、隅の壁と向き合った。

生きた影のように静かな足音が近づいてくる。足運びの何かがおかしかった。ふつうに歩くのではなく、まず片足が床につく音がし、それからもう片方の足が床を滑る。次の一歩でも同じことが繰り返された。足を引きずっているの？　それとも、小刻みに歩いているだけ？

本当は閉じたくなかったが、結局目を閉じてしまい、足音に集中した。

カチャッという音がして、南京錠が開く。上の錠かもしれない。その音が繰り返され、つづいて両方の鍵を取りはずす音がした。

取っ手が持ちあがり、扉が開く。

次は何が起きるのか？　リリは体を縮めた。

後ろからつかまれるに違いないと思ったが、すぐにまた扉が閉まり、鍵がふたつともかけられた。ぎこちない足音が檻を遠ざかっていく。

「もうこっちを見てもいいぞ」

リリは言われたとおりにした。男は階段のすぐ下に戻り、再び暗がりに溶けていた。

檻の扉の内側に牛乳が入ったグラスが置いてあった。グラスの外側を小さな水滴がひとつ伝い落ちていく。

「薬は入ってない。ちゃんと目を覚ましていてもらわなくてはならないからね」

8

二日目　午前七時五十六分
ポーター

「先に行っててくれ。トイレに寄ってから行く」ミシガン・アベニューに面して建つシカゴ市警の地下にエレベーターで降りたあと、ナッシュはそう言って右に行き、通路の先にあるトイレのドアのなかに消えた。ポーターは左に向かった。

市警がビショップを取り逃がしたあと、FBIが介入し、事件の捜査と４МKの捜索をシカゴ市警から取りあげた。FBIは特捜班が作戦本部に使っていた部屋まで取りあげようとしたらしい。そのころはまだ病院にいたポーターに、〝だが、俺の魅力と必殺パンチをちらつかせて、あのでしゃばり野郎どもを撃退し、代わりに通路を挟んだ向かいの部屋を押しつけてやった〟と、ナッシュが話してくれた。それ以来、ＦＢＩとシカゴ市警は北と南に分かれた朝鮮半島のように〝礼儀正しく〟共存している。

ＦＢＩが使っている部屋の明かりは消えていた。

ポーターはトイレのドアに鍵がかかる音を待ち、向かいのドアの取っ手をひねった。ドアは開いた。ちらっと通路を振り返り、なかに入る。明かりはつけずにおいた。

ポーターは部屋を横切り、正面に置かれたふたつのホワイトボードに貼ってある写真を見ていった。まもなく降りかかる恐ろしい運命も知らずに、幸せそうな笑みを浮かべた被害者の顔が見返してくる。ウェスト・ベルモント三一四の十一階で、最後の何分かビショップは自分を弁護し、手持ちのカードをさらして醜悪な計画のねじれた論理を誇らしげに語った。どの親も、兄や姉も、罰を受けて当然の連中だった、と。たしかにそのとおり。４ＭＫ事件で被害を受けた人々はみな罰に値する恐ろしい悪事をおかしていた。だが、ビショップは罪人に直接裁きを加えたわけではない。罪をおかした人間を永遠に苦しめるために、愛する娘や妹に言語に絶する苦痛と死を与えたのだった。ここにある写真の美しい娘たちは、ひとり残らず親や兄姉の罪を償うために命を奪われたのだ。

ポーターはボードのひとつに近づき、最初の被害者の写真に指を走らせた。カリ・トレメル、二十歳、二〇〇九年三月十五日に誘拐された。クロズによれば、〝ビショップが４ＭＫとして殺した〟最初の被害者だ。完璧と言ってもいいほど確信に満ちた手口からは、それ以前に何人も殺してきた過去が透けて見える。これが初めての殺しにしては、あまりにも巧妙すぎるのだ。

つまり、４ＭＫとして最初の仕事をする前に、どこかで様々な人々の命を奪い、練習を積んで自分のやり方を仕上げたことになる。いったい、どんな生い立ちからそんな怪物が生まれるのか？　ポーターには想像もつかなかった。ビショップの日記が多少のヒントは与えてくれるが、とてもじゅうぶんとは言えない。あれは事実のほんの一部、ビショップがカーテンを閉ざす前に、ちらっと見えた光景にすぎない。

カリ・トレメルの両親は、娘が行方不明になった火曜日に届けでた。木曜日に片方の耳が郵便で届き、土曜日には両目が、次の火曜日には舌が届いた。宛名を手書きしたラベルが貼ってある、黒い紐をかけた白い小箱に入って。指紋は検出されなかった。４ＭＫはどのケースでも、ひとつとして指紋を残していない。

最後の箱が届いた三日後、ジョギング中の男性がアーモンド公園で、悪をなさざる、と書かれたボール紙を手に糊付けされ、ベンチに座らされた死体を発見した。〝見ざる〟〝言わざる〟〝聞かざる〟に加えた四番目の猿を仄めかす警句から、これは四猿事件と呼ばれ、いつしか犯人は四猿殺人鬼と呼ばれるようなった。悪事に手を染めてはいけない、というのが４ＭＫの犯行の焦点であることがわかったのは、ふたり目の被害者エル・ボートンが殺されたあとだ。ボートンは最初の被害者から一年以上あと、二〇一〇年四月二日に行方不明になった。娘の行方不明を届けていた両親が郵便で片方の耳を受けとった時点で、児童行方不明センターからポーターのチームに連絡が入った。およそ一週間後に見つかった死体は、祖母の名前が入った二〇〇八年の税金の還付申告書を手にしていた。だが、エルの祖母は二〇〇五年に死んでいる。財務捜査官のマット・ホスマンの調査で、エルの父親は自分の運営する老人ホームの入居者、十五名の還付申告もしていたことがわかった。全員、すでに死んでいる者ばかりだ。ビショップはまだわずか二十三歳のエル・ボートンを、父親がおかした罪で殺したのだった。

この時点で捜査チームはカリ・トレメルの家族を調べなおし、母親が十年にわたり勤務先の銀行から総額三百万ドルも横領していたことを明らかにした。

ポーターは一歩右に寄り、三枚目の写真に目をやった。二〇一一年六月二十四日に行方不明になったメリッサ・ルマックス。父親は児童ポルノを売っていた。その隣のスーザン・デヴォロの父親は、自分の店で売るダイヤを偽物とすり替えていた。スーザンは二〇一二年五月三日に行方不明になった四番目の被害者で、五人目がバーバラ・マッキンリー、十七歳、二〇一三年四月十八日に行方不明になった。調べた結果、六年前に姉が通行人を轢き殺していたことが判明した。ビショップは姉の罪でバーバラを殺したのだ。二〇一三年十一月九日に姿を消した六番目の被害者、十九歳のアリソン・クラマーは、フロリダにいる兄が密入国者を劣悪な環境でこき使っていることがわかった。二十二歳のジョディ・ブルミントンが姿を消したのは、それから半年後の二〇一四年五月十三日だ。４ＭＫは娘を殺し、コカインを密輸入して麻薬組織に売っていた父親を罰した。

ボードにある最後の写真は、ポーターがよく知っている娘だった。エモリー・コナーズ、十五歳、ポーターが実際に顔を合わせた唯一の被害者でもある。去年の十一月に誘拐されたエモリーは、片耳を切られ、何日も幽閉されたものの、無事に救出された。ポーターがビショップの居所を突きとめ、駆けつけるのが少しでも遅れていればおそらく殺されていた、と新聞は書きたてた。だがポーターにはわかっていた。ビショップは、あのときエモリーを殺そうと思えば殺せた。そもそもエモリーが建設中の高層ビルに囚われているというヒントをポーターにくれたのは、ビショップだったのだ。ビショップは駆けつけたポーターに、願いどおり自分の行いを説明し、その目的を告げるチャンスを手にした。それが終わるとアーサー・タルボットを殺して姿を消した。

タルボットはエモリーの父親で、それまでビショップが罰してきた相手のなかでは、もっともひどい悪党だった。ビショップは耳と舌を切り取り眼球をえぐりとったうえで、タルボットをエレベーター・シャフトに突き落としたが、エモリーのことは殺さなかった。タルボットを殺して、エモリーを見逃したのだ。

その後エモリーは、母親が何年も前にタルボットに書かせた遺書により何十億という父親の遺産をひとりで相続し、ビショップはまんまと逃げおおせた。

六個の目玉……。ナッシュの車のなかで見た夢。あの夢でビショップが開けた箱には六個の眼球しかなかった。だが、きわどいところで救出されたエモリーは別にしても、被害者の数は七人。潜在意識が何かを告げようとしているのだろうか。

ポーターは４ＭＫの被害者の写真を見つめた。

アンソン・ビショップは去年の十一月、ポール・ワトソンと名乗り、鑑識官を装って、ポーターたちのチームにまんまともぐりこんだ。エモリー捜索の手がかりを求める最初の会議で、新たに加わった〝ワトソン〟への説明を兼ね、ポーターたちが4MKの過去の被害者に関する情報をざっと見直したときも、すべて初耳だというふりをして、捜査チームが調べた事実に注意深く耳を傾けていた。ポーターはあの日の会議をよく思い出す。そしてそのたびにビショップの正体を告げる言動が何かあったはずだ、とあの男の表情や態度、言葉の端々をひとつひとつ思い返す。だがどれほど細かく記憶を探っても、何も見つけられなかった。ビショップはいかにも新参の捜査官らしい熱意と、残酷な犯罪に対する恐怖を演技しながら、ボードを見てこれまでの自分の成果に大いに気をよくしていたに違いない。あの会議では、いくつか疑問を口にしただけで、与えられた情報に付け加えるようなことはしなかった。これはあの男にとって、相当難しかったのではないか？　最後に対決したとき、あれほど饒舌に自分の犯行を正当化し、つかんでいる情報を語ったことを思うと、特捜班の作戦本部で各被害者に関する説明を聞きながら、さぞもどかしい思いを味わったに違いない。

とはいえ、あの会議で、ビショップは二、三の事柄に固執した。

ポーターは目を閉じ、あの日のビショップの言葉を思い浮かべた。

異なる家族の犯罪に関するすべての情報にアクセスできる人間を突きとめ、そこから逆にたどれば、犯人が見えてくるのではないか？　ビショップはそう仄めかした。また事件の起きた日付に注目し、4MKの犯行がエスカレートしている、と指摘した。たしかに事件の間隔は狭まっていたが、たとえ理由があったにせよ、それが何かを捜査チームの誰も突き詰めて考えなかった。あの時点では、4MKは死んだと思いこみ、重要なのは生きているうちにエモリーを見つけることだけだったからだ。

ビショップは髪の色についても言及した。ほかの被害者はすべて褐色の髪だが、バーバラ・マッキンリーだけが唯一ブロンドだ、と。それから、被害者が性的暴行を受けていたかどうかを尋ねた。レイプされた娘がひとりもいないにせよ、4MKの被害者に男がいないのは、何か理由があるのではないか、と疑問を投げかけたのだ。ポーターはたんに、4MKが女を被害者に選んだのは、男よりも抵抗される恐れが少なく御しやすいからだ、と思っていたのだが……。

ポーターはバーバラ・マッキンリーの写真の前に戻った。姉が轢き逃げしたために罰を受けた娘だ。あの会議でビショップが関心を示したのは、実際にはこの娘の事件だけだった。目をつぶれば、バーバラ・マッキンリーの写真を指で叩きながら話しているビショップの姿が、まざまざと浮かんでくる。

誰かが通路にいないか？　そう思ってちらっとドアを見たが、物音は聞こえない。

事件のファイルを入れた箱は、左手の壁際に寄せたテーブルに積みあげられていた。捜査班が4MKに関して集めた情報だ。左から三番目の箱には、ポーター自身の筆跡で〝被害者〟と赤いペンで書かれている。ポーターは部屋を横切り、その箱の蓋を開いて、やはり自分が書いた〝バーバラ・マッキンリー〟の名前があるファイルを見つけた。これは俺のファイルだ。俺のチームのファイルだ。ＦＢＩにこれを所有する権利はない。

ポーターは腕にかけていたコートでファイルを包み、箱の蓋を戻してドアに向かった。通路に誰もいないことを確認してから廊下に出てドアを静かに閉め、作戦本部に入る。

ほっと息を吐いて、天井の蛍光灯をつけたとき、誰かが言った。

「遅かったな。休みを取ったのかと思いはじめていたところだぞ」

ＦＢＩの特別捜査官スチュワート・ディーナーが、ナッシュの机に両足をのせ、携帯電話をいじっていた。

9

二日目　午前七時五十九分

ポーター

ポーターはディーナーを見つめた。「死体が見つかったばかりか、もうひとり行方不明者が出たんだ。ゆうべは徹夜だったよ。なんの用だ？」

この男はずっとここにいたのか？　向かいの部屋に入ったのを気づかれただろうか？

「新たな誘拐に、蓋をしそこねたようだな」ディーナーはふたつ折りのシカゴ・トリビューン紙をポーターの机に投げてよこした。

ポーターは見出しに目を落とした。

４ＭＫ、舞い戻る？　またしてもシカゴの娘たちが次々に行方不明に。

そのすぐ下に、うつむいて街を歩くエモリー・コナーズの写真が載っている。写真も記事も折りたたまれた新聞の上半分にあった。つまり朝刊のトップ記事だ。下半分にも写真が二枚。望遠レンズで撮ったジャクソン公園の犯罪現場とデイヴィーズ家の写真だ。

ディーナーが立ちあがり、ポーターの机の脇に来て新聞を指さした。「エラ・レイノルズとリリ・デイヴィーズの名前も載ってるぞ」

「ばかな。俺たちはまだ何も流してない。リリ・デイヴィーズの両親にも、つい何時間か前に会ったばかりだぞ」

ディーナーは肩をすくめた。「あんたの精鋭チームに、口が軽い者がいるんだろうよ」

「ばかを言うな」ポーターは記事を読みながら言い返した。

一面の記事には、行方不明の十代の少女、エラ・レイノルズと思われる死体が、ジャクソン公園の池で発見されたと書かれていた。これを書いた記者は、死体発見の直後に、別の少女リリ・デイヴィーズが昨日登校したまま行方不明であることが判明した、と報道している。記事の残りは４ＭＫの過去の被害者に関する詳細で、逮捕を免れたアンソン・ビショップが、手口を変えて再び犯行におよんだ可能性を仄めかしていた。

「そのくそ野郎は、ここで何をしてるんだ？」戸口からナッシュが言った。

ポーターは新聞を掲げた。「ニュースを運んできたのさ」

ナッシュは大股に入ってきて、ディーナーが空けた椅子にコートを落とし、糸くずを払うふりをしてディーナーの肩を叩いた。「へえ、新聞配達に転職したのか？　お祝いにぴかぴかの自転車でも買ってやろうか。配達範囲が広がるだろ？」

ポーターは新聞をナッシュの机に放り、公園の池とデイヴィーズ家の写真を示した。

「この事件がビショップの仕業だという証拠はひとつもない。いくら新聞を売りたいからって、証拠もないのに憶測で記事を書くなんて、無責任もいいところだ。連続殺人鬼はふつう手口を変えないものだ」

ディーナーは肩をすくめた。「ビショップはふつうの連続殺人鬼とは違う。たしかに一連の殺しは手のこんだ復讐劇で、タルボットを殺したときに幕を閉じたかもしれん。だが、引退したあと、まだ若い娘をいたぶりたりないと気づいた可能性もあるぞ。そしてついに衝動を抑えきれなくなってエラ・レイノルズを誘拐し、さんざんもてあそんだあとで殺すと、今度はリリ・デイヴィーズをさらった」ディーナーはドアへ向かいながら付け加えた。

「冷静になって、全体像を見るんだな。そうすれば、これがビショップの仕業であってもおかしくないことがわかる」

　ポーターは努めて平静を装い、バーバラ・マッキンリーのファイルを包んだコートを机に置いた。鼓動がおのずと速くなった。

「くそったれが」ナッシュが吐き捨てる。

「聞こえたぞ！」ディーナーが通路から言い返した。「きみたちが間違っていて、ふたりが４ＭＫの被害者なら、この事件はわれわれの担当だ！」

「もうひとりのほうが、まだましだな」ポーターはディーナーが出ていったドアのほうに顎をしゃくった。「あいつの相棒の、スツールだかミュールだか……」

「プールだ。フランク・プール。あれもくそ野郎さ。あっちの部屋にいるやつは全員そうだ。ところでいま韻を踏んだのに気づいたか？」ナッシュはそう言いながらドアに手を伸ばしたが、腹いせに音をたてて閉めようとすると、クレアがｉＰａｄを手にしてさっとすり抜けてきた。

　そのすぐ後ろに、ノートパソコンの上に危なっかしく箱を三つ重ねたクロズが続く。

「ちょっと手を貸してくれ」

　ナッシュがいちばん上の箱をつかみ、自分の机に運んだ。

「あまりたくさん食べるなよ。わたしの一週間分のおやつなんだぞ」

「何が入っているんだ？」ポーターは尋ねた。

「この先にできた新しい店のドーナッツ」クレアが答える。「このケチ男ときたら、自分の机に置いてこようとしたのよ。だから、仲間と分ける徳を説明してやったの」

クロズは鼻を鳴らした。「あれのどこが説明だ？　ここに持ってこなきゃ、わたしの机にドーナッツがあることを署の全員にメールすると脅したくせに。そう言われて、上にいるハゲタカどものなかに残してこれるか？　一分でなくなる。だいたい、大量といってもたったの十八個だぞ。ひと箱に十二個じゃなく六個ずつだ」

ナッシュはさっそく箱を開け、目をみはった。「おっ、こいつはうまそうだ」

ポーターもふたつ目の箱をつかみ、椅子に腰を下ろした。クレアが三つ目をつかむ。

「おい！　それは全部わたしのだぞ！」

「どうしてこんなに小さいんだ？」ポーターは口のなかをクリームでいっぱいにしながら尋ねた。

クレアが自分の箱からひとつ取りだし、それを掲げた。「グ、グルメだからよ。お上品に小さく作って、ふつうのドーナッツの倍の値段で売るの。こんなにおいしくなければ誰も買わないだろうけど、おいしいものね。ひと口食べるごとにお尻に肉がついていくのがわかっていても、やめられない」

クロズは会議用テーブルの隣のいつもの席につくと、怒りを鎮めるかのように深く息を吸いこんだ。「わかったよ。ひとり一個までは許す。一個だけだぞ」

「これで四つ目だ」ナッシュは唇についた証拠を拭いながら、目の前にある箱のかなり減った中身に目を落とした。「残りも返す気はないね」

十分後には、イチゴのクリームで覆われたドーナッツを除き、すべての箱が空になった。大量の砂糖を摂取したおかげで寝不足の頭が働きはじめるのを感じながら、ポーターはひとつだけ残っているホワイトボードのところに行き、いちばん上に〝エレン・レイノルズ〟と書いた。

「エレンじゃない、エラだ」ナッシュが訂正する。

ポーターはうなるような声をもらして書いたばかりの名前を手の甲で消し、〝エラ〟と書き直した。「何がわかってる？」

クレアが応じる。「エラ・レイノルズは一月二十二日に行方不明届が出され、昨日、二月十二日に、凍った遺体となってジャクソン公園にある池の氷の下で発見された」

「いや、凍ってなかった」ナッシュが口を挟む。「池は凍っていたが、アイズリーの話じゃ、遺体は完全には凍ってなかった」

「どうも。公園側の話では、あの池はエラ・レイノルズが行方不明になる二十日前、一月二日には完全に凍ったそうよ。ボードのほうが終わったら、見せたいものがあるの。防犯カメラの映像」

ポーターはうなずいた。「見つかったときは自分の服ではなく、昨日の朝、行方不明になった別の少女、リリ・デイヴィーズの服と思われるものを着ていた」ポーターはリリの名前をボードに書き、エラの欄に戻った。「エラは黒いコートを着て、自宅から二ブロックほど離れたローガン広場近くの停留所でバスを降り、それっきり姿を消した。犯人があんな小細工をしたのは、エラの遺体が何週間もあの池にあったと見せるためだと思ったが、着ていたのがリリの服だとすれば、この仮説は成り立たないな」

ナッシュが立ちあがり、ホワイトボードの前にある会議テーブルについた。「服を取り替えたのは、いったいどういうわけだ？ つい昨日行方不明になったリリの服を着せておきながら、相当な手間をかけてエラを氷の下に入れるなんて。さっぱりわけがわからん」

「犯人には意味があるのさ。おそらくすべてに意味がある。この点も含めて――」ポーターはエラの名前の下に〝塩水で溺死〟と書いた。「アイズリーが肺と胃のなかに塩水を見つけたんだ。死因はほぼ確実に溺死だそうだ」

「塩水で溺れた？ つまり海でってこと？」

ナッシュが付け加えた。「いちばん近い海までは、約千百キロある」

「地元の水族館とそこに塩水を搬入している店を調べる必要があるな。海の線は除外していいだろう。アイズリーの見立てどおり最長でも四十八時間、ほぼ二十四時間以内に殺されたとなると、その時間もない」

「なんてややこしいの。そうじゃなくても睡眠不足で頭が働かないのに」

「ああ、まったくだ」ポーターはうなずいた。「二番目の少女、リリ・デイヴィーズに関しては何がわかってる？」

ナッシュが手帳を開いた。「両親はドクター・ランダル・デイヴィーズとグレース・デイヴィーズ。親友はガブリエル・ディーガン。ウィルコックス・アカデミーの生徒で、母親の話だと行方不明になった日は赤いコートを着て家を出た。ナイロン地にダイヤモンド型のキルティングが入った赤いコート、白い帽子に白い手袋、黒っぽいジーンズ、ピンクのスニーカーだ。昨日の朝いつものように家を出たが、学校には行っていない。つまり二月十二日の朝、登校の途中で誘拐された可能性が高い。学校へ出かけるところを母親が見たのが、午前七時十五分ごろで、授業が始まるのは八時十分前。学校までは徒歩で通っていた」

「誰かと一緒じゃなかったのか？」ポーターは尋ねた。

「母親の話じゃ、学校までほんの四ブロックだから、ひとりで通学していたそうだ」

クロズがドーナッツの箱を悲しそうに見てから会議テーブルについた。「四ブロックは大した距離じゃない。誘拐する時間はそれほどないな」

クレアがナッシュの隣に座る。「断定はできないけど、まっすぐ学校へ行ったとしましょうか。車で通学してる友人に途中で声をかけられたのかもしれない。ほんの数ブロックだけど、あたしも高校生のころは、しょっちゅう友だちの車に乗せてもらってたわ」

「あの、わたしも入れてもらえる？」

戸口を見るとソフィ・ロドリゲスが立っていた。やはりまだ帰宅していないらしく、デイヴィーズ家で会ったときと同じ黄褐色のセーターを着ている。「いいとも。適当に座ってくれ」ポーターは言った。「事件をさらっているところだ」

「サム？」クロズはソフィをじろりと見た。「この前、捜査班に迷い子を入れたとき、何があったか忘れちゃいないだろうな？」

「ばか言わないで。ソフィのことは四年も前から知ってるのよ。とっくに身元調査はすんでるわ」クレアはクロズの肩をパンチし、自分の左にある椅子を示した。

ソフィはバッグをドアのそばに置いてコートを脱ぎ、腰を下ろしてからボードに目をやった。「みなさんが殺人課の観点から捜査していることはわかってるの。たしかにリリは、いまの時点ではたんなる行方不明だけど、死体で見つかったエラと明らかな繋がりがある。だから、少なくとも少しのあいだは一緒に動くほうがいいんじゃないかと思って。何が起きているのかわかるまでは」

「捜査チームにようこそ、ソフィ」ポーターは言った。

ナッシュは黙ったまま、用心深い顔で相棒を見た。

ソフィはチームのひとりひとりを見ていった。「いやな予感がして仕方がないの。とにかくいまは、なんとかして早くリリを見つけないと」

「リリのご両親に服の写真を見せたんだね？」ポーターは尋ねた。死体安置所からソフィに服の写真を送ったのだ。

ソフィはうなずいた。「母親がリリのものだと確認したわ。帽子のイニシャルは自分が書いた、って」

ポーターは〝エラ・レイノルズ〟の欄に〝リリ・デイヴィーズの服を着て発見された〟と書きこみ、ソフィに顔を戻した。「エラに関してほかにわかっていることは？」

ソフィはボードの記述に目を通した。「行方不明の届けが出た直後に、エラの足取りを追って実際に歩いてみたの。ご両親の話では、エラは自宅から二ブロック離れた停留所、ローガン広場の近くでバスを降りたあと、ケッジー大通りにあるスターバックスに寄って、宿題をやることもあったらしいの。だから両方のルートをたどってみた。バスの停留所から自宅までは四分。スターバックスまでは七分。スターバックスから自宅までは九分だった。あそこは全体的にとても賑やかなエリアで、いたるところに人がいるの。ああいう場所で人目を引かずに誰かを誘拐できるとは、とても思えない」

ナッシュが尋ねた。「スターバックスで話を聞いてみたか？」

ソフィはうなずいた。「店長に写真を見せたら、エラを知っていたわ。でも、その日に店に寄ったかどうかはわからなかった。いつも現金払いだったから、デビットカードやクレジットカードの控えで確認も取れなかったし」

「防犯カメラはどうだ？」

「ひとつあったけど、データは毎日上書きされるの。わたしたちが行ったときには、もう消えてしまっていたわ」

クロズが咳払いした。「わたしが見てみようか？　セキュリティ・システムで前日の映像を完全消去できるものには、まだお目にかかったことがない。もしもそのシステムがハード・ドライブ・ベースなら、店の責任者が消えてしまったと思っても、断片的に存在している可能性がある」

ポーターはうなずき、〝スターバックスのカメラの映像（一日周期で消される？）――クロズ〟と書いた。「ほかには？」

「部屋にあったパソコンに目を通したけど、変わったものは何も発見できなかった」ソフィは答えた。「携帯電話はエラと一緒に消えた。最後に使われたのはローガン広場の近くで、バスの停車予定時刻の四分後には電源が切れてる」

「クロズ？」

クロズは何も訊かないうちからうなずき、ノートパソコンにメモを取っていた。「それも見てみる」

ポーターはソフィに顔を戻した。「リリの部屋はどうだった？　何か見つかったか？」

「変わったものは何も。服が散らかっていただけ。引き出しにもベッドの下にも、何もなかった。女の子と一緒に撮った写真が一枚、鏡にテープで貼りつけてあって、その子がガビーだと母親が教えてくれたわ。父親の話では、リリは携帯とノートパソコンを持っているんですって。でも部屋にはどちらもなかった。母親は学校に持っていったに違いない、と言ってる。家を出るときリュックサックを肩にかけていたそうよ」ソフィはつかのま言葉を切り、携帯電話の画面に目を落とした。「センターでリリの携帯が通信ネットワークに接続されているか確認したときは、もう電源が落としてあった。結果がたったいま届いたわ。最後にリリの携帯が接続されたのは自宅近くの基地局ね。電源は七時二十三分に切られてる。家を出てからわずか八分後よ」

「クロズ、リリのソーシャル・メディア・アカウントかメールから何か引きだせるか、やってみてくれ」

「了解」

ソフィはバッグからフォルダーを取りだし、テーブルに広げた。そこにはふたりの少女の写真が挟んであった。「エラとリリは外見がよく似ているの。通常だと、これは誘拐犯の嗜好で、性的な目的でふたりとも誘拐されたのだと考えられるけど、検視官の話では、エラは性的暴行を受けていなかった。まあ、たまたまだった場合を考慮して、まだその可能性を消す気にはなれないけど」

「鋭い指摘だ。それ、いいかな？」ポーターは写真を指さした。

ソフィが二枚とも差しだす。ポーターはふたりの写真をテープでボードに貼った。「リリはいくつだい？」

「十七歳よ」

「ふたりとも髪はブロンドで、だいたい肩の長さだな。エラは青い瞳。リリは緑。年齢差は二歳。エラが通っていた学校は？」

ソフィは手にしていたメモをめくった。「ケルヴィン・パーク高校。三年生だった」

「ふたりが顔見知りだという可能性はあるかな？」

「ないと思う。学校が違うし、学年も二つ離れてる。付き合う友達のタイプも違うようだしね」

「リリのアルバイト先の画廊はどうかな？　そこで出会った可能性は？」

「画廊にはまだ行ってないの。十時にならないと開かないのよ」

ポーターは頬を掻いた。「その前にクレアと一緒に学校まで歩いてみてくれないか。できれば親友のガブリエル・ディーガンから話を聞いてもらいたい。ナッシュだと子どもたちが怖がるからな」

ナッシュがにやっと笑う。「しょうがないだろ。この顔なんだから」

ポーターは相棒にうなずいた。「おまえは俺と一緒に画廊で話を聞く」

「いいね。絵は大好きさ」

「住所はメールで送るわ。ノース・ハルステッド通り沿いよ」

ポーターはボードを振り向いた。「ほかには？」

沈黙が訪れた。

クレアがうなずいた。「ボードのほうは、このくらいみたいね。防犯カメラの映像を見る？」

「ああ、頼む」

クレアはｉＰａｄの画面を叩き、それをテーブルの真ん中に置いた。狭いアスファルトの道路が映っている。時刻は二月十二日、午前八時四十七分だ。

クレアが再生ボタンを押すと、記録された時刻が実時間で進みはじめた。車が二台通り過ぎた。黄色いトヨタと白いフォードだ。まもなくグレーのトラックが公園に入ってきた。

めた。

「スローモーションでいくわね」クレアはいったん停止ボタンを押してから数コマずつ進めた。

トラックの後ろが見えたとたん、ポーターはその理由を理解した。「止めてくれ」

そのトラックは、プールの清掃業者が使うような大きな水槽を牽引していた。

「あの公園にはプールはない。そもそも真冬にプール清掃なんて聞いたことないわ」クレアが言った。「犯人はあれで水を入れたんだと思う」

「ほかの角度からの映像はないのか？」

クレアは首を振った。「カメラはこれだけ」

クロズが身を乗りだした。「わたしの出番はなさそうだな。角度は最悪だが、映像ははっきりしている」

「何コマか戻してくれるか？」

クレアの操作で映像がひとコマずつ戻っていく。

「止めろ。あの反射はなんだ？　それに、なんでこんな角度で撮れてるんだ？」

カメラはかなりの鋭角で、ほぼ垂直に道路を見下ろしていた。ふつうは出入りする車を捉えるために、前方の道路に向けてあるはずだ。

一時停止した映像はトラックのフロントガラスの大半を捉えている。だが、白いぎらつくもののせいで運転台のなかが見えない。運転手の形は見えるが、その人物を特定できるようなものはひとつも見えなかった。「クロズ、これを拡大して、鮮明にできるか？」

クロズは親指の爪を嚙んだ。「どうかな。確約はできないが、やってみよう」

「公園の管理者によると、防犯カメラを設置しているのは抑止効果のためで、実際に映像を見ることはほとんどないそうよ。どこかの時点で固定具のネジがゆるんで、カメラが地面を向いたのか、誰かがゆるめて意図的にそうしたかね。管理者はいつ、どうしてこの角度になったか見当もつかない、って。近づいてくる車と運転者が映るように、前方に向けてあったはずだと言ってる」

ポーターはクロズを見た。クロズはまだ何も言わないうちに片手を振った。「ああ、映像を遡(さかのぼ)って、いつ向きが変わったのか調べてみるよ。レンチを手にしてにやついている犯人の顔が映ってるかもしれないしな」

「お手柄だったな、クレア。少なくともトラックの型式はわかるだろう。それをプール掃除の会社の車と照合すれば、ツキに恵まれるかもしれん」ポーターはボードに顔を戻した。

「ほかに付け加えることはないか？」

再び沈黙が落ちた。

ポーターは黒いペンにキャップをして、会議テーブルの席についた。「どんな手口で誘拐したか、調べる必要があるな。人通りの多い場所で目立たずにやってのけたってことは、すんなり溶けこめるか、ターゲットに警戒されないよう前もって顔見知りになっているかだ。いやがって悲鳴をあげ、抵抗する少女をこのトラックに引きずりこめば、いやでも目を引く。だから、なんらかの形で進んでついてくるように説得したに違いない」

「ほかの車を使ってる可能性もあるぞ」ナッシュが言った。「役所か公益事業のワゴン車とか。背景になじみ、記憶に残りにくいやつを」

クロズがみんなに見えるようにノートパソコンを逆向きにした。スクリーンにはシカゴとその周囲の詳細な地図が表示されていた。ローガン広場とジャクソン公園、ブロンズヴィルのキング・ドライブに赤い点が付いていた。「ふたつの誘拐場所の距離は約十六キロだ。シカゴのような大都会では、その間にはほぼ無数の被害者候補がいる。エラの遺体が見つかったジャクソン公園は、エラの家よりもリリの家に近いな」

ポーターは地図をじっと見た。「リリはエラが見つかった場所の近くで誘拐されたのか。これは大きな手がかりかもしれないぞ」

「エラは塩水で溺死したの？」ソフィがけげんな顔でボードを見上げた。「でも、海なんか近くにないのに」

「塩水プールはどうだ？」クロズが言った。「それだと、あのトラックもぴたりとはまる」

「そういうのが流行ってるのか？」

ナッシュの問いにクロズがうなずく。「海水のプールは肌にやさしいし、維持費も安い。しょっちゅう薬品の濃度をチェックする必要もないからな」

「シカゴに塩水プールがたくさんあるとは思えない。リストを作ってくれるか？」

「いいとも。建築許可を調べればできるだろう」

ここにいるのは、ソフィ・ロドリゲスを除けば、何年も知っている仲間ばかりだ。ポーターはテーブルの周りをぐるりと見渡すと、ナッシュの机からさきほどの新聞を取ってきた。「新聞記者やレポーターに気をつけてくれ。どうやら、ずいぶん詳しい情報までつかんでいるようだ。それに連中は平気で憶測を記事にしている」

クレアは新聞を裏返し、見出しを読んだ。「あたしたちの誰かが漏らしたと思っているわけじゃないでしょうね」

ポーターは首を振った。「新聞は部数を上げるためならなんでも書くし、俺たちから何も訊けなければ、それらしい話をでっちあげる。発表できるまで、リリに関する情報提供依頼を除けば、マスコミには一切ノーコメントで通してもらいたい」

ぎこちない沈黙が落ち、ソフィがそれを破った。「誰かあのドーナッツを食べる？」

クロズがため息をついて、テーブルにごつんと額を当てた。「どうぞ、食べてくれ」

証拠ボード

被害者

エラ・レイノルズ（十五歳）

　行方不明の届け出　一月二十二日

二月十二日にジャクソン公園の池で見つかる

池の水は一月二日から凍っていた（被害者が行方不明になる二十日前）
最後の目撃情報――ローガン広場近くでバスを降りたとき（自宅から二ブロック）
行方不明時――黒いコートを着用
塩水で溺死（真水のなかで見つかる）
リリ・デイヴィーズの服を着て発見された
バス停から自宅までは徒歩四分
ケッジー通りのスターバックスによく立ち寄っていた。そこから自宅までは九分
リリ・デイヴィーズ（十七歳）
両親――ドクター・ランダル・デイヴィーズとグレース・デイヴィーズ
親友――ガブリエル・ディーガン
ウィルコックス・アカデミー（私立）の生徒。二月十二日の授業には出なかった
最後の目撃情報――二月十二日の朝七時十五分、登校（徒歩で）直前
ダイヤ型キルトの赤いナイロンのコート、白い帽子に白い手袋、黒っぽいジーンズ、ピンクのスニーカー（すべてエラ・レイノルズが身に着けていた）
二月十二日の朝（登校の途中で）誘拐された可能性大
最後に目撃されてから誘拐までの時間――三十五分（七時十五分に家を出て、七時五十分に始まる授業に出なかった）

自宅から学校まではわずか四ブロック
真夜中過ぎ（二月十三日早朝）まで行方不明の届け出なし。両親は娘が放課後（学校の授業にも出なかったが）アルバイト先の画廊に直行したと思っていた

犯人

・おそらく水槽を牽引したトラックを運転
・スイミングプールで働いている可能性あり（清掃かその他のサービス）

割りあて任務

・スターバックスのビデオ（一日周期で消される？）――クロズ
・エラのパソコンと携帯電話――クロズ
・リリのソーシャル・メディア、通話記録、メール（電話とノートパソコンは行方不明）――クロズ
・公園に入るトラックの運転者（犯人の可能性大）のイメージを鮮明にする――クロズ
・防犯カメラがほぼ真下を向いたのはいつか？　以前の映像を確認――クロズ
・ビデオからトラックの型を割りだす――クロズ
・リリの登校ルートを歩く／ガブリエル・ディーガンに話を聞く――クレアとソフィ
・画廊の責任者に会う――ポーターとナッシュ

・建築許可のデータを経由し、シカゴにある塩水プールのリストを作成——クロズ
・地元の水族館とそこに納入している店を確認する

10

二日目　午前九時八分
ポーター

「サム、おまえがやる必要はないんだぞ」

「あるさ」ポーターはレイノルズ家の呼び鈴を押した。

ふたりは青と赤の回転灯を光らせ、作戦本部からここに直行したのだった。ポーターは少なくとも三つの赤信号を止まらずに通過した。

ナッシュが玄関ポーチの上で足を踏みかえた。「警部に頼めば制服警官を送ってくれる」

ポーターは両手をこすり合わせた。寒さが骨まで染みてくる。気温はさほどでもないが、冷たい風のせいで体感温度はかなり低い。「もう九時過ぎだ。朝刊の記事を読んだかもしれないな。朝のニュースもこれでもちきりだろうし」

ポーターは再び呼び鈴を鳴らした。

ドアの左にある窓のカーテンがちらっと横に動き、もとに戻った。誰かが鍵をはずす音がして、ドアが細く開く。睡眠不足のせいか落ち窪んだ目を赤くした四十代半ばの女性の顔が覗いた。分厚い茶色のセーターにジーンズ、褐色の髪は何日も洗っていないように見える。「なんでしょう？」

ポーターはバッジのケースを開いて見せた。「シカゴ市警のポーター刑事です。こっちは同僚のナッシュ刑事。少しお邪魔してもいいですか？」

その女性は言われたことが理解できないようにぼんやりとポーターを見つめ、それからうなずいてドアを広く開けると、ふたりの肩越しに通りを見た。「この寒さでようやく引きあげたようね。昨夜はまだ記者たちが家の前にいたんですよ」

靴についた雪を落とし、なかに入ってドアを閉めたとたんに、暖かい空気がふたりを包んだ。外の気温と比べると息苦しいほどだが、芯まで冷えきった体にはありがたい。ポーターは咳払いした。「ご主人はご在宅ですか？」

レイノルズ夫人は首を振った。「まだ戻ってこないの」

「どこかに行かれたんですか？」

夫人は深いため息をつき、かたわらの革のソファのひじ掛けに腰を下ろした。「エラが行方不明になった日から、車で街を流してあの子を探しているんです。家に戻るのは食事と仮眠をとるときだけ。何度か一緒に行ったんですが、あてもなく通りを流していると、たまらなくむなしくなって……。でも、主人にはとてもやめろとは言えません。あの人の気持ちがわかるんですもの。昨日は家にいようとしてくれたんですけど、お互いにぴりぴりしどおし。だから夜の食事をすませると、また出かけたんです」

「何かしていると気持ちが紛れますからね」ナッシュがつぶやいた。

レイノルズ夫人は表情のない顔でナッシュを見た。「最初の週は、とにかく電話をかけつづけました。エラの友人、主人とわたしの親戚、近所の人たち。片っ端から電話をしたんです。シェルター、病院、死体安置所まで。ここに座っていると、いても立ってもいられなくなって。でもほかに何をすればいいのかしら？　ポスターも、もうあらゆる場所に貼ったし。このお天気じゃ、用事でもないかぎり外に出る人なんかいないでしょうけど」

ポーターは息を吸いこんだ。「申しあげにくいことですが――」

レイノルズ夫人は片手を上げて制した。「何もおっしゃらないで。今朝のニュースで見ました。テレビはこの三週間つけっぱなしでしたから。ソファでうとうとして昨夜遅く目を覚ますと、公園からの中継が流れていたんです。エラだと断言したわけではなく、少女の死体が公園の池で見つかった、と。でも母親にはわかるんですよ。何週間も前からわかっていた気がします。あなたは……テレビで拝見しなかったかしら？　何度も――」

「とても残念です」

夫人はうなずき、最後の一滴まで涙を流しつくしたように見える目を拭った。「うちの娘は家出なんかするもんですか。それだけは、最初からわかってました。だから、見つからない時間が一分過ぎるごとに、少しずつ望みが消えていったんです。これだけ防犯カメラがあって、情報網が発達している世の中で、ひとりの人間が煙のように消えてしまうことなどありえませんもの。どこにも痕跡が見つからなければ、何か悪いことが起きたに決まってる」夫人はつらそうに息を吸いこんだ。「あの子はどうやって死んだんですか？」

「溺れたんです。完全な報告はまだ待っているところです」

「あの池で？」

ポーターは首を振った。「いえ……ほかの場所で。池に置かれたのは死んだあとです」

「誰かがあの子を溺死させたのね？」

「残念ながら、そのとおりです」

レイノルズ夫人は床に目を落とした。「自分でも答えを聞きたいかどうかわからないけど、あの子は苦しんだのかしら？　誘拐されたのはもう何週間も前よ。いつ溺死したかご存じ？　こんなことをしたモンスターが、そのあいだずっとあの子に何をしていたか……」

ナッシュも床に目を落とした。「いまの時点では、まだわからないことが多いんです。できれば、もっと早くお知らせにあがりたかったんですが――」

「報道される前に？　気遣ってくださってありがとう。あのレポーターたちときたら……」

「ご主人と連絡を取る方法がありますか？　電話をして、帰宅を促されたほうがいいんじゃありませんか？」

夫人はまたしても無表情になった。ポーターはこれまでもこういう顔を見たことがある。頭のスイッチが切れてしまうのだ。あまりにもひどいショックを受けると、それに耐えられずに、脳が現実から自分を切り離そうとする。当事者ではなく、その出来事を遠くから眺める傍観者であろうとするのだ。やがてレイノルズ夫人はうなずき、ソファの上に折りたたまれた毛布のなかから携帯電話を取りだした。数秒後、「留守電になっているわ」と口を動かし、メッセージを残した。「フロイド？　わたしよ。帰ってきて。警察の人が……来ているの。あの子が見つかったのよ」

夫人は電話を切り、ソファに落とした。

そのとき勝手口のドアが大きな音をたてて閉まり、キッチンの床に雪の跡を残しながら男の子がリビングに入ってきた。紺のダウンジャケットを着て、黄色い帽子にマフラー、黒い手袋をしている。七歳かせいぜい八歳ぐらいの子だ。「ママ？　誰かがうちの庭で雪だるまを作ったんだよ」

レイノルズ夫人はちらっと息子を見て、ポーターとナッシュに目を戻した。「あとにして、ブレイディ」

「でも、あの雪だるま、怪我(けが)をしてるみたい」

「なんですって？」

「血が出てるもの」

11

二日目　午前九時十二分
リリ

またあの男が下りてきた。

この前と同じように階段を下りて、二分ぐらいそこに立ったままリリを見ていた。片手に何かを持っている。しばらくして、この前と同じ低い声でひと言ずつ押しだすように言った。「牛乳を飲まなかったな」

ええ、そうよ。あんたがくれるものなんか絶対口にするもんですか。リリは心のなかで言い返した。あんたから何かもらうくらいなら、死んだほうがまし。

「どうしてだ？」

リリは黙ってキルトをぎゅっと体に巻きつけ、檻の奥の隅に体を押しつけた。

「リラックスして、快適に過ごしてもらいたいんだ。寒くないか？」

右の壁際には暖房・換気・空調システムと湯沸かし器がある。前者はリリが目を覚ましてからときどきついたり消えたりしていたが、いまは沈黙していた。横の穴から檻のなかに直接吹きこまれる空気はとても暖かい。だが、それをこの男に告げるつもりはなかった。

「寒かったらそう言ってくれ」

男は階段下の影のなかから出て、リリの檻に近づいてきた。自分の檻だと感じるのもへんな話だが、なかにいると、外の脅威から守られている気がする。男が近づいてくるのを見て、リリは太い金網が自分たちを隔てていることに感謝しながら、背後の金網を、冷たい金属が皮膚に食いこむほど強くつかんだ。

男が光のなかに入ってきた。紙みたいに真っ白な血の気のない肌——蜘蛛の巣のような首の静脈、頬と額の細い血管が透けて見える。目深にかぶった黒いニット帽で髪は見えないが、眉があんなに薄いところを見ると、禿げているのかもしれない。男の目を見たとたんに後悔した。じっと見返してくる濁った灰色の目は、まるで老人のように白く混濁し、膜がかかっている。でも老人には見えなかった。せいぜい三十歳ぐらいだ。あの目はこの顔とまるで合わない。右目が左目よりひどく充血している。リリは目をそらしたかったが、相手を満足させたくなかった。弱さを見せるのは絶対にいやだ。

「醜い顔ですまない。具合がよくなくてね。だが今日は少し気分がいいんだ。うつる病気じゃないから怖がらなくていい」男はところどころ舌足らずの発音でそう言った。

リリは歯を食いしばって男をにらみつけながら、つかんでいる金網が指に食いこむ痛みを歓迎した。痛みは目の前の恐怖から気を散らしてくれる。

男の口はほんの少し開いていた。息をするたびにかすかな喘鳴が聞こえる。「これからきみをそこから出す。言うとおりにしてもらいたい」男は右手に持っているものを黙ってちらっと見た。スタンガンだ。あれを使われても死ぬことはない。それはわかっているが、どれくらい痛いものなのか？ やられても、あいつを押しのけて階段を駆けあがれる？

男は左手で上下の錠をはずして金網にかけ、ドアを開けた。

リリは動かずに、後ろの金網をつかんだ手に力をこめた。

「出てきてくれないか」男は静かに言った。「これを使って無理やり引っ張りだすこともできるが、そうなると少し時間をおくか、最初からやり直さなくてはならない。言うとおりにしてくれるのがいちばんいいんだ」

男は白濁した目でリリを見つめた。右手首のあたりに巻いてある汚れた包帯には乾いた血の染みがある。

「いますぐ出ろ！」男が叫んだ。

リリはびくっと飛びあがり、あえぐように息を吸いこんだ。

「頼むから、大声を出させないでくれ。ひどいことはしたくないんだ。すぐに始められるように、おとなしくそこから出ておいで。早くすれば、それだけ早く終わる」

リリは出たくなかった。出てはいけない気がした。でも意志の力で立ちあがり、男の肩越しに後ろの階段と上のほうにたまっている光を見ながら、檻の扉に近づいた。

「ほかの娘たちも階段に走ろうとしたが、誰も行きつけなかった。試してみてもかまわないが、痛い思いをするだけだし、言うとおりにするのがいちばんなんだよ」男は安心させるような声で同じ言葉を繰り返すと、キルトの上からリリの背中に手を当て、階段脇の壁際にあるボックス型の大きな冷凍庫へと導き、その蓋を開けた。

似たような冷凍庫が家にあるため、冷たい空気が上がってくるとばかり思っていたが、温かい、湿った空気が立ちのぼってきた。この冷凍庫には湯が満たされているのだ。思わずあとずさり、男を押しのけて冷凍庫から離れようとすると、スタンガンの尖った先端を背中に押しつけられた。

「温度はちょうどいいはずだ。触ってごらん」

自分の意思に関係なく、手が勝手に動いた。たしかに温かい。部屋の空気よりもずっと。

「自分で服を脱ぎたいだろう？　そのほうがいい」

まるで友人同士が世間話をするように、男は言った。

「絶対――」リリは首を振りながら、キルトをつかんでいる手に力をこめた。冷凍庫から離れたかったが、男はすぐ後ろに立っていた。暖かい息がうなじをかすめるほど近くに。

男は左手をリリの肩に置き、キルトを引っ張った。

目を覚ましてから初めて、リリは悲鳴をあげた。ナイフでこすられたように喉が痛むのもかまわず、夢中で叫んだ。必死の悲鳴は地下室の壁に反響し、自分の声とは信じられないような音で戻ってきた。恐怖にかられた幼子、自分を抑えられない、あきらめた子どもの声で。

スタンガンの金属の先端が首に食いこんだ。ふたつの冷たい突起が鋭い痛みをもたらし、リリの体を一センチずつ切り刻む。リリは白目をむいて床に倒れた。悲鳴が途切れた瞬間、地下室には静寂が訪れた。

意識が戻ったときには、リリはキルトの上に横たわっていた。男がショーツを引きおろしている。ほかの衣類もすべて脱がされていた。キルトの端に手を伸ばして体を覆いたかったが腕が動かない。指がまだぴくぴく痙攣していた。

「スタンガンは使いたくなかったのに。もう二度とやらせないでくれ。終わったら、また服を着ていいよ。おとなしく言うことを聞いたほうが自分のためだぞ。そのうちわかる」

レイプされるにちがいない。リリは最悪の事態に身構えた。

男は片腕をリリの背中にまわし、もう片方を膝の下に滑らせて、リリを床から持ちあげた。病気みたいに見えるのに、驚くほど力がある。そのままリリを冷凍庫まで運び、そっとなかに入れた。リリの身長は百五十五センチ。脚が湯のなかで浮きまっすぐになると、爪先が冷凍庫の反対側の端をかすった。男はリリの顔に湯がかぶらないように肩をつかんで少し引きあげた。

「温かいだろう？　気持ちがいいはずだぞ」

たしかに温かい。プールで浮きながら漂っているみたいに気持ちがよかった。おかげで血の流れがよくなったのか、指と腕に感覚が戻ってくる。

「目を閉じて、体の力を抜くんだ」男がなだめるような声で言う。落ち着いているせいか、舌足らずな発音がほとんど消えている。「深く息を吸って」

リリは息を吸いこんだ。そう言われたからではなく深呼吸したかったからだ。口が開き、地下室の空気が肺を満たす。

「今度は空気が体を出ていくのを感じながら、ゆっくり吐く」男がささやく。

リリは息を吐いた。

するといきなり肩を押され、頭がタンクの底にぶつかるほどすごい力で湯のなかに沈められた。リリは頭を出そうと脚を蹴り、両手をばたつかせた。指先で冷凍庫の上端をつかんだが、一瞬後には指がなめらかなプラスチックを滑った。

水のなかで息を止めるのは得意だった。最後に測ってもらったときには、二分近くも潜っていられたくらいだ。だが、それは新鮮な空気で肺を満たし、息を止める用意ができているときの話。男の言葉に従って肺の空気を吐きだしたばかりとあって、湯のなかに押しこまれたとき、つい息を吸おうとした。リリは即座に咳きこみ、飲みこんだばかりの湯を吐いて、また飲みこんだ。湯が喉を、肺を満たし、苦しくて肺が破れそうになる。けれど、暴れるのをやめると、その痛みが遠のき、一瞬、すべてがよくなるような気がした。まるで体が空気なしに生き延びる方法を見つけたかのように。リリは静かになった。水が光を屈折させ、口を開け、血走った目で見下ろしている男の顔がゆがんで見えた。それからすべてが黒くなり、何も見えなくなった。

12

二日目　午前九時十三分

クレア

クレアはサウス・キング・ドライブにあるリリ・デイヴィーズの家の前、テレビ局のワゴン車二台の後ろに緑のホンダ・シビックを停めた。二台とも衛星アンテナをたてているが、レポーターやカメラマンの姿はどこにも見えない。

細かい雪が空気と空を白く霞ませている。

「魔女の乳首より冷たいわね」クレアは手をこすりながらつぶやいた。

「それって、どういう意味なの？」ソフィ・ロドリゲスがワゴン車を見ながら訊いてくる。

「魔女は誰にも愛されない、ってこと」

「ああ、なるほど」

クレアは座席で足踏みしながら通りの左右を見た。

「で、学校はどっちだって？」

ソフィは窓の外を指さした。「ここから四ブロック東よ。ほとんど見えるくらい」

鉛色の空からは、クレアの好きな朝食のシリアルより大きい雪の片が落ちてくる。

こんな日に歩かなきゃならないなんて。

ジャケットのファスナーをめいっぱい上げ、紫色の厚手のニットスカーフを首に巻いて、ふわふわしたピンクの帽子をかぶる。ソフィに目を戻すと、こちらも支度がすんでいた。

「よし、どっちも完全防備ね。行きましょうか」クレアはドアを開け、歩道に降り立った。

雪はすでに五センチばかり積もり、まるでやむ気配はない。クレアは少しのあいだその場で勢いよく足踏みし、ソフィが白い煙のような息を吐きながら助手席からまわってくるのを待った。それからふたりで吹きつける雪に背を丸め、六九番通りを東へ歩きはじめた。

ヴァーノン・アベニューを横切ると、クレアは前方に目をやり、足を止めた。「あたしが女の子を誘拐したければ、あそこでやるわね」

一ブロック先の、高架道路（スカイウエイ）と六九番通りが交差する場所は、暗いトンネルになっていた。あのトンネルは上下三車線ずつ、合計六車線分ある。一車線の幅が約四・五メートルとして、全体の幅は三十メートル近く。高架道路の中央分離帯の部分が細く開いているし、分断されたトンネルにはそれぞれ街灯が三つ点灯されているが、なかは薄暗かった。

クレアは空を見上げ、太陽を探した。「日の出は何時？」

ソフィは首を傾げ、眉間にしわを寄せた。「七時ごろかな」

「そのとき太陽が出ていたとしても、リリはいまより二時間早い、太陽が地平線から頭を出してまもなく、ここを歩いたことになる。この時間だと通行人はほとんどいないわね。通学時には違うかもしれないけど。それでも、このあたりに車を停めて、たとえば故障したふりを装い、歩道を通り過ぎるリリを捕まえるのはそれほど難しくないと思う。たぶん現場はあのトンネルね。ほかはどこも見通しがいいもの」

ふたりは高架道路の下、トンネルの入り口に達した。ソフィはコンクリートの壁に片手を押しつけた。「このあたりは治安がいいのね。落書きもないし、ホームレスの姿も見えない。誰にも気づかれずに、長いこと留まっていられるとは思えないな」

ふたりは壁から跳ね返ってくる自分たちの足音を聞きながら、高架道路の下を通る歩道を歩いていった。トンネルの反対側に出ると、ソフィが前方を指さした。「あれがリリの学校よ」

私立高校ウィルコックス・アカデミーは、昔は工場か倉庫として使われていた建物を再利用したように見える。一年前に建てられたと言っても通りそうなほど手入れが行き届き、正面から見える赤レンガの壁には汚れひとつない。その横の教員専用と書かれた駐車場はいっぱいだった。通りの向かいにある公共の駐車場はおそらく車で通学する生徒用だろう。

ふたりは大きなガラスの扉を開け、暖かい建物のなかに入った。

「何かご用ですか？」

声がしたほうに目をやると、年配の警備員が左手にあるテーブルの向こうに座っている。クレアが一歩そちらに近づいたとたんブザーが鳴った。

警備員は入り口を指さした。「扉の枠に金属探知機が内蔵されているんですよ」

クレアはバッジを見せた。「シカゴ市警のノートン刑事です。この人は児童行方不明センターのソフィ・ロドリゲス。行方不明のリリ・デイヴィーズのことでお邪魔しました」

警備員の顔から笑みが消えた。「今朝、通勤の途中で聞きましたよ。ご家族はさぞ心配でしょう。リリは優秀な生徒なんですよ」

ソフィは頭を傾けた。「リリを知ってるんですか？」

警備員はうなずいた。「小さな学校ですからね。生徒の数はたった二百人。その全員と毎日顔を合わせているんだから、ひとりひとりと知り合いにならないほうが難しいくらいだ。六年前に退職するまでは、わたしもピッツバーグの警察にいたんです。手伝えることがあったら、なんでも言ってください」

「リリはどんな子です？」クレアは尋ねた。

「いま言ったように、優等生です。手を焼かされたことは一度もありません。いつも七時半ごろには来てますね。生徒のほとんどは、始業の予鈴が鳴るまで通りの向かいにある駐車場でしゃべっているが、リリは違う。混み合うのを避けて、みんなより先に教室に入るように心がけている。友だちはあまりたくさんいないが」警備員は片手を振った。「いや、誤解しないでもらいたいが、あの子はみんなに好かれてますよ。ただ少し内気なところがあるだけです。何かを計画しているときは、目をきらきらさせているからすぐにわかる。いつもめまぐるしく頭を働かせているタイプです」

ソフィは窓に目をやり、向かいの駐車場を見た。「誰かの車に乗ってきたことがあります?」

警備員は首を振った。「あるとしても、一度も気づきませんでしたね。リリはたいていおふたりが来たように、歩いてやってきます」

クレアは帽子を取りスカーフをはずした。「ガブリエル・ディーガンはどんな子ですか? ガブリエルのことも知ってます?」

警備員は笑みを浮かべて顎をなでた。「少しばかりおおざっぱな性格だが、悪い子じゃありません。面白いことに、ふたりは仲よしでね、よく一緒にいます。陰と陽みたいな組み合わせです」

「というと?」

警備員は廊下に目をやってから声を落とした。「ガビーには少し厳しくする必要があるんですよ。ここの秩序を保つのが、わたしの役目ですからね。だが、あの子がどういう子かは、ちゃんとわかってる。みんなに注目されたいだけなんだ。ええ、わたしの目はごまかせません。本人は否定するだろうが、あれはこの学校でもトップクラスと言えるほど頭がいい子です。面倒を起こすのはトラブルメイカーだからじゃなく、退屈だからだ。もう少し経てば立派な大人になる。それまで小さなトラブルには目をつぶり、大きなトラブルから遠ざけておくのがわたしの仕事でね。ガビーのような子は、どのクラスにもひとりはいるもんです」

「どこへ行けば会えますか？」

「二階に連絡して、誰かにここに連れてきてもらうとしましょう」警備員はテーブルの上の電話に手を伸ばし、ウィンクした。「財布と宝石に気をつけたほうがいいですよ」

13

二日目　午前九時十四分

ポーター

ポーターとナッシュはレイノルズ家の勝手口に立って、庭に目を凝らした。およそ十五メートル先、庭の左隅に立っている大きな樺の木の下から、雪だるまがこちらを見返している。

短いブリキの筒のシルクハットの下で丸い黒い目をきらめかせた、背の高い雪だるまだ。少なくとも百八十五センチ、もっとあるかもしれない。大きな体が氷できらめいていた。

胸に赤い薔薇を差し、腕代わりの枝には黒い手袋をつけている。右手で木の箒（ほうき）を握り、口の端にトウモロコシの穂軸（すいじく）で造ったパイプをくわえて、頭部の下から暗赤色の血を滴（したた）らせていた。

降りしきる雪で白く霞む庭で、パイプをくわえ、赤い血を流す雪だるま。とんでもなく奇妙だが、まるで一幅（いっぷく）の絵のようだ。ポーターは現実の庭ではなく、絵本を見ているような錯覚にとらわれた。右端のほうにはブランコがあり、庭の向こうは木立に覆われている。

「お宅の誰かが作ったわけじゃないんですね？」ナッシュが尋ねた。

「ええ」レイノルズ夫人は両腕を息子にまわし、庭にたたずむ雪だるまを見つめている。

ポーターはコートの前を開け、なかに手を入れてグロックをつかんだ。

ブレイディが目を丸くする。「すごい。ねえ、ママ、このおじさん雪だるまを殺すの？」

「とんでもない。これは雪だるまに襲われたときの用心さ。外で誰か見なかったかい？」

「誰もいなかったよ」

「少しのあいだ、お母さんとなかに入ってるといい。おじさんたちが雪だるまを見てくるあいだ、きみにお母さんを頼めるかな？」

ブレイディはうなずいた。

ポーターは母親に目を移した。「さあ、行ってください」

ふたりが家のなかに消えると、ポーターはナッシュを見た。「ここで後ろの木立に狙いをつけていてくれ」

ナッシュも自分の銃を取りだし、用心深く森に目を走らせた。

ポーターは降りしきる雪のなかに出た。子どものころよく聞いた童謡が頭をよぎる。

降ったばかりの雪の上には子どもの足跡が至るところにあった。ドアの近くを走りまわったらしくあちこちで交差し、それから雪だるまへとまっすぐ向かっている。ポーターは新しい足跡を作らぬように、できるだけ小股で進み、子どもの足跡の上に足をおろしながら雪だるまに近づいた。昨夜はほとんどひと晩中雪が降っていた。だいぶ積もったに違いないが、これほど大きなものを、なんの痕跡も残さずに作ることができるとは思えない。

ポーターは雪だるまが手にしている箒に目をやった。これを作った人間は自分が残した跡をあれで消したのだろう。しかし、箒を雪だるまの手に持たせたあと、最後の跡はどうやって消したのか？　ポーターは庭がぐるりと金網に囲まれているのも見てとった。塀の高さは一メートルよりも少し高い。前庭へと出る門は開いている。

その門から雪だるまへと続く、かすかな跡があった。足跡というより、重いものを家の正面から裏の庭へと引きずってきたようなくぼみが。

ポーターは雪だるまの前に立ち、その顔を見上げた。この角度から見ると、折った小枝でつけられた微笑が、せせら笑いに見える。巨大なかき氷のシロップよろしく、頭の部分と継ぎ目のところから暗赤色の液体が滲みでていた。

ポーターは近くの樫の木の枝を折り、二股に分かれた先端を使って、〝血〟の色がいちばん濃い箇所の雪を注意深く落としていった。作った人間が誰にせよ、作業をしながら雪に水を吹きつけ、凍らせて固くしたようだ。このコツは、ポーターも子どものころに学んでいた。手を抜かずに作った雪だるまは、石の彫像と同じくらい固くなり、冬が終わるまで誇らしげに立ちつづける。ところが氷で雪を固める手間をはぶくと、太陽が顔を出したとたんにあちこち崩れはじめ、午後の半ばにはせっかくの傑作もただの雪の山になってしまうのだ。

枝を使って氷を砕き、根気よく固めた雪をこすり落としていくと、やがて深い裂け目のある人間の首が見えてきた。

14

二日目　午前九時十五分

リリ

ひどい痛みだった。

あまりの苦しさに体が痙攣する。肺が水を排出しよう、咳きこんで吐きだそうとしているのだ。そうしたくないのに、自然と口が開く。もう水を飲みたくない。死にたくない。

でも、リリは飲みこんでいた。耳が音を拾うのと同じ、自分の意思とは関係のない動きだ。でも今度は水ではなく空気が入ってきた。再び咳きこみ、肺と喉からもっと水を吐いたあと、もう一度あえぐように空気を呑みこんだ。

とても寒い。寒くてたまらない。

ここはもう冷凍庫のなかではない。コンクリートの床の上だ。

それに気づいて、リリはぱっと目を開けた。

あの男が馬乗りになって、両方の手のひらで胸を押している。目が合うと男は手を止め、驚いたように目を見開いてかがみこんだ。臭い息が顔にかかる。「何が見えた?」

リリはまた空気を呑み、呑みこみ、さらに呑みこんだ。

「ゆっくり吸うんだ。過呼吸になるぞ」男はリリの右手をつかみ、親指を手首に食いこませた。「まだ脈は少し乱れているが、すぐに正常に戻る。じっとして鼻から呼吸し、口から吐く。そうすると落ち着くから」

リリは言われたように呼吸しようと努めた。指先や足の爪先に感覚が戻ってくる。あまりにも寒くてがたがた震えはじめた。

男がキルトに手を伸ばし、すえた臭いのするそれをリリの体にかけた。「死んだ瞬間に体温が落ちはじめたせいだ。すぐに戻る。何が見えた?」

リリは瞬(まばた)きして目から霞を払おうとした。弱い光が信じられないほど明るく、熱く、目を焼くようだ。思わず目をつぶると、頬を軽く叩かれた。

死んだ？

「何が見えた？」男はさっきから同じことばかり訊いてくる。キルトの上から腕をこすられると、その摩擦でしだいに腕が温かくなってきた。

「わたしは……死んだの？」リリは咳きこみ、まだ肺に残っていた水を吐きだした。

「溺れたんだ。蘇生するまで心臓は丸々二分停止していた。何を見た？」

男が何を言ったか理解するのに少し時間がかかった。脳がもたつき、のろのろとしか働かない。胸が苦しかった。肋骨にひどい痛みがある。肺の水を出し、心臓を動かすために、この男が胸を強く圧迫したのだろう。「肋骨が折れたみたい」

男はリリの肩をつかみ、ぐったりした体を揺すぶった。「何が見えたか言うんだ。忘れる前に言ってくれ。消えてしまう前に！」

胸が燃えているようだ。ナイフでえぐられるようなその痛みに、リリは悲鳴をあげた。

男が手を離し、体を起こした。「すまない。悪かった。どうか何を見たか話してくれ。そうすれば、すべてが終わる。見たものを教えてくれれば」

リリは湯のなかに沈められた瞬間のことを思い出そうとした。あのとき……本当に溺れて死んだの？　お湯を飲みこみ、意識が遠のいて、闇が訪れた。

その先のことは何も覚えていない。

「何も見なかった。気を失ったんだと思う」

「死んだんだ」

男は血走った目をぎらつかせ、口の端から唾をたらしながらリリを見下ろした。

「ただ目の前が真っ暗になっただけ。そのあと起こされるまで、何もなかった」

「何か覚えているはずだ」

リリは首を振った。「何も覚えてないわ」

男は肩を放し、体を起こして大きな冷凍庫にもたれると、帽子をむしるように取り、頭を掻いた。

リリは息を呑んだ。つるつるの頭を術後の生々しい傷痕が横切っている。左耳の上から後頭部をぐるりと回っているその傷は、黒い糸で縫った両側が盛りあがり、紫色に変わっていた。男は急いで帽子をかぶり、傷口を覆って右脚をかばいながら立ちあがった。

腕をつかんで立たされると、頭から急に血が引いて目の前が真っ白になり、意識が遠のきそうになった。男はリリが自分の足で立てるようになるのを待って、檻へと導き、なかに閉じこめた。そのあとから服を放りこみ、乱暴に扉を閉めて、カチリと音をさせ両方の南京錠をかけた。

「服を着るんだ。何時間かしたらもう一度やる。次はちゃんと覚えていたほうがいいぞ」そう言い捨てて、右脚を少し引きずりながら階段に向かった。「牛乳を飲むといい。体力をつけないと」

リリはもう冷たくないガラスのコップを見た。蝿が一匹、なかに落ちて溺れていた。

15

二日目　午前九時十七分
クレア

クレアとソフィは警備員の案内でロビーの奥の隅へ行き、そこで何本か電話をかけた。黒い革のソファと揃いの椅子を二脚置いた談話スペースには、〝ウィルコックスのＷｉ－Ｆｉ──パスワードは警備員にお尋ねください〟という表示がある。

まもなく、上から足音が聞こえた。肩までの茶色い髪にピンクのハイライトを入れた小柄な少女が、紫のリュックを肩にかけて階段を下りてくる。ふたりに気づくと用心深い表情になり、足の動きが鈍くなった。

「あなたがガブリエル・ディーガン？」クレアが声をかけた。

少女はうなずき、残りの階段を下りて談話スペースに来た。「リリを探してるんですか？」

「ええ」ソフィが答え、空いている椅子のひとつを示した。少女はちらっと入り口のほうを見て、警備員が安心させるように微笑むのを確認し、ソフィとクレアの向かいにある椅子にすとんと座った。「わたしは児童行方不明センターから来たソフィ・ロドリゲス、この人は市警のクレア・ノートン刑事よ」

「あたしのことはガビーと呼んで。ガブリエルなんて呼ぶのは、あそこにいる人だけ」少女は警備員のほうに顎をしゃくった。「あの人、ここの法と秩序の番人なの。ほんとはリリを探しに行きたいのに、あの人ったら頑固にドアを守ってるんだから」

　クレアは笑みをこらえ、ソフィと目を見合わせた。

「何か手がかりをつかんだの？」ガビーの制服のスカートは規定より確実に三センチは短く、白いブラウスは裾が出ていた。銀のピアスがついているのは耳たぶだけだが、眉のあたりにも穴があいている。「リリはもう丸一日、行方不明なのよ。ひょっとしたらどこかの溝に落ちて動けなくなってるか、頭のイカれた男に拘束されてへんなことをされてるかもしれない。もしも４ＭＫに誘拐されたんだとしたら、何をされてるかわかんないわ。急いで見つけなきゃ」

「最後にリリと話したのはいつ？」クレアは尋ねた。

「水曜日の夜よ。リリはバイト中だった。画廊からメールをくれたの」

「なんて？」

「新車のマスタングの写真を送ってきただけ。真っ赤なやつで、すごくカッコよかった。リリがお父さんに卒業したら車を買ってもらう約束をしてから、あたしたち、イカす車の写真を見つけると送りっこしてるの。リリはまだ何にするか決めてないけど、オールAで卒業したら好きな車を買ってもらえるのよ。マセラティにしなよ、って言ったんだけど、リリはあまり高い車はお父さんに悪い、って。だから、イカすけどそこまで高くない車を見つけようとしてて、水曜日の夜はマスタングの写真を送ってきたわけ。それとこれも」

ガビーが携帯電話を掲げ、クレアは身を乗りだした。「それは？」

「テスラ・ロードスターよ。もう生産してないけど、すごい車なんだ。電気で走るのに、スタートから二・七秒で百キロになるし、一回の充電で六百キロぐらい走れるの。売りだされたときは高いのは四十万ドルしたけど、いまだとたった七万ドルで買える」

「見せてもらえる？」

ガビーが携帯を差しだす。

クレアは画面をスクロールし、それ以前のメールを見ていった。なるほど、ガビーの言うとおり、何週間もリリとのやりとりは車の写真だけだ。

「リリはもうすぐ免許を取るつもりなの。取れたら、卒業前に買ってくれっておじさんを説得するんだって。車があれば、卒業までの人生ががらりと変わるもん。ほんの数ブロックだけど毎日車で通うなんてすごいと思わない？」

クレアは携帯電話を返した。「あなたは免許を持ってるの？」

ガビーは首を振った。「いまのとこ、それほど必要ないから。バスや電車に乗るのは別にいやじゃないし。街で駐車スペースを見つけるのはひと苦労でしょ。だから誰かの車に乗せてもらうのがいちばん。その車がテスラなら、言うことないわ」

「そうしたことはある？」ソフィが尋ねた。「誰かの車で学校に来たことがあるの？」

ガビーは椅子の上でもぞもぞ動き、肘を掻いた。「ときどき。ほら、天気が悪いときとか。六九番通りを歩いてると、知った顔が必ず通りかかるの。雨とか雪の日はふたりとも乗せてもらったりする」

「昨日の朝は？　リリは誰かに乗せてもらったと思う？」

ガビーはクレアを見て、考えるように首を傾げた。「雪がかなり降ってたから、その可能性はあるかも」

「リリを乗せた可能性のある生徒のリストがいるわね。作ってもらえる？」ソフィが尋ねた。

ガビーはくすくす笑った。「うちの学校の男子がリリを誘拐したと思ってるの？　そんなのありえない。リリなら、あいつらがパンツからヘなチンを取りだす前に、尻を蹴飛ばしてるわ」

ソフィが頭を傾けた。「知らない人の車が停まったら、リリは乗ったかしら」

ガビーは首を振った。

「だったら……」ソフィはみなまで言わずに仄めかした。

ガビーは身を乗りだした。「けど、始業時間の前は、六九番通りは車や徒歩の生徒でいっぱいよ。リリを車に引っ張りこもうとするやつがいたら、絶対、誰かが見てるはず」

「知っている相手ならどうかしら？　気がつく人がいると思う？」

ガビーはため息をついた。「どうかな。たぶん」

「リストを作ってくれる？　リリを学校まで乗せてくれそうな子の」

ガビーはうなずき、リュックからメモ帳を取りだした。

16

二日目　午前十時二十六分

ポーター

雪だるまのなかからは、ちぎれそうなほど深く首を切られたフロイド・レイノルズの遺体が見つかった。誰かが鳥の餌箱（えさばこ）を取りつける金属製のポールにレイノルズを縛りつけ、氷と雪で徐々に覆っていき、雪だるまを作ったのだ。

ポーターとナッシュは鑑識員が辛抱強く遺体から雪を取り除き、そのすべてを証拠品の袋に入れ、あとで分析するためにひとつひとつの袋にタグをつけるのを見守った。なかの遺体がしだいに見えてくる。

「こいつを作るには相当な時間がかかったはずだぞ」ナッシュが小声でつぶやく。

「少なくとも、三、四時間はな」

「どうすれば誰にも気づかれずに、こんな手のこんだ作業ができるんだ?」

ポーターは片手を振って庭を示した。「この先は木しかない。右側にある家からの視界は生垣がさえぎっているし、左側には木のフェンスがある。前庭の門から入ってこないかぎり、ここで何をやっててもわからないさ。通りからは見えないからな」

「おまけに奥方はうわの空だし、犯人が雪だるまを作りはじめるころは、子どもはもう寝ていたんだろうな」ナッシュは頭に浮かんだ推理を口にした。

ポーターは地面を見下ろし、前庭へと歩きだした。ナッシュが注意深くポーターの足跡を踏みながら、二、三歩後ろをついてくる。鑑識員がすでに雪のなかを探し、何も見つからなかったのだから、足跡を気にする必要はないのだが、そうする癖がついているのだ。

ポーターは門を押し開いて庭に入ると、そこで一瞬足を止め、車寄せにあるシルバーのレクサスに近づいた。駐めてあるのは、玄関から見えない家の脇だ。夫人は夫が出かけたと思っていたようだが、おそらくフロイド・レイノルズは車のギアも入れなかっただろう。

犯人は何らかの手段で車の後部ドアを開け、運転席の後ろに滑りこんだにちがいない。

「レイノルズが家から出てきたときには、おそらく運転席の後ろに身をひそめていたんだろう。あそこに人感センサー付きライトがある。レイノルズが家を出たのは夕食のあとだったな。すでに暗くなっていたはずだ。車の外で待ち構えていれば、あのライトがつく。

隠れる場所は後部座席しかない。レイノルズが乗りこみ、たぶんシートベルトをするのを待ってから、後ろから何かを、喉の傷からするとピアノ線のようなワイヤーを、首に回した」ポーターはそう言いながら車の後ろに乗りこみ、ゆっくり動いて犯人の行動をなぞりながら、運転席の背もたれに目を留めた。「裏側の革に靴跡が残っている。拭きとろうとしたらしいが、一部見逃したようだ。背もたれの裏側に足をかけ、力をこめたんだな」「鑑識の話だと、サイズ十一の作業靴だそうだ。メーカーはわからない」

「この方法で男を殺すには相当な力がいる。レイノルズは必死に抵抗し、線の下に手を入れようとしたはずだからな。しかしハンドルが邪魔になって、レイノルズの動きはかなり制限された。ドアを開けようとした可能性もあるが、両手で首にかかった線をつかもうとした可能性のほうが大きいな。とにかく、後部座席にいる犯人のほうがずっと有利だった。レイノルズがもっと力のある男だったとしても、ワイヤーをはずすのは不可能だった」ポーターは後部座席から出て、前のドアを開けた。「フロントガラスとダッシュボードに血が飛び散っている。いまの筋書きと合うな」

ハンドルとドアは指紋採取時に使われる黒い粉で覆われていた。「犯人はレイノルズを殺して車を降りると、前の座席から肩をつかんでレイノルズを引っ張りだし、そのまま裏庭まで引きずっていった」ポーターは再び自分の推理を行動でなぞり、背を丸め、見えない死体を雪だるまがあった場所まで引きずっていった。そこでは、雪と氷をすでに取り除かれ、レイノルズの死体がすっかり見えていた。雪だるまに使われていたシルクハットや黒い手袋などは、地面に置かれている。ポーターはそのうちのひとつ、箒を示した。「さっきも言ったが、犯人はこれで跡を消した。そのあとは昨夜の雪が仕上げをしてくれた」「犯人は森のなかに消えたみたいです」鑑識のひとりが言った。ジャクソン公園の池にいた女性だ。

ポーターはうなずいた。「俺が犯人でもそうするだろうな。ロルフェスだったかな？」

「ええ」ロルフェスはうなずいて、木立へと向かう地面を示した。「木立の下の雪は地面ほど積もっていませんが、犯人は足跡を消しながら進んで一ブロック先のハイセン通りで木立を出たようです。そこに車を駐めておいたんでしょう」

「タイヤの跡は？」

ロルフェスは首を振った。「犯人の車だとわかるものは何も。制服警官がふたり、昨夜そこに駐まっていた車を見た人間がいないか聞いてまわってます」

ポーターの電話が鳴った。ちらっと画面に目をやる。「警部だ」

「出ないのか？」

「ああ」

ナッシュが顔をしかめた。「おまえが出ないと、俺に来るんだぞ」

ポーターの電話が静かになるとすぐに、ナッシュの電話が鳴った。

「くそくそ」

「まだ現場にいると言ってやれよ。終わりしだい戻る、と」

ナッシュはため息をついて通話ボタンを押した。

そのとき、後ろで女性の悲鳴があがった。

振り向くと、レイノルズ夫人が勝手口に立っていた。

「くそ、奥さんと子どもは家から出すなと言ったのに。これを見せるのは酷だ」

ナッシュは肩をすくめ、電話を耳に押しあてて家に背を向け、歩きだした。

17

二日目　午前十時二十六分
クレア

クレアはぎいぎいうるさいオフィスの椅子に沈むように座り、ひじ掛けの緑の革のひびをむしった。コーヒーカップに手を伸ばし、口に運んだが——空っぽだ。

「もう一杯いる?」クレアはソフィに尋ねた。

ソフィが両手に持ったメモ用紙から顔を上げた。「わたしはいいわ。それより、あとふたりよ。さっさと片付けて、ここを出ましょうよ」

ガビー・ディーガンと話したあと、警備員はふたりを二階の事務室に案内し、受付のノリーン・ウーテンに引き合わせてくれた。ウーテンは作り笑いを浮かべ、鼻に跡が残るほど分厚いレンズのはまった眼鏡の奥からふたりを見た。

身分と用件を告げたあと、ふたりはウーテンをふたつの仕事に送りだした。まず、ガビーが作った長いリストにある生徒（全部で十六名）を集め、それから十二日の出席簿を確認してほしい、と。リリを乗せた生徒がそのまま走り去ったわずかな可能性を考えて、あの日欠席した生徒がいるかどうかが知りたかった。

ウーテンが割りあてられた仕事をするあいだ、クレアとソフィはオフィスの外の廊下に並んだ生徒たちを順番になかに呼び、話を聞きはじめた。ようやく十四人が終わり、残るはあとふたり。いまのところ、登校中にも学内でも、誰ひとりリリを見た者はいなかった。

「次は誰？」

ソフィはガビーのメモを見た。「レオ・グニアよ」

レオ・グニアもこれまでの十四人と同じ、白いシャツと紺のパンツ、青い縞のネクタイ姿だった。黒い髪を短く刈り、顎の下にまばらな無精髭をはやしている。

クレアは微笑を嚙み殺した。十代の子はどうして髭をはやしたがるのか？　実際にまともな髭をはやした子には、まだお目にかかったことがない。「座ってちょうだい、レオ」

ソフィがふたり分の自己紹介をして、ここにいる目的を説明した。

レオはまっすぐソフィを見て、うなずいた。「みんながその話でもちきりです」

「ほんと？　なんて言ってるの？」

レオは肩をすくめた。「登校中に誰かがさらったに違いない、って。あの4MKが」

「これは4MKの仕業じゃないわ」クレアが口を挟んだ。

レオはまた肩をすくめた。「まあ、だったらほかの誰かが」

「あの日の朝、リリを見なかった？」

レオは黙ってうつむき、足を動かした。

「レオ？」

「停まるべきだったんだ。すごく寒くて、リリは凍えていたに違いないのに。でも、あの日は早めに教室に行って、テストの準備をしなきゃならなくて。前の晩はバイトで試験勉強をする時間がなかったもんだから」レオは消え入りそうな声で言った。

クレアは身を乗りだした。「それじゃリリを見たのね。どこで？」

「六九番通りです。高架道路の手前のとこ」レオは涙に潤む目を上げた。「リリは肩をすぼめて、吹きつける雪に向かって歩いてました。すごい雪だったから、直前まで見えなかった。ブレーキを踏みそうになったけど、テストのことを思い出したんです。時計を見ると、思ったより五分も遅れてて、駐車する時間を入れれば、復習する時間は二十分もないくらいだった。それに、リリに気づいたときには通り過ぎるところだったから、乗せてやりたくても、停まるのは無理だったと思います。戻る時間はなかったし、ほかの誰かが乗せてやるに違いないと思ったんです」

クレアはちらっとソフィを見て、それからレオに顔を戻した。「誰かがリリのそばで停まるのを見た？」

レオは首をたれた。「いいえ。後ろの車が停まったとしても、気づいたかどうか。テストのことで頭がいっぱいだったし、あの雪だから。でも、ぼくがあのとき乗せていれば、リリは今日も元気で学校に来ていたはずです。リリが誘拐されたのは、ぼくのせいだ」

ソフィが尋ねた。「リリを見たときは何時だったの？」

レオはため息をついた。「七時半でした」

「それはたしか？」

「たしかです。あの試験にはどうしてもAを取る必要があって、あの日は起きたときから時間を気にしていましたから」

「で、成績は？」

レオはまたため息をついた。「Bマイナスでした」

クレアはレオ・グニアの連絡先を書きとめ、レオに名刺を渡して授業に送り返した。そのあと話を聞いたマルコム・レフィングウェルは、この一週間リリを見ていなかった。

ノリーン・ウーテンが顔を覗かせた。「終わりました？」

クレアは立ちあがって体を伸ばした。「ええ。出席簿のほうはどうです？」

ウーテンは重い眼鏡を鼻梁に押しあげ、小さなメモ用紙をざっと見た。「あの日はふたり病欠しています。どちらも母親から電話がありました。ロビン・スターツとロザリー・

ニューハウスです。一時限目に遅刻してきた生徒も、連絡もなしに休んだ生徒もいません。うちには悪ふざけやいたずらに巻きこまれるような子はいないんです」

ソフィがウーテンの手にしたメモに顎をしゃくった。「その女子ふたりは、リリを知っていたかしら？」

「どうでしょう？ ロビンは一年生で、ロザリーは二年生ですから、知っていた可能性はあると思いますが、はっきりしたことは言えません」

「そのふたりとも話したいんですが」

ソフィの要請にウーテンがうなずく。

クレアは沈みこむように椅子に腰を戻した。空回りばかりでちっとも進展している気がしない。

18

二日目　午前十時三十一分

ポーター

「どうして警部が俺のアパートの前で会いたがっているんだ？」

ポーターは指の関節が白くなるほど強く両手でハンドルを握りしめ、九四号線を時速百十キロで走っていた。チャージャーの屋根にのせた赤と青のライトが目の隅に入りこみ、サイレンの音が重厚なエンジン音に混じる。

その横では、ナッシュがドアの上のグリップを右手で握り、左手で座席の端をつかんでいる。「理由は言わなかった。訊きだそうとはしたんだが。〝とにかく、ポーターをいますぐやつのアパートに連れてこい〟とさ」

ポーターは左にハンドルを切り、ガソリンを積んだタンクローリーを追い越した。「どんな様子だった？　怒っていたとか、取り乱していたとか」

ナッシュは肩をすくめた。「いつもと同じ調子に聞こえたぞ。警部の考えてることは、俺にはさっぱりわからん」

「くそ！」ポーターは毒づいてクラクションを叩き、前に割りこんだ青いプリウスにそのまま鳴らしつづけた。「割りこんできて、のろのろ走るな」

「アパートに何かあるのか？　あるなら、いまのうちに言っといてくれよ。何もないなら、どうして警部がアパートで会いたがるんだ？」

プリウスは右の指示ライトを点け、ゆっくり隣の車線に移っていく。前を塞いでいた車がいなくなると同時に、ポーターはアクセルを踏みこんでギアを切り替え、プリウスのミラーのほんの数センチ横をかすめるように通過した。

「どうなんだ、サム？」

「知るか」

ナッシュはうめいた。「自分のアパートのことなのに、わからないのか？　なあ、サム、俺はおまえの相棒だぞ。なんでも話してくれよ。ヘザーの死に関係があるのか？」

ポーターは黙りこんだまま、レイク・ショア・ドライブの出口に向かった。

アパートの前には警部の白いクラウンだけでなく、ほかにも三台の車が駐まっていた。黒のセダンが二台とワゴン車が一台。近づくとＦＢＩのナンバープレートが見えた。ポーターはワゴン車が出られない位置に二重駐車し、サイレンは消したものの、回転灯はそのままにして車を飛びおり、階段を駆けあがった。

彼らはポーターのアパートのドアの前に集まっていた。ダルトン警部、ディーナー捜査官、プール捜査官、FBIのシカゴ支局長ハーレスもいる。ハーレスは4MKの特別捜査本部を指揮している男だ。ポーターの知らないFBIの鑑識員もふたりいた。

ダルトンが階段室から廊下に出てきたポーターとナッシュを見て、急ぎ足で近づいてきた。「いったい何を考えていたんだ、ポーター？」

「なんのことです？」

「わかっているはずだぞ」

ダルトンは携帯電話の写真をいくつかクリックし、小さな画面をポーターに見せた。

「これのせいか？　ビショップの母親を探しているのか？」

ポーターは画面をちらっと見た。ダルトンが表示しているのは、妻を殺した男の耳と一緒に、ビショップがポーターの部屋に残していったメモだった。

やあ、サム

ぼくからのささやかな贈り物です。

あの男の悲鳴を聞かせてあげたかったですよ。

今度お返しをしてほしいな。

母を見つけるのに手を貸してくれるとか。

B

「やつの母親を探しているのか?」ダルトンが繰り返した。

ポーターは深く息を吸いこんだ。

「俺が探しているのは4MKです」

「それはきみの仕事じゃない」ダルトンは怒りに燃える声で言った。「4MKと連絡を取っていたのか? あいつから連絡があったのか?」

「いいえ」

「連絡してきたら、ちゃんと話してくれたか?」

「もちろん」

ダルトンは電話を茶色いコートのポケットに戻した。「その言葉を信じたいが……」

ナッシュがプールを見て顔をしかめた。「おたくらは何を企んでいるんだ?」

プールは身を守るように両手を上げただけで何も言わない。

ダルトンは眉間に深いしわを刻んだ。「何も企んではいないさ。ポーターが今朝FBIのオフィスにしのびこんだんだ。防犯カメラに映っていた」

「暖房をつけてやろうとしただけじゃないですか? これだけ寒いと部屋が暖まってるのはありがたいから」ナッシュは親指でディーナーを示した。「あいつなんか今朝、俺の机に脚をのせてましたよ。俺たちは仲良しの大家族だ。なんでも分かちあう」

ハーレスが進みでた。「われわれがあそこにいるあいだ、あのオフィスはFBIの管轄だ。侵入する者は地元の警察官を含め、訴追対象になる」

「俺はバーバラ・マッキンリーのファイルを借りただけです」

ダルトンがくるりと目玉を回した。

ハーレスがさらに一歩進みでる。「ＦＢＩの所有物を盗むのは、侵入とはまた別の罪だ。やはり訴追対象になる」

「目を通したら、すぐに返しますよ」

「いますぐ返してもらおう。それからきみの処分を検討する」

ダルトンは怒りで顔を赤くし、ハーレスに顔を向けた。「ポーターのバッジをどうするか決めるのはわたしだ。あんたはわれわれのお客ですよ。わたしがその気になれば、電話一本であんたたちをあそこから放りだせるんだ」

ハーレスはまた一歩詰め寄った。「いいかね、警部。われわれがあそこにいるのは、きみの配下の花形刑事が連続殺人犯を取り逃がしたせいだ。そのせいで、また誰かが死ぬことになる。すでに被害者が出ている可能性もじゅうぶんにあるんだぞ。死んだ少女がひとり、行方不明の少女がひとり、どちらもおそらくビショップの仕業だ。それなのに、きみは大失態をしでかした刑事に捜査班を任せている。しかもそいつはファイルを盗みだした。きみは何人被害者を出したら、間違いをただす気になるのかね？」

「今回、少女たちを誘拐したのは４ＭＫじゃない」ポーターは低い声で言い返した。

「いい加減にしろ」ダルトンがたしなめる。

「わたしはこの男がほかに何を隠しているか知りたい」ハーレスはダルトンに言い、ポーターに命じた。「ドアを開けたまえ」

「何を言ってるんだ？」ナッシュが割って入った。「捜査令状を持ってるなら別だが、あんたにはポーターのアパートに入る権利はないぞ」

ハーレスは指を折りながら数えあげた。「ＦＢＩのオフィスに侵入し、ファイルを盗みだして捜査を妨害し、連邦政府の指名手配犯を幇助した。これだけあれば、バッジを取りあげられる心配どころか、ぶち込まれる可能性もあるぞ」

ダルトンはポーターの肩をつかんでＦＢＩの男たちから離れ、低い声で言った。「ドアを開けろ」

「なぜです？」

「あいつらをなかに入れて好きなだけ嗅ぎまわらせ、いまの起訴事実に根拠がないことを示すんだ。アパートのなかを見せれば、丸くおさまる。ハーレスを拒めば、わたしの手に負えなくなるぞ」

「くそくらえと言ってやれよ、サム」ナッシュが言う。

ポーターは片手を上げて相棒をなだめながら、廊下に立っている男たちを見た。目を合わせたのはプールだけだった。「いいでしょう」

「サム！」

ポーターは気弱な笑みを浮かべた。「いいんだ。もうどうでもいい。あいつを捕まえる役に立つかもしれんしな」

　ダルトンが息を吸いこみ、ポーターを連れて廊下を戻った。ポーターはポケットから鍵を取りだし、ドアを開けた。ハーレスとディーナーがポーターを押しのけてアパートに入っていく。鑑識員があとに続き、最後にプールが目をふせてポーターたちの前を通り過ぎた。

　ポーターもダルトンとナッシュを引き連れ、なかに入った。

　寝室から口笛が聞こえた。「なんだこれは」ハーレスの声だ。

「驚いたな」ダルトンはその部屋に入ったとたん息を呑んだ。

　ナッシュは何も言わず、みんなのあとから足を引きずるようにして寝室に入った。

「これはなんだ？」ハーレスが詰問する。

「この四カ月、世界中でビショップの名前があがった場所です」ポーターは地図に歩み寄りジャクソン公園の池につけた黄色い画鋲を見つけ、それをはずしてナイトテーブルに落とした。

　ディーナーが目ざとく見つけた。「いまのはなんだ？」

「ジャクソン公園につけてあった目印だ。さっきも言ったが、この誘拐は４ＭＫの仕業じゃない。少なくともこれは、いままでの事件とはまったくの別物だ」

　プールが部屋を横切り、ノートパソコンの前に膝をついてスクリーンのテキストを見た。

「Ｇｏｏｇｌｅアラートですか？」

「ビショップか4MKについてオンラインで言及されると、知らせが届くんだ」

プールはよく見えるようにスクリーンの角度を調整し、キーを打とうとして、ポーターを振り返った。「いいですか？」

「もちろん」

プールは内容を確認しながらメッセージをスクロールした。次いでその前の五十通を取りだし、同じように目を通してから、地図を見てポーターに尋ねた。「やつはどこにいると思います？」

「見当もつかないな」

ハーレスは引き出しを開け、衣類をかき回しはじめた。

すぐさまナッシュが部屋を横切って、ハーレスとポーターのたんすのあいだに立った。

「何をしてるんだ？　ポーターの下着まで調べるつもりなんですか？」

「どきたまえ」ハーレスは言い返した。

「いいんだ、ナッシュ。好きなようにさせておけ。俺は何も隠してない」

ハーレスはポーターを見た。「バーバラ・マッキンリーのファイルはどこだ？」

「車のなかですよ。運転席の下にある」ポーターは車のキーをハーレスに向かって投げた。

ハーレスがそれを鑑識員のひとりに投げる。受けとった男は部屋の外に出てエレベーターに向かった。

「ここにはほかにどんなファイルがある？」ハーレスが尋ねた。

ポーターはベッドの端に腰を下ろした。「俺が持っているのはあれだけです」

「ほかのファイルは戻したわけか？」

「抜きだしたのはあれだけですよ」

ノートパソコンの前にいたプールが立ちあがった。「どうしてバーバラ・マッキンリーのファイルを読みたかったんです？」

ポーターはつかのまためらった。ＦＢＩに話すのは気が進まなかった。だが自分だけの胸に秘めていては、誰の助けにもならない。「直感かな。あの事件だけ、ほかと違う気がした」

「どんなふうに？」

ディーナーが鼻を鳴らした。「訊く必要があるか？　刑事の直感なんてのは、昔の白黒映画と三文小説が証拠代わりに使うもんだ」

「どんなふうに？」プールは繰り返した。

ポーターは髪をかきあげた。「被害者のなかでバーバラ・マッキンリーだけがブロンドだった。誘拐された八人のうち、唯一のブロンドだ」

「ばかばかしい」ハーレスが吐き捨てる。

その言葉を遮るようにプールが前に出た。「４ＭＫは犯罪者の娘や妹を殺した。マッキンリー家にはブロンドの子どもしかいなかったから、選択肢がなかったとか？」

ポーターは肩をすくめた。「そうかもしれないが、あの事件は犯罪自体もほかの事件と少し違う。バーバラ・マッキンリーの姉は通行人を轢き逃げした。通行人が死んだのは事故だ。４ＭＫが罰を下したほかの悪党は、計画的に悪事を行っていた」

プールは少し考え、ぽつりとつぶやいた。「まだ根拠が弱いな」

「確実な根拠があるとは言わなかったぞ。直感、と言ったんだ。とにかく、ファイルを見直して何かつかめれば、あんたたちに話していたよ」

鑑識員が戻り、ハーレスにバーバラ・マッキンリーのファイルを手渡した。ハーレスはそれをポーターに向かって振った。「このなかで何を見つけたんだ？　それを裏付けるものがあるのか？」

「まだ目を通していないと言ったはずですよ」

ハーレスはほぼ一分もポーターをねめつけてから、ふたりの鑑識員とＦＢＩの捜査官たちに目を戻し、壁に向かって手を振った。「何もかも写真に撮れ、それからすべて袋に入れてタグをつけ、オフィスへ運ぶんだ。このアパートを隅から隅までひっくり返し、４ＭＫに関連するものを見つけたらただちに報告しろ」

それからポーターに向き直り、鼻が触れ合うほど顔を近づけた。「４ＭＫが接触してきたのに隠しているとか、まだわれわれに隠蔽している情報があるとわかったら、きさまをぶちこむぞ。どんな後ろ盾があろうと、どんな業績をあげていようと、わたしにとってきさまはただの盗人にすぎん。ＦＢＩの捜査を妨害する盗人のくそったれ警官だ。隠していることがあるなら、いま話すんだな。あとからわかったら、きさまはおしまいだ」

「ほかには何もない」

ハーレスがためていた息を吐く。

ポーターは揺るぎない目で見返した。

ハーレスはようやくきびすを返し、部屋を横切ってクローゼットを調べに行った。ポーターはドレッサーの上に置いてある写真の、安心させるような明るい笑みを浮かべた亡き妻を見つめ、深い孤独を感じた。


一時間後、ＦＢＩは四箱のファイルボックスをいっぱいにして捜索を終了した。

ポーターの部屋の壁には再び何もなくなった。残ったのは鋲の跡と、テープを乱暴にはがしたせいで剝がれたペンキの跡だけだ。ディーナーはポーターのノートパソコンを小脇に抱え、何か見落としたものはないかとゆっくり部屋を一周した。外の廊下ではハーレスがダルトンと何か話している。

プールは去り際に何か言いかけたものの、思い直したらしく黙って出ていった。ポーターはプールが最後の箱を抱えた鑑識員を従えてエレベーターに乗りこむのを見守った。

「ディーナー？」ハーレスが大声で呼んだ。「行くぞ」

ディーナー捜査官はポーターを押しのけ、もう誰も使っていないような古臭いアフターシェーブのにおいを残してエレベーターに向かった。

ドアが開き、ハーレスがダルトンに何か言ってから乗りこむ。憎しみに燃えたその目はドアが閉まるまでポーターから離れなかった。

ダルトンがナッシュをあとに従え、部屋に戻ってきた。「いったい何を考えていたんだ、ポーター。あんなばかな真似をするなんて」

「しかし、サムは証拠を隠していたわけじゃありませんよ」ナッシュが指摘した。

ダルトンが怒りで赤くなった。「おまえは黙ってろ。相棒のおまえが、何も知らなかったとは信じられん」

「こいつは何も知りません。全部俺がやったことです」

ダルトンがくるりと振り向いた。「４ＭＫの捜査に顔をつっこんでないで、少女たちを誘拐している犯人の逮捕に全力を尽くすべきだぞ。くそ、いまはおまえを停職にしている余裕などないのに」

「だったら、しないでください」

「ハーレスはこの件を副長官に直訴した。副長官が署長に電話をしてきたんだ。わたしがかばってやれる問題じゃない」警部は床に目を落とした。「おまえを一週間の停職処分にする。そのあいだに四猿を頭から追いだせ。いいな。ＦＢＩはおまえを起訴しないことに同意したが、停職処分については交渉の余地がなかった」

「警部、こんなふうに対立するのはばかげてますよ。捜査に権力争いを持ちこむなんて間違ってる。４ＭＫを捕まえるのを優先すべきです。あいつのことは、誰よりも俺たちが――」

ダルトンが片手を差しだした。「銃とバッジをよこせ」

これ以上逆らっても無駄だ。ポーターはグロックと警察バッジをその手に置いた。

ダルトンは両方とも上着のポケットに入れ、きびすを返して部屋を出ていくと、エレベーターのボタンを押した。

「この新しい犯人は手強いですよ。すごい速さで犯行がエスカレートしてる」

ダルトンはそう言ったポーターを振り向こうともせずに応えた。「ナッシュとクレアが捜査を続行する。これから七日間、おまえはいっさい口を挟むな。さもないと、停職をもう一週間延ばすぞ。わかったか？」

ポーターは黙りこんだ。

「わかったか？」警部が繰り返した。

「はい」

エレベーターが止まり、ダルトンが乗りこんでドアを押さえた。「ナッシュ、行くぞ」

ナッシュが黙ってポーターを見る。ポーターはかすかにうなずいた。

ナッシュがエレベーターに乗り、ドアが閉まった。ポーターは部屋の真ん中に立ち、開いている玄関のドアからそれを見ていた。心臓が激しく打ち、静寂が悲鳴をあげていた。

19

二日目　午前十一時三十六分

リリ

リリは分厚いキルトにくるまり、檻の隅で体を丸めていた。その下には服も着ていたが、体はちっとも温かくならない。ヒーターから吹きだしてくる暖気の前にいても震えが止まらなかった。地下室の向こうの隅にある暗い階段に目をやり、男が上を歩きまわるたびに、古い天井の板がきしむ音に耳を傾けていた。

蜘蛛が一匹、金網を横切って足の近くに這い寄ってくる。リリは檻の隅の金網にさらに体を押しつけた。

上で足音がするたびに、天井の梁から少し埃が落ちてきて、薄暗い明かりのなかにうっすらと霧を作る。リリはそれが雪で、自分は窓の外を見ているのだと思おうとした。自宅の自分の部屋に戻ったふりをしようとした。だが、頭上で男が叫び声をあげるたびに、せっかくの努力が水の泡になる。

あの男はしょっちゅう悲鳴をあげる。何を言っているかはわからない。くぐもった大声をあげ、ときどきそのあとで泣きだす。さもなければ苦しげにうめく。どちらにしてもその声は家のなかの静けさを破り、断続的に舞い降りてくる埃のなかにいつまでも留まった。叫びや泣き声は、なんの前触れもなしに始まる。

宿題で鳥小屋を作るリリを手伝って、父が人差し指を金鎚（かなづち）で叩いたときも、あの男と同じような声をあげたが、その悲鳴はすぐに途絶えた。自分が悲鳴をあげるのを娘に聞かれたことに気づき、はっとして呑みこんだみたいに。

上にいる男の悲鳴がそんなふうに途切れることはない。長いあいだ黙りこみ、物音も足音もしないときが続いたかと思うと、まるで刃（やいば）のように鋭い声が家のなかを満たし、やがてそれがすすり泣きに変わる。リリはどうして男が悲鳴をあげるのかわからなかった。知りたくもない。できれば、悲鳴も聞きたくなかった。

この一時間、男が下りてきたのは一度だけだった。リリのトイレ用に置いたバケツをからにし、それを洗って檻のなかに戻した。それから蠅の浮いた少しも減っていない牛乳のグラスをつかみ、何も言わずにそれを持って階段を上がっていった。男の顔色は最初のときよりひどくなっていた。にらみつけたかったが、目が合うとどうしてもそらしてしまう。だから、あの男は地下に下りてくるたびに長居をするのだろうか？リリが見返さないから安心してこちらを見ているのか。見つめている、と言ってもいい。

わたしを見ながら、何を考えてるの？

今度下りてきたら、しっかり目を合わせて、絶対にそらさないようにしよう。頭の傷のことを何か言ってやろうか？　そうすればさっさと上に引きあげるかもしれない。学校にもそういう男子はたくさんいる。自信のある子はリリが見返しても目をそらそうとしない。なかには自分が見ていることを、わざとリリに知らせる子もいる。でも内気な子は、リリがその視線を感じて振り向いたとたんに目をそらし、リリのことなど見ていなかったふりをする。友だちのガビーは、自分が見られているのがわかったとたん、わざとそういう内気な子の名前を呼んで、気詰まりな思いをさせるのが好きだ。この前の化学の授業でも――

階段を下りてくる足音が聞こえ、男の姿が見えてきた。黒いジーンズと暗赤色のセーターに着替えていたが、帽子は同じ黒いニットだ。階段を下りるといちばん下の段に座り、今回はリリが見ているのにじっと見つめてきた。

ほんの数分前は、絶対に目をそらさず、にらみつけて動揺させてやる、と決心していたのに、だめだった。リリは急いで目をそらし、目の隅で男の様子をうかがいながら、コンクリートの床を見つめた。

男は長いこと座っていた。少なくとも二十分はそうしていたに違いない。喉をぜいぜい言わせながら浅い呼吸を繰り返したあと、ようやく低い声で言った。「怖い思いをさせたとしたらすまない。ときどき痛むんだ」

どういう意味か訊きたかったが、リリは黙っていた。

「ときどき、えぐられるほどじゃないが、誰かが目玉をつかんで潰そうとしてるみたいに痛むんだ。鎮痛剤は持っているけど、のむと頭がぼうっとして、集中できなくなる。でも、いまは集中する必要があるからね。頭をすっきりさせておかないと」

どこが悪いの？　リリはそう訊きたかった。でも、この男と話すのはいやだ。

男は手を伸ばして帽子の上から頭を掻くと、再び立ちあがった。「さてと、そろそろもう一度やろうか」

20

二日目　午前十一時四十九分
クレア

クロズが右足で床を押し、椅子をくるくる回しながら皮肉たっぷりに言った。「へえ、サムが自宅でも〝捜査〟をやっていたって？　そいつは驚いた」

ナッシュは会議テーブルの端に尻をのせていた。ソフィとクレアはその反対端にいる。

「俺たちに話してくれればよかったんだ」

「でも、かばうのは無理だったと思うわ」クレアが言った。「さっきの話だと、警部はあんたにそのチャンスも与えなかったんでしょ」

ナッシュは通路の向こうを指さした。「あそこにいるピエロどものせいだ」

クロズがまたくるっと椅子を回した。「これは絶対に陰謀だな」

「どういう意味だ?」

「上層部の誰かが自分の尻を守ろうとしているのさ。本来なら、われわれとFBIは協力し合うべきだ。ところがFBIは4MKの捜索をわれわれから取りあげ、自分たちだけのものにした。ふつうなら、そんなやり方はおかしい。きっと上層部の誰かがこの捜査本部に4MKの捜索をやらせたくないんだ」

「誰だ? ダルトンか?」

「もっと上だろうな。市長はタルボットの友人だった。タルボットの悪事が暴露されると、かなり非難された。それからサムがビショップを逃がした、とマスコミが騒ぎ……」

クレアはクロズにペンを投げつけた。「サムは誰も逃がしたりしなかったわ。あの子を救ったのよ」

クロズはペンをつかみ、自分のポケットに入れた。「わたしたちはそれを知っている。だが、サムが犯人を逃がしてやったことにすれば、話が面白くなるだろう? 市長の親友が犯罪者で、捜査主任が連続殺人鬼を故意に逃亡させた。そうなると、FBIが横槍を入れ、われわれから事件を取りあげる完璧な理由になる」

クレアはナッシュを見た。「ビショップと連絡を取ってると思う？」

「サムがか？」

「ええ」

ナッシュは肩をすくめた。「さあな」

「そんなことするかしら？　あたしたちに何も言わずに４ＭＫと接触するなんて」

ナッシュは再び肩をすくめた。「ヘザーが死んでから、俺たちにはほとんど何も話さなくなったからな」

「ヘザーって？」ソフィが尋ねる。

クレアは首を傾げた。「聞いてないの？」

ソフィが首を振る。

「サムの奥さんよ。去年、コンビニに入った強盗に殺されたの。そんなとき、４ＭＫがバスの前に飛びだして死んだ、ってことになって、あたしたちはサムを呼びだしたの。まだ服喪休暇中だったけど、四猿殺人はサムがずっと追っていた事件だったから。奥さんを殺した犯人は捕まったのよ。でもそいつは保釈になったあと姿をくらました。そのあいだにビショップはタルボットを殺し、サムはエモリーを救出した。でも刺された脚の傷口が開いて病院に運ばれ、ようやく退院して家に戻ると、ベッドの上に箱があって、なかにはビショップからのメモと奥さんを殺した犯人の耳が入っていた。ビショップがその男を殺したの」

「メモにはなんて書いてあったの？」

「お返しに母親を探すのを手伝ってくれ、みたいなことさ」ナッシュが言った。

「ビショップの母親を？　その人が事件になんの関係があるわけ？」

クレアはくるりと目を回した。「いまはそれを全部説明している暇はないわ。車に戻ったら話してあげる。それより捜査よ。サムなしでこれからどうするのか決めないと」クレアはナッシュを見た。「レイノルズ家では何があったの？」

ナッシュは携帯を滑らせ、撮った写真をクレアとソフィに見せた。

クロズも身を乗りだし、覗きこむ。「エラ・レイノルズを殺した男がやったのかな？」

「偶然ってことはないだろ」

「だが、なぜだ？」

「俺も知りたいね」

画面をスワイプして次々に写真を見ていたソフィがつぶやいた。「そんなのへんよ。レイノルズ一家が狙いだったら、なぜ犯人はリリ・デイヴィーズを誘拐したの？　エラとリリは知り合いじゃないし、なんの関係もない。ふたりを繋ぐものは何ひとつないのよ」

「まだわからないだけで、繋がりはあるに違いないわ。父親に関しては何がわかってる？」

クレアの問いに、ナッシュが立ちあがり、ホワイトボードに歩み寄った。〝フロイド・レイノルズ〟と書き、その横に〝妻――リーアン・レイノルズ〟と書き足す。「父親はユニメド・アメリカ・ヘルスケアの社員だった。この十二年ずっとだ。生命、医療、財産を一本の契約で保障する保険と、健康保険を売っていた。夫人の話だと、ボーナス抜きで一年に二十万ドル稼いでいた。レイノルズ家には借金は一セントもない。カードの支払いも毎月きちんと決済し、滞ったことはないそうだ」

クロズが低く口笛を吹いた。「それはすごい。わたしは職業の選択を間違えたようだな」

「わたしたちもユニメドに加入しているわ」ソフィが指摘した。

「あそこはイリノイで三番目にでかい保険会社だからな」ナッシュはそう言いながら、犯人の欄にサイズ十一の作業用ブーツの跡が見つかったと書きこんだ。

「どこで見つかったの？」ソフィが尋ねた。

「レイノルズ家の車のなかさ。運転席の背もたれの裏側にあった。レクサスＬＳだぞ」そう言って目をくるりと回す。「拭きとろうとしたようだが、急いでいたんだろう。サムはレイノルズの首を絞めるときに、犯人がそこに足をかけたと思ってる」

クロズは天井を見上げた。「サイズ十一だと身長は……およそ百八十センチ強だな」

「どうしてわかるの？」ソフィが尋ねた。

「人間の身長を靴のサイズから割りだす計算式というのがあるんだ。足のサイズと身長は密接につながっている。足が身長のわりに小さすぎたり大きすぎたりすれば、歩く、立つ、といったときにバランスを取れないからな」

「なるほど」

「わたしと付き合えば、あらゆるたぐいの雑学が身につくぞ」

「ありがたいけど、結構よ」

「借金はない、って情報を真に受けてもいいのかな？」クレアがつぶやいた。「ふつうの借金はなくても、案外、被害者が奥さんに黙ってギャンブルにのめりこんでいた、ってこともあるんじゃない？　悪いやつに金を借り、返せないために娘を誘拐されたとか？」

「だが、金貸しは本人を殺さないぞ」クロズが指摘する。「そんなことをすれば、貸した金を取り戻せない」

「奥さんのほうはどう？」ソフィが別の可能性を口にした。「借金をなかなか返そうとしないから、娘を誘拐して夫を殺し、見せしめにした。女だって馬券ぐらい買うわ」

「料理に掃除、赤ん坊を産む合間に、そんな暇があるのか？」クロズは急いでメモ帳を掲げ、飛んでくるペンから顔を守った。

クレアはペンを投げる代わりに、呆れた顔でクロズをにらみつけた。「あんたときたら、ほんとやなやつ」

ソフィもクロズに向かって首を振る。「好きになれそうもないわね」

ナッシュはボードを見つめた。「いい点を突いてるかもな」

「ありがとう」クロズが勝ち誇った笑いを浮かべる。

「おまえじゃない。ソフィだよ」ナッシュはあっさりそう言った。「クレア、ホスマンに頼んでレイノルズ夫妻の財政状態を調べてもらってくれ。郊外の住宅地で違法な賭けが行われてるってこともある」

「了解」

「奥方には警備がついているのか？」クロズが尋ねた。

ナッシュはうなずいた。「制服警官をふたり残してきた。夫人と下の息子に何かあるといけないからな。俺があの家を出たときはテレビ局のワゴン車が三台駐まっていたから、しばらくふたりだけになることはないだろう。いい警備代わりになるな」

クレアはナッシュの携帯でレイノルズの写真を見直していた。「でも、借金の取り立て屋があんな手の込んだことをする？　もっと効率よくやるんじゃない？　額に二発、はい、おしまい、ってね。雪だるまを作ったり、ちょうどいい具合に死体を立たせ、何時間もかけて雪と氷で覆ったり。取り立て屋にしては回りくどすぎる。あそこまでしたのは、なんらかのメッセージを送るためじゃないかしら」

「それに捕まるのも恐れていないわね。しばらく姿をさらしていたはずだもの」

クレアはうなずいた。「何も失うものがない人間は恐れも後悔もしない。ただ行動するだけ。だとすると、犯人はすごく危険なやつね」

ナッシュはエラ・レイノルズとリリ・デイヴィーズのあいだに線を引いた。「このふたりには、なんらかの繋がりがある」

携帯が鳴ってメールの受信を知らせる。クロズはちらっと画面を見た。「公園のビデオから例のトラックの型式がわかった。二〇一一年のトヨタ・タンドラだ」

「街の半径百キロ以内にある該当車のリストを頼む」

クロズはすでに携帯に指示を打ちこんでいた。「わかった」

「運転手のほうはどうだ？　ツキに恵まれたか？」

「だめだった。いろいろやってみたが、カメラが古くて解像度が低すぎる」

ナッシュはボードに戻り、終わった任務を消し、残りの割りあてリストに目をやった。

「だいぶ長くなったな。捜査員の数はひとり減ったってのに」

クロズが携帯を置いて、片手を上げた。

「なんだ？」ナッシュが指さす。

クロズはにやっと笑った。「いまのわかったか？　ビショップが会議に加わったとき手を挙げたろ？　あれの再現さ」

「言いたいことはそれだけか？」

「いや。わたしも現場に出られる、と言いたかったんだ。どっちみち、防犯カメラのデータを調べるために、スターバックスに出向かなきゃならんし」

ナッシュはちらっと証拠ボードを見た。「ほかの任務はどうするんだ？」

「上にいるチームにやらせる。ノートパソコンは持って出るから、何かわかったら、そこに送るように伝えておくよ」

ナッシュはうなずいた。「よし。手分けして片付けよう。お嬢さんたちは画廊のほうを頼む。もう開いてるはずだからな。クロズと俺はスターバックスと、このリストのほかの仕事に取り組む。リリはきっとまだ生きている。なんとしても手がかりが必要だ」

クレアは立ちあがり、伸びをした。「誰かがサムの様子を見に行くべきじゃない？」
「捜査が先だ」ナッシュは答えた。

証拠ボード
被害者
エラ・レイノルズ（十五歳）
行方不明の届け出　一月二十二日
二月十二日にジャクソン公園の池で見つかる
池の水は一月二日から凍っていた（被害者が行方不明になる二十日前）
最後の目撃情報――ローガン広場近くでバスを降りたとき（自宅から二ブロック）
行方不明時――黒いコートを着用
塩水で溺死（真水のなかで見つかる）
リリ・デイヴィーズの服を着て発見された
バス停から自宅までは徒歩四分
ケッジー通りのスターバックスによく立ち寄っていた。そこから自宅までは九分

リリ・デイヴィーズ（十七歳）
両親――ドクター・ランダル・デイヴィーズとグレース・デイヴィーズ
親友――ガブリエル・ディーガン
ウィルコックス・アカデミー（私立）の生徒。二月十二日には授業に出なかった
最後の目撃情報――二月十二日の朝七時十五分、登校（徒歩で）直前
ダイヤ型キルトの赤いナイロンのコート、白い帽子に白い手袋、黒っぽいジーンズ、ピンクのスニーカー（すべてエラ・レイノルズが身に着けていた）
二月十二日の朝（登校の途中で）誘拐された可能性大
最後に目撃されてから誘拐までの時間――三十五分（七時十五分に家を出て、七時五十分に始まる授業に出なかった）
自宅から学校まではわずか四ブロック
真夜中過ぎ（二月十三日早朝）まで行方不明の届け出なし。両親は娘が放課後（学校の授業にも出なかったが）アルバイト先の画廊に直行したと思っていた

フロイド・レイノルズ
妻――リーアン・レイノルズ
保険会社ユニメド・アメリカ・ヘルスケアの営業担当
妻によれば負債なし？　ホスマンが確認

犯人

・おそらく水槽を牽引したトラックを運転
・スイミングプールで働いている可能性あり（清掃かその他のサービス）
・サイズ十一の作業用ブーツの跡——レイノルズの車（レクサスLS）の運転席の背もたれの裏側で見つかる

割りあて任務

・スターバックスのビデオ（一日周期で消される？）——クロズ
・エラのパソコンと携帯電話——クロズ
・リリのソーシャル・メディア、通話記録、メール（電話とノートパソコンは行方不明）——クロズ
・~~公園に入るトラックの運転者（犯人の可能性大）のイメージを鮮明にする——クロズ~~
・防犯カメラがほぼ真下を向いたのはいつか？　以前の映像を確認——クロズ
・~~ビデオからトラックの型を割りだす——クロズ~~
・~~リリの登校ルートを歩く／ガブリエル・ディーガンに話を聞く——クレアとソフィ~~
・画廊の責任者に会う——クレアとソフィ
・建築許可のデータを経由し、シカゴにある塩水プールのリストを作成——クロズ

・地元の水族館とそこに納入している店を確認する
・レイノルズ夫妻の負債の有無をホスマンに確認

21

二日目　午後十二時十八分
ポーター

ポーターはビッグマックが無性に食べたくなった。フライドポテトのLサイズとチョコレートシェイクとデザートのアップルパイもだ。矢も楯もたまらず急いでアパートを出ると、三ブロック歩いていちばん近いマクドナルドへ入った。ちょうど混んでいる時間帯だったが、辛抱強く列に並んで注文し、奥の小さなテーブルにつくなりがつがつ食べた。七分後、ポーターは空になったトレーを見つめていたが、まだ腹はへったままだ。

ヘザーと話したくてたまらなかった。かつて妻が満たしていた胸のなかに大きな穴があき、そこが焼けるように痛む。ヘザーが死んでからまだ半年だが、まるで千年も経ったような気がする。ぽっかりあいた穴も、いつかは時が癒(いや)してくれる、とみんなは言う。だが胸の穴はますます大きくなるばかり。日が経つごとに恋しさが募っていく。

ポーターはこの半年のことを妻に話したかった。ヘザーの助言が、声が聞きたかった。

「これまでは、俺が困った状況に陥らないように、きみが気をつけていてくれたんだな」

ポーターは低い声でつぶやいた。「きみを亡くして、にっちもさっちもいかなくなったよ」

ポーターは先月、ヘザーの携帯電話を解約した。それまでは妻の携帯にかけては、留守電の応答メッセージを聞いていたのだ。妻の優しい声を無性に聞きたくて、日によっては三回も四回もかけた。愚かな真似だということはわかっていたが、それしかすがれるものがなかったのだ。だが、どれほど必死にしがみついても、ヘザーの存在は少しずつ薄れていく。ポーターはなんとかして妻の魂を留めておこうとしたが、行かせるしかないのだとようやくあきらめた。そしてその夜、携帯を解約したのだった。翌朝、妻の電話にかけると、応じたのは甘い声ではなく、〝この番号は使われておりません〟という録音されたオペレーターの声だった。その瞬間、ヘザーはポーターの手をすり抜けて、行ってしまった。

妻を取り戻すためなら、なんでもする。人を殺すことさえ厭(いと)わない。ほんの五分でもいい。ヘザーをこの腕に抱きしめて、これからどうすればいいか訊くことができたら。

「愛してるよ、奥さん」静かにつぶやき、深いため息をついて立ちあがると、トレーのごみを集め、入り口のそばに置かれたいまにもあふれそうなゴミ箱に捨てて、凍るような空気のなかに出た。その冷たさが悲しみまで麻痺させてくれるようで、かえってありがたい。

それから、あてもなく歩きだした。

二十分後、気がつくとウェスト・エリー通りにある高級マンションのロビーに立って、足元に小さな水たまりを作っていた。ここに来るつもりなどなかったのに。

このままきびすを返そうか？　そう思いながら何気なくロビーを見渡すと、いきなり声をかけられた。

「刑事さん？」

大勢の人々が住む高層マンションで、まさか偶然会えるとは。だが、驚いたことにその偶然が起こり、エモリー・コナーズが目の前に立っていた。

「やあ、エモリー」

最後に会ったときには、ポーターは病室にいた。エモリーが４ＭＫから救出されてまもなくのことだ。ビショップはエモリーをベルモントで建設中のマンションのエレベーター・シャフトの底に閉じこめ、ポーターをそこにおびきだした。救出されたあとのエモリーは、栄養失調で、頬がこけ、顔色もひどく悪かった。ストレッチャーに手錠で繋がれていた右手首の骨が折れ、ビショップに左耳も切られていた。それでもエモリーはあの朝、明るい笑みを浮かべていた。いまはあのときより髪が伸び、顔もふっくらして健康的な色に戻っている。

「刑事さん、大丈夫？」

「いや……ごめん、なぜここにいるのか自分でもよくわからないんだ。きみがどうしているか、見に来ようとは思っていたんだが、毎日ばたばたしているうちに、あっというまに日が経ってしまった」

「あそこに座って話さない？」エモリーはロビーの隅にあるソファへとポーターを誘った。その前にある暖炉では炎に包まれた薪がパチパチと音をたて、周囲の空気を暖めている。

　ポーターは手袋をはずした。「来るべきじゃなかったんだろうが……」

　エモリーは微笑んだ。「どうして？　あたしはまた会えて嬉しい。ほんとは、何度も警察に会いに行こうと思ったの。でも、その勇気がなくて。あんな経験をしたあとで、何を話せばいいの？　何もかも〝ほかの誰かに起きた悪夢〟みたいに思える。何カ月か前に観た映画みたいに。友だちには話せない。話してもきっとわかってもらえないもの。家庭教師のバロウさんにも何度か訊かれたのよ。自分が聞きたいからじゃなく、話したほうが楽になるから、って。だけど、どうしても話せないの。だって細かいことを話して、ほかの人まで苦しめて何になるの？　あれはあたしの悪夢だった。ほかの人まで苦しむ必要はないわ」

「セラピーは受けたのかい？」

　エモリーは小さく笑って首を振った。「いろんな人がぜひ会いたい、診させてくれ、って言ってきた。何十人も。そのなかのひとりはよさそうだったけど、あたしの話をもとに本を書くつもりじゃないか、ってよけいなことを考えちゃったの。あの悲惨な体験が本になって、本屋の平台に並ぶかもと思ったら、ぞっとして」

「そういうことは法律で禁止されているはずだぞ。患者の経験を本にしたりすれば、医師免許を失う」

「たぶんね」

エモリーは両手を膝に置いていた。右の手首にはまだかすかに傷痕が見えるものの、全体的に見れば、外科医は実に見事に損傷を修復していた。

エモリーは右手を上げ、袖をめくった。「ほら、すっかりよくなったでしょ？」

「何も知らなければ絶対わからないな。ほんのかすかに見える程度だ」

「五月に再入院するの。それで完全にきれいになるんだって。その前に、傷にすっかり癒える時間をあげないといけないの」エモリーは手首を回した。

長い栗色の髪に隠れた左耳につい目が行き、ポーターはあわてて目をそらそうとしたが、思い直した。おそらく見抜かれているだろう。「左の耳はどうした？」

エモリーの顔がぱっと明るくなった。「見たい？」

ポーターはつられて微笑み返し、うなずいた。「そんなにすごいのか？」

「驚くと思うな」エモリーは髪をかきあげ、自然に見える耳をあらわにした。「どう？」

ポーターは身を乗りだした。医者がそれをつけたつけ根のごく小さな傷を除けば、本物の耳とまったく見分けがつかない。「ほんとだ」

エモリーは続いて右耳も見せてくれた。「ふたつの違いがわかる？」

ポーターはしばらくじっと見て、ようやく気づいた。「右はピアスをしているが、左はしてない？」

「そう」エモリーはまたしても輝くような笑みを浮かべた。「左にもちゃんと穴があったんだけど、いまはないの。そのままにしておこうと思って。何があったか思い出すのに、ちょっとした証拠を残しておくのは悪いことじゃないでしょ？　つらい経験の思い出が役に立つこともあるし。あれに比べれば、どんなこともそこまでひどく思えないもの」

「きみは強い子だな」

エモリーが手を離すと、長い髪の下に耳が隠れた。「ありがとう、刑事さん」

ふたりはそれっきり黙りこんだ。ぎこちない沈黙ではなく、心地よい何分かが過ぎた。暖炉のなかで勢いよく燃える薪のはぜる音を聞きながら、ポーターは波立っていた心が静まり、肩の力が抜けるのを感じた。エモリー・コナーズは幼くして母を亡くし、昨年父親も失った。それなのにこうして微笑んでいる。ポーターは自分も微笑みたいと思った。心から笑みを浮かべられるようになりたい。

その思いを読んだように、エモリーが身を乗りだした。「あの人は、ちっとも父親らしくなかったのよ。赤の他人と一緒だった。母があんな遺書を書かず、お金のことがなければ、あたしを近くに置いておきたくなんかなかったんだと思う」

「タルボットはきみの父親だった。きみのことを気にかけていたに決まってるさ。ただそれを態度で示すのが下手だっただけだ」

「でも、ひどい人だった」エモリーは静かに言った。「とてもたくさんの人たちに恐ろしいことをした極悪人」

エモリーの言葉を否定しようかとも思ったが、事実をごまかしても仕方がない。エモリーはもうほとんど大人だ。真実を聞く権利がある。「きみはあの男とは違う。それを忘れないことだ。きみはタルボットとはまったく違うよ」

エモリーの目に涙があふれた。「新聞を読むと、そうは思えないけど。全財産が私生児のあたしに遺されたあとは、ますますひどいことを平気で書きたてるのよ。建設中のビルの工事が先月中止になって、四千人近い人が仕事を失ったのも、あたしのせいだって」

きっとあのビルだろう。タルボットが法定基準以下のコンクリートを使ったビル。それが発覚すると、タルボットは修復しようとした（そしておそらく検査官たちに賄賂を払った）が、結局、プロジェクト自体が取りやめになり、すでに七億ドルが費やされたというのに取り壊されることになった。まあ、いま建設を中止したほうが、完成したあと道路に崩れ落ちてくるよりはるかにましだ。「新聞は販売部数を増やすために、あることないことセンセーショナルに書きたてるんだ。だいたい、それがどうしてきみの責任になる？」

「タルボット・エンタプライズでは、みんなが次期社長の座を狙って争ってるの。重役のうち三人が遺書に異議を唱えてる。あの遺書は、母にすべてをあたしに遺すよう脅され、強要されて書いたものだ、って。誰もかれも、なんとかしてお金を自分のものにしようとすることしか考えてないみたい。重要な決断を下す人は誰もいないの。そのせいで会社はめちゃくちゃ。あたしはまだ未成年だから、責任者になることはできないでしょ。だから誰かが正式に社長に就任するまで、パトリシアが臨時のＣＥＯを務めてる」エモリーはため息をついた。「そのパトリシアも、すべてをあたしに遺す権利なんか父にはなかった、自分こそが正当な相続人だ、と主張して、直接あたしを相手に訴訟を起こしてるわ。カーネギーは……」

カーネギーはタルボットと正妻パトリシアのあいだに生まれた娘だ。タルボットが死ぬ前はパーティ三昧(ざんまい)で何度も逮捕され、しょっちゅう新聞の社交欄を醜聞で賑わせていた。

「ソーシャル・メディアやインタビューで、あたしを〝私生児のあばずれ〟って呼んで、こきおろしてるの。顔を合わせたことは一度もないけど、もしも通りですれ違ったら、きっとものすごい剣幕で飛びかかってくるんじゃないかな……」

エモリーの目からとうとう涙がこぼれ落ち、ポーターは黙って肩に腕をまわした。

しばらく泣いたあと、エモリーは涙を拭った。「ごめんなさい、自分のことばっかり。刑事さんは、どうしてたの？　あたしと同じくらいの歳の女の子たちが、また行方不明になってるんですってね。新聞は４ＭＫの仕業だと言ってる。刑事さんがあの男を逃がさなければ誘拐されずにすんだのに、って。トリビューン紙なんて、わざと逃がしたと言わんばかり。ばかみたい」

「今度の事件の犯人は4MKじゃないよ」

「違うの?」

「違う」

エモリーは瞬きして涙を払い、無理して微笑んだ。「刑事さんなら、行方不明の子を見つけるわ。あたしを見つけてくれたもの」

エモリーが言うとおりなら、どんなにいいだろう。

ここに着いてからすでに一時間近く経つ。そろそろ行かなくては。

エモリーも察したらしく、ソファから立ちあがった。そして同じく立ちあがったポーターに腕をまわし、ぎゅっと抱きしめた。「精神科医には話せないけど、刑事さんとときどきこんなふうに話せるといいな。聞いてもらえる?」

「いいとも」

「ありがとう」

マンションをあとにしながら、ポーターは胸の穴が少し小さくなったような気がした。

22

二日目　午後十二時十九分

リリ

「いや、もういや！」リリは悲鳴をあげた。

だが大きな手が伸びてきて、体を包んでいるキルトを剝ぎとろうとする。「ここでやめたら、何にもならない」

リリは濡れた床を滑りながらあとずさった。が、すぐに奥の隅に達し、逃げ場がなくなった。「お願い、やめて」

男はスタンガンを構え、リリに向けてボタンを押した。青白い火花のような電弧が、オゾンのにおいをさせ、二本の先端を横切る。

あと一時間だけ待って。そうしたらまたやれる。約束するから、お願い——そう言おうとしたが震えがひどくて、途切れ途切れにしか言葉にならなかった。

今度で四回目、いや、五回目だ。待って、三回目かもしれない。何回なのか、それすらも思い出せない。意識のあちこちが途切れ、記憶がもつれていた。脳がちゃんと働いていないのだ。視界には白いかけらが渦巻いて、周囲がよく見えない。まるで雪が降っているみたいに、地下室が白と灰色に霞んでいた。

男はその雪のなかからにゅっと腕を突きだし、左手を伸ばした。「いますぐやらないと。近づいているうちに」

もうひとつの手が、リリの首に触れそうになるほど、スタンガンの先端を近づけてくる。もうあのショックを与えられるのはいや。あのひどい苦痛を。まるで炎が骨を嚙んでいるみたい、体の芯を嚙みちぎるみたいな。あんな苦しい思いをするなら死んだほうがましだ。死がどんな感じかも、いまのリリにはわかっていた。

男はスタンガンを突きつけ、リリの目のすぐそばでまたボタンを押した。

「わかった！」リリは叫んだ。少なくとも、叫ぼうとしたが、言葉の一部が喉につかえ、歯がカタカタと鳴っただけだった。

でも男はほんの少しさがり、空いているほうの手でニット帽の下の化膿した傷を搔いた。男立ちあがろうとしたが、まるでゼリーみたいに脚に力が入らず、膝が折れてしまう。男が檻のなかに腕を入れ、片手を差しだした。深爪になるほど嚙んだ指先が赤く腫れている。リリはその手を握った。手のひらが冷たくて、湿っている。この男に触れるのはいやだったが、自分の力では立ちあがれそうもない。でも立たなければ、ひどい苦痛を与えられる。

男はリリを檻の外に出した。リリは男にもたれてどうにか立ちつづけた。

蒸気のあがるタンクの前に立つと、リリは男を見上げ、生気のない白濁した目に訴えた。

「三十分でいいの。お願いだから休ませて」

「もう少しなんだ」

リリは長いこと男を見つめていた。一秒一秒が何時間にも感じられる。ようやくうなずいてキルトを押さえていた手を離すと、擦り切れたキルトが床に落ち、足元にたまった。リリは最後に冷凍庫の底に沈められたあと、服を着なかった。またすぐにやる、と言われたから、キルトにくるまっただけで檻のなかで丸くなった。柔らかい緑のキルト、わたしのキルトに。着ていた服はきちんとたたまれ、檻のすぐ外に置いてあった。男が、娘のものだと言った服だ。

この家にいるのが自分たちだけではないと知って、一時間ほど前にタンクに入れられそうになったとき、リリはその娘に聞こえるように大声で叫んだ。でも、応える声は聞こえなかった。父が下で何をしているか知るのが怖くて、自分と同じ年頃の子が上にある狭い寝室で耳を塞ぐ姿が頭に浮かんだ。そうよ、こんなこと、誰が受け入れられる？　最初のうちは、この男の娘は何も知らないのだと思いこもうとした。でも、知っているに違いない。この家はそれほど大きくないもの。リリの家のほうがずっと大きいが、地下室で誰かが叫べばきっと聞こえる。この男の娘は、全部わかっていて何もしないのだ。

「入れ」

リリは湯を見下ろした。温かいのはわかっている。地下室よりも温かい。ほっとするほど、心地がいいほど温かい。でも、リリはほかの何よりもこの湯が怖かった。両親の怒りや、ひどい怪我の痛み、すぐ横にいる男よりも怖い。

この湯は死をもたらす。

「入るんだ」

深く息を吸いこんでも、痙攣するような震えを抑える役には立たなかった。体の奥深くが疲労し、徐々にすべてを蝕(むしば)んでいくのだ。もう一度深く息を吸いこみ、大きな冷凍庫の端に手を置いて湯に入ると横たわった。男が頭を水面のすぐ上、肩のところに保つ。耳が水のなかに浸かると、地下室の音が消え、自分の呼吸音しか聞こえなくなった。それと耳のなかの鼓動と、まぶたが閉じ、また開く音しか。

男は少しリリを持ちあげ、耳を水の上に出した。「今度はちゃんと覚えておくんだぞ。全部覚えておくんだ」

「わかった」

男がリリの顔を湯のなかに押しこみ、弱った体を思い切り沈めた。リリはもう抵抗しなかった。最後の息を吸いこむことさえせずに、湯を飲みこんだ。湯が肺を満たす苦痛をこらえ、こみあげてくる咳をこらえ、もっと飲みこむ。覚えておくのよ……でも、何を？そう思いながらさらに飲みこむうちに、くねくねと揺らぐ男の姿が薄れ、やがて目の前が真っ暗になり、痛みも消えた。

リリはそれっきり目を覚まさなかった。

23

二日目　午後十二時二十分

ナッシュ

「いくらなんでも、挽きたてのコーヒーのいい香りがするなかで、キャラメル・マキアートもなしに奇跡を起こせ、とは言わないだろうね。ベンティサイズを頼む」ケッジー通りにあるスターバックスのオフィスで机の前に腰を下ろし、クロズは店長を見た。

店の裏手にある縦も横も三メートルぐらいしかない狭い部屋は、雑然としていた。机は奥の壁に押しつけられ、床はでたらめに積みあげた箱だらけ。クロズが机につき、ナッシュがその右に立つと、店長は外の廊下に立つしかなかった。

「そちらの刑事さんはいかがです？　何かお飲みになりますか？」店長はナッシュに尋ねた。薄くなりはじめた茶色い髪の、眼鏡をかけた、十五キロばかり太りすぎの男だ。落ち着きなく足を踏みかえ、ひっきりなしに両手を動かしている。

一日十時間もコーヒーのにおいを嗅ぎつづけるとこうなるのか？　ナッシュはそう思い

ながら答えた。「ふつうのラージを、ブラックで頼む」

「ローストはどれにします？　ブロンド、ダーク、デカフェパイクプレイス、カフェミスト、クローバー――」

「ふつうのラージだ。ブラックで」ナッシュは繰り返した。

店長が肩を落とす。「わかりました。ご注文にそうよう努力します」

ナッシュは店のほうへと廊下を遠ざかる店長から、クロズに顔を戻した。「どうだ？」

クロズはモニターにウィンドウを三つ開き、三番目のウィンドウのテキストに目を凝らしている。

「ずいぶん古いな。少なくとも五年前のやつだ。しかもドライブの容量はたったの５００メガしかないのに、ＨＤカメラの設定は１０８０ｐときてる」

「殴られたいのか？　わかるように説明しろ」

クロズは呆れてくるりと目を回した。「カメラの映像が高画質だから、録画するのにスペースがたっぷり必要なのに、ここのパソコンにはその場所がほとんどない。だからドライブの容量がなくなるそばから、プログラムが自動的に古い映像の上に録画するんだ」

「どこまで遡れる？」

クロズはウィンドウのひとつを拡大し、そこにあるテキストを読んだ。「ソフィが言ったほど悪くないな。二日半の記録は取りだせる。何も削除されていない、完全な記録だ。パソコンがデータを上書きするときは、人間が消去するときのように、データごとに時系列に消すことはない。バイトで記録されてるからな。つまり、古いビデオが上書きされても、ドライブにはかなり前のビデオの断片が残るわけだ」

ナッシュはモニターにかがみこんだ。「連続した完全な映像でなく、断片的なスナップショットなら二日半より前のものも引きだせるってことか？」

クロズが、おお、というように顔をほころばす。「わかってきたじゃないか」

「で、エラの映像はどうだ？」

「少し時間が経ちすぎていると思う。そういう断片を繋ぐプログラムを起動してるところだが、いまのところもっとも古い映像でも二週間と遡れない」

「エラが行方不明になったのは三週間前だぞ」

「わかってる」

ふたつの大きなカップを手に店長が戻り、ふたりに差しだした。ナッシュは用心深く渡されたコーヒーのにおいを嗅ぎ、ひと口飲んだ。「コーヒーだ」

「そういう注文でしたよね？」

ナッシュはうなずいた。「ああ。ただ、なんかふわふわしたのを持ってくるかと思ったんでね」

クロズが手にしたカップからひと口飲むと、唇が白い泡だらけになった。「うまいふわふわしたコーヒーは大好きだ。さすが三百キロカロリーだけのことはある」

「嘘だろ？」ナッシュは眉をひそめた。「そんなにあるのか？」

ります」

店長は肩をすくめた。「ベンティサイズですと、はい、だいたい三百キロカロリーになります」

ナッシュは自分のカップを机に置き、それをにらみつけた。「こっちは何カロリーだ?」

「砂糖を入れなければ、カロリーはゼロです。ただのブラック・コーヒーですから」

クロズがもうひと口飲む。「何を飲もうとわたしの勝手だろ?」

店長がパソコンのスクリーンをちらっと見た。「うまくいきそうですか?」

「この防犯カメラは時代遅れもいいところだな」

「ええ。この前来た刑事さんにも言ったんですよ。会社は壊れないかぎり、めったに新しくしてくれないんです。何度も壊そうとしたんですがね。呆れるほど頑丈で。それに会社は古い映像には関心がない。強盗に入られたときに、それが記録されていればいいわけでして。実際のところ、一日か二日以上前の記録を残しておく理由はないんです」

電話が鳴りだし、店長がサムスン製の大きな携帯をポケットから取りだし、画面に目を走らせた。

「ここにはWi-Fiがあるね?」クロズが尋ねた。

「もちろんです」

「種類は?」

「周波数は2・4GHzと5GHzの両方、通信方法もa、b、g、n、acとすべてカバーしてます」

「最高のものを、ってわけか。さもないと客がうるさいんだろうな」

店長はうなずいた。「Ｗｉ－Ｆｉに関しては、常に最新のものにアップデートしています。いちばん金を落としてくれるのは、何時間もいる常連さんですから」

「Ｗｉ－Ｆｉがあると何なんだ？」ナッシュはクロズに尋ねた。

　クロズは立ちあがり、ワイヤーをたどりはじめた。とくに太い青い線をたどって、隅に積んであったカップの箱三つを移動させた。その後ろにある棚の上のものを脇に押しやると、光を放っている機械がいくつか見えた。ナッシュが見たこともないものだ。クロズはそのうちのひとつ、二本のアンテナが上から突きだしている黒い小箱をひっくり返した。

「これがこの店のＷｉ－Ｆｉのルーターで、アクセス・ポイントだ。最先端の機器だぞ。店でノートパソコンやスマートフォンを見つめている客を見ただろう？　連中の機器はこれを通じてインターネットに繋がっている」クロズはそう言って自分のパソコンを開いた。「ほら。スターバックスのＷｉ－Ｆｉには前にも繋いだことがあるから、わたしのパソコンも自動的にこれと繋がった。これで、わたしは店にいる連中と同一ネットワーク上にいることになる」クロズは時刻の表示近くの隅にあるアイコンを指さした。

「それがどんな役に立つんだ？」

　クロズは新しいウィンドウを呼びだした。するとさきほどよりもずっと速くデータが飛びはじめた。ナッシュにはとても読めない速さだ。「これがいまリアルタイムでルーターに接続している機器の一覧だ」クロズは店長を見た。「こんなふうにユーザー名とパスワードをルーターに貼っておくのはまずいぞ。ハッカーが最初に探す場所だ」

店長は両手を上げた。「会社が設定したんです。わたしはそれに触ったこともありませんよ」

クロズは自分のパソコンに戻った。「このログ・ファイルを見れば、店でいま客がアクセスしているページやファイルのすべてがわかる」

「それがどうやって俺たちの役に立つんだ？」

クロズはにっこり笑った。「わたしがセクシーな主演女優で、あんたがトム・クルーズなら、ご褒美のキスをするシーンだな」

「そんな気はまったくないね」

「わたしもさせるもんか」

「ばかなことを言ってないで、さっさと説明しろ」

クロズは人差し指を立て、再びパソコンを操作しはじめた。ひとつのメールからデータを切り取り、実行中のプログラムに張りつける。それから両手を叩いてにやっと笑った。

「エラ・レイノルズの映像はとっくに消えてるから見られないが、エラがここにいるときに携帯とパソコンを使って何をしたかは、一年前から今年の一月二十一日までわかる」

「二十一日というと、行方不明の届け出があった日の前日だな。つまり、行方不明になった日は、ここに来なかったわけか。ほんの少し時間が絞れるな。ほかには？」

クロズは忙しくタイプしはじめ、三分近く黙りこんでいた。「子どもってのは、常に親の一歩先を行ってるものだな」

「なんだって？」

クロズはスクリーンに開いているふたつのウィンドウのうち、左を選択した。「これはわれわれがエラのパソコンとオンラインアカウントから取りだした、すべてのデータだ。携帯電話はエラとともに消えたが、自宅にあったノートパソコンは確認できた。そこにはエラの閲覧ソフトの履歴はほとんどなかった。つまり、セキュアブラウザを使っていたか、転送データを暗号化していたか、どっちかだ。親に嗅ぎまわられるのがいやで、いまどきの子はほとんどがそうしている。だから、わたしはエラのパソコン特有のIDを、スターバックスのルーターに照らし合わせてみた。それがこっちのウィンドウ」クロズは右のウィンドウをクリックした。「このルーターは暗号化されていようがいまいが、ネット上でエラが行った操作をすべて記録しているから、ふたつのウィンドウを照らし合わせると、暗号化した状態でエラが閲覧していた情報がわかる。基本的には本人が両親に見つけてほしくなかったものがなんだかわかるわけだ」

「ポルノサイトですか？」店長が口を挟み、この男のことを忘れていたナッシュを驚かせた。

「残念ながらポルノじゃない」クロズがそう言って別のウィンドウを開き、ナッシュにも見えるようにモニターを回した。

ナッシュは舌を鳴らした。「驚いたな」

24

二日目　午後十二時四十六分
クレア

「ここよ、三三〇六番」ソフィは助手席の窓から、一枚ガラスのショーウインドーに青と白の日よけがかかった店を指さした。活字体で大きく〝リー・ギャラリー〟とある。

クレアは店の向かいの駐車スペースが空いているのを見つけてそこに車を停めると、滑らないように気をつけながら、ソフィと連れ立って凍った通りを横切った。

ドアを押し開けると、小さなベルが鳴った。ブロンドの髪をセミロングにした眼鏡の女性が、奥の机から顔を上げて笑みを浮かべる。「いらっしゃい。お手伝いできることがあれば、なんでも訊いてくださいね」

クレアは画廊のなかを見まわした。こんなにたくさんの色を一度に見るのは初めてだ。どの壁も床から天井まで絵で覆われていた。大小取りまぜたキャンバスがあらゆるスペースに掛かっている。作品の種類も抽象画から風景画まで様々。天井のレール式可動照明が、最適な角度で見えるようにそれらを照らしていた。開けた場所に置かれたふたつのテーブルには、彫刻や花瓶、小立像が並んでいる。一見でたらめに置かれているようでいて、ごちゃごちゃした感じはまったくしない。仕事中でなければ、何時間でも過ごすことができそうだ。

ソフィが右のテーブルから小さな像を手に取った。「ペンギンが大好きなの。これ、かわいいわ」

奥の女性が立ちあがり、眼鏡を頭の上にあげて近づいてきた。「そこにあるものはシカゴのテス・マーカムというアーティストの作品で、すべて手作りです。テーブルのほかの像を守るように立っている姿が、とてもかわいいでしょう？　キリンやシマウマもあります。テスはすばらしい才能の持ち主なんですよ」

時間ができたら絶対ゆっくり見に来るとしよう。クレアはそう思いながら女性に顔を向けた。「エドウィンズさんですか？」

「ええ。コレットと呼んでくださいな」

ソフィはそっとペンギンの像をなでながらテーブルに戻した。「児童行方不明センターのソフィ・ロドリゲスです。こっちはシカゴ市警のクレア・ノートン。リリ・デイヴィーズのことでうかがったんですが」

コレットの顔から笑みが消えた。「あの子が見つかったの？　無事だったんですか？」

「いえ、まだ捜索中です」クレアは答えた。「最後にリリに会ったのはいつですか？」

「一昨日の夜よ。リリが店を閉めてくれたの。昨日も来ることになっていたのに、五時を過ぎても来なかった。いつも一、二分遅れるだけで電話かメールをくれる子なのよ。それなのに、連絡なしに休むなんて」

「何時に来ることになっていたんです？」

「四時よ。そのあと閉店までいて、戸締りをして帰ることになっているの」

「一昨日ここに来たときの様子はどうでした？　何か変わったところは？」クレアは尋ねた。

コレットは首を振った。「いいえ。ふだんどおりだったわ。あの子はいつも笑顔で、お客さんにもとても評判がいいの」コレットは少しためらい、声を落とした。「今朝の新聞を見たわ。本当にあの四猿殺人鬼がリリをさらったのかしら？」

「これはあの男の仕業じゃありません」クレアはきっぱり否定したものの、内心はそれほど自信がなかった。数カ月前、アンソン・ビショップは最終的な標的だったアーサー・タルボットを殺し、目的を遂げた。このまま殺人を続ける理由はまったくない。ただ、連続殺人鬼が自発的に犯行をやめることはめったになかった。もしビショップがたんにひと息入れているだけだとしたら、また殺しを始めたくてうずうずしているに違いない。最近の殺しはたしかにあの男の手口とは一致しないものの、手の込んだやり口は４ＭＫそのものだ。クレアはビショップの笑みが見えるような気がして、それを振り払った。

「でも、誰かがリリを誘拐したんでしょう？」コレットが尋ねる。

「ええ、わたしたちはそう思っています」クレアはうなずいた。

「この何週間かのあいだに、お店に妙な人が来ませんでしたか？　初めて見る客や、美術品よりリリに関心がありそうな人が？」ソフィが尋ねた。

画廊の主人は頬の内側を噛んだ。「イベントのときは何人か新しい人が来るけど、お客様の大半は馴染みの方なんですよ。まあ、今日みたいなふだんの日にも、初めて来る、冷やかしだけの人たちはそれなりに入ってきます。でも、ここ数週間でとくに記憶に残っている人はいないわ。リリは四時に入って、わたしは五時ごろには店を出るので、かぶっている時間はあまりないんです。だから、わたしが帰ったあと、リリが誰かに会う可能性はあるでしょうね。とてもかわいい子ですもの。実際、わたしが店を出たあとで、あの子に会いに立ち寄る男性のお客は結構いるんじゃないかしら。お友だちがここで時間を潰していることも一度ならずありましたし。でも、決して問題を起こすような子たちじゃありません。お客様の邪魔にならないかぎり、リリのお友だちがお店に来るのはかまわないんですよ。ときどき、ここは静かになりすぎますから」

クレアは天井を見上げた。「防犯カメラはありますか？」

コレットは首を振った。「いいえ。このあたりは治安のいい場所だし、店では現金は扱いませんから」

「さきほどおっしゃったイベントには、大勢来るんですか？」

「ええ。地元のアーティストを取りあげたときは、何百人も出たり入ったりします。常連さんはもちろん、アーティスト自身もお友だちやファンの方たちに声をかけますから。軽食と飲み物を用意しますし。そういうイベントはできるかぎり頻繁に催すようにしているんですよ。一カ月に何度か企画します」

「イベントのときは知らない顔が大勢来ているから、ひとりで来ても目立たない。リリに近づきたいと思ってる若い子がいたら、格好のチャンスよね？」クレアはソフィに問いかけ、コレットに顔を戻した。「訪れた人には、住所や名前を書いてもらうんでしょうか？」

画廊の主人はうなずいた。「ええ。それとメールアドレスも。あとでお知らせを送れるように、店の名簿に加えるんです。いらした方々の情報は、イベントで取りあげたアーティストにも渡しますよ」

「その名簿のコピーを取らせてもらえますか？」

この要請にコレットは少しためらったものの、しぶしぶうなずいた。「リリを見つけるためになるんでしたら。少しお待ちくださいね」

クレアは画廊の主人が店の奥へと向かい、机の後ろにある廊下を遠ざかるのを見送ってから、ソフィに言った。「まあ、犯人がここを訪れていたとしても、本名と連絡先を書き残すとは思えないけど」

「だったら名簿を調べてなんの役に立つの？」

「起こりうる可能性をひとつずつ消していくのも捜査のうちよ。だからすべての名前の確認を取る。そしてほんのひと握りでもあやしい人間がいれば――」

画廊の裏で鋭い悲鳴があがった。

クレアは肩につけたホルスターからグロックを引き抜き、声のしたほうに走りだした。ソフィがすぐあとに続く。ふたりは机をまわりこんで暗い洗面所を通過し、短い廊下を走って狭い倉庫のような部屋を見つけた。コレット・エドウィンズは片手をまだ電気のスイッチにかけ、もう片方の手で口を覆って戸口から部屋の中央を見つめている。

クレアは銃を握りしめ、そちらに目をやった。

恐ろしいほど青ざめた顔のリリ・デイヴィーズが、小さく口を開け、ガラスのような目で、金属製の棚にもたれていた。黒い電気のコードが首に巻きつき、その周りの肉が紫色に変色している。

クレアはさっと部屋を見まわし、グロックをホルスターに戻して歩み寄った。念のため首の頸動脈(けいどうみゃく)に指を当て、脈を探す。思ったとおり脈はない。リリの肌は冷たかった。首に巻きついたコードはリリの体が倒れないように、棚の支柱に結んである。

「リリは……ここで首を吊ったの？」コレットが喉を詰まらせながら尋ねた。

「いいえ。ほかで死んだんだと思います」

「この部屋に出入りできる人が、誰かいますか？」ソフィが尋ねた。

コレットは震えていた。「いいえ。それに、さっき……この部屋に来てから、まだ二時間も経たないわ。人形をいくつかお店に出す必要があったの。そのときリリはここにいなかった。誰もいなかった。今朝はずっと、ここにいたのはわたしひとりよ」

「あのドアは?」クレアは部屋の隅にある金属製のドアを指さした。

「ふだんは鍵がかかってるわ。開けるのは配達があったときだけ」

クレアはポケットからラテックスの手袋を取りだし、それを片手にはめると、奥のドアの取っ手を回してみた。たしかに鍵がかかっている。すぐ上のチェーンもちゃんとかかっていた。「ふたりとも部屋を出て」クレアは言った。

25

二日目 午後一時三分
プール

フランク・プール特別捜査官は、シカゴ市警の地下にある錆びついたスチール製の机についた。机の片側には、ポーター刑事のアパートからの押収品が置かれている。ハーレス支局長とディーナー特別捜査官は、ウォバシュのこぢんまりした食堂で昼食をかきこんだあと、別件の進行状況を確認するためにルーズヴェルト通りにある支局に戻った。だがプールはここに戻ってくることにした。てっきり反対されると思ったが、ハーレスは車に箱をのせる手伝いをしたあと、すべてをこのまま市警に運ぶようプールと技術者たちに指示したただけだった。

　プールはドアを閉めて頭上の蛍光灯を消し、机の上の小さなスタンドだけにした。

　そしてバーバラ・マッキンリーのファイルを開け、目を通しはじめた。こうして部屋を暗くすると、気を散らすものがなくなり集中できる。オフィス特有のざわめきもなく、視界の端で動くものもなく、証拠以外に語りかけてくるものが何もない、そういう状態で仕事をするのがプールは好きだった。

　バーバラ・マッキンリー、十七歳。四猿殺人鬼の五人目の犠牲者。ビショップは、二〇〇七年三月十四日に通行人を轢き殺して逃げた姉のリビー・マッキンリーの罪を罰するために、バーバラを誘拐した。ページを戻して、ホッチキスでフォルダーの表紙裏に留められたバーバラ・マッキンリーの写真を見る。ブロンドのきれいな娘だ。

　プールは部屋の隅に置かれたホワイトボードに貼ってあるビショップの被害者たちの写真に目を凝らした。たしかにバーバラ以外全員が褐色の髪だ。写真を見つめながら考えに沈んでいたらしく、ふと気づいて時計を見ると十分近く経っていた。プールは電話に手を伸ばし、捜査の初期に登録したあと、一度も使ったことのない番号にかけた。

　呼び出し音が三度鳴ってから、不機嫌そうな声が応えた。「もしもし？」

　プールは咳払いをひとつしてから呼びかけた。「ポーター刑事？」

「そうだ」

「フランク・プール特別捜査官です」

少し間をおいて、しぶしぶといったように声が返ってきた。「ああ」

プールは続けた。「ぼくたちがこの事件を担当しているのは、要請があったからです。それはわかってますよね？　招かれもしないのに、勝手に来て事件を取りあげることはできないんですから」

「誰に招かれたんだ？」

プールは髪をかきあげた。「お偉方がそれをあなたに知らせる気なら、とっくに教えていますよ。その情報を伝える権限は、ぼくにはないと思う」

「電話をかけてきたのはそっちだぞ。何を知りたい？」

「選択の余地があれば、ぼくはこんなふうに人の事件を横取りしない。自分の捜査の邪魔をされるのは、誰でもいやなものだ。そんなことをする気にはなれません」

「だが実際そうしているじゃないか」

「ええ、そうしています」プールは同意した。

「俺が大失態をしでかしたと思っているお偉方が、面目を保とうときみたちを連れてきた。だが、それはきみのせいじゃない。きみたちは自分の仕事をしているだけだ、そう言いたいのか？」

「上層部の連中はあなたが犯人をわざと逃がしたと言ってる。あなたが四猿に深入りしすぎてる、と思っているんです」

「好きなように信じればいいさ。それはもうきみの事件だ」

プールは椅子をきしませ立ちあがり、被害者の写真が貼ってあるホワイトボードに近づいた。「正直言ってお偉方の思惑はぼくにはどうでもいい。あなたもそうだと思う。ぼくとあなたの目的は同じです。ふたりとも、この怪物を捕まえたいだけだ」

ポーターは黙っている。

「ぼくの上司とディーナーは、この件で名を上げたいと思っているようです」

「だが、きみには狙いなどない？」

「ぼくはやつの被害者をこれ以上増やしたくないだけです」

どちらも長いことしゃべらなかった。しばらくしてポーターが尋ねた。「なぜ俺に電話してきたんだ、プール特別捜査官？」

「フランクです。フランクと呼んでください」

「なぜ俺に電話してきた、フランク？」

プールはファイルのある机に戻った。「さきほどアパートでバーバラ・マッキンリーの話をしたとき、まだ続きがあるような気がしたんです」

「きみにもボスにも言ったとおり、持ちだしたファイルを見るチャンスはなかったんだ」

「でも、あなたの直感はこのファイルに何かあると告げているんですね？」

再びポーターは黙りこんだ。

「ぼくの直感は、あなたを信じろと言っています」

電話の向こう側からは何も聞こえてこない。プールも黙って相手がしゃべるのを待った。

ポーターがため息をついた。「4MK事件に呼び戻されたあの日、俺は妻が殺され、服喪休暇中だった。だが、四猿らしき死体に行き当たったナッシュに呼びだされたあと、新たな娘が誘拐されていることがわかった。だから科捜研から、頭が切れそうに見えたビショップを捜査班に加えたんだ。自殺した四猿の身元を調べはじめると、不可解な点が浮かびあがってきたが、当初は誘拐されたエモリー・コナーズを見つけるのが最優先だった。最初の作戦会議では、新入りのビショップにこれまでの経緯を説明しがてら、ひととおり証拠をさらった。一から確認していくと、こちらの頭を整理するのにも役立つ。新しい可能性が閃(ひらめ)くとか、それまで気づかなかったことが見えてくることがあるからな。とにかく、四猿事件の経過をビショップに説明しながら、全員が新たな目で事件を見直したわけだ」

プールはうなずいた。「別の角度から情報を再確認したかったわけですね。そのうえで、犯人がエモリーをどこに隠したのかを探ろうとした」

「そういうことだ。で、証拠を見直している最中、ビショップが口を挟んだ。誓って言うが、いま思い返しても、あのくそ野郎は何もかも初めて聞いたとしか思えないような顔で座っていたよ。ホワイトボードを真顔で見つめていただけじゃない。実際に証拠を検討し、点を繋げ、辻褄(つじつま)の合う仮定を立てていた。あのときのことは何度も思い返しているが、あいつが実際の殺人鬼だと思わせるようなそぶりや態度は何ひとつなかった。あいつ自身、自分の正体を忘れていたのかもしれんな。俺たちと同じくらい熱心に事件の謎を解き、エモリーを見つけたがっていた。まあ、きみには言い訳にしか聞こえないかもしれないが。あいつを捜査班に入れたのは俺の大失態で、誰かがやつの企みを見抜くべきだった、と。だが、あいつは完璧に鑑識員のポール・ワトソンになりきっていた」

「ビショップは社会病質者(ソシオパス)だ。その瞬間はポール・ワトソンだったのかもしれません。ああいう人間は良心を持ち合わせていない。何も書かれていないキャンバス、空っぽの器のようなもので、ひとつの人格をそこに入れ、その空白を埋めつくすことができる。そういう人間を見たことがあります。別人格に完全に乗っ取られてしまうこともあれば、互いの存在を意識しつつ共存する場合もある」

「とにかく、あのときのビショップはポール・ワトソンだった。そして４ＭＫを捕まえたくてうずうずしていた。で、被害者についてさらっていると、あいつはバーバラ・マッキンリーだけがブロンドだと指摘したんだ。当然ながら五年間あの写真を見てきた俺たちにとってはわかりきったことだった。だが、あいつはその点に妙にこだわった。あのときはたんなる新入りの意見だと聞き流したが、いまになってみると——」

「あのとき同じ部屋にいた４ＭＫがバーバラ・マッキンリーにこだわった、という事実が残る」

「そういうことだ」

「でも、それだけでは……」

「何度も言ってるが、確証があるわけじゃない。ただの勘さ。しかし、被害者の家族がおかした罪自体もほかのケースとは違う。マッキンリーの姉は通行人を轢き殺して逃げた。轢き逃げはこれは事故だ。ほかの被害者の家族はみな、計画的な犯罪に手を染めていた。それにあてはまらない」

プールはファイルに目を戻した。「逮捕時の報告書によると、姉のリビー・マッキンリーは信号を無視した歩行者を轢いています。歩行者の男は車の前に飛びだしてきた」

「つまり、逃げずにおとなしく出頭していれば、実刑を食らわずにすんだわけだ。歩行者が信号を無視したんだからな。四猿に仕立てられたジェイコブ・キトナーの死に方に似ているな。ビショップはキトナーが走ってくるバスの前に飛びだすよう大金を払った。これは偶然じゃないと思う」

「同感です。ちょっと待ってください」プールはノートパソコンにリビー・マッキンリーの情報を呼びだした。「報告書によると、リビーは二〇〇七年三月にフランクリン・カービーを危険運転で死に至らしめた罪で逮捕され、二〇〇七年七月、有罪の判決を受けて十年の刑を言い渡された。実際には七年と数カ月服役し、六週間前に仮釈放されています」

「誰を轢いたって？」

「フランクリン・カービー。なぜです？　知ってる男ですか？」

ポーターは再び口をつぐんだ。

「ポーター、カービーという男は事件に関わりがあるんですか？　教えてください」

「リビー・マッキンリーの様子を見に行くべきだな。何かわかったら教えてくれ」

「なぜ――」そんなことをする必要があるのか？　プールはそう訊こうとしたが、ポーターはすでに電話を切っていた。

26

二日目　午後一時四分
ポーター

ポーターはアパートの郵便受けの前で、片手に携帯電話、もう片手の手にテレビの番組ガイドをつかみ、床を見つめていた。チラシでいっぱいの郵便受けから番組ガイドを抜きとったとき、そのあいだから写真が落ちたのだ。

ポーターはひざまずき、その写真に顔を近づけた。

それはマット紙に印刷された白黒の写真だった。金網で囲まれた野外の通路を連行されていく、囚人服を着た女が写っている。前と後ろに看守がついていた。手錠に繋がれた両手を背中に回し、うつむいているため、顔は陰っていてよく見えない。遠くから撮り、レンズの機能を超えるソフトウェアで拡大したような粒子の粗い写真だった。後ろの壁には活字体で〝オーリンズ郡刑務所〟とある。

ポーターは番組ガイドをその横に落とし、手袋をしたまま写真を拾いあげて裏返した。

そこには黒いインクで簡潔にこう書かれていた。

ようやく彼女を見つけましたよ。　　　　B

27

二日目　午後一時十四分
黒いニット帽の男

「で、その娘は見たのか？」電話の向こうの声が尋ねた。

黒いニット帽の男は耳に電話を押しあてた。「いや、見なかった」

男は、圧縮板と黒いプラスチックでできた小さな机の前に座っていた。机の上には、紙やカラーペン、絵が散らばっている。たくさんの絵が。

机の向かいの窓から見える外の通りでは、隣人が愛犬を散歩させていた。赤と緑のセーターを着た白い小型犬が、後ろ足を持ちあげて雪のなかに用を足す。黒いニット帽の男は、雪に黄色い染みが広がり、自分の庭を汚していくのを見守った。この隣人は三メートルほど向こうに住んでいるのだが、なぜか毎日ここにやってきて犬に小便をさせるのだ。小便を終えた犬は太く短い後ろ足で歩道の端を引っ搔き、飼い主のあとを追って家のほうに戻っていく。

側頭部の傷が痒くなり、男は引っ搔いた。ニット帽がスキンヘッドを滑ってずりあがる。

「次の娘はきっと見るさ」電話の声が言った。「今度こそ見る」

「だといいんだが」

「教えた場所に置いてきたんだな？」

「ああ」

「誰かに見られたか？」

「ぼくはもう誰にも見えないよ」

「誰かに見られたか？」声が繰り返す。

「いいや」

「それはよかった」

男は緑のカラーペンを手に取り、机の上の絵のひとつに色を塗りはじめた。手が震えだし、インクが線からはみだす。男はペンを放り投げた。

電話越しにため息が聞こえた。電話の相手には、どういうわけかすべてお見通しなのだ。

黒いニット帽の男は、あの娘たちがいなくなって寂しかった。娘たちがいないと、家のなかが静かすぎる。今度は赤いペンを手にとって絵に近づけたが、また手が震えはじめた。ペンを下ろすと震えが止まる。二、三度手を開いては閉じてみた。なめらかに動く。ペンを手にして紙に近づけてもまだ震えない。色を塗る。小さな線がどんどん長く、幅広くなり、ペンがまるで自分の思考を持つかのように動きはじめる。すると手が震えだした。ペンを紙に押しつけたが、インクが線を飛び越え、赤いインクがさっき描いた緑のペンの上に広がって濁った茶色に変わる。絵の線が混ざった色の下に消え、その絵が徐々に見えなくなっていく。

黒いニット帽の男はペンを机に落とし、座ったまま向きを変えた。

床に放りだした娘の赤いセーターと、ベッドの横の小さな靴が見える。

「暗くなる前に、次の娘を手に入れたい」

「もう少し待て」

この声が正しいのはわかっている。この声はいつも正しい。

男は再び頭を掻きむしり、爪を突き立てた。指に血がつく。「そのときが来たら教えてくれるか？」

「教えるとも」

「準備はできてる」

「わかっている」

電話が切れた。

黒いニット帽の男は机に向き直り、電話を置いて窓に目をやった。犬も隣人も姿を消していたが、真っ白な雪に広がった黄色い染みはそのまま残っていた。

男は黄色いペンを拾いあげ、絵に色を塗りはじめた。

28

二日目　午後二時十七分
ポーター

ポーターはこの一時間ソファに座ったまま、目の前のコーヒーテーブルに置いた写真を見ていた。少しでもよく見えるように、ベッドの横から読書用のスタンドを持ってきて、傘を取り除くと、電球も百ワットに替え、きつい反射を無視して隅から隅までその写真を調べた。

頭がめまぐるしく回転している。

リビー・マッキンリーはフランクリン・カービーを殺し、バーバラ・マッキンリーはその罪のために死んだ。

もちろん、フランクリン・カービーの名前は知っている。

ビショップがアーサー・タルボットをエレベーター・シャフトに突き落とす直前に口にしたその名前は、4MKに関連するあらゆる手がかりとともに脳裏に刻みこまれていた。フランクリン・カービーは、ビショップの母親と隣の女性とともに逃げた男、おそらくは両方と体の関係があった男だ。ビショップが日記で〝ジョーンズ〟と呼んでいた相棒を殺した男でもある。ビショップがのちに、フェルトン・ブリックスという名だと教えてくれたその相棒は、タルボットに雇われていた警備員か探偵か何かだ。ポーターが検索したデータベースではカービー、ブリックスの名前はどちらもヒットしなかったのだが、さきほどの電話でカービーが実在することがわかった。

ポーターは写真に目を戻し、写っている女を見つめた。

そのまま長いこと、身じろぎひとつせずに座っていた。

やがて目を上げると、アパートを見まわした。FBIのおかげで嵐が通りすぎたあとのようなありさまだ。床には本棚から落ちた本や、戸棚や引き出しの中身が散乱している。倒れた写真立てから、ヘザーが天井を見つめていた。

ここにはいたくない。ここにはいられない。

いまは無理だ。

ポーターはコーヒーテーブルの上の写真を見つめた。

十分。

二十分。

「くそったれ」

そうつぶやくと、寝室のクローゼットに行き、スーツケースを引っ張りだした。その五分後には荷造りをすませ、それを玄関のドアのところに置いた。

冷凍庫から〝牛ひき肉〟とラベルを貼ったアルミホイルの包みを取りだして開く。中身は現金だ。最後に数えたときは三千ドル近くあった。無造作にそれをポケットに突っこみ、リビングに戻った。

もう一度部屋を見まわし、お気に入りの安楽椅子に歩み寄った。基部を持ちあげて横向きにする。椅子の側面が床の硬材にぶつかると、静かなアパートに大きな音が響いた。

ポーターは下部の生地に指を這わせ、それを引っ張った。マジックテープで留まっていた生地がはがれる。

なかの木枠には、ビショップの日記がガムテープで留めてあった。この日記は証拠品として提出しなかったのだ。小さなノートをビニールの袋ごと引っ張りだしてガムテープをはがし、現金を入れたのと同じポケットに入れると、テーブルに戻り、ビショップが置いていった写真を素手でつかんでそれもポケットに入れた。

携帯電話の電源を切って、コーヒーテーブルに置く。

玄関で最後にもう一度アパートを見まわし、床に落ちたヘザーの写真に目を留めてから、スーツケースを手にドアを閉めて鍵をかけた。

29

二日目　午後六時二十三分

クレア

クレアはナッシュにコーヒーカップを渡し、隣の椅子にどさっと腰を下ろした。

「まるで幽霊みたい。あの画廊はものすごく静かなのよ。それなのに犯人は裏口の鍵をこじ開けて、それもふたつもこじ開けて倉庫にしのびこみ、リリの死体を固定した。ほんの数メートルしかない廊下の先にいる画廊の主人に知られずに、それをやってのけるなんて」

ナッシュはコーヒーをひと口飲んで顔をしかめた。「ひどい味だな」

「しばらく置きっぱなしだったのかも。ポットの底で滓（かす）みたいになってたから」

ナッシュがカップを見下ろして肩をすくめ、もうひと口飲んだ。

一時間と少し前、アイズリーがリリ・デイヴィーズの死体を緊急解剖することに同意したため、ふたりは検視局のアイズリーのオフィスで解剖が終わるのを待っているのだった。リリの死体を除けば、画廊では何も見つからなかった。指紋も足跡もまったくなし。犯人はおそらく出ていくときにすべてを拭きとったのだろう。あったのはあの死体だけだ。

アイズリーがすぐに取りかかれるように、遺体は直接検視局に運びこまれた。

クレアとナッシュが結果を待つあいだ、クロズはＩＴチームの作業を確認し、ソフィ・ロドリゲスはレイノルズ家のように娘の死をテレビのニュースで知らせるのを避けようと、デイヴィーズ家に向かった。

「つまり、エラ・レイノルズは中古車の販売サイトを閲覧していたってこと？」クレアは尋ねた。

ナッシュは、スターバックスで見つけたエラのブラウザ履歴に何が残っていたのかをクレアに話していたのだった。まずいコーヒーをもうひと口飲み、クレアの問いに答える。

「ああ、プラスキ通りの店だ。かれこれ二週間あまり、毎日あの店の在庫品を検索しつづけ、ついに気に入った車を見つけたらしい。二〇一二年のマツダ2、七千四百九十五ドルだ。内装は布で、明るい緑。一五〇〇ＣＣのエンジン、走行距離十二万キロのＡＴ車だ」

「ずいぶん走ってるわね」

「まあな」

「検索の通信は暗号化されていたのよね？　なぜ両親から車の検索履歴を隠したのかし

ら？」

ナッシュが肩をすくめる。「両親はまだ娘に車を買い与えたくなかったのかも。十五歳だからな」

「運転できる年齢でもないのに車を探してるなんて、へんじゃない？」

「そうか？　俺なんか、八歳のときから車が欲しかったぞ」

「十五歳ぐらいの女の子は、ふつう車を持ってる男の子に興味を持つものよ。自分で車を買おうとするんじゃなくて」

「みんながみんなそうとはかぎらんさ」

「まあね」

「リリの件できみから電話があったときは、クロズとその中古車店に向かうところだったんだ。ここがすんだら行って話を聞いてくる」

クレアはガブリエル・ディーガンが言ったことを思い出した。「そういえばリリ・デイヴィーズの親友のガビーが、リリも車を探していた、って。この数週間、携帯メールのやりとりは車の写真ばかりだった。卒業したら車を買ってやると父親に言われて、せっせと自分のほしい車を見つけようとしていたみたい」

ナッシュは考えこむような顔でもうひと口コーヒーを飲んだ。「この中古店を訪れた可能性があるかな？　それがエラとリリの繋がりかもしれんぞ」

「犯人は中古車の販売員だってこと？」

ナッシュは立ちあがり、オフィスのなかを歩きまわった。「犯人にとっちゃ、獲物を見つけるのに格好の場所じゃないか。考えてみろよ。エラやリリみたいな娘が好きな車を見つけ、販売店に行く。販売員が犯人なら、自分たちのほうから近づくわけだから、とくに警戒はしない。犯人は娘たちに目当ての車を見せたり、ほかの車を紹介したり、結構長いこと一緒に過ごすわけだ。ああいう店に入って、五分や十分で出たことがあるか？　販売員は、とにかく客を引きこむのがうまいからな。一緒にあちこちの車を見てまわるうちに、知り合いになる。ひょっとすると二、三台、試乗させてもらう。娘たちはますます警戒心をなくす。通りで近づいてくる男には警戒心をむきだしにするだろうが、いま言ったような状況だったらどうだ？　犯人の機嫌を取ろうとする可能性だってある。いざ買うとなったら、ローンの担当者に口添えしてもらえるように」

クレアは目を見開いた。「しかも試乗するには、免許証のコピーを取られる。犯人は個人情報を簡単に手に入れられるわ」

ナッシュは首を振った。「だめだな。エラもリリもまだ免許証を持ってなかった」

「でも店の書類にメールアドレスなんかを記入したかもしれない。調べてみる価値はあるわ」

そのとき、アイズリーが両開きの扉から入ってきて、検視室のほうへと顎をしゃくった。

「終わったよ」

クレアが立ちあがり、なかへ戻るアイズリーのあとに続く。ナッシュがそのあとをついてきた。クレアは口にガムを放りこみ、ナッシュにもひとつすすめた。

「いや、においにはだいぶ慣れた」

「ここでは、このにおいに慣れたら引退の潮時だぞ」アイズリーが言った。

検視台には、リリ・デイヴィーズの遺体が横たわっていた。肩のところで始まり恥骨のすぐ上で終わるY字型の切開で、まだ胸が開いたままだ。ナッシュはそれを目にしたとたんに真っ青になり、片手をクレアに伸ばした。「ガムをくれ」

ガムを渡すと、クレアは死体にかがみこんだ。リリの顔はとても穏やかだ。

アイズリーは検視台の上の大きなライトを傾け、ぱっくり開いた胸に光を当て、体内の肋骨の下の部分を指さした。「通常は縫い合わせておくんだが、これを見てもらいたくてね。肺に残っている跡が見えるかね？」

クレアはアイズリーの指が示している箇所を見た。どちらの肺にも、ピンク色の表面に黒い線が何本も入っている。

「なんなの？」

「肺に液体が満ち、圧力で張り詰めると、こういう跡ができることがある」

「つまりリリは溺れたんだな？　エラと同じように」ナッシュが言った。

アイズリーがうなずく。「エラとまったく同じ割合の塩水でね」アイズリーは体を起こし、死体の肺を指でなぞった。「それだけじゃない。跡の一部が、ほかよりも色が濃いのがわかるかね？　たとえば、これとか？」

　クレアがうなずく。

「これは、何度もダメージを受けたことを意味している。つまり、一部はほかのものより古いんだ」

「何度も溺れたってことか？」

「ああ。この二十四時間のうち六回か、もしかすると七回。心肺停止になるまで溺れている」

　クレアは顔をしかめた。「そんなこと、ありえる？」

「犯人は意識を失うまで溺れさせては、蘇生術を施したんだ。肋骨をよく見ると、細かい骨折がいくつかある。心肺蘇生法を施した跡だ。スタンガンによる火傷（やけど）もいくつかあるな。命令に従わせるか、蘇生させるために使ったに違いない」

「スタンガンで蘇生させられるの？」

　アイズリーは首を振った。「いや、その種の電気は皮膚の表面で消えてしまうから無理だ。電気ショックは心臓に向けなければ効果がない。金属製の台の上に寝かせてスタンガンを使った可能性もあるが、それでもうまくいくかどうかあやしいね。だが、心肺蘇生法なら息を吹きかえさせることができる」

「何度も」

「この子の場合は、少なくとも六回か七回だな」

「なんてこと」

ナッシュがうつむいて眉をこすった。「つまりこの子は何度も仮死状態にされ、蘇生させられて、ついに力尽きたってわけか」

「ああ、それがわたしの結論だ」

クレアは検視台からあとずさり、誰にともなくつぶやいた。「どうして……なんだってそんな……」

「それだけじゃない」アイズリーは厳しい顔で言うと、部屋を横切り、壁際にある死体からシーツを取り除いた。

エラ・レイノルズだ。

「一四九八二Fをもう一度検視解剖したところ、同じ跡が見つかった。凍りつく寸前から解凍したせいで細胞が傷ついていたから、当初ははっきりわからなかったが、最初の解剖時に気づくべきだった。わたしのミスだ。溺れたという事実と、凍る寸前という特殊な状態による損傷を最小限に抑えることに気を取られ、見逃してしまった」

「その娘の名前はエラだよ」ナッシュが静かに言った。「一、四、九、八、二Fじゃない」

アイズリーは左手を上げた。「ああ、そうだな。エラだ」

「犯人はエラのことも、繰り返し溺れさせて蘇生させたんだな?」ナッシュが尋ねた。

アイズリーは暗い顔でうなずいた。「エラの場合は、かなり長い時間をかけて行われていたようだ。一度溺れさせられてから次にまた溺れさせられるまでに、何日もあいだがあくこともあった。一方、一四九……いや、リリの場合は、回復にたった一時間か、もっと短いあいだしか与えられなかった。犯人の行動がエスカレートしているのは明らかだな。リリにもっと回復の時間が与えられていれば、死なずにすんだかもしれない。残念ながら、人間の体には限界というものがある」

「エラの父親はどう？」クレアが尋ねた。「何か見つかった？」

アイズリーはエラの体にそっと白いシーツを戻し、壁に造りつけられた取っ手のひとつをつかんで引きだすと、クレアたちに近づくよう合図した。「ポーターに電話してるんだが、留守電にしかならなくてね」

「サムはしばらくこの件から離れてるんだ」ナッシュが言った。

「何かあったのかね？」

「ちょっとな。個人的な問題さ」

アイズリーは追及したそうだったが、思い直したらしく、フロイド・レイノルズの遺体に顔を向けた。こちらは厚手の黒い死体袋に包まれている。アイズリーはファスナーを頭から胴体まで下ろし、中身が見えるように袋を押し広げた。首まわりの紫の痣と黒い大きな傷を除けば、肌は真っ白だ。傷の状態は首のちょうど真ん中、喉ぼとけのすぐ上がいちばんひどく、横へと伸びるにつれて細く、浅くなり、耳のあたりで終わっていた。

表面から二センチほど上に指を浮かせたまま、アイズリーはその線をたどった。「かなり細いワイヤーによる傷だ。おそらく、ピアノ線かギターの弦だろう。ポーターは前の背もたれの後ろに足跡があったと言っていたが、その事実はこの傷と一致する。犯人は男の首にワイヤーを巻きつけ、ものすごい力で引っ張った。被害者の後頭部が車のヘッドレストに固定される格好になったのも、犯人にとっては非常に好都合だった。この中央部をじっくり見てみると、もう少しで気管に達するほど切り裂かれている。両横の傷口はそこまでひどくないから、真後ろから首を絞められたことがわかる」

「つまり、それが死因だな?」ナッシュが尋ねた。

アイズリーがうなずく。「間違いないね。ほかには何も見つからなかった」

そのとき、クレアの携帯が振動した。画面にメッセージが表示される。「ランダル・デイヴィーズが、ひどい発作を起こして倒れたそうよ」

30

クレア

二日目　午後六時五十一分

クレアとナッシュはラッシュアワーで渋滞する通りをサイレンと回転灯でじりじり進み、三十分後、クック郡病院の救急用駐車場に車を入れた。自動ドアのガラス越しに、ソフイ・ロドリゲスとリリの母親グレース・デイヴィーズが待合室の隅に座っているのが見えた。

ふたりが入っていくと、ソフィが足早に近づいてきた。「キッチンで話していたのよ。リリのことを知らせるとご両親は取り乱したわ。でも、ひとり娘を失った親にしてはよく耐えていたと思う。ところが、奥さんを抱きしめていたドクターが、急にぐったりもたれかかったの。奥さんが支えようとしたけど、大きな人だから無理だった。ドクターが床に倒れて痙攣しはじめたから、急いで救急車を呼び、四分後には救急救命士が到着した。もう痙攣は止まっていたけれど、息遣いがひどく苦しそうで、心拍数もとても低かった。脈も弱くてなかなか見つからず、どうにか測ったけど、一分間に四十回しかなかった」

「大病をしたことがあるの？」クレアは尋ねた。

ソフィは首を振った。「奥さんはないと言ってる。毎日運動してるそうよ。わたしが着いたときも走りに行く支度をしていたくらい。頭がすっきりするから、って」

「娘が行方不明だっていうのに、ジョギングだと？」ナッシュが言う。

「対処の仕方は人それぞれよ」ソフィはグレース・デイヴィーズをちらっと振り返った。「お嬢さんを亡くしたばかりなのに、ご主人は集中治療室だなんて。奥さんがどんなにつらいか想像もつかない」

救急室の奥にある両開きの扉を押して医者が姿を現し、待っている人々に目をやってグレース・デイヴィーズへと近づいていく。クレアたち三人も急いでそちらに向かった。

「たいへんなことになったね、グレース」医者が言った。「しかも、こんなときに」

「おふたりは知り合いなんですか?」クレアは尋ねた。

医者が目を細める。「あなたは……?」

「シカゴ市警のクレア・ノートン刑事。こっちはナッシュ刑事です。それと児童行方不明センターのソフィ・ロドリゲス」

「リリの件ですね」医者が表情を和らげてうなずいた。「とても優しい子でね。生まれたときから知っているんです。誘拐だなんて、いったい誰がそんなことを」

グレースの顔が青ざめ、赤く腫れた目に再び涙があふれた。ソフィが慰めるように肩に手を置く。

リリが発見されたことをクレアが告げるあいだ、その医者はグレース・デイヴィーズから目を離さなかった。そしてクレアが話しおえると、大きく息を吸い、「なんてひどい」とつぶやいてグレースを抱きしめ、耳もとで何かささやいた。

「デイヴィーズ家とは、どういうお知り合いですか?」クレアは尋ねた。

「ランダルはここの腫瘍科に勤務している。わたしはこの六年、救急病棟の責任者でね。この病院のスタッフはみんな仲がいいんですよ。ランダルとは実習のときも一緒だったし」

ナッシュが一歩近づいて尋ねた。「ドクター・デイヴィーズの容態はどうなんです? 持ちこたえそうですか?」

「いまのところ落ち着いているが、発作が脳に長期的なダメージを与えた可能性がある。CTスキャンの結果を待っているところです」

医師はデイヴィーズ夫人を放し、一歩さがった。

「グレース、ランダルはいつからリシノプリルを摂取しているんだ？」

夫人は眉間にしわを寄せた。「リシノプリルって？」

「降圧剤だよ」

「ランダルの血圧は高くないわ」

医者は夫人の肩に手を置いた。「高血圧だったが、きみに黙っていたという可能性はない？　きみを心配させたくなかったのかもしれない」

デイヴィーズ夫人は首を振り、バッグから携帯電話を取りだして操作しはじめた。「高血圧でないのはたしかよ。去年からふたりでアプリを入れて数値を測っているの」夫人は携帯電話を医師に渡した。「ほら、ここにちゃんと結果が記録されてる」

医師は画面をスクロールして数字を見ていった。「すべて正常値だな」

「毎日運動しているしね。最後の体力テストでは三十歳の体だと言われたのよ」

「それが事実なら深刻な問題だ」医師は顎をなでた。

黙ってふたりのやりとりを聞いていたクレアは、医者のこの言葉にすばやく反応した。

「どういうことですか？」

医者はしばらく考えてから答えた。「血液内のリシノプリルの濃度が異常に高いんです。

つまり降圧剤を大量に摂取している。三百ないし四百ミリグラムも」

「通常の処方はどれくらいなんです？」ナッシュが尋ねた。

「二・五から四十ミリグラムまでです」

クレアはソフィを振り向いた。

「待って、たしかあのとき……わたしたちはキッチンにいた。わたしは水を飲んでて、デイヴィーズ夫人は――」

「わたしはオレンジジュースを飲んでいた」夫人が口を挟んだ。「ランダルはコーヒーを淹れて飲んでいたわ。わたしはコーヒーを飲まないの。飲むと夜、眠れなくなるから」

「誰かがコーヒーに薬を盛った、ってことか？」ナッシュがクレアに言った。

クレアは答えかけたが考え直し、ほかの人々に聞こえないようナッシュを脇に引っ張っていった。「犯人はエラ・レイノルズの父親も殺したのよ」

「だが、エラ・レイノルズの父親はピアノ線か何かで首をちょんぎられそうになったんだぞ。今回は薬の過剰摂取だ。手口がまるで違う。案外、デイヴィーズ医師は高血圧だったが、妻を心配させないように、こっそり自分で薬を処方してのんでいたんじゃないか？そもそも定期的に血圧を測るなんて、高血圧のやつ以外しないだろ？」

クレアは手首を上げ、アップルウォッチを見せた。「この時計は、一日の歩数を数え、心拍数をモニターし、座りすぎていると注意してくれるのよ。近頃はみんな自分の健康状態をチェックしてるわ」そう言ってナッシュの突きでた腹を突いた。「というか、みんながそうすべきよ」

「俺は好きで肥えてるんだ。ヘンテコな機械につべこべ言われるのはごめんだね」

「とにかく、通常の摂取量が二・五から四十ミリグラムだとすれば、ドクターは十倍もの量を摂取したことになる。これは事故じゃない。誰かがドクターを殺そうとしたのよ」

「あるいは自殺未遂か」ナッシュが指摘する。

「確かめる方法はひとつ」クレアはそう言って携帯電話を出し、市警に電話をかけた。「CSIを現場に送るわ」

ナッシュがしぶしぶうなずいた。「デイヴィーズ夫人に、予備の鍵をどこに隠しているか訊いてこよう」

31

二日目　午後七時四分
プール

フランク・プール特別捜査官は、ダウナーズ・グローヴにあるマッキーン・ロードの三〇〇街区に入ると、その通りの右側にある三一七番の数軒先で赤いジープ・チェロキーを停めた。助手席にはバーバラ・マッキンリーのファイルが広げてある。そのファイルによれば、リビー・マッキンリーは六週間前に仮釈放されたあと、この住所に戻っていた。

本当はこんなところにいるべきではないのだ。時間の無駄でしかない。

三一七番の車寄せには、八〇年代後半に製造されたフォード・トーラスが駐まっていた。かなり長いことそこに置かれているらしく、褪せたバーガンディ色か茶色なのか、暗がりではよくわからない。車寄せには車輪の跡はなく、車体には雪が高く積もっていた。ひどい錆とタイヤの空気圧の低さからすると、廃車状態なのは明らかだ。小さな庭は雪化粧ですら隠しきれないほど荒れているらしく、積もったばかりの真っ白な雪から伸びきって茶色く枯れた草が突きだしている。その家はこれといった様式のない、四つの壁で囲った空間に屋根をのせ、それに一台用のガレージをつけただけの箱型の平屋だった。白いペンキはとうに羽目板から浮き、剝がれた箇所から黒っぽい木肌が覗いている。ところどころひずんでいる屋根も、替える必要がありそうだ。

周囲の家の明かりがつきはじめたが、三一七番地は外から見たかぎりでは真っ暗で、人がいる気配はない。

なかを見たほうがいいぞ――プールの頭の隅で何かがそうささやいた。ちらっと確認して立ち去るだけなら害はない。誰に気づかれる恐れもない。

実際、プールはなかを覗きたかった。リビー・マッキンリーと話したかった。ポーターの言うとおり、妹のバーバラ・マッキンリーの死はほかの事件とは違う。それが心に引っかかっているのだ。確かめずに立ち去れば、何日もあれこれ考えるはめになるだろう。あの家の呼び鈴を鳴らし、リビー・マッキンリーと話せば、それで決まりがつく。

電話でポーターと話したあと、プールは轢き逃げ事件の被害者フランクリン・カービーについて調べてみた。だが、なんの情報も得られなかった。

車を降りて身を切るような寒さのなかに立つと、通りを渡って三一七番地の家へと向かった。家の前の舗道も玄関まで続く石敷きの小道も、雪かきはされていない。玄関前のポーチにも少なくとも十センチの雪が積もっている。手袋をした指で呼び鈴を押すと、家のなかで二度チャイムが鳴った。

しばらく待ったが、返事はない。

車寄せを振り返ってから、もう一度鳴らす。

なかからはなんの物音もしない。明かりも見えない。

リビー・マッキンリーが気づいて明かりを消したのだろうか？　保護観察中に、玄関口に現れた警官に会いたがらない人間は多い。ファイルには、現在の雇用状況に関しては何も書かれていなかった。おそらく家から出る理由はほとんどないのだろう。とくに今日のような日には、誰だって必要がなければ出たくない。

プールは思い切り三回ドアを叩いた。「マッキンリーさん？　フランク・プール特別捜査官です。なかにいるのはわかってる。ドアを開けてください」

わかってなどいなかったが、たいていはこれでドアが開く。息を吹きかけると、白い息が手袋をしていても、氷水に浸しているように手が冷たい。たちまち寒さのなかに消えた。

ポーチを降りて低い生垣をまたぎ、大きな見晴らし窓に顔を近づけてみた。だがガラスは冷たく、霜に覆われていてなかが見えない。暖房がついていればガラス越しにわかるはずだ。こんなに寒いのに暖房をつけない人間がいるか？

プールは窓から離れ、近所の誰かに見られて警察に通報される危険をおかし、家の周囲を歩きながらひとつずつ窓を覗いていった。家の脇を歩いていくと、積もった雪の下に埋もれている錆びた自転車にもう少しでつまずきそうになった。とっくの昔に枯れていた鉢植えや、長さのまちまちな庭用のホースも放りだしてある。

裏の木製デッキには、横向きに倒れたバーベキューセットの周りに、折りたたんだ庭用の椅子が乱雑に積まれていた。デッキに上がると、体の重みで板がきしみ、弾けるような音をたてた。腐っていたら、踏み抜く危険がある。プールは注意深く裏口に近づいた。

網戸の網が切られている。長さ十センチ強のまっすぐな切り口。手を入れて網戸の掛け金をはずし、道具を使って鍵を開けるのにじゅうぶんな大きさだ。

プールはドアの取っ手を回してみた。鍵はかかっていない。

コートの内側に手を入れ、ホルスターからグロックを取りだすと、銃口を地面に向けて腰に当てるように低い位置で構え、銃身につけた小さなＬＥＤライトのスイッチを人差し指で弾いた。

　ドアをそっと押したが、動かない。この寒さでドア枠に凍りついているのだ。もう一度、今度は強めに押すと、大きな音をたてて開いた。

　とたんに腐った肉の甘いにおいが鼻をついた。そのにおいが、これ以上近づくな、車に戻って立ち去れ、と警告してくる。

「マッキンリーさん？　フランク・プール特別捜査官です。なかに入りますよ」

　木製の扉はキッチンに向かって開いた。靴の爪先でドアを押しやり、ライトでぐるりとなかを照らす。流しには皿が積みあげられ、カウンターの上もピザの箱や中華料理のテイクアウトの箱、空のソーダ缶、水のボトルなどで埋めつくされていた。

　暖房は入っていないせいで、家のなかは冷え切っている。

　しかし、このにおいは……。

　プールはキッチンのカウンターを通り過ぎ、小さなダイニングルームに入った。テーブルの上は雑然として紙や書類が散らばっていた。職探しの書類に、いちばん上に〝エリザベス・マッキンリー〟と太字で書かれた履歴書のコピー。新聞や未開封の請求書、女物のブラウスとブラジャーまで放りだしてあった。

「マッキンリーさん？　いますか？」

　吐いた息が冷たい空気のなかを漂っていく。壁にかかった温度調節器（サーモスタット）を見ると、ダイヤルがもっとも低い位置に合わせられ、暖房のスイッチは切られていた。

銃に取りつけたライトを前に向けて行く先を照らしながら、左手の開いている戸口から狭いリビングに入った。右側には玄関のドア、その横にさきほど覗こうとした見晴らし窓がある。外から見たときと同様、こちら側からも外は見えない。左手の壁際に、牛乳のラックにのせた小型テレビ、その前にソファとテーブルがあった。テーブルの周囲には、誰かが床に落としたように雑誌やリモコン、請求書が数枚、広告のチラシが散らばっている。テーブルの中央には、茶色と深紅の点が飛び散った白い小箱が三つ、黒い紐が巻かれ、きちんと等間隔に置かれていた。

真向かいは小さなバスルームだ。テレビの左手にあるもうひとつのドアの先は、おそらく寝室だろう。

プールはバスルームに目を走らせた。茶色い汚れがこびりついた白いバスタブ、黴で黒ずんだタオルが落ちて、便器のそばに押しやられていた。鏡の真ん中には誰かが拭いた跡があり、そこからぼやけた自分の姿が見返してくる。

バスルームから居間へとあとずさり、寝室のドアへと銃を向けた。テーブルの上に置かれた白い箱が目の隅でちらつくが、なるべくそちらを見ないようにして横からではなく正面から寝室に近づき、なかに入った。銃のライトが壁の上で躍り、みすぼらしいドレッサーとベッドを照らしだす。

女の死体がベッドの四隅に手足を縛りつけられていた。切り裂かれた服が床に散らばり、体の露出した部分は無数の小さな赤い切り傷に覆われていた。両目はくりぬかれて黒い眼(がん)

窩となり、口には乾いた血があふれている。血で固まった髪の下に耳がないことは確かめなくてもわかった。さっきの箱のなかにあるに違いない。

ＬＥＤライトをはずして銃をホルスターに戻すと、プールはリビー・マッキンリーの死体を見つめた。

32

二日目　午後七時十二分

プール

プールは身じろぎもせず、立ち尽くしていた。目の前を白い吐息が薄い霧のように漂っていく。

部屋は恐ろしいほど静かだった。部屋に入ったときひとりでも誰かがそこにいれば、気配でわかるものだ。人間の体はそれを察知し、警戒心と防衛本能を発動させ、感覚を尖らせる。

その人物の姿が見え、音が聞こえ、手足の動きを認識するにつれ、わずかにアドレナリンが放出され、ほぼ同時に脳が働きだす。自分はその相手に好意を持ったか、嫌悪を抱いたか、とくに興味がないか、とっさのことでうろたえたのか？　人間の体と脳は、一瞬にしてこれらの結論を導きだす。

しかし、それは部屋にいる相手が生きていればの話だ。死人しかいない部屋に入った場合、脳はそういう働きをしない。魂がなければ体はただの殻にすぎないことを、どういうわけか脳は知っているのだ。そして別の信号を送る。目の前の人間はどうやって死んだのか？　いつ死んだのか？　犯人はまだここにいるのか？　自分も襲われる危険があるか？

だがリビー・マッキンリーの死体を見下ろしながらプールが感じたのは、そうした信号ではなく、胸が痛むほどの深い喪失感だった。

ベッドに近づき、手にしたLEDライトで死体を照らしだす。

手の指と足の指が切り取られ、ナイトテーブルに几帳面（きちょうめん）に並べてあった。その横には、染みのついた大きな調理ばさみがある。

ビショップがここまでするのは初めてだ。

ベッドの横にあるスタンドをつけようとしたが、電球が取り除かれていた。

四猿の被害者が殺された現場は、これまでひとつとして発見されていなかった。ビショップは常に〝発見されたい場所〟に死体を残した。殺害場所で死体が見つかったことは一度もない。ハーレス支局長は街の地下に張り巡らされた地下通路で殺しているのではないかと疑っていたが、プールは違う気がした。ビショップには、誰も知らない、自分にとって意味のある場所――邪魔が入らず、被害者の叫び声も呑みこまれてしまう場所に、殺害用の部屋がある気がする。

だが、リビー・マッキンリーはここで壮絶な痛みに苦しみながら、じわじわと、ひとりきりで死んでいった。

寝室は血だらけだった。プールは手にしたLEDライトでベッドの後ろの壁から、シーツ、足元のけばだった緑の絨毯を照らしていった。本当は殺害現場にこんなふうに不用意に踏みこむべきではないのだ。証拠を損なうことになる。だが頭のなかの声は、どうせ何ひとつ見つかりっこないと告げていた。役に立つような証拠は見つからないだろう。見つかるとすれば、ビショップが見つけてほしいと思っているものだけだ。

プールはかがみこみ、切り刻まれた死体を照らした。おそらく剃刀の刃を使ったのだろう。体中にある傷の深さはどれも一センチ強、皮膚のほとんどは乾いた血で覆われていた。

プールは手袋をはずし、指先で腕にそっと触れた。

冷たいが凍ってはいない。暖房が切られたのはずっと前かもしれないが、リビーが死んだのはつい最近、おそらくこの一両日のあいだだ。

そのとき無数の傷がただの傷ではないことに気づいた。これまでは角度が悪かったが、ベッドの頭のところから腕を見下ろすと、はっきり見てとれた。

言葉が刻んである。

ビショップは剃刀の刃でリビー・マッキンリーを切っただけではなく、何かを書いていた。まるで生身の体をキャンバス代わりに、絵筆で絵を描くように。血に隠れているが、小さな単語がかろうじて読める。ベッドの柱に繋がれた腕の出血が少ないのは、心臓の上に位置していたからだろう。

おまえは邪悪だ。おまえは邪悪だ。おまえは邪悪だ。おまえは……

全身に同じ言葉が繰り返し刻まれている。

ビショップがこれを刻んでいたとき、リビーは生きていた。それぞれの傷に血が少量たまっているのを見れば明らかだ。ビショップが足から始め、頭へと向かったことも、それぞれの傷からの出血量が裏付けている。そして肋骨の近くを切り刻まれているとき、ついにリビーは息絶えた。ビショップはそのあともこの作業をやめなかったが、その後の切り傷はより短時間でつけられたことがわかる。

リビーが死んでからは楽しみが半減したに違いない。だが、終わらせる必要があった。なんと残酷な。これは復讐だ。

ビショップにとって、フランクリン・カービーとはいったい何者だったのか？

十分後、プールは裏口へと引き返し、家を出てジープ・チェロキーに戻った。エンジンをかけ、ハーレス支局長に電話を入れたあと、ポーター刑事に電話をしようと思ったが、気が変わった。直接話して、ポーターの反応をこの目で見たい。あの男が何を知っているか、突きとめなければ。

33

二日目　午後十時四分
ポーター

サム・ポーターは十時過ぎにニューオーリンズに到着した。日が変わらぬうちに予約できたのが、ダラスで二時間の乗り継ぎがある便だったのだ。ダラスで待つあいだにターミナルにあるマクドナルドで食事をしようとしたが、胃が食べ物を受けつけなかった。

空港からタクシーを拾い、グラヴィエ通りにあるオーリンズ郡刑務所にまっすぐ向かった。運転手に刑務所の周囲をまわってもらい、写真にあった金網に囲まれた通路と表示が見つかると、そこで待っていてくれと頼んだ。

ポーターはタクシーを降りて通りを渡った。夜もだいぶ更けているというのに、分厚いコートの下は汗ばんでいる。冬にシカゴを出たのはあの街に移って以来、これが初めてだ。最南部に位置するニューオーリンズとシカゴの温度差は驚くほどだった。じっとりとまとわりつくような空気には、少し離れた街の中心部のにおいがする。埃と悪事、毎晩ホースで洗い流さなければならないほどの悪臭が。

ポーターはゲートの近くにいる警備員に近づいた。その男によると、面会時間は朝の九時から夕方の六時まで、例外は認められないという。所長は七時に出てくる、何かあれば所長に話すように、と言われた。

警備員は写真の女には見覚えがなかったが、その前を歩いている看守を知っていた。

「ヴィンセント・ウェイドナーですね。昼間の勤務だから朝の八時に来ますよ」

ポーターは礼を言い、タクシーに戻った。

「誰かなかにいるんですかい？」運転手が訊いてきた。

ポーターは車のドアを閉めた。「まあね」

「わたしも入ったことがあるんですよ。いとこがこの仕事を見つけてくれなきゃ、いまもいるかもしれない。この街で金を稼ぐのはひと苦労でね。仕事に就いても生きてくのが精いっぱい。ところが旅行客が押しかけるせいで家賃は上がる一方。まっとうな仕事じゃ街中では暮らせない。郊外に住んで通勤するか、収入を増やす手段を見つけるしかないんでね」

「収入を増やそうとして刑務所に入ったのか？」

運転手は笑った。「別のいとこにスリの妙技を教わりましてね。どんな相手からでも財布をすれる、ってくらい腕のいいやつなんです」

「そんなにうまい男に教わったのに、どうして捕まったんだ?」

運転手はため息をついた。「そいつを話すと長くなるんでね。そういやお客さん、行く先は?」

ポーターは刑務所を見ていた。明るい色の石壁、細長い窓。写真の女はあのどこかにいるのだ。「ここの所長について何か知らないか?」

「知りませんね。このなかには三週間ちょっといたが、所長を見たのは、最初にバスを降りたときだけ、それも二分ぐらいのあいだです。看守がわたしらを監房に連れていくのを、黙って見てたっけ。おっかなそうだったね。職業柄でしょうが」運転手はバックミラーでポーターを見た。「お客さんの友だちは何をしでかして入ったんです?」

「わからん」

「軽犯罪でとっ捕まった連中は、東棟の別の建物に収容されてます。この街には、酔っ払って暴れる連中が大勢いる。ここで拾う客のほとんどは、繁華街で前の晩に飲みすぎ、頭を冷やすためにぶちこまれた連中だが、そういうのは刑務所の向こう側、東棟にいるんですよ。こっち側にいるのは重罪をおかしたワル。悪事を正すのにひと晩じゃ足りない連中ばかりです。お友だちがどっちの建物にいるか、先に突きとめたほうがいいですよ。さもないと、間違った場所で一時間も並ぶはめになる」

「会いたい女が入っているのは、こっちの建物だよ」

「そりゃ大事(おおごと)だ」

「このあたりにホテルはあるかな？」

「まともなのはありませんね。中心街に戻って探したほうがいいですよ」

「この近くに泊まる必要があるんだ」

男は長く息を吸いこんだ。「この先に一軒、格安宿がありますがね。あんまり勧めたくない場所ですよ」

「そこにつけてくれないか」

運転手は呆れたように目をくるりと回し、ギアを入れた。「決めるのはお客さんですからね。口出しはしないが、これだけは言っときます。ここはバルコニーから何かを投げりゃ、体中に二二口径の弾を食らうような地域ですよ」

その宿がある地域はたしかに治安がよくなかった。刑務所から数ブロックしか離れていない四角いピンク色の建物は、駐車場の上にあった。〈トラベラーズ・ベスト格安ホテル――空き室あり〉という明るい大きな看板の下に、二階分の部屋がある。電球の半分が切れ、残った電球のうち二個が汚れた白いプラスチックの傘の下でちかちかしている。

運転手は建物の横手にタクシーを停めた。「ほんとにここでいいんですかい？」

タクシーのメーターには五十一ドル二十三セントと表示されていた。ポーターは二十ドル札を三枚財布から抜きだし、運転手に渡した。「釣りはいいよ」

二十ドル札はあっというまに運転手のシャツのポケットに消えた。「ハーシェル・クリスマンです。どっかへ行くときは電話を一本ください。ここにも迎えに来ますよ」運転手はそう言ってホテルに向かってうなずき、大きな活字体で電話番号が書かれた名刺をポーターに渡した。「受付は、コンクリートの壁沿いに駐車場を突っ切ったエレベーターの向こう側、建物の向こう端です。気が変わって中心街のホテルに泊まりたくなったら電話を一本。観光がしたい場合も同じく。生まれも育ちもここなんで、街のことは知りつくしてます」運転手は声を落とした。「お友だちをムショから出せなけりゃ、新しい〝お友だち〟が見つかりそうな場所をいくつか紹介しますよ。電話を待ってます」

ポーターはうなずき、ズボンのポケットに名刺を滑りこませた。「ありがとう」

タクシーが走り去り、ポーターはひとり残された。はるか遠くでサイレンの音が鳴り、暗がりから怒鳴り声が聞こえてくる。

腐ったごみのにおいがする駐車場を通り抜け、コンクリート・ブロックの壁沿いに歩いていくと、エレベーターの先に受付が見つかった。扉もなければ、歓迎するようなロビーもなし。正体不明の汚れがこびりついた、分厚いガラスの窓があるだけだ。ごま塩頭がだいぶ薄くなった五十代後半の小太りの男が、近づいてくるポーターを、最初は小さなパソコンのモニターで、次いで窓越しに、黒縁眼鏡の奥からじっと見ていた。

ポーターは汚れた窓に近づいた。「ひと部屋、頼む」

小太りの男が乾燥してひび割れた唇を舐めた。口の端にオレンジ色の食べかすがついていた。「身分証明書とクレジットカードを見せてもらいたいね」

ポーターは財布を取りだした。「身分証明書はない。現金で払う」

男が肩をすくめた。「一泊二十九ドル九十五セント。それと百ドルの保証金がいる。備品があるんでね」

ポーターは二十ドル札を五枚出して、窓の下の小さな隙間に押しこんだ。「百ドルだ。三晩以上泊まる場合は、また来る」

受付の男は紙幣をつかみ、握った拳で古いレジの横を叩いてなかに入れた。「保証金は？　シーツやタオルを取られたら大損害だ」

「そんな心配はいらないよ。ミニバーにも触らない」

男は目を細めてじっとポーターを見たものの、争うだけ無駄だと判断したらしく、窓の下の細い隙間から紙ばさみを滑らせてよこした。「これに名前を書いて」

空欄に〝ボブ・シーガー〟と書いて、なかに戻す。

受付の男は名前をちらっと見て脇のボードから鍵を取り、隙間の下の金属トレーに落とした。「最上階の部屋だ。建物の東側で、街の景観が楽しめる。朝食は廊下の両端にある自動販売機でどうぞ。快適な滞在を」

ポーターはプラスチックの輪っかがついた鍵をつかんだ。カードキーではなく、消えかかった黒い文字で〝２０３〟と刻まれた昔ながらの鍵だ。それをポケットに入れ、スーツケースに手を伸ばす。「ありがとう」

すでに監視モニターに目を戻していた受付の男が、トルティーヤ・チップスのかけらで指先がオレンジ色になった手をおざなりに振った。

ポーターはエレベーターの前を通り過ぎて階段に向かい、二階に上がって二〇三号室を見つけた。ほかに客がいるにせよ、どの部屋も真っ暗だ。鍵を差しこむのに手間取ったあと、なかに入って明かりをつけた。

中央にクイーンサイズのベッドがあり、片側に置かれた薄茶のドレッサーは傷だらけ。台はあるが、テレビはなく、それがあったことを示す跡があるだけだ。床には消えかけた茶色い染みが広がっている。誰かが薄っぺらい緑の絨毯をクレンザーでこすったようだが、そのせいでいっそう汚れて見える。すり傷だらけの机と椅子が、奥の隅を占めていた。

バスルーム付きだが、覗く気にもなれない。もう少しこの部屋に慣れてから見ることにしよう。そう決めてスーツケースをベッドに置き、窓に歩み寄った。分厚いカーテンを引くと、少し離れたところに刑務所が見えた。真夜中を過ぎたというのに、細長い窓のところどころに明かりがついている。

34

三日目　午前四時五十六分
クレア

電話の音に、クレアはぱっと目を開いた。

なぜか部屋が横に倒れている、と思ったらスチールの机に突っ伏していただけだった。

「いやだ」つぶやきながらよだれを拭い、時計を見る。もうすぐ夜明けだ。ナッシュは病院からデイヴィーズ家の捜索を監督しに向かい、クレアはホワイトボードに新たな事実を書きこもうと作戦室に戻ってきたのだった。

電話に手を伸ばし、通話ボタンを押す。「はい？」

「ノートン刑事ですか？」

「そうよ」

「科捜研のリンジー・ロルフェスです。ずっと連絡を取ろうとしていたんですが、留守電になっていて」

「ごめん、うとうとしてたみたい。何か見つかったの？」

「二十分ほど前、あなたとポーター刑事に、デイヴィーズ家に関してこれまでわかったことをメールしました。残っていたコーヒーのなかに高濃度のリシノプリルが検出され、裏口のドアの鍵にもひっかき傷がありました。ふつうに鍵を使って開けた跡とは一致しません」

「つまり誰かが侵入したのね？」

「おそらく。鍵をこじ開けて裏口から侵入し、コーヒーメーカーの水を入れる容器に液状のリシノプリルを注いだものと思われます。被害者がいっぱいまで水を入れたとしても、安全なレベルに薄まらないほどの量です」リンジーは一瞬ためらい、少し震える声で言った。「デイヴィーズの毒物反応の結果を担当医に確認しようと病院に電話すると、ランダル・デイヴィーズは昨晩十時三十四分に亡くなったと言われました。重度の卒中を起こし、蘇生しなかったそうです」

クレアは大きく息を吸った。ふたりの少女が殺され、それぞれの父親まで殺された。

「それとリリ・デイヴィーズが発見時に着ていた服は、エラ・レイノルズのものだと確認が取れました。生地からは、微量ですがふたりの皮膚組織と髪の毛が見つかっています。また、袖から吐しゃ物がほんの少し検出されましたが、これはリリ・デイヴィーズのものでした。それもメールに書いてあります」

「犯人がいつあの家にいたか特定できるような証拠はあった？」

「まったくありませんでした。キッチン以外の場所にいた痕跡もありません。家に侵入する前に綿密な計画を立て、侵入し、すばやく逃走した、という印象を受けますね」

「ありがとう。ほかに何か見つかったら教えて」

「きちんと休んだほうがいいですよ、刑事」

電話が切れ、クレアはそれを机に戻した。

いま休むことなどできない。

クレアは立ちあがって伸びをするとホワイトボードに向かい、リリ・デイヴィーズの欄に書き足しはじめた。

エラ・レイノルズの服を着て発見
心肺停止と蘇生が何度も繰り返された——塩水

それから、ランダル・デイヴィーズの欄を加え、こう書いた。

妻——グレース・デイヴィーズ
クック郡病院勤務。腫瘍専門医
リリ・デイヴィーズの父親
リシノプリル（降圧剤）の過剰摂取

割りあて任務のリストで、すでに終わったものを線で消していく。残りはそれほど多くなかった。別の手がかりが必要だ。

すでに四人死亡。

クロズはもう塩水プールと納入業者、水族館のリストを作成しただろうか？　部屋の隅にあるコーヒーメーカーをちらっと見たが、やめておいた。リシノプリルが混入している恐れのない、密封されたパッケージを自動販売機で買うとしよう。

35

三日目　午前六時四十三分
ナッシュ

「このボロ車のヒーターは最悪だな」吹きだし口の前で手をこすり合わせながら、クロズがぼやく。

ふたりはプラスキ通りにある中古車販売店の向かいに車を停めていた。ドアの張り紙によると、今日はあと一時間で店が開く。バレンタインデーのセールとやらで、通常より二時間早く開けるらしい。赤い吹き流しが駐車場のあちこちに下がっていた。

デイヴィーズ家で鑑識員の作業を監督したあと、ナッシュは急いで自宅に戻って着替え、それからクロズを拾ってここにやってきたのだった。クロズはレッドブルを飲みながら、アパートの外階段に座って待っていた。

ナッシュは愛情をこめてダッシュボードを叩いた。「いまのコニーは少々くたびれてるが、そのうち昔の姿に戻してやる。少しばかり時間をかければいいだけさ」

クロズはこすり合わせた両手を止め、ナッシュをまじまじと見つめた。「どこが〝少しばかり〟だ？　こんなボロは廃車にして、性能のいいトヨタかホンダにでも乗り換えたらどうだ？　エアバッグとCDプレーヤー付きの。こいつはカセットプレーヤーだぞ、ナッシュ。カセットだ。いまどきカセットテープなんてどこにある？」

「これだから若造は困る」ナッシュはグローブボックスを拳で叩いた。開いたボックスの蓋がクロズの膝に当たり、カセットテープが転がり落ちた。「そのイカしたテープのどれかをかけてみろ」

クロズが足元に転がったテープをまじまじと見た。「この車はたったいまボロくそから伝説に昇格したぞ」手を伸ばし、テープのひとつを取る。それから「いいとも」とつぶやき、カシャッという小気味よい音をさせてカセットテープをプレーヤーに入れた。ややあって、ニール・ダイアモンドの《スイート・キャロライン》の、かすかに震えるような前奏が茶色いスピーカーから鳴りだした。

ナッシュがハンドルを指で叩いてリズムを取り、クロズがビートに乗って体を前後に揺らす。「ジョン・レノンも顔負けだな。天才だよ」

クロズが小声で口ずさみはじめると、ナッシュは手を伸ばしてテープを取りだした。

「なんだよ？」クロズはけげんな顔になった。

「あのままにしとくと、おまえが歌いだすだろ。すると俺も歌いだす。で、曲が終わったとたんに気まずくなる。おまえとニール・ダイアモンドを歌う心の準備はまだできてないね。こいつは大きなステップだ。おまえはまだそこまで現場で過ごしてないからな」

「だが、クレアやサムとは歌うんだろう？」

「あのふたりは別さ」

「どんなふうに？」

「とにかく違うんだよ」

「相棒だからだな。羨ましいよ。IT部門じゃ誰も一緒に歌わない」

ナッシュは通りの向こうに目をやった。「誰か来たぞ」

青い冬用コートを着た男が赤いSUVを降り、雪のなかを中古車展示場の中央にあるずんぐりした灰色の建物へと走っていく。男は手袋をした手で苦労しながら鍵を開け、なかに姿を消した。

「店長かオーナーに違いない」クロズが言った。「きみの言ったとおりだ。セールの準備をするために早く来たんだ」

「行くぞ」ナッシュはシートベルトをはずし、ドアを押し開けた。凍てつくような風が吹きつけ危うく倒れそうになる。足元の氷がつるつる滑った。くそ、帽子があればよかった。そう思いながら、片手でコートの襟を掻き合わせる。

通りの車が途切れるのを待って、転ばぬように気をつけながら急いで通りを渡った。クロズが後ろからついてくる。

そこは高く黒いフェンスに囲まれた、せいぜい二千平米しかない小さな店だった。複数の黄色い投光ライトが新型中古車のセクションを効果的に照らし、大きく書かれた価格の下には、それぞれキャッチコピーが添えられていた。〝走行距離が少ない！〟〝錆なし！〟〝値打ちもの！〟〝清潔な車内！〟。

ナッシュはその前を足早に通り過ぎ、オフィスの前に立った。

歩道の氷で転びそうになったクロズが、誰かに見られたか、とあわてて周囲を見まわす。ナッシュは意地悪くにやっと笑った。

「このヤマが終わったら、フロリダかＬＡに引っ越すぞ。暖かい地域にもＩＴの仕事はたっぷりある」クロズはようやく建物にたどり着くと、そう宣言した。

「勝手にしろ。ただしカブスのファンに総スカンを食らうぞ。温暖な地域の野球ファンには、団結力なんか望めない。毎日ビーチをうろうろして駐車スペースを探すかゴルフで忙しくて、本物のスポーツを観戦するどころじゃないからな」

クロズは胸に手をやった。「おいおい、わたしはITオタクだぞ。スポーツなんかこれっぽっちも興味ないね」

ナッシュは首を振った。「おまえとは絶対一緒に歌うもんか」

「好きにしろ」

小さなオフィス・ビルへのドアは鍵が閉まっていたが、なかではさきほど赤い車から出てきた男が動きまわっていた。ナッシュはガラスの扉をノックし、警察バッジと身分証明書を掲げた。なかの男はコーヒーの粉をすくうスプーンを手にして、奥の隅にあるファイル・キャビネットから振り向くと、邪魔された苛立ちをありありと顔に浮かべ、業務用サイズのコーヒー缶にスプーンを投げるように落としてドアのところに戻った。半分ファスナーを下ろした青いコートの前から、つきでた腹が覗いている。

男は薄汚れたガラスの扉越しにバッジをじっと見た。「なんの用です?」

「それが公務に従事する者への挨拶か」クロズがぼやく。

「われわれはシカゴ市警の刑事です。話をお聞きしたいんですが」ナッシュはうなりをあげる風に負けじと声を張りあげた。

男は物欲しげにコーヒーメーカーを振り返ってから、ドアの鍵をひねり、ふたりを招き入れた。「急いでください。熱が逃げてしまう」

ナッシュとクロズが滑りこむようになかに入ったとたん、男はドアを閉めコーヒーメーカーに目をやった。

「コーヒーが気になるようですね」ナッシュが言った。

男はため息をついた。「すみません。去年禁煙して、一昨年には酒もやめたもんだから、いまじゃ楽しみはカフェインだけなんですよ」

「そういう事情なら、どうぞ」

男は足早にファイル・キャビネットに戻り、注意深く計ったコーヒーの粉を十杯コーヒーマシンに入れた。すべてをセットしてボタンを押すと、ようやくふたりを振り向いた。

「メル・カンバーランドです。警察の方が当店になんのご用でしょうか?」

「ナッシュ刑事です。こっちはエドウィン・クロゾウスキー」ナッシュはポケットから携帯電話を出し、画面をタップして掲げた。「このお嬢さんをご存じですか?」

カンバーランドが机の片端にさっと手を伸ばすのを見て、ナッシュはとっさに銃に手を伸ばしかけた。だが相手は眼鏡を取っただけだった。クロズが後ろでしのび笑いをもらす。

カンバーランドが眼鏡をかけて近づいてきた。「いいですか?」

ナッシュは携帯電話を渡した。

カンバーランドは顔のすぐ前で携帯を見つめ、首を傾げた。「知っているはずなんですか?」

「あの車だ」クロズに後ろから言われ、ナッシュはクロズが指さすほうを目で追った。あざやかな緑色のマツダ2が、脇の駐車区画に駐まっている。

「ああ、あの娘ですか」カンバーランドがナッシュに電話を返した。「いいですか、親御さんたちにはいつも言うんですよ。子どもが車を買うのを禁止する法律はない、とね。ただ免許を取るまでは乗れない、それだけのことです。クレジットカードを持っていないんで、少なくとも十回支払いが終わるまでは、車を引き渡すことはできないと言ったんです。それまでには十六歳になっているから害はないし、規則を破っているわけでもない。ご両親には、警官をよこして税金を無駄にする前に、規則や決まりについて調べ直せ、と言ってやりたいですね。刑事さんたちだって、こんなことよりもっと重要な仕事があるでしょう？　わたしにもある」

背後で、コーヒーメーカーがコーヒーを吐きだしはじめた。カンバーランドは慣れた手つきでポットの代わりに染みのあるマグカップを差しこみ、カップがいっぱいになるとポットを戻した。

「わたしも一杯もらえるとありがたい」クロズはキャビネットの横にある白い発泡スチロールのカップに顎をしゃくった。「このカップにくれないか」

カンバーランドはふたつのカップにコーヒーを入れ、クロズとナッシュに渡した。「最初の二回の支払期日は守ったが、三回目は遅れているんですよ。二週間近くも。最近の子どもたちには責任感ってもんがないですな。どうせ服か何かにお金を注ぎこんだんでしょうが、支払いが遅れると報告さえしに来ない。一回目は遅延金を取らずに許してやりますよ。でもって支払期限を守る大切さを話して聞かせる。だが二度遅れたら、こっちも甘い顔はできません」

「この子は死んだんです」ナッシュは男の反応を注意深く見守った。

店長はなんの反応も示さなかった。「だとしても、殺したのはわたしじゃありませんよ」

「違うんですか？」

カンバーランドはキャビネットの上にマグカップを置き、両手を上げた。「どう考えていらっしゃるかわかりませんが、わたしはあの子に車を売っただけです。顔を合わせたのだって、四回か、五回がせいぜいだ。ある日店にやってきて、展示してある車を何回か見てまわったあと、あのマツダが欲しいというんで、ふたりで支払いプランを立てた、それだけです。さっきも言ったとおり、三回目の支払いは二週間遅れ。最後にあの子を見たのは、今年の初めですよ。厳密に言うと、あの子はまだあの車を購入してもいない。公式に手に入れるには、十パーセントの内金が必要ですからね」

「つまり、一月以来、姿を見ていないんですね？」ナッシュが尋ねた。

カンバーランドは机の向こう側に回り、パソコンのキーボードを叩いた。「エラ・レイノルズですね？　最後に店に来たのは一月三日、三百十二ドル払ってます。二百ドルでいいと言ったんだが、誰かに買われたくないから余分に払って保証金にしたい、と言ってね。その一カ月前には、二百七十三ドル支払った。十二月二日です」

「どうやって金を作っていたのかな」クロズが言った。「アルバイトをしていたという記録はないが」

カンバーランドはファイルを見ていった。「申込書によると、ほかの生徒たちの家庭教師をしているとある。とにかく、雇用欄にはそう書いてありますよ」

「両親には隠していたのかもしれないな」クロズはつぶやいた。「わたしも昔家庭教師をしていたが、親父には黙っていた。小遣いをなしにされたくなかったからな。内緒にして、両方から金をもらっていた」

「大した優等生だ」ナッシュはあきれてくるりと目を回した。「しかし、スターバックスに入り浸っていた理由は、それで説明がつくな。ネットで車を検索するだけじゃなく、生徒たちをそこで教えていたのかもしれん」

「スターバックスはわたしもよく使ったよ。それと図書館を」

ナッシュは携帯をスクロールして、リリ・デイヴィーズの写真をカンバーランドに見せた。「この娘はどうです？　見たことがありますか？」

カンバーランドは眼鏡越しに目を細め、小さな画面を見つめた。「いいえ。この娘は知りませんね」

「別の販売員が対応した可能性は？」

「いや。たとえほかの者が応対したにせよ、わたしはいつもここにいますからね。あの門を入ってくるすべての顔に目を通すのが仕事ですから。若い販売員のなかには優秀な者もいるが、わたしのほうが上手です。ほかの販売員だと買わずに立ち去る客も、わたしが相手だとそうはいかない。わたしは常に客を説得できるんです」

「従業員全員のリストをいただけませんか」ナッシュが言った。

「いいですとも。わたしとブランドン・ストリンジャーとダグラス・フレデンバーグの三人です。ダグラスは整備士で、この二日間風邪で休んでいます。ブランドンは八時に来ますよ」

「そのふたりのどちらかがエラ・レイノルズと接触した可能性は?」

「わたしの知るかぎりではないですね。あの子が最初に来たとき、ブランドンは別の客の相手をしていた。初めて来店したときから、あの子はすでに心を決めていましたよ。外のマツダをさっと見た直後にオフィスに入ってきて、あの車を買いたい、と言った。試乗も何もなしで。もちろん免許証もないのに試乗させることはありませんが、そうしたいと言えば、助手席に乗せてこの辺を少し走ったでしょうね」

「フレデンバーグは、そのとき何をしていました?」

カンバーランドは再びキーボードを叩いた。「ガレージの車の下で、ブレーキのマスター・シリンダーを換えていたようだ。あいつが客と関わることはめったにありません。ブランドンと話したければ、待っていただいて結構ですよ。よろしければ、ひと周りしてみませんか?」そう言って、通りの向かいに駐めてあるシボレー・ノヴァに顎をしゃくった。「あれもいい車になる可能性を秘めていますがね、そのためには時間と費用がかかる。もっと簡単に乗りこなせる、性能のいい車と取り替えてはいかがです?」

「ヒーターとステレオが使えて、マニュアルじゃない車なんてどうかな」クロズが口を挟む。「あの車は古すぎる。ボンネットの下に馬が隠れてるんじゃないか?」

ふたりともじろりとクロズを見た。

「なんだよ？　面白かったろ」

「全然。シボレー・ノヴァをばかにしないでください」カンバーランドが言った。

ふたりはシボレーに戻った。フロントガラスの前で雪が渦巻いている。

ナッシュはエンジンをかけて通りの向こうにもう一度目をやった。「あのコーヒー・マニアは犯人じゃないな」

「わたしの判断基準は刑事たちとは違うが、同感だな。今回の犯人像にはあてはまらない。そもそも自分の店に来た娘を誘拐するなんて、相当なバカだ。正直言って、あの男にはそんな大仕事をするだけの動機もなさそうだ」

「ああ、歳をとりすぎてる。この種の犯罪は、三十五歳以下の男による性的な動機による場合が多い。実際の性行為がないにせよ、それが大きな要素だ。カンバーランドはどう見ても五十代だろう。それに太りすぎてる。チョコレートや花束で十代の娘をつろうとしてみろ、ぼこぼこに殴られるのがおちだ。そもそもこんな開けた場所で誘拐ができるわけがない。犯人はもっと若くて力の強い、動機のある男だ」

「従業員のひとりだという可能性はまだ残ってるぞ」クロズが指摘した。「リリ・デイヴィーズは来ていないという言葉も、真実とはかぎらない」

「娘たちは両方とも車を探していた。これは唯一、手がかりに繋がりそうな事実だ。ほかのふたりが仕事に出てくるのを待つとしよう」

クロズがステレオの電源ボタンに手を伸ばした。

「やめとけ」ナッシュはその手をはねのけた。

36

三日目　午前六時四十四分
プール

揃いの制服に身を包んだ少なくとも十二人の鑑識員は、ひと晩中リビー・マッキンリーの朽ちかけた家を出入りしていた。プールはジープの運転席からその様子を見守りながら、気が気ではなかった。もちろん作業は注意深く行われているに違いないが、現場にあんな大勢が足を踏み入れたら、採取できる証拠もできなくなる。

ハーレス支局長は玄関ポーチで携帯電話を耳に押しつけ誰かと話している。ディーナー特別捜査官は室内のどこかにいるはずだ。

電話を切ったハーレスが通りを横切り近づいてくるのを見て、プールは車の窓を下げた。

「検視官によると、死後数日は経っているそうだ。おそらくやつは……水曜日のこの時間帯にマッキンリーをベッドに縛りつけた。そして最初の傷から最後の傷まで十時間から十二時間もかけて痛めつけた。爪先から始めて、手と足の指で終えた。そのあいだのどこかで、目をえぐり、耳と舌を切ったんだな。ずっと縛りつけられたままだったらしく、被害者はベッドで排泄してる。右の足首は縛られていたもので筋肉まできれいに切れていた」

　目を閉じれば、そのすべてがまざまざと思い浮かぶのはわかっていたから、プールはあえて目を閉じなかった。ビショップはリビーをベッドに縛りつけ、苦痛の悲鳴を聞きながら半日かけて拷問したのだ。「やつの仕業にしては……ずさんに思えますね」

「エスカレートしてるんだ。正体を知られたいま、これまでほど注意深くやる必要がなくなったんだろう」

「そうかもしれません」

「ほかに理由があると思うのか？」

「ええ、もしかしたら」

「ずいぶん曖昧な答えだな」

「ビショップはこれまで、こんなふうに被害者の体を切り刻んだことはなかった。足の指や手の指を切り取る、これは新しい手口です」

「さっきも言ったが、エスカレートしているんだ」

　ハーレスは足を踏みかえた。吐く息が煙草の煙のように空中に漂っている。また雪が降りはじめた。大きな重たい雪片だ。

「ポーターが撒いたパン屑を追って、ここに来たんだな」

これは質問というより断言に近い。プールはうなずいた。「ポーターは勘が鋭いですからね」

「勘が鋭い？ 何日もビショップと一緒にいたのに、まったく正体に気づかなかったんだぞ。しかも、やつを逮捕するチャンスがあったのに逃げられた。シカゴ市警の半分を現場に呼んでおきながら、まんまと逃げられたんだ。ポーターは五年前にビショップを捕まえるべきだった。そうすれば、われわれがいまここにいることもなかったし、あの女性は――」ハーレスは家のほうに顔を向けた。「まだ息をしていた。それを覚えておくんだな」

プールは何も言わず、家を見た。車寄せの車、家の脇の自転車。「リビー・マッキンリーはここで孤立していた。保護観察官に訊けば、ずっと引きこもっていたという答えが返ってくるでしょう。保護観察官のほうがこの家を訪れていたに違いない」

今度はハーレスが黙りこんだ。一年前にプールがこんな態度で発言をしていたら顔をしかめたに違いないが、プールはこれまで何度も自分の意見が正しいことを証明してきた。だからこそ、4MK特別捜査官チームのメンバーに抜擢されたのだ。

ディーナー特別捜査官が玄関前に出てきて、ふたりのほうに手を振った。「見せたいものがあるんです」

プールはジープを降り、うつむいてみぞれのように凍った雪を避け、ハーレスのあとから通りを渡った。

室内の電気はまだ入っていないが、鑑識が裏庭に発電機を置いていた。そこからオレンジのコードがくねくねと廊下や部屋に伸びている。家の周囲に置かれたふたつの黄色い金属スタンドのハロゲン灯が家全体をまばゆい光で照らし、黒い影を投げていた。ハーレスとプールはディーナーのあとから玄関を入り、まだリビー・マッキンリーの死体がある奥の寝室へと向かった。鑑識員がベッドのまわりをゆっくり移動しながら、陰惨な死体をくまなく写真におさめている。プールは血だらけの凍った口からほとばしる叫び声が聞こえるような気がした。

部屋の中央では、別の技術者がそこに置かれた三脚から3Dカメラをはずしているところだった。このカメラは三脚の上で回転し、あらゆる角度から部屋の全体像をスチール写真とビデオにおさめていく。おそらく別の部屋に運ばれ、同じ過程が繰り返されるのだろう。そして家全体と、おそらく屋外のすべてが写真におさまり、録画される。コンピューターがそれを繋ぎ合わせたあと、捜査員たちは今現在見える状態で保存されたバーチャルな犯罪現場を、いついかなるときでも目にすることができるのだ。しかしプールにはこのテクノロジーは必要なかった。良きにつけ悪しきにつけ、プールには映像記憶に近い、ほぼ完璧な記憶力がある。どんなに努力しても、ここで見た光景を頭から消し去ることはできないだろう。光景、におい、音のすべてが、脳裏に焼きついていた。

ベッドは四つのハロゲン灯で照らされていたが、撮影係のフラッシュはそれよりもまぶしい。プールは目をそむけた。

ディーナーがドレッサーの隣、開いた引き出しの前に立ち、小さなマグライトでそのなかを照らしている。プールは引き出しのなかを覗きこんだ。

「ここにあるものがひとつでも見つかれば、刑務所に逆戻りだぞ。どうしてこんな危険をおかすんだ？」ディーナーがつぶやく。

プールはポケットからラテックスの手袋を取りだしてはめ、引き出しのなかから免許証とパスポートを取りだした。どちらもリビー・マッキンリーの写真だが、名前はカリン・セルクとなっている。偽の身分証明書をドレッサーに置き、つづいて四五口径の黒い拳銃を取りだす。「装弾されているな」

「使おうとした形跡はないな」ハーレスが指摘する。

「そんなチャンスはなかったんでしょう」プールは言った。「ビショップはリビーの不意を衝いて押さえつけた。検視官の毒物テストでは、おそらくプロポフォールかヌベインが検出されるでしょう。ビショップは過去にその両方を使ったことがある」

ハーレスはプールに向き直った。「被害者は引きこもりだったと言ったな。だが、これを見るかぎり、逃げるつもりだったんじゃないか」

「悪魔を出し抜くには、先を行くだけでいい。伸ばされた手の数センチ先を」プールは低い声でつぶやいた。

「そいつはいったい、どういう意味だ？」ディーナーが嘲（あざけ）るような調子で言った。

「前に読んだ、サッド・マカリスターの小説の一句です。実際には、ただの引きこもりじゃなかったと思う。誰かから隠れていたんだ。怯(おび)えていたに違いない」

「ビショップか？」

「やつは妹を殺した。ひょっとすると、刑務所にいたリビー・マッキンリーにメッセージを届け、脅したのかもしれない。リビーが轢き殺したフランクリン・カービーという男は、ビショップにとって何か重要な意味を持つ男だった。殺害場所と手口がいつもと違うのはそのためだと思います。ビショップがリビー・マッキンリーを殺したのだとしても、タルボットがらみじゃない。これは復讐ですよ。リビーを痛めつけ、苦しませたかったんだ」

プールは茶色いセーターの下から何かが突きだしているのに気づいた。取りだすと、ふたりの女性が全裸でベッドにいるポラロイド写真だった。端が擦り切れ、色も褪せている。

「この娘のことが好きになりはじめてきたよ」ディーナーがふざけて言った。

「古い写真だ。十五年、いや、二十年くらい前だな。もう誰もポラロイドなんて使わない」

「まだあるぞ」ハーレスが言って、セーターの反対端を指さした。

手を伸ばして取りだすと、長さ約十五センチのブロンドの髪だった。両端が黒いゴムで縛ってある。

37

三日目　午前七時二十一分
ラリッサ

ラリッサ・ビールは、ウェスト・シカゴ・アベニューとノース・デイメン通りの角の近くに立っていた。後ろで誰かがベーカリーショップのドアを開けるたびに、店内に駆けこみ、クッキーやケーキを食べたくなる。こんなおいしそうな匂いを通りにまき散らすなんて、犯罪じゃない？　でも、ドレスが入らなくなっては一大事だ。今夜は学校でバレンタインのダンスパーティがあるのだから。パーティにはケヴィンも来る。ストラップレスの黒いドレスを着たあたしを見たら、その場でデートに誘うに決まってる。

パン屋の扉が再び開き、年配の男が朝食のサンドイッチを食べながら出てきた。エッグベーコン・ベーグルのおいしそうな匂いに唾が湧いてくる。

だめよ！　もう耐えられない。ラリッサは店の前から離れ、通りの角に近づいた。氷のような風が建物の向こうから吹きつけてきて、ぶるっと体を震わせる。

どこにいるのだろう？

その場で走るように足踏みする。十分前なら、通行人の目が気になっただろうが、もうどうでもいい。動いていないと氷柱になりそうだ。

そのとき、その車が見えた。

すぐ前に駐まっているトラックと、方向指示器を出したままの古いＳＵＶのあいだに滑りこんできた。

ラリッサは車がまだ完全に止まらないうちに取っ手をつかみ、止まった瞬間にドアを開けて、助手席に乗りこむと、ヒーターの吹きだし口に両手を掲げた。「二十分も遅刻よ。もう少しで帰るところだったわ」

運転している男が黒いニット帽の横をぽりぽり掻いた。禿げ頭のようだが帽子に隠れていてよく見えない。「書類はあるかい？」

ラリッサはうなずき、ポケットから印刷した紙を取りだした。「で、どういうふうに進めるの？」

どうやら教官らしい男は、紙ばさみに書類を留めて後部座席に放り投げ、うっすらと笑みを浮かべた。「抽選で当たった賞品として、無料のレッスンが一回受けられる。レッスンを続けたければ、費用は四百ドルだ。これには三十時間の講習と八時間の実習が含まれる。イリノイ州で免許を取るのに最低限必要とされている時間だよ。縦列駐車がうまくできないとか、筆記試験に関する疑問などがあれば、上限が七百ドルで、様々なプログラムも用意されている」

「毎回、ここまで迎えに来てくれるのね？」

教官がうなずく。「街のあちこちで生徒を拾っているし、市内のどこでも降ろすことができるよ。送り迎え以外の運転はきみがする」

ラリッサは礼儀正しく微笑んだ。ところどころに舌足らずな発音が混じるのが、ケヴィンみたいで、なんだかかわいい。

「では、無料のレッスンを始めようか？」

ラリッサはシートベルトを胸の前に引っ張り、留めた。「いつでもオッケーよ」

教官は〝教習生〟というカードをダッシュボードの上にのせ、行きかう車の流れに入った。へんなの、とラリッサは思った。車体いっぱいに教習車と書いてあるのに、こんなカードがどうして必要なの？

38

三日目　午前七時三十三分
ポーター

　ポーターは、オーリンズ郡刑務所の奥深くに位置する所長室で木製のベンチに座っていた。ホテルから歩きはじめてすぐに、街のこの界隈は夜のほうがまだましに見えるという結論に達した。

　ニューオーリンズには独特のにおいがある。街のいちばんまともな地域でさえ、そのにおいが地面の数センチ上を漂って鼻孔をくすぐり、ここがニューオーリンズであることを思い出させる。刑務所の周辺はそのにおいがもっとひどかった。まるでべたつく油かすのようにあらゆる表面を覆い、街灯や排水格子から滴っているかのようだ。それにどの路地にも、空き地にも〝居住者〟がいる。それも地元の人間だけではない、すっかり酔っ払って明かりや音楽や名所から離れた観光客が、ベールの裏側をうろついているのだ。

　メインゲートに着くと、昨晩の警備員が無関心な表情で出迎え、ポーターが何も言わぬうちに面会時間を告げ、面会者用のゲートがあるほうを指さした。ポーターはバッジを見せろとは言わない警備員に、シカゴ市警の名刺を渡してここに来た理由を説明し、検問を通過するときは、銃はホテルの金庫に置いてきたと告げた。署に電話をされて確認を取られる危険もあったが、民間人としてなかに入ることはできないのだから、ほかに方法はない。

オーリンズ郡刑務所の通路は、くすんだ白のペンキを塗ったコンクリート・ブロックの壁に囲まれていた。何度も曲がるうちに、どちらの方向に歩いているのかわからなくなる。空気は重苦しくよどみ、壁に響く靴音が地下深くを歩いているような錯覚をもたらす。案内の警備員によると〝悪の巣窟(そうくつ)〟を通っていくのが所長室への近道だという。これまで狭いところが怖いと思ったことは一度もないが、ここで長時間過ごしたら閉所恐怖症になりそうだ。毎日働くなど想像もできない。鋼鉄製の扉に突き当たるたびに立ち止まり、誰かの操作でブザーとともに扉が開くのを待たねばならない。六メートルおきに設置された監視カメラが、無表情なレンズの目で見つめていた。

通路のはずれに達し、およそ三メートルの間隔で設けられた一連の扉を次々に通り抜けたときには、古いSF映画のエアロックか、除染室に入るシーンが頭に浮かんだ。それを過ぎると、事務室があった。このオフィス区画も同じブロックと鋼鉄製ではあるが、古い絨毯とプラスチックのシダでところどころ飾られており、不毛地帯のオアシスを思わせる雰囲気が少し漂っている。

警備員はベンチを指さした。「所長は所内にいますが、いまは見回りの最中です。まもなく戻ります。座ってお待ちください」

そう言われたのが三十分も前のことだ。

ポーターが気づいただけでも六台のカメラがその部屋を映していた。動いているカメラもあれば、静止しているものもあるが、そのすべてがポーターを見ている。

「ポーター刑事？」

人が入ってくる音は聞こえなかったのに、どういうわけかその男はいつのまにかすぐ前に立っていた。「そうです」

「所長のヴァイナです。このささやかな楽園を訪問してくださった理由はなんでしょう？」

「面会したい受刑者がいるんです」

「もう十年あまり面会には関わっていないが、最後に確認したときは、面会時間は九時からでしたよ。規定通りの手続きを取ってもらえれば、わたしが関わる必要はまったくない。そうしていただけませんか」

所長はポーターより少し背が低かった。百七十センチぐらいか。かなり白いものが多い髪は短く刈りこまれている。小さな目は間が狭く、鼻は何度も折れた跡が歴然としていた。首にある太いピンク色の傷痕は、青いシャツの襟の下へと消えている。ずんぐりして自信たっぷりな様子。視線はまったく揺らがない。まるで受刑者を凝視するように、ポーターの目をじっと見つめてくる。

「その受刑者が、四猿殺人鬼と関連がありそうなんです」

「あなた、あのポーター刑事ですか？」

「そう、あのポーターです」

「例の件に関しては、テレビで見ていましたよ。常軌を逸した犯罪だ。で、どういう関連があるんです？」

「それはお話しできません」

「では、わたしもあなたを受刑者に会わせることはできませんね」

「令状を取って戻ってくることもできるんですよ」ポーターは言った。

「では、そうなさい。令状を持ってきたら、面会用のゲートで警備員に見せてください」

所長は肩をすくめ、奥のオフィスへと向きを変えた。「この街を楽しんでいってください、刑事」

「その女はやつの母親かもしれないんです。だが、これは外部には絶対にもらせない。マスコミに嗅ぎつけられたら唯一の手がかりが潰されかねない。協力してもらえませんか」

所長はドアの前で足を止め、首を振った。「静かな週末を望んでいたんですがね。あなたに協力すると、そういうわけにはいかなくなりそうだ」

「しかし、たくさんの命を救えるかもしれない。俺はこの受刑者から話を聞きたいだけです」

所長が振り向いた。「で、受刑者の名前は?」

ポーターはつかのま口をつぐんだ。せっかく所長が餌に食いついたのに、逃がすことはできない。「わかりません。どんな罪で服役しているのかもわからない」

所長が笑った。「刑事さん、ここには二千人の受刑者がいるんですよ。ハリケーン・カトリーナ以前には六千五百人いました。重罪で裁判待ちの者もいれば、交通違反や酔っ払って暴れた罪などの軽罪で収監された者もいる。残りはルイジアナ矯正局か連邦政府によって長期刑を科された囚人たちです。名前もわからずにどうやって探すんです?」

ポーターはポケットから写真を取りだした。「これが手がかりになる」

所長は写真を手に取り、眼鏡をかけてから裏返してメッセージを読み、また表の写真をじっと見た。「これは西ゲートだな」

ポーターは、ビショップの母親の前を歩いている看守を指さした。「この男は——」

「ヴィンセント・ウェイドナーです」

「彼がこの受刑者を覚えているかもしれない」

所長は深いため息をつき、オフィスのドアを示した。「どうぞ。調べてみましょう」

39

三日目　午前八時十三分
クレア

作戦室の机の端に置いてある携帯電話が鳴った。クレアはそれをひったくるようにつかみ、通話ボタンを押した。「ノートンです」

「刑事？　緊急通報デスクのドーン・スピーゲル巡査です。オペレーターのひとりが、数分前に奇妙な電話を受けたんです。もしかしてそちらの事件と関わりがあるんじゃないかと思いまして。聞いてもらえますか？」

お願いだから、また誰かが行方不明になったのではありませんように。「もちろん」

「少し待ってください。スピーカーフォンにします」それから巡査が電話を置くかすかな音がした。「録音したテープをかけますね」

〝警察です。どんな緊急事態ですか？〟オペレーターの声が聞こえた。

少しためらったあと、年配の女性特有のか細い声がゆっくりと言った。〝あの人は二度死んだの〟

〝すみません、どういう意味かわかりませんが〟

〝二度死んだのよ〟今度は少し切羽詰まったような大きな声だ。

オペレーターがため息をつく。〝誰が二度死んだんです？〟

〝フロイド・レイノルズが〟

クレアは立ちあがって、証拠ボードに歩み寄った。

フロイド・レイノルズ

妻――リーアン・レイノルズ

保険会社ユニメド・アメリカ・ヘルスケアの営業担当

妻によれば負債なし？　ホスマンが確認

その横に、テープの録音を聞きながらこう付け加える。

細いワイヤー（ピアノ線？）らしきもので自宅外（の車内）で絞殺

死体は雪だるまのなかに隠されていた

エラ・レイノルズの父親

〝誰が、ですか?〟オペレーターが尋ねる。

今度は年配の女性がため息をついた。〝だから、フロイド・レイノルズよ。先週死んで、昨日また死んだの。今日の訃報欄に載ってるわ〟

〝緊急通報用の番号にいたずら電話をすると、第四級の犯罪になる可能性があることをご存じですか?〟

〝でも、二度も死ぬ人はいませんよ〟

〝第四級の犯罪は、一年から三年の実刑、または二万五千ドル以下の罰金を科される可能性があります。この番号にいたずら電話をかけるのは、警官や救急隊員を危険にさらすばかりか、税金の無駄遣いなんですよ〟

〝ここに電話すべきではないなら、係の人に繋いでくださらない?〟

カチリという音がした。クレアはオペレーターが一方的に電話を切ったのかと思ったが、数秒後に戻ってきた。いったん電話を消音にして誰かに対処を相談したのだろう。

〝フロイド・レイノルズはよくある名前です。おそらく偶然でしょう。あなたを罪に問う気はありませんから、電話を切りますよ。この件でかけ直してくるのは、やめてください。もう一度かけてきたら、罪に問われる可能性が高いですよ〟

〝名前は同じ。誕生日も同じ。住所も同じ。これは同じ男よ。二度死んだのよ〟年配の女性は言い張った。〝今日のシカゴ・エグザミナー紙を見ればわかるわ〟

またしてもカチリという音。今度こそオペレーターが電話を切ったのだ。

スピーゲル巡査が受話器をつかみ、スピーカーフォンからふつうの通話に切り替えた。

「オペレーターは電話を切ったあと、いたずら電話だと思い、この電話に関してほかのオペレーターに警告しました。通常、何度もいたずら電話が繰り返された場合のみ、記録して報告するんですが、今回はこの名前に見覚えがあったので、オンラインで新聞の記事を呼びだしてみました。フロイド・レイノルズは実際、二度訃報欄に載っています。今日の新聞と、水曜日の新聞に。あらゆる情報がまったく同じ。同一人物です」

クレアは眉を寄せた。「ありえないわ。レイノルズは昨日死んだんだもの」

「メールアドレスを教えてください。リンクをお送りしますから」

40

三日目　午前八時十六分

ポーター

「あれは……?」

「ニコラス・ケイジですよ」所長はそう言いながら先に立って狭いオフィスに入った。額に入った顔写真が机の左側の壁にかかっている。「二〇一一年四月に、ここに連れてこられたんです。街のレストランで喧嘩(けんか)をして逮捕されましてね。ああいうハリウッド・スターは、ときどきもうカメラが回っていないのを忘れるんですな。しかし、うまい役者だ。『コン・エアー』の演技は実によかった」

「ショーン・コネリーと共演した映画でしたっけ?」

所長は指を一本立てて待つように合図してから、受話器を取った。「ウェイドナーくん、所長室に来てください。ウェイドナーくん、所長室に来てください」受話器に向かってそう言うと、一拍遅れて刑務所のインターコム・システムを通じてこの言葉が繰り返された。「ショーン・コネリーと共演したのは『ザ・ロック』でした」所長は受話器を架台に戻しながら言い、机の前に置かれた椅子のひとつを示した。「ほかの有名人もときどき来ます。ニューオーリンズは浮かれ騒ぐ街として知られていますからね。ひと晩泊めて、酔いがさめるのを待つ。そして翌朝、送りだす。物を破損するとか、誰かに怪我をさせないかぎり、起訴する必要はありません。街の酔っ払いをいちいち起訴していたら、ここは一週間と経たないうちに満杯になってしまいます」

所長室のドアを誰かがノックした。

ビショップが送ってきた写真の男、ヴィンセント・ウェイドナーだった。襟の上にたれた暗褐色の髪は、刑務所のほとんどの看守よりも長い。短く刈った山羊髭もはやしていた。長さ五センチぐらいの古い傷が、首の、顎の線の下にある。ナイフか割れたガラスで切られたと見えて、手術の傷とは異なりぎざぎざだ。そう思ったとたん、ビショップに刺された脚の傷のことが頭をよぎり、そこがむず痒くなった。

ウェイドナーの目がつかのまポーターに落ち、所長に戻った。「おはようございます、所長。なんのご用でしょうか？」

所長がもうひとつの椅子を示すと、看守はゆっくりとそこに座った。刑務所の看守は総じて慎重に動くようだ。起こりうるシナリオを想定しながら動くからか？　少なくとも、腕のいい看守はそうだ。そうでない者は怪我をする傾向がある。動作は緩慢だが顎の下に傷があるところを見ると、この男はどちらの部類に属するのか？

「シカゴ市警のサム・ポーター刑事だ。手がかりを追ってきて、われわれの助力を求めている」所長はそう説明したあと、ポーターに言った。「さきほどの写真を見せてもらえますかな？」

ポーターは上着のポケットから写真を取りだし、看守に渡すと、ふたりの看守のあいだを歩いている受刑者を指さした。「この女がわかるかな？」

ウェイドナーは少し右に頭を傾けた。「ドウですね」

「なんだって？」

「名無し（ジェーン・ドウ）ですよ。身元がわからないんです。ジェーン・ドウ二一三八号です」ウェイドナーは写真を返してきた。「この受刑者がどうかしたんですか？」

所長はパソコンのキーボードを引き寄せ、両方の人差し指でキーを打った。「ジェーン・ドウ二一三八号。ここに来たのは今年の一月十八日、三週間と少し前ですね。法廷に立ち、有罪を申し渡されて刑が決まるのを待っているところです。バーボン通りで財布をすろうとして逮捕された」

「こそ泥には、ひと晩泊まりの方針は適用されないんですか？」

所長は画面をスクロールしている。「ニュージャージーから来た男の財布を盗んだが……おや、これはひどい」

「なんです？」

「財布には五百十二ドル入っていた。オーリンズ郡では五百ドル以上の窃盗は重罪なんですよ。被害者がもう一杯飲んでもう少し金を使っていたら、軽罪とみなされ、まもなく釈放されることになっただろうに。五百ドルを十二ドル超えていたために、最低でも二年は食らいこむことになる。前科があればもっと長く」

「それは痛い」

「ええ。しかし盗みを働くなら、おつとめも覚悟しないとね」ヴァイナ所長は言った。

「どうやら逮捕時には、ほかにも三つの財布を持っていたらしい。どの身分証明書類も本人のものではなかった。しかも名前を言おうとしない」

「指紋から調べられないんですか？」

ヴァイナは首を振った。「ここのシステムにも、全国システムにも登録されていないんです。身元を調べるのに役に立ちそうなしるしは、手首の小さな刺青だけですな」そう言って、ポーターが見えるようにモニターを回した。

　ポーターは驚いて身を乗りだした。無限記号だ。さもなければ横にしたアラビア数字の8か。シカゴで市バスの前に飛びだし、最初は4MKだと思われていたジェイコブ・キトナーの手首にも同じ刺青があった。「その受刑者に会わせてもらいたい」

　所長はモニターを自分のほうに戻した。「それには弁護士の許可が必要です」

　ポーターは腑に落ちなかった。「名前も言わないのに、弁護士はついているんですか」

　ウェイドナーが咳払いをした。「そのときは、わたしが同席しました。最初の面会のときです。この身元不明の女は、護送車を降りた瞬間からずっと無言で、取り調べ室に座ってからもだんまりを決めこんでました。ばかにしたような薄ら笑いを浮かべ、取り調べを担当したダンリーヴィ刑事を黙って見ている。それから一時間かそこらすると、テーブルに身を乗りだし、〝弁護士のサラ・ワーナーを〟と言い、また椅子の背にもたれて腕組みし、薄ら笑いを浮かべた。ダンリーヴィがどうやって我慢できたのか、わたしにはわかりませんね。あんなくそ女に」ウェイドナーは汚い言葉を使ったあと、ちらっと所長を見た。

　ヴァイナは片手でそれを払った。

「サラ・ワーナーというのは誰です？　地元の弁護士ですか？」

「それはダンリーヴィに訊いてください」ウェイドナーが答えた。

　所長はスピーカーフォンにしてダンリーヴィに電話をかけた。

　しゃがれた声が応じた。「はい？」

「ダンリーヴィ？ オーリンズ郡刑務所のヴァイナだ。いまシカゴから刑事が来ているんだが、何週間か前にきみが尋問したジェーン・ドウについて教えてもらえないか？ サラ・ワーナーが代理を務めている受刑者だが？」

「やれやれ、あのくそ女ですか？」ダンリーヴィがため息をついた。「犯罪自体は大したことはなかった。盗む相手を間違えたんですよ。被害者は前にも財布をすられたことがあって、街なかを歩いているときには、定期的にポケットのなかを確かめていたらしい。それで女が軽くぶつかりながら通り過ぎたあとすぐに財布がないことに気づき、とっさに女の腕をつかんだ。女は最初、DV夫から逃げている妻を演じて叫びだし、あたりは騒然となったんだが、結局男の奥さんがバーから出てきて誤解はとけ、女は窃盗の罪で捕まった」電話を覆ったらしく、少しのあいだダンリーヴィの声がとぎれ、それからまた戻った。「俺が窃盗犯に会えたのは、女がそっちに連行され、取り調べ室に座らせられたあとです。その時点で会話は一方通行になり、あの手この手で攻めたが、ひと言も答えず、いきなり弁護士を呼べ、ときやがった」

「サラ・ワーナーだね」

「ええ、サラ・ワーナーです」

所長はポーターがうなずくのを見て、ちらっと電話を見下ろした。「ありがとう、ダンリーヴィ。訊きたいことができたら、また電話するよ」

「そうしてください」

電話が切れた。ヴァイナ所長はボタンを押して自分も切ると、椅子に体をあずけた。

「あなたがドウに面会するのは難しいでしょうな。一般市民であれば、本人の同意を得て訪問者のリストに加えることになる。しかし、あなたは刑事だ。まず弁護士の許可を取らねばならない。どちらにしても、すんなりとはいかないでしょう」

ポーターは尋ねた。「サラ・ワーナーには、どこへ行けば会えますか？」

41

三日目　午前八時五十三分
ラリッサ

霞のなかを小さな黒い点と埃がくるくるまわり、踊っている。ラリッサ・ビールは寝返りを打ち、頭の上まで引きあげようとキルトに手を伸ばした。

今日は土曜日。学校は休みだ。

だからゆっくり寝ていられる。分厚いキルトにくるまって十時ごろまで寝坊できる。もっと遅くても平気。母はもう仕事に行ったのか、家のなかは空っぽらしく、とても静かだ。

そうだ、今日は教習所に行く日だった。でも目覚ましをかけたから、それが鳴るまでは眠れる。

そう思ってキルトに手を伸ばしたとき、おかしな音に気づいた。聞き慣れない電気製品のうなりだ。

ここは自分の部屋じゃない。それに、あたしはとっくに起きて、家を出た。外はものすごく寒かったけど待ち合わせの角へ歩いていき、迎えに来た教官の車に乗った……。なんて冷たくて固いマットレスなんだろう。それにシーツもひどく臭い。

「牛乳を飲むといい。持ってきたよ」

ためらいがちな低い声が聞こえた。

ラリッサは眠気と闘い、目を開けようとした。疲れと苦痛で重いまぶたが震え、ようやく開く。誰かが頭のなかでゴルフのクラブを振りまわしているみたいにがんがんする。ラリッサは急いで目をつぶった。

「もうあまり冷たくないかもしれないが。そのほうがいい。ぼくは少しぬるいくらいが好きだ」

あの教官は、シートベルトを留めた直後にあたしの太腿に何かを突き刺した。鋭い痛みに襲われ、驚いて見下ろすと、注射針が見えた。そして教官が注射器のプランジャーを押すのが。

そのあとは……何もわからない。

ここは薄暗い地下室のようだ。金網の向こう、反対側の壁の階段のところに影が座っている。体を起こしたとたん目の前が真っ白になり、ラリッサは危うくまた倒れそうになった。その白い光が消えたあとは、ただの暗い部屋に戻る。明かりは階段の上のほうから射してくるだけだ。

「これを飲めば、体内に残っている薬を早く排出できる。あんなことをしてすまなかった。だが、ああでもしないと一緒に来てくれなかっただろう?」

あの黒いニット帽の男は、あたしを迎えに来た教官だ。

ラリッサは檻のなかにいた。金網の檻のなか、コンクリートの床の上で汚い緑のキルトを巻きつけている。地下室のなかをすばやく見回す。水槽、ヒーター、作業台。階段の近くに白い冷凍庫もあるが、あれは壊れているに違いない。なんの音もしないし、蓋が開いている。

冷凍庫のそばの床に何かがあった。ペンキ職人が使うような防水シートに覆われている。そのシートの下に自分の姿が見える気がした。

「あれは何?」ラリッサはかすれた声で尋ねた。

教官が階段から立ちあがった。「よけいなことを訊くな。きみには関係ないものだ」

教官は片方の足を軽く引きずりながら近づいてくると、一メートルほど手前で足を止め、ニット帽の上から頭を掻いた。黒い隈のある落ち窪んだ目がラリッサを見つめてくる。色は……灰色? 疲れた、まるで年寄りみたいな目は充血して、乾いた涙が目尻に張りついている。

「あまり見ないでくれ」教官は一歩さがった。階段の上から射す光が後ろから当たり、顔が陰った。

こわばった筋肉が悲鳴をあげたが、ラリッサは力の入らない足を踏みしめてどうにか立ちあがった。汚い緑のキルトが床に落ちた。ジャケットは脱がされていた。セーターの袖口を引っ張り丸めた手をそのなかに入れて、胸の前で腕を組む。「家に帰して。このことは誰にも言わない。ふたりだけの秘密にするわ」今夜のダンスパーティのことが頭をよぎる。あたしはこんなところにはいない。これは現実じゃない。「うちの親はあたしがどこにいるか知ってるのよ。教習所の無料レッスンが当たったから教官に会うって話してあるの。すぐに帰してくれないと、行方不明だと届けでる。警察に電話するわよ。それでもいいの？　いますぐ帰してくれたら、そんなことにはならない。全部忘れるわ」

これは嘘だった。父は朝早く建設現場に出かけたし、母はいまごろオフィスで働いている。土曜日は誰もいなくて仕事がはかどるから。しかも両親は今夜、食事に出かける予定だった。ふたりともラリッサがバレンタインデーのダンスパーティに行くことを知っている。だから仕事から戻って娘がいなくても、友だちの家で支度をしていると思うに違いない。真夜中か、もう少しあとまで帰るとは思っていないから、あたしを探そうとはしない。それまでは誰もあたしがいないことに気づかない。

「きみは心も魂も清いか？」

この男はところどころ舌足らずになり、そのあとで自分に腹を立てているような奇妙なうなりを漏らす。

「なんですって？」

教官が身を乗りだし……すぐに影のなかに顔を戻し、円を描くように親指で人差し指をこすりはじめた。あれはきっと目の下がひくつくのと同じ。神経質になっているのだ。

「純粋でないと、見えないんだ。心も魂も清くないとね。最後の娘は清くなかった。だから見られなかったんだと思う。きみは違うはずだ。ああ、きっと違う」

ラリッサは床の防水シートをちらっと見た。

「早く始めればそれだけ早く解放される。解放されたいんだろう？」

「ええ。ここから帰してもらいたい」

「解放してやることはできるが、残念ながら、きみを帰すことはできないな」

ラリッサは小さな檻を横切り、上と下に南京錠がかかっている扉の前に立つと、両手で鉄格子をつかんだ。「あたしを帰してよ、変態野郎！　ここから出して！」

二本の指をこすり合わせるほかには、教官はぴくりとも動かず影のなかのさらに黒い影となって立ち尽くしている。

教官が乾いてひび割れた唇を舐めるのを見て、ラリッサは悲鳴をあげた。喉が裂けそうなほど大きな声で、男の目をまっすぐ見て肺の空気が空っぽになるまで悲鳴をあげつづけた。それから胸いっぱいに息を吸いこみ、再び悲鳴をあげた。またしても息が切れると、地下室に深い沈黙が落ちた。電気製品のうなりと給湯器が点いたり消えたりするかすかな音しか聞こえない。

「悲鳴をあげるのは助けになることもある。ぼくも悲鳴をあげると少し気分がよくなるよ」教官が何事もなかったように言った。「だが、ぼくの声は誰にも聞こえない。きみの声も聞こえないぞ」

それだけ言うと階段に戻りかけ、そのすぐ下で足を止めた。「その牛乳を飲むんだ。体力が必要だからね。もうすぐまた来る。そうしたら始めよう」

ラリッサは教官が右脚をかばいながら階段を上がっていくのを見守った。まもなくてっぺんに達したと見えて、ドアが閉まる。階段の上の明かりはついたままだ。

牛乳を入れたコップが檻の隅、扉のすぐ内側に置かれていた。ラリッサはそれをつかんで、コンクリートの床に中身をあけ、緑のキルトで空になったコップを包んでから床に落とし、靴で踏みつけた。キルトを開き、長さ七、八センチの鋭い破片を震える手でつかんだ。「ええ、始めようじゃないの、くそったれ」

42

三日目　午前八時五十九分
クレア

ナッシュとクロズの声が廊下で聞こえ、まもなくふたりとも、昔の歌手の話をしながら作戦室に入ってきた。

まったく能天気なんだから。

クレアはナッシュにペンを投げた。

ナッシュはそれをつかんで口を尖らせた。「なんだよ、クレア・ベア?」

クロズが首を縮めてその横を通り過ぎ、自分の机に向かう。「サムは〝仲間に物を投げるな〟ってルールを決めなかったか?」

「サムは停職中。だからそのルールは無効よ。それより手がかりをつかんだの。すごい手がかりになるかも」

「ありがたい」ナッシュがつぶやいて会議テーブルの端に尻をのせる。「こっちは空振りだった。エラ・レイノルズは親に内緒で車のローンを払っていたんだ。オーナーとふたりのスタッフと話したよ。販売担当のブランドン・ストリンジャーは、写真を見てエラが車を買いに来たことを思い出したが、それだけだった。最初にエラが来たときは、ほかの客の応対をしていたから、店のオーナー、カンバーランドがエラの接客をした。リリ・デイヴィーズのことは、どっちもニュースで見た以外は知らなかった。店にはダグラス・フレデンバーグという整備工も働いているが、この男も無関係だ。妻と五人の子持ちらしいから、娘を次々に誘拐して殺す時間なんかあるわけがない。それにストリンジャーのアリバイはカンバーランドが保証したよ。三人ともこの事件の犯人には見えん。この線は行き止まりだ」

クレアは机に広げてある紙のなかから一枚だけ手に取って、ナッシュに渡した。

「なんだ？」

「読んで」

ナッシュはそれを掲げ、声に出して読んだ。「〝フロイド・バーナード・レイノルズをしのんで。一九六二年五月十一日生まれ。二〇一五年二月十三日没。二〇一五年二月十六日月曜日午後五時から聖ガブリエル・カトリック教会において、よき夫であり父親であったフロイドの追悼式が行われます。どうぞご参列ください。葬儀のあと、教会ホールにてビュッフェを用意しております〟」ナッシュは紙を下ろした。「レイノルズの死亡記事か、それがどうしたんだ？」

クレアはもう一枚のプリントアウトをクロズに渡した。

クロズはちらっと横目でクレアを見て、咳払いをした。「〝フロイド・バーナード・レイノルズをしのんで。一九六二年五月十一日生まれ。二〇一五年二月十三日没。嘘の父にして、死の夫、ついに薔薇に囲まれ安らぎを得る。花はもういりません。お祝いの気持ちだけで結構です〟」

「冗談にしても、少々きつすぎるな」ナッシュが言う。

「ああ、愛人が書きそうな死亡記事だ」クロズがうなずき、手にした紙をクレアに返す。

クレアはナッシュを見た。「そっちは今朝のシカゴ・エグザミナー紙の記事よ。でも、これは」クロズが返してきた紙を振った。「レイノルズが死ぬ前、水曜日に同じエグザミナー紙に掲載されたの」

ナッシュが手を伸ばした。「どれ、俺にも――」

クレアはナッシュを無視してホワイトボードに向かい、二枚の紙をフロイド・レイノルズの欄にテープで留めた。

「――読ませてくれない、か」ナッシュがつぶやく。

クレアは別の紙をつかんで、読みはじめた。「〝ドクター・ランダル・フレデリック・デイヴィーズ、グレース・アン・デイヴィーズの夫にして、リリ・グレース・デイヴィーズの父は、無意味な人生の旅路を終えるときにも、始まりのときにも、ラベンダーとキャッツクローのにおいをさせながら、息を押し殺して光のなかへと歩んでいきました〟」

「それもドクターの死を悼んでる死亡記事とは言いがたいな」クロズが言った。

「デイヴィーズは死んだのか？」

クレアはうなずいた。「昨夜遅く。ひどい発作を起こしたの。血圧が急激にさがったせいで」

「またずいぶん早く死亡記事を載せたんだな」

クレアはその紙をボードのランダル・デイヴィーズの下に貼りつけた。「これを書いたのが誰にしろ、ドクターが死ぬまで待たなかった。この死亡記事は四日前にやはりエグザミナー紙に載ったのよ」

「犯人は殺すつもりの人間の悪趣味な死亡記事を、事前に載せてるのか？」

「そうよ」

「娘たちはどうかな？」クロズがノートパソコンをバッグから取りだしながら尋ねた。

「見てみたけど、見つかったのは父親のだけで、エラとリリの死亡記事はなかった」

ナッシュがホワイトボードに行き、プリントアウトをじっと見た。「これを掲載した人間のことはわかってるのか？」

「そこが奇妙なところなの」

「なんだって？」

「シカゴ・エグザミナーの死亡記事欄を担当している女性とさっきまで話していたのよ。四十三年そこで働いてる人。新聞に載せる前に必ずすべての死亡記事を読むそうよ。〝一般人は文法に敬意を払いませんから〟って言ってた。でも今週掲載されたふたつの記事は絶対に見ていないと断言してるの。今日のフロイド・レイノルズの記事は目を通し、印刷に回す前に修正したことを覚えていた。あたしが悪意のある記事のほうを読むと、鼻で笑って、そんな記事はエグザミナーには掲載されない、と言ったのよ。どうやらこのふたつは、エグザミナー紙のウェブサイト上の申し込みフォームを使って提出されたみたい。偽物の死亡記事もときどき送られてくるんですって。子どものいたずらが多いらしいわ。だから、ふつうなら死亡の確認が取れたものでないと記事にはならない。この担当者は死亡証明書のコピーを取るか、葬儀屋に電話を入れて確認すると言ってたわ。それに料金も発生するって」クレアは自分の机に戻って腰を下ろした。「死亡記事は新聞にとっては大きな収入源なのね。三つの記事のどれもクレジットカードのデータが残ってる。レイノルズのふたつの死亡記事で使われたクレジットカードは同じもの、奥さんの名義よ。ランダル・デイヴィーズの死亡記事も、グレース・デイヴィーズのクレジットカードで決済されてるの。犯人は偽物のほうをオンラインでデータを提出し、その直後に新聞社のシステムに侵入して、〝許可〟してる。要するに、担当の女性とエグザミナー紙の予防策を迂回して、確認なしで直接印刷に回るようにしたわけ」

「エグザミナー紙のウェブフォームのコードを見ているところだ。このシステムはユーザーには見えない情報を捉える。ユーザーのオペレーティング・システム、IPアドレス……その他いくつかの情報だ」クロズはスクリーンをせり上がっていくテキストに目を走らせながら言った。

「電話で話したエグザミナー紙の女性が、過去三十日間に送られてきた死亡記事のファイルを送ってくれたの。あんたの受信トレイにあるはずよ」

「ある。そのデータも見てるよ」ナッシュはランダル・デイヴィーズの偽死亡記事を読み直した。「四日前というと、リリ・デイヴィーズが行方不明になる前だぞ。すると、どっちが本当の狙いだったんだ？父親か？　娘か？」

クレアもこの一時間、同じ疑問に頭を悩ませていたのだった。「ふたりとも狙いだったんじゃないかしら。ただし理由は違うわね。犯人は娘たちを何度も心肺停止になるまで溺れさせた。ついに体が蘇生術を受けつけなくなるまで、何度も仮死状態から蘇生させている。エラ・レイノルズの場合は何週間も。リリ・デイヴィーズはわずか数日。でも父親ふたりはまったく違う方法で、すばやく殺してるわ。まるであとから思いついたみたいに」

「いや、この死亡記事を見るかぎり、あとから思いついたわけじゃないぞ」

「わかったわよ。あとから思いついたんじゃなくて、何かを言わんとしてるみたい」クレアが言った。「それとは別に、少女たちを仮死状態にしてから蘇生させる。いったいこれになんの意味があるの？」

「何かの実験とか？」

「たぶんね」

「すると犯人の狙いは娘たちのほうで、父親は一種の煙幕かな？」

クレアはこめかみを指で押した。「いえ、ただの煙幕とは思えない。父親を殺している理由はまだわからないけど、煙幕じゃないと思う」

「父と娘か。溺死は４ＭＫの犯行にかなり似てきたな」

「でも、４ＭＫの手口と違う。それに、ビショップは親を殺さなかった。子どもを奪い、親を生かしておくほうが苦しめられると思ったのよ」

「進化したか、退化したか、やつの手口が変わったのかもしれんぞ」

「どうして手口を変えるの？」

「記録が見つかった」クロズが口を挟んだ。「三件すべて、ＩＰアドレスは被害者の家のものだ。つまり、偽の死亡記事も各々の家から送られたか、そう見えるようにして送られたことになるな」

「そんなことができるのか？」

クロズはパソコンのスクリーンの最上部に指で触れた。「簡単じゃないが、できないことはない。申し込みフォーム上の受信ＩＰアドレスを偽ることはほぼ不可能だ。文字列がキャプチャーされるのは、データがホストのパソコンから送信されたあとだからな」

クレアがペンを投げつけた。ペンは不意を衝かれたクロズの肩に当たり床に落ちた。

「おい！　ナッシュに投げるのはかまわないが、わたしに当てるのはやめてもらうぞ」

「投げられたくなかったら、あたしたちにもわかるように説明しなさいよ」

クロズは首を縮め、自分とクレアのあいだにノートパソコンのスクリーンを置いた。「被害者の家のIPアドレスからメッセージを送るためには、その要請が被害者の家から、つまりそこのルーターから発信されなくてはならない。その方法はいくつかある」クロズは指を折った。「ひとつ、被害者のパソコンを離れた場所からハックする。これはかなり難しい。ハックするには、そのパソコンのバックドアを開くマルウェアを送りつけるか、OSに穴を見つけてアクセスする必要がある。ユーザーがOSを定期的にアップデートしていなければ穴を見つけるのは多少容易くなるが、それでもやってみるまでは潜入できるかも、潜入方法もわからないから確実性に欠ける。つまり、できない危険があるわけだ。ふたつ、被害者が使っているWi-Fiに侵入する。このほうが最初に言った方法よりも少し容易い。それぞれの家の外に駐めた車からできるし、ネット上で誰でもダウンロードできるツールがいくつかあればいいだけだ」

「しかし、被害者宅にそこまで近づくのは危険じゃないか?」ナッシュが指摘した。

「偽死亡記事を送った時点では、その一家の誰もまだ死んでいないんだ。警戒し、目を光らせている者はいないさ。通りに駐めた車から目当ての家のWi-Fiに侵入し、死亡記事を送って、接続を断つ。ほんの数分もあれば足りる。その一家がルーターのファームウエアをアップデートしていなければ、とくに簡単だ」

「あのスターバックスを見るかぎり、あらかじめコンピューターに組みこまれてるプログラムをアップデートする人間なんかいないだろ」

「そのとおり」クロズはうなずいた。「新聞社自体を攻撃する方法もある。これが三つ目のオプションだな。まずウェブの申し込みフォームで死亡記事を送り、次いで新聞社のサーバーに保存されたデータをハックする。だが、侵入に成功したあとIPアドレスを変えなくてはならないから、これがいちばん難しい。わたしならWi-Fiをハックするね」

「だが、それだと痕跡が残るんじゃないか？　おまえがスターバックスで見つけたみたいに」

クロズは再びうなずいた。「新聞社のデータは送り主のMACアドレスを記録しないが、各々のルーターは記録するはずだからな。ルーターにアクセスすればわかるよ」

「それには家のなかに入る必要があるの？」クレアは尋ねた。「こんなときに家族を煩わせるのは……」

「犯人がやったように、通りからできる。家族を煩わせることはない」

「新聞社が送ってきた一カ月間の死亡記事だが、そこにある名前を検索にかけて、死亡証明書がファイルにない人々の死亡記事を探すことができるか？　案外ツキに恵まれて、犯人が手を下す前に次の標的がわかるかもしれん」

「社会保険番号や何かしらの確実な身元確認手段がないと完全に除外していくのは難しいが、やってみよう」

クレアはホワイトボードの割りあての部分に目をやった。「街にある塩水プールのリストはできてる？」

「できていると言ったら、ものを投げるのをやめてくれるか？」

「いいえ」

「ひどい女だな！　よし、ファイルを送った。受信トレイを見てくれ。塩水プールは除外できる。アイズリーが被害者の肺から採取した塩水は、塩の濃度が高すぎる。プールでは百万ガロンに対して三千だが、肺から採取されたのはだいたい三千五百、海水と同じ割合だ。それを踏まえて検索すると、海水魚を扱っている十八店舗が候補にあがった。そのリストも送ったぞ」

クレアはボードをアップデートするために立ちあがった。「オーケー。店はわたしが回る。ふたりは被害者の家に近づいて、ルーターから必要な情報を取りだして。何かわかったら連絡を取り合いましょう」

証拠ボード

被害者

エラ・レイノルズ（十五歳）

行方不明の届け出　一月二十二日

二月十二日にジャクソン公園の池で見つかる

池の水は一月二日から凍っていた（被害者が行方不明になる二十日前）
最後の目撃情報――ローガン広場近くでバスを降りたとき（自宅から二ブロック）
行方不明時――黒いコートを着用
塩水で溺死（真水のなかで見つかる）
リリ・デイヴィーズの服を着て発見された
バス停から自宅までは徒歩四分
ケッジー通りのスターバックスによく立ち寄っていた。そこから自宅までは九分

リリ・デイヴィーズ（十七歳）
両親――ドクター・ランダル・デイヴィーズとグレース・デイヴィーズ
親友――ガブリエル・ディーガン
ウィルコックス・アカデミー（私立）の生徒。二月十二日の授業には出なかった
最後の目撃情報――二月十二日の朝七時十五分、登校（徒歩で）直前
ダイヤ型キルトの赤いナイロンのコート、白い帽子に白い手袋、黒っぽいジーンズ、ピンクのスニーカー（すべてエラ・レイノルズが身に着けていた）
二月十二日の朝（登校の途中で）誘拐された可能性大
最後に目撃されてから誘拐までの時間――三十五分（七時十五分に家を出て、七時五十分に始まる授業に出なかった）

自宅から学校まではわずか四ブロック
真夜中過ぎ（二月十三日早朝）まで行方不明の届け出なし。両親は娘が放課後（学校の授業にも出なかったが）アルバイト先の画廊に直行したと思っていた
エラ・レイノルズの服を着て発見
心肺停止と蘇生が何度も繰り返された――塩水

フロイド・レイノルズ
妻――リーアン・レイノルズ
保険会社ユニメド・アメリカ・ヘルスケアの営業担当
妻によれば負債なし？　ホスマンが確認
細いワイヤー（ピアノ線？）らしきもので自宅外（の車内）で絞殺
死体は雪だるまのなかに隠されていた
エラ・レイノルズの父親

ランダル・デイヴィーズ
妻――グレース・デイヴィーズ
クック郡病院勤務。腫瘍専門医
リリ・デイヴィーズの父親

リシノプリル（降圧剤）の過剰摂取

犯人

・おそらく水槽を牽引したトラックを運転
・スイミングプールで働いている可能性あり（清掃かその他のサービス）
・サイズ十一の作業用ブーツの跡――レイノルズの車（レクサスLS）の運転席の背もたれの裏側で見つかる。

割りあて任務

―スターバックスのビデオ（一日周期で消される？）――クロズ
―エラのパソコンと携帯電話――クロズ
―リリのソーシャル・メディア、通話記録、メール（電話とノートパソコンは行方不明）――クロズ
―公園に入るトラックの運転者（犯人の可能性大）のイメージを鮮明にする――クロズ
・防犯カメラがほぼ真下を向いたのはいつか？　以前の映像を確認――クロズ
―ビデオからトラックの型を割りだす――クロズ
―リリの登校ルートを歩く／ガブリエル・ディーガンに話を聞く――クレアとソフィ
―画廊の責任者に会う――クレアとソフィ

・建築許可のデータを経由し、シカゴにある塩水プールのリストを作成――クロズ
・地元の水族館とそこに納入している店を確認する――クレア
・レイノルズ夫妻の負債の有無をホスマンに確認

43

三日目　午前九時二十三分
プール

プールはシカゴ市警本部から借り受けている部屋の真ん中に立って、その壁を見つめていた。シカゴ支局から来た捜査官たちが、アパートで撮った写真を使い、昨夜ひと晩かけて、ポーターの寝室の壁から運んできたデータをこの部屋の壁に再現したのだった。ポーター刑事はきわめて徹底していた。画鋲の各々の色が何を意味するかは、すぐにわ

かった。赤は誰かがビショップを見た場所、青はビショップの名前が言及された場所、黄色は4MKと似た手口で行方不明になったか殺された被害者の家だ。

エラ・レイノルズの死体が発見されたジャクソン公園には黄色い画鋲が刺さっていた。ビショップはエラの行方不明と死になんの関係もない、ポーターはそう主張していたが、地図にしるしをつける必要を感じていたことになる。それからそれをはずそうとした。プールはこの事実に興味をひかれた。プールの知るかぎり、シカゴではこの二カ月で少なくとも三件はほかの殺人事件が発生しているが、ポーターはそのどれも地図に記していない。それなのに、なぜエラ・レイノルズの発見現場にはしるしをつけたのか？　リリ・デイヴィーズに関する画鋲はない。つけるつもりだったが、そのチャンスがなかったのかもしれない。

プールも自分のアパートにほぼ二日戻っていなかった。リリ・デイヴィーズが行方不明になってから、FBIがこのデータを押収するまで、ポーター刑事が自宅に戻っていなかった可能性は高い。

それでも。

プールは誰かがこのビルのどこからか調達してきた新たなホワイトボードに歩み寄ると、左側のいちばん上に〝リビー・マッキンリー〟と書いて、そこにリビーの顔写真と自宅の犯罪現場で撮られた無数の写真を加えた。

ベッドに拘束
手足の指を切断
耳、目、舌を切除
無数の切り傷――拷問？
復讐か？
偽造身分証明書（カリン・セルク名義の運転免許証とパスポート）
四五口径

検索の結果、カリン・セルクはイリノイ州ウッドストックで二十四年前、七歳のときに死んだ少女であることがわかった。もしも生きていたら、リビー・マッキンリーと同い年、誕生日が一カ月遅いだけだ。リビーの家で見つかった様々な形の身分証明書は偽物ではなく、実際に政府が発行したものだったこともわかった。つまり、マッキンリーはセルクの出生証明書、社会保障カードを手に入れ、それを使ってセルク名義のパスポートを作り、この三つの書類で運転免許証を申請したことになる。これは時間のかかるプロセスだが、刑務所にいるあいだにそのやり方を学ぶことは難しくなかっただろう。案外マッキンリーは、まだ服役中に偽造作業に取りかかっていたのかもしれない。だとすれば、手伝う者が必要だ。刑務所内ではパソコンとインターネットの使用を許可しているから、方法に関して調べることはできるが、実際に申請書類に記入し、それを関連機関に郵送するには外部の助けがいる。

リビー・マッキンリーに関する情報の最後にあるのはブロンドの束髪だった。プールはその写真を次の欄のいちばん上にテープで留め、そこからリストの下へと矢印を引いた。科捜研がこれらの髪からDNAを検出できれば、と願ったのだが、残念ながらそれはできなかった。きちんと束ねられた髪は切られたもので、引き抜かれたものは一本もなかったのだ。したがって誰の髪かはわからない。分析結果によれば、これは煙草と大麻の喫煙習慣がある人間の髪で、この髪が伸びている時期に抗不安薬を服用していた。科捜研はその人間の性別も明らかにできなかったが、髪の年齢は二十歳ぐらいだと言い、これは本人の年齢ではなく、この髪が十五年から二十年前に誰かの頭から切られたものだということです、と説明を加えた。束ねているふたつの黒いゴムはグーディと呼ばれる会社の商品で、ごく一般的なゴムバンド、全国のほぼすべてのドラッグストアと雑貨店で売られている。

「これはどこに置く？」

プールが振り向くと、ディーナーが大きな白い箱を抱えて立っていた。四カ月前、ナッシュ刑事とノートン刑事が、ラサール通りのビショップのアパートで見つけた書類の箱だ。

「そこのテーブルでいいですよ」

ディーナーはどすんという音をさせて箱を落とした。「中身はすべてタグをつけ、写真を撮ってある。タブレットで見られるのに、どうして本物が必要なんだ？」

「写真で見るだけじゃ、ぴんとこないんですよ。実際に手で触れるものが必要なんです」

「そんなもんかね。急いで目を通したほうがいいぞ。ハーレスはこんなものは検討するだけ時間の無駄だと言ってる。それよりマッキンリーの隣人と保護観察官に話を聞きに行けとさ」

「だったら、そうしたらどうです?」

「はあ?」

プールはうなずいた。「制服警官の聴き取りから始めるといい。すでにほとんどの隣人から話を聞いてるはずだから。それからあの家の周りを何軒か再度訪問する。保護観察官のほうは、折り返しの電話待ちです。約束を取りつけられたら、すぐに連絡を入れますよ。保護観察局で落ち合いましょう」

ディーナーはオフィスにじっとしているのが嫌いなたちだ。たとえ悪天候でも、外に出るチャンスに飛びつくことはわかっていた。リビー・マッキンリーの隣人と話しても何も得られないだろうが、プールはとにかくディーナーを追い払いたかった。うろうろされていては集中できない。

ディーナーはまっすぐドアに向かい、途中で椅子のひとつからコートをつかんだ。「一時間もすれば、ハーレスが支局からこっちに来るぞ。その前にここを出たほうがいい」

プールはうなずき、箱に注意を戻した。ハーレスのことはとくに心配はしていない。

彼は束ごとに箱から取りだし、机にきちんと並べはじめた。

44

三日目　午前九時三十三分
ポーター

「せっかくの休暇だってのに、旦那が見たがるのはひどいとこばかりですね」ハーシェル・クリスマンがタクシーの運転席から言った。「ほとんどの観光客は、街のこのあたりには足を踏み入れやしませんよ。来たとしても、あわてて後戻り。このへんの荒っぽいギャングを相手にするより、大通りをうろついて女たちや行商人をからかうほうがなんぼかましだ。このあたりの住民は極貧でね、毎日の食事にも事欠くしまつ。悪事の下見もバスでやるんですから」

ポーターは二日ぶりに口元がほころぶのを感じた。ちらっと見ただけでは、ハーシェルが言うほどひどい地域には見えない。タクシーは、サウスブロード・アベニュー沿いに軒を連ねているショットガン・ハウスの前に停まっていた。どの家も商売用に改造されている。シカゴのクック郡刑務所に近いカリフォルニア・アベニューと同じたぐいの店もいくつかあった。保釈金を貸しつける金融業者、弁護士、小切手を換金する店。シカゴではそういう場所の外壁は落書きだらけで、窓には鉄格子がはまっている。だが、ここのオフィスはどれもニューオーリンズ独特のあざやかな色と装飾的な建築デザインで、その醜さが隠されていた。目当てのオフィスの隣は保釈金金融業者だが、いつでも朝のレモネードを飲めるかのように、膝の高さのテーブルを挟んで二脚の籐椅子を置いたポーチまである。車を停めている通りの向かいにあるのも、オフィスに改造された白と緑のショットガン・ハウスだ。ドアの小さな真鍮の板には〝サラ・ワーナー法律事務所〟とある。

「しばらく待つことになるかもしれませんよ」

「かまわんさ」

運転手は肩をすくめた。「旦那の金ですからね。昨夜の宿はどうでした?」

そう訊かれてポーターは、シーツの下に寝るか上に寝るかでさんざん迷ったことを思い出した。あの部屋が最後に掃除されたのは、レーガンが大統領だったころだとしか思えなかったのだ。結局、背もたれのまっすぐな椅子に座り、床に足を置くのがいやで机に両足をのせてひと晩過ごした。「悪くなかったよ。古巣に戻ったみたいで」

ハーシェルは鼻を鳴らした。「だから、ひどい宿だと言ったでしょうが」

向かいの路地から男が歩道に出てきて、ズボンを下ろし、ポーターの知らない曲を口笛で吹きながら小便をしはじめた。ポーターはさすがに驚いて、その男から目が離せなかった。男はファスナーを上げると片手を口に当ててあくびをし、また路地に戻っていく。路地の湿っぽい影のなかでは、ほかに三人が動きまわっていた。しわくちゃの寝袋に横たわっている者もいる。影のひとつがゴミ箱の横にある大きな段ボール箱のなかに消えた。

「あいつはよそものですよ」

「そうか？」

「ニューオーリンズの人間は貧しいかもしれないが、街に敬意を払ってる。いくら汚い地域でもね。ここはまさに魔法のような街なんで」運転手は路地に顎をしゃくった。「ルイジアナ生まれには、ああいう手合いはいません。あれは観光客か何かだ。たまたまこの街を通りかかり、そのまま居ついたとか。そのうち追いだされるね。ああ、ぽいと放りだされる。あいつらの居場所はここにはありませんよ」

「さっきはひどい場所だと言わなかったか？」

ハーシェルは片手を振った。「ひどい街だが、住んでるもんは愛着がありますからね。ノミがいるから自分の犬を撃ち殺す、そんな飼い主がいます？　このあたりの犬はほかよりノミが多い、それだけのことです」

窓を黒くした黒いＢＭＷがタクシーの向かいに停まった。「いかにも弁護士が乗りそうな車だね」

ポーターが見ていると、運転席側のドアから女がひとり降り、ちらっと一角を見まわしたあと、車のドアを閉めてオフィスへ向かった。褐色の髪をセミロングにして大ぶりのサングラスをかけている。

ポーターは前の座席に身を乗りだした。「いくらになった?」

ハーシェルはメーターを見た。「十六ドル七十五セント」

ポーターは二十ドル紙幣を渡し、運転手が出そうとする釣りに片手を払った。「待ってたほうがいいですかい?」

車から降りた女がオフィスの鍵を開け、なかに入っていく。ポーターはもう十ドル渡した。「五分待って、戻らなければ行ってくれ。また必要になったら電話するよ」

ハーシェルは紙幣を受けとり、シャツのポケットに突っこんだ。「こんな手間をかけるなんて、ムショにいる女はよほど特別な人なんだね、旦那。たいていの男は面倒をいやがって切り捨てるもんだが。出所したあと、相手があんたの誠実さを思い出してくれるといいが」

ポーターはタクシーを降り、屋根をぽんと叩いてからオフィスのポーチへと上がった。ドアを開けてなかへ入ったとたん、チャイムが鳴った。吹きつけてくるエアコンの冷気が快い。まだ早朝だというのに、外はずいぶん蒸し暑かったのだ。

「すぐ行きますから、座ってくつろいでいてください」裏から女性の声がした。「いま出先から帰ったばかりで、お茶を淹れているところなの。カフェインを補給しないとね」

オフィスはそれほど大きくなかった。間口が三メートル、奥行きが四、五メートルぐらいか。改装はしたらしいが、法律事務所というよりも古い家の客間にいるような印象を受ける。廻り縁のある天井は高く、中央は錫(すず)を使った精巧な象嵌(ぞうがん)仕上げ。壁は板張りだ。右手にある大きな鉛枠窓の横は暖炉で、こぶりのソファと椅子が二脚、その前に置かれている。左手の壁の造りつけの本棚には、この家と同じくらい古そうな本が並んでいた。部屋の奥にはアンティークの木製机と、さらに椅子が二脚。机も椅子も積み重ねた本と書類に覆われている。机の後ろは戸口で、その先の明るい廊下が見えた。眺めていると、この家の昔の姿が目に浮かんだ。表に面したこの部屋は居間に使われ、キッチンと応接間がある家の奥からは、子どもたちがお互いを呼ぶ声が聞こえてくるようだ。とうの昔に失われた幻の声が。

「机の前の椅子をどうぞ。載っているものは床に下ろして結構よ」奥の部屋からワーナーがまた言った。「ごめんなさい。今日は誰も来る予定がなかったものだから」

この家には二階があることは、外から見てわかっていた。そこはある時点でアパートに改造されたのだろうか？　サラ・ワーナーはここに住んでいるのか？　一見ふつうの家だが実はオフィスであるように、内装も、外の浮浪者がたむろする路地とはまったく別世界だった。街のこの区域に垂れこめる真っ黒な雲のなかに浮かぶ安息所、分厚い扉と漆喰の壁で外の世界とは隔てられた、はるか昔に時が止まってしまったような場所に思える。

ポーターは机の前にある椅子のひとつから書類の束を持ちあげて、隣の椅子の書類の上に載せ、腰を下ろした。

すぐ横の壁に、額に入れた学位記がいくつかかかっていた。サラ・ワーナーは一九九八年にフィラデルフィアにあるペンシルベニア州立大学を卒業し、その後ペンシルベニア大学院の法科で修士号を取ったようだ。ポーターは大学に行かず、高校を卒業後しばらくあれこれ試したあと警察に入った。本腰を入れて刑法を学ぼうかと思った時期もあるが、何人かの警官と話したあと、学費の借金ができるだけで、学位など仕事ではなんの役にも立たないとわかった。警察で刑事以上に昇進したければ、大学の単位がいくつか必要かもしれない。だが管理職になりたいと思ったことは一度もなかった。上司のように日がな一日机に向かい、予算や人事で頭を悩ませるなんて冗談じゃない。ポーターには現場の仕事がもたらす緊張感とやりがいが必要だった。

「お待たせしてごめんなさい」

その声に振り向くと、片手にひとつずつ湯気の立つお茶のカップを持った女性が、机の後ろにある廊下に立っていた。

「あなたの分も淹れたわ。自分だけ飲むのは失礼だし、ひとりで飲むよりいいもの」ダークグレーのスーツを着たその女性は、いたずらっぽく目をきらめかせながらそう言った。「ミルクかお砂糖が必要だったかしら?」

ポーターは首を振った。「いや、そのままで結構。ありがとう」

この弁護士にはほんの少し訛り(なま)があった。注意深く消されているものの、まだ少し残っている。地元の人間ではなさそうだ。

サラ・ワーナーはにこやかにカップを渡すと、優雅な動作で机の椅子に腰を下ろし、両手でカップを口元に持っていった。かすかなライラックの香りに鼻孔をくすぐられながら、黒いストッキングに包まれた脚が机の下に消える前に、その完璧な曲線につい目がいき、かすかな罪悪感を覚えた。壁の学位記をちらっと見て頭のなかで計算した。高校からそのまま進学したとすれば、サラ・ワーナーはポーターよりも十歳近く若い四十五歳前後だということになる。だが、ゆるやかに波打つ肩までの艶やかな褐色の髪といい、目尻のほんのかすかな小皺を除けば染みひとつない肌といい、せいぜい三十代半ばにしか見えない。

「どなたかお聞きすべきでしょうね」サラ・ワーナーは微笑みながら言った。

ポーターは物思いからさめ、名刺を差しだした。「失礼しました。あわただしい日が続いたもので。シカゴ市警のサム・ポーターです」

サラ・ワーナーは名刺をちらっと見て、机の隅に置いた。「4MKを担当されていた刑事さんね？」

「あの事件をご存じですか？」

サラ・ワーナーは名刺を電話のそばの束の上に置いた。「あれだけマスコミが騒いでいたし、これでも弁護士ですから。あなたの名前もニュースで見たわ。それで、どんなご用件でしょう？　まさか四猿を追ってこのニューオーリンズに来られたわけではないでしょうね？」

ポーターはお茶をひと口飲んで、カップを机に置いた。「これからお見せするものは、口外しないでもらいたい。ほかの誰かに話してもらっては困る。マスコミに情報が洩れる危険をおかすわけにはいかないんです」

「もちろんですわ」

ポーターはジャケットのポケットから受刑者の写真を取りだし、机に置いて弁護士によく見えるように向きを変えた。

サラ・ワーナーはつかのまポーターを見つめ、それから写真に目を落とした。「これは……？」

「あなたの依頼人ですね？」

「でも、あの人が4MKとどんな関係があるの？」

ポーターは写真を裏返し、裏の走り書きを見せた。

「〝どうやら彼女を見つけましたよ、B〟」ワーナーは声に出してそれを読み、けげんそうにポーターを見た。「どういうこと？　誰を見つけたの？」

「これはアンソン・ビショップの筆跡です。ビショップはあなたの依頼人が自分の母親だと信じている」

ワーナーの表情は変わらなかった。「で、あなたはどう思っているの？」

ポーターは肩をすくめた。「正直な話、わからない。いまは手がかりを追っているだけです。この受刑者は何者なんです？」

ワーナーは写真をポーターに返し、右にある書類の束からマニラ紙の書類ばさみを引きだして、それを開いた。左側にクリップで留めた顔写真、右側には五、六枚の書類が束ねてある。

「ジェーン・ドウ二一三八号。この名称と起訴事実、わたしが知っているのはそれだけよ。二度面会に行ったけど、ひと言もしゃべろうとしないの」

「あなたにも？」

「ええ、わたしにも」

「所長のオフィスで聞いたが、その女はあなたを指名したそうですね。これまで口にしたのは、あなたの名前だけだとか」

　今度はサラが肩をすくめた。「どうしてか見当もつかないわ。どこでわたしの名前を聞いたのかもわからない。無料相談を受けつけていると知っていたのか、電話帳から適当に選んだのか。最初の面会でわたしにはなんでも話してかまわない、と説明したのよ。わたしが聞いたことは秘匿権で守られる、と。でも面会室にいた四十分のあいだ、ただわたしをじっと見ていただけ」サラはカップからひと口お茶を飲んだ。「二度目は、今度の犯罪が重罪にあたることを説明したの。それでも何も言おうとしない。わたしを法的代理人にするという書類には署名したから、こちらの言うことは理解しているし、文字も読める。ただ、口を開かないだけ」

「しかし、判事の前にはもう立ったんじゃないんですか？」

　サラは呆れたように目をくるりと回した。「あのときは最悪だったわ。このあたりの事件はほとんどコブリック判事が担当するの。時間を無駄にされるのが大嫌いな人で、罪状認否のときにもだんまりを決めこむようなら、有罪答弁をしたこととみなす、と脅されたわ。なんとか二週間猶予をくれと頼みこんだの。次の公判は二月の十九日、だから一週間足らずでなんとかしなければならない。これから面会に行くつもりだけど、今日もしゃべらなければ、精神科医を呼ぶしかないわ」

「わたしなら口を開かせることができると思う」

サラはお茶を飲みおえ、手入れの行き届いた柔らかそうな指でカップをゆっくり回した。

「でも、それから？　あの人を裁くためにシカゴへ連れていく？　そんなことを依頼人が望むかしら」

「わたしが追っているのは母親じゃない、息子のほうです」

「４ＭＫの居所をあの人が知っていると思う？　たとえ知っているにせよ、どうしてあなたに話すの？　母親の愛は自己防衛よりも強いのよ」

「わたしはあの女の口を開かせ、あなたの手助けができる」ポーターは机越しに身を乗りだした。「どうか会わせてください」

サラ・ワーナーは少しためらったあと、ファイルを綴じた。「わかったわ」

45

三日目　午前十時六分
ラリッサ

　ラリッサは部屋の向こう側、冷凍庫の前の、ペンキ塗りがよく使う防水シートを見つめていた。あの男が「最後の娘」と言ったとき、ラリッサは男が別の少女のことを話しているのだとわかった。あの男は以前も同じことをしているのだ。間違いない。初めてにしては用意周到すぎるし、手際がよすぎる。

　ガラスの破片をきつく握りすぎて、ラリッサはすでに二回も手のひらを切っていた。浅い傷だが、血が出た。ジーンズで手のひらを拭い、血が止まるまでそのまま押しつけていた。それから力を入れないように気をつけて、また破片をつかんだ。でも、一秒ごとに無意識に力が入り、気がつくとまた切れていた。今度は流れる血を止めようとせず、痛みに神経を集中させた。多少の痛みは役に立つ。五感が鋭くなり、気持ちが引き締まる。

　ラリッサは檻を端から端まで舐めるようにして調べた。

でも、金属の枠は床のコンクリートにボルトで留めてあった。天井との隙間は五センチほどしかないから、そこから出るのも不可能だ。扉にかかっている南京錠はふたつとも頑丈で、ボルトカッターで切れないように円柱型になっている。まあ、手元にボルトカッターがあるわけではないが。ピンか紙を留めるクリップがあれば鍵穴に差しこんでなんとかして開けられるかもしれないが、そのどちらもない。

携帯電話もなくなっていた。もう壊されてしまっただろう。警察が携帯から居場所をたどることができるのは、ラリッサでも知っていることだ。

突然、上から大きな悲鳴が聞こえた。

男の悲鳴だ。ラリッサは血で濡れたガラスの破片を落としそうになった。まるでひどい痛みに襲われているみたいだ。

悲鳴は一分近くも続いたあとくぐもった泣き声になり、やがて何も聞こえなくなった。

誰かがあたしを助けに来てくれたの？

誰かがあの男を殴ったの？

ラリッサは目を閉じ、どんな音も聞き逃すまいとした。この上で何が起きているのか？家のなかは再び静かになった。ヒーターが点いたり消えたりする音と、ときどき家のどこかがきしむ音しかしない。

「助けて！　あたしは地下室よ！」

訪れた静寂のなかに、自分の叫び声が小さく、弱々しく響いた。

階段の上で取っ手が回る音がした。ドアががたつき、きしみながら開く。上の明かりが階段にこぼれた。一条の光が階段の下まで伸びてきたものの、その先には届かない。

ラリッサはガラスの破片を握りしめた。血が手の横を伝って足元にぽたぽた落ちる。階段を下りてくる音がする。

教官が角を曲がってくると、姿が見えた。灰色の目がラリッサを見下ろす。ラリッサは目をそらすまいと自分を励まし、歯を食いしばって濁った目をにらみつけた。指で破片を手のひらの上にあげて隠し、男に血を見られないようにジーンズにその手を押しつけた。あいつが檻の扉を開けた瞬間に飛びかかろう。突進して、ガラスを首に突き刺し、仕損じないようにぐいとひねってやる。

教官は両手に持っているものを扉のそばの床に置いた。きちんとたたまれた服だ。

「きみと同じくらいの歳の娘がいるんだ。これは娘の服だよ」

ラリッサはたたまれ、重ねられた服を見下ろした。黒いレギンスと靴下、下着、赤いセーター。セーターはずいぶん古いものらしく、けばだって色褪せている。

「気に入ってもらえるといいが」

ラリッサは黙っていた。

「終わったらこれを着るんだ」

「女の子がいるの？」

教官は無表情になった。「きみが気に入ったと言っておくよ。喜ぶだろうから」

「どこにいるの？　あたしがここにいることを知ってるの？」ラリッサは一歩さがった。「助けて！　お父さんは頭がイカれてるの！　助けて！」

教官は牛乳のコップがあった場所に目を落とした。「ここには下りてこない。地下室は嫌いだから」

防水シートが目の隅に入り、ラリッサは顔をそむけた。あれを見ることはできない。見たら心がくじけてしまう。

教官は牛乳があった場所を見つめ、檻の奥にキルトで拭った牛乳の残りがたまっているのを見つけた。「これまでも、コップを割ってぼくを傷つけようとした子はいたよ。半分くらいかな。きみは勝気なんだって？　気が強いのはいいことだ。気力と体力は役に立つ」

教官はたたんだ服の端に靴で触れた。「終わったらこれを着るんだ。娘のお気に入りのセーターなんだよ。ほら、胸のところにポニーの模様があるだろ？」そう言ってセーターを手に取り、掲げてみせた。

「終わったらって、何をするの？」そう訊いたとたん、訊かなければよかったと思った。答えなんか知りたくない。

教官はラリッサの問いには答えずにセーターのポニーを見て微笑し、注意深くたたみ直してほかの衣服の上に置いた。「服を脱いでもらおうか」

ラリッサはゆっくり首を振りながら破片を握りしめ、檻の奥へとあとずさった。「いやよ。絶対いや」

教官は少しだけ口を開けていた。まるで鼻ではなく口から呼吸しているように。舌がするりと出てきてひび割れた唇を舐め、また引っこむ。それから尻ポケットからスタンガンを取りだし、黒い小さな装置のスイッチを押した。二本の突起のあいだを青白い火花が飛びかう。「手に持っているガラスを下に置くんだ。それから、始められるように服を脱いで。きみが見てくれたら、終わるんだ」

ラリッサは床にたまっている牛乳に滑りそうになった。つい手に力がこもり、床に血が滴った。

教官が目を見開き、ポケットから鍵を取りだして、南京錠に差しこもうとした。「怪我をしてるじゃないか！　ガラスを置くんだ！」

ラリッサは破片を構え、首に押しつけた。「やめて。さもないと切るわ。自分で喉を切る。本気よ」落ち着いた声で言おうとした。自分のほうがこの場の主導権を握っているように。でも声が裏返り、涙で喉が詰まった。

檻のもっと奥へとあとずさった拍子にキルトに足を取られ、奥の壁に倒れかかった。体を支えようとして床についた手に、細かい破片が突き刺さる。

教官が上の鍵を開け、ふたつ目を開けはじめた。

恐怖のあまり喉がふさがり、思うように呼吸ができない。ラリッサは教官が、怪物が、ふたつ目の鍵を開けるのを見守った。それを扉からはずして脇に投げ、檻に入って近づいてくる。そしてガラスの破片を動かせないようにラリッサの腕を踏みつけ、スタンガンを突きつけた。

ラリッサはもう片方の手の下にある細かい破片、小さなダイヤのようなガラスをできるだけたくさんつかみ、急いで呑みこんだ。五個か十個か二十個。いくつだかわからない。喉を通過するときに痛むのを覚悟したが、意外にも痛みはなかった。錠剤や氷のキューブを呑みこむのと同じだった。

教官はラリッサの手をつかんで大きなかけらを奪い、間に合わせの武器を扉の外に捨てた。床に当たった破片が細かく砕けたが、もうひとつの手を口からはずされたとき、ラリッサはすでに破片を呑みこんでいた。教官はまるでぼろ人形を捨てるようにラリッサを床に投げつけ、悲鳴をあげた。ラリッサにはとてもあげられないほど大きな悲鳴を。一分近くも延々と叫びつづけたあと、ようやくあとずさって檻から出ると、南京錠をかけた。

「何をしてくれた？」

うなるような怒りの声に、針の先で突かれたように、ラリッサの胃がちくっと痛んだ。

46

三日目　午前十時七分
ナッシュ

「連中はどうしてまだここにいるんだ？」

ナッシュは速度を落とし、シボレーをデイヴィーズ家から二ブロックほど手前に停めた。ニュース局のワゴン車が二台、通りを隔てて家の真向かいに停まっている。ひとつは長いアンテナを空に伸ばしていた。レポーターとカメラマンの姿はどこにも見えない。おそらくワゴン車のなかでぬくぬく暖まっているのだろう。

「これでは遠すぎる」ノートパソコンに顔を埋めたまま、助手席でクロズがぼやく。「一家のＷｉ－Ｆｉの電波が入らない」

ナッシュは通りに車を出した。クロズがレイノルズ家のＷｉ－Ｆｉにログインしたときは、ルーターのログがきれいに消えていることがわかった。死亡記事を送ったあと、犯人があらゆる記録を消したのだ。

「くそ、ここでいいか？」ナッシュは二台のワゴン車を通り過ぎ、前のワゴン車の真ん前に滑りこんだ。

クロズが低い笑い声をあげる。

「何がおかしいんだ」

「デイヴィーズ家のWi-Fiネットワークが〝FBI監視ワゴン車〟という名前だからさ。このへんのWi-Fiシグナルを拾おうとしている連中は、近くでFBIが張り込みをしていると思うに違いない」

「だが、テレビ局を追い払うことはできないようだな」

「ほとんどが自分たちの姓か番地を使うんだ。これは少し愚かだな。悪党に自分が使っているWi-Fiがどの家のものかわざわざ教えてやることになる。家の鍵に住所を書きこんでおくようなものだ」

ナッシュは後ろにいるテレビ局のワゴン車をにらんだ。シボレーを停めたとたんに、ワゴン車の後部ドアが開いたのだ。「三十秒もすると、サメが襲いかかってくるぞ」

「三十秒では難しいぞ」

「どうして？」

「ルーターの型式はわかったが、どうやらWi-Fi名を変えたときに、デフォルト・パスワードも変えたらしい。いまそのパスワードを破ろうとしているところだ」

「どれくらいかかる？」

「一分か、二分だな」

カメラマンがワゴン車から降りてきた。降りしきる雪を少しでも防ごうとコートのフードをかぶり、車のなかに手を伸ばしてカメラをつかむと、それを肩にのせた。

ナッシュはちらっとデイヴィーズ宅に目をやった。どの窓もブラインドが下りている。誰かがなかにいるとしても、ここからは見えなかった。

ワゴン車からは薄いトレンチコートを着た女も降りてきた。あのコートはプロポーションを引きたてるには申し分ないが、寒さをしのぐ役には立ちそうもない。チャンネル7の女キャスターだ。カメラマンに指示を出し、ナッシュの車のほうを見て、マイクを持っていないほうの手で髪をなでつけている。

二台目のワゴン車からも誰かが降りてきた。こちらはスーツを着た知らない顔だ。その男も近づいてくる。カメラマンが飛びおりて男のあとを追ってきた。

「くそ、クロズ、まだか？」

クロズは目をスクリーンに張りつけたままだ。

誰かが車の窓をノックした。

女キャスターだ。窓を下ろして、と合図している。ナッシュは手を振った。

「そろそろ終わらせる潮時だぞ」

「もう少しだ」

ふたり目のレポーターが女キャスターの横を通り過ぎ、カメラマンに向かって大声で指示しながら、ナッシュの車のすぐ前を指さす。カメラマンが三脚を広げながら車の前へと歩きだす。

「おっと、冗談じゃない」ナッシュはシボレーのギアを入れ、前に飛びだした。カメラマンが飛びのく。バンパーがもう少しで三脚を折りそうになった。

「侵入成功」クロズが報告する。「気をつけろ。電波のエリア外に行くなよ」

ナッシュは車をバックさせ、ワゴン車にわずか数センチのところまでさがった。そしてさきほどのカメラマンが再び前に出ようとすると、ギアをファーストに入れて再び前に出た。今度は三脚にぶつかり、凍った道路で滑ったカメラマンがカメラと一緒に雪のなかに倒れた。

またしても窓にノック。

女キャスターが何か叫んでいる。ナッシュが笑顔で手を振ると、キャスターの後ろでカメラの赤いライトが点いた。

「今度こそ、ほんとに潮時だ」ナッシュは歯を食いしばってにっこり笑いながら言った。

「完了した。行け!」

ナッシュはアクセルを踏みこんだ。シボレーが尻を振り、キャスターと機材に雪をまき散らしながら、白い煙を残して猛然と走りだした。

47

三日目　午前十時三十六分
ポーター

サラ・ワーナーはBMWを刑務所の横手にある駐車場に停めた。ポーターはワーナーのあとについて正面の面会者センターで並ぶ人々の列から六十メートルほど離れた、小さな横のドアへと駐車場を横切った。ふたりの警備員がワーナーの薄い革のブリーフケースを調べ、手にした金属探知機をさっと振ってから、ふたりの体を叩いて確認する。ポーターは要請に応じて運転免許証を提示し、ベルトと靴紐をはずした。免許証はすぐに返してもらえたが、ほかのものは警備員の後ろにあるロッカーにおさめられ、番号札のついた鍵を渡された。ワーナーはベルトをしていなかったし、オフィスを出る前にハイヒールをヒールのない靴に履き替えていた。ふたりの写真が撮られ、いちばん上に〝面会者〟とある、大きな赤い身分証明ステッカーにプリントされた。

保安部の向こう側には女性職員が待機していた。「こちらへどうぞ」ワーナーが女受刑者に面会に来たと告げた時点で呼ばれたその職員が、ふたりのほうへうなずき、片手で示した。見るからに重そうな分厚い金属製ドアのところでブザーが鳴り、ふたりはポーターが覚えているよりもよどんだ空気のなかに入った。

刑務所のこの部分の壁は所長のオフィスの壁よりもずっと明るかった。ベージュの縞が入った淡い緑青色に、くすんだ白の天井だ。あらゆる隅に設置された監視カメラが、ポーターたちの動きを追ってゆっくりと回る。女性職員に従ってさらに三つのドアを通過したあと、ふたりは何列もテーブルが並んでいる大きな部屋に入った。向き合って座る受刑者と面会人で、ほとんどのテーブルが埋まっている。話し声がコンクリート・ブロックの壁に当たって跳ね返り、耳を弄するようだ。女性職員はワーナーに封筒を手渡し、西側の壁沿いに並んだ個室のふたつ目のドアを開けてふたりをなかに通すと、カチリと音をさせてドアを閉めた。

ワーナーはブリーフケースをアルミ製のテーブルに置き、床にボルトで留められた四脚の椅子のうち、ひとつに腰を下ろした。封筒を開け、なかの紙を広げる。

「なんてこと」

「どうかしたのか？」

「ジェーン・ドウはゆうべ仲間とちょっと揉めたらしいわ。ほかの受刑者が先を尖らせた歯ブラシでジェーンを刺そうとしたの。看守がふたりを引き離す前に、ジェーンはその歯ブラシを奪って相手を三度刺した。首を一度、腿を二度。さいわい、どれも大動脈をはずれていたけど、相手は刑務所の医務室に運ばれたそうよ。目撃者のひとりはジェーンが先に手を出したと主張している。ほかのふたりは相手が最初に攻撃した、ジェーンは身を守っただけだと証言しているようだけど、調査の結果によっては起訴事実に追加されるわね」ワーナーはその知らせをブリーフケースの上に置き、皮肉たっぷりに言った。「朝から殺人未遂の話を聞かされるなんて、すてきな一日になりそう」

「ジェーンはまだ口を開こうとしないのか？」

ワーナーはドアに顎をしゃくった。「それはもうすぐわかるわ」

大きなブザーが鳴り、ドアが勢いよく開いて、さきほどの職員が前、もうひとりが後ろについてジェーン・ドウ二一三八号がすり足で入ってきた。

足枷（あしかせ）をつけられ、それを手枷に鎖で繋がれているせいで前傾姿勢にならざるを得ず、褐色の長い髪が顔を隠し、赤い囚人服の前にかかっていた。看守はジェーンを椅子のひとつに座らせ、テーブルから突きでている穴付きのボルトに手錠を固定した。ジェーンが両手を上げ、目から髪を払いのける。再び袖のなかに隠れる前に、手首の内側に無限記号の刺青がちらっと見えた。

「おはよう、ジェーン」ワーナーが声をかけた。「お友だちを連れてきたわ。シカゴ市警のサム・ポーター刑事よ」

受刑者が目を上げ、ポーターを見る。ポーターは目をそらしたくなる衝動と闘った。ジェーンは頭をわずかに傾げ、背中をそらして、両手の指を組んでいた。笑みも、渋面も、何も浮かんでいない顔から、鋭い暗褐色の目が見つめてくる。ポーターはワーナーの横、ジェーンの真向かいに腰を下ろすと、ポケットから写真を取りだし、テーブルに置いた。

ジェーンはちらっと写真を見ただけで、ポーターに目を戻した。

ポーターは写真を裏返した。「息子さんからの挨拶だ」

ジェーンがまたちらっと写真に目を落としたとしても、ポーターは気づかなかった。ずっとポーター自身を見据えていたように見える。ジェーンは両手の人差し指の腹を合わせ、かがみこんでふっくらした唇をその指先に押しつけた。

袖口から覗く刺青を指さし、ポーターは言った。「フランクリン・カービーのことを話してくれないか？　カービーもそういう刺青をしていたのか？」

カービーの名前を聞くと、片方の口の端が持ちあがり、薄笑いが浮かんだ。が、ジェーンはまた頭を傾げ、すぐにそれを消した。

ワーナーが苛立たしげにため息をついた。「ゆうべのことを話したい？　ほかの受刑者と喧嘩をしていたら、ここを出られる見込みはなくなるわよ。目撃者が少しでも不利な供述をすれば、これから言い渡される刑に殺人未遂が加わることになる。窃盗だけならともかく、あちこちに死体をばらまいたのでは、何十年もここに留まることになるわ」

ジェーンの目はポーターから離れなかった。

ワーナーが続けた。「黙秘したければ、好きなだけどうぞ。わたしに話す気がないなら、それもいいでしょう。でも、そういう態度はあなた自身のためにならないのよ。どんどん深い穴を掘っているだけ。一週間としないうちに、起訴事実に対してなんらかの答弁をしなくてはならない。さもなければ、せめて減刑を嘆願できるように、検察側の主張の穴を突かなくてはならないの。でも、あなたの協力が得られなければ何もできないわ」

ジェーンは黙っているが、ポーターは鋭い眼差しのなかに知性を見てとった。目の隅のきらめきに何かがある。呼吸は落ち着いている。脈もおそらく正常だろう。不安も懸念もない。つまりこの女はそういう感情を嫌うのだ。足枷や手枷、鍵のかかったドア――この場所のすべてがいわば幻、この女にとっては無意味なもの、せいぜいうっとうしい障害物にすぎない。

ポーターはエモリー・コナーズや、ビショップの手にかかって死んだ何人もの被害者のことを思った。この女に育てられ、形作られた少年のことを思った。

するとと腹の底から怒りがこみあげ、思わず身を乗りだしていた。「カリ・トレメル、二十歳。エル・ボートン、二十三歳。ミッシー・ルマックス、十八歳。スーザン・デヴォロ、二十六歳」ポーターはわざとゆっくり一本ずつ指を折った。「アリソン・クラマー、十九歳。ジョディ・ブルミントン、二十二歳。ガンサー・ハバート、アーサー・タルボット、ハーネル・キャンベル。全員が死んだ。エモリー・コナーズの殺人未遂もあるぞ。みんなきみの息子に殺されたんだ。おそらくほかにも被害者はいるに違いない」

ポーターは故意にバーバラ・マッキンリーの名前は口にせず、次々に名前を挙げるあいだジェーンの表情をじっと観察した。だが、この女は心の内をまったく見せず、まるで食料品の買い物リストを読みあげられているように平然としている。

ジェーン・ドウ二一三八号、ビショップの母親――息子を恐ろしいほど邪悪な人間にした女は、椅子に体をあずけ、テーブルをリズミカルに指で叩いてから、再び手を組んだ。

ポーターはその白い喉に飛びつき、締めあげてやりたい衝動を抑え、立ちあがってビショップの日記をポケットから取りだすと、ジェーンの手元に落とした。「あんたのことはわかってる。どういう人間で何をしてきたのかも」

それだけ言うと、背中に突き刺さるような視線を感じながらドアに向かい、それを二度叩いた。

48

三日目　午前十時四十分
ナッシュ

ナッシュは電話を切り、携帯をポケットに戻した。「いくらかけても留守電にしか繋がらない。呼び出し音すらしないぞ」

クロズは顔も上げずに、四台の二十二インチ・スクリーンに囲まれた二十七インチのスクリーンを見つめている。

ここに立っていると〝日焼け〟しそうだ、ナッシュはうんざりしながらそう思った。ノートパソコンは車にあったのだが、データ分析は署内のデスクトップでやったほうが早い、とクロズが言い張ったのだ。

「わたしたちには連絡を取るなと言ったくせに」クロズは画面をせり上がる記号を目で追いながら、うわの空で応じた。「サムが自宅で謹慎するはめになったのは、身から出た錆だ、とかなんとか」

ナッシュはまたしても携帯を取りだし、今度はポーターの固定電話にかけた。「だが、こんなに長く連絡ひとつしてこないなんて、サムらしくない」呼び出し音が四回鳴って、こちらも録音した応答に切り替わる。ナッシュは電話を切った。「アパートに見に行ったほうがいいかな」

「よし、これだ」クロズがせわしなく目を動かしながら言った。

バットマンのフィギュアと机の上に散らばるキャンディバーの包み紙に触れないように気をつけながら、ナッシュは身をかがめた。スクリーンには、コロンで区切られた一連の数字と文字の列がずらりと並んでいる。「これはなんだ?」

「ここは」クロズはひと続きの日付を指さした。「二月九日から始まっているだろう?」

「ああ」

「だが、本来ならもっと前から記録されているはずだ。何カ月も前、たぶん何年も前から。データはこのファイルに空きがなくなるまで書き加えられ、空きがなくなると、古いデータから消去されて新しいデータになっていく。しかし、さすがに一週間やそこらで空き容量がなくなる、なんてことはありえない」

「つまり、二月九日から始まってるってことは、レイノルズ家同様、このファイルもそれ以前の履歴が消されてるのか？　骨折り損のくたびれ儲けってことか？」

クロズはペンでスクリーンの一箇所を示した。「何かは残っているさ。この最初のやつが見えるか」

ペンが示している一行には次のような数字と文字列が並んでいた。

02-09-2015　21:18:24　a8:66:7f:04:0c:63

「最初の部分は日付、二番目は時刻、最後の部分がＭＡＣアドレスだ。ファイル全体をくまなく探したが、このＭＡＣアドレスは一度しか登場しない。この、いちばん最初のエントリーだけだ」

「だから？」

「犯人はルーターにあるデータを削除し、自分のパソコンとの接続を断った。だが、その前に一瞬だけ新しいログが記録されたんだろう。この四十八時間以内で、ファイル内に残されたＭＡＣアドレスはすべてデイヴィーズ家のデバイスのものだ。不明なのはこのひとつだけだよ」

「追跡できるのか？」

クロズは首を振った。「どうかな。このＩＤはこのパソコン特有のものだ。ＭＡＣアドレスはパソコン本体に内蔵されているから、変えることも、改造することもできないが、複数のネットワーク上を追跡して現在地を突きとめるのは不可能なんだ。とにかく、ＩＰアドレスみたいなわけにはいかない」

ナッシュはため息をついた。「だったら、それがどんな役に立つんだ？」

「これは指紋のようなものだ。このＭＡＣアドレスをスターバックスのルーターから取りだしたデータと照合してみた。すると、ひとつだけ記録が見つかった。犯人は同じパソコンで三十三分間、店のネットワークに接続していた」クロズは椅子の背もたれに体をあずけた。「シカゴには公共Ｗｉ－Ｆｉシステムがあふれている。公園や図書館、電車の駅や車内にまでＷｉ－Ｆｉの基地局があるんだ。二月十二日の朝には、ほぼ一時間半近くこれとまったく同じＭＡＣアドレスがジャクソン公園の公共システムに接続されていた」

「エラ・レイノルズを池のなかに入れたときだな」

クロズがうなずいた。「このときの通信は受動的なもので、無作為ではなく、一定の間隔を置いて行われている。おそらく犯人は、あのビデオに映っていたトラックにノートパソコンを置いていたが、使ってはいなかったんだろう。わたしが見つけた通信記録によると、一分に一度だから、たぶん電源がオンになっていて、バックグラウンドで自動メールチェックが行われていたんだろうな。ウェブサイトを閲覧していたとすれば、もっとランダムな頻度で接続されるはずだ」

「なぜ使わないのにＷｉ－Ｆｉに接続したんだ？」

「接続するつもりはなかったと思うね」クロズが説明した。「おそらく、それ以前にこのノートパソコンを公園のネットワークに接続したことがあるんだ。そのエントリーが残してあると、同じネットワークの範囲内に入るたびに自動的に接続してしまうのさ。ほら、わたしのパソコンがスターバックスで自動的に接続したように。これだと、わざわざパスワードを入力する必要もなく勝手に接続してくれるから時間の節約になるんだ。この場合は、犯人のノートパソコンが市当局のＷｉ－Ｆｉの範囲に入るたびに同じことが起きる」

「で、さっきの質問に戻るが、それを追跡できるのか？」

「答えは同じだよ。ＭＡＣアドレスは固定電話に似ている。番号は常に同じで、常に電源が入っている。したがって、静止位置も突きとめられる。さっきも言ったようにＭＡＣアドレスはパソコンごとに違うんだ。この場合はノートパソコンだがね。このノートパソコンはあちこち持ち歩けるし、電源もつけたり消したりできる。そして何百万もの異なるネットワークに接続できる。どこかで電源を入れたあと、それを落としてしまえば追跡はできない。だが、見張ることはできる」

「どうやって？」

「都市計画課が自由に使える公共のＷｉ－Ｆｉシステムを本格的に展開したとき、連中は法組織のためにバックドア、つまり通常のセキュリティ保護を迂回する秘密の裏口を作った。不正プログラム（ボット）を公共Ｗｉ－Ｆｉシステムに組み込めば、犯人のノートパソコンがそれに接続された時点で通知が来る。そうすれば、犯人の現在位置を、接続している特定のハブ内に絞りこめる。ただし、ＩＰアドレスが与えてくれるよりも範囲はかなり広い。電波の基地局はだいたい半径四百メートルぐらいだから」

「この街の半径四百メートル以内のどこか、ってことになると、別の国にいるのとそう変わりないな」ナッシュはぼやいた。

「だが、ビショップが街のどこにいるかはわかる。有力な手がかりさ。ツキがあれば、やつのノートパソコンがほかのネットワークも横切るかもしれない」

49

三日目　午前十時四十二分

ポーター

サラ・ワーナーはポーターのあとから廊下に出てきた。ふたりの後ろで看守がドアに鍵をかけ、ジェーン・ドウを面会室に閉じこめる。

ワーナーはポーターをにらんだ。「あの女に渡したあれはなんだったの？」

「ビショップが何カ月か前、犯罪現場に残した日記だ。子ども時代の一時期の出来事が詳しく書かれている。あれが本当にビショップの母親なら、書かれている出来事に覚えがあるはずだ」

ワーナーは眉をひそめた。「〝出来事に覚えがある〟ですって？　わたしには〝犯罪に関与した〟としか聞こえないわ。依頼人に会わせても追加訴因に繋がるようなことは一切しないという約束だったはずよ」

「日記の記述は、せいぜいよくても状況証拠にしかならない」

「よく看守に見つからずに持ちこめたわね」

「下着に突っこんでおいたんだ」

ワーナーは目を細めた。「今後のために言っておくと、わたしに持たせてくれれば担当の弁護士として問題なく持ちこめたのよ。こそこそ隠して——」

「ありがたい。俺の肌はこすれるとすぐ痒くなるんだ。今度からはそうするよ」

「それに担当弁護士としては、依頼人に何かを見せる前に知らせてもらいたいわ」

「それも覚えておこう。あの女はどれくらいあのまま放置されるんだ？」

「消灯時までよ。わたしがそう言えばね。どうして？」

「外から様子を見られるかな？」

サラ・ワーナーはポーターをじっと見た。怒っているのだろう。怒って当然だ。しかしそこまで怒ってはいないはずだ。要するに、自分をないがしろにするな、あんたがここにいられるのはわたしのおかげよ、と言いたいのだろう。

ポーターは精いっぱいのポーカーフェイスを張りつけた。

ワーナーは舌打ちしただけで、首を振りながら左手にあるドアに体を向けた。「来て」

観察室は細い通路ぐらいの幅しかなかった。廊下に並んだドアを見ると、各面会室のあいだに似たような場所が設けられている。面会室に接する左側の壁に大きなガラス窓があるが、向こうからはその窓が鏡にしか見えない。パソコンのモニターが置かれた小机もあった。モニターにはテーブルについているジェーン・ドウが大写しになっている。部屋の隅に取りつけられたカメラから見下ろしているのだ。

ジェーン・ドウはあれからほとんど動いていなかった。テーブルの上の小さなノートを前に、鏡に面して座っている。指先でノートの表紙をせわしなく叩き、じっと前を見ている。向こう側は鏡のはずだが、あの女には自分たちが見えているような気がした。

数分が過ぎ、やがて十分になった。ポーターがあきらめて出ていこうとすると、ジェーン・ドウがため息をつき、親指でノートの表紙を開けて日記を読みはじめた。ポーターは体の力を抜き、机に寄りかかった。ワーナーはその横に立ち、手にした封筒で腿を打っている。

「そういう喧嘩は昨日だけじゃないのか?」ポーターは封筒に顎をしゃくった。

ワーナーは手を止め、机に近づいてその隅に座った。「この刑務所はひどいものなの。わたしが見たうちでも最悪の部類。その証拠に看守がくるくる変わる。去年だけで半分以上も変わったのよ。同じ看守に二度会うことはほとんどないくらい。看守より受刑者のほうがよほど内部に詳しいわ。受刑者の多くは終身刑で、何ひとつ失うものがないから、チャンスがあれば相手かまわずくすぶる怒りをぶつけるわけ」

「寡黙(かもく)な新参者にも?」

「自分たちのルールを無視する新参者に、よ。ジェーンは庭に出てもひとりでいる。誰かに話しかけられても黙ってその場を離れてしまう。囚人のあいだには、厳しい序列があるのよ。それを無視すれば、早晩誰かの怒りを買うことになるわ」ワーナーは封筒を掲げた。

「これでジェーンは狩りのシーズンが始まったことを宣言した。ほかの受刑者が血のにおいを嗅ぎつけ、集団で襲いかかるかもしれない。心配だわ。退屈をまぎらすためなら、なんでもする連中ですもの」

「独房に移すことはできないのか？」

ワーナーはうなるような声をもらした。「ええ、空いてる独房があればね。受刑者同士の暴力が記録的に多いから、独房は危険から逃れる唯一の場所だとみなされているの。それほどひどいのよ。連邦政府はこの刑務所の管理をニューオーリンズと保安官事務所から引き継ぐことも考えているようね。まあ、それがどんな助けになるかはわからないけど。先月公表された報告では、この一年で受刑者同士の犯罪が二百件以上あり、そのうち四十四件は看守が強制的にやめさせなくてはならなかった。レイプも三件報告されている。報告書に載らない事件も山ほどあるでしょうね。自殺未遂が十六件、ここの医務室では手当できないほどの重傷で病院に搬送された受刑者が二十九人。しかも連邦政府は、報告書にある数字はほんの一部だと但し書きを入れて、この統計を公表したの」

「どうしてそんなことがわかるんだ？」

「医務室で日誌をつけているの。所長だけしか見られない決まりの、手書きの日誌。それにはつい先月以来の暴力沙汰だけで百五十件と記されているけれど、そのうち百十九件はオーリンズ郡の保安官事務所が提出した報告書には記載がなかった。骨折や縫合が必要なほどの切り傷、そういう外傷性損傷は、みないわゆる〝蓋〟をされてしまう。受刑者を分類システムに基づいて収監する、というのは、ここでは建前にすぎないの。精神疾患を抱えた者、刑務所内外で過去に暴力沙汰を起こした者は危険視されて当然なはずだけど、看守はそのどれもまったく斟酌しないようだわ。看守自身が、受刑者に暴力をふるうとしても驚かないわね。噂では、問題のある受刑者同士をわざと同じ監房に入れ、何が起こるか賭けをする看守もいるらしいわ。内部調査なんてたんなるジョーク、職員と所長が取り交わすただのメモにすぎない。確固たる証拠のたぐいは記録されないの」

ポーターが見つめているのに気づいたらしく、ワーナーは足元に目を落とした。「ごめんなさい。つい夢中になって。仕事柄、入るときはそこそこ善人だった依頼人たちが、善人とは言えなくなって出てくるのを見ているものだから」

ポーターは微笑した。「何かに夢中になれるのはいいことだ。いま話してくれたことは、ここだけの問題じゃない。シカゴでも同じさ。受刑者と看守の違いなんて、たまたまその日、鉄格子のどちら側に立っているかだけだと思えることもある」

ワーナーは立ちあがり、窓の前に戻ってきた。「ジェーンがどういう人間なのか、わたしにはよくわからない」

ジェーンがページをめくると、この部屋にあるスピーカーから、鎖の音が聞こえた。

「看守に手錠をはずすよう頼んでくれないか」ポーターは言った。「少しくつろがせてみよう」

50

三日目　午前十一時二分
プール

「ああ、くそ。まずいことになったな」ヴァーノン・ビダードは机の前の椅子にすとんと腰を下ろし、ため息をついた。「水曜日に様子を見に行くことになってたんだ。〝不意打ち〟でね。だが時間が取れなくて。扱う件数が半端じゃないんだよ」

プールはリビー・マッキンリーの保護観察官だったビダードから一時間ほど前に電話をもらい、署の本部と同じく繁華街にある、クック郡成年保護観察局のロビーで会う約束を取りつけたのだった。

ビダードはエレベーターを降りると、まっすぐプールとディーナーのほうに歩いてきた。小太りで肉厚の手、それよりも厚いレンズの眼鏡をかけた男で、黄色いボタンダウンのシャツに、二サイズは小さい茶色いスラックスをはいている。ビダードはプールたちを三階にある自分のオフィスへと案内した。駐車場を見下ろす窓がひとつだけの、箱のような小さな部屋だ。机は積みあげたファイルで覆われ、奥の壁にはキャビネットがずらりと並んでいる。なぜか机の上にホッチキスが三つあり、プールは話を聞きながら、ついそちらに目がいった。

「あの娘は適応できそうにない感じだったな」

「最後に会ったのはいつだった?」ディーナーが尋ねた。

ビダードは椅子をくるりと回し、後ろの戸棚にあるファイルの束のなかからひとつ取りだした。「これだな」そうつぶやいて体を戻し、リビー・マッキンリーのファイルを開いた。親指で内側の折り込み部分に添付された記述をたどる。「一月九日だ。〝釈放されたあとは落ち着いて、よく適応していた〟」記述を読む声がだんだん小さくなった。

「どうしたんです。その記述は正確ではないんですか?」プールは尋ねた。

ビダードはファイルを手にして椅子に体をあずけ、人差し指で隅に貼りつけた黄色い付箋を弾いた。「いいかね、多くの受刑者が釈放された当初は苦労する。わたしの経験では五年がひとつの目安だね。五年以上服役すると、刑務所の日常が外の世界の日常よりもふつうに思えてくる。おそらく規則正しい日常に慣れてしまうんだな。毎日同じ時間に食事をして、同じ時間に庭に出る。同じ時間に消灯され、同じ時間に点灯される。いわば、ほかの誰かが運転している車に乗って過ごすわけだ。やがてそれに頼るようになり、少しずつ自分の意思を失くしていく。刑務所にいるあいだは、これはたいへん結構なことだ。時の経過とともに、制御しやすくなっていくわけだからね。しかし、そのせいで受刑者は自分の力で生きるのがどういうことか忘れてしまう。ところが外に出たとたん、あらゆることを自分で決め、選択しなくてはならない。従うことに慣れてしまうと、この事態にいささか圧倒される。そしてわれわれが日頃とくに考えもしない些細なことが、処理できない問題となる。昼はいつ、どこで、何を食べるか、みたいなことが」

プールは身を乗りだし、リビー・マッキンリーのファイルにある記述を見た。「すると、リビー・マッキンリーは落ち着いて、よく適応していたわけではなかった？」

ビダードはつかのまふたりを見た。「ああ、違う。ひどい状態だった」

「だったらどうして〝よく適応していた〟と書いたんです？」

「わたしの仕事は、釈放された彼らが外の世界に馴染む手助けをすることだ。仮釈放者の手を握り、そもそも刑務所に入るはめになった問題のすべてを回避させながら、もう一度自立して生きる方法を教える。これは決して簡単なことではない。わたしにとってもそうだが、仮釈放者にとっても」ビダードはファイルの上に手を置いた。「このファイルの内容はデータベースに入っているから、わたしの上司だけでなく、関係機関やその管理者のほとんどが閲覧できるんだ。雇用を促進する大半の政府機関、政府が管理する集合住宅の管理者……法の執行者も、だ」ビダードはまたふたりを見た。「ファイルへの書き方しだいで、仮釈放者たちの今後の人生が左右される。それが非常に長いこと釈放者の枷となりかねない。わたしがここに、リビー・マッキンリーは社会への適応に苦労している、とひと言書けば、ほかの釈放者のほうがうまくいく可能性ありとみなされて、リビーは社会復帰教育を受けるチャンスを失う。そして外の世界でまったく機能できなくなる」

「黄色い付箋はそういう意味なんですか？」プールが尋ねた。「そこにある記述にかかわらず、実際は何が起きているか把握しておくための身内の暗号みたいな？」

ビダードはうなずいた。「緑はすべて良好。赤は問題がある印。青は徐々に適応している、そういう意味だ」

「そこに貼ってある付箋は黄色ですね」

「黄色はリビーが刑務所に戻りたがっていることを意味する。仮釈放になった人間が、刑務所に戻りたい一心で重罪をおかし、近くの警察署に自首する、そういう例はこれまでも見てきた」ビダードはちらっとファイルのなかのリビー・マッキンリーの写真に目を落とした。「社会復帰訓練所に入れてやりたくてね、空き待ちのリストに加えてあった。それがうまくいかなければ、誰かと部屋をシェアすることを勧めただろう。ほかの人々との接触が役に立つこともあるから」

自分がまたしても三つのホッチキスを見ていることに気づき、プールは保護観察官に目を戻し、身を乗りだした。「ビダードさん、ひとつお訊きします。よく考えてから答えてくれませんか。リビー・マッキンリーは、自分で何もかも決めることができないために刑務所に戻りたがっていたのだと思いますか？　それとも何かを恐れ、刑務所にいるほうが安全だと思ったのでしょうか？」

ビダードは眉をひそめた。「リビーが危険な状態にあったか、と訊いているのかね？

誰かに狙われていた、と？」

「ええ」

ビダードは息を吸いこみ、ゆっくり吐きだした。「難しい質問だな。わたしには何も話してくれなかったから。最後に会ったときはひどいありさまだった。水を持ってきてくれたとき、両手が震えていたよ。睡眠不足のせいで腫れた、生気のない目をしていた。おそらくちゃんと食べていなかったのだろう、痩せたように見えたな。しかし怯えているような様子はなかった。あったとすれば気づいたと思う。ギャングのメンバーなんかは怯えていることが多いからね、そういう兆候はよくわかる」

「保護観察を受けている人間の住まいを捜索したことがあるかね？」ディーナーが尋ねた。

「ある。相当な理由があれば、だが」

「リビー・マッキンリーの家を捜索したことは？」

保護担当官は首を振った。「リビーは轢き逃げで捕まったんだよ。ヤクでも銃器でもない。刑務所のなかですら、そういうものには関心を示さなかった。保護観察のあいだは強制的に麻薬の検査をされるが、毎回問題なかったよ。家を捜索する理由はまったくなかった。きみたちは何を言いたいんだね？　リビーは何かに関わっていたのかね？」

ビダードは身じろぎした。本当はこう訊きたいのだろう。〝リビー・マッキンリーは、わたしが気づくべきだった危険な問題に関わっていたのか？　担当したわたしが責任を問われることになるのか？〟

「カリン・セルクという名前に心当たりは？」

「ないな」

ディーナーが身を乗りだした。「本当に？」

ビダードは左手にあるパソコンのキーボードから書類を移し、この名前を打ちこんだ。「聞いた覚えはないね。少なくとも、わたしが担当している仮釈放者のなかに、その名前の人間はいない。対象者リストにもないな」

プールは言った。「自宅にカリン・セルク名義でリビー・マッキンリーの写真が貼ってある、運転免許証とパスポートがあったんです」

「本物かね？　偽造したものでなく？」

「本物です」

「偽名で免許証やパスポートを作るのは、そう簡単ではないと思うが」

「本物のカリン・セルクは七歳のときに死亡しています。自転車に乗っていて車に轢かれた。二十四年前のことです」

「すると、その少女の出生証明書を手に入れてパスポートを作り、そのふたつを使って免許証を作ったんだろうな」ビダードは考えこむようにして言った。「刑務所にいるあいだにやったのだとしたら、誰かの助けがあったはずだ。出所してからやったとしても、やはり手を貸す者がいたんだろう」

「どうしてそう思うんです？」

ビダードは肩をすくめた。「身分証の偽造は、よくあることなんだよ。さっきも言ったが、出所者が再出発するのは非常に厳しい。新しいIDがあったほうがうまくいくと思う者もいる。十年ほど前にも、オハイオ州立刑務所で終身刑に服していた男が、刑務所内でID作りをやっていたことがある。その男の協力者は、刑務所の外にいる従弟だった。刑務所のなかにいる人間がひとりで身分証の偽造をやってのけるのはまず無理だからな。何度も電話をかけ、手紙をやりとりすることになる。それに書類を受けとる住所も必要だ。刑務所気付けで、受刑者の番号宛てに送ってはくれないからね」

「たしかに」

ビダードはうなじを掻き、その指を見つめた。「このオハイオの一味だが、新しい身分証明書作りで、年間ほぼ二十万ドル近く稼いでいたらしい。リビーが収容されていたステートヴィル刑務所でも誰かが似たようなことをしていたとしても驚かないね。ひょっとすると、あらゆる刑務所にそういうものを売る人間がいるのかもしれん。それもひとりでなく、複数の人間がね。テクノロジーが進歩するにつれて、この種の商売は専門化し、より多くの利益を生みだすようになっているようだから」

「偽名の書類が入っていた引き出しには、四五口径も入っていた」ディーナーが言った。

ビダードはため息をついた。「同じ相手から手に入れたのかもしれないな。連中はなんでも売る。身分証明書、武器、海外に逃げる手はず。金さえあれば、どんな人生でも買えるということだな」

プールは尋ねた。「マッキンリーは金を持っていたんですか？」

ビダードはファイルをざっと見た。「すでに両親を亡くしていて、唯一の身内だった妹は４ＭＫに殺された。去年はひとりも面会人が訪れていないね。それ以前については刑務所の記録を当たってもらうしかない。電話をかけた形跡もないな。どうやら、リビー・マッキンリーは孤独のうちに服役し、もめ事に巻きこまれずに仮釈放となったようだ。服役する前の財政状態はどうだったのかな？」

ディーナーが携帯電話のメモをちらっと見た。「車のローンが一万二千ドル、教育ローンが四万八千ドル残っていた。当座預金には三十二ドルしかなかった。これは服役中に銀行の手数料で食われ、やがて口座は解約された」

ビダードは両手を広げた。「では一文無しだったわけだね。刑務所では二種類の支払い方がある。現金か、交換条件として何らかの依頼を受けるか。リビーに払う金がなかったとすれば、わたしなら後者の線を当たるね。身分証明書を作ってもらう代わりに、出所したら何かをすると約束をしたのかもしれない。ひょっとすると殺人か何かを。だとすれば、銃があったことにも説明がつく」

「あなたはマッキンリーと何度か会った。そういうことができる女性に見えましたか？」

プールは尋ねた。

「刑務所に何年かいれば、誰でもできるようになると思う。たとえ郊外に住んでいた無邪気な娘でも」

　十分後、ふたりは外に出てプールのジープのそばに立っていた。雪はまばらになっていたが、あたり一面真っ白だ。プールはフロントガラスに積もった雪をコートの袖で払った。

「隣人のほうはどうでした？」

　ディーナーが首を振る。「制服の連中はほとんど空振りだった。俺も何軒か聞いてまわったが、あまり気持ちのいい連中じゃなかったな。リビー・マッキンリーを見たことを覚えていたのは、通りの向かいの爺さんだけだ。見晴らし窓の前に陣取って、近所の様子を逐一見ているたぐいの老人だよ」そう言いながら、携帯のメモに目を落とす。「ロキシー・ハックラーだ。リビーのことは三、四回見かけたそうだ。出所した日はタクシーからダッフルバッグをひとつ手にして降りてくるところを。翌日は中身が詰まった紙袋を抱えて、食料品店から戻ってくるところを見ている。それから先週は、外に出てきて落ち着きなく歩道を歩きまわりながら電話で話をしていたらしい。雪が降ってるのに、『へんな娘だと思った』そうだ。わざわざ雪のなかに出ていって話す人間がいるか？」

「誰と話していたんだろう？」

「リビー・マッキンリー名義で登録されている電話はない。家のなかでも見なかったぞ」

「家に盗聴器がつけられていたとか？」

　ディーナーは縁石に積もっている黒ずんだ雪を蹴飛ばした。「どうかな。鑑識の連中は何も見つけなかった。あれだけ時間をかけたんだ。隅々まで舐めるように調べたと思うね。

まあ、リビーが盗聴器を仕掛けられたと勝手に思いこんだ可能性はあるな。出所した自分の一挙手一投足を誰かが見張っているとか、聞き耳をたてていると思いこむ人間は多い」

「この場合は、本当に誰かが見張っていたのかもしれませんよ」

ディーナーが息を吐きだした。白い息がつかのま空中に漂う。「ビショップが家族のふたり目を始末したことは一度もない。リビー・マッキンリーが最初だ。リビーはやつが来るのを知っていて逃げようとした。だが、ビショップのほうが早かったってことだな」

プールはうなずいた。「ぼくもそう思います。ビショップがリビーを殺した理由がわかれば、やつに近づけますね」

「で、次はどうする？　いつまでもこんなとこで突っ立ってたら、玉まで凍っちまう」

「ぼくは署に戻ります。ビショップが残していった箱の中身にじっくり目を通したい。IDのほうを調べたらどうですか？　リビーがどこから手に入れたのか、誰が手助けをしていたか、それを突きとめないと」

「ほかの被害者の家族にも警備をつけたほうがいいと思うか？」

この問いの答えはプールにはわからなかった。

51

三日目　午前十一時二十一分

ラリッサ

ラリッサ・ビールは両膝を胸に引き寄せたまま、冷たいコンクリートの上で寝返りを打った。顔のすぐそばの、ところどころ血の混じった吐しゃ物が目の隅に入る。この数時間で何回吐いたか、もう数えてもいなかった。喉が死ぬほど痛み、唾を呑むことも、しゃべることもできない。

呑みこんだガラスの一部も吐きだしたと見えて、赤と黄色の吐しゃ物のなかで破片がきらめいている。でもまだ胃がものすごく痛むから、あれで全部ではないことがわかる。

ガラスを呑んだあと、あの教官はラリッサの髪をつかんで冷凍庫まで引きずっていった。それから頭をなかに押しこんだ。まさか湯が入っているとは思わず、鼻と口から吸いこみ、咳きこんだせいでもっと吸いこんだ。

「飲め！」

ラリッサは息ができなかった。息を吸わせてもらえなかったのだ。海の味がする湯が目に染みた。塩水を吐きだそうとしたが、口をふさがれ、鼻をつままれて、飲むしかなかった。三回も同じことをされると、湯が逆流してきて、何度も吐いた。それから檻のなかに戻された。

ガラスが喉を下りていくときは痛みを感じなかったのに、逆流してくる破片は剃刀の刃のように食道や喉を切り裂いた。悲鳴をあげると喉がもっと痛んだ。

教官は檻から少し離れたところに座りこみ、黒い目をラリッサに据えていた。深い呼吸だが苦しそうだ。左手で右手首をつかんでいる。指が小刻みに痙攣していた。

ラリッサはうめき声をもらし、また寝返りを打った。あいつの目は気味が悪すぎる。

「〝また、からだを殺しても、魂を殺すことのできない者どもを恐れるな。むしろ、からだも魂も地獄で滅ぼす力のあるかたを恐れなさい〟」背後で教官がささやく。その声があまりに低いので、正しく聞こえたかどうかわからない。何秒か沈黙が訪れたあと、同じ言葉を繰り返した。滅ぼすの〝す〟が毒を持つ蛇のように〝シユッ〟と聞こえる。

胃がぎゅっと縮み、ラリッサは叫び声をあげようとした。が、喉の痛みに声を出せず、くぐもった喘鳴になった。

ラリッサはガラスに気持ちを集中した。

呑みこんだガラスを吐きだしたくなかった。それがお腹やほかの器官を切り裂いて、さっさとこの痛みを、すべてを終わらせてほしい。できることなら、もっと呑みこみたいくらいだ。

痛みはまだ生きているというしるし。痛みが終われば、安らぎが訪れる。でも痛みは止まらなかった。熱いナイフがお腹のなかを焼いているような痛み。ラリッサは膝をつかんで、声にならない悲鳴をあげた。

檻の外で電話が鳴った。

かなり大きな声で話しているらしく、スピーカーフォンになっているわけでもないのに、相手の声がかすかに聞こえてくる。「ガラスを呑みこんだのは致命的とは言えないかもしれない。まだ見ることができるかもしれないぞ」

教官が喘鳴交じりのため息をついた。「この娘はもう傷物だ。見ることはできない。絶対に見られない」

「試してみろよ」

「別の娘が必要だ」

相手が電話を切り、地下室に再び静寂が訪れた。

教官が怒りのうなりを発した。

静寂。

空気も動かない。

そして暗がり――

「〝そして、一度だけ死ぬことと、死んだあと裁きを受けることが、人間には定められている〟」教官が耳のすぐそばで言った。

ラリッサはびくんと飛びあがった。

教官はすぐ後ろにいた。いつ檻に入ってきたのか？　あたしは気を失っていたの？　どれくらい？

熱くて臭い息がうなじにかかった。

髪がべとついていた。また嘔吐したに違いない。

ラリッサは耐えがたいほどの痛みに襲われながら、教官と顔を合わせるために寝返りを打った。

だが、檻のなかは空っぽだった。地下室は空っぽ。ラリッサひとりしかいない。

丸めた緑色のキルトが頭の下にある。

家がきしむ音のほかは、地下墓地のように静かだった。

52

三日目　午後十二時二十三分
クレア

一五番通りにあるアクアショップのドアを押し、なかに入ったとたん、クレアは湿った熱い空気に包まれた。足踏みしてブーツについた雪を落とし、ジャケットのファスナーを下ろす。

細長い店の両側の壁には青い水槽がずらりと並んでいた。狭い通路には様々なものが所せましと積んである。レジを置いたカウンターの向こうで、白髪交じりの髪を長くした男が、読んでいたページに指を挟んで顔を上げる。ジャック・リーチャー・シリーズの最新刊だ。「いらっしゃい」

似たような店を訪れるのはこれで四軒目だ。これまではまったく収穫なしだった。クレアはカウンターへと急ぎ、店番の男にバッジを見せた。

男は本をカウンターに置き、けげんそうな顔になった。「見つけたのかね?」

「なんのことです？」

「なんだ、まだ見つかってないのか」

クレアは目を細めた。「なんの話か――」

「見つかってないなら、こんなとこに突っ立ってないで探してもらいたいね。時間の無駄遣いだ」店主らしい男は苛立たしげに鼻を鳴らした。「保険の免責額が五千ドルでね。あれにそんな価値はないから保険は使えないが、別のを買う余裕もない。盗んだ野郎を早いとこと っ捕まえて、ここに連れてきてもらわないと困るんだよ」

クレアは両手を上げた。「待ってください。最初から話しましょう。わたしはシカゴ市警の殺人課の刑事で――」

「殺人課？　なんだって殺人課の刑事が俺の盗まれた水槽を探してるんだ？」

「誰かがこの店から水槽を盗んだんですか？」

「だから来たんだろ？」

クレアはポケットから携帯電話を取りだし、クロズが公園の防犯カメラから取りだした写真を表示した。「もしかしてこれですか？」

店主は電話を手に取り、写真を拡大してじっと見た。「わからんな。ぴんぼけだから。だがその可能性はある。たぶんそうだ。どこで見つけたんだ？」

「トラックに見覚えはあります？」

「ないね」

「水槽が盗まれたのはいつのことですか？」店主が返してきた携帯電話をポケットに戻す。

「俺が届け出を出したときさ。それくらいわかってるだろうに」

「わからないものと考えて話してください」

「早い話、わからないんだろ」

年寄りを殴ったことは一度もないが、この男と話しているとどんどんそうしたくなってくる。「水槽はいつ盗まれたんです？」

店主は長い指でカウンターを叩いた。「クリスマスの一週間あとだ。裏の倉庫に誰かが入りこんで、持っていきやがった」

「ほかにも盗まれたものがありますか？」

「塩が二十袋」

「その倉庫を見せてください」

店主は読んでいたページの端を折ると、ついてこいと合図した。歩いていくふたりを魚が見ている。クレアはそちらを見ないようにした。昔から魚はどうも苦手だ。なかにはかなり大きいのもいる。あの口には小さな歯がびっしり並んでいるに違いない。海で泳ぐ人の気持ちが、クレアには理解できなかった。

店主が奥のドアを開けると、その向こうは雑然とした倉庫だった。金属製の棚とラックが壁際に並び、左手の隅には古いガラスの水槽が、でたらめに置かれた積木みたいに危なっかしく積みあげられている。様々な長さやサイズのプラスチック製パイプとチューブが三つの金属製樽からあふれていた。

戸口の近くでは、壊れた洗濯機みたいな音をあげながら大きな機械が何かを掻きまわしていた。そこからシリンダーやタンクへとうねうねとパイプが伸びている。壁のなかへ消えている細いパイプは、店にある水槽にそれぞれ繋がっているのだろう。

「あれで水をろ過してるんだ。店の水槽に入っているのはすべて塩水だ。こいつは真水よりずっとたちが悪い。水素イオン濃度が少しでも変わると……たとえば塩が多すぎるとか少なすぎると、その微妙な違いが生態系を崩し、魚が全部死ぬことになる。しかも、あっというまに。せいぜい二時間、それで全滅しちまう」店長は近づいて計器のひとつを見た。「何年か前でかいフグを飼ったことがあってな。小さいのがたちまちバスケットボール大になったかと思うと毒を放った。手持ちの魚が半分近く死んじまったよ。で、思い切って古いフィルターを逆浸透膜に変えたんだ。それ以来、一度も問題は起きてない。だが、塩のレベルには常に目を光らせてる」

クレアはフグにもそれがいつ毒を吐くかにも、これっぽっちも関心はなかった。「泥棒はどこから入ったんですか?」

店主は倉庫の奥のほうを示した。「おそらく、あれを使ったんだろう」

店主が指さしたのは、左側に小さな金属製ドアがある、頭上に押しあげる式のシャッターだった。ドアのほうは二つの錠前とスライド式ボルト付き。シャッターのほうは電動式だ。「どっちです?」

「知るもんか」

「無理に押し入った形跡はなかったんですか？」

店主の顔がひきつり、赤くなった。「最初に来た警官に言ったとおりだ。そのドアは鍵をかけっぱなしだし、シャッターだってきちんと閉めてある。入ったときに確認し、出るときにもう一度確認するんだ。あんたらが無能でわからないからって、俺のせいにするな」

クレアはドアの錠前をはずし、ボルトを引き抜いてそれを開けた。冷たい空気が流れこんでくる。空いているほうの手でジャケットの前を閉じながら、金属製ドアの縁をじっくり見た。こじ開けられた形跡はない。錠前はどちらも頑丈で、鍵なしで開けるのは不可能ではないにせよかなり難しい。「このスライド・ボルトがきちんと施錠されていたことはたしかなんですね？」

「ああ、たしかだ。俺はシャッターしか使わないからな。それもトラックにあるリモコンか、ここのボタンで開けるだけだ」店主は壁の上のほうで光っているボタンを指さし、倉庫の真ん中に戻りながら大きく腕を広げた。「盗まれた水槽はここにあった。前の晩にトラックからはずして、ろ過システムに繋ぎ、水を入れてたんだ。翌日のために」

「翌日は何があったんです？」

「この街にある水族館のうち、十六箇所がうちの得意先だ。そこからの収入が店の売り上げのほぼ二十パーセントになる。水を運ぶことになってたのさ。水はそのうち蒸発するし、汚れるもんだから、補給や交換をしなきゃならん。それをあの水槽で運んでたんだよ」

クレアはガレージドアを開けるボタンを見上げた。モーターの箱の側面についている大きなラベルに商品名と製造番号が書かれている。右手の壁に梯子（はしご）が立てかけてあった。

「あれ、借りていいですか？」

店主が梯子をシャッターの扉を開ける装置の下に立てかける。クレアはポケットから車のキーを取りだし、梯子を上がって装置の後ろを覗きこんだ。そこに黄色いボタンがある。それを押し、キーについている自分のガレージのリモコン・ボタンを押すと、開閉装置のライトが点滅した。開閉装置がそのシグナルを記憶したのだ。

もう一度自分のリモコン・ボタンを押すと、頭上のモーターがうなり、ドアが開きはじめた。再び押すと、今度は閉まっていく。

「こいつは驚いた」

クレアは梯子を下りた。「この倉庫に出入りする人がほかにいます？」

「いや、俺だけだ」

「物売りや店員、大家さんとかは？」

「何週間か前に、店番を手伝ってもらうのに若い娘をひとり雇ったんだが、一日しか来なかった。神経質な娘でね。接客業には向かなかったようだ」店主は声を落とした。「過失致死罪でステートヴィル刑務所から出所したばかりだった。何があったか話してくれたよ。事故みたいだったな。仕事を見つけるのに苦労してるようだったから、試しに雇ってみたのさ。うちは大して現金を扱わないし、魚をひとつかみして逃げるやつもいないだろ。人を見る目はこれでもあるつもりだが、面接でも、とくにヤバい感じはしなかった。ちょうど新聞広告でも出して、アルバイトを募集しようと思っていた矢先だったし」

クレアは眉間にしわを寄せた。「広告も出していない仕事に応募してきたんですか？　募集の紙を外に貼りだしていたとか？」

店主は両手をポケットに突っこんだ。「いや、あの娘が来たときはちょうど忙しくてね。俺がてんてこまいしてるのを見て、よかったら手伝うと申しでてくれたんだ。いまも言ったが、広告を打とうと思っていたとこだったから」

「その人の名前は？」

「リビーだ。リビー・マッキンリー」

クレアは携帯電話を取りだし、短縮ダイヤルの番号を押した。

留守電に繋がった。「シカゴ市警のサム・ポーター刑事です。ただいま――」

クレアは電話を切った。

いやだ、ナッシュにかけたつもりだったのに。

53

三日目 午後一時十八分

プール

やぁ、みなさん。

ようやくここを突きとめましたね！ できれば、ぼくもその場に一緒にいたかったが、残念ながらそういうわけにはいかなかったようです。この書類がみなさんの有能な手に渡ることに慰めを見いだすとしましょう。箱の中身は間違いなく金融犯罪部門の相棒に渡り、タルボット氏と彼の会社の悪行を立証する証拠となるでしょうから。ここにある書類には、彼を長いこと投獄できるだけの情報が含まれているはずですが、〝裁判〟を悠長に待っていられなくなりました。そこで、彼のおかした罪に相応(ふさわ)しい刑を、ぼく自身が宣告しました。タルボット氏の長年の仕事上のパートナーであったガンサー・ハーバート氏と同じ刑をね。タルボット氏は今日、裁きに直面します。そしてこれまでの悪事の数々に対し、すばやい一撃を加えられることになるでしょう。もしかすると、ひたすら隠してきた娘に別れを告げ、最後のキスをする時間があるかもしれないし、ないかもしれない。互いに相手が血を流すのを見ながらこの世を去るのが、ふたりにとっては最高の幕切れかもしれませんね。

アンソン・ビショップ

プールは紙の縁をなぞりながら、手書きの文字を見つめた。几帳面で読みやすい字だが、奇妙に胸騒ぎをもたらす。

これはビショップがエモリー・コナーズを誘拐した数日後、人が住んでいた気配がまったく感じられないアパートで、クレア・ノートン刑事とブライアン・ナッシュ刑事が発見した箱に入っていた。アパートの住所はビショップが、シカゴ市警の鑑識課にポール・ワトソンとしてもぐりこむために作成した雇用書類に書かれていたものだ。つまり、ビショップはこの情報を見つけてほしいと望み、ちょうど自分が願ったタイミングで書類が発見されるよう画策したのだ。実際、あの男はすべてを自分の意に沿うように計画し、実行してのけた。

プールは、リビー・マッキンリーの保護観察官を訪ねる前に、折りたたみテーブルに箱の中身をきちんと並べておいた。その紙束を見つめた。

紙の束は全部で十二。

最初の七つにはアーサー・タルボットの、主に不動産売買と金融持株会社に関する情報がおさめられている。シカゴ市警およびＦＢＩの金融犯罪部門がまだ詳細を解読中だが、現在のところ、ＦＢＩは違法行為で得たと思われるタルボットの資産を五千万ドル以上差し押さえていた。ほとんどの資産は凍結されているものの、タルボット・エンタプライズ社は非常に規模が大きいため、会社の営業費のほうは凍結されていなかった。最終的にこの混乱はタルボットが作りだした何千という合法的な仕事とその雇用者を危険にさらすことなく、解決されるのだろう。エモリー・コナーズの信託も同じくそのままの状態で残された。どうやらタルボット自身がそうすることを望んだらしく、これはタルボット個人とも彼の会社とも完全に切り離されていた。

プールは七つの紙束を脇に置いた。

次の四つも同じくタルボットと関連しているものの、こちらはシカゴとその周囲で勢力を持つふたつの犯罪組織と、二十三人の個人の記録。彼らがおかした違法行為は、ギャンブルからマネーロンダリング、ドラッグ、売春と多岐にわたっていた。このデータはこれまで六件の逮捕に繋がっている。今後も大勢の逮捕者が出ることは間違いない。

プールはこの四つも脇に滑らせた。興味があるのは最後の紙束だ。

三百ページにわたる紙束には、文字や数字が書きこまれている。最初の行には、こう書かれていた。

163 WF14 2.5K JM

ひとつの封筒には、露出の度合いはさまざまだが、十代の少年少女のあられもない姿を捉えたポルノ写真が二十六枚入っていた。各々にやはり手書きで番号がふってあるが、ビショップの筆跡ではない。ナッシュ刑事の報告によれば、この封筒は発見時、書類の束につけられていたわけではなく、箱の底に入っていたという。これらの写真と紙束はおそらく繋がりがあるだろうが、本来は発見されたときの状態で保存しておくべきだろう。仮定に基づいて封筒をこの紙束につけるのは、不注意な行為、誤った結論を導きかねない行為だ。

プールは紙束の一行目に指を走らせた。163という数字は、特定の子どもを示すと思われる。次のＷＦ14は十四歳の白人の少女（White Female）、２・５Ｋは売買金額。貨幣単位はおそらくドルだろうが、ほかの貨幣かもしれない。現在はほとんどの人身売買にビットコインが使われるようだ。ビットコインは二〇〇八年以降、法組織にとっては目の上のこぶとなっている。誰が何を売買しても、これを使えばまったく痕跡を残さずにオンラインで取引することができるからだ。

だが、一ページ目にあるこの少女が売られたときには、まだビットコインは使われていなかったはずだ。したがって〝Ｋ〟は貨幣単位の千を表していると考えられる。つまりこの少女は二千五百ドルで売られたことになる。

人間の子どもが売り買いされるなど考えるだけでもおぞましいが、その思いを払い、プールは証拠に集中した。

163とある十四歳の白人の少女は、二千五百ドルで売買された。JMというのは子どものイニシャルか、さもなければ買った者か売った者を表している可能性がある。そのどれなのか確認する方法はいまのところない。

ポラロイド写真の裏には、163という番号はなかった。

誰かが帳簿と写真を突き合わせたらしく、十九人の少女と七人の少年すべての写真に該当する帳簿の箇所に、黄色い付箋が貼られていた。

最初のページの行を数えると、二十六行あった。三百ページがいくらも欠けない紙に、一ページにつき二十六人。つまり、この束にはほぼ八千人の子どもたち、いや人々の売買が記されているのだ。人種と性別の次に書かれている数字が年齢だとすれば、この数字の多くは十四歳よりも年上だった。もっともいちばん年長でも二十三歳どまりだが。

シカゴはこの国で人身売買が三番目に多く行われている都市だとされている。最近の調書によれば、少なくともこれまで二万五千人がこの街のなかおよび周辺で売買されてきたという。この帳簿が信頼できるものなら、八千人はその三分の一にあたる。箱のなかのほかのデータがみな着実な結果をもたらしていることを考えると、プールにはビショップの情報を疑う理由がなかった。

このデータのコピーはすでに、クック郡、シカゴ、イリノイ州、それぞれの人身売買捜査チームに送られている。だが、どのチームもこれの正確な意味を判断できずにいた。それを突きとめることができれば、アメリカ史における最大の人身売買組織を潰すことができるかもしれない。

プールは立ちあがり、脚を伸ばした。ポラロイド写真を一枚、ホワイトボードに持っていくと、それをリビー・マッキンリーの家で見つけた写真と比べてみた。共通の糸、すべてを繋ぐ何かが欲しかったのだが、残念ながら空振りだった。

写真は同じカメラで撮られたものではなかった。分析によれば子どもたちの写真はすべて七八〇ターボ・ポラロイドで撮られたもの。だが、マッキンリー家で発見された写真はＰＸ六八〇カラー・シェイドＦＦで撮られていた。ポラロイドカメラは、銃身がその弾丸に痕を残すように、現像された写真にそのカメラ特有のパターンを残す。人間の目では識別できないこの一連の極細の線が、顕微鏡の助けを借りれば同じカメラで撮った写真か否かを語ってくれるのだ。ビショップが残した箱のなかにあった写真にはすべて同じカメラが使われていた。フィルムに埋めこまれている連番により製造日を調べた結果、九〇年代のどこかで二年にわたり撮られたものだとわかった。

電話が鳴りだし、プールは急いで自分の机に戻った。

ディーナーだ。

プールは通話ボタンを押した。

「フランクか？　手がかりをつかんだぞ。おまえが言ったとおりだった」

「ＩＤの件ですか？」

「ああ。イリノイ州の出生、死亡、婚姻・離婚証明を扱う窓口が、一年ほど前の二〇一四年四月十日にオンライン窓口で出生証明書再発行の要請を受けた」

「リビー・マッキンリーがまだ刑務所にいるときですね」

「そうだ。この要請はカリン・セルク、というか、カリン・セルクのふりをしていた人物が行った。申請書には必要な情報がすべて書かれていた。誕生した病院の名前、それがある都市と州、母親の旧姓。父親の姓名。再発行が必要な理由は〝火災による焼失〟。リビー・マッキンリーの写真付き身分証明書も添付してあるという念の入れようだった。もちろん偽物だが、データベースなどと照らし合わせた者はいなかった。再発行された出生証明は二〇一四年五月二日に発送された。ほぼ一週間後の五月八日、この再発行された出生証明書を使って、今度はパスポートの申請がなされている。公共料金の領収書が三枚、書類を申請したのと同じ住所で使われた電気、電話、ケーブルテレビの領収書が添えられていた。ブライトン・パークの住所だ。俺はいまからそこに行く」

プールは胸騒ぎを覚えた。「その住所を送ってくれませんか。ぼくも行きます」

54

三日目　午後一時三十一分

クレア

「ねえ、あとどれくらいかかりそう？」

クロズはパソコンのモニターに目を張りつけたまま、うるさそうに片手を振った。「ちょうどいいカメラアングルを探しているところだ。何か見つけたら教えて――」

「あれよ！」クレアは叫んだ。

「くそ、クレア・ベア、もう少し静かにできないのか？」ナッシュが肩越しにぐちる。

クレアは身を乗りだし、モニター画面に触れた。「これが例のアクアショップの裏口。この通りはなんて名前？」

クロズは監視カメラのツールボタンをクリックし、情報を表示させた。「一六番通りとモーティマーの角だ」

「もっと拡大できないの？」

「これが精いっぱいだよ。何日の映像が必要だって？」

「届けを出したのは一月四日だけど、タンクが盗まれたのはクリスマスの一週間後だと言ってたわ。念のため十二月二十七日から始めたらどうかな？」

クロズが息を吐いた。「かなり範囲が広いな」

「網は大きめに張ったほうがいいでしょ」

ナッシュが反対側から身を乗りだす。「こういうのは型式で探せるんじゃないのか？」

クロズが椅子の上でのけぞった。「そうくっついてくるなよ。ラディッシュ臭いぞ」

「昼飯にサラダを食べたからな」ナッシュはそう言いながら一歩さがった。「健康的な食事を心がけているんだ」

「マクドナルドのサラダだろ。ランチドレッシングのなかで野菜が泳いでるやつ。あれはマックのメニューでも最高にカロリーが高いんだぞ」

「ばかいえ」

「仕事中よ、おふたりさん！」クレアが注意した。「型式で検索できるの？」

クロズは首を振った。「正確にはできない」

「それじゃ、答えになってないわ」

「カメラは車の型式を識別できない。しかしナンバープレートはすべて読んで記録する。陸運局の記録とその情報を照合することはできるし――」

「すると犯人があのトラックのナンバープレートを交換していないかぎり、カメラが捉えたプレートを検索すれば、時間も日付も特定せずに、この交差点を通過したすべての二〇一一年製トヨタ・タンドラを割りだせるのね」クレアはさえぎった。「やってちょうだい」

クロズはキーを打ちはじめた。「コーヒーがあったほうが頭が働くんだが」

「何か見つけたら、これから一カ月スターバックスのコーヒーを買ってあげる」

「わお、寛大な申し出だな。だが、いますぐ必要なんだ」

クレアは呆れて目をくるりと回し、ナッシュを見た。「こいつに何か飲むものを持ってきてやって」

ナッシュは抗議しようとしたが、途中であきらめてIT部門の片隅にある小さな休憩室へと向かった。

クレアは声を落とし、クロズのほうへ身を乗りだした。「サムと話した？」

クロズがモニターに目を張りつけたまま答える。「サムには連絡を取ってはいけないことになっている。警部じきじきの命令に背く気はないね」

「あたしは何度か電話したの。でも留守電にしか繋がらない」

「何時間か前にナッシュもかけていたぞ。同じく留守電になっていた」クロズは静かに答えた。スクリーンにリストが表れた。いくつかの項目を選択し、エンターキーを押す。

「別にひとりだけ優等生を気取るつもりはないよ。サムはわたしにとっても友人だしな。だが、あの男はわれわれの評判まで落としたんだぞ。FBIが4MK事件を引き継ぎ、一切合切かっさらっていったことに、わたしは文句などないね。よくあることだ。わたしはあの事件から手を引き、前に進んだ。きみもナッシュもそうだ。サムもそうすべきだった」クロズはキーボードを打つ手を止め、肩を落とした。「きみはそうしたんだろう？アパートでひそかに情報を集めてる、なんてことはないよな？」

クレアが答える前にクロズは再びキーを打ちはじめた。「わたしはこの仕事が好きだ。続けたいと思う。だから上司の命令には従う。よけいなことに頭を悩ませずに、ぐっすり眠りたいんだ。おっと」

「どうしたの？」

「トヨタ・タンドラは人気がある車なんだな」

「何台あるの？」

「十二月二十三日から二十八日間で六百十二台だ」

ナッシュが発泡スチロールのカップを三つ手にして、注意深くバランスを取りながら戻ってくると、ひとつをクロズの手元に置き、もうひとつをクレアに渡した。

クレアはスクリーンを見下ろした。「同じ車が通過した回数別にリストを作れる？リビー・マッキンリーがあの店で働いたのは一日だけよ。これが偶然とは思えない。もしもリビーが共犯者で、店内の様子を探るためにあの店で働いたのだとしたら、犯人が下見をする必要はなかった。つまり、このカメラの前を通過した回数はかぎられる。何度も通過しているのはふだんここを通ってるトラックだと思う。ほら、通勤者が毎日行き帰りするみたいに」

クロズはいくつかの項目を選択し、再びエンターキーを押した。「通っている回数がいちばん多い車は十四回だな。一度だけが百六台、二度が九十三台……これを回数順にして、と……よし、少ないものから映像を取りだすぞ」

クレアはリストが消え、すべて同じアングルから撮られた十台あまりのトラックの映像に変わるのを待った。「あたしたちが探してるのは大きな水槽を牽(ひ)いてるトラックよ」

三人は次々に写真を見ていった。クロズがクリックして数枚の写真を表示し、三人でそれを確認しおえると、再びクロズが次の写真を呼びだす。十回ばかりそれを続けたあと、目当てのトラックが見つかった。「これだな」

「ああ、ジャクソン公園のカメラにあったのと同じトラックだ」ナッシュがうなずく。

「ナンバープレートから所有者の名前と住所を突きとめて。運転手を拡大できる？」

「ああ」クロズがマウスを操作すると、トラックの映像がモニターを占領した。クロズは運転者の顔が見えてくるまでダブルクリックを続けた。

「なんてこった」ナッシュがつぶやく。

「これは……？」あんぐり口を開け、クロズが身を乗りだしながらうなじをこすった。

「ビショップよ」クレアが低い声で言った。

55

三日目　午後一時三十五分
ポーター

「行きつけの整体師に怒られそう」パソコンを隅に押しやり、観察室の机に突っ伏しているサラ・ワーナーがうめくように言った。看守が三十分ごとに様子を見に来るのだが、そのたびにサラは手を振って去らせた。

ポーターは椅子に体をあずけ、だらしなく座りながら、壁の隅にかかっている時計をちらっと見上げた。ずっと同じ姿勢でいるせいで節々が痛む。「もう三時間になるぞ。ジェーンはあそこで何をしているんだ?」

サラは首をひねり、ガラスの向こうに目をやった。「まだ読んでる。昼食をとりに出るべきだったわね」

ポーターの腹が鳴り、この言葉に同意した。「読み終わった直後にあそこに戻りたいんだ。考える時間を与えたくない」

ポーターはあくびを噛み殺しながら両腕を上げて伸びをした。「ほかに用事があるなら、俺に付き合う必要はないぞ。引き留める気はない」

サラは口を覆ってあくびをした。「今日はほかにひとつも予定はないの」

「恋人と過ごすことになっていたんじゃないのか？」

サラは笑った。「この国でも有数の犯罪都市で弁護士をしているのよ。しかも二階にアパートが付いているオフィスを選んでしまったから、文字通り、ほんの数段上がれば寝に行ける。まあ、たとえ仕事場が遠くても、一週間に八十時間は書類とにらめっこしているでしょうけど。机で書類を読んでいない時間は、ここか裁判所か、ときには警察にいるしね。わたしが下す決断が、依頼人の生死の分かれ目になるかもしれないんだもの」そう言うと、ポーターを見てほほ笑んだ。「これが四カ月ぶりの〝デート〟にいちばん近いわね」

ポーターは顔を赤らめた。「そうか？　で、デートの相手としては合格かな？」

サラは自分の手の爪をじっと見た。あまり長くない。それにマニキュアをしているとしても自然な色だ。「独創性に関しては間違いなく高得点ね。場所の選択は少し平均より落ちるけど」

「夕食をおごろうか？　せめてもの罪滅ぼしに」ポーターはそう言ったとたんにこの言葉を悔やんだ。

サラが赤くなり、ポーターの手のほうに顎をしゃくってみせた。「奥さんがどう思うかしら？　デートの相手はいないかもしれないけど、まだそこまで自暴自棄にはなってないわ。猫さえ飼っていないのよ」

ポーターは結婚指輪を親指でなで、それを見つめた。「妻は去年死んだんだ。はずすべきなのかもしれないが、これがないと自分の指じゃないような気がして」

「ごめんなさい、気まずいデートになっちゃったわね」

「俺が経験不足なのさ。高校時代は五分とかからずにムードをぶち壊したもんだ」

「あら、学生時代はもてたんじゃないの？　まあ、高校生のあなたがどんなだったか想像できないけど」

ポーターは昔を思い返した。長いトンネルの向こうにぼんやりと見える記憶が頭の隅をくすぐる。「何もかもはるか昔の出来事のように思えることもあるが、つい昨日の出来事のようにあざやかによみがえることもあるな」

「その違いは記憶の種類が決めるらしいわ」

「どういう意味だい？」

サラはため息をついた。「大学時代の心理学の教科書によると、脳は幸せな記憶を最近の活動とみなすの。でも、恐ろしい記憶は遠くに押しやる。ときには忘れたり、完全にブロックしてしまう。なんらかの防衛メカニズムね。よい記憶、楽しい記憶だけで自分を取り巻き、いやな記憶は遠ざける」

「弁護のほかに精神分析もやるとは知らなかった。その机に横になって診てもらうべきかな、ドクター？」

「場所を交換する?」

「いや、こう見えても紳士なんだ。この椅子にレディを座らせるわけにはいかない。まったく、ひどい座り心地だ」ポーターは尻に食いこんでくる冷たい木の椅子の上でもぞもぞと動いた。

サラはポーターに背を向け、片手に頭をのせた。「それで、何を覚えてるの?」

「高校時代の話か?」

サラがうなずく。「ロッカーのなかに押しこまれて過ごす時間が多かった? それとも、押しこむのはあなたのほうだったのかしら」

ポーターは笑った。「俺がロッカーに入れば、きっと押しこむやつがいただろうな。けど、少し太ってたからね。一年のときなんか身長は百五十五センチしかないのに、体重が七十五キロもあった」

「太っているってほどでもないわ。でも、それからずいぶん身長が伸びたのね」

「ああ。二年のときに三十センチ近く伸びた。関節や骨が痛くてつらい思いをしたな。しばらくは体の動きもぎこちなかった。廊下を歩いているときによく自分の脚につまずいたものさ。ひどい状態だったよ」

「でも、その後は苛められなくなったでしょう? 百八十を超えたら高校生にしては高いほうだわ」

ポーターは肩をすくめた。「それまでだって別に苛められてたわけじゃない。俺はお調子者でね。誰かが喧嘩を仕掛けてきても、バカ言って笑わせ、それでおしまいになった」

「そのユーモアを大人になって忘れてしまったのは残念ね」サラは目をきらめかせてにっこり笑った。

「ああ、ほんとだ」

「高校時代のいちばん楽しい記憶は？」

ポーターは答えを探したが、何も浮かんでこなかった。「いや、俺の話はもうじゅうぶんだ。今度はきみの番だぞ。きみみたいにきれいな女の子なら、ずいぶん楽しい思いをしたんじゃないか？」

「喜ぶべきか顔をしかめるべきか迷うわね。〝きれい〟と言われたのは嬉しいけど、この歳で〝女の子〟はちょっと」

「誰でもある時点で男になり女になるんだろうが、何歳でそうなるか、はっきりした基準はないのかもしれないな。俺はまだ子どものような気がする。自分が大人だとは思えない」

「社会的には、大人になるのはローンを組める歳になったころ。つまりちゃんとした仕事についたときね。自分のしたことに責任を持つようになったとき」

「〝見える存在〟になったとき、か」ポーターは静かな声で言った。

「どういうこと？」

「四猿の日記にあった言葉だ。子どもは世界からは見えない存在だと思っていたようだ。

年齢とともに存在感を持つようになり、大人になるとすっかり見える存在になる。それから歳を取ると社会的な存在感が薄れて背景に溶けてしまう」

「そう。ずいぶん哲学的ね。覚えておかなきゃ」

「サイコパスの言葉を心に留めておく？　俺はごめんだな」

「それにしては、正確に引用したじゃない」

突然、窓ガラスを叩く音がして、サラが声をあげた。

ポーターも立ちあがり、ガラスの向こうを見た。

ジェーン・ドウがすぐ向こうに立ち、片手で日記をガラスに押しつけていた。

56

三日目　午後一時三十五分
プール

特別捜査官フランク・プールとスチュワート・ディーナーは、静かな住宅街に停めたプールのジープ・チェロキーのなかから、およそ半ブロック先の家を見ていた。

プールは重いがきわめて高性能の双眼鏡を目に当て、その家に向けていた。

金網のフェンスが敷地を囲んでいる平屋の小さな家だ。おそらく寝室が二部屋、バスルームはひとつしかないだろう。外壁に塗られた若草色のペンキは色褪せて、あちこち剝げている。売り家の札が門に横向きにかけられ、角のところに黒い紐で縛りつけてあった。かなり長いこと誰も雪かきをしていないらしく、家の脇の道、庭、車寄せはみな、少なくとも三十センチは積もった雪に覆われている。車はなく、どの窓にも分厚いカーテンが引いてあってなかはまったく見えない。

「出生証明書とパスポートはここに送られた。陸運局の防犯カメラによると、リビーは出所した三日後に偽造した書類を使って免許を取得してる」ディーナーが言った。

「誰もいないようですね。雪のなかには、家に向かう足跡も外に出てきた足跡もない。カーテンがきっちり引いてあって、なかはまったく見えないな」プールは双眼鏡を下ろした。

「おそらく中継地点か何かだな。マッキンリーが書類を手に入れるのに手を貸した人間が、便宜的にこの家の住所を使ったんでしょう」

プールはジャケットの前を閉め、マフラーを首に巻いた。「近くで見てきます」

ディーナーが空から落ちてくる雪を見た。「まったく、いつになったら止むんだ？」

プールはとくに雪は気にならなかった。この世界には白い毛布で隠しておいたほうがいいものもある。

開けたとたんにうめくような音をたてたジープのドアを、プールは思い切り閉めた。こちら側のドアは寒くなると閉まりが悪いのだ。ディーナーも車を降り、ざくざくと雪を踏みながら車の前を回ってきた。

ふたりは反対側の歩道を進み、その家の前で通りを渡った。このあたりを走るのは住民の車だけらしく、さっきから車は一台も通らない。これは少し奇妙だった。静かな住宅地では知らない人間は目立ちやすいから、中継地点にはふつう、車や人通りの激しいところが選ばれるのだ。ここの郵便受けを利用するような連中は、目立つことを何よりも嫌うはずではないか？

ふいにリビー・マッキンリーの家とそこで見つけたものが頭に浮かび、口のなかを苦い味が満たした。忘れてしまいたいのに、陰惨な光景ほど脳は鮮明に覚えておきたがる。中継地点に使われている家には、郵便受けがふたつあった。どちらも玄関に向かう通路の端に立つ、フェンスの支柱に取りつけてある。新聞用らしく蓋がない左のほうは空っぽだ。プールはその横の郵便受けを開け、いくつか封筒を取りだした。「リビー・マッキンリー宛ての企業のダイレクトメール。復員軍人会からの寄付を募るカード。どっちも今週の消印だ。誰かがこの郵便受けから定期的に郵便物を引きだしているんですね」プールはディーナーにそう言いながら郵便物をもとに戻した。

ディーナーは通りを見まわした。「付近の半分近くは、車寄せの雪を最近取り除いてるな。なかを確認したら近所の聞き込みをするか。こういう静かな通りは、誰かが外の様子に注意を払っているもんだ」

金網のフェンスにある門は凍りつき、ラッチをはずすのに何度か叩かなくてはならなかった。ようやくはずれると、門は厚く積もる雪を押しやりながら開き、ふたりは敷地の脇にある通路を通って家の前に立った。

「フランク」ディーナーが静かに名前を呼び、手袋をはめた手でドアを示した。差し錠がなくなり、それがあった場所に穴が開いている。ひっかき傷とへこみのあるドアの取っ手もゆるんでいるようだ。誰かが何かでそれを叩いたに違いない。ドアの枠にはこすったような跡がたくさんあった。

プールはジャケットの前を開け、銃を引き抜いた。人差し指をディーナーに、それから家の脇へと向け、合図する。ディーナーも自分の銃を手にして、裏口へと家の角を曲がり、姿を消した。

取っ手をドアに留めているネジがはずされたか緩んでいるらしく、強くつかむとばらばらになりそうだ。用心深く押さえながら回すと、カチリと音がして鍵がはずれた。プールはそっとドアを押し開けた。そこは狭いリビングになっていた。誰かがナイフで切り刻んだらしく、茶色い革のソファはびりびりに裂け、詰め物が部屋に散乱して空中を漂っている。暖房は入っていなかった。

「FBIだ。いますぐ出てこい！」プールの声は家のなかに響きわたった。放置された無人の家でしか起こらない反響の仕方だ。

プールはなかに入った。

リビングの壁は一面、落書きに覆われていた。多彩色のギャングのマーク、名前、さまざまな言葉。半分はまるで意味をなさない。

家の奥で大きな音をたてて裏口のドアが開き、銃を手にしたディーナーが銃口を天井に向けてキッチンに入ってきた。プールにうなずき、右手にある廊下に向かいながら、ポケットから小型の懐中電灯を取りだし、スイッチを入れた。そしてそれを銃の下に持って廊下を照らした。

プールは部屋を横切り、ディーナーのあとに従った。廊下の壁は蹴ったか殴ったか、全体に何十という穴が開いている。壁のなかに埋めたものでも探していたのか？　それとも近所の若者が荒らしたのだろうか？　かつて金色だったように見える絨毯は茶色になり、小便のにおいがした。

最初に入った寝室には床にマットレスが敷かれ、周囲に空き缶や食べ物の空き箱が転がっていた。毛布は隅に押しやられている。誰かがきっちり閉めた窓のカーテンの下に新聞紙をテープで留めていた。バスルームは最近使われた形跡があるが、水道が止まっているため、便器からは考えたくもないものが凍ってあふれている。浴槽も同じようなものだった。洗面器はなくなり、水道管や下水管がむきだしだ。

ふたつ目の寝室にはマットレスはなく、破れた寝袋と古い携帯用ガスコンロがあった。料理か、部屋を暖めるために使ったのだろう。その両方かもしれない。何日も前に作った料理のいやなにおいがした。

ふたりはリビングに戻った。地下室はない。家のなかには誰もいなかった。

「ホームレスが何人かねぐらに使っていたんですね。さもなきゃこのへんの子どもたちがたまり場にしていたか。郵便の送付先には都合がいい」プールは銃をホルスターにおさめた。「どれくらい空き家だったのかな？」

「一年以上は経ってるな」キッチンで引き出しや戸棚を調べていたディーナーが、流しの排水口を覗きこみながら答えた。「誰かがコンクリートを流しこんでるぞ」

「若い連中のいたずらでしょう」プールは壁の落書きをじっくり見ていった。

「この家に関しては、あまり情報を得られなかったんだ。本来の所有者が死んで、三人の子どもが相続した。三人とも別の州で暮らしている。ずっと売りに出ているようだな。貸そうともしたようだが、借り手が見つからなかった」ディーナーは流しの下から尻尾をつかんで鼠(ねずみ)の死骸を引っ張りだし、投げてよこした。「どうしてかな。こんなに住み心地がよさそうなのに」

プールは自分の足元に落ちた鼠を無視して、手にした懐中電灯で壁の落書きを照らした。

「ここに何か残されているかもしれませんよ」

ディーナーがやってきて、その光のなかに立った。「こいつも子どものいたずらじゃないか？　壊したり汚したりするのが好きな連中とかギャングの下っ端とか」

プールは黒いペンで書かれた几帳面な活字体を示した。

わたしは立ち止まって死を待てなかったので
親切にも死のほうが立ち止まってくれた
その馬車にはわたしたちと
不死だけが乗っていた

「子どもじゃないですよ。これはエミリー・ディキンソンの『馬車』の一節です。それにあっちは――」プールは同じ筆跡で書かれた別の落書きを示した。

生と死を分析するやり方のひとつに
このふたつを水と氷にたとえたものがある
水が集まって、氷ができる
そして氷は解けて再び水になる
死んだものは、必ず再び生まれる
生まれたものは必ず死ぬ
氷と水が互いに害をなすことはないから
生と死が互いに害をなすこともない

「唐時代の中国の詩人、寒山の作品だ」

「どうしてそんなものを知ってるんだ？」

「大学時代に付き合っていた相手が仏教にのめりこんでましてね。いつも詩を引用していたんです。この詩もそのひとつだった」

「なるほど。あそこに線が引いてあるのはどういう意味だ？」

プールは少し考え、首を振った。「さあ」

ディーナーが壁の少し先へと移動した。「同じ筆跡のが、こっちにもうひとつあるぞ」

みんなでわが家に戻ることにしよう
飽くなき欲望もその成就も無意味なこと
今日のすべてを喜びが満たし
青い死の海から
命が蜜のようにあふれでる。
命のなかには死があり、死のなかに命がある。
だから恐れる必要がどこにあろう？
空の鳥は歌っているではないか「死などない、死などない！」と
昼も夜も不死の潮が
この地上へと降りてくる

プールは眉をひそめた。「チベットの教えか何かじゃなかったかな。わが家、恐れ、死になぜ線が引いてあるのかは、ぼくにもわかりません」

ディーナーは首の後ろを掻いた。「まあ、しょせんは子どもの落書きだ。リビー・マッキンリーと関係があるとは思えんな」

プールは電話を取りだし、壁の落書きの写真を撮ろうとそれを構えた。「近所の聞き込みをしてきたらどうです？　念のために、これの写真を撮っておきたいんです」

ディーナーは鼻を鳴らした。「いや、マッキンリーの近所は俺が聞き込みをやったんだ。そのあいだおまえは市警で暖まっていた。今度はおまえが雪のなかを歩きまわる番だぞ」

まだ壁に目をやっているプールに、ディーナーは言った。「心配するな。全部ちゃんと撮っといてやるよ」

プールは仕方なくうなずき、玄関のドアを開けて凍てつく空気のなかに出た。

57

三日目　午後一時三十五分
黒いニット帽の男

黒いニット帽の男は、こめかみに指を当ててぎゅっと押した。様々な思いが頭蓋を叩き、そこから飛びだしたがって、ひどい痛みをもたらす。その声が唇から尾を引いて離れるまで、自分がまた悲鳴をあげていることに気づかなかった。スエットシャツの襟に唾がたれる。目を開けると、窓からの突き刺すような光が瞳孔を、虹彩(こうさい)を切り裂き、頭に新しい痛みを加えた。

左手につかんでいる処方薬をのみたかったが、乳幼児による誤飲・誤用防止用の白いキャップに、血だらけの指が何度も滑る。ようやく開けて錠剤をふたつ振りだすと、口に放りこんでそのままのみこんだ。白い錠剤がざらつきを残して喉をくだっていく。ボトルが机に落ちて残りの錠剤が絵の上にこぼれ、いくつかは床に落ちた。かまうものか。

男は左手を見下ろした。血だらけの指を。切開の傷を血が出るまで掻きむしったのだ。それでもまだ痒みはおさまらない。掻いたあと一秒か二秒は、ほっと息をつける。それからまた猛烈な痒みが、左耳から始まって後頭部へとじりじり進んでいく。まるで千もの昆虫が頭皮の上を這いまわり、死の行進よろしく頭のなか深くを掘り進んでいくようだ。昆虫の群れは思考を食いちらす。そうとも、やつらは記憶を食らう。こんなに物忘れがひどいのはそのせいだ。やつらは食らい、驚くほどの勢いで増殖する。そして痒みがますますひどくなる。最初は二、三匹しかいなかったのに、いまは千匹……。

電話に手を伸ばしたが、つかみそこねた。二度目でつかみ、短縮ダイヤルにかける。あいつの番号。登録してある唯一の番号だ。呼び出し音が一度、二度、三度、それから――

〝おかけになった電話は、ただいまお繋ぎできません。しばらく経ってから、おかけ直しください〟

通話の終了ボタンを押し、再び短縮ダイヤルにかけた。呼び出し音が三度――

〝おかけになった電話は――〟

終了ボタンを押す。電話を壁に向かって投げつけたかった。安物のプラスチックが細かい破片となって飛び散るのを見たら、少しは気が晴れるかもしれない。だが、投げるのはやめておいた。そんなことはできない。

別の娘が必要だ。別の娘を調達しなくては。

誰かがきっと見てくれるはずだ。もうすぐ。

錠剤の効果が表れ、視界の霞が晴れてきた。目の前に広げてある絵をスケッチした覚えはある。家の外で自転車に乗っている娘の絵。あれはそんなに昔のことではなかった。まだ去年の秋のこと、最初の木の葉が落ちはじめたころだった。だが目の前の絵は間違っている。自転車の色は赤くなくてはいけない。右手を握りしめると、いつのまに拾いあげたのか、赤いセーターが大きな手のなかで丸まっていた。襟のところから人差し指が突きでている。

セーターを鼻に押しつけ、深々と吸いこんだ。

なんのにおいもしない。

いつ嗅覚がなくなったのかはっきりとはわからなかったが、最近だということはたしかだ。おそらくこの数日のあいだだろう。昆虫が喰らい、感覚も思いも記憶も失われていくと、それにつれて〝娘〟も消えていく。

机の上に散乱しているものを手当たりしだいにつかんでいると、赤いカラーペンが見つかった。キャップをはずし、自転車の金属フレームを赤く塗るためにペンの先を慎重に紙へと近づける。まもなく震えが始まるに違いない。もういつ始まってもおかしくない。不安が高まり、顔に血がのぼっていく。ペンの先が紙に触れた。まだ手は震えていない。注意深くペンを左右に動かした。自転車の色を塗っていると、涙がこみあげてきた。この手は昔と同じようにたしかに、安定して動いている。涙があふれて絵の上に落ちた。新しいぴかぴかの自転車に乗ったぼくの娘。

地下室からくぐもった悲鳴が聞こえたが、無視した。

あんなことをするなんて、憎らしい娘だ。

ひどい傷もの。見るにたえない、役立たずだ。

苦しむのは自業自得。地獄で焼かれてしまえばいい。

自転車は赤くなった。そこで今度はセーターの色を塗りはじめた。いま手にしているのとそっくり同じセーター。赤いセーターを。常に赤。こうなる前の、なんの憂いもなかったころのたしかな手の動きで、巧みに娘が着ているものを塗った。

いつしか痒みさえ消えていた。すっかり消えたわけではないが、だいぶ和らいだ。もう傷を掻くのはよそう、と自分に言い聞かせる。傷口が開いてはまずい。

地下室からまたうめき声が聞こえた。さっきより大きな声だ。

傷口が痒くなりだす。だが、ほんの一瞬だった。掻きたくなるほどではない。もう掻かないと決めたのだ。

セーターを塗りおえると、次は青いペンを手に取り、空を塗りはじめた。シカゴの秋の空はほとんどの場合灰色だが、娘がこの自転車に乗っていたのは幸せなころだった。幸せには青い空が相応しい。

すっかり色塗りに没頭して、通りを渡ってくる人間が窓の外を横切り、玄関に近づいてくることにも気づかなかった。

階下の玄関をノックする重い音に、集中が途切れた。

昆虫が細い小さな足で隠れ場所を探して逃げまどう。切開の傷が痒くなった。

58

三日目　午後一時三十六分

ポーター

「読みおえたようね」サラが驚いて開いたままの口を押さえながら言った。

「そうだな」ポーターは息を吐きだした。

ジェーン・ドウはガラスのすぐ向こうで日記を押しつけたまま、こちらを見ている。さきほど日記を叩きつけたときの音が、まだ部屋にこだましていた。

サラがドアへと向かった。「ちょっと時間をくれる？　あなたがあそこに戻る前に話をさせて」

ポーターはガラスの反対側にいる女を見つめたままうなずいた。向こうから見えないことはわかっているが、ジェーンがまっすぐ自分を見ているという印象を拭えなかった。取り憑かれたような暗い目には怒りが燃えているが、呼吸は少しも乱れていないようだ。顔に浮かんだ表情からは、何を考えているのかまったくわからない。ポーターは警官になってからの年月で、体の反応を抑えられる多くの人間に会ってきた。そういう生理的な反応は自分に不利益をもたらすと思えば、ある程度抑えこむことができるのだ。が、目は違う。目には内心の思いがそのまま表れる。

サラが向こうの部屋に入っていくのが見えた。ジェーン・ドウは最初のうち、サラに気づかないのか窓の前を動こうとしなかった。サラがテーブルにつくと、ようやく振り向いて部屋を横切り、隣に腰を下ろして日記をテーブルに置いた。

そして身を乗りだし、サラの耳にささやいた。

サラは驚いて顔を上げ、窓越しにポーターを見た。ひょっとすると依頼人が話しかけてきたのは、これが初めてなのかもしれない。ポーターには聞こえない低い声で答えると、サラは立ちあがって部屋の奥にあるカメラの制御装置へと歩いていき、壁のスイッチをふたつ弾いた。ひとつ目はビデオを切るため、ふたつ目は音声を切るためだ。観察室は完全に静かになった。サラはガラスの向こうからこちらを見た。ポーターがいる正確な位置がつかめないらしく、視線が少し左にずれている。

するとジェーン・ドウがこちらに向かって笑った。かすかではあるが、笑みには変わりない。それから自分の弁護士に向き直り、身を乗りだした。

ポーターはふたりの唇の動きを見守った。まるでサイレント映画を見ているようだ。ふたりの手と体の動きが何かを物語っているが、ポーターには読めなかった。ジェーン・ドウが一度ならず日記の特定のページをめくり、そこに書かれた記述を指でなぞり、読みあげる。そのたびにサラ・ワーナーはじっと耳を傾け、あるときはうなずき、あるときは首を振った。顔をしかめながら示された箇所を自分で読むこともあった。椅子をつかんで窓ガラスを割り、あの部屋に入りたい衝動を抑えるには、相当な努力が必要だった。

ほぼ三十分近くも経ってから、ようやくサラが立ちあがって部屋を出た。ジェーン・ドウは両手に顔を埋めている。

観察室のドアが開き、サラが顔を出した。

「来て。あなたと話すそうよ」

ポーターは両手が震えているのに気づいた。観察室の気温はかなり低い。二十度もないくらいだが、額には汗が噴きだしていた。

「大丈夫?」

ポーターはうなずき、ドアに向かった。

サラが先に立って角を曲がり、面会室に戻った。通路の看守はさきほどより若いラテン系の男だ。男は無関心な目でふたりを見ると、床の染みにすぐまた目を戻した。

ポーターは面会室に入り、ジェーンの向かいに腰を下ろした。サラがジェーンの横に座る。看守がドアを閉めた。

ジェーン・ドウはテーブル越しにポーターへと日記を滑らせ、黒と白の表紙を指で押さえたまま言った。「これは事実とは違うわ」

どんな声を予測していたのかわからない。耳障りな、命令することに慣れた調子の声か？　だが、実際にはバイオリンを奏でる弓のように、なめらかに言葉が舌を滑りでてきた。かすかな南部訛りのあるその声には、予測していた怒りはまったくなかった。ジェーンは落ち着き払い、冷静そのものだ。

「ほう？」

ジェーンは日記から指を離してテーブルの端で両手を組むと、わずかに首を傾げた。

「アンソンは昔から少しばかり想像力が逞しかったの」

斜め向かいに座ったサラが、日記に目をやり、ポーターを見る。

ポーターは身を乗りだした。「どこに行けば、アンソンに会えるかわかるか？」

ビショップの母親は指を丸め、アルミ製のテーブルを爪の先で叩いた。

「居場所を知っているのか？」

するとまた唇の端が持ちあがった。抑えようとしているが笑みがこぼれる。「ペンをちょうだい」

「持っていないんだ」

ジェーン・ドウは眉をひそめた。「でしょうね。わたしのような女にペンを持たせたら、あなたの首に突き立てるかもしれないもの。まったく疑い深い連中だわ」ジェーンはテーブルの下で足を蹴った。「足枷をはずしてもよかったの？　いつでも飛びかかれるわよ」

「この人にペンを渡してくれ」ポーターはジェーンに目を据えたままサラに言った。

サラが目を細めた。「サム、それはあまり――」

「頼む」

ポーターの声の調子に驚いたのか、サラは体をこわばらせた。それから息を吐くと、ブリーフケースに手を入れ、青いボールペンを取りだし、ジェーンの前に置いた。

ジェーンはそれをつかむとキャップをはずし、ペンを持ってないほうの手をさっと突きだした。ポーターは椅子の上で体をのけぞらせ、もう少しで仰向けにひっくり返りそうになった。ジェーンが低い声で笑いながら日記をつかみ、それを引き寄せる。「大丈夫よ、サム。ふだんのわたしは嚙みつかないの」

女の口から自分の名前が出たとたん、なぜか背筋に悪寒が走った。

ジェーンは日記の表紙を開き、最初のページに何やら走り書きするとまた閉じ、キャップをしてペンをサラに返した。サラが即座にブリーフケースにしまう。

ポーターはテーブル越しに手を伸ばし、日記の表紙を開いた。

「そろそろ独房に戻らなくてはね」ジェーンはにっこり笑って立ちあがり、ドアのガラスを二度叩いた。

小さな窓に看守の顔が現れ、ドアが半分だけ、腰の高さまで開いた。ジェーンがドアに背を向け、両手を後ろにまわす。看守はその手に手錠をかけると、ドア全体を開けてジェーンの肩をつかんだ。

「またすぐに話しましょう、サム。楽しみにしているわ」それからドアのところで立ち止まり、付け加えた。「怪物が隠れている場所を探すのね。答えはそこで見つかるはずよ」

ジェーンはそれだけ言うと、看守に引かれて歩きだした。柔らかい靴音が通路を遠ざかっていく。

サラが振り向いた。「なんて書いてあるの?」

そのページが見えるように、ポーターは黙って日記をサラのほうに向けた。

サウスカロライナ州シンプソンヴィル、
ジェンキンス・クロール・ロード一二番

59

三日目　午後二時三分
プール

プールはもう一度、今度はさっきよりも大きくノックした。凍てつく風が頰とうなじから感覚を奪う。くそ、マフラーを車に忘れてくるんじゃなかった。

最初に空き家の左側にある家をノックしたが、誰も出てこなかった。窓から覗いてみたが、誰もいないようだ。眠っていたらしい犬がプールに気づいて、床に敷いてある毛布の下から見上げたが、ひと声もあげずにまた目をつぶった。

右側の家の主は在宅だった。だが、まん丸い体にきつく巻きつけた分厚いピンクのガウンをしっかり指で押さえ、息を切らしてドアを開けた女性を見て、プールは内心ため息をついた。その後ろでは、七十インチのテレビがゴルフ・トーナメントの模様をがなりたてている。あまりに大きすぎ、新しすぎるテレビは、古びた内装の小さなリビングにはひどく場違いに見えた。ドアのすぐ内側に空のアマゾンの箱が危なっかしく積みあげられ、隣のラックには少なくとも十着以上のコートと帽子とマフラーがかかっている。プールのノックが聞こえたとたんにソファの上で二匹の小型犬がやかましく吠えはじめ、ドアが広く開いてプールの姿が見えると、鳴き声がさらにけたたましくなった。家のなかはチーズのようなにおいがした。

ドアを開けた女性はプールを見て眉をひそめた。かさかさの唇から黄色い歯が覗いている。「なんの用？」

プールはバッジを見せた。「ＦＢＩの捜査官です。隣のお宅について、二、三お聞きしたいんですが」

女性はバッジには目をくれず、プールをにらんでいる。「隣のことなんか何も知らないよ」そう言って犬を振り向き、怒鳴りつけた。「お黙り、くそったれ！　あんたたち両方ともだよ！」

二匹の犬が静かになったのは息を吸いこむあいだだけで、再び競うように吠えはじめた。

「この何週間かのあいだに、誰かが隣の家に出入りするのを見かけましたか？」

「あの家は持ち主が放りっぱなしでね。ヘクターが死んだあとは荒れ放題。親父が遺してくれたってのに、子どもたちときたら、ありがたいとも思わないんだから。ヘクターはあそこをあたしに遺すべきだったんだよ。あの人がガンで弱って、買い物に行けなくなったあと、面倒を見てやったのはあたしなんだから」

この女が持っている介護技術がどの程度か、プールには簡単に想像がついた。「ヘクターさんが亡くなったあとは、誰が住んでいたんです？」

肥えた隣人は丸太のような手をさっと上げて頬を掻いた。乾いた皮膚に赤い跡が残る。

「誰も住んじゃいないよ。近所の若い連中がときどき入るだけさ。けど、通りにたむろしてるより、家のなかでおとなしくしてるほうがましだからね。誰も何も言いやしない。ヘクターの子どもたちがあそこに誰も入れたくなけりゃ、もっとましな鍵をつけりゃいいんだ。ついでにペンキを塗るとか。ヘクターがいたら、あんなありさまにはしておかなかっただろうに」

「郵便物はどうです？　誰かがお子さんたちのために郵便物をチェックしているんですか？　郵便受けにはたまっていませんでしたが」

「ああ、通りの向かいの男がときどき取りに行ってるからね。感じのいい人だ」

「どの家ですか？」

女性は指さした。「あの緑の家さ」

ガウンの前を留めていた指が離れたとたんに、緑のほつれたタオル地が左右に開き、目にしたことが悔やまれるような中身がちらっと見えた。

プールは礼を言ってきびすを返し、空き家の向かいにある緑の家へと通りを渡った。

そして再びドアをノックした。

60

三日目　午後二時四分

黒いニット帽の男

ドンドン。

大きな音だ。

その音が響くたびに、いまいましい側頭部の切開の傷が痛む。やめろと怒鳴りたかった。

だがノックは何度もしつこく繰り返され、どんどん音が大きくなっていく。気がつくと両手を耳に押しつけていた。ペンが手から落ち、足元の床に転がる。我慢できずに立ちあがり、よろめきながらドアへと向かう途中、散らばっている娘の服に足を取られて転びそうになった。

足元に注意しながら、仕方なく耳から手を放して手すりをつかみ、階段を下りていった。ドアが叩かれるたびに、ドンドンという音が頭のなかで反響する。偏頭痛よりもひどい痛み。耳にナイフを突っこまれるよりもひどい痛みだ。

やめてくれ。

早く止めなくては。

ようやく階段の下に達し、玄関を横切ってドアにたどり着いた。真鍮の取っ手の上で指が滑ると、深呼吸して肺と筋肉に酸素を送った。頬の焼けるようなほてりが鎮まり、痛みが引いていく。頭の霞が晴れた。

黒いニット帽の男は、笑みを張りつけ、ドアを開けた。

61

三日目　午後二時四分
プール

ドアが開きはじめたとき、プールは左手に持ったバッジを見下ろし、再びノックしようと右手を上げたところだった。

まさか開けたのがアンソン・ビショップだとは思いもしなかった。プールが目を上げたのは、ビショップがちらっとバッジに目をやった直後だった。

自分の間違いに気づいたときには、ものすごい力でジャケットの襟をつかまれ、家のなかに引きずりこまれていた。だが、廊下の小さなテーブルめがけて投げつけられる前に、ビショップが言った言葉は聞こえた。

「サム・ポーターじゃないのか」

62

三日目　午後二時四分
黒いニット帽の男

黒いニット帽の男はドアを開けた。

ポーチにはふたり立っていた。どちらも十代に見える少年と少女だ。

分厚いダウンジャケットの下に白いシャツを着て黒いネクタイを締めた少年が言った。

「こんにちは。今日はこのあたりを訪問して御言葉を広めているんです。どんな信仰をお持ちか、お聞きしてもいいですか？　プロテスタントですか？　カトリックですか？」

少女のほうは口元に笑みを浮かべながらも、ニット帽からはみだした頭の傷をこわごわと見ている。

ニット帽を引きおろして熱を持っている切開の跡をできるだけ覆うと、男は少女に笑みを返した。「最近、手術をしたんだ。すまない。ふだんは覆っているんだが。醜い傷など誰も見たくないからね」

少年がちらっと少女を見て、男に目を戻した。「でも、主はあなたを助けてくださるおつもりなんですよ。こうしてお話ができるようになったんですから。傷は少しも醜くありません。癒されたしるしだし、信仰の証拠です。傷に至る試練も、信仰の証なんです」痛みと痒みが嘘のように消え、黒いニット帽の男は気がつくとうなずいていた。「ちょっと寄っていかないか？　今日はとくに寒い。ひと休みしたらどうだい？」

少女が足踏みし、横にいる少年の指をぎゅっとつかむ。

少年は微笑した。「喜んでお邪魔します」

63

三日目　午後二時五分

プール

木製のテーブルが砕け、ばらばらになった木片がまわりに飛び散る。床に倒れながら、プールは肩に焼けるような痛みを感じた。

片手で膝を、もう片方の手で肩のすぐ下をつかまれ、今度は廊下の反対側の壁に投げつけられた。頭から激突して、堅い床にどさりと落ちる。目の前で白い星が飛び散り、その直後に意識が遠のくほど鋭い痛みが襲ってきた。その痛みは肩の、首のすぐ下で始まり、腕を這いおりてくる。

わきの下に銃床が食いこんだが、プールは床に倒れたまま動けなかった。あばらを蹴られ、さっきの痛みよりもひどい、新たな激痛が走る。

苦痛に霞んだ視界のなかで、ビショップがあとずさり、テーブルの壊れた脚をつかんで、プールのすぐ横に膝をついた。「こんな目に遭わせてすまないが、客が来るとは思っていなかったんでね。きみが来るとわかっていたら、通りの先にあるパン屋で何か買っておいたんだが。あそこのスコーンは甘さ控えめで、うまいんだよ。ほんの少し蜂蜜を加えているんだと思う。シェフは口が堅くて隠し味が何か教えてくれないんだが」

ビショップが手にした脚を振りあげ、プールの首のつけ根に振りおろす。即座にすべてが暗くなった。

64

三日目　午後二時五分
黒いニット帽の男

黒いニット帽の男はふたりの訪問者をなかに導き、コートを脱いではどうかと勧めた。少年はすぐに脱いでそれを差しだしたが、少女は脱がなかった。ファスナーを下ろしもしない。

男はふたりに向かって微笑んだ。「ちょうどココアを淹れようと思っていたところだ。一緒にどうだい？　寒い日は熱いココアにかぎる。キッチンでくつろぐとしよう。きみたちの信仰の話を聞かせてくれ」

答えを待たずにきびすを返し、短い廊下をキッチンへ向かう。少年はすぐあとに従ってきた。少女のほうはどうだ？　男は少女の足音を聞こうと耳をそばだてた。ためらいがちだが、ついてくるようだ。ブーツの底が固いと見えて、はっきりした音が響く。

キッチンに入ると、男はテーブルから椅子をふたつ引きだした。「どうぞ。座って待ってくれ。すぐにできる」

「ご親切にどうも」

黒いニット帽の男は、目の隅で少年が少女のために椅子をもう少し引きだすのを見守った。少女が〝こんなことしてていいの?〟と言いたそうな顔で少年を見てから、腰を下ろす。ありがとう、とつぶやくのが聞こえた。

「で、きみたち、名前はなんというんだい?」

男はガス台の上の戸棚から深鍋を取りだし、牛乳を入れてガスの火をつけた。青い炎が鍋の底を舐める。

「ぼくはウェスリー・ハーツラー。この子は友だちのカティ・キグリーです」少年が答え、テーブルに小冊子を置いてから両手を行儀よく組んだ。冊子には〝エホバの証人〟とある。少女もテーブルの上で手を組んでいるが、まだ分厚い手袋をしたまま、指を神経質に動かしている。

男は左の引き出しから大きな木杓子(きじゃくし)を取りだし、牛乳を掻きまわしはじめた。「きみたちの宗派の勧誘はたまに来るよ。いつもはもっと年上の人たちだが」

「ぼくらは十六歳です。神の言葉を広めることのできる年齢ですよ」

「ウェスリーだったかな?」

「はい、そうです」

「そのとおりだと思うね。われわれ大人は、今日の若者から学ばなければならないことがたくさんある。若者は軽んじられることが多すぎるね」

マグカップを三つ取り、ガス台の上の戸棚からココアの缶も取りだす。各々のカップにたっぷり粉を入れ、煮立ちはじめた牛乳を平等に注いでバニラエッセンスを一滴加えた。

「母がよくこうやってココアを作ってくれたんだ。バニラエッセンスを入れて。あれから何年も経つのに、その癖が抜けなくてね。バニラは隠し味なんだよ。ココアにほんのちょっとした謎と特別な風味を加えてくれる」

男はカップをふたりの前に置き、自分も腰を下ろして三つ目のカップを手に取ると、ふたりに向かって微笑みかけた。「神の言葉を広めるのは、今日の世界では困難な仕事だな。あまりにも多くの人が信仰を失っている」

「どんな宗派を信じているんですか、あの……」カティ・キグリーが尋ねた。手袋を取ってマグカップを両手で包んでいる。だが、飲もうとしないことに男は気づいた。

「ポールと呼んでくれないか」男は少女に微笑みかけてココアを飲んだ。

「使徒と同じ綴りですね」ウェスリーがそう言って自分のココアに口をつける。

「ああ、そうだな」男はトレーナーの袖で唇を拭った。「決まった宗派には属していないんだ。ここで少し、あそこで少し。そういう発見も信仰と同じくらい役に立つ」

「ぼくたちの伝道所はここから一キロちょっとなんです。ぜひいらしてください。毎週土曜日の夜八時から、一時間ぐらい集まりがあります。あなたの意見をみんなが聞きたがると思うな」ウェスリーはもうひと口ココアを飲んだ。口の隅にココアの跡がついた。「とてもおいしいですね」

　隣でカティがびくっと身じろぎして少年をにらんだ。テーブルの下で、少年に蹴られたのか？

「会合のあとは、たいていケーキと飲み物が出ます。このココアのレシピをぼくたちに教えてくれると嬉しいな」

「ああ、楽しい時間を過ごせそうだ」

　カティがようやくマグカップを唇に運び、湯気のたつココアのにおいを嗅いでから、ためらいがちに口をつけた。「ほんと、おいしい」少女はカップをテーブルの自分の前に戻し、それを何回か回して、膝に手を下ろした。

「それはよかった」

「ご家族はいらっしゃるんですか、ポール？」カティが訊いた。

「きみと同じ歳ぐらいの娘がひとり。娘も少しばかり恥ずかしがり屋でね」

「あら、あたしは恥ずかしがり屋じゃありません」

「違う？」

　カティは首を振り、またカップを口に運んだ。本当に飲んでいるのか、それとも口をつけて飲んでいるふりをしているだけか？

「カティは友だちになれば、よくしゃべりますよ」ウェスリーが口を挟んだ。

「お嬢さんは？　いまはお留守ですか？」カティが狭いキッチンを見まわす。

「二階で休んでいる。最近はあまり具合がよくなくてね」

「奥さんは?」

黒いニット帽の男は目を落とした。「悲しいことに、娘を産んだときに亡くなった。ちょっと……難産でね」

「神様は――」

男は片手を上げて少女を制した。「不思議な方法で働かれる。ああ、よく知っているよ」

「すべて試練です。神様があなたを試しているんです。あなたの信仰を試しているんですよ」

「そうかもしれないが、それで苦しみや悲しみが和らぐわけではない。きみたちは愛する誰かを失った経験があるかい? 世界そのものにも匹敵する誰かを?」

ウェスリーとカティはちらっと目を合わせ、首を振った。

「まだ若いからな。できるだけ長いことそういう経験をせずにすむことを願おうじゃないか。神がきみたちに試練を与える理由がないことを。また、たとえ与えても、きみたちがよき日にそれを受けとめられることを」

「主がいれば毎日がよき日です」

「ああ……そうだな」

「お嬢さんも伝道所に連れてきてくれます?」カティが尋ねた。

黒いニット帽の男は少女に向かって微笑んだ。「娘はきっと行きたいとせがむだろうね」

ウェスリーはココアを飲みおえ、空になったマグカップを少しばかり芝居がかった身振りでテーブルに置いた。「あの、ポール、ぼくらはそろそろ失礼します。今日はほかにも訪ねたい人たちがたくさんいるので」そう言って、小冊子のひとつをテーブル越しに滑らせた。「伝道所の住所はこの裏にあります。さっきも言ったけど、ここからほんとにすぐのところです。ぜひお嬢さんと来てください」

黒いニット帽の男もココアを飲みおえた。側頭部の奥でまた痛みが始まる。

「なあ、ウェスリー、きみたちの信仰によれば、死んだあとぼくたちの魂はどうなるんだ?」

立ちあがろうと椅子から腰を浮かせていた少年は、少女をちらっと見て腰を落とした。

「あの、ぼくたちはアダムとイヴがおかした罪のせいで、魂は体と一緒に死ぬと信じているんです」

「天国はない? 地獄も?」

「いえ、天国はあります。でも、そこで神様に加わり、地上に御国をもたらして、ともにそこを治められるのは、十四万四千人の魂だけなんです」

「残りのわれわれはどうなるんだ?」

カティが腕を組んだ。「創世記三章十九節で、神様はこう言われています。〝あなたは土に帰る。あなたは土から取られたのだから。あなたは、ちりだから、ちりに帰る〟」

「すると望みはないわけだな」男は片手でキッチンを示した。「このすべて、われわれは、ちりでしかないわけだ。われわれの愛する者も虫や木の餌でしかない」自分の声に荒れ狂う怒りが滲むのを聞いて、なんとか抑えようとした。「そうなると、十四万四千人のひとりになれるように、必死に清く正しい生き方をするしかなさそうだ」

ウェスリーはさきほどの小冊子をまたじりっとテーブル越しに押しやった。「福音（ふくいん）を広めるために、ぼくらに加わってください。それが神に選ばれるための最善の方法です。遅すぎることは絶対にありません」

黒いニット帽の男は空っぽのカップを片手で握った。「どうかな。なかにはもう手遅れの者もいるかもしれない」

その言葉とともに、男はカップを持った手を大きく振り、ウェスリーの側頭部に叩きつけた。ぶつかった衝撃でセラミックにひびが入り、持ち手が取れる。それはつかのま人差し指にぶら下がったが、すぐにカップの残りと同じように落ちた。ウェスリーは声もあげずに、椅子と一緒に横向きに倒れた。

目の前で起きたことがとっさに理解できず、カティは一瞬呆然としていた。脳がそれを現実の出来事だと受け入れるのを拒否し、まるでテレビのドラマを見るように、かたわらの床に倒れた少年を見つめている。

黒いニット帽の男はその隙に立ちあがり、少女のコートの襟をつかんだ。

少女はその腕をぴしゃりと払って逃れると、ココアの残りを男の顔に浴びせ、きびすを返して廊下を玄関へと走った。

熱いココアが目に入り、その下の柔らかい皮膚を焼く。だが、そんなものは気にならない、感じないと言ってもよかった。男は椅子を乗り越え、少女を追った。「カティ！　かわいい子、何も言わずにテーブルを立つのは無礼だと教わらなかったのか？」

少女は玄関にたどり着き、取っ手を引っ張った。だが、鍵は男のポケットにある。

少女は両手の拳でドアをドンドン叩き、悲鳴をあげた。が、男にはほとんど聞こえなかった。少女の叫び声も水の下から聞こえるようにくぐもっている。カティは振り向いて背中をドアに張りつけた。「やめて……」

男は頭の傷に手をやった。滲みでたばかりの血で指が濡れた。その血が寂しい墓地で、できたばかりの土から滲みだしてくるところが目に浮かぶ。

「お願い……」

少女の頭をつかんで堅材のドアに叩きつけると、小気味よい音がした。濡れた指が少女の額に血の筋を残した。

65

三日目　午後二時六分
ポーター

「どういう意味？　ジェーンはここに住んでいたの？」サラ・ワーナーが尋ねた。

ポーターたちはロッカーの前の列に加わり、刑務所を出る順番を待っているところだった。

「きみは連れていかないぞ」ポーターはそっけなく言った。

サラが眉をひそめる。「行きたいなんて言ってないわ。行きたければ、そう言うわよ」

「気に入らないな、その目は何か企んでいる目だ」

「ジェーンはわたしの依頼人よ。わたしもあなたと同じくらい行く資格があるわ。そこに何があるにせよ、弁護に役立つことがわかるかもしれない」

「これは４ＭＫ事件の捜査の一環だ」

「その日記をわたしにも見せて」

「これは証拠品だ」

サラは鼻を鳴らした。「あなたが手袋もせずに持ち歩いているのに？　証拠につけるタグすらないじゃないの」

列の先頭に達し、ポーターはロッカーの鍵を開けて小さなドアを開き、中身を取りだした。ベルト、靴紐、財布、使い捨ての携帯電話、折りたたみ式のアウトドア用ナイフ——ビショップのナイフだ。

「遅い昼食をどう？」サラが尋ねてきた。

ポーターは手にした中身をポケットに突っこみ、靴紐を靴に戻した。「俺はこのまま空港に行くよ」

「その前に、話し合いましょうよ。フライトの予約はレストランですればいい」サラは小首を傾げ、暗褐色の髪を片方の肩に落とした。「空っぽの胃で走りつづけることはできないわよ。この街に来て本物のケイジャン料理をひとつも食べなかったと知ったら、運輸保安局が通してくれないわ」

「きみにノーと言うのは難しいな」ポケットに入れたナイフの固さを太腿に感じながら、ポーターは譲歩した。

三十分後、ふたりはオーリンズ・アベニューの角にある有名なルイジアナ料理の店で、隅の小さなテーブルについていた。ポーターの前には皿が三つ。シュリンプとリマ・ビーン炒め、チーズをかけたポテト、サンドイッチがそれぞれ載っている。

ニューオーリンズからサウスカロライナのグリーンヴィルには、およそ二時間後に直行便が出ることがわかった。シンプソンヴィルはそこから車でおよそ二十分。レンタカーで行くしかないだろう。

「最後に食べたのは、いったいいつなの？」サラはガンボ・シチューを頼み、背の高いグラスからアイスティをすすりながら、ポーターの前に並んだ食べ物の量を見て尋ねた。

「昨日、チョコレートバーを食べた」ポーターは少し考えてからそう答えると、どれから食べようかと、目の前の皿を見下ろした。「プアボーイかシュリンプか、プアボーイかシュリンプか、プアボーイかシュリンプか……」スパイスをきかせた大きなサンドイッチとシュリンプを見比べて迷った。

「プアボーイじゃなくてポーボーイ。そんな呼び方をしたら、地元の人々に殴られるわよ」

ポーターはシュリンプを口に放りこみ、次いでとろけたチーズがたっぷりかかったポテトをすくいながら、目を輝かせた。

「うん、うまい！」

「ここのシェフはこの道七十年、九十代だけどまだ現役なの。レイ・チャールズも来たことがあるんですって。バラク・オバマもこの店のファンなの。ガンボも絶対試すべきね」

サラはシチューをすくって、スプーンを差しだした。同じようにスプーンを差しだしているヘザーの姿が頭に浮かび、ポーターはためらった。あれは二年前、結婚記念日でシカゴ・ゴルフクラブのレストランに行ったときだった。

「サム？」

はっとわれに返り、スプーンを受けとってガンボを味わった。

うまい。

「大丈夫？　ぼうっとしていたけど」

テーブルの横にある窓から注がれる明るい陽射しが、サラの目をきらめかせていた。無意識に左手の親指で結婚指輪をなでていることに気づき、ポーターは何度かその手を開いたり閉じたりしたあと、そっと膝に置いた。

「刑務所でちょっとした発見があった」ポーターはまたポテトをすくいながら言った。「話そうかどうか迷ったんだが、やはり知らせておくべきだろう」

「なんなの？」

左のポケットからプリペイドの携帯電話を取りだしてテーブルに置くと、右のポケットからナイフを取りだして電話の横に並べた。「刑務所に着いたときは、ナイフも携帯電話も持っていなかった。きみの依頼人と話をしているあいだに、誰かがこのふたつを俺のロッカーに入れたんだ」

サラは目を見開いた。

「戻って、所長に報告すべきよ」

ポーターは首を振った。「いや、それはまずい。所長に話せば携帯を取りあげられる。それになんらかの調査が始まるだろう。ロッカーにこれを入れた人間が逮捕され、俺はビショップと接触する手段を失う」ナイフを指で弾くと、テーブルの上でくるくる回った。「ビショップはこれと同じナイフのことを日記に書いている」

「ビショップがこのふたつを入れたと思っているの？」

「本人が入れたわけではないだろうが、誰かがやつの指示でやったに違いない」ポーターは携帯電話のディスプレーを見た。電源は入っている、充電も百パーセントだ。

「見せてもらえる？」

ポーターは携帯を手渡した。

「スマートフォンじゃないし、着信履歴には何もない。連絡先もメールもない。新品みたいね」サラはなかにあるメニューをスクロールし、確認してから電話を返した。「で、どうするの？ 向こうが電話をかけてくるのを待つ？」

ポーターはサンドイッチにかぶりついた。「きみはオフィスに戻る。俺は空港に行く」

「わたしも行くわ」

「招待した覚えはないぞ」

「ジェーンはわたしの依頼人よ。わたしにはこの手がかりを追う権利がある」

「何かわかったら知らせるよ」

「その携帯から？」サラはテーブル越しに身を乗りだした。「そもそもこれは本当に公式捜査なの？　だったら警察バッジはどこ？　わたしが見たのは名刺だけよ。あんなものはその辺のコピー機でいくらでも作れるわ」

「声を落とせ」

サラは深く息を吸い込んで、おとなしく声を落とした。

「お願い、正直に話して。わたしを信用してちょうだい。それによっては、あなたの手伝いができると思う」

ポーターはそうした。サラにこれまでの経過をすべて話した。

66

三日目　午後二時二十三分
プール

プールはまぶたをひくつかせ、目を開けた。霞む視界のなかに廊下が見える。立ちあがろうとすると、再び意識が遠のいた。

最初にどれくらい気を失っていたのかも、いつ気がついたのかもわからない。二度目に気がついたときは、横たわったまま廊下を見まわした。

どこかで物音がするか？　だが、耳のなかで脈打つ血の音が、ほかの音を呑みこんでしまう。

しばらくはそのまま横になっていた。いや、ひょっとしたら数秒だったかもしれない。意識がぶつぶつ途切れ、時間の経過がまるでわからない。宙ぶらりんになった縄梯子に必死にしがみついているような気がした。

やがてひどい耳鳴りは廊下の先にある大きな振り子時計が時を刻む音に変わった。が、ここから見えるのは側面だけで、肝心の時計の針が見えない。いまは何時なのか？

どうにか右手を動かし、肩のホルスターからグロックを抜きとる。

ビショップがいる気配はまったくなかった。のろのろと体を起こし、襲ってきためまいがおさまるのを待ちながら、左手でうなじを探り痛む箇所を見つけた。ビショップがテーブルの脚を振りおろしたところが、拳大に腫れあがっている。だが血は出ていなかった。脳震盪を起こしているのかもしれないが、はっきりとはわからない。プールは無理して立ちあがった。目の前が真っ白になったが、壁に手をついて体を支え、必死に意識を保とうとした。

手にした銃が重すぎて、落としそうになる。しっかりと握り直し、トリガーガードの鋭い角にわざと指を押しつけた。多少の痛みはかえって意識を集中する助けになる。

腕を伸ばし、銃を両手で構えて前方の床に向け、廊下を歩きだす。

玄関からすぐの部屋は仕切りのないリビング・ダイニングで、奥の隅にキッチンがある。家具らしい家具はほとんどない。全体をさっと見まわし、リビングの左手にある廊下に注意を向けた。そこはいま歩いてきた廊下より狭い。片方の突き当たりが狭いバスルーム、もう片方の突き当たりに寝室がひとつ。ダブルベッドのシーツはきちんと整っていた。ビショップが整えたにちがいない。

奥の壁際にある化粧台の引き出しは三つとも開いたまま、すべて空だ。バスルームは洗面ボウルが濡れているが、歯磨き粉や歯ブラシのたぐいはひとつもない。

どうやらビショップはしばらく滞在していたようだ。ここは隠れ家か何かだったのだろう。思いがけず訪ねてきたＦＢＩの捜査官を昏倒(こんとう)させたあと、大慌てで引き払ったに違いない。

携帯電話を取りだそうとすると、電話がポケットから消えていた。ビショップにやられたときに落としたのか？　そう思って廊下に戻ったが見当たらない。

だが、向かいの家にディーナーがいる。

プールは玄関に行き、ドアを開けようとした。

鍵がかかっている。

ビショップは逃げる前に鍵をかけ、チェーンまでかけていた。指が思うように動かず、チェーンをはずすのに手間取った。

ドアを開けると、寒風が吹きこんできた。通りの向かいにある空き家のドアは、大きく開いている。

プールはまだ銃を構えたまま、通りを横切った。目の隅で、さきほど聞き込みに応じた家のカーテンが揺れる。

自分の声が静まり返った家のなかに反響し、戻ってくるまで、プールは自分がディーナーの名前を大声で呼んでいることに気づかなかった。同僚の姿も最初は目に入らなかった。リビングの隅の壁にぐったりともたれたディーナーは、首も、コートも、シャツも、すべてが血まみれだった。

67

三日目　午後二時二十六分
プール

その血はまだ温かかった。

結果はすでにわかっていたが、プールは人差し指をディーナーの頸動脈に押しあて、確認せずにはいられなかった。ディーナーのうつろな片目がまぶたのわずかな隙間からプールを見つめている。左の目はえぐり取られ、黒い空洞が残っているだけだ。左耳と舌も同じようになくなっていた。

ビショップはディーナーの下顎のすぐ下にナイフを突き刺し、そこから下へと静脈を切り裂いていた。流れ出る血を必死に止めようとしたらしく、ディーナーの片手と腕は血だらけだ。だがこの努力は実を結ばなかった。おそらく、一分もしないうちに失血死したに違いない。

銃がまだ肩のホルスターにおさまっているところを見ると、ビショップは突然ディーナーに襲いかかったのだ。ディーナーが銃を引き抜く間すらなかったほどすばやく。表のドアが開く音はディーナーにも聞こえたに違いないが、プールが戻ったと思ったのだろう。

切られた耳とえぐられた目からほとんど血が出ていないのは、それが死後取り除かれたことを意味している。

耳、目、舌をわざわざ探す必要はなかった。全部で四箇所、壁がくりぬかれている。ビショップは黒いペンで書かれた詩を切り抜き、三つの穴にディーナーの耳と目と舌を置いていった。

心臓が早鐘のように打ち、うなじのこぶがずきずき痛むのもかまわず、プールはかがみこんでディーナーのポケットを探った。

電話は消えている。

立ちあがったとたん、バランスを崩しそうになり、壁に手をついた。指先にざらつく感触が残る。

助けを呼ぶために隣に行くだけの力が戻るのに、十分近くかかった。

68

三日目　午後二時三十分

クレア

「なぜビショップがリビー・マッキンリーと手を組んでるの?」クレアは頭に浮かんだ疑問を口にした。

「もっと重要なのは、リビー・マッキンリーがなぜビショップに協力したか、だ。妹を殺したやつだぞ」ナッシュが言い返す。

彼らは作戦本部に戻っていた。トラックに乗ったビショップの映像が拡大され、プリントされて、ホワイトボードのひとつにテープで留めてある。

「今度の誘拐事件も4MKと繫がりがあることは、FBIにも知らせるべきだな」

クレアはナッシュと一緒にクロズをにらみつけた。

クロズは身を守るように両手を上げた。「なんだ？　さすがにこれだけ重大な情報を隠してはおけないぞ」

「リビー・マッキンリーはどこにいるの？　もう出所したのよね？　保護観察官か誰かが居所を把握しているんじゃない？」

クロズはノートパソコンを引き寄せ、いくつかキーを叩いて……顔色を変えた。

「どうしたの？」

クロズはすばやく画面に目を走らせた。「こいつはまずい」

クレアは返事を待つ間を惜しんで部屋を横切り、ノートパソコンのスクリーンを自分のほうに向けた。

「どうぞ、別に読んでいたわけじゃないから」クロズが皮肉る。

「くそ、なんてこと」クレアは毒づきながら、パソコンの向きを戻した。

「まさしく、くそ、だな」

「どうしたんだ？」ナッシュが後ろに来て尋ねた。

「リビー・マッキンリーは何日も前に殺されていたのよ。それもむごい拷問を受けて。昨夜プールたちが死体を発見したの。両目がえぐられ、片方の耳と舌が切られていた」

ナッシュが顔をしかめた。「ビショップはリビーと組んでいたんだろう？　それなのにどうして殺すんだ？　わけがわからん」

「ビショップに関しては辻褄が合わないことばかりよ」クレアはＦＢＩが占領している向

かいの部屋に目をやった。「どうしてあたしたちに教えてくれなかったのかしら？」

「きみたちもついさっき、ビショップの情報を連中に渡したがらなかったのに、ＦＢＩが逐一報告してくれなかったことに文句を言うのか？」クロズがうんざりしたように言って、両手を広げた。「ＦＢＩの担当する事件、こっちの担当する事件、異なる事件だからさ」

「だが、もう違う」ナッシュがつぶやく。

「そうだな」

クレアは部屋を横切り、廊下をのぞいた。「そういえば、昨日からあの人たちの姿を見てないわね。あんたたちはどう？　ドアも閉まってる」

「俺はサムのアパートで見たきりだ」ナッシュが答える。

クレアはぱっと振り向いた。

「もう一度サムに連絡してみるべきよ」

ナッシュが携帯電話を取りだし、ポーターにかけたが、すぐに首を振った。「まだ留守電のままだ」

「アパートに行くべきだな」クロズが言った。「なんだかへんだ」

「もめ事に巻きこまれるのはごめんじゃなかったの？　サムは自業自得、上の命令には従わなきゃならない、って言ってなかった？」

「一時間前はな。だが、こんなに長いこと留守電のままなのはおかしいぞ」

ナッシュはまだ電話の画面を見ている。「クロズの言うとおりだ。こんなふうに連絡がつかないなんて、サムらしくない。俺たちの誰かには応じるはずだ」

クレアはため息をついた。「わかったわよ。次にどうするか決めて、それに取りかかりながらサムのアパートに立ち寄るのはどう？」

ナッシュがうなずく。「ああ、そうしよう」

クレアはホワイトボードの前に戻った。「ひとまずこれに集中しましょう。わかった事実を整理をしていかないと。ビショップは今回の事件にどう関わってくるの？」

ドアをノックする音がして、三人が同時に振り向くと、ソフィ・ロドリゲスがそこに立っていた。

クレアはみぞおちが沈むのを感じた。「まさか、また……」

ソフィは部屋に入ってきた。目の下には隈ができ、両腕は力なく脇にたれている。「十分前に電話があったの。今度の少女はラリッサ・ビールよ。ほかのふたりとほぼ同じ年齢。今夜、学校のダンスパーティに行くことになっていたから、母親がちょっとしたプレゼントに、午後からふたりで行こうと本人には内緒でスパの予約を入れてたらしいの。ところが仕事を早めに切りあげて家に戻ると、娘がいなかった。すぐに友人に電話をかけはじめたけど、誰もラリッサに会っていなかった。誘拐のニュースを見ていたから、パニックに陥ってうちに連絡してきたの」ソフィは言葉を切った。「まだ決めつけるのは早いけど、いやな予感がする」

「最後に目撃されたのはいつ？」クレアは尋ねた。

「母親が言うには、六時半に自分がオフィスに出かけるときはまだ眠っていたそうよ。父親の話だと、家に誰かが押し入った形跡はないし、娘の部屋はいつもどおりに見えるって。ブーツとコートと携帯電話はなくなってる」

ナッシュがコートをつかんだ。「急いで両親の安全を確保しよう。ビショップの仕業だとすれば、ほかの事件のように彼らも危険かもしれん」

ソフィがけげんな顔になった。「どうしてビショップの仕業だと思うの？」

「途中で話す」ナッシュはクロズを見た。「クロズ――」

クロズはすでにパソコンのキーを打っていた。「ああ、やってる。二週間以内に告知されたビール夫妻に関する追悼記事だな。両親の名前は？」

「ダーリーンとラリーよ」ソフィが答える。

「娘の携帯の番号がわかるか？　そっちも追跡してみよう」

クロズの携帯が鳴り、メールの受信を知らせた。

「メールで送った。自宅の住所も送ったわ」

「制服警官をそこに送って。あたしたちも向かっていると伝えてちょうだい」クレアはほかのふたりと一緒に廊下を走りながら、肩越しに叫んだ。

69

三日目　午後五時十八分

プール

プールはアイスパックをうなじに押しあて、ビショップがいた緑の家のリビングに立っていた。この家も向かいの空き家も、ＦＢＩ捜査官たちが周囲にテープを張りめぐらせ、動きまわっている。ディーナーの死体は現場検証がすべて終わったあと、一時間ほど前にストレッチャーで運ばれていった。

ピンクのローブを着た隣の女性はゴルフ・トーナメントのことなどすっかり忘れ、見晴らし窓に椅子を引いてきて、マグカップを手に捜査官たちの仕事をつぶさに見ていた。捜査官たちは到着後すぐに、改めて隣人に質問したが、プールが聞きだした以上のことは何ひとつ聞けなかった。

プールのかたわらには、いつものように眉間に深いしわを刻んだ支局長のハーレスが立っている。「何があったかもう一度説明してくれ」

「車寄せには、車はありませんでした。だからビショップは歩いて立ち去ったはずです。まだ近くにいるかもしれない。ここに突っ立っていてもなんの役にも立ちませんよ」

「きみは医者の診断を受けろ。すでに捜査官がひとり死んでいるんだ。無理をして、きみにまで何かあっては困る。ビショップの足取りに関しては、いま聞き込みをやらせている。雪の上に足跡が残っているのは道路までの小道と車寄せだけだ。ガレージはない」ハーレスが先回りして言った。「小さな家だからな」

「車があれば、ぼくも覚えてます」

「通りに駐めてあった可能性もあるぞ。この通りには両側に車が駐まっている」

プールは何も言わなかった。

「もう一度何があったか話してくれ」

「話すことは大してありません。ぼくとディーナーは、リビー・マッキンリーが偽造した身分証明書の送付先をたどった。それが向かいの空き家です。あの家を調べ、誰もいないことを確認したあと、ぼくがハズレクジを引き、ディーナーは家に留まって部屋の壁に書かれている詩を写真に撮るほうを選んだ。ぼくは近所の聞き込みを始め、空き家の隣の女性から、向かいの家に住んでいる男が空き家の郵便物を集めていくと聞いて、ここに来たんです。まさかビショップがドアを開けるとは思いませんでした。いきなりなかに引きずりこまれ、投げ飛ばされて、テーブルの脚で首の後ろを殴られた。しばらくして意識を取り戻したあと、この家がもぬけの殻だとわかると、ディーナーに捜索の手配をしてもらお

う と向かいの空き家に戻り、遺体を発見したんです」

「すると、向かいの空き家が郵便の送付先に使われているとわかっていたのに、不審な男が郵便物のチェックをしていると聞いて、応援も頼まず、ひとりでここに来たのか？」

プールは顔が赤くなるのを感じた。「警戒する理由はまったくありませんでした。ビショップがここにいるとは思ってもいなかったんです」

「やつはサム・ポーターが来ると思っていたのか？　市警の刑事の？」

「たしかに〝サム・ポーター〟が来ると思っていたのか？　ポーターじゃないのか〟とは言いましたが、どういう意味だったのか、ぼくにはわかりません」

「ビショップはポーターがここを訪れても驚かなかった、ということだろう。それ以外にどんな意味がある？」

プールは首を振った。「支局長がどう思っているにせよ、ポーターは善良な警官ですよ。いくつか間違いをおかしたかもしれないが、支局長が思っているような形で、この事件に関与しているとは思えません。ビショップを逮捕したがっているだけです」

ハーレスは顎をなでた。「そうかもしれんが、違う可能性もある。数カ月前バスに轢かれて死んだ、当初４ＭＫだと思われていた男は、日記を持っていたそうだ。ビショップが書いた日記だ。ポーターはそれを証拠として提出しなかった。日記のことは報告書にはあったが、市警にはない」

「なぜ提出しなかったんでしょう？」

「なぜビショップはポーターが来ることを予測していたんだ？」プールは顔をしかめ、うなじの氷をぎゅっと押しつけた。「しかし、手元に残すつもりなら、なぜ報告書に書いたんです？」

「日記のことに触れていたのはナッシュ刑事だ。ポーターではない。ポーターは四十三ページにわたる報告書のなかで、日記についてはひと言も触れていない」

鑑識員が近づき、会話が途切れるのを待って支局長の横に立った。ふたりがそちらに目をやると、鑑識員は言った。「この家の検証を完了しました。指紋はひとつも残っていません。平らな表面にラテックスの跡があるところを見ると、ここにいるときは常時、手袋をはめていたんでしょう。残りの表面はきれいに拭いてありました」

「ぼくを殴ったテーブルの脚はどうだ？」

「拭われていました」

プールはバスルームのほうにうなずいた。頭を動かした瞬間にずきんと痛みが走った。

「浴槽やシャワーは？　使っているんじゃないか？」

「浴槽は乾いて、漂白剤の跡が点々と残っていました。使うたびに漂白剤で洗い流していたようです。バスルームとキッチンの流しも同様です。排水口の防臭弁も取り外してありました。なんらかの痕跡が残っている可能性を考え、排水管はすべて持ち帰ります。家のなかは隅々まで掃除機で吸引しました。きっと何かが見つかりますよ」女性の鑑識員は請け合った。「痕跡を完全に消すことなど、誰にもできません」

「やつがここにどれくらいひそんでいたか知る方法はあるかな?」プールは尋ねた。

鑑識員は首を振った。「ただ、いつでも引きあげられる準備をしていたのはたしかですね。おそらく十分とかけずに立ち去ったのではないでしょうか。ここにいたのは数日だったかもしれないし、数カ月だったかもしれません」

「向かいの家の女性は、姿を見かけるようになったのは半年くらい前からだと言ってる」ハーレスが口を挟んだ。

「すると、この隠れ家は去年の十一月、タルボットを殺し、建設中のビルから逃げる前に用意していたことになるな」

「ああ。この家を所有しているのは、タルボット・エンタプライズの子会社だ。その子会社は、二年ほど前からこの地域の家を次々に買いあげて貸家にしていた。借り手がいないときでも、パイプが凍って破裂しないように電気・ガス・水道は止めていないそうだ。この地域一帯が、ホームレスや無断居住者に人気のある場所らしい。一度鍵をこじ開ければ、好きなときに出入りできたわけだな。こういう天気では誰もが着ぶくれしてるから、変装するのもとくに難しくない。マフラーで顔の半分を覆っても目立たないからな」

「前もってこの家を用意していたとすれば、ほかにも隠れ家があるんでしょうね」

「ああ、わたしもそう思う」

プールは鑑識員に言った。「携帯電話はどうだ? ビショップはぼくとディーナーの電話を持ち去ったんだ」

「どちらも午後二時二十四分に電源が切られています」

プールは氷のパックを下ろし、ハーレス支局長を見た。「空き家に戻ってもいいですか？　あそこの壁をもう一度見たいんです」

ディーナーの遺体はなかったが、飛び散った血の染みは残っていた。ディーナーのしゃがれた声が聞こえ、歩く様子が目に浮かぶ。いまにも裏口から鑑識員のあとについて入ってきそうな気がしてならなかった。

ハーレス支局長は落書きだらけの壁を見まわした。「あそこの穴には何があったんだ？」

そこにはディーナーの眼球がまだ埃まみれの石膏の壁の縁に危なっかしく載っていた。すぐ横に37と書かれた鑑識のタグが置かれている。

プールは指の先で穴の縁をたどった。「ここに書かれていたのはエミリー・ディキンソンの詩です。黒いペンで書かれていました」

わたしは立ち止まって死を待てなかったので
親切にも死のほうが立ち止まってくれた
その馬車にはわたしたちと
不死だけが乗っていた

プールは最初の詩を暗唱し、ディーナーの目がある38番の札へと移動した。「こっちは寒山の詩でした」

生と死を分析するやり方のひとつに
このふたつを氷と氷にたとえたものがある
水が集まって、氷ができる
そして氷は解けて再び水になる
死んだものは、必ず再び生まれる
生まれたものは必ず死ぬ
氷と水が互いに害をなすことはないから
生と死が互いに害をなすこともない

三つ目の場所には、そこにあった言葉の代わりにディーナーの舌と39番の札があった。

みんなでわが家に戻ることにしよう
飽くなき欲望もその成就も無意味なこと
今日のすべてを喜びが満たし
青い死の海から

命が蜜のようにあふれでる
命のなかには死があり、死のなかに命がある
だから恐れる必要がどこにあろう?
空の鳥は歌っているではないか「死などない、死などない!」と
昼も夜も不死の潮が
この地上へと降りてくる

プールは詩を暗唱したあと、穴を示した。「わが家と、恐れと、死、に線が引いてありました。この詩はたしか古いチベットのものです」

プールがいちばん興味を引かれたのは四つ目の穴だった。その穴は落書きされた壁のずっと上、右寄りにある。そこには何も置かれておらず、ただ石膏壁が切り抜かれているだけだ。が、ほかの場所同様、注意深く、ほぼ完璧な正方形に切られているところを見ると、ビショップが切り取ったのは間違いない。

ここには何が書かれていたのか? この部分は、ほかの場所と違って、何が書かれていたか見た覚えがなかった。ほかの三箇所は詩を読み、几帳面な筆跡だと気づいたのを覚えている。ひと文字ひと文字をはっきり思い浮かべることができる。だが、ここは違う。たとえ目をやったとしても、おざなりに見ただけだった。

「そこは? 何が書かれていたんだ?」

　プールは片手を上げてハーレスを黙らせると、目を閉じて集中し、最初にこの空き家に入ってきたときのことを思い出そうとした。たしかに、この壁を目にした。だが、じっくりとは見ていない。意識して記憶しようとはしなかった。無数の言葉やイラストは、記憶のなかのぼやけた染みでしかない。

　きみは何かを告げようとしているのか、ビショップ？　それとも何かを隠しているのか？

　もう一度壁全体を思い浮かべ、そのそばを通過しながら、あらゆる色を見ていった。そしてこの、失われた箇所を通り過ぎたとき――

　同じ黒いペンの活字体が見えた。ここにも文字が書かれていたのだ。あれはどんな言葉だったか？　その意味ではなく、目が見たイメージを必死に思い出そうとしていると、そこにあった文字がひとつずつはっきりしてきた。

　プールはそれを口にした。「神になりたければ、まず悪魔を知れ」

70

三日目　午後五時二十分
カティ

カティ・キグリーはびくっとして目を開けた。意識が戻るまでの過程はとてもゆっくりだったが、最後は深い井戸から飛びだすように唐突に気がついた。両手を背中で縛られ、両足も縛られていた。目には布で目隠しがしてある。体の下の床はじっとり湿り、空気は排泄物のにおいがする。大便と小便とほかにも何かのにおいが混じっていた。

「誰かいる?」

自分の声があまりにも弱々しくて、ほかの誰かの声のようだ。こめかみが刺すように痛むのは、いったい……それから記憶が一気に戻った。恐ろしい光景が一挙に押し寄せ、最後は頭に醜い傷痕のある男に廊下を追いかけられ、ドアに頭を叩きつけられたところで終わった。

ああ、なんてこと。

「ウェスリー?」

少し離れたところで、何かがこすれる音がした。目を覆う布ごしにかすかな光と人影が見えた。奇妙な怪物が踊っているみたいに、ぼんやりした輪郭や影だけが見える。

「ウェスリー? あなたなの? 大丈夫?」

カティは男がテーブル越しに身を乗りだし、ココアのマグカップをウェスリーの頭に叩きつけたのを思い出した。ガツッという恐ろしい音がして、ウェスリーが床に倒れた。それから自分が逃げたことも思い出した。ウェスリーを助け起こすべきだったのに、何ひとつ考えずに走りだした。

「ごめんなさい、ウェスリー」カティは涙に喉を詰まらせながらつぶやいた。

さきほどと同じ場所で誰かがうめく。ウェスリーの声ではない。くぐもって、とても弱々しいけど、これは女の子の声だ。

「そこに誰かいるの? あなたは誰?」膝を引き寄せ、目隠しを膝でずらそうとしたが、うまくいかなかった。目を覆っている布はきつく縛ってある。

なんとか体をずらし、声のするほうに近づこうとした。尺取虫のように両脚を使って体を押しだす。動くたびに側頭部を激痛が襲い、吐き気がこみあげてきたが、片方の腕が柔らかい、温かいものに達するまで自分に鞭打って動きつづけた。

肌が触れ合うと、その少女はびくっとして毛布かキルトのようなものをふたりのあいだに引きあげた。

「あなたは、誰？」カティは不安をこらえて尋ねた。

「その娘はけがれている。もう決して見ることはできない。自分の血で溺れたくて、炎の湖に飛びこんだんだ」

いきなり聞こえた声に、カティは体をこわばらせた。ところどころ舌足らずな発音――傷のあるあの男の声だ。ささやくようなその声は、カティがさっきまでいたあたりから聞こえた。

カティは自分の横の温かい体に身を寄せた。毛布の下の体が震えている。「ここはどこ？　ウェスリーはどこなの？」

男は咳きこんだ。喉にからんだ、苦しげな咳だった。「友だちのウェスリーもそこにいるよ。あまり元気そうではないな」

このにおいは……大便と小便とほかの何か。でも、〝ほかの何か〟のことは考えたくない。「伝道所の人たちは、あたしたちがここにいることを知ってるのよ。この通りのどの家を訪問する予定だったか、みんなが知ってる。いますぐ帰してくれたら、あれは事故だったと言うわ。ウェスリーが転んで、あなたが助けようとした、と」

「誰がきみたちを探しに来てもかまうもんか。そのころには終わっている」

男の声が近づいてきた。片方の足をかすかに引きずり、床を横切ってくる。そう、この男の歩き方はどこかがおかしい。

金属同士がぶつかり、扉が開く音がした。

「きみは見てくれるか？」

耳元で声がして、首筋に熱い息がかかる。

「何を見たか教えてくれるか？」

カティは悲鳴をあげた。叫びやまないうちに、何かを口のなかに突っこまれた。ぼろきれか服か、すえた味がするものを。男は両腕でカティを持ちあげ、どこかへ運んでいく。すぐそばの毛布から片手が伸びてきて、つかのまカティの腕にからまったが、すぐに力なく落ちた。

「きみは神を信じる者だ。きみならきっと見える」

それから、落とされた。

男がカティをただ落としたのか下ろしたのか、はっきりとはわからなかった。男の腕が離れたとたんに温かい液体に包まれ、そのなかに体が沈んだ。カティはほぼ完全にそれに浸かった。出ているのは目隠しされた顔だけ。両手と足が底に沈んだが、顔を上向けるとかろうじて息をすることができた。

目隠しがなければ、黒いニット帽の男が、湯のタンクに改造された冷凍庫のすぐ横に手を伸ばし、ワイヤーで繋いだ車のバッテリーから防水シートを取り除くのが、カティにも見えただろう。いちばん近いバッテリーに取りつけた、充電用のジャンプケーブルのプラス極とマイナス極を取りあげるのも見えたはずだ。

でも、カティにはそのどれも見えなかった。そして手と足を縛っていた結束バンドが切れるほど激しく電気が体を痙攣させたあとは、目の前が真っ白になった。見えたのはまばゆい真っ白な光だけだった。

71

三日目　午後五時四十三分
クレア

「娘がイカれた男に連れ去られたというのに、なんで俺たちが犯罪者みたいに閉じこめられなきゃならないんだ」ラリー・ビールは唾を飛ばし、わめきちらしながら、さっきからホテルの狭い部屋のなかを歩きまわっていた。ここに着いてもう二時間近くになるが、そのあいだずっと歩きまわっている。

「ラリー、うろうろしても仕方がないでしょ。ここに来て座ってちょうだい」ベッドに腰を下ろしたダーリーン・ビールがすぐ横を叩く。

クレアはドアのそばにある小テーブルのところからふたりを見守っていた。

制服警官たちは、クレアが着いた四分後にビール家に到着した。夫妻はどちらも無事で、ウェスト・スーペリア通りにある三階建ての自宅にいた。ダーリーン・ビールはこれで五回目となる電話を娘の友人たちにかけ、夫のラリーは娘のパソコンの前に座り、そこにあるデータに手がかりがないか探していた。ラリーはコンピューターに詳しく、二年前に親が子どもの動向をモニターできるプログラムを娘のパソコンにインストールしていたのだ。クレアはしぶる父親から娘のノートパソコンを受けとり、急いでそれを署のクロズのチームへと届けろと指示を出した。

それから両親に説明した。現在自分たちが追っている犯人がラリッサを誘拐したと断定する理由はまったくない。とくにラリッサが最後に姿を見られてからまだ半日も経っていないことを考えると尚早ではあるが、念のためにふたりの安全を確保したい、と。夫妻が自宅を離れることに同意するまでには二十分かかったが、ダーリーンはいったん決めたらてきぱきと支度をすませた。医薬品会社の営業をしているとあって出張が多く、必要なものを詰めた旅行用バッグが用意してあるという。ラリーはそれほど手際がよくなく、最後はダーリーンが代わりに荷造りをすませた。それから娘が長いかくれんぼでもしているかのように、隅の暗がりから出てくるのを期待してひと部屋ずつ見てまわる夫を、待っている車に押しこむようにして乗せた。

シカゴ市警には隠れ家が三箇所あるが、クレアはふたりをでたらめに選んだ繁華街のホテルに伴い、現金で支払いをすませた。ビショップがラリッサの失踪になんらかの形で関与しているとしたら、ホテルにチェックインした痕跡をコンピューターに残すのは危険だ。ここを知っているのはナッシュだけ。そのナッシュはソフィとビール家に残り、手がかりの捜索を指揮している。犯人が姿を現す可能性を考慮し、ビール家から数軒離れたそのブロックの両端には覆面パトカーが待機していた。

「ラリー、いい加減にして、座ってちょうだい」ダーリーンが再び言った。

ラリー・ビールはもう一往復するとベッドの妻の隣に腰を下ろし、紅潮した顔をクレアに向けた。「犯人は何人誘拐したんだ?」

「わかっているだけで少なくともふたりです。さきほど言ったように、同じ犯人がお嬢さんを誘拐したとはかぎりません。お友だちと一緒にいるだけかもしれない。これはたんなる予防措置です」

「娘は友だちと一緒ではないわ」ダーリーンが言った。「キャリー・アンの家でパーティの支度をすることになっていたけど、キャリー・アンのところには朝からまったく連絡がないそうよ。ほかの友だちも今日は誰ひとり連絡をもらっていない。ラリッサはこんなふうに消えてしまう子じゃないの。どこに行くか、常にちゃんと言っていく子よ。わたしたちと娘のあいだには隠し事はまったくないわ」

「で、そいつは誘拐した少女たちを殺したばかりか、その親も殺したんだな?」ラリー・ビールは妻の言葉を無視して言った。「雪だるまのなかから死んだ男が見つかったというあれか? きみが言ってる被害者とはあの男のことか?」

「捜査中の事件に関してはお答えできないんです」

「レポーターの話だと、喉をざっくりやられていたそうじゃないか。ほとんど首が落ちるくらい」

「ここにいれば安全です。おふたりの身に何か起きないように、わたしたちが守ります」

ラリーが小テーブルを苛立たしげに叩いた。歩きまわっていてくれたほうがまだましかもしれない。そう思ったとき、誰かがドアをノックした。

ラリーがぱっと立ちあがる。

「わたしが出ます。ここにいてください」クレアは片手を上げて制し、銃をつかみ小さなのぞき穴から外を見て……ドアを開けた。ピザを買ってきてほしいと見張りの警官に頼んでおいたのだ。警官が箱をふたつ渡し、チップを期待して手を差しだす。

クレアはその鼻先でドアを閉めて鍵をかけ、チェーンもかけてから、ピザの箱をテーブルに置いた。「プレーンチーズとペパロニのピザがありますけど」

「こんなときに喉を通るもんか」ラリーが言った。

「もちろん、すぐにこの件が解決すればなんの問題もありません。でも、念のために体力をつけておかなくては」

ダーリーンがプレーンチーズのピザをひと切れ取り、ベッドの端に腰を下ろした。落ち着いているようには見えるが、手が震えている。ピザからチーズの塊がたれ、絨毯に落ちた。「ごめんなさい、わたしったら。少し動転してるの」

ラリーがそれをすくうように拾い、また歩きだす。そして三往復目でペパロニのピザをひと切れ取った。「ここに座ってないで、ポスターを貼ったり、マスコミに協力を求めたり、そういうことをしているべきだ。建設現場の作業員たちを呼んで、近所を虱潰しに探してもらうこともできる。かわいい娘が異常者に誘拐されたかもしれないのに、じっとしていられるか。その男にわたしが殺されるなどありえん。かかってきたら素手で引き裂いてやる。娘に指一本でも触れたら殺してやる」

ラリーは大きな男だった。体を使う仕事とあって、筋肉質で、いかにも強そうだ。だが、ランダル・デイヴィーズも百八十センチ以上ある、定期的に運動している男だった。フロイド・レイノルズもそうだ。それなのにふたりとも殺された。

クレアの電話が鳴った。

「クロズ、何かわかった？」

ダーリーンがベッドから立ちあがってピザのソースで汚れた両手を見た。「洗ってくるわ」

クレアはうなずき、ダーリーンがバスルームに消えるのを見守った。ラリーはピザを手にまだ歩きまわっている。

「追悼記事を見つけた。二日前にサン・ヘラルド紙に載ったものだ」クロズが答えた。

「シカゴ・エグザミナーじゃなく？」

「犯人が手を広げてるのか、実際は複数の新聞に送っていたが、わたしたちが幸運にも見つけたのがたまたまエグザミナーだったのかもしれん」

「なんて書いてあるの？」

「メールで送った。届いたか？」

クレアの電話がメールを受信したことを知らせた。「ええ、そのまま待ってて」ディスプレーに追悼文が表示される。


ヤクの売人にして、母にして妻であるダーリーン・ビールは、死のナイフの刃先でようやく安らぎを得た

バスルームで大きな音がした。人間の体が床にぶつかる音が。

72

三日目　午後六時四分

クレア

ラリーが先に駆けつけ、ドアの取っ手をひねった。鍵がかかっている。「ダーリーン？」「さがって！」クレアは叫びながら、ラリーを押しのけて鍵のすぐ下を蹴った。ドアはきしんだが壊れない。

それを見たラリーが肩から体当たりした。木が割れる音がしてドアフレームが裂ける。

ダーリーンは白目をむいて床に倒れ、体を痙攣させていた。口からあふれた白い泡が頬と顎に流れている。

ラリーが膝をつき、妻の頭を抱えた。両手が血だらけになる。ダーリーンの頭の下のタイルが赤く染まっていた。ダーリーンは激しく体を痙攣させつづけている。

「横向きにして！　舌が気道を塞がないようにしてください。窒息させないで！」クレアは叫びながらバスルームを見まわした。

ダーリーンは手に歯ブラシを握りしめていた。カウンターには蓋を取ったままの練歯磨きのチューブとうがい薬。

ラリーが妻の顔を横向きにした。口からあふれる白い泡が床にたまっていく。

クレアは壁にある液体石鹸のディスペンサーをつかむと、プラスチックの台から引きはがし、ダーリーンの横にひざまずいた。「これを飲ませないと！」

ラリーが目を見開き、クレアを押しやる。「とんでもない。そんなものを飲ませたら死んでしまう」

クレアはラリーに抗い、ダーリーンの顔を自分に向けた。「毒でやられたんです。それも即効性のある毒。たぶんシアン化合物でしょう。ほとんどの毒は酸性ですが、石鹸は溶剤です。毒を中和し、嘔吐させてくれます」

ラリーが抗議する前に石鹸のキャップをはずし、どろりとしたピンクの液体をダーリーンの開いている口のなかに流しこんだ。それからその口を閉じさせ、鼻をつまみ、飲みこませた。

ダーリーンはものすごい力で体を痙攣させ、両脚で空を蹴りながら、頭をねじるようにして、クレアの手から逃れた。

「くそ、よけいひどくなったぞ！」ラリーが叫ぶ。

クレアはまた石鹸を流しこみ、飲みこませた。一瞬後、ゴボッという音とともにそれが逆流し、口から噴きだして壁とタイルに飛び散る。さらに石鹸を流しこむと、ダーリーンは再び大量に吐き、もう一度吐いて、ついにぐったりと動かなくなった。クレアは脈を取った。

その隣でラリーが血の気の引いた顔で叫ぶ。「なんてこった、妻は死んでしまったぞ！きみが殺したんだ！」

クレアは息を吸いこもうとしたが、全身の筋肉がそうさせまいとしているようだった。

「いいから、救急車を呼んでください」

73

三日目　午後八時六分

ポーター

ポーターとサラ・ワーナーは午後七時二十五分にサウスカロライナ州グリーンヴィルの空港に着陸した。旅のなかほどで太陽が地平線の向こうに消えると、サラは窓のブラインドを下ろし、ポーターを驚かせた。手にしたビショップの日記を読むのに忙しく、ほかのことなど何も気づいていないように見えたからだ。

ニューオーリンズの空港では、できるだけ痕跡を残さないようにしているポーターに代わって、サラがチケット代を払った。クレジットカードを使う回数は少ないに越したことはない。現金を渡そうとしたが、サラは受けとらなかった。この旅は仕事だから経費として計上する、税金から差し引けるから大丈夫だ、と。

着陸間近に、サラはようやく日記を読みおえた。

グリーンヴィルでも、やはりサラの名前で最新の機能を備えたレンタカーを借り、ジェーン・ドウがビショップの日記に書いた住所を携帯のGPSアプリに入れてナビを開始させたあと、ふたりはほとんど言葉を交わさずに出発した。ポーターは助手席に座った。

空港の敷地をあとにして高速道路に乗ると、サラが言った。「ホテルに一泊して、明日の朝、明るくなってから行くほうがいいかもしれないわね。こんなに暗くては何も見えないわ」

たしかに外は暗かった。大都市では、どこにでも光が入りこんでくる。街灯、信号の光、オフィスや店舗の明かり、光は常にある。だがここには何もなかった。真っ暗な空に遠くの星がまたたいているだけだ。高速道路から十メートルも離れれば、ヘッドライトの光さえ届かない暗がりになる。空港をあとにして数分もすると、どこまでも広がる闇しかなくなった。まるで文明社会から自分たちだけ抜け落ちたようだ。

ポーターはGPSを見た。「きみの魔法の道具によると、目的地までは十三分だ。とにかくそこに行ってみたい。今夜見られるだけ見て、必要なら明日の朝もう一度行こう」

「あなたは眠らなくても平気なの？」

「警察学校時代にさんざん寝たよ」

「嘘でしょ、〝魔法の道具〟なんて表現、警察学校以外のどこで習うのよ？」

ヘザーからだ。ヘザーはおかしな言い回しを作りだすのが好きだった。

ポーターは気がつくとまた結婚指輪をなでていた。

それに気づいたのか、サラがせがんだ。「奥さんのことを話して」

ポーターは赤くなった。「そんな話、ちっとも面白くないぞ」

「でも聞きたいの。ほんとよ」

考えてみれば、ヘザーが死んでから、妻のことをほとんど誰にも話していなかった。ナッシュとクレアには話そうとしたが、友人とはいえ、ふたりとも職場の部下だ。しかしサラ・ワーナーとはなんのしがらみもない。ふいにポーターはサラに話す気になった。

「名前はヘザー。半年ほど前アパートの近くのコンビニに入った強盗に撃ち殺された。その男は捕まったよ。まだ子どもみたいな若者だった。ハーネル・キャンベルという男だ」ポーターは窓の外に目をやり、少しのあいだ黙りこんだ。「だが、どうやったのか保釈になった。そして逃げたばかりにアンソン・ビショップに追跡され、殺された。少なくとも俺たちはそう思っている。死体はあがらなかったが、ビショップはそいつの耳を、まるで贈り物みたいに俺のベッドに置いていったんだ。まあ、ある意味では贈り物だったんだろうな。俺はたしかにその若造をこの手で殺したかったんだから。俺からヘザーを永遠に奪ってきながら、ほんの何年か刑務所で過ごすだけでまたふつうの暮らしに戻ると思うと腸（はらわた）が煮えくり返るようだった。とにかく、退院して家に戻ると、白い箱に入ったそいつの耳があった。ご丁寧にメモまでついていた」

「なんて書いてあったの？」

ポーターはメモにあった言葉をそのまま口にした。「〝やあ、サム、ぼくからのささやかな贈り物です。あの男の悲鳴を聞かせてあげたかったですよ。今度お返しをしてほしいな。母を見つけるのに手を貸してくれるとか〟」

「わお」

「ああ、まさしく〝わお〟だ」

「だからニューオーリンズに来たの？　ビショップが母親を見つける手伝いをするために？」

ポーターは首を振った。「俺はただやつを捕まえたいだけだ。母親はその手がかりにすぎない。妻を殺した犯人を始末したのは、あいつが一方的にやったことだ。やつに借りはない。快適な独房を用意してやるだけさ」

「でも、ビショップはニューオーリンズにいたかもしれないのよ。あなたの行動を逐一見ていたかもしれない」サラが指摘した。「捕まるリスクがあるからさすがに刑務所に潜りこんだとは思わないけれど、あなたのあらゆる動きを追っていたに違いないわ」

「その可能性はある」

「わたしたちを追って、ここにも来ているのかしら?」

そこまでは考えていなかった。ビショップがニューオーリンズでポーターの動きを追う、それはありうることだ。だが、こんなところまで追ってくるか?「それはどうかな。俺たちと自分の母親のあいだでどんな言葉が交わされたか、あいつにはわからない。ジェーンが日記に書いた住所は、俺たち以外に誰も見ていないんだ」

「面会室にはカメラがある。そのひとつが記述を捉えた可能性はあるわ。あなたのロッカーに携帯電話とナイフを入れたのは、刑務所にいた誰かよ。その誰かさんは、空港まで尾行してくることもできたでしょう。同じ飛行機に乗ってくることだってできた。ビショップのように顔の知られている男がこれほど長く隠れつづけていられるなんて、変装がよほど巧みで、周囲に溶けこむのがうまいんだわ。あなたが身元を暴いてから、しばらくのあいだは毎日テレビであの男の顔を見たような気がする。あれだけ騒がれて、捕まらないってことは……」サラは言葉を切って、額から邪魔な髪を払い、ちらっとバックミラーを見た。「でも、いまは追ってきてないようね。ほかの車はさっきから一台も見ないもの。もちろん、ヘッドライトをつけずに運転している可能性もあるけど。わたしならそうするわ」

「いや、まずないね。きみの言うとおり、やつは隠れるのがうまい。隠れつづけていられる賢さもある。たぶん、どこかに潜んでほとぼりが冷めるのを待っているんだろう。世間の人々は飽きっぽい。マスコミがまだ4MKを取りあげているのが意外なくらいさ。ほかに話題をさらうような事件や出来事が起きれば、ビショップは二の次になる。何かするつもりなら、そのときにやるだろう」

「あなたの魂胆はわかってるわよ」サラが言った。

「なんだって？」

「完全に話題を変えたでしょ。奥さんのことを訊いたのに、いつのまにかビショップに話を戻してしまった。わたしは騙されませんからね。ちゃんと話してちょうだい。すてきなラブストーリーには目がないの。ヘザーとはどんなふうに出会ったの？ 今度もずる賢く逃げてビショップに話を戻したら、車を留めてレンチで殴るわよ。このあたりは死体を隠す場所がたっぷりありそうだし」

「おっかないお嬢さんだな」

「女よ。おっかない女。ええ、それを誇りにしてるの。さあ、ヘザーのことを話して」

ポーターはため息をついた。「よりによって、俺たちは病院で出会ったんだ」

「病院？ 何があったの？」

「俺はまだまだ半人前の警官だった。実はこの近くに勤務していたんだ。チャールストンの近くに。そして仕事中、後頭部に一発食らった。ヘザーは病院の救急看護師で、俺が運びこまれたとき救急救命室にいた」

サラは目をみはった。「あなた、頭を撃たれたの？」

ポーターは後頭部に手をやり、傷を見つけた。真ん中から少し左にある小さなこぶだ。

「二二口径でね。豆鉄砲みたいな銃さ。相棒と俺は小物の売人を追いかけていた。違法なヘロイン、それとコカインを少々扱う男だ。街じゃ〝イタチ〟と呼ばれているやつだった。ふたりでそいつを路地に追い詰めたあと、俺は後ろから近づいた。ところが反対側から路地に入ってきた俺の相棒を見て、イタチがパニックに陥り、あわててきびすを返すと発砲した。撃つつもりはなかったんだろう。狙ってもいなかったから。ただ、俺を見た瞬間に指に力がこもったんだ。銃弾は俺の後ろにあった金属製のゴミ箱に当たって跳ね返り、俺の後頭部にめり込んだ」

「なんてこと。よく死なずにすんだわね」

ポーターは肩をすくめた。「頭が固かったんだろう。銃弾は骨に当たってそこで止まったんだ。紙一重の差で脳には届かなかった」

「運がよかったのね」

「ああ、まあな。直接当たっていれば即死だったに違いないが、跳弾だったのがさいわいした。だが損傷はあった。撃たれてすぐに脳内圧が上がりはじめた」ポーターは言葉を切り、当時を思い返した。「おかしいことに、弾が当たったのは覚えているんだ。後頭部を思い切り殴られたような感じだった。映画みたいにすぐに倒れはしなかったよ。車に戻って、病院まで自分で運転していけると思っていたくらいだ。が、傷口に手をやると、指に血がついた。覚えているのは、そこから二、三歩進んだことだけだ。意識が戻ったときには、一週間近く経っていた」

道路を横切る小動物を見て、サラが速度を落とす。それはたちまち反対側の藪（やぶ）のなかに消えた。「弾は取りだせたの？　それともまだ残っているの？」

「いや、医者が取りだしてくれた。それから脳内圧が減少するまで俺を眠らせておいたんだ」頭の後ろの小さな傷に再び手を触れる。「銃弾は奇妙な角度で入り、左側の下のほうで止まった。ほとんどの圧は大脳側頭葉にある海馬の上に集まっていた」

サラが片手を上げた。「待って。ええ、知ってるわ。感情と記憶に関わる部分ね」

「大当たり」ポーターはにっこり笑った。「自律神経システムと空間学習能力にも関わっているよ。それはともかく、ようやく目を開けたとき、ヘザーの笑顔が目に入った。その瞬間に恋に落ちたんだと思う」

74

クレア
三日目　午後八時七分

クレアは両手をきつく握りしめ、三一六号室のすぐ外に立っていた。鑑識員が十分前に到着し、部屋から追いだされたのだ。胃に無数のしこりができているような気がする。

「クレア・ベア?」

振り向くとナッシュが分厚いコートの前を開けながら、エレベーターから降りてくるところだった。「何があったんだ?」

クレアは首を振った。さっきから考えているが、自分でもまだ整理がつかないのだ。

「ビショップは夫人に毒を盛ったの。少なくとも、あたしはそう思う。なんとか毒は吐かせたわ。ここから運びだされたとき状態は落ち着いていた。まだ意識不明だったけど」

「生きているんだな」

「ええ。まだ生きてる」クレアはナッシュに背を向け、二、三歩離れた。「どうしてこんなことになったの? あのくそ野郎はどうして常にこっちの一歩先を行ってるの?」

「絶対に捕まえるさ」

クレアは涙を浮かべて振り向いた。「あたしはビール夫人を守るはずだった。それなのに、まんまとあいつに出し抜かれた。あいつはあたしの鼻先で夫人を殺そうとしたのよ」

ナッシュはクレアを抱きしめた。「きみのせいじゃないさ、クレア・ベア。きみにはどうしようもなかったんだ」

「こうなるのを予測すべきだったんだわ。ランダル・デイヴィーズのときも、犯人は自宅にしのびこんで、コーヒーにリシノプリルを入れたんだもの。犯人はランダルしかコーヒーを飲まないことを知っていて、コーヒーに薬を入れた。今度も同じ、ダーリーン・ビールの持ち物のどれかに毒物を仕込んだのよ。たぶんうがい薬か練歯磨きに。夫人はしょっちゅう仕事で出張するの。犯人は旅行用バッグの荷物に毒を仕込んだ。ランダル・デイヴィーズを殺したやり口から予想すべきだったのよ。そうすれば今回の一件は……」クレアはそれ以上続けられずに、ナッシュの肩に顔を埋めた。

「ノートン刑事？」

クレアは急いでナッシュから離れ、目を拭った。「はい？」

鑑識のリンジー・ロルフェスが部屋の戸口に立っていた。ナッシュがクレアにまわした腕を下ろすあいだ、ロルフェスは目をそらしていた。「おっしゃるとおりでした。検査の結果、毒物はシアン化合物だと判明しました」

「練歯磨きとうがい薬のどっちだったの？」

「練歯磨きのほうです。チューブの口から二、三センチ下に小さな穴が開いていました。犯人が皮下注射器で毒物を注入したんですね。練歯磨きの粘度のせいで、被害者は何日も毒を口にせずに使っていたかもしれません。実際、粘度がタイマーのような役割を果たすため、練歯磨きは毒を盛る手段には格好の媒体なんです。犯人がチューブのもっと下に注入していれば、被害者がそれを口にするまで数日ではなく、二、三週間かかったでしょう。おそらく犯人はちょうどこの時期に被害者を殺したかったんだと思います」

クレアは深く息を吸いこみ、それを吐きだした。ビショップのせいで打ちひしがれるのはごめんんだ。「ほかには？」

ロルフェスは手袋をした指で鼻梁の眼鏡を押しあげた。「いまのところはそれだけです。ほかの所持品はまだ検査中で、残りは科捜研に戻って終わらせることになると思います」

「旦那の持ち物には何もなかったんだな？」

「ええ、まだ何も見つかっていません。ほかにも何かわかれば連絡します」ロルフェスはそう言うと、きびすを返して部屋に戻った。

クレアは顎をなでながら、廊下をぐるぐる回りはじめた。「死亡広告はダーリーン・ビールだった。夫人が標的だったのね。つまり、犯人は父親だけをターゲットにしてるわけじゃない。両親のどちらか。何か繋がりがあるんだわ。少女たち、そして親たちを繋ぐ糸があるのよ。それを見つけないと」

「きみは少し休め。まる二日もまともに寝てないだろう？　そんなんじゃ、わかるもんもわからないさ。まあ俺もそうだが」ナッシュは声をひそめた。「ここに着いたとき、シートベルトをつけたまま車から降りようとしたんだ。少しのあいだ、なぜ立てないのかわからずに、そのまま座っていたよ。頭がショートしてるんだ。俺たちはみんな少し休む必要がある。考えるのはそれからだ」

クレアは首を振った。「あたしは署へ戻るわ。ボードを見てみたいの。あそこにあるデータを全部。絶対に見落としてることがあるはずよ。それにビール夫妻の娘はまだ囚われているのよ。生きているかもしれない。まだ一日しか経っていないもの」

「ラリッサのことは、みんなが探してるさ」

「とにかく市警に戻るわ」クレアは言い張った。

ナッシュはいくら争っても勝ち目はないと思ったらしく肩をすくめた。「わかった。だが、約束してくれ。まず作戦室のソファで少し眠るんだ。それから、運転は俺がする。きみは運転できる状態じゃない。まだアドレナリンの名残で手が震えてるからな。ひどい事故を起こしかねん」

「へえ、シートベルトをはずすこともできない人に、この命を託せっていうの？」

「仕方ないだろ。俺しかいないんだから」

「やれやれ」

クレアの携帯電話が鳴った。ポケットから取りだし、メールを読む。最悪の報告だった。

「トラックと盗まれた水槽が見つかったわ。死体も一緒に」

75

三日目　午後八時七分
ポーター

ＧＰＳが軽快な音をたて、右に曲がれと告げた。サラが車の速度を落とし、道路標識に従ってシンプソンヴィルへ向かう道へと折れる。

窓の外を見ながらポーターは続けた。「ヘザーの後ろで、隅にある椅子から相棒が立ちあがるのが見えた。その男が相棒だということはわかった。ヤクの売人を追っていたことも、撃たれたことも、全部はっきり思い出せた。だから、まずいことになっているなんて気づかなかった。ヘザーに名前を訊かれたから、すかさず、〝きみの恋人さ〟と答えた。大統領の名前を訊かれたときもちゃんと答えた。だが、その前の大統領の名前を訊かれると、言えなかった。その部分は空白だった。ほかに表現のしようがない。誰かが消しゴムで消したみたいに何もない。顔は思い出せるのに名前が消えている。そのあと検査が始まった。山ほどの検査がね」

「記憶喪失の一種？」

「医者は〝逆行性健忘症〟だと診断した。ありがたいことに、記憶力が損なわれたわけじゃないし、記憶のほとんども残っていた。だが、ところどころに大きな空白部分があって、何カ月も、何年もの記憶が抜け落ちている」ポーターはつかのま言葉を切り、窓ガラスを指先で叩いた。「ヘザーに言われて、これまでの人生を年代順に箇条書きにしたものさ。真っ白な紙を前にして、毎日、思いだせることを書きだした。最初の何日か、箇条書きしたリストは書くたびに長くなった。進歩があった。だが一週間もすると袋小路に突き当たった。空白の部分がいっこうに埋まらない。医者は時間が経てば戻ってくると請け合ってくれたよ。実際、そのあと思い出したこともある」

「そのあいだずっと、ヘザーはあなたを支えてくれたのね？」

ポーターはうなずいた。「入院しているあいだ、デートは断られたけどね。退院して一カ月ほど経つと、ようやく応じてくれた。お互いに特別なものを感じていたんだ。だが、患者が長い入院生活で看護師に惚れるのはよくあることらしい。だからヘザーは慎重だった。俺はそれだけじゃないことはわかっていたが、その件ではいくら議論しても勝ち目はなかったな。病院に担ぎこまれてから三カ月後、職務に復帰すると、ようやく夕食と映画のデートを承知してくれた。『プリンセス・ブライド・ストーリー』を観たよ。その四カ月後に結婚した」

「失った記憶が気にならない？」

ポーターは肩をすくめた。「ヘザーと過ごした幸せな日々はすべて覚えている。それだけでじゅうぶんだ」

「警察はどうだったの？　復帰するのは難しくなかった？」

「ああ、少しね。意外だったよ。多少思い出せないことがあるだけで、身体的には問題はひとつもなかったから。いくつかテストを受け、健康診断を受け、それから面接を受けて、パトロールの仕事に戻った。だが相棒は変わっていたよ。もとの相棒は麻薬課に異動していたんだ。そういう意味では、あの銃弾が俺から奪ったのは記憶だけじゃなかったわけだ。チャールストンの街はすっかり荒れていた。街全体が少し暗くなり、汚れたようだった。俺は撃たれた路地に近づくたびに得体のしれない不安に襲われ、そのせいで仕事中も集中できなかった。それでヘザーと何度も話しあって、ふたりでシカゴに移ろうと決めた。新しい街で再出発しよう、と。さいわい、すんなりとシカゴ市警に移ることができた。そこでパトロール警官として勤務するうちに、殺人課に移るチャンスをつかんだんだ。ずいぶん昔のことだ」

「子どもは作らなかったの？」

「それについては数えきれないほど話し合ったが、いつもタイミングが悪いように思えてね。ヘザーはシカゴ総合病院でとても重宝されていたし、俺もシカゴ市警で順調にいっていた。来年はもっと状況がよくなる、この忙しさも落ち着き、経済的にもゆとりができる、そう言いつづけて先延ばしにしつづけたあげく、ある日突然もう遅すぎると気がついた。

後悔はしていない。変えたいと思う過去はひとつもないよ」

「頭を撃たれたことも？」

「ああ、それもだ。おっと、そこに寄せて停めてくれないか」ポーターは右手に近づいてくる小さなガソリンスタンドを示した。

「なんのために？　ガソリンは満タンよ」

「買いたいものがあるんだ」

サラは速度を落として二車線の高速道路を出ると、砂利を敷いた駐車場に車を入れた。かなりガタのきたフォードのトラックが店の前に駐まっているだけで、スタンドには誰もいない。サラはトラックの隣に車を滑りこませ、ギアをパーキングに入れて日記を掲げた。

「いってらっしゃい。二、三箇所読み直したいところがあるの」

「すぐ戻る」ポーターはシートベルトをはずし、車を降りた。

店の戸口を通過すると電子音が鳴った。カウンターの向こうにいる店員がちらっと顔を上げたあと、中古車の雑誌に目を戻す。

五つある通路をぐるっと見てまわり、懐中電灯を二本と単二電池、ジップロックの袋をひと箱、ラテックスの手袋をひと箱、安物のデジタルカメラ、それとチートスの大袋を手にして店員のところへと戻り、すべてをカウンターに置いた。

店員は十六か十七歳にしか見えない若者だった。赤ら顔で、大きすぎる鼻の両脇に大きなにきびがひとつずつあるその若者は、雑誌を下ろし、会釈代わりにうなずいて、それぞれのバーコードをスキャンしはじめた。手袋の箱のバーコードを読みとるのに四回もやり直すのを見て、レジに直接値段を打ちこめばいいのに、とポーターはちらっと思った。

「二十三ドル四十八セントです」若者が品物を見ながら訊いてきた。「肛門科でも開業するんですか?」

「脳外科がうまくいかなかったから、新しい分野に挑戦してみようと思ってね」ポーターは真顔で答え、二十五ドル渡して、若者がおつりを数えているあいだに、買った物を袋に放りこんだ。

「おやすみなさい、ドクター」

「ああ」

車に戻ると、チートスだけを取りだし、紙袋を床に置いた。サラは読んでいた日記を閉じ、エンジンをかけまた車を走らせた。

「ずっと黙って読んでいたが、その日記をどう思う?」

サラは息を吐きだした。「どう思えばいいのか……可哀そうな気もするわね。でも、四猿が傷つけた人たち、台無しにした人生を思うと……彼は怪物よね。だけど、〝これは事実とは違う〟という母親の言葉、あれはどういう意味かしら? すべてが嘘なの? 一部だけが嘘なの? 考えてみると、わたしたち、名前を名乗ろうともしない受刑者がここの住所を書いたというだけで、千キロ近く飛んできたのね」

ポーターは何も言わず、チートスの袋を開けてサラに差しだした。

サラがひとつつまんで口に入れる。「ジェーン・ドウはここに書かれていることを本当にやったのかしら？」サラは指を舐めながら首を振った。「これが半分でも事実なら、もう弁護はできないわ。ええ、とてもできない」

GPSが、三百メートル先で左に曲がりジェンキンス・ブリッジ・ロードを進めと告げる。サラは左の方向指示ライトを点滅させた。

グリーンヴィルを離れたあとはずいぶん暗いと感じたものだが、ここはもっと暗かった。見渡すかぎり家一軒、車一台見えない。道路と畑があるだけだ。

ジェンキンス・ブリッジ・ロードは舗装はされているものの、ひどい悪路で、サラは道路の真ん中にあいている大きな穴を避けるため、右や左に鋭くハンドルを切らなくてはならなかった。自然が道の両側を侵食しはじめている。雑草や灌木（かんぼく）の根でアスファルトがひび割れ、欠けていた。

GPSは三十メートル先でまた左に曲がれと指示してきた。サラは車のライトをハイビームに切り替えた。「曲がり角が見える？　わたしにはほとんど何も見えないわ」

ポーターは身を乗りだした。「あそこだ。でかい石のすぐ向こう側にある」

サラがそこを左に曲がると、アスファルトの道路は草がまばらに生える砂利道に変わった。「わたしをここで殺して穴に放りこむ気なら、せめてわたしの魚に面倒見のいい飼い主を見つけてあげてね」

「魚を飼っているのか？」

「一匹だけね。モンローという名前。とても聞き上手なの。ごくたまに非難がましい目で見てくるけど」

やがて周囲の畑は木立になった。ハナミズキ、オーク、常緑樹がそびえ、細い道の両側から枝を伸ばし、自然のアーチを作っている。

三十メートル先の右側が目的地だと、GPSが告げる。

サラは眉をひそめた。「何も見えないわ。どう？　ジェーンが嘘をついたのかしら？」

「さあな」

明るいメロディが流れたあと、GPSが〝到着しました〟と報告した。

サラがブレーキを踏んで車を停める。

「何もないわ。やっぱり騙されたのよ」

フロントガラスの向こうに目を凝らすと、先細りになった道路が茂り放題の樹木で覆われている。周囲には密集した木立しか見えなかった。

シートベルトをはずし、ドアを開けて、冷たい夜気のなかに出た。

サラもエンジンを止めて降りてきた。

ポーターは砂利を踏みながら道の右側へと歩いていった。体から力が抜け、自然と肩が落ちる。「ばかだったよ。疑ってかかるべきだったのに」

サラが車をまわってきて、隣に立ち、肩に手を置いた。「あなたは優秀な警官よ。手がかりを追ってきただけ。あらゆる手がかりが実を結ぶわけではないわ」

　そのとき、左の藪のなかを何かが走っていった。ポーターが目をやると、光を反射した目がこちらを見ていた。それはつかのまポーターを見つめ、藪のなかに消えた。

「あれはなんだ？」

「アライグマかしら？」

　ポーターは二、三歩左に向かった。「いや、動物じゃなく……」

　ポーターは手を伸ばし、太い蔓をつかんだ。生い茂る蔓の下に何かがある。雑草と灌木の枝を引っ張ると、曲がった支柱が現れた。その上にひび割れた白い箱が載っている。横の消えかけた文字が、月の光でかろうじて読めた。

　そこには、〝ビショップ〟と走り書きしてあった。

76

三日目　午後八時七分
プール

　フランク・プールはシカゴ市警の地下にある部屋に戻り、壁にあるスイッチを入れた。

蛍光灯がうなりを発して黄色い光で部屋を照らしだす。奥の隅からいつもの奇妙なにおいがして鼻についた。なんのにおいかまだ突きとめることはできないが、それをたどると、古い机の下で絨毯に楕円形の染みが見つかった。

プールはコートを脱ぎ、マフラーと帽子も取ってドアのそばのテーブルに落とすと、中央へと進み、机のひとつに尻をのせて奥に並んだホワイトボードに目をやった。

家に帰るべきだということはわかっている。少し眠るべきだ。が、横になっても眠れるとは思えなかった。目を閉じたとたん、リビー・マッキンリーの姿が見えるに決まっている。必死に何が起きたか告げようとしているが、声を奪われ、それができないリビーの姿が。

ドアのそばの床に、ディーナーのマフラーが落ちていた。

ディーナーとはあまり親しくなかった。シカゴ支局で何度か顔を合わせたことはあったが、組んで仕事をするのは今回が初めてだ。ディーナーは独身で、恋人もいなかった。少なくとも、いると言ったことはない。プールはディーナーの私生活に関しては何ひとつ知らなかった。どこで育ち、学んだのかも知らなければ、兄弟がいたかどうかもわからない。ハーレス支局長はディーナーの家族には自分が連絡すると言っただけで、〝家族〟が誰かは言わなかった。

生きたディーナーを最後に見た人間として、ディーナーの家族から、そのうちプールにも連絡が来るだろう。スチュワート・ディーナーがどういう男だったのか、もう少し知っておけばよかった、プールはそう思った。

「くそ、ディーナー」プールはつぶやき、首を振った。

ホワイトボードに歩み寄り、右下の部分をいったん消してからこう書いた。

緑の家——四一プレース五一八番
ビショップ——ここに隠れていた。いつから？
ビショップはなぜリビー・マッキンリーに手を貸したのか？　リビーはなぜビショップの手助けを受け入れたのか？　妹バーバラ・マッキンリーを殺した男なのに。
ビショップはなぜリビー・マッキンリーを殺したのか？

そこで手を止めた。やはり辻褄が合わない。ビショップがリビーの手助けをしていたとしたら、なぜリビーを殺す？　ふたりは仲たがいしたのか？　だとすれば、仲たがいする前はなんらかの関係を持っていたことになる。

しかし、あのふたりがどんな関係を持ちうる？　ビショップはリビーの妹を殺した。しかも耳を切り、目をえぐり、最後に舌を切り取るという拷問のようなやり方で殺したのだ。

ひょっとして、ふたりは妹のバーバラが殺される前からの知り合いだったのだろうか？

それとも、リビーが刑務所にいるときに連絡を取りはじめたのか？　だとすれば記録があるはずだ。刑務所ではあらゆる郵便や電話、面会が記録される。プールは〝ステートヴィル刑務所〟とボードに書いた。

リビー・マッキンリーが服役していたときの記録に目を通す必要がある。なんらかの形でビショップはリビーと連絡を取っていたはずだ。そのやりとりの内容が、鍵を握っている。そのやりとりの方法が。

プールは別の箇所をきれいに消して、ビショップが空き家の壁に落書きした三つの詩を書いた。

ビショップがぼくとディーナーの携帯を持ち去ったのは、空き家にあった詩を写真に撮られたからだったのか？　ふと、その可能性が頭に浮かんだ。当初はたんに捜索を遅らせるためだと思っていた。プールが助けを呼ぶ前に犯罪現場からできるだけ遠ざかるためだ、と。だが果たしてそうなのか？

ビショップはＦＢＩの捜査官ではなく、サム・ポーターがあの家を見つけると予想していた。ポーターにあの詩を見つけてもらいたかったのか？　あれの意味を解読してもらいたかったのか？　だが、プールとディーナーが先に現れて、ビショップが用意していた計画を台無しにした。プールはあの壁の写真を撮ろうと電話を取りだしたが、一枚も撮らないうちにディーナーに止められた。

ビショップがディーナーを殺したのは、壁を見られたからか？　詩の写真を撮ったからか？　やつはディーナーの携帯に保存された写真を見たのか？　だが、ぼくの携帯には一枚も写真がなかった。だから、ぼくを殺さなかったのか？　あの詩を見ていないと判断したからか？

その可能性はある。

だが、プールはその前にすでに詩を見て、一言一句覚えていた。

自分がボードに書いた詩のなかの、線のある言葉が目を引いた。

氷／水／生／死／わが家／死／恐れ

「神になりたければ、まず悪魔を知れ」プールはつぶやいた。

〝死〟だけは二度も線が引いてある。プールはそのふたつを丸で囲み、〝死×2〟と下に書いた。

うなじのこぶがうずく。救急救命士の話では、軽い脳震盪を起こしたらしい。寝る必要があるが、こういう場合は、起きていたほうがいいのかもしれない。それに眠りたいとは思わなかった。それよりこの謎をなんとかして解きたい。

机に戻り、ブリーフケースのなかを搔きまわして市販の鎮痛解熱剤の瓶を見つけ、水なしで三錠のんだ。

何時間か前に箱から取りだし、目を通していた紙束がまだそのままになっていた。ポラロイド写真と帳簿の束が隣の机に広がっている。

プールはボードに目を戻した。

偶然を信じたことは一度もない。

このすべてがなんらかの形で繋がっているのだ。

77

三日目　午後八時七分
ポーター

ポーターは郵便受けを見つめた。

なぜかそれに馴染みがあるような気がした。横にビショップの名前が子どもっぽい字で書かれた郵便受けに。この場所に。日記には、郵便受けのことはなかったような気がするが、目の前の光景には既視感を覚えた。

「サム？　大丈夫？」

いつのまにかまぶたを閉じていたようだ。目を開けると、淡い月明かりにサラの心配そうな顔がぼんやりと見えた。

サラが彼の肩に手を置いた。「刑務所のときみたいに、またどこかに行ってしまったみたいだったわよ。いったん引きあげて、ホテルに行きましょうよ。明るくなってからまた来ましょう。少しは眠らないと。こんなに真っ暗じゃ、どうせ何も見えないわ」

心臓がどくどく打っているのに、眠ることなどできるはずがない。「俺は大丈夫だ。それに懐中電灯を買ってきた」

砂利道を横切るときに危うく転びそうになり、車に手をついて支えた。

サラが再び横に来た。「ちっとも大丈夫じゃないわ、いまにも気を失いそうよ。車に座って、呼吸を整えたほうがいいわ。まるで幽霊みたいな顔色」

ポーターは車に手を突いたまま、もう片方の手で頭の後ろをなでた。銃弾の傷を。「大丈夫だ」

思ったよりもきつい、突き放すような声になり、サラが一歩あとずさった。

ポーターは深く呼吸をして、再び口を開いた。「すまない。あんな……」

「きつい言い方をする気はなかった？」

「まさかあれが事実だとは」ポーターはまだ前の座席にある日記に顎をしゃくった。「このまま行くわけにはいかない。調べる必要がある。ここに何があるかわからないが、いま立ち去ったら朝にはそっくり消えているかもしれない。ばかげて聞こえるのはわかってる。きみは好きにしてくれ。ここにいたくなければ、俺に付き合う必要はないよ。だが、俺は残る。そうするしかないんだ」

サラは両手を伸ばしてポーターの顔をそっと包んだ。柔らかい手のひらの感触に、ポーターは久しぶりに心が安らぐのを感じた。

「まっすぐ歩くこともできない人を、ひとりでここに残していけないでしょ。何をするにしろ一緒にやるわ。でも、文明社会に戻ったら、豪勢な夕食をおごってもらうわよ」

「いいとも」ポーターの唇がかすかにほころんだ。「サンドイッチ屋の古いクーポンが後部座席にあったな」

ふたりはしばらくそこに立って、ポーターの脚に力が戻り、頭の霞が晴れるのを待った。いつの間にか、サラと手を繋いでいた。その瞬間を思い出せればいいのに、とポーターは思った。気づかなかったのが残念だ。いま頭にひしめいていることよりも、そちらのほうがはるかに思い出す価値がある。ポーターはサラの手をぎゅっと握った。「ありがとう、もう落ち着いたよ」

ポーターはサラの手を放し、車のなかからさきほどの紙袋を取りだした。それを屋根に置き、二本の懐中電灯の包みを破ってそれぞれに電池を入れ、一本をサラに渡した。

サラが懐中電灯をつけ、寂しい道路を照らしだす。ポーターはデジタルカメラの説明を読んだ。

「ここに砂利を敷いた車寄せがある。それとも昔は道路だったのかしら。草が伸びすぎてよくわからないわ」サラは二メートルほど離れた場所、郵便受けの近くから言った。「ほかにも何かあるわね。この〝ビショップ〟と書かれた郵便受けの隣に、もうひとつ郵便受けがあったみたい。支柱が一本ある。地面から六十センチぐらいのところで折れているけど」

「カーター家の郵便受けだったんだろう。ビショップ一家はカーター家の隣に住んでいた」

「ええ、日記にはそう書いてあったわね」

ポーターはカメラの使い方を確認してから、手袋とカメラをポケットに入れて車のドアを閉めると、サラのところへ歩いていった。サラは支柱の名残を照らしていたが、ポーターが近づいてくるのを見て、自分が見つけた砂利に光を向けた。「さっき言ったのはこれのことよ。長いこと放置されているみたい」

ポーターは、真っ黒な闇に縁どられて音もなく揺れながら、草と土まじりの砂利や灌木の上で躍る光を目で追った。それから黙ってサラの手を取り、その光に向かって歩きだした。

78

三日目　午後八時十五分
クレア

アシュランド・アベニューを走っていくと、やがて回転する赤と青のライトが見えてきた。クレアはフロントガラスの向こうを指さした。「あそこよ」

「ああ、見えてる」ナッシュが答え、二十四時間営業のスーパーマーケットの駐車場に車を入れた。

矢印に沿って長い建物の横を、裏手にある搬入口へとまわりこむと、二台のパトカーとそのあいだに設置されたバリケードが見えた。左側にいる警官がバリケードの端を持ちあげ、ふたりの車を通す。ナッシュは鑑識のワゴン車と救急車のあいだに車を停めた。手持無沙汰だと見えて、ふたりの救急救命士が車の後ろに立って煙草を吸っている。

「ガソリン臭くない？」クレアは顔をしかめた。

「コニーだよ」ナッシュが説明する。「ギアをパーキングにすると、下のほうからにおってくるんだ。点検してもらわなきゃ、とは思ってるんだが」

「驚いた。この車はすごく危険よ。わかってるんでしょうね」

「俺のコニーをいじめるなよ。ちゃんと直るさ。そうだな、コニー？」ナッシュは手を伸ばしてダッシュボードをなでた。

「まったく、ビショップもあんたも似た者同士ね。どっちもイカれてるわ」クレアは車を降りて凍るような夜のなかに出ると、勢いよくドアを閉め、ポケットに手を突っこんだ。同じく車を降りたナッシュが、うっかり氷に足をのせて滑りそうになる。

　後ろに水槽を牽引したグレーのトラックは、搬入口のスロープの上で停止していた。鑑識員が大きなハロゲン投光ライトでそれを囲んでいる。立入禁止の色あざやかな黄色いテープがその外側を囲み、制服警官が少なくとも六人、急速に増える野次馬を押し戻している。野次馬の大半は店の職員だ。彼らが友だちを呼んだと見えて、店の制服を着ていない者もちらほら混じっていた。クレアたちが来たのとは反対の側から、車が一台まっすぐ光と人混みめがけて走ってくる。いったん情報が洩れれば、野次馬はこの二倍、三倍に膨れあがるに違いない。テレビ局や新聞記者が到着すれば、さらに状態は悪化する。

　鑑識員は三人いるようだ。全員がテープのなかに立って指示を待っていた。

　ベルキン警部がクレアたちに気づき、人混みのなかから急ぎ足に近づいてきた。警部が着ている膨らんだ紺の上着は襟にバッジがつけられ、背中には白い活字で大きく〝シカゴ市警〟と書かれている。

「到着してすぐにテープを張ったんだ」警部は十五メートルほど先で半アイドリング状態になっているトラックを指さした。「あのトラックは八時数分前に来たらしく、スロープを半分上がった状態で行く手を塞いでいた。で、管理主任が動かせと告げに行き、運転台のなかを見て救急車を呼んだんだ。なかに……まあ、自分の目で見てくれ。管理主任はドアを開けようとしたから、その指紋を除外するために、管理主任の指紋を取っておいた。車の周囲にある足跡から排除するために、靴の型も。雪のなかにはもうひと組の足跡が残っている。おそらく、きみたちが追ってる犯人のものだろう。何度かトラックをまわりこんでるようだ。一応、鑑識が取るには取ったが、この天気でははっきりした型は取れそうもないな。管理主任の名前はウィリス・コルテスだ。建物のなかにいる。話をするのはかまわないが、われわれが聞きだした以上のことはまず聞けまい」

ナッシュが搬入口の上に設置された防犯カメラを指さした。「何か映ってましたか？」

ベルキンは首を振った。「裏口にも三台のカメラがあったんだが、先週の火曜日に壊されて、まだ取り換えていないそうだ」

「どうやって壊したんだろう？　ずいぶん高い場所に設置されているのに」

「ビデオの配線を切って、何か重いものをカメラに投げつけたようだな。正確なところはメンテナンス担当にもわからないそうだが、カメラは潰れていた。警備員は、モニターを見ていたらいきなり暗くなったと言っている。誰がやったにしろカメラの機能に詳しい者だったらしく、カメラに映らない角度から近づいたんだな。壊した人間の映像は撮れていない。万一、警備員が何かを見逃しているといけないから、部下にモニターと映像を調べさせているところだ」

ナッシュはちらっとクレアを見た。ふたりとも同じことを考えていた。ビショップだ。

ベルキンはトラックに目を戻し、テープをくぐってクレアとナッシュのためにそれを持ちあげたあと、運転席のドアに近づいた。窓はすっかり開いている。「どうやら、犯人は水槽からホースを引いてきて、その中身を運転台に空けて分厚い氷を作った。わたしがここに着いたとき気温は七度、風の冷たさはマイナス二度ぐらいだった。犯人がなぜこんな手間をかけたのか、鑑識の連中はまだ頭をひねっているが、それはともかく、数分水をまき、五分から十分時間を置いて、また放水したに違いないと言ってる。氷が何層にもなっているそうだ。これだけ寒くても、そういう氷は一度の放水では作れない。いつ誰に見とがめられるかわからない場所で、長いことかけてわざわざそんなことをするなんて、相当な忍耐力とよほどでかい肝っ玉が必要だな」

クレアはベルキン警部の説明に必死に集中しようとした。警部は氷の分厚さに関してさらにいくつか詳細を付け加えた。ナッシュが海水かと尋ねたが、ベルキンは首を振った。海水はこの気温では凍らないのだ。

トラックの運転台には人間がいた。シートベルトをして両手をハンドルに置き、何か遠くの、存在しないものを見つめている。

その人間の体はざらつく氷に包まれていた。氷の殻がぐるりと体を取り巻き、顔と頭は薄い氷、座席と床には分厚い氷が張っている。

氷の仮面を正面に向け、うつろな目で前方を見据えているのは十代の少年だった。

79

三日目　午後九時十分

ポーター

最初に目に入ったのは日記にあった家だった。正確に言えば、その名残だ。

ポーターとサラは車寄せで足を止めた。手にした懐中電灯の光が蔦と雑草に覆われた羽目板を照らしだす。

この家が燃えたのは明らかだ。屋根がなくなり、残っている壁も黒く焦げている。壁や骨組みのほとんどが、火事のときか、それからまもなく崩れ落ちていた。

ポーターはカメラを取りだし、サラに渡した。「きみが写真を撮る係だ」

「とくに撮りたいものがある?」

「そのメモリカードは千枚まで保存できるから、遠慮せず、なんでも撮ってくれ。すべてを記録しておきたい。何が手がかりになるかわからないからな」

　サラは家の名残に向かってカメラを構え、ファインダーを覗きこんだ。小さな家だったに違いない。たぶん七十平米ぐらい、せいぜい八十平米だろう。日記にあったようにポーチ付きだが、ポーターの想像と違っていた。日記を読んだときは、かなり大きな家をぐるりと囲む広々としたポーチを思い浮かべていた。だが、ここはそのどちらでもない。実際のポーチは幅二メートル弱、奥行きは一メートルちょっとしかなく、古いコンクリート・ブロックの上に危なっかしく載っていた。木製の階段が二段ついているが、どちらも体重をかける気にはなれなかった。はるか昔に朽ちている。

「日記を読んだ印象だと、もっと大きな家かと思った」サラがすぐ横で言った。

　サラが写真を撮るたびに、カメラがカシャッと音をたてる。人はしつこく過去にしがみつくものだ、とポーターは苦笑しながら思った。デジタルカメラには音など必要ないのに、誰かがアナログ時代の音を残す手間をかけたのだ。

「子どもの目には大きく見えたのね、きっと。小さいころは、すべてが少し大きく見えるものだから」

　ポーターは朽ちている板をまたぎ、おそるおそるポーチに足をのせた。懐中電灯の光がかつて玄関の扉があった場所を照らしだす。いまはぽっかりあいた穴があるだけだ。

「なかに入るつもりじゃないでしょうね」

「地下室を見たいんだ」

サラの懐中電灯の光が、残っているふたつの外壁と屋根があったはずの開口部を照らし、最後にかろうじて残っている床を捉える。「歩いたら床が抜けそう」

ポーターは一歩前に出た。足の下で床板がうめき、痛みを訴える。

「下に落ちたら大怪我をするかもしれない。この近くには病院どころか人家もないのよ」

ポーターの手にした光が古い冷蔵庫とガス台の名残を見つけた。立っている場所からおよそ四メートルほど先にある。冷蔵庫の扉には錆びた錠前がついていた。

　母は毎朝きっかり九時に冷蔵庫を閉めて、真新しいスタンリーの錠前をカチャリとかける。その鍵はお昼になるまでかかったままだ。昼も決まった時間になると同じことが繰り返され、冷蔵庫は夕食時まで開かない。昼間まで断食するのはかまわないが、お腹に何か入れたほうが、今日一日をだいぶ楽に過ごせるという気がした。昨夜飲みすぎたせいに違いないひどい頭痛も少しは和らぐだろう。

　黒ずんだ壁の一部が、大きな爪楊枝（つまようじ）のようにところどころ床から突きだしている。ポーターは再び注意深く一歩進み、おそらくリビングだった場所の床に空いた、大きな穴のそばに膝をついた。手にした光がとうの昔に地下に抜け落ちた破片を照らしだす。どれがどこの何だったのか、見当もつかない。一瞬、金属が光を反射したような気がして、カーター夫妻が手錠をかけられていた水道管を見つけたかと思ったが、よく見ると床下のコンクリートを突き破り、もう少しで外の光に達するほど大きくなった木だった。

「何か見える？」サラが尋ねた。

「この場所全体を掘る必要がある。何年も前に朽ちてしまったんだな」

「でも、死体はないわよね？」

「あったとしても、とっくに運び去られているさ」そうとも。ポーターは自分にそう言い聞かせたが、見る影もなく朽ちたこの家の名残のなかに隠された何十という死体を、容易に想像できた。肉が黒焦げになった焼死体を。この場所は死のにおいがぷんぷんする。

「カメラをこっちに放ってくれないか？　あまり近づくなよ。きみはここを歩かないほうがいい」

サラはためらったものの、カメラをゆっくり下から放った。

それを指先でどうにかつかんだ。「ありがとう」

落とさないように気をつけながら、カメラを穴のなかに入れ、シャッターを押した。レンズをあちこちに向け、明るいフラッシュで隅々まで照らしながら十枚あまり続けて撮る。

「ねえ、車を見つけたわ！」サラがどこか後ろのほうから叫んだ。

ポーターは最後にもう一度、かつて地下室だった場所を見まわすと、慎重にあとずさって固い地面に戻った。サラは家から少し離れた場所に立って、もつれた草の塊に懐中電灯を向けていた。

最初は何も見えなかったが、すぐそばまで近づくと、ようやく見えた。サラが背の高い草を踏みつぶしている。「フォルクスワーゲンだと思う。よくわからないけど」

「フォルクスワーゲン？　それじゃ話が合わない」ポーターにも錆びた金属の塊と割れた窓が見えた。車の内部は森の動物の棲み処（すみか）になっているらしく、座席は草に覆われている。注意深く形を調べながら、周囲をひとまわりする。手にした懐中電灯の光がリアバンパーに当たると、足を止め、顔を近づけた。「驚いたな」

「どうしたの？」

すぐそばに膝をつくサラに、バンパーのステッカーを指さす。色褪せているが、どうにか読める。サラが読みあげた。「〝貧しき者のポルシェ（プア・マンズ・ポルシェ）〟」

父は一九六九年型のポルシェに乗っていた。すばらしい車だった。キーを回すとブルンと低い音をさせてエンジンがかかる。ゆっくり道路に出ていくあいだにその音がしだいに大きくなり、まもなく待ちかねたようにタイヤが舗装された道路を舐める。父はその車をどれほど愛していたことか。

「ビートルと呼ばれてたやつだな。ビショップの父親の車だったに違いない」ポーターは立ちあがり、車の見える部分に光を走らせた。「ボンネットとトランクが両方とも開き、窓とライトが叩き割られているだろう？　すべて日記の記述と一致する」

ポーターは後ろにまわり、汚れたナンバープレートの写真を撮った。一九九五年十月に失効している。

サラも立ちあがり、右のほうを指さした。「もうひとつ家があるわ」

ポーターはそちらに目をやり、何歩か近づいた。「家ではなく、トレーラーハウスだ」カメラをサラの手に戻し、かつてビショップ家の前庭だった場所を横切って、背の高い草のなかをそちらに向かった。サラもあとからついてくる。トレーラーに着くと、懐中電灯でゆっくり円を描いて周囲を照らしてから、再びそれに向き合った。「カーター夫妻が住んでいたのはここだな。ほかには何もない」

カーター家の勝手口の網戸は開けたままになっていた。風が吹くたびにペンキがはげた白い枠に当たり、カタカタと音をたてている。ぼくは取っ手をつかんでそれを開け、押さえてあげた。カーター夫人はぼくの前を通り過ぎて暗いキッチンに入った。ここに来るあいだ、ひと言もしゃべらなかった。ぼくも黙っていた。ときどき鼻をすする音がしなければ、ちゃんとついてきているか不安になっていたかもしれない。

サラはコンクリートの段を上がってドアを引っ張った。蝶番（ちょうつがい）のひとつが折れ、金属枠からもげた。「開いてるわ」

窓は、少なくとも正面に面した窓はなくなっていた。薄手のカーテンが風にそよぎ、暗がりのなかで揺れている。

「俺が先に行く」ポーターはそう言ってサラの前に進みでた。「あまり離れるなよ」

戸口をくぐり、狭いキッチンに入る。安物の小さいテーブルとベンチが片側の壁に作りつけられ、向かいの壁に錆びた電気製品が並んでいる。床は泥だらけで、風雨にさらされひどく傷んでいた。冷蔵庫のドアは開いたまま。戸棚のほとんどは扉がなくなり、なかも空っぽだ。ガラスの割れた窓から、風が口笛のような音をたてて吹きこんでくる。キッチンの先の狭いリビングは壁も床も色褪せて、あらゆる表面が落書きに覆われていた。あざやかな色の絵や形、活字体の文字、様々な名前、符号……。

「全部撮ってもらえるか？　あとでゆっくり見たい」

「若い子のたまり場になっていたのね」サラがカメラを構えながら言った。「十代の子にはアルコールを隠したり、こっそりセックスしたりできる場所が必要だもの」

キッチンとリビングを通り抜け、狭いバスルームを通り過ぎる。染みだらけの便器、浴槽の隅に丸まったシャワーのカーテン。懐中電灯の光がひび割れた鏡を捉えると、見返してくる自分が見えた。少年のビショップが細い廊下を同じように歩いていく日記のくだりが頭に浮かぶ。

ぼくは廊下を歩きはじめた。ナイフの柄の先端を胸に押しつけ、刃を前にして。その握り方を教えてくれたのも父だ。必要なら、腕の筋肉が許すかぎりの力で、弾をこめた銃で狙うのと同じ正確さでナイフを突きだす。振りかぶるのと違い、突きだされたナイフは、そう簡単には止められない。それにこの構えだと、切っ先を上に向けるか下に向ければ、ナイフの先端で相手の心臓か腹を直接狙える。逆手に持って上から振る場合は、下向きにしか攻撃できない。そういう攻撃は深く貫くよりも的を外すことが多い。
父はナイフの使い方がとてもうまいんだ。

ビショップが自分の後ろにいるのが見え、うなじにその視線を感じた。あの男が最後にここに来たのはいつだ？　子ども時代か？　何十年も前のことか？　それとも、そのあとここに戻ってきたのだろうか？　そしてやはりここを歩いたのだろうか？
ドアはふたつとも閉まっていた。

こちらの姿を相手が認めてから反応するまでに、最低でも一秒か二秒の間があく。脳が目から送られた情報を処理しなくてはならないからだ。この家には自分しかいないと思っていればなおのこと、的は凍りつき、自分が的だという事実を理解するのに手間どる。父はこう言った。相手が呆然自失して、次に何が起こるか、ただそこに突っ立って見ていることもある。まるでテレビ番組を見るように。

銃があればよかった。ポーターはそう思った。どうして地元でショットガンを買わなかったのか? あれなら身元照会なしで手に入ったのに。

自然とポケットに手がいき、ビショップのナイフの柄をつかんでいた。

ポーターは左手の取っ手を回した。

背後でサラが悲鳴をあげた。

80

三日目　午後九時十一分
カティ

「起きて!　ねえ、起きてったら!」

濡れたタオルを通してしゃべっているみたいに、くぐもった声。

女の子の声だ。

「お願いだから、起きて……」

苦しそうなささやきは耳元で聞こえた。温かい息がかかる。

カティはひどく重いまぶたをなんとか持ちあげたものの、すぐにまた閉じそうになった。

意識が戻ってくる。それと一緒に苦痛が押し寄せた。煮えたぎる液体のように痛みが内側に広がり、筋肉と骨を焼く。

目隠しはなくなっていた。自分と同じくらいの歳の少女が、カティの顔を膝にのせ、鼻が触れあいそうなほど顔を近づけている。

カティの目が焦点を結ぶと、少女は唇に指を押しつけた。「しっ、あの男に聞こえるわ」

少女の声はどこかおかしかった。まるでひどい風邪をひいて声が出ないみたい。それにしゃべるたびにとてもつらそうだ。少女の目に苦痛が浮かぶのがカティには見えた。唇には乾いた血がこびりついている。

カティは起きあがろうとしたが、力が入らず少女の膝に頭を落とした。

少女はカティの髪をなでた。「あいつが着替えを持ってきたから、服を替えといたわ。ずぶぬれだったから。風邪をひいたらたいへんだもの。なんとかしてここを出なきゃ。ひとりじゃできない。力を合わせてやるの」

少女は荒い息をつきながら、ひと言ずつ言葉を押しだした。

カティは湯のタンクを思い出した。そこに落とされ、目の前が真っ白になったことを。

「あいつ、あなたを感電させたの。向こうにある大きなお湯のタンクにケーブルを入れて。すごい音がしたわ……それから、何かが焼けるにおいがした。たぶんあなたの髪だと思う。まだ濡れてるからよくわからないけど」少女は苦しそうに息を継いだ。「そのあと、あなたをお湯から出して、長いこと心臓マッサージをしてた。あなたはようやく咳きこんだけど、意識が戻らなかった。あいつはしばらく様子を見ていてから、あなたをここに入れて、上に行ったわ。それっきり戻ってこない。いまのところはね。あいつが下りてこないように、静かにしてなきゃ。あなたが目を覚ましたことを知ったら、すぐ下りてくる」

少女は咳きこみ、痛みに顔をゆがめた。口から手を放すと、血の混じった唾が手のひらを覆っていた。

「ガラスの破片を呑みこんだの。あいつを近づけないためよ。うまくいった。あいつはあたしのそばには来ないわ」弱々しい笑みを浮かべ、体を包んでいるキルトで手を拭った。

「あてがはずれていい気味。あたしはラリッサよ」

「あたしはカティ」喉がからからで引きつれるようだったが、どうにかそう言った。「ウェスリーはどこ?」

「誰?」

「あたしはウェスリー・ハーツラーと一緒だったの。一緒にここに来たのよ」

「あいつが運んできたのは、あなただけよ」

「ここにはウェスリーと一緒に来たのよ」カティは繰り返した。

ラリッサの目が明るくなった。「逃げたのかな? 助けを呼びに行ったのかも?」

カティの脳裏にさきほどの光景がよみがえった。黒いニット帽の男がテーブル越しに身を乗りだし、ココアのマグカップをウェスリーの頭に叩きつけるところが。「でも、あの男にすごい勢いで殴られた……怪我をしたと思う。ひどい怪我を」

「思ったほどひどくなかったのかも。きっと逃げたのよ。そうじゃなければ、あいつがここに運んできたはずよ。この檻に閉じこめたはず」

少女はそう言って周囲を見まわし、最後に天井を見上げた。

「あなたはどれくらいここにいるの？」

少女は動物のようにぱっとカティに目を戻した。「どれくらいかな？　一日ぐらい？ガラスを呑みこんだあと気を失ったから……今日は何曜日？」

「土曜日よ」カティはなんとか起きあがろうとした。頭を起こすと部屋が傾き、吐き気がした。左のこめかみに触れたとたん、痛みにたじろいだ。

ラリッサの表情が曇った。「だったら、ここに連れてこられたのは今朝。まだ丸一日も経ってないのね。一週間もいるみたいなのに」再び咳きこみ、血を吐いた。

カティは立とうとしたが、倒れこんだ。ラリッサが支えてくれた。「気をつけて。まだ体力が戻らないのよ」

カティは深く息を吸いこんでうなずき、また立とうとした。今度は金網につかまってどうにか立つことができた。檻をひとまわりしてあらゆる継ぎ目を確認し、隙間を探した。

「あたしも何回も見たわ。継ぎ目は全部溶接してあるし、枠は床のコンクリートにボルトを打ちこんである。上は天井すれすれだから、逃げられるほど隙間がない。扉にはふたつ南京錠がついてる。ここから出る方法はないのよ」

カティは角をまわり、扉の前に立って南京錠に手を触れた。「鍵はあの男が持ってるの？」

「首にかけた鎖につけてる。ねえ、ここがどこかわかる？」

「どこだか知らないの？」

ラリッサはうなずき、どんなふうに誘拐されたか告げた。

「ローウェル通りよ。住宅街の真ん中。ウェスリーとあたしは信仰を広めるために、この家を訪問したの」

「あなたたちがどこにいるか、誰か知ってるの？」

カティは南京錠を放した。金属同士がぶつかり音をたてる。「いいえ。伝道所を出たときは、二十四人ぐらいいたけど、広い範囲をまわれるようにばらばらになった。ウェスリーと一緒だったのは、このへんを知っていると言ったからよ」カティはラリッサのそばにしゃがみこんだ。「あの男はなんのためにあたしたちを閉じこめたの？　レイプするため？」

ラリッサは涙ぐんだが、気弱な自分を叱るように汚れた手でさっとそれを拭った。「最初はそう思った。でも、あなたに〝見てくれ〟と頼んでいたわ。タンクに沈めて感電させる前にも、見たことを教えてくれ、って言ってた。心臓マッサージをしてるときも、光から戻ってこい、こっちに戻ってこい、って必死に言いつづけてた。あなたに死んでほしくなかったのよ。殺そうとしたのに。いった――」

階段の上のドアが開き、重い足音が聞こえた。

ラリッサは横たわり、キルトで体を覆って目を閉じながらささやいた。「まだ眠ってるふりをして。そうしたら上に戻るわ」

でも、カティはそうしなかった。黒いニット帽の男が残りの段を下りてくるあいだ、扉のところに立っていた。

「気づいたんだね。娘の服を着られてよかった。風邪をひいてもらいたくない。タンクに入れる前に服を脱がすべきだったんだ。そのほうがいいのに。どうかしていたんだな」男は金網に指をかけた。「話してくれ。何が見えた？」

男の手は赤や青のペンの染みだらけだ。爪も黒く汚れている。側頭部には帽子の縁から大きな切開の傷の一部が覗いていた。青白い頭皮のなかでそこだけが炎症を起こして赤く腫れ、引っ掻いたと見えて乾いた血がこびりついている。

「何が見えた？」男はまばたきもせずカティを見つめ、また訊いた。舌足らずな発音が混じる。

カティは金網越しに汚れた手をつかむと、身を乗りだして顔を近づけた。「すばらしいものが見えたわ。神様の顔が見えた」

81

三日目 午後九時十三分
ポーター

バスルームからアライグマが飛びだしてきて、廊下を走り、半分傾いているドアから逃げていく。

サラが飛びのき、それから恥ずかしそうな顔をした。「何よ？ ふつうは驚くでしょ？」

「ああ、ちびりそうになった」ポーターは口元がほころびそうになるのをこらえながら、取っ手をひねって左側のドアを開けた。

小さな寝室だった。何もない部屋だ。割れたビール瓶が片隅に寄せられ、リビング同様ガラスの割れた窓に、板が張りつけてある。

ポーターは右のドアに向き合った。「またアライグマが出てきたら、俺が守ってやるよ」

「頼もしいこと」

ドアを開けると、その部屋には家具があった。左の壁は大きなベッドとナイトテーブルに占領されていた。反対側の壁にはクローゼットと昔は鏡付きだったドア。いまは二枚とも粉々に割れ、その下のプレスボードは落書きに覆われている。ナイトテーブルの引き出しは、ふたつなくなり、残りのふたつはクローゼットの片隅に積んであった。マットレスは得体のしれない染みだらけ。部屋のなかは黴臭く、空気もよどんでいる。

「長いこと誰も来ていないのね。そのマットレスは、さすがに若い子も使う気になれなかったのかも」

「十代の若者のホルモンを侮るなよ。十六歳の男の子にとっては、ここは高級ホテルみたいなものさ」

「誰かがここに住んでいたなんて想像できない。でも一時期は誰かの家だったのね」

ポーターはクローゼットに残っている引き出しを確認した。どちらも空っぽだ。ドアのすぐ横の壁際にある化粧台も中身を荒らされ、引き出しが三つなくなっている。ポーターは日記の記述を思い出し、ビショップの母親が何かを探してこの引き出しを開けているところを想像した。

「怪物が隠れている場所を見つけろ。答えはそこで見つかる」

「なんですって？」

「刑務所でジェーンがそう言ったんだ」

「怪物は、たいていベッドの下に隠れているものよ」

ポーターはマットレスを持ちあげ、それを壁に立てかけた。その下の寝台用スプリングの布は、腐ってぼろぼろになったか、何かが巣作りのために持ち去ったと見える。「怪物はともかく、子どものころ大事なものは全部マットレスの下に隠しておいたもんだ」サラが懐中電灯でスプリングを照らした。「大事なものが埃の塊とかビール瓶だとしたら、大当たりね。正確には何を探しているの？」

「さあ。日記ではこの下に大きなベージュの金属の箱があったんだが」

「いまはないわ」

ポーターはスプリング入りの台を持ちあげ、それを壁のマットレスに立てかけて膝をついた。懐中電灯で照らしながら床板に指を走らせる。「床板が浮いているところがある。いったん剝がされ、そのあと戻されたんだな」

サラが隣にしゃがみこんだ。「日記のなかの悪党どもが、床板を剝がして確認したんじゃないの？」

「剝がして持ちあげたのはそのあとかもしれない。ドライバーがいるな」

「残念ながら、そこまでの用意はないわ」

ポーターは指先で床板をこじ開けようとしたが、うまく引っかからない。「車のキーは？」

「それならあるけど」サラはポケットからキーを取りだして渡した。

ポーターは懐中電灯を床に置いて、二枚の板の細い隙間にキーを差しこみ、こじ開けようとした。サラがその手元を照らす。最初はうまくいかなかったが、まもなく三枚の床板のうち、最初の板が音をたてて床から離れた。それをはずし、横に置いて、次の板を引っ張る。これは簡単にはずれ、次の板も同じくはずれた。全部で五枚の床板をはずすと、ほぼ六十センチ四方の四角い穴ができた。ポーターは懐中電灯でそのなかを照らした。

「何が見える?」

穴のなかに手を入れ、寝袋を取りだし、サラに渡す。「キャンプの道具みたいだ。もうひとつ寝袋がある。それとリュックサックがひとつ」再びなかに手を入れてそのふたつを取りだし、もう一度穴のなかを探ってほかに見逃したものがないのを確認した。「それで全部だ」

サラはリュックのファスナーを引っ張って開けようとした。

「待て」ポーターはポケットからラテックスの手袋を一対取りだし、サラに渡した。「まず手袋をはめるんだ」

サラは顔をしかめた。「これが証拠だとほんとに思ってるの? きっとここにたむろしている若い子たちのよ。頭のいい子がベッド代わりに隠しておいたんだわ。かわいい恋人を汚いマットレスに横たえずにすむように」

「用心するに越したことはない」ポーターは急いで手袋をはめた。

サラも手袋をつけ、再びファスナーを開けようとした。「錆びついて動かない」顔をしかめながら力を入れると、金属が裂けるような音とともに、ようやくファスナーが動いた。バッグから黴臭い空気がたちのぼった。いや、黴よりもひどいにおいだ。

「俺がやろう」ポーターはそう言ってリュックに手を伸ばした。

口で呼吸しようと努めながら、懐中電灯でなかを照らす。それからバッグの真ん中のポケットに入っている中身を取りだし、床に並べていった。バッグが空になると、上体を起こし、光を当てて取りだしたものを見た。

「どうしてこんなに、ひどいにおいがするの？」

「水が浸みこんだんだろうな。全部腐っている。長いこと床下にあったらしい」

シャツが六枚、ジーンズが四着、靴下、下着類、男性用と女性用の両方だ。どれも湿って、触れるそばからぼろぼろ崩れていく。そのなかで靴下がひとつだけ丸められ、先端が内側にたたみこまれていた。できるだけ素材を損なわないようにしながらそれを広げると、膨らんでいる箇所があった。何かが入っている。

ポーターはサラと目を合わせ、手を入れて中身を取りだし、床に置いた。

心臓がどくんと打つ。「写真を撮ってくれ」

サラがうなずき、カメラを手に取る。

それは小さな金メッキのロケットだった。錆びた鍵と一緒に鎖に通してある。サラが写真を撮ったあと、ロケットをこじ開けると、なかには写真が入っていた。すっかり色褪せ、写真の顔は判別できないが、ロケットの内側にはL・Mとイニシャルが彫られている。

サラはそれもカメラに収めた。

82

三日目　午後九時十四分
クレア

いますぐ市警に戻るべきだった。作戦室にあるおんぼろのソファに横になり、少しでも仮眠すべきだ。色褪せた茶色い革はひび割れ、しわがよって、詰め物はとうに床と同じくらい固くなっているとしても、クレアにはあのソファが、眠りが必要だった。

「持ってることは間違いないんだ」ナッシュが横でぶつぶつ言いながら、キーホルダーを探している。「このどれかなんだが」やがて金色の鍵を選び、ドアの鍵穴に差しこんだ。だが回らない。鍵が違うのだ。ナッシュが乱暴にそれを引き抜く。

「どうしてそんなにたくさん鍵があるの？」

ナッシュは肩をすくめた。「引っ越しするだろ。すると昔の鍵に新しい鍵が加わる。それを繰り返すと、どんどん増えるのさ」

「ほとんどの人が古い鍵は引っ越しのときに返すわよ。持ってちゃいけないのよ」

「なんだよ、鍵の管理局でバイトでも始めたのか？　そんな時間がどこにあるんだ？」

ナッシュは別の鍵を試した。今度の鍵は銀色で頭が八角形だ。が、やはり回らなかった。

「とにかく、三本以上の鍵を持っているのはおかしいわよ。車の鍵とアパートの鍵、それに本部の作戦室の鍵。それ以上持つ必要がどこにあるの」

丸い頭の別の金色の鍵を試すと、それはすんなり鍵穴に入り、錠が回った。

ナッシュはポーターのアパートのドアを開けた。「古い鍵を持ってるから、こういうこともできるんじゃないか」

「サム？　いるの？」なぜ声をかけたのか自分でもわからないが、クレアはポーターに呼びかけた。ノックも三度してみたが答えはない。

アパートは暗かった。ナッシュが壁のスイッチを弾き、リビングの電気をつける。

ひっくり返った安楽椅子が真っ先に目に入った。

「くそ」ナッシュがつぶやく。

クレアは銃をつかみ、明かりをつけながら各部屋を確認しはじめた。

ナッシュはリビングに残り、ゆっくりと部屋をまわりながら倒れている椅子に近づいた。

「クレア、サムはいないぞ。誰かが押し入ったわけでもない」

バスルームの明かりをつけたまま、銃を肩のホルスターに戻してクレアは寝室から戻った。するとコーヒーテーブルの上に置かれた携帯電話が目に留まった。取りあげて親指で電源を入れたが、画面は暗いままだ。「サムの電話だわ。バッテリーが切れてる」

だがナッシュは聞いていなかった。大きな安楽椅子の横にかがみこみ、座部の底のたるんだ布に指を走らせている。

「何をしてるの？」クレアはその横に膝をついた。

ナッシュは体を起こし、ソファに寄りかかった。「きみに話すことがある。きっと怒ると思うが」

「何よ？」

「あの日記だよ」

「日記がどうしたの？」

ナッシュは深く息を吸いこみ、ゆっくり吐きながら言った。「サムはあれを証拠として提出しなかったんだ。手元に残しておいた」クレアが何も言わないうちに、ナッシュは片手を上げて押しとどめた。「提出する気はあった。そのつもりだったよ。だが、まだその時期じゃないと判断した。ビショップが捕まり、刑務所にぶちこまれるまで待ちたかったのさ。あの日記を証拠として提出してしまえば、マスコミがその内容をつかみ、センセーショナルな記事を書きたて、ビショップを生身の人間以上のものに仕立ててあげてしまう。サムはそう思ったんだ。ビショップがあの日記をバスの前に飛びだした男に持たせたのはそのためだ、とサムは確信していた。自分が証拠として提出しなければ……日記のことが世間にもれなければ、ビショップの計画が狂う、もしかするとやつはそれに足を取られるかもしれない。サムの話だと、ビショップはかっとなるたちだそうだ。あいつを怒らせれば間違いをおかすかもしれない。やつを捕まえるチャンスをつかめるかもしれないだろ」

「で、あんたはサムの計画に乗ったのね？」

ナッシュはしぶしぶうなずいた。「最初は一週間待とうと思った。それが一カ月になり、二カ月になって、時間が過ぎるにつれ、たいしたことじゃないような気がしてきて……」

「あたしは報告書に日記のことを書いたわ。記録に残ってるのよ」

「俺も書いた。何ひとつ隠し事はしていない。サムもそれは知ってる。サムはかまわないと言った。誰かに聞かれたら、ずっと前に提出したと言う、証拠管理室かシステムのせいにする、とな。ほら、そういう理由でしょっちゅう証拠がなくなってるだろ？　サムならきっと何かうまい手を思いついて、切り抜けるさ」

クレアは安楽椅子に顎をしゃくった。「そこに隠してあったの？」

「ああ」

クレアは椅子の底に手を這わせ、ひととおり探った。「いい隠し場所ね」

それから手を引き抜き、ナッシュを真似て後ろにあるソファにもたれると、あきらめのため息をついた。「で、サムはどこにいるのよ？」

ナッシュはクレアがまだ持っているサムの電話を見た。「思うに、あの日記のなかに何かを見つけて、手がかりを追ってるんじゃないか」

「電話をここに置いて？　あたしたちに何も言わずに？」

「黙ってるのは、俺たちを守るためさ」

「サムは停職中なのよ。しかも、あの事件には手を出すな、と厳命されてる。たとえビショップを捕まえて市警に凱旋してきても、クビになるわ」

「たぶん、それでもいいと思ってるんじゃないかな。ヘザーが死んでからってもの、自暴自棄になってるんだ。ヘザーが死んでサムは変わってしまった。あのビルでビショップに逃げられたのが最後の一撃、ってやつさ。サムはビショップを捕まえるまで、自分の仕事は終わらないと思ってる。やつを捕まえるためなら、なんでもするだろう。どのみち署を辞めるつもりなのかもしれない。ビショップを逃がしたのは、自分の責任、自分の間違いだと思ってる。だからなんとしても自分の手でビショップを捕まえ、このすべてを終わらせたいんだ」

「そんなの危険よ。ひとりでやるなんて間違ってる」

「だが、それがサムの望みなんだよ」

クレアは両脚を胸に引き寄せて抱えた。「トラックにいた男の子、あれはひどすぎるわ。あれがビショップの仕業だとしたら、はるかにエスカレートしてる」

「あいつは最初から俺たちに何かを告げようとしてきた。それが何か突きとめないとな。あいつのメッセージを。それがラリッサに繋がり、やつに繋がる」ナッシュは独り言のようにつぶやいた。「クレア・ベア、FBIと情報を共有する必要があるぞ。日記のことも話そう。新しい事件にビショップが関与してることが明らかになったんだ、これ以上隠してはおけんだろう」

「わかってるわ」クレアはあくびをこらえようとして口に手を当てた。じっと座っていると眠気が襲ってくる。動きださないと、ここで眠りこんでしまいそうだ。「署に戻ったらそうしましょう」

隣でナッシュもあくびをした。

「五分休んだら署に戻るわよ」

そう言ったときには、ナッシュはすでに寝息を立てていた。

83

三日目　午後九時四十四分

ポーター

ポーターはポケットにあるナイフの重みを感じた。ビショップのナイフだ。

どんどんまずいことになってる。折りたたみナイフをつかもうと、ジーンズのポケットに手を入れた。が、ナイフはそこにはなかった。もしもあったら、この男の喉を掻っ切って、幾重にもなった顎を切り裂けるのに。きっと蛇口の水みたいに血が噴きだすことだろう。すばやく動ける自信はある。でも、一瞬で喉を掻っ切れるほどすばやく動けるか？相手は太りすぎの年寄りだもの。あっというまに殺せるはず。父がここにいたら、この男を殺してほしいと思うだろう。母だってそう思うに違いない。ふたりともそう思うはずだ。ぼくにはわかっていた。

まるでビショップが早口でしゃべっているように、日記の記述が頭をよぎる。

ふたりはあらゆるものをカメラにおさめたあと、カーター家のトレーラーを出た。ロケットと鍵は袋に入れ、服はリュックサックに戻して寝室の床に置き、床板もマットレスもそのままにした。

空には月が昇り、地上の様子を覗こうと闇のカーテンを押しやっている。シカゴとは比べものにならないほど暖かいものの、外はさっきよりも冷えこみ、湿気を含んだ冷たさが骨に染みてくるようだった。

サラは町に行き、ホテルを見つけて休みたがっていた。今夜はもうじゅうぶんだと、疲れた目が言っている。

ポーターはサラに背を向け、二軒の敷地を囲む森のなかへと入っていく小道に足を向けた。みぞおちがこわばり、皮膚がちりつく。

サラはポーターの足元を照らしていた懐中電灯で庭を照らし、同じように小道の始まりへと向けた。

「ここには何年も誰も住んでいなかった。あの小道がまだあるのはどうしてだと思う？　とっくに草に埋もれているべきじゃないか？」

「動物が行き来しているのかもしれないわ。さもなければ、パーティをしにトレーラーハウスに来た子どもたちとか」

あるいはほかのもの。もっと悪いものかもしれない。

ポケットのナイフが温かい。無意識にそれを握っていたことに気づき、ポーターは柄の表面をなでた。

「きみはここにいてくれ。俺は――」

「いいえ、あなたひとりでは行かせないわ」

ふたりは倒れている小さな木の幹をまたいで雑草が生い茂る庭を横切り、ふたつの懐中電灯の光を暗闇のなかで躍らせながら、小道に足を踏み入れた。

84

三日目　午後九時四十九分
プール

「その箱はあたしも何回も見直したわ。心のゆがんだ人間が記録した帳簿よ」

プールは簿記用紙の束から目を上げ、戸口から声をかけてきた女性に顔を向けた。ピンクの帽子をかぶり、前を開けた分厚いジャケットと紫のマフラーを身につけている。見たことのある女性だ。

「入ってもいい？」

プールは体を起こして椅子の背にあずけ、うなずいてこめかみをもんだ。後頭部の痛みが頭全体に広がっている。「何か用ですか？」

彼女は部屋を横切ってきて、片手を差しだした。「正式に紹介されたことはなかったわね。クレア・ノートン刑事よ。あなたたちＦＢＩのチームがしゃしゃり出て４ＭＫの事件をかっさらう前は、ポーター刑事とナッシュ刑事と同じく捜査班に属していたの」

プールは握手した。「特別捜査官のフランク・プールです」

「それはもう知ってる。あたしの説明を聞いてなかったの？」

くそ、いまはこんなあてこすりを聞いている暇はない。「なんの用です、ノートン刑事？」

「向かいの部屋に来てもらいたいの」

「〝作戦本部〟に？　ポーター刑事に入るなと言われてるんですよ。この前あの部屋に入ったときは、放りだされた」

「あなたとお友だちのおかげで、サムは〝休暇〟中よ。留守中はあたしたちが指揮を執ってるの」

「だから？」

「誰かがおたくのチョコをあたしたちのピーナッツバターに落としたのよ」

プールはクレア・ノートンに従い、廊下を横切って緊張のみなぎる作戦室に入った。テーブルを囲んでいる面々が、疲れた目を向けてくる。プールはナッシュ刑事に会釈し、会議テーブルの椅子を引いた。そこについている三人のうち、顔見知りはナッシュだけだ。

クレアがほかのふたりを紹介した。「児童行方不明センターのソフィ・ロドリゲス、そっちの隅にいるだらしのない格好の男は、ＩＴ担当のエドウィン・クロゾウスキーよ」

「クロズと呼んでくれ」ＩＴ担当者がそう言いながら立ちあがり、テーブル越しに片手を差しだす。

「FBIにごまをするのはやめなさいよ、クロズ」

クロズは出した手を引っこめ、椅子に腰を戻した。「そうだな」

「その頭、どうしたんだ？　誰かにがつんとやられたのか？」ナッシュが尋ねる。

プールは四一プレースの家であったことを話した。ディーナーが殺され、ビショップに逃げられたことを。

ナッシュとクレアが目を見交わす。クレアがぽつりと言った。「残念だわ」

クレアの言葉に、プールは黙ってうなずいた。

「おたくの上司は、あんたが４ＭＫを担当しつづけるのを許してるのか？」

プールは肩をすくめた。「いまのところ、おりろとは言われてません。このところテロ対策に人員のほとんどを持っていかれて、支局は手が足りないんです。誰かが回されてくる可能性もあるが、行動分析課で働いた経験があるのはシカゴ支局ではぼくだけですからね。この事件にぼくほど詳しい人間もいないし」プールはテーブルを見まわした。「まあ、あなた方は別だが」

「サムもだぞ」クロズが静かな声で言った。「サムはわたしたちの誰よりもあの事件のことを知っている」

「ぼくもポーター刑事に連絡を取ろうとしているんだが、いつかけても留守電になってしまうんです」

またしてもナッシュとクレアが目を見交わした。「ナッシュとあたしは、たったいまサムのアパートから戻ったところなの。携帯電話はリビングのテーブルに置いてあった。お気に入りの椅子が横に倒れていたわ」

「まさか、ビショップに？」

「いいえ。自分で姿を消したんだと思う。スーツケースがなくなっていたから。どこかへ行ったんだわ」

「俺たちに知られたくない場所へ、だ」ナッシュが付け加える。

「だが、どこへ？」

この問いには誰も答えなかった。

「ポーターがビショップと組んでいる可能性はありますか？　なんらかの形でビショップの手助けをしているとか？」

「ありえないね」ナッシュがきっぱり否定した。

クレアは胸の前で腕組みした。「絶対ないわ」

プールは四人の顔をじっと見た。「ビショップの日記について、何か知ってますか？」

四人は顔を見合わせたが、誰も何も言おうとしない。

プールは息を吐きだし、立ちあがってドアへ向かおうとした。「こんなことをしている暇はないんです」

ナッシュがテーブルに両手をつくと、クレアとクロズを見た。「待てよ。座ってくれ」

プールは椅子に腰を戻した。「日記がどこにあるか知っているんですね」

クレアに促すような視線を向けられ、ナッシュが口を開いた。「あれはサムが持ってる」

「証拠管理室から隠して？」

「マスコミから隠しているんだ。あれを提出すれば、新聞社に送るのも同じことだ。内容がマスコミにもれる。ああいう情報は、まず間違いなくもれるからな」

「で、いまはどこに？」

「サムはリビングの安楽椅子の底に隠しておいた。横倒しになっていた椅子だ」

「すると、ポーターがどこにいるにせよ、彼が持っているんですね」

「そうだ」

「コピーは？」

「作りたくなかったんだ。理由はいま言ったのと同じだよ」

プールはややあってクレアに顔を向けた。「ぼくをここに呼んだのはこのためですか？日記の件を白状するため？」

クロズが低い笑い声をもらした。「そんなわけないだろう？　ここからが本題さ」

「本題？」

「これよ」クレアがそう言ってテーブルの上のマニラ封筒から写真を取りだし、プールのほうへ滑らせた。

プールはその写真を手に取った。トラックの運転台で分厚い氷に包まれている少年の写真だ。

クレアが立ちあがり、部屋の奥に置かれたホワイトボードから別の写真を取ってきて、それもプールの前に置いた。こちらは交差点に設置されたカメラで撮られた、トラックのフロントガラスの拡大写真だ。

「ビショップか」プールは驚きを抑えて言った。

「最初の写真と同じトラックよ」クレアが説明した。「そのトラックは、三週間前にジャクソン公園の防犯カメラにも映っていた。一連の少女誘拐事件の犯人が、公園に水槽を牽いていくのに使ったのよ。それから水槽の水を使って、エラ・レイノルズの死体を公園の池で凍らせた。その水槽は繁華街にあるアクアショップから盗まれたもので、ビショップの五番目の被害者の姉であるリビー・マッキンリーが、その店のアルバイトに応募し、一日だけそこで働いたことがあった。たぶんビショップのために店の下調べをしたのね。なぜだかふたりは組んでるの。いえ、組んでいたの」

プールは二枚の写真を見つめた。「いつそれがわかったんです?」

「この数時間のうち」クレアが答えた。「いま言ったこと全部が」

「この少年の身元は?」

「まだわからない。死体は繁華街に置き去りにされた。管轄署が捜査中よ」

「リビー・マッキンリーがどうなったか知っているんですね? ぼくらがどんな状態でリビーを見つけたか?」

「報告書を見たわ」

「報告書を見た、か」プールはつぶやいた。目をつぶると、まだリビー・マッキンリーの惨殺死体が浮かんでくる。いまはディーナー捜査官の死体も。それに玄関のドアを開けたときのビショップの顔も、だ。

〝サム・ポーターじゃないのか〟

「すでにＦＢＩの管轄となった事件の証拠を隠したり、手元に置けば、バッジを返すだけじゃすまない、刑務所にぶちこまれる可能性もあるんですよ。あの日記は事件の鍵かもしれないのに。だが、いまやそれがなくなり、どこにあるのかわからない」

「あれは俺とサムがしたことだ。ほかのみんなは関係ない」ナッシュが言った。

火花が散りそうなほど空気が張り詰め、再び沈黙が落ちた。

クレアはちらっとテーブル越しにナッシュと目を合わせた。ソフィは携帯の小さな画面を見つめている。何かを見ているのではなく、誰とも顔を合わせたくないだけなのだろう。

そのまま一分ほど過ぎたあと、プールは立ちあがった。「ちょっと待っててください」

プールは四人をテーブルに残して部屋を出た。

クロズがつぶやくのが聞こえた。「ちぇっ、チクるつもりかよ」

プールはホワイトボードのひとつをＦＢＩの部屋から引いて廊下を横切り、すぐに戻った。それを奥のホワイトボードと並べると、また出ていった。

「わたしたちのことを報告しないのか？」クロズがその背中に声をかけた。

「いまはそれより、力を合わせて事件を解決するほうが先でしょう」

クレアはためていた息を吐きだした。

85

三日目　午後九時五十二分
カティ

黒いニット帽の男はキッチンの小さなテーブルの椅子にカティを座らせ、自分も向かいに腰を下ろした。暗褐色の目は充血している。右目よりも左目のほうがひどい。この目をよく使うからだろうか？　カティを見るときは、左目で見るようにほんの少し顔を斜めに向ける。右目は少し遠くの、カティの後ろにある何かを見ているようだ。

カティは両手と両脚を金属の椅子に結束バンドで縛られていた。ものすごくきつく。きつすぎて、血の流れが悪くなるほど。

カティは指先まで血がいくようにたえず指を動かしながら、男の顔に視線を留めようと努力していた。礼儀正しく話すときはそうするものだ。乾いた血がこびりついている側頭部の傷は、見ないようにした。黒いニット帽にこすられた、不潔な赤いみみず腫れも。テーブルと床にこぼれ、分厚く乾いたココアの染みも。

床の血の染みは絶対に見たくない。ウエスリーが倒れた場所にたまっている血、そこから流れ、細い筋になって、最後はリノリウムの床と壁に飛び散っている血は。

男は右手に持った錠剤の瓶を、指の関節が白くなるほどきつく握りしめていた。

カティはラベルを見ようとしたが、大きな手がそのほとんどを隠している。錠剤をひとつ口に放りこむ前よりはましだが、その手はまだほんの少し震えていた。

「もう一度言ってくれ」男はさらに身を乗りだした。すえた息のにおいが鼻をつく。顔を背けたかったが、ここから逃げるにはこの男の信頼を勝ちとるしかない。自分を必要とする理由を、この男に与えなくてはならなかった。地下室にいる少女が与えることのできないもの、与えようとしないもの、この男の被害者たちが与えたがらなかったもの。それを与える必要がある。

「手と足の拘束をもう少しゆるめてくれない？　逃げたりしないと約束するわ。痛くて集中できないの」この言葉を強調するために、手首を椅子にこすりつけたが、すぐにやめた。無理やり要求するのも、反抗するのもまずい。おとなしい気弱な娘だと思わせなくては。

「痛みは考えるのに役立つ。うまく使えば、むしろ集中を高めてくれる」

男の言葉は錠剤をのんでからそれまでよりはっきりし、舌足らずなところもほとんどなくなった。でもひどく汗をかきはじめ、額も首もその汗でかすかに光っている。

「ウェスリーにも見てもらいたいわ。カティは言った。「ウェスリーにも見せてあげられる？　そうすれば、ふたりで説明できる。ふたりが同じものを見れば、あれが何かもっとよくわかると思うの」

「ウェスリーの話はするな」男はちらっと床の血だまりを見て、唇を引き結び、不機嫌な顔で言った。「あの少年のことは話したくない。きみが見たものをもう一度話してくれ」

今度は音をたてないようにして、カティはまた拘束された手を引っ張った。左のほうが右よりもゆるい気がするが、引き抜けるほどの隙間はない。少なくとも、ないように思えた。でも、やってみるまではわからない。「どうやって表現すればいいのか……美しい、魔法のようなものを見たの。音楽のなかに立っているみたい、それか……描いている対象の真髄を捉えた瞬間の画家の気持ちを味わっているみたいだった。とても言葉では表せない、実際にあれと比べられるものは何にもないわ」

「神の顔を見たと言ったぞ」

舌足らずの発音が戻ってきた。ほんの少しだけ。

「あれは……神様そのものだと思うわ。神様に包まれている気がした。暖かくて、大きなものに包まれていた。うとうとしているとき、ふわっと体が浮くような感じがするでしょう？　体になんの圧力も感じない状態にいるみたいに。なんの音かわからないけど、とても美しい心の安らぐ音も聞こえたわ。その全部が一度に起こったの。同時にふたつの異なる場所にいるみたいに」

「自分が見えたか？」

カティはつかのま考え、首を振った。左手の親指が結束バンドから引き抜けそうだ。

「いいえ、誰も見えなかった。そういうのは映画やテレビのなかでしか起こらないんじゃないかしら。でも自由な感じはしたわ。体から自由になった、体の束縛から」

親指がほとんどバンドから滑りでそうになったが、結局だめだった。男は結束バンドのプラスチックが椅子に当たる音が聞こえたとしても、そのそぶりを見せず、錠剤の瓶を指で叩いていた。

この男の信頼を勝ちとるのよ、カティは自分に言い聞かせた。落ち着いて。わたしが落ち着いていれば、この男も落ち着いている。こいつが聞きたがっている話をしてやるの。

ふと地下室の少女のことが頭をよぎった。この怪物に痛めつけられるよりそのほうがましだ、とガラスの破片を呑みこんで、地下室で死にかけている少女。こいつに触られるよりも死を選ぶなんて、すごく勇気がある。でもあたしは死にたくない。なんとしても、ここから出たい。

流しの上にある窓は暗かったが、隣家の輪郭がかすかにわかる。あそこまでたった三メートル。窓のひとつには明かりが灯っていた。白いカーテンの向こうで……誰が動いた？

カティは唇を舐めた。乾いて、ひび割れている。「お水をもらえる？」

男はカティを見つめた。聞こえなかったのだろうか？　もう一度頼もうとすると、男が立ちあがって流しの台にある水切り棚から曇ったガラスのコップをつかみ、蛇口の水を入れてテーブルに戻ってきた。水のなかに、何かのカスが浮いている。なんて不潔なの。

黒いニット帽の男がカティのそばに立ち、コップを唇のところで傾けた。浮いているカスのことを考えないようにしながら、カティは水を飲んだ。逆らわず、快活に、無頓着に振る舞わないと。生き延びるためにはそう見せる必要がある。水はすえた味がした。男がコップを離すと、カティはにっこり笑った。こちらの気持ちを悟られてはいけない。

男は震える手でコップをテーブルに置き、自分の椅子に戻った。手が震えているのは、神経質になっているせい？　それともどこかが悪いのだろうか？　どちらなのかわからないが、不安からでも、弱さからでもないのはたしかだ。男が弱気になっていると思いこむような間違いをおかしてはいけない。

「いつあのタンクに戻してくれるの？」カティは続けた。「最初は目隠しされていたし、気がついたときは暗かった。自分がどこにいるのかわからなかったわ。気がつくとあのなかにいた。とても温かいお湯のなかに。それから……」カティは言葉を切って、男の目を見た。「すべてが完璧な、不安のない満ち足りた状態になった。心が落ち着いて、澄みわたって、すばらしい気持ちだった」

男はじっとカティを見ている。ほんの少し開いた口の左端から唾がたれたが、それを拭おうともしない。錠剤の瓶を持った手の人差し指がひくつき、プラスチックを叩く。もう片方の手は小さな円を描くように親指と人差し指をこすり合わせていた。「その話を信じる根拠は？」しばらくして、ようやくそう言った。

「嘘をつく理由はないもの」

「そうかな？」

「あたしは死んだのよ。もうひとりの子がそう言ったわ。あなたはあたしを生き返らせてくれた。救ってくれたんでしょう？」

「きみの心臓は止まった。三分あまり停止したままだった。ぼくはたしかにきみを蘇生させたが、三分ではじゅうぶんとは言えなかったかもしれない。きみは何も見ていないかもしれない。ぼくが聞きたいことを話しているだけじゃないのか？」

「そんなことはしないわ」

「もう一度やる必要があるな。今度はもう少し長く死んでいてもらおう。五分か、ひょっとすると六分……いや、五分過ぎると脳が死ぬ。五分以上はだめだ」瓶をつかんだ人差し指の痙攣が激しくなった。それにつれて男は早口になっていく。「だが五分以下ではじゅうぶんじゃないかもしれない」

カティは左手をぐいと引っ張り、結束バンドから引き抜こうとした。が、手は滑りでてくれない。「あの……メイベルって誰？」

男は深く息を吸いこんで、椅子の背に背中をあずけた。

「メイベル・マーケル……？　ええ、マーケルだわ」

「その名前をどこで聞いた？」

「お湯のなかにいるときに聞こえたの。誰かがささやいているみたいに。それか遠くから叫んでるみたいに。どちらだかよくわからない。メイベルって誰なの？」

　男は錠剤をまたひとつのみこんだ。瓶のキャップを開けるのに苦労したが、どうにか開けて水なしでのみくだした。

「たしか、お嬢さんがいるのね？　これ、その子の服なんでしょう？　メイベルって、その子の名前なの？」

「俺が言ったに違いないな」

「あなたは言わなかったわ」

　男はけげんな顔で記憶を探り、自分がその名を口にしたかどうか思い出そうとしている。錠剤のおかげだろう、ぼんやりしていた目に力が戻った。

　カティはもう一度左手を引いた。今度は思い切り。ほとんど抜けそうになったが、結局もとに戻った。手首のつけ根が痛み、熱くなった。手首が切れたのかもしれない。血で濡れたらすんなり抜けるだろうか？「メイベルは自分が大丈夫だってことを、あなたに知ってもらいたいんだと思う。安らいでいることを」

「メイベルがそう言ったのか？」男の声に、これまではなかったせがむような調子が混じった。「たしかなのか？」

　カティはうなずいた。「ええ、そう思う」

　ニット帽の男は充血した目をしばたたき、すべてを見透かすようにカティを凝視すると、いきなり立ちあがった。その勢いでテーブルの天板が持ちあがって傾き、コップが床に落ちて粉々に砕ける。テーブルの角が肋骨に当たり、カティは椅子ごと後ろに傾いた。椅子はいったん後ろの戸棚に引っかかったあと、横に倒れた。片方の腕が下敷きになり、カティは思わず悲鳴をあげた。

「嘘つき！」男が大声でわめく。

顔のすぐそばに、ウェスリーが倒れた場所があった。かたまりかけたねばつく血が髪に触れる。血だまりの中心、ウェスリーの頭があった場所は血が薄かった。

床からではほとんど見えないが、かろうじて目の隅にあの絵が見えた。最初に男に案内されてウェスリーとキッチンに入ったときに気づいた絵、ピザ屋がくれるマグネットで冷蔵庫の扉に留めてある絵が。棒線のような犬と、父親と、娘が手を繫いで家の前に立っている絵。右下の隅に太い紫の文字で〝メイベル・マーケル〟というサインがある。

誰かが入ってきた。玄関のドアが開いて閉まり、廊下を急ぎ足に近づいてくる。「いったい何をしたんだ？」

「この娘は嘘をついた。見てなどいなかった。誰ひとり見ていない。ひとりもだ」

「誰もがまもなくたっぷり見ることになるさ」キッチンに入ってきた男が言った。

86

三日目　午後九時五十二分
プール

特別捜査官フランク・プールと、シカゴ市警のクレア・ノートン刑事、ブライアン・ナッシュ刑事、児童行方不明センターのソフィ・ロドリゲス、IT課のクロズは、作戦室の会議テーブルを囲み、奥に並んだホワイトボードを見つめていた。

部屋の隅でコーヒーマシンがゴボッと音を発したが、誰も立ちあがろうとしない。

「驚いたな」クロズがようやくつぶやき、五分近く続いた沈黙を破った。

たしかに驚きだ、とプールも思った。FBIに入ってから十六年、シカゴに配属される前はクアンティコの行動科学班に四年間所属していた自分でさえ、こんなものを見たことはなかった。これまでの調査でも、自分が学んだ事例研究でも。彼らがいま目にしている犯罪にはリズムも理由も、パターンと呼べるようなものすらひとつもない。連続殺人鬼の犯行には常に同じパターン、特徴がある。パターン自体は犯人が殺しの腕を磨き、自分の有りように心地よさを感じはじめるにつれて進化するかもしれない。だが犯行のたびに変わることは決してない。常に決まったパターンが存在するのだ。

なぜそのパターンが見えないのか？

「ノイズが多すぎるな」プールが静かに言った。

ナッシュがけげんそうな顔で振り向いた。「どういう意味だ？」

「ノイズを取り除く必要がある」

プールは立ちあがり、前に立ってボードをじっと見た。

「話が見えないぞ」クロズがぼやく。

プールはつかのまそこに立ち、あらゆる文章、言葉、文字、ホワイトボード用のペンの丸みを帯びたでこぼこの線を目で追い、頭に刻みつけた。それからホワイトボードを反転させ、何も書かれていない白い面を表にした。次のボード、その次のボードと次々に反転させていき、やがて、すべてのボードにある言葉がみな壁を向き、全員が何も書かれていない白いボードを見つめていた。

クロズがせせら笑いを浮かべて椅子の背にもたれた。「何がしたいんだ？」

プールはいったんボードの後ろへ回って写真をすべて剝がし、トレーのひとつから黒いペンをつかんだ。「この数日でいろいろなことがわかったが、これでは情報が多すぎる。ノイズをろ過して、実際に重要なことに焦点を当て、そこから浮かんできた本物の証拠を新しい情報として繫げるんです」

「ああ、パズルを解くってわけか」クロズが言い、ナッシュとクレアににらまれて肩をすくめた。

プールはアンソン・ビショップの写真をボードの中央、いちばん上にテープで貼りつけた。それから残った写真を分類し、ビショップの写真の下に貼っていった。

エラ・レイノルズ
リリ・デイヴィーズ
フロイド・レイノルズ
ランダル・デイヴィーズ
リビー・マッキンリー
ラリッサ・ビール
ダーリーン・ビール
名前のわからない死体（ジョン・ドウ）／トラック

「これがこの事件の直接の被害者、もしくは狙われた被害者です」

クレアが尋ねた。「すると誰が残るの？」

プールは残った写真を掲げた。「殺された親の配偶者、リーアン・レイノルズ、グレース・デイヴィーズ、ラリー・ビール、それと三家族の残った子どもたち」それから写真をふせてテーブルに置いた。「家族だという以外に、被害者と事件を繋ぐ理由が見つかればボードに戻すことにして、とりあえずボードに貼った被害者だけに的を絞りましょう」

ナッシュがテーブルを指で叩いた。「これがすべてビショップの殺しで、やつが過去の被害者と同じ手口に従っているとすれば、子どもたちは親の悪事で殺されたことになる。子どもたち自身が狙いじゃない」

「でも、4MKは今回、親も殺してるわ」ソフィが口を挟んだ。

「それに少女を殺した手口を見てよ」クレアが付け加える。「ふたりとも溺死。名前のわからない少年はトラックで凍っていた」

「しかも、どの子も目をえぐられ、耳と舌を切り取られていない。これは大きな違いだ」

ナッシュが指摘する。「過去の手口とはまったく違う」

「だが、リビー・マッキンリーだけは、過去と同じ手口で殺された」プールが言った。

「同じじゃないわ。マッキンリーは足の指と手の指を切られていた。去年までの事件では、ビショップは一度もそんなことをしてないもの」

「拷問がエスカレートしたとか?」ナッシュが思いついたように言う。

「だとしても異なるタイプの拷問ですね」プールはコーヒーカップをテーブルから集め、マシーンのところへ行って注ぎはじめた。「手の指と足の指を切るのは、通常、情報を引きだすためです。これまでの被害者はみな目をえぐられ、耳と舌を切られている。おそらくは死体を見つけた者にメッセージを送るため、警察を嘲るため、殺人をセンセーショナルにするために。それに必要な情報はすべて持っていたから、被害者から何かを学ぶ必要はなかった」

プールはテーブルに戻り、コーヒーを配った。

クレアはさっそくひと口飲んで喉を湿らせた。「するとリビー・マッキンリーはほかのすべての被害者とは違うのね。何かを知っていたんだわ。ビショップが必要な情報、拷問してでも知りたい情報を知っていたことになる」

「やつは情報を得るために、ほかの誰よりもひどくリビーを痛めつけた」プールはボードに戻り、リビー・マッキンリーの写真を中央のボードから、右にあるボードの上に動かした。「マッキンリーの殺しは、ほかの殺しと違う。とりあえずこれも別にしておきましょう」

「俺たちはリビー・マッキンリーに関して何を知ってる？　何がリビーをそんなに特別なターゲットにしたんだ？」

ナッシュの質問に答え、プールはリビー・マッキンリーのファイルから情報を読みあげた。「二〇〇七年五月に起訴され、二〇〇七年七月にフランクリン・カービーを轢き殺した罪で過失致死罪となり、十年の刑を宣告された。そのうちの七年と数カ月服役、六週間前に仮釈放で出所した」

「轢き殺されたのは誰だって？」ナッシュが尋ねた。

「フランクリン・カービーです」プールは一歩テーブルに近づいた。「ポーターもこの名前に驚いていました。だが、なぜなのか話してくれなかった。この男は何者なんです？」

「くそ、どうしてわれわれはこんな重要なことを見逃していたんだ？」クロズが口走る。

　同感だというようにクレアが首を振る。「その男はビショップの日記に出てくるの。タルボットのために働いていたけど、ボスから大金を盗んで、ビショップの母親と逃げた。ビショップがまだ子どものころよ。フランクリン・カービーはビショップの父親を撃ち殺した男でもある」

「またあの日記か」プールは顔をしかめた。「あれを読む必要があるな」

「つまり、こういうことか？」ナッシュが言った。「日記によればカービーはビショップの父親を殺し、ビショップの母親と逃げた。そのカービーを、リビー・マッキンリーがうっかり轢き殺した。するとビショップは、リビーがカービーを殺した件でリビーの妹、バーバラ・マッキンリーを殺した。リビーとなんらかの形で協力していたにもかかわらず、だぞ？　これじゃ辻褄が合わん。ビショップはカービーが死んで小躍りして喜んだに違いないんだ」

　クロズが咳払いをした。「リビー・マッキンリーを殺したのがビショップではないとしたら、どうだ？　ほかの誰かが殺して、ビショップが殺したように見せかけたとも考えられるぞ。それなら手足の指が切られていた理由も説明がつく。ビショップ以外の人間が、情報を求めてやったとすれば」

「誰がやったんだ？」

クロズは椅子の上でもぞもぞと動いてから、続けた。「ビショップはバーバラ・マッキンリーも殺さなかったとしたらどうだ？」

クレアは頭の後ろを掻いた。「ビショップがやったことはわかってるのよ」

「そうかな？」

再び沈黙が落ちる。

クロズは両手でマグカップを包み、渦巻くコーヒーを見下ろした。「４ＭＫ事件の被害者はひとり残らず、家族がなんらかの犯罪に関与していたから殺された。全員がそうだ。だが五番目の被害者、バーバラ・マッキンリーだけは違う。バーバラの死は姉の轢き逃げのせいだとされた。つまり事故だ」クロズはナッシュを見た。「きみが言ったように、ビショップにはバーバラを殺す理由はまったくなかった。姉がカービーを事故で殺したことがバーバラを殺す理由にならないのは明らかだ」

「だったら誰がバーバラを殺したんです？」プールは尋ねた。

クロズは静かに答えた。「ビショップの母親はどうだ？」

87

三日目　午後九時五十五分
プール

「ビショップの母親？」プールは眉間にしわを寄せた。

クロズがうなずく。「ああ、夫を殺したカービーと手に手を取って逃げた。それっきり行方が知れないんだ。リビーが手足の指を切られたのは、復讐のためだったかもしれないぞ？　耳を切り、舌を切り、目をえぐってそれを白い小箱に入れる。ビショップの手口を真似るのは難しいことじゃない」

「その白い箱は、ビショップがこれまで使ったものと同じだったの？」クレアが尋ねた。

プールはうなずいた。「まったく同じ種類でした」

「ビショップの母親が暗躍していた場合、何をやってのけるか想像もつかんな。あの日記にあった母親に関する記述を考えると、同じ箱を見つけるくらい容易くやってのけそうだ」ナッシュが言った。「ビショップの母親には資金もある。カーターがタルボットから盗んだ莫大な金を持ってるからな」

プールはボードとテーブルのあいだを歩きまわった。「ポーターはアパートにいるとき、バーバラ・マッキンリーの殺しはほかの殺しと違う、と言ってました。ビショップはこの殺しにやけにこだわっていたようだった、と。バーバラが被害者のなかでは唯一のブロンドだという事実に」

「あたしも覚えてるわ」クレアがうなずく。「ビショップはそこに立って、写真を見つめ、こう言ったの。〝バーバラだけはほかの被害者とは違っている〟と」

プールはゆっくりボードに戻り、リビー・マッキンリーの写真の横に〝ビショップの母親に殺された？〟と書いた。それからテーブルに戻って証拠品袋に入った古いポラロイド写真を一枚と、ブロンドの髪の束をそこに置いた。

「このふたつに何か心当たりはありませんか？」

クレアがポラロイド写真を手に取り、ナッシュとクロズに見せながら尋ねた。「どこで見つけたの？」

「リビーの家の引き出しです。服の下に隠してありました。その髪束も」

クレアは写真を置いた。「ビショップは日記のなかで写真のことを書いていたわ。これはそのうちの一枚かもしれない。だとすると、ひとりはビショップの母親ね。もうひとりは隣に住んでいたリサ・カーター」

「写真が古すぎるのと、写っているアングルがまずいせいかもしれないが、顔認識システムではどっちの女性もヒットしませんでした。髪はどうです？　その髪のことも日記に書かれていましたか？」

「いいえ。リビーの髪じゃないかしら？」

「いや、リビーの髪でも、バーバラの髪でもなかった」

「カービーはどうだ？」クロズが言った。「長いブロンドの髪だったらしいぞ」

ナッシュは証拠品袋を引き寄せた。「なぜリビーがカービーの髪を持ってるんだ？　どこから手に入れた？」

この問いには誰も答えられなかった。

プールはボードに行き、写真と髪束の情報を付け加えた。それからカリン・セルクの名前も書いた。「あなた方にも知らせておきますが、ビショップはリビー・マッキンリーがカリン・セルクという名前でＩＤを手に入れるのを手伝ったんです。ふたりはリビーが刑務所にいるときにやりとりをしていた」

「その方法はわかってるの？」クレアが尋ねた。

プールは首を振った。「まだ刑務所に行くチャンスがなくて。保護観察官の話では、リビーは出所後、外の暮らしに適応できずにいたそうです。保護観察官はリビーが刑務所に戻りたがっていたと考えてる」

「どの刑務所にいたの？　ステートヴィル？」

「ええ。リビーの家からは四五口径も発見されています。銃の所有は明らかな仮釈放違反です」プールは言った。「リビーは誰かが自分を狙っていることを知っていたんだと思います。カービーとビショップの母親に関するいまの話が正しければ、辻褄は合う。だが、なぜビショップがリビーを守ろうとしたか、それを突きとめる必要がありますね」

　プールはボードに目を戻した。「よし。うまく繋がりはじめたぞ。ぼくらはさっきとは違う視点から見ている。少なくともリビー・マッキンリーに関してはね。今度は残りを検討してみましょう」

　プールは何歩か左へ寄り、別のボードにビショップの名前を書いてから、最初のボードに注意を戻した。

　ナッシュが咳払いをした。「さっきも言ったが、このすべてにビショップが関わり、やつがこれまでと同じ手口に従っているとすると、ターゲットは子どもたち自身じゃなく、親だってことになる」

「ナッシュの言うとおりよ」クレアがうなずく。「写真の位置を変えない？　大人を上にして、子どもたちをその下にできる？」

　プールはうなずいて写真の順番を変えた。

　　フロイド・レイノルズ――エラ・レイノルズ
　　ランダル・デイヴィーズ――リリ・デイヴィーズ
　　ダーリーン・ビール――ラリッサ・ビール

それからトラックの運転台で凍っていた少年の写真を掲げた。「身元のわからない少年の写真が残りますね」

「急いで身元を調べ、両親の身柄を保護しなきゃ。ビショップの次のターゲットになるかもしれない」

「ここに挙げた親に関しては、何がわかってます？」

クレアは電話を取り、メモを呼びだした。「フロイド・レイノルズはユニメド・アメリカ・ヘルスケアの社員よ。保険の営業。借金も財政的問題も見つからなかった。夫人ともうまくいってたみたい。娘を探しに行くと言って出たところを殺され、死体は裏庭の雪だるまのなかから発見された。車のなかでピアノ線のようなものを使って後ろから首を絞められたらしく、運転席の背もたれの後ろにサイズ十一の靴底の跡が残っていた」

「ビショップの靴のサイズの記録はないんですね？」

「ないわ」

プールはクレアからの情報をボードに書き、次にデイヴィーズをペンで示した。「デイヴィーズに関しては？」

「デイヴィーズは医者だった。腫瘍の専門医で、クック郡病院に勤めていた。レイノルズ同様、家庭も経済状況も問題なし。大量のリシノプリルで殺されたの。通常は高血圧に処方される薬よ。犯人は裏口からデイヴィーズ宅にしのびこんだ。コーヒーメーカーのポットからリシノプリルが発見されたわ。あの家でコーヒーを飲むのは彼だけだった」

プールは眉をひそめた。「すると、犯人はその情報を手にしていたか、誰が死のうとかまわなかったか、ですね」

「デイヴィーズ家のキッチンには、カーテンもブラインドもしてない大きな窓がいくつかあった。なかの様子は道路からでも手に取るように見える」ナッシュが補足する。「少しあの家を監視すれば、誰がコーヒーを飲むかわかったはずだ」

「辻褄は合いますね。殺された大人はでたらめに選ばれたわけではないと思う。同じ家族内でも、特定されていたに違いない。ビショップの仕業だとすれば、やつには各被害者を殺す理由があったんです。あとは大人で唯一の女性の被害者だが……」

「ええ。ダーリーン・ビールね。病室に護衛の警官をつけてる。状態は安定しているけど、まだ薬で昏睡状態にある。犯人は練歯磨きのチューブにシアン化合物を注入したのよ。安全なはずの隠れ家で歯を磨いたときに毒を摂取した」クレアは息を吸いこみ、テーブルに目を落とした。「あれはあたしの責任よ。あたしがそばについてたのに」

「きみは夫人の命を救ったんだ。警護していたのがほかの誰かだったら、ビール夫人はいまごろ冷たくなっていた」ナッシュはクレアの肩をつかんでそう言うと、クレアがダーリーン・ビールに液体石鹸を飲ませ、毒を吐かせたことをプールに話した。

「石鹸の基礎成分がシアン化合物の酸を中和するって？　それは知らなかった。そんな知識をどこで仕入れたんです？」

「高校のとき科学の教師が誤ってシアン化合物を口にしたの。でも男子トイレに駆けこみ、液体石鹸を飲んで助かった。そのときのことを覚えていたの」

「シアン化合物の効き目は早い。一、二分処置が遅ければ、夫人は死んでいたに違いない。ナッシュの言うとおり、あなたがあそこにいたから夫人は助かったんですよ。練歯磨きに仕込まれていた毒を自宅で摂取していたら、きっと助からなかった」

クレアはそれには応えず、厳しい表情で宙を見据えている。すでに別のことを考えているのか？　プールがそう思ったとき、テーブルのみんなに質問を投げた。「ビールは薬品会社の販売担当重役よ。頻繁に出張するため、常に旅行用バッグが用意してあると言ってたわ。今回も、それを持って出たの。毒を注入されたチューブはそこに入っていた。鑑識員は、夫妻が一緒に使う主寝室のバスルームにある練歯磨きのチューブもテストしたけれど、毒は検出されなかった。ランダル・デイヴィーズと同じで、犯人はダーリーン・ビールを特定して狙ったのよ。旅行バッグのことも前もって知っていたんだわ」

「ほかにも誰か、この三人に共通するパターンに気がつきましたか？」

「ああ」ナッシュが応じた。「三人とも医療関係の仕事をしてる。医者がひとり、薬のセールスがふたりだ」

「配偶者は何をしているんです？」

クレアがメモを見た。「グレース・デイヴィーズとリーアン・レイノルズは主婦。ラリー・ビールは建設会社で働いているわ」

「すると医療とは関係ないですね」

「ええ」クレアがうなずく。「これがパターンかも」

プールはうなずき、ボードに書いた情報を見た。「よし、調子が出てきた。その方面を掘りさげるとしよう」プールはエラ・レイノルズの名前を指さした。「今度は子どもたちについて話しましょうか」

クレアはソフィに顔を向けた。「ソフィ、あなたから――」

ソフィはすでにうなずいていた。「エラ・レイノルズ、十五歳。二月十二日にジェイソン公園にある凍った池で死体が発見された。あの池は一月の初め、少なくともエラが行方不明になる二十日前から凍っていたけど、アンソン・ビショップは氷を切って穴を開けてエラをそこに入れたの。エラは自宅からおよそ七分のところにあるローガン広場から連れ去られたと思われる。最近、自宅近くの中古車店で車を買おうとしていて、両親に黙って店に少しずつお金を支払っていた」

「エラは二番目の被害者であるリリ・デイヴィーズの服を着て発見されたのよ」クレアが付け加えた。「これはビショップがやりそうなことに思えたわ。自分がおかした犯罪をセンセーショナルにして、世間の注意をひくために」

「たしかに。でも、それは初めに言ったノイズの一部だから、いまは省きましょう。リリについては何がわかってます？」

ソフィが続けた。「リリ・デイヴィーズ十七歳。二月十二日の朝、ウィルコックス・アいなかったのが最後で、自宅からわずか四ブロックしか離れていない学校にはたどり着かなかった。リリの死体はアルバイト先の画廊で発見された。店の裏手にある倉庫に立たされていたの。じきに発見されるのを前提に。犯人は黒い電気のコードを死体の首に巻いていたけど、これは立たせておくためで、コードを巻いたときにはすでにリリは死んでいた。エラ・レイノルズと同じように、何度も塩水で溺れさせられたあと死んでいる。クレアが言ったとおり、発見されたときはエラ・レイノルズの服を着ていた。犯人がふたりの服を交換したのは明らかね」

クロズがノートパソコンから顔を上げた。「リリも車を買おうとしていたと言わなかったか?」

クレアがうなずく。「親友のガブリエル・ディーガンの話だと、リリの父親が卒業したら車を買ってあげると言ったらしいの。でも本人はもっと早く欲しがっていたようね」

「最初の被害者が車を買った中古車店と、リリの繋がりはないのかな?」プールは尋ねた。

「オーナーも販売員もリリを知らなかった」ナッシュが答えた。「店のスタッフに確認したが、繋がりは見つからなかった。あの歳の子はみんな車を欲しがるからな。たんなる偶然じゃないか? これもさっきの〝ノイズ〟だろう」

プールはボードに顔を戻した。「よし、次はラリッサ・ビールです」

「ラリッサはふたりとは違う」ソフィが答えた。「行方不明になったのは、今朝のことよ。死体も見つかってない。まだ生きている可能性が高いわ。それ以上は大してわかっていないの。今夜は学校のダンスパーティに行くことになっていたのと、今朝、両親が仕事に出かけたときは家にいたことがわかってる。母親が、パーティの前にスパに一緒に行こうとこっそり予約していて、それで行方不明だということが早くわかったの」

「エラ・レイノルズの例、とくにリリ・デイヴィーズの例を見たかぎりでは、ラリッサにもあまり時間はないわ。リリは行方不明になってから丸一日で死んでいるんだもの」クレアはクロズを見た。「ラリッサのノートパソコンか携帯電話の記録から何かわかった？」

「両親は娘のノートパソコンに子どもの動向をモニターできるプログラムをインストールしていたんだが、十代の若者のあいだには、かれこれ二年近くこれを無効にするオーバーライド・ソフトウェアが行きわたってるからな。われわれはラリッサのパソコンにこうしたハッキング・プログラムがインストールされているのを見つけた。どういうことかというと、ラリッサはこの監視ソフトウェアを自在に稼働したり無効にしたりして、両親の監視を制限することができたんだ」クロズは椅子の上でもぞっと動いた。「またバックグラウンドでは個人情報を保護するプログラムが実行されていた。これはパソコンが勝手にためこむ、キャッシュ・データを破壊するツールだ。要するに、デジタルの指紋を消すプログラムだな。この娘は頭がいい。両親にはきちんと娘を監視していると思わせるだけのデータを与え、残りを隠していた。まだ調べている最中だが、あのノートパソコンは役に立たないかもしれない。携帯電話は誘拐されたとき持っていたと思われる。今朝の行動は、ウェスト・シカゴとノース・デイメン通りの角まで追跡できている。そこでシグナルが切れた。おそらくそこで犯人がバッテリーを抜いたか、電話を壊したんだ。この電話に関する緊急要請を提出しているが、電話会社からはまだ何も言ってこない。何かわかったらすぐ報告するよ」

プールはテーブルに戻ってトラックの運転台で凍りついている少年の写真をじっと見ると、それをみんなのほうに向けた。「あとはこの子ですね」

「アイズリーが身元を確認するために手を尽くしているわ。でも氷のせいで時間がかかるの」クレアもその写真を見ながら言った。

「トラックはカリン・セルクの名前で登録されている」クロズが言った。

「リビー・マッキンリーの偽名だな」ナッシュがつぶやく。「そっちも行き止まりか」

「ああ」

プールはボードに戻った。「ほかには？」

「死亡記事のことを話してないぞ」ナッシュが応じた。

プールはテーブルに戻った。「死亡記事？」

クレアがうなずいた。「今朝、年配の女性から、フロイド・レイノルズが二度死んだという通報があったの。今日の新聞と水曜日の新聞の両方に死亡記事が載っている、とね。調べてみると、ほかの被害者にも同じことが起きていた。犯人は自分が殺す人間の死亡記事を、事前に地元の新聞に載せていたのよ」

「二度死んだ」プールはつぶやきながらボードに戻り、詩を書いたボードをみんなに見えるように反転させた。「ビショップがディーナーを殺したのは、ディーナーがここにある詩を見たからだと思うんです。これはリビー・マッキンリーのＩＤに関する郵便の送付先だった、空き家の壁に書かれていました。ごらんのように、いくつかの単語に線が引いてありますが、二度線が引いてあるのは〝死〟だけです」プールは詩の部分が石膏の壁から切り取られていたことも話した。

「線が引いてあるほかの言葉を見てよ。氷、水、恐れ……全部、今回の殺しと一致しているわ」

「今朝の通報は追跡したんですか？」

全員がクロズを見た。クロズは指を一本立てて、待て、と合図した。「報告によれば、その電話は環状線のそばにある老人ホームが発信元だ。職員の話では、電話をかけたのは九十三歳のイングリッド・ネスビット。ネスビットは毎日死亡記事を読むらしい。フロイド・レイノルズの死亡記事をふたつも見つけて、すっかり興奮し、どうしても電話する、と言い張った」

「またしても行き止まりか」ナッシュがつぶやく。

クレアはまだ詩を読んでいた。「ここにある詩が事件に関連しているとすれば、ビショップはあたしたちにこれを見つけてほしかったのよ。それなのになぜ切り取るの？　なぜディーナーを殺すの？」

プールはため息をついた。「ビショップはぼくじゃなく、たぶんあなた方でもなく、ポーターに見せたかったんだと思う」

クレアはクロズを振り向いた。「すべての偽死亡記事は、同じパソコンから送信されていると言ったわね？　そっちの追跡は？」

クロズは答えずに、ノートパソコンのスクリーンに目を張りつけている。

「クロズ？」

「あん？　いや。IPアドレスを追跡したが何も出てこなかった。だが、そのパソコンが街のどこかのＷｉ－Ｆｉに繋がったら、すぐわかる。思うに……」彼は身を乗りだした。

「どうしたの？」

「何か見えるんだ。なんでもないかもしれない。たぶん、脳がそこにないものを見ているんだと思う」クロズが答えた。

クレアが立ちあがって歩み寄った。「はっきり言いなさいよ、さもないとまた頭をがつんとやるわよ」

「子どもたちが誘拐された場所と、死体が見つかった場所の周辺地図を作製していたんだが、一箇所から別の場所に線を引くと、クック郡病院がほぼ中心にくる」

ナッシュが身を乗りだし、スクリーンの地図を見た。「ランダル・ディヴィーズが勤めていた病院だな」

「ほかのふたりは保険と医薬品の販売よ。きっとそこに頻繁に足を運んでいたに違いない」クレアが言った。「ダーリーン・ビールはいまそこにいるわ」

プールもスクリーンを覗きこんだ。「病院の雇用者リストが手に入ったら、死亡記事のデータと参照できますか？　運がよければ、次の事件が起きる前に狙われている相手がわかるかもしれない」

クロズはすでにキーを叩いていた。「ああ、できる。すでにやっているよ」

ナッシュが立ちあがり、ボードを見た。「まだ見落としていることがあるな」

「というと？」

「これを全部ビショップがひとりでやったかどうか、俺には確信がない。リビー・マッキンリーの助けを借りたにせよ、ひとりでやってのけるのは大仕事だ。まだ何かわかっていないことがあるぞ」

「ええ、その可能性はありますね」

「〝神になりたければ、まず悪魔を知れ〟」ナッシュはボードの一節を読んだ。「ビショップがこの子どもたちを使ってしているのは、そういうことか？　殺してから蘇生させる。神を演じてるのか？」

「神に……」クレアも読んだ。

「ここにある詩はすべて生と死に関するものだ。ひょっとすると、ビショップはそれを告げたいのかもしれないな」プールは額にかかった髪を払った。「しばらく満足に寝てないんだ。なかなか集中力を保てなくて……」

そう言ったとき、ポケットの電話が鳴った。

プールは携帯を取りだし、ちっぽけな画面の表示を見下ろした。〝非通知〟とある。通話ボタンを押したとたん、相手が言った。

「フランクか？　ポーターだ」

88

三日目　午後十時十五分
プール

ポーターの声を聞いたとたん、心臓がどくんと打った。プールは会議テーブルに電話を置き、ボタンをひとつ押した。「ポーター刑事、ちょうどいまあなたのチームと作戦室にいるんですよ。スピーカーフォンにしました」

「そこには入るな、と言ったはずだぞ」

「あたしが連れてきたの」クレアが口をはさんだ。「事件が込み入ってきて、ビショップと繋がったの。たんなる繋がり以上よ。やつはこのすべてに関わってるの」

プールは身を乗りだした。「いまどこにいるんです？　あの日記はどこにあるんですか？」

ポーターの息遣いが聞こえたが、答えはなかった。

プールは顔を上げ、ポーターのチームの面々を見てから電話に目を戻した。「リビー・マッキンリーが死にました」

ポーターはまだ黙っている。

「ベッドに縛りつけられて。耳と目と舌が白い箱に入れて置いてありました。ビショップのこれまでの被害者とまったく同じです。手足の指も切られていた。拷問されたんです。全身切り傷だらけでした」

ややあってポーターは落ち着いた声で言った。「それはビショップの仕業じゃない。ビショップがリビー・マッキンリーを殺すことはありえない。妹のほうも殺していないと思う」

プールはクロズを見上げた。「あなたのチームのIT担当者は、ビショップの母親がやったと思ってる」

ポーターはまた黙りこんだ。携帯を覆って誰かと話している、くぐもった声がした。

「ポーター刑事？」

「メールで住所を送る。その住所に着いたら、敷地の裏にある小道沿いに進むんだ。草が茂っているが、よく見ればわかる。鹿が通るような細い道だ。その先に湖がある。一チーム必要だと思う。湖を浚うんだ」

「どこにいるんです？」

「湖に出たら、猫を探せ」

「なんですって？　もしも――」

電話が切れた。プールが低い声で毒づいたとき、ディスプレーに住所が現れた。

サウスカロライナ州、シンプソンヴィル
ジェンキンス・クロール・ロード一二番

「ついに見つけたか」ナッシュは電話を見つめて言った。

「何をです？」

「おそらくビショップの子ども時代の家だ」

「気に入らないわね」クレアが口を尖らせた。「どうしてこんなにこそこそしてるわけ？　サムらしくないわ。それに一緒にいるのは誰なの？」

すでにその住所をインターネットの検索にかけていたクロズが、みんなに見えるようにスクリーンの向きを変えた。「何もないところだぞ」

「ポーター刑事の言うことを信じていいのかどうか」プールは吐き捨てるように言った。「日記を盗んだし、明らかに何かを隠してる。それにリビーの死にも驚かなかったようだ。ほかにも何か知っているに違いない」

ナッシュは椅子の背にまたもたれた。「サムのことだ、俺たちの役に立つ情報をつかんでいれば、話してくれたはずだ。隠す理由なんかひとつもないんだから」

「だが、追跡を避けて電話を残し、日記を持って姿を消したんですよ」

「サムはビショップを追っているんだ。あいつは信頼できる」

ナッシュの言葉に舌打ちしたものの、プールはしぶしぶうなずいた。「シャーロット支局に連絡を入れて、すぐにこの住所に向かわせます。オハラ空港にはFBIのジェット機が待機している。ぼくもすぐさま向かうことにします」

クレアが立ちあがり、ボードに歩み寄った。「あたしたちはクック郡病院の雇用者リストの線を追うわ。ひょっとしたらビショップを挟みうちできるかもしれない」

アンソン・ビショップ

フロイド・レイノルズ　ユニメド・アメリカ・ヘルスケア／保険販売——絞殺され、雪だるまのなかに隠されていた

エラ・レイノルズ　ジャクソン公園の池で発見——溺死

ランダル・デイヴィーズ　腫瘍専門医。クック郡病院に勤務――リシノプリルの過剰摂取

リリ・デイヴィーズ　リー・ギャラリーの倉庫内で発見――溺死

ダーリーン・ビール　医薬品会社の販売担当――シアン化合物で毒殺未遂

ラリッサ・ビール　二月十四日の朝、ウェスト・シカゴ・アベニューとノース・デイメン通りの角で姿を消す

身元不明の少年

リビー・マッキンリー
ビショップの母親に殺された？
ビショップの母親と隣人／カーターの写真を持っていた
ブロンドの髪束――カービーのものか？　どうやって手に入れたのか？
カリン・セルク名のＩＤ／ビショップの助けを得て獲得

服役中ビショップと連絡を取り合っていた／手段は不明
四五口径を所持
刑務所の外ではなく、なかのほうが安全だと感じていた

詩

わたしは立ち止まって死を待てなかったので
親切にも死のほうが立ち止まってくれた
その馬車にはわたしたちと
不死だけが乗っていた

生と死を分析するやり方のひとつに
このふたつを水と氷にたとえたものがある
水が集まって、氷ができる
そして氷は解けて再び水になる
死んだものは、必ず再び生まれる
生まれたものは必ず死ぬ
氷と水が互いに害をなすことはないから
生と死が互いに害をなすこともない

みんなでわが家に戻ることにしよう
飽くなき欲望もその成就も無意味なこと
今日のすべてを喜びが満たし
青い死の海から
命が蜜のようにあふれでる
命のなかには死があり、死のなかに命がある
だから恐れる必要がどこにあろう?
空の鳥は歌っているではないか「死などない、死などない!」と
昼も夜も不死の潮が
この地上へと降りてくる

「神になりたければ、まず悪魔を知れ」

線のある言葉
氷/水/生/死/わが家/死/恐れ

89

三日目　午後十時十六分
ポーター

ポーターは携帯電話のバッテリーを抜き、それと電話本体の両方を湖の真ん中に向かって投げた。水がそれを完全に呑みこむと同時に中央からさざなみが外へと広がっていき、やがて消えた。闇の毛布の下にもうひとつ秘密が隠されたのだ。

「どうして電話を捨てたの？　この場所を教えたのに」サラがすぐ横で尋ねた。

ポーターは水際から一メートルほどさがった場所で再び膝をついた。さっきまで地面を掘っていた指が泥だらけだ。

ふたりが歩いてきた小道は、日記に書かれているように森の四百メートルほど奥で小さな空き地に出て終わっていた。湖を見晴らす空き地だ。

冬は湖に氷が張る、とビショップは書いている。だが、あれは嘘だった。

サウスカロライナの冬の気温は、北の地域よりははるかに温暖だ。シカゴの冬とはまるで違う。たまに氷点下になっても、湖の水が凍ることはまずなかった。大きいとは言えないまでもこれだけの広さがある湖ならなおさらだ。おそらくビショップは自分の家がある場所を隠すために、嘘を書いたのだろう。捜査を攪乱させるために。ほかの理由は思いつかなかった。

サラが懐中電灯をふたつ手にして、空き地にそびえたつ大きな樫の根元を照らした。その木の根本には小さな穴がある。さほど深く掘る必要はなかった。〝それ〟の一部は地面に突きだしていて、サラがすぐに気づいた。

錆に覆われた、金属製の白い弁当箱。

まさか本当に〝猫〟が見つかるとは。

弁当箱を開けると、なかには長い年月で黄ばんだ封筒がひとつ、黒い紐で作文帳に縛りつけてある。封筒の表にはひと言、母さん、とだけ書かれていた。

「サム、どうして電話を捨てたの？」サラがまた尋ねた。

ポーターは封筒とノートをつかみ、それをサラに渡した。「俺たちがここにいたことを知られるのはかまわないが、このあとどこへ行くか知られるのは困る」

「ビショップはどうするの？　あの電話をあなたに残したのはきっと理由があるからよ」

「ああ。あいつの思惑を狂わすために、ビショップには少々揺さぶりをかけないとな。俺たちはやつの操り人形じゃない。あの電話で連絡が取れなければ、ほかの方法を見つけるだろう。それでやつを隠れ家からひきずりだせるかもしれん」

ポケットから日記を取りだし、弁当箱に入れて蓋をすると、錆びた金属に描かれたハローキティの絵がほぼ隠れるくらいの土をかけた。ハローキティ。これがビショップの猫だったのだ。

「行くぞ、ここから離れよう」

90

三日目　午後十時二十三分

プール

「支局長、自分の目で見届けたいんです」プールはそう言いながらジープ・チェロキーのハンドルを鋭く左に切り、右車線で動けずにいる四台を追い越した。

なぜこんなに渋滞しているんだ？　そろそろ十一時だぞ。

オヘア空港に接近するボーイング727型機が巨大な腹を見せ、轟音をあげて頭上を通過していく。

「今日は休むべきだぞ、プール。それに、ひとりでサウスカロライナに飛ぶなんてとんでもない」ハーレス支局長がジープのスピーカーフォンから言った。

「ジェット機を使う許可をください。そろそろ空港に着くところです」

「いますぐ支局に戻ってこい。そして経過を説明しろ。サウスカロライナにはほかの誰かを行かせればいい」

プールは苛立ちを抑えようと深く息を吸いこみながら、鋭くハンドルを切り、危うく左折しようとする茶色い車にぶつかりそうになった。向こうの運転手がクラクションをしつこく鳴らしてくる。

「ポーターはプリペイドの電話を使っていたそうだ。かけてきた場所にもっとも近い携帯電話の基地局は、ポーターの言った住所と一致している。衛星写真を呼びだしたが、何もないところだぞ。地面が見えないほど密集した雑木林だけだ。奇妙なことに……」

「なんです？」

「ポーターが使ったのはニューオーリンズで購入されて起動されたプリペイド式の携帯電話だった」ハーレスが何かから読みあげているような調子で答えた。

「ニューオーリンズ？　何かの間違いじゃないんですか？」

「いや、たしかな情報だ。きみとの電話を切った直後にシグナルが消えた。追跡を逃れるためバッテリーを抜いたんだろう。もう一度確認するがポーターはなんと言ったんだ？」

プールは再びさきほどの会話を一語たがわず上司に告げた。

「気に入らんな。あの男は何をやらかすか見当もつかん」ハーレスがつぶやく。「もしもあの男がビショップと組んでいるなら、これは目くらましの可能性もあるぞ」

「リビー・マッキンリーがすべての鍵だという気がします。ビショップを捕らえる鍵です。ポーターは知っていることをすべて告げてはいないようだが、故意にわれわれを攪乱しようとしたことはありません。サウスカロライナの湖を浚え、とポーターが言うなら、それを信じるべきだと思います。空き家と緑の家はまだ鑑識が調べている最中ですから、いまのところ手持無沙汰です。サウスカロライナに行かなくてはいけないんです。ジェット機を使う許可をください」

プールは高速道路を空港の出口に折れると、標識に沿って運航支援事業者の格納庫へと向かった。チャーター機やプライベート・ジェット機はそこに収納されているのだ。「ビショップはなんらかの方法でステートヴィル刑務所にいるリビー・マッキンリーとやりとりをしていた。どうやって連絡を取りあい、リビーが偽造書類を手に入れる手助けをしたのか調べる必要があります。それがわかれば、真相に一歩近づく。ぼくはポーターが落としたパン屑に従います。ちょっと待ってもらえますか、支局長——」

プールはセキュリティ・ゲートのところで車を停め、警備員にバッジを見せた。その男の制服が目に入ったとたん、あることが閃いた。「刑務所の看守を調べてみてください。その男。ステートヴィルの雇用者を。おそらくビショップはそのなかに紛れこんだんです。郵便物、電話、パソコンのメールはすべて監視されている。残るのは人間による伝達手段だけだ」

警備員は紙ばさみを渡し、その一点を指さした。プールがそこにサインすると、右手にある駐車場を示して、〝場所はどこでも結構〟と、口だけ動かした。

プールはうなずいて、国土安全保障省やＦＢＩなどが共同で使っている小さな連邦ビルのすぐ横にジープを停め、ギアをパーキングに入れた。

「空港に到着しました。どうします？」

ハーレスはため息をついた。「十分前に給油するよう命じておいた。二十分もあれば飛び立てるはずだ。きみが移動しているあいだに向こうの支局長に連絡を入れておく。シャーロット支局のロバート・グランジャー。昔の仲間で、警察学校時代から知っている男だ。地元の保安官事務所で人員を集め、ポーターが言った湖を浚う潜水チームを準備してくれるだろう。向こうに着いたら、すぐに連絡をくれ」

「ありがとうございます」

「きみの勘が正しいといいが」

91

三日目　午後十時二十六分
ポーター

ポーターとサラは黙りこんで車に戻った。今度はポーターが運転し、サラが電話で明日の飛行機の席を取った。

サラは電話を手で覆い、ポーターに尋ねた。「いちばん早いフライトは明朝の四時だそうよ。だいたい五時間後ね。予約を入れる？」

「なんだって？」

サラは同じ質問を繰り返した。

「すまない、考え事をしていたんだ。そうしてくれ」

ポーターはフロントガラスの前に伸びる道路を見つめた。白い線が飛ぶように過ぎて、後ろに消えていく。夜更けのこの時間とあって車はほとんど通らない。これはありがたかった。まるで専用道路みたいに思えてくる。遠くに見えるグリーンヴィルの街の明かりが少しずつ近づいてきた。「空港近くのホテルに部屋を取ろうか。それならシャワーを浴びて着替えができる」

サラは座席を予約し、電話を切った。「まだ夕食をおごってもらってないわよ。とりあえず最初のデートにしては、ユニークだったわ。それは高得点。でも、まだ一緒に寝る覚悟はちょっとね」

座席のあいだには、湖のほとりで弁当箱のなかから見つけたノートと封筒が置いてあった。薄暗い光のなかで、封筒の表にただひと言、〝母さん〟と書かれた言葉がかろうじて読みとれる。ノートからはビショップの言葉が、その声が呼びかけてくるようだ。

夕食か。食事はニューオーリンズでとったきりだ。

ポーターの腹が鳴り、空腹を訴えた。

三十分後、ポーターは空港に近いモーテルの小部屋でダブルベッドのひとつに腰を下ろしていた。ドアのそばのテーブルには、途中で仕入れたファストフードの包み紙が散らばっている。サラはシャワーを浴びていた。

手にした封筒とノートがずっしりと重く感じられた。紙の重さに何かが加わっている。はっきりこれだ、とは言えないものが。誰かの人生がこのなかに閉じこめられているからか？

さもなければ、狂った男の世迷い事が。

湖のそばに残してきた日記を最初に読んだときも、同じように感じたものだった。だが、二時間前は、日記に書かれていたとおりの出来事が起きた場所に立っていたのだ。

カーター夫妻。

ビショップの母親。

ビショップの父親。

のちにカービーとブリックスだと知ったふたりの男。

日記に書かれていたすべてが本当だった。

封筒と作文帳をまとめている黒い紐。これはビショップが白い箱を結んだのと同じものか？　その紐をほどいて、母親宛ての封筒を開け、折りたたまれた紙を開く。指の下でカサカサという音がした。

この手紙はどれくらいあそこにあったのか？

決して現れない母親をどれくらい待っていたのか？

そこにある文字は見慣れたものだった。日記を書いた男が子どもだったころの筆跡だ。

ママ。ママと呼ばれるのが嫌いだったのはわかってる。でも、いまはただママと呼びたいんだ。これはそんなに悪いこと？

ママ。ママ。ママ。

ごめんなさい、母さん。

ほんとにごめんなさい。それが何にしろ、ぼくを置いていきたくなるようなことをしてごめんなさい。ほんとにごめんなさい、ぼくを連れずに逃げたくなったのは、ぼくがしちゃいけないことをしたからだよね。

それしか方法がなかったから行っちゃったの？

あの男たちが家に来て、逃げなきゃならなかったから？

そうだよね？

じゃなきゃ、ぼくを置いていくはずないもの。こんなふうに置き去りにするはずがない。ぼくは湖から帰るのが遅すぎたんだね？　もっと早く戻っていれば、ぐずぐずしないで荷物を積んで、さっさと車に飛び乗りなさい、と言ってくれたんでしょう？　そして一緒に新しい人生を始めた。いままでの人生をあの家に残して、みんなで一緒に逃げたんだよね。

ほんとはこんな手紙、書きたくなかったんだ。でも、ドクターは書かなきゃだめだ、って。ドクターは、わたしは読まない、とも言ったけど、読むに決まってる。嘘を見抜く方法はちゃんと父さんが教えてくれたもの。ドクター・ジョゼフ・オグレスビーは嘘をつくのがあまりうまくない。自分ではうまいと思っているけど、全然だよ。嘘をつくたびに、あの小さな、死んだ魚みたいな目がよけい小さくなる。この前のセッションだけで三十二回も小さくなった。

こんにちは、ドクター。その髪を短くしたら？　残った髪をとかして必死に禿げ頭を隠そうとしても無理。マヌケに見えるだけです。

ごめんなさい。こんなことを言っちゃいけないんだ。父さんにそういうことはするな、と教わったのに。

相手を褒めるほうがいい、彼らがすっかり気をよくするまで褒めて褒めて褒めたおせ、そうすれば、おまえは相手にとってなくてはならない存在になる。生涯の友だちになる。父さんはそう言ったことがある。

でも、母さんは違う。母さんにはその手が利かなかった。ぼくが褒めすぎれば、いまのは取り消しなさい、と言うよね。

ふたりは考え方が違う。

違っていた。

父さんは。

ああ、父さん。

父さんのことはまだ書けない。つらすぎるから。ドクター・オグレスビーが書いてほしがってるのはわかってるけど、書けない。湖のあの場所、ぼくの猫の下を掘って、そこにぼくのナイフがあるのを見たときと同じくらいつらいから。

あのナイフが何を意味するのか、ぼくにはわかった。母さんは最初からぼくを置き去りにするつもりだったんだ。

そうじゃなかったと信じたい、ぼくを置いて逃げるしか方法がなかったと思いたいけど、あのナイフを見た瞬間にわかった。

どうしてぼくが嫌いなの、母さん？

どうして父さんをあんなに嫌ってるの？

火事のことは知ってる？　あの家が燃えたあと、ぼくはチャールストンの近くの施設に連れてこられた。

ここの人たちはみんな親切だよ。嘘ばかりつくドクター・オグレスビーでさえ親切だ。ぼくは個室をもらった。窓がひとつあるけど、開かない。ぼくには夏のそよ風はなし。エアコンの低いうなりが聞こえるだけだ。

ドクター・オグレスビーは日記をつけなさいと言った。日記帳にするように、黒と白の作文帳を一冊くれた。

ぼくは考えてみると返事をした。ちゃんとわかってるんだ。ドクターがぼくに日記を書かせたいのは、自分がそれを読みたいからだ。ぼくのことをもっとよく理解できるように。理解されるのは、そんなに悪いことじゃないかもしれない。

でも、心配しないで。母さんの秘密はドクターには言わないよ。

母さんの秘密はぼくだけの胸に秘めておく。

ほとんどの秘密は。

あなたの愛する息子　アンソン・ビショップ

PS　カーター夫人によろしく。長いブロンドの男の人にも。きっといつか、みんなにまた会える。その日まで、ぼくのナイフは大事に持っているよ。刃も鋭くしておく。これを返してくれてありがとう。

「手がかりになりそうなことが書いてある？」

ポーターは顔を上げた。バスルームの戸口に、白いタオルを体と長い髪に巻きつけたサラが立っていた。後ろから湯気が漏れてくる。

日に焼けた脚をつい見つめているのに気づき、ポーターは目を引きはがすようにしてサラの顔に向けた。

「服を着るべきだったかしら」

「いや。ああ。つまり、どうぞ。俺もシャワーを浴びてくる」ポーターは赤い顔でごくりと唾を呑みこんだ。

高校生じゃあるまいし。何をどぎまぎしているんだ。

サラから目をそらすと、ポーターは手紙を作文帳の上に置き、部屋を横切ってバスルームに入った。

サラはライラックのにおいがした。

92

四日目　午前三時四十二分
ポーター

サラは窓側の席についた。ひどく疲れている様子だ。

ポーターはその横に腰を下ろし、シートベルトの上に座ったことに気づいてベルトの両側をつかむあいだだけ腰を浮かした。再び腰を下ろし、ベルトをバックルにはめてゆるみがないように引っ張る。

サラがにやにやしながらそれを見て言う。「もしもこの飛行機がアラバマのどこかで墜落したら、そんな頼りないベルトで助かると本気で思ってるの？」

「乗務員にいちいち注意されたくないんだ。それにおとなしくルールに従っていれば、ソーダをカップじゃなく、缶ごとくれるかもしれない」

サラは言い返そうとしたが、思い直したらしく座席に背をあずけ、目を閉じた。「着いたら起こして、サム・ポーター刑事」

「ありがとう」

「なんのお礼？」

「一緒に来てくれて。ひとりでやるほうがいいと思っていたが、きみが一緒にいてくれてよかった」

「ひとりでやるほうがいいことなんて、人生にはめったにないわ」

「ああ、そうなのかもしれないな」

「お役に立ててよかった」サラは眠そうに言った。「だけど、パイは別かも」

「なんだって？」

「パイはひとりで食べるほうが、たくさん食べられるってこと」

「パイが出るとは知らなかったな」

「機内では出ないわよ、ばかね。着陸したあとで食べるの。パイはどこにでもあるもの」

サラは飛行機のドアが閉まる前に眠っていた。

機内はおよそ三分の二しか埋まっておらず、横の席は空いていた。

サムは飛行機が離陸するのを待って、頭上の小さなライトをつけると、作文帳の最初のページを開いた。ビショップの言葉だけが、世界のすべてになった。

93

日記

「調子はどうかな、アンソン？」

ドクターがにっこり笑いかけてくる。でも本物の笑顔じゃない。夕食会やパーティなんかで大人が張りつける笑み。ドアが閉まるか、詮索好きの目から逃れたとたんに消えてしまう笑みだ。ぼくはそのどれにも出席したことはないけど、本で読んだことがある。あるとき母が持ち帰ったピープル誌は、そういう礼儀正しい空っぽの笑みでいっぱいだった。

「何か飲むかい？」

「いいえ」

「行儀がいいね」ドクター・オグレスビーはちらっとメモに目を落とした。「ここに来てから一週間になるのに、わたしたちはまだほとんどお互いのことを知らない気がする」

オグレスビーはあまり大柄な男ではなかった。ぼくより四、五センチ大きいだけだ。みんなが〝ドクター〟と呼ぶけど、白衣を着ているところはまだ見たことがない。今日はグレーと黒の菱形模様のセーターを着て、カーキ色のズボン。身長の割に肉付きがよく、お腹のまわりの肉がズボンの上からはみだしている。でも、そんなにたくさんじゃない。たぶん一週間に何日か、少しだけ運動をするんだろう。体は太りたがっているけど、肥満体にならないように気をつけているに違いない。十年後にはどんな外見になってるかな？　オグレスビーを見るたびに、ぼくは想像してみる。気が変わって白衣姿になっているだろうか？　ぼくがドクターなら絶対にそうするのに。

ドクターのオフィスは大きな箱みたいだ。オフホワイトのペンキを塗った壁に学位記や写真がかかっている。写っているのは作り笑いを浮かべたほかの人々と一緒に、作り笑いを浮かべるドクター・オグレスビー。ここにあるほかの机と違って、ドクターの机は木製だ。たぶん私物を持ちこんだのだろう。施設の調度品はほとんどが灰色のスチール製だから。

ぼくらは机の前に向き合って置かれた椅子に座る。きっと学校で、患者とは同じ目の高さで向き合って座れ、と教わったに違いない。だから机の向こうにある座り心地のよさそうな革の椅子から離れ、〝下々の人間〟のそばに座るんだ。

床はタイルだけど、大きな東洋の絨毯でそのほとんどが見えない。絨毯はひと目見てわかる偽物だ。本物の東洋の絨毯は見たことがないし、偽物も見たことがないけど、この絨毯の何かが、まがい物だ、と叫んでる。端っこについてる謎めいた染みのせいかな？　でも、この染みはシダの鉢でほとんど隠れてる。

「一週間だ」ドクターは膝の紙ばさみをとんとん叩きながらつぶやいた。「ここに来る前、何か薬をのんでいたのかな、アンソン？」

これは前にも訊かれた。今日で四回目だ。ぼくは三回までと同じ答えを口にした。

「いいえ」

「なぜかというと、きみはじっとしていられないようだ。これは離脱症状の患者によく見られるんだよ。何人かの看護師がきみのファイルにその点に関してメモを残している。きみは異常なほど寝汗をかく、両手が震えている、とね。みな離脱症状の兆候だ」

ぼくは黙っていた。

「服用していたのはクロルプロマジンか、フルフェナジンかね？　ハロペリドールか、ロキサピンだったのかな？」

ぼくは答えなかった。

「なるほど、ハロペリドールだね。わたしがその名前を言ったとき、左目の下がかすかに痙攣したぞ。きみはこの薬を知っているわけだ。処方されて毎日錠剤の瓶に書かれた名前を見ていたのでないかぎり、子どものきみがそういう薬を知っているとは思えないが？」

ぼくは赤くなって深く息を吸い、吐いた。

「ハロペリドールはいきなり服用を中止していいたぐいの薬ではないんだよ。ふつうは主治医が薬の量を調整し、やめるべきだと思えば、一定の時間をかけて徐々に減らしてく。投与の減少がもたらす有害な影響を弱めるために、治療計画の一環としてハロペリドールほど強くない薬を一時的に処方することもある」

ドクター・ジョセフ・オグレスビーは眼鏡をかけている。でも、それほど厚くないレンズを見るたびに、本当は眼鏡なんかいらないんじゃないか、と思う。いかにも医者らしく見せるためだけに、眼鏡をかけそうなタイプだ。視力を補うためより、自分の言葉を強調するために、その眼鏡をしょっちゅうかけたり取ったりしてる。図書館の司書みたいに銀の鎖につけて首にかけているけど、司書とはほど遠い。ぼくが座っている場所からは、棚に並んだ本にうっすら埃が積もっているのが見える。

「ハロペリドールの服用を突然やめると、不眠、情緒不安、焦燥、落ちこみ、めまい、痙攣、幻覚症状さえ起きる。ほら、いま拍子をとるように片足で床を打っているだろう？　トントントンとせわしなく。それも明らかな兆候のひとつだ。これまで服用していた薬をのみたくない理由でもあるのかな、アンソン？　だからわたしに嘘をついているのかね？」

ぼくは足を止めた。床を打ちつけていたなんて気づかなかった。

もう絶対にそんなことはしない。

ドクターはペンの先を唇に持っていき、ぼくを見て、ファイルに何か書きこんだ。「きみはここに来て一週間になる。つまり、ちょうど離脱症状の最悪の時期を越えようとしているわけだな。この時点で、ハロペリドールの服用に戻る理由はないと思う。のむ必要があると感じたら、そう言ってくれるね？　薬の服用に関してはそのとき話し合おうか？」

うなずきたくなかったが、ぼくはうなずいていた。

ドクターがあの笑みを浮かべる。唇の端を上げるだけのかすかな笑みを。

94

日記

「そろそろ火事の話をしてくれるかな、アンソン？」

いつのまにか片足を床に打ちつけているのに気づいて、急いでやめたけど、その前にドクターに見られてしまった。ぼくは片手を膝に置いた。

「家のなかでいくつ焼死体が見つかったか知っているかね？」

絶対に脚を動かすもんか。

「三体だ。きみがここに来たときから、わたしは地元の警察や消防署と密に連絡を取り合ってきた。あまりにもひどく焼けているため、ひとりとして適切な身元を割りだすことができずにいる。歯医者の記録を当たっているが、被害者の手がかりがまったくないから、苦労しているんだ。警察は死体の歯の記録と一致する行方不明者が出るか、きみが身元を確定できるような情報を与えてくれるのを待っている。焼死体がきみの知っている人々だと考え、その件をきみと話したがっているんだ。しかし、きみがまだ未成年で、現在わたしの保護下にあるため、困っている。もちろん、その状況は変わりうる。わたしがいくつかの書類に署名すれば、警察はあっというまにここに来て、きみをどこかへ連れていき、話を聞きだそうとするだろう。そういう場所は愉快でも快適でもないぞ。きみのような子どもをひどい目に遭わせたくない。だが、わたしが食い止めるにも限度というものがある。地方検事とは何か知っているかね、アンソン？」

ぼくは知っていた。読んでいる漫画によく出てくるから。でもドクターにそれを教えるつもりはない。この男には何も言うもんか。

「三人のうちのひとりはきみのお父さんなのか、アンソン？」

ぼくの足は床を叩かなかった。ドクターは鷹が鼠を見るような目でぼくを見ている。

「家のなかで見つかった三人の焼死体はすべて男性だった。警察の話では、きみのお父さんは火事があった日以来、仕事に出ていないそうだ。そのため警察は、お父さんが火事で焼け死んだのではないかと思っている。警察はお母さんのことも心配しているよ。同じように姿を消してしまったようだから。実際、警察はかなり心配しているんだよ。なかには、お母さんが火をつけたと疑っている者もいる。あの火事には助燃剤が使われていた。おそらくガソリンだろうね。わたしが聞いた話では、家全体にかけられていたそうだ。誰かが完全に燃やそうとしたんだな。ご両親の仲はどうだったんだね？　お母さんにはお父さんを傷つける理由があったのかね？　お父さんはお母さんに暴力をふるっていたのか？　殴っていたのか？」

「父さんは決して母さんに手をあげたりしないよ」

ぼくはしゃべりたくなかった。しゃべってはいけないとわかっていた。でもこの男が、誰かが、父のことを悪く言うのは許せない。

「しかし、お父さんは火事が起きたとき家のなかにいた、そうなんだろう？」

「知らない。ぼくは湖にいたんだ」

ドクターは眼鏡をかけ、それを鼻梁に押しあげた。「きみは消防士や警官に、湖で何時間も釣りをしたあと戻ってきたら、煙が見えた、と告げている。しかし、釣り道具の箱も釣り竿も持っていなかった。湖にもきみが釣りをしていた形跡はひとつも見つからなかった。警察はきみが嘘をついたと思っているぞ」

「ぼくは嘘をつかない」

「薬のことでは、わたしに嘘をついたぞ。きみはハロペリドールを服用していた」

「あれは嘘じゃない。ちょっとごまかしただけだよ」

「嘘とごまかしの違いはなんだね、アンソン？」

また片足が床を叩いた。でも一度だけだ。

「お母さんがどこへ行ったか知っているのか、アンソン？　家に火をつけて、お父さんを殺したあとで？」

母さんは父さんを殺してない。火をつけたのは母さんじゃない。ぼくはそう言いたかった。叫びたかった。椅子から飛びあがってドクターの手からペンをもぎ取り、首に突き刺したかった。血が噴きだし、菱形模様のセーターと壁に掛かっている作り笑いの写真を真っ赤に染めるところを見たかった。でも、やらなかった。ぼくは黙ってそこに座っていた。

「子どもを守ろうとする母親の本能は、人間に知られているもっとも強い本能のひとつだ。お父さんはきみに暴力をふるったのか？　きみにいやらしいことをした？　だからお母さんはお父さんを殺したのか？」

「父さんはぼくのことも絶対に傷つけたりしない」

「きみはここに来る前に病院で検査を受けているね。暴力をふるわれた形跡はひとつも発見されなかったから、おそらくきみの言うとおりだろう。不幸にして、そこの検査がどの程度徹底していたか、わたしは知らない。ここのスタッフの検査なら、徹底しているから信頼できるが、きみは郡の病院に連れていかれたからね。そういう場所で働く人々の技術と能力はあてにならない。なかには実にずさんな病院もある。発展途上国の避難所程度でしかない場所も」

「石を投げてたんだ」

「なんだって？」

「消防署の人や警察の人に釣りをしていたなんて一度も言ってない。ぼくは湖で石を投げてたの。石が水の上を跳ねていくのを見るのが好きなんだ」

「警察の報告書には、そうは書かれていないぞ、アンソン。嘘もごまかしも両方よくないことだ。わたしにはどちらもしてほしくないね」

「報告書が間違っているんだ」

オグレスビーは眼鏡をはずした。それが首の下にさがる。

ぼくの部屋と違って、このオフィスの窓には鉄格子がない。雨が降りはじめていた。

「きみはどこの学校に通っていたんだね？」

「勉強は母さんが教えてくれた」

「ほう？　それは興味深い」

「どうして？」

「ここに来た次の日に受けたテストを覚えているかい？　きみはとても高い点を取った」

「テストは楽しいよ。とっても面白い」

「お母さんは非常に頭のいい女性に違いないな。どんな仕事をしているんだね」

「言ったでしょ。出版の仕事だよ」

オグレスビーはノートに何か書いたが下を見なかった。「ああ、たしかにきみはそう言った。だがお母さんの雇用記録はないんだよ。最近のものも昔のものも、何ひとつない。ご両親は合算所得税申告書を提出していた。さきほど言った地方検事の要請で内国歳入庁が詳細な調査を行ったが、やはりお母さんが働いていた記録は見つからなかった。あの検事はブルドッグのようなしつこい男でね。きみのお母さんとぜひとも話したがっている」

「ぼくはどこにいるか知らない」

「お母さんに置き去りにされたことが気になるかね？　さきほど言った母親の本能だが、母親にとってはひとり息子を捨て、完全に連絡を断つのは非常に難しいことだ。その母親が息子を存在しないかのようにあっさりと、昨日のごみのように捨てざるを得ない理由とはなんだね？　お母さんにそこまで嫌われるなんて、いったいきみは何をしたんだ？」

また片足が床を打ちはじめたが、ぼくは止めなかった。その代わりに外の雨を見つめた。

95

四日目　午前四時三十八分

プール

プールの乗ったジェット機は、午前一時少しすぎにグリーンヴィル＝スパータンバーグ国際空港に到着した。待っていたＦＢＩの黒い車の脇には、寝不足の目をしたロバート・グランジャー支局長が立っていた。

グランジャーはジェット機のエンジン音が徐々に消えていくなか、片手を差しだし、大きな声で言った。「きみがフランクだな。サウスカロライナにようこそ」

五十四歳のハーレス支局長と警察学校で一緒だったとすれば、グランジャーも五十代半ばに違いない。だが目の前の男ははるかに年配に見えた。通りですれ違っていたら、軽く十歳は上だと思っただろう。分厚い眼鏡をかけた、禿げ頭のずんぐりした男だ。ＦＢＩの服装規定で口髭以外は禁じられているはずだが、南部では規定がゆるいらしくもじゃもじゃの山羊髭をはやしている。

グランジャーは助手席に乗れと顎をしゃくり、自分は運転席に乗りこんだ。そしてプールがまだシートベルトをしないうちに車を発進させ、手を振りながら警備ステーションを通過して高速道路へと向かった。「つまり、４ＭＫがこっちにいるのか？」

「いいえ、４ＭＫはまだシカゴにいると思いますが、この湖が明らかにやつと関連があるようなんです」

「少々苦労したが、真夜中の少し過ぎにようやくバニスター保安官を電話口に呼びだすことができた。ハナ・バニスター保安官だよ。少しばかり威勢がよすぎるが、気さくな好人物だ。二十年近くシンプソンヴィル一帯を取り仕切ってる。対抗馬が立たないから、選挙のたびに再選を果たすんだ。地元の連中はそれで満足してる。そもそも住民はさほど多くないし、変化を嫌うんだな。ハナが町の経験豊かな潜水士ふたりを確保してくれた。で、すぐさまきみの湖に呼びだしたってわけだ。あの辺に詳しいハナが言うには、火事で母屋が焼失して以来、誰も住んでいないそうだ。所有者が貸していたトレーラーハウスのほうは地元の若い連中がたむろするのに使ってるらしい。大して見るものはないそうだ」

「潜水士は暗くても潜れるんですか?」

グランジャーはハンドルに覆いかぶさるようにしてアクセルを踏み、のろのろ走っているトレーラートラックを追い抜いた。「連中はチャンスさえあれば、水に飛びこむよ」

「湖までどれくらいです?」

グランジャーは携帯のGPSを見た。「三十分だな。草と木しかない場所らしいぞ」

二時間後プールは、それぞれのチームに吠えるような声で命令を与えるグランジャーとバニスター保安官(たしかに威勢のいい女性だ)のそばで、作業を見守っていた。少し離れたところで発電機がうなり、そこから数本のコードが蛇のようにくねりながら様々な方向へと走っている。水際には大きな投光照明が立てられ、明るい光で黒い水を照らしていた。

潜水士のひとりが水面から頭を出し、片手を上げた。「もうひとつ見つかった! 六メートル下、この真下よ。コードはもう取りつけた。これからバルーンをつけるわ」その潜水士はベルトから小さな缶を取りだし、スイッチを入れた。ポンという音とともに缶からあざやかなオレンジ色のバルーンが飛びだし、みるみる膨らんでいく。潜水士はもう一方の手に持っているコードにその風船の根元をつけ、水のなかに浮かせた。

「驚いたわね、これで何体?」バニスター保安官がプールの背後で言った。

プールは右手に目をやった。死体を入れた黒い袋が岸に並んでいる。「四体。いままので四体です」

「そっくり一体か？　それとも一部か？」グランジャーが潜水士に向かって叫ぶ。

「そっくり一体です」潜水士はそう答えるとレギュレーターを口に戻し、再び水のなかに消えた。頭につけた強力なフラッシュライトの光がたちまち薄れていく。

湖からは、切り刻まれて小さなゴミ袋に詰めこまれた死体も見つかった。これまでのところ六袋。ひとつだけ開けて中身を確認したところ、人間の脚の骨だった。ほかの袋はまだ水のなかにあるうちに注意深く透明なビニール袋をかぶされ、水から揚げられたあと中身が空気に触れないようにプラスチックの容器に収められて、ノースカロライナ州最大の都市であるシャーロットのＦＢＩビルにある検視局で開けられることになっている。バニスター保安官はなんの異議も唱えずプールとグランジャーに管轄権を譲り渡した。これは明らかに保安官事務所の手には負えない事態だ。

プールは両手をこすり合わせた。シカゴの寒さに比べればずっとましだが、夜明け前の湖のほとりはさすがに冷える。と、後ろにいるバニスター保安官が手にした懐中電灯で、大きな木のひとつの根元を照らした。「プール捜査官？　これがあなたの探している猫じゃない？」

〝湖に着いたら、猫を探せ〟

プールは保安官のところに行き、丸い光が照らす地面に目をやった。

錆びた金属製の弁当箱が大木の根元に埋めてある。ポーターの言った〝猫〟は水際にあると思い、プールはここに着くとすぐに猫を探して地面を注意深く調べながら、湖を一周したのだった。それから最初の死体が発見され、猫のことは完全に忘れていた。その弁当箱は水際から三メートルほど離れた木立のなかに隠されていた。

プールはかがみこんで表面の土を落とした。

ハローキティだ。

「これが猫か」プールは保安官を見上げた。「手袋を持ってませんか？」

「あるわよ。はい」バニスターはジャケットのポケットから一対取りだし、プールに差しだした。ポニーテールからほつれた白髪混じりのブロンドの髪を片手で器用にまとめ直したが、そのあいだも、弁当箱を照らす懐中電灯の光は揺らぎもしない。プールは感心した。

「ひとつ見つかったぞ！」湖からまた叫び声があがった。

これで五体だ。

グランジャーがやってきて、バニスターの光に自分の光を加えた。「さっき探していたのはそれか？」

プールは弁当箱の両横についている錆びた留め金をはずし、蓋を開けた。なかには日記があった。「権利証を確認したいんですが。この土地と、さっき通過してきた家とトレーラーの」

バニスターがかがみこみ、白い息を吐きながら答えた。「庁舎にあるわ。電話して二、三人叩き起こしましょう」

96

日記

蛍光灯が無数の蜂が天井のなかに隠れているような音をたて、ぎらつく光を余分な蜜みたいに滴らせてくる。無視しようとしてもその音が耳につき、ぼくは低い枕に頭を戻した。

間口が一メートル八十、奥行きも二メートル五十くらいしかないこの部屋を、施設の人たちは〝ぼくの部屋〟と呼ぶ。ぼくはこの心のなかで〝部屋というより独房だ〟とつぶやく。ふつうの部屋なら、その主をなかに入れるたびに誰も外から鍵をかけたりしないし、窓だってちゃんと開く。ぼくの部屋はそのどっちでもない。

ここに来た日の夜、真夜中に目が覚めて、トイレに行こうとベッドから這いだした。足が冷たい床に触れた瞬間に何かが違うと感じたけど、ドアがあるべき場所にないことに気づいて完全に目が覚めた。ここはわが家じゃなく見知らぬ場所だ。

ぼくの部屋じゃない。

ベッドもぼくのじゃない。

全然違う場所だ。

尿意が消え、ぼくは狭いベッドに戻った。きっかり六時にまぶしい光が点き、蜂が目覚めてプログラムされた一日を始めるまで起きなかった。天井の蜂は夜の十時までせっせと羽音をたてつづける。この部屋に時計はない。ドアの小窓から見える場所にもないけど、ぼくの体内時計は正確だ。幼いころから、頭のなかで時間を刻めるように父に訓練されたから。潜在意識の片隅で時計がカチカチと時を刻む音を意識しろ、いったんそれを読みとれるようになれば、その時計は壁にかけてあるどんな時計よりも正確だ、と父は言った。うちには時計がひとつもなかった。

あるのは、自分のなかの時計だけ。父がそれを定期的にテストした。ときどき、いきなり父がいま何時だと訊く。そしてぼくの答えが一分以上はずれていると、罰を与えられた。どういう罰かは言わないけど、当然ながらぼくはめったに一分以上はずれなかった。

ぼくは時間を制御する方法も教わった。父の説明によれば、このスキルは瞑想(めいそう)に似ているが、それよりもっと奥が深いものだ。いまはまだとくに使い道はないが、いつか必要になるかもしれない、と父は言った。それに父が教えてくれることをぼくはなんでも喜んで学んだ。時間を制御すれば、ただ目を閉じて、自分を世界から切り離すことができる。五分から五時間、ぼくはそうすることができるようになった。中休みは最初に決めておくんだ。これは眠りと違うから、脳を活動させ特定の問題に集中させることもできるし、その機能も停止させ、ふつうならだらだら過ぎる退屈な時間を一瞬に終わらすこともできる。〝独房〟に監禁されているとき、ぼくはこの技を使った。

ここの人たちの魂胆は見え透いてる。ぼくが部屋を出られるのはトイレやお風呂を使うときと、ドクター・オグレスビーのオフィスに行くときだけ。残りの時間は独房に閉じこめられる。ぼくが退屈し、この部屋を憎むようになるのが狙いなんだ。ここから出るのを歓迎し、次のセッションを待ち望むようにさせるのが。過去にこの部屋を与えられた子には、うまくいったに違いないが、ぼくにはなんの効果もない。ぼくは時間を制御し、自分が置かれている状況を客観的に見て、解決法を探り、それを見つけるために時間を使った。

蛍光灯は午前六時に点いて、午後十時に消える。いまはここに来て八日目の午後四時三十二分だ。この部屋から逃げだす方法はない。窓は完全に閉ざされているし、たとえ開けられたとしても、外側に取りつけられた鉄格子のあいだをすり抜けるのは不可能だ。ドアの鍵は必要な道具さえあれば開けられるが、手元には何もない。ぼくの部屋は廊下のこちら側の五番目、トイレとお風呂は廊下の向かい側右手にある。ほかの部屋にいる人々の姿を見たことは一度もないが、彼らのたてる物音は聞こえた。夜はとくにはっきりと。男の子の声が三種類、女の子の声が二種類。廊下のこちら側、ふたつ向こうの部屋にいる女の子の声は十五歳ぐらいだった。

その子は夜になると泣く。毎晩泣いている。

ここでは誰もぼくらを名前で呼ばないから、名前はわからない。ぼくらを名前で呼ぶのはドクター・オグレスビーだけだ。

廊下の長さは端から端までおよそ十五メートル。職員がぼくをこの部屋からオグレスビーのオフィスへ連れていくときは左へ行き、閉まっているドアの前を次々に通り過ぎる。オフィスから戻るとき、ぼくは廊下の反対端を注意深く観察する。ナース・ステーションが左、右に警備員がひとり。そのあいだに閉まったドアがひとつ。このドアが開いているのはまだ一度も見たことがないが、ブザーの音がするたびにドアの開く音がする。たぶん警備員が立ってる場所の近くで開閉されるんだろう。でも看護師たちもあそこを出入りできるのかもしれない。長い年月たくさんの指が触れてきた汚い小さなボタンが見えるようだ。

廊下の両端に防犯カメラが設置され、レンズの黒い目が天井に設置された小さなこぶから見下ろしている。オグレスビーのオフィスのカメラはまだ見つからないが、たぶんあるはずだ。ぼくの部屋にあるカメラは蛍光灯のすぐ横にある通気口のなかから部屋を監視している。なんの音もたてないが、ぼくにはそれがまばたきしているのがわかる。

ねえ、ドクター、あなたはいまオフィスのモニターでぼくの様子を見てるの？　そうやって手に入れた情報を集めて、あの小さなノートに書きこむの？　どんどん無意味になっていく言葉を、夢中で書いている姿が想像できるよ。かわいそうなアンソン・ビショップ、火事で孤児になった少年。

ふたつ向こうの部屋でまたあの女の子が泣いている。へんだな、まだ夜じゃないのに。

97

四日目　午前七時十三分
ポーター

サラの電話が鳴った。

ポーターは最初それがなんの音か、どこから聞こえるのかわからなかった。ややあってサラが膝にのせた携帯が目に入った。

ポーターの肩に頭をあずけて眠っていたサラが身じろぎした。

電話がまた鳴った。

頭上のライトが点き、機内のスピーカーから声が響いた。「お客様、座席の背もたれとテーブルを元の位置にお戻しください。当機はまもなくニューオーリンズに着陸いたします。ただいまの現地の時間は午前七時十三分。気温は十五度です。このたびはご搭乗いただきありがとうございました。ご滞在をお楽しみください」

サラがまぶたを震わせて開け、まばゆい光に目を細めた。「おはよう」つぶやいて唇でキスの音をたてる。

再び電話が鳴った。

「携帯を機内モードにしないと、このでかい金属の塊が墜落するんじゃないのか？」

「そうなっても、シートベルトに守ってもらえるでしょ」サラは電話をつかみ、ディスプレーを見た。「地上に近くなると、携帯の基地局からの電波が入りはじめるのよ」サラはけげんそうな顔になった。「メールが届いているわ。でも、わたしじゃなくあなた宛てよ」

「なんだって？」

「見て」そう言って、ポーターに携帯電話を差しだす。

あの電話を壊すべきじゃありませんでしたよ、サム。

ひどいな。

せっかくの贈り物を。

「ビショップはどうやってきみの番号を手に入れたんだ？」

サラは首を振った。「こっちが聞きたいわ。ただ職業柄、連絡先はいたるところに載せてるから、事務所に掛かっている看板か、電話帳か、もしくはインターネットで調べたのかも」

ポーターはメールを打ち返した。〝ビショップか？〟

少し遅れて答えが返ってきた。〝懐かしい思い出を楽しんでもらえましたか？〟

〝猫を見つけたぞ〟

〝ええ、ふたりでね〟

ポーターはサラを見た。身を乗りだし、携帯の画面に目を張りつけている。

〝かまいませんよ、サム。あなたがひとりじゃないことはわかってる。よかったじゃないですか。サラはすてきな女性のようだ。ヘザーもきっと好きになったでしょう。ふたりは友だちになったに違いない〟

〝L・Mとあるロケットを見つけたぞ。カーター夫妻のトレーラーの床下で〟

答えはなかった。

〝あれはリビー・マッキンリーのロケットなんだろう？　リビーはきみにとって大切な人間だったのか？　リビーが死んだことは知ってるな？〟

答えがない。

〝ビショップ？〟

〝ぼくは母に会いたい。リビーのことで母と話したいんです〟

〝だったら自首するんだな。隣の独房に入れるようにしてやる〟

〝その必要はないですよ。あなたが母をぼくのところに連れてきてくれるから〟

「ふざけるな！」ポーターは思わず叫んでいた。

〝きみの母親は刑務所から出られやしない〟

〝これから写真を一枚送ります。そのあとで、また話しましょう〟

携帯電話がメールを受信し、小さな画面に写真が表示された。ふたりの少女がコンクリートの床に倒れている。

〝見ましたか、サム？〟

サラが指先で画面に触れ、写真を拡大すると、細かいところまで見えた。ひとりは死人のように青ざめ、唇を血で汚して緑色のキルトにくるまっている。もうひとりは川から引きあげられたように服も髪もずぶ濡れだ。どちらの少女にも見覚えがなかった。

〝この子たちは誰なんだ？〟

〝友人のお客さんです。ふたりとも具合がよくないんですよ。このままだと、エラ・レイノルズとリリ・デイヴィーズと同じ運命をたどることになるかも。それは望みませんよね？　また自分のせいで人が死ぬのはいやでしょう？　だからこうしましょう。ぼくの母とこのふたりを交換する。昔ながらの物々交換です。それにあなたはまだぼくに借りがある。この前の贈り物の〟

〝断る〟

〝この子たちが死んでもいいんですか、サム？　お仲間にひと言でも警告したら、このふたりは死ぬ。あの小箱は、まだたくさん残ってます。それと、刑務所に入ったら、手持ちの現金は残らずロッカーに入れていってください〟

〝断る〟

〝もうひとつ。万一あなたがこのふたりを見殺しにする決断をした場合に備えて、ぼくには一瞬にして大惨事を引き起こすような切り札がある。そんなことはしたくないが、母を連れてきてくれないなら、やむをえない。その切り札を使えば、白い箱がいくつあっても足りない事態になるでしょう。ワーナー弁護士と行ってください。あなただけでは、刑務所から出すことはできない。代理人の付き添いのもとでないと。期限は午後八時。少しでも遅れたら――〟

「遅れたらどうだというんだ？」ポーターはつぶやいた。

「電波が消えたわ。機体が基地局から離れたみたい」

飛行機の車輪が滑走路に接し、ふたりの体が揺れた。急激に減速していく機体の小さな窓の外を、空港の様々な建物が通り過ぎていく。

〝ビショップ？〟

〝送信エラー！〟

ポーターは〝再送〟とある小さな赤いリンクを押した。

〝送信エラー！〟

再び押す。

〝送信エラー！〟

「どうなってるんだ？」

「バッテリーを捨てたのかしら?」サラが皮肉たっぷりに返す。「さもなければ、電話自体を湖に放りこんだか」サラはポーターに顔を戻した。「ビショップを揺さぶる作戦は失敗らしいわね。全然動じていなかった」

ポーターはやりとりしたメールを読み直した。ふたりの少女の写真まで戻ると、みぞおちが沈むような無力感に襲われた。

98

四日目　午前七時五十七分

ポーター

「面会時間まではまだ一時間ある」ポーターはサラ・ワーナーのBMWの助手席で言った。

ふたりは空港からまっすぐ刑務所に来たのだった。

選択の余地がないことはわかっていた。

「ジェーンには手錠がかけられるわ。逃げられないわよ。たえずそばに置くようにすればいい。そして写真の少女たちが無事に救出されたら、刑務所に戻せばいいわ。外に出したとしても、厳密には勾留状態にあるの。心配なら手錠で自分と繋いだらどう？　警官はそうするんでしょ？」

ビショップに連絡がつかなくなった十分後、刑務所からサラの携帯にメールが送られてきた。受刑者二一三八号に関する書類は受理され、処理中だという自動返信、それと一緒に受刑者の監督者付き釈放に関する約二十ページの説明も送られてきた。

ビショップがメールを送ってくるのに使った携帯に電話をかけると、録音されたメッセージが流れてきた。〝おかけになった番号は現在使われていないか、電源が入っていないためかかりません。番号をお確かめのうえ……〟。ポーターは電話を切った。

「現金はいくら残っているの？」サラが尋ねた。

ポーターはため息をついて、ジャケットの内ポケットを叩いた。「二千ドルちょっと」

サラは面会者入り口に向けて、駐車場のなかほどに車を停めた。「一般の面会は九時からだけど、弁護士は八時以降いつでも入れるの」

「俺ひとりで行くべきだろうな。きみまで巻きこむのは申し訳ない」

「もうとっくに巻きこまれているわ」

「だが、これは脱獄幇助だ。刑務所の監視カメラに顔が映る。間違いなく弁護士資格をはく奪されるぞ」

「少しは気休めになりそうなことを言ってよ」

「この件のために人生を捨てる必要はないぞ」

サラはため息をついた。「ビショップがはっきり言ったでしょう。ジェーンを出すにはわたしが必要なのよ。ただ、その前に汗を止めたいだけ」

「かなり寒いのに」

「この震えと関係があるんでしょうね。震えのほうも止めたいわ」

サラは本当に震えていた。ポーターはハンドルの上で小刻みに震えるサラの手を見つめた。「俺ひとりで行く。ビショップなんかくそくらえだ。あいつは――」

サラはエンジンを切り、ポーターがそのあとを続ける前に車を降りた。「さあ、行くわよ」

「くそ」ポーターはビショップのナイフとリビーのロケットをポケットから取りだし、ダッシュボードのボックスに放りこんだ。それからぎこちなくシートベルトをはずし、サラのあとを追った。

まだ時間が早いせいで、面会者センターはがらんとしている。この前と同じように警備員が運転免許証の提示を求め、ベルトと靴紐をはずすよう告げる。ポーターはそれらと財布、ポケットに現金が入った上着をロッカーに入れた。警備員がロッカーの扉を閉じ、ポーターに鍵を渡す。それからポーターの体を叩いて手にした金属探知機でひととおり探り、ようやく通してくれた。ポーターが隣接する通路に出ると、すぐにサラも出てきた。

「さて、どういうことになるかな」

それに応えるかのように、横にある金属のドアがブザーとともに開き、別の警備員が出てきた。ウェイドナーだ。携帯を耳に当てたまま、人差し指を立ててふたりに会釈し、電話が終わると、ふたりを小さな控え室に案内した。「ここで待っててください」

控え室の外でブザー音とともにどこかのドアが開くたびに、ポーターの心臓は胸のなかでどくんと打った。

五回ばかりドアが開閉したあと、ウェイドナーがふたりの看守とともに戻ってきた。そのふたりに挟まれ、腕と脚を拘束されたジェーン・ドウがすり足で歩いてくる。

ウェイドナーは紙ばさみを取りだし、それをポーターに渡した。「ここと、ここに署名をお願いします」

署名をするあいだ、ポーターは側頭部を焦がしそうなほど強いジェーン・ドウの視線を感じた。

「これが一日通行証です。今日の午後五時までには連れて戻るように。拘束具はどんな状況でもはずさないでください。受刑者はくるぶしのところにモニター装置をつけています。オーリンズ郡を出ることはできません。もしも出た場合、あなたは裁判所の命令に違反することになります」

裁判所の命令だと？　いったいビショップはどんな手を――

「通常、看守一名が同行する必要があるのですが、あなたが警官であることから、受刑者は捜査の一環としてあなたの保護観察下に置かれます。あなたが望めば、看守をつけることができます。看守を同行させますか？」

ポーターは首を横に振った。

ウェイドナーが名刺を渡す。ポーターはその裏側に小さな鍵がついているのに気づいた。

「なんらかの理由で今日の五時までに受刑者を連れて帰れない場合は、この番号に電話をして、当直の責任者に告げてください」

ポーターは名刺をポケットに滑りこませた。

ウェイドナーは紙ばさみを手に取り、二枚目を開いてサラに渡した。「担当弁護士として、ポーター刑事に受刑者の身柄をあずけることを承認する書類です。ここに署名をいただく必要があります」

サラが署名し、紙ばさみをウェイドナーに戻す。

ウェイドナーは二枚を確認し、後ろで待っている看守にうなずくと、通路の隅にあるカメラを見上げた。ドアが電子音を発し、ふたりの看守がジェーン・ドウを連れてその向こうに消える。金属ドアが背後で閉まった。

ウェイドナーはサラとポーターに目を戻した。「所持品を回収し、十二番ゲートの面会センターの側に車をまわしてください」

その言葉を最後に、ウェイドナーも鍵のかかったドアの向こうに姿を消す。

手続きが五分とかからず終わったことに虚をつかれ、ポーターとサラは顔を見合わせた。

ロッカーに戻り、所持品を取りだしたポーターは、ポケットの現金がなくなりジャケットが少し軽くなっていることに気づいた。

サラが車を十二番ゲートにまわすと、看守に挟まれたジェーン・ドウが金網のなかで立っていた。さきほどの金属扉と同じように大きなブザーとともに金網が開き、看守がジェーン・ドウをサラのBMWのそばに連れてきて、後部座席に乗りこむのに手を貸し、ドアを閉めた。

ジェーン・ドウはにっこり笑った。「あなたのオフィスに行く必要があるわ、ワーナー。さあ、早く出して」

99

四日目　午前八時三分
ガビー

ガビー・ディーガンはベッドに横になり、インスタグラムを眺めていた。

誰かが〝リリ・デイヴィーズをしのんで〟というハッシュタグを作ったとたん、リリの写真が次々に投稿されていく。同じ学校の生徒が主だが、ガビーの知らない名前ばかり。

リリを知らなかった人たちばかりだ。それを見ると吐き気がこみあげてきた。

何よ、リリのこと、知りもしないのに。

そのハッシュタグにはアリー・ウィンタースとメーガン・プランツからの無数の投稿も含まれていた。ふたりともリリに意地悪ばかりしてたくせに、いまや親友気取り。最後にアリーがリリに会ったとき言ったのは、〝ひどい髪型。ショッピングモールの格安カットなんかじゃなく、ちゃんとした美容院に行ったら？〟だった。メーガンは去年、体育の授業中にロッカーからリリの下着を取って図書室に隠した。ガビーとリリは一時間近くも探しまわらなくてはならず、そのせいで四時限目の授業を受けられなくて、校長室に呼びだされたのだ。意地悪なあばずれ、ほとんどがそうだ。でも、最悪なのはそのことではなかった。見ず知らずの他人が写真を投稿していることだ。ぞっとするような写真も混じっている。バイト先の画廊の写真も何枚かあった。店の看板を入れて自撮りした写真を投稿している者までいる。

今夜は学校で、教職員主催のリリを追悼するキャンドルサービスが行われることになっていたが、ガビーは行きたいかどうかわからなかった。行く意味がある？　学生や教員が火を灯したキャンドルを手に立っていたって、リリが戻ってくるわけじゃない。それにあたしがリリの親友だったことは全員が知っているから、好奇の目で見られるに決まってる。

ガビーはインスタグラムを閉じて、メールを開き、この数カ月ふたりで眺めた車の写真をスクロールしていった。リリはもう車を手に入れることはできない、運転することも、結婚することも、赤ちゃんを産むことも、何ひとつ……。

涙があふれそうになり、ガビーはこらえようとした。そういえば、ゆうべは寝る前にちゃんとメイクを落とさなかった。アイライナーが流れて、きっとひどい顔になっているだろう。

「ねえ、大丈夫、ガビー？」母がドアの外で尋ねた。

「うん」

母が取っ手を回した。「どうして鍵をかけてるの？」

ガビーは答えずに、涙を拭いた。

「朝食を食べたら？　何か食べると気分がよくなるものよ」

「もう少しあとにする」

寝返りを打って電話のフォトアプリを開き、リリのアルバムをスクロールしていった。そこには何百枚という写真があった。公園で、繁華街で、学校で一緒のふたり。スナップチャットもいくつか保存してある。ガビーとリリは個人的な会話にスナップチャットをよく使ったのだ。それだと受信した相手が見たとたんに消えてしまうから、あらゆるものを読む両親の詮索好きな目に触れずに、なんでも好きなことを話せる。両親に見せたいときはメールを使う。でも、本音で会話するときはスナップチャットを使った。リリの発言で保存しておきたいものがあったときは、それがスナップチャットから消える前にスクリーンショットで撮っておき、リリのフォトアルバムに保存しておいた。このアルバムはパスワードに保護されていて、親の目には触れないから。そうよ、何から何まで親に見られるなんて冗談じゃない。そこにある写真を見ていると、自然に顔がほころんだ。リリは投稿のタイトル付けがものすごくうまかった。気の利いたコメントをつけてラサ・アプソ種の愛犬、スクラッピーの写真をしょっちゅう送ってきたものだ。車の写真もたくさんあった。オンラインで見つけたものではなく、地元の販売店で見つけ、惚れこんだ車の写真が。リリが気に入っていたのは繁華街の販売店で見つけた、真っ赤な車体に黒い革の内装の二〇一〇年のシボレー・カマロだった。あれを学校の駐車場へ乗り入れたら、男子だけじゃなくみんなの目を釘づけにできたはず。

ガビーは次の写真を見て手を止めた。リリが笑顔で、顔の横にiPadを掲げてポーズを取っている写真だ。キャプションには〝#勝利のチキンディナー〟とある。それのことはすっかり忘れていた。リリはオンラインで応募して抽選に当たり、車の教習を一回ただで受けられることになったのだ。ガビーはそれを聞いたとき、たぶん詐欺(さぎ)よ、と言ったのだった。応募した子を集めて、高いパッケージを売りつけるに決まってる、と。イリノイ州が免許の取得には三十時間の教習が必須だと決めてから、シカゴの教習所の半分はそういう手を使う。リリはとりあえず受けてみると言っていた。

ガビーはがばっと跳ね起きた。

学校に来た警官に、リリが知らない人間の車に乗った可能性があるか、と訊かれたことを思い出したのだ。あのときは、ありえない、と答えたけど……。

その写真を拡大すると、教習所の名前がわかった。〈デジグネイティッド・ドライバー〉だ。住所を見つけるには十秒とかからなかった。

ガビーは急いで着替え、外に出た。

100

四日目　午前八時二十四分
ポーター

「そこで車を脇に寄せて、サラ。サラと呼んでもいいかしら？」

やみくもにこの女の指示に従うべきでない。自分たちがしているのは間違ったことだ。

ポーターは重々それを承知していたが、サラもポーターもこの女の言いなりだった。

ジェーン・ドウを後部座席に乗せ、彼らは刑務所を出た。ジェーンは前に座っているポーターたちと車窓を過ぎていく景色を交互に見ていた。

事務所に着くと、サラは言われたとおりにＢＭＷを前にある駐車スペースではなく、すぐ横の路地に入れた。

「ギアをパーキングに入れて、クラクションを二度鳴らして」

クラクションが両側のビルの壁から跳ね返ってくる。

「少しばかり緊張しているようね、刑事さん。せめて何分かに一回は呼吸したら？　そうすると、血のめぐりがとってもよくなるのよ」

ポーターはこの助言を無視した。

誰かが通りの向こう側の路地から出てきた。見覚えのあるホームレスだ。この前歩道に小便をした男だった。

あれからまだ二十四時間しか経たないのか？

「鍵をもらえる、刑事さん？」

なんの鍵だ？　ポーターはそう訊き返しそうになって名刺の裏についていた鍵のことを思い出し、ポケットを探って名刺をジェーン・ドウに渡した。

「この手錠と足枷もなんとかしたいわね」

「それはそのままにしておいてもらう」

「長時間、車に乗るのよ」

「人生はときには非情なものさ」ポーターはつぶやいた。

ジェーン・ドウはまた微笑した。下唇がかすかに弧を描く。「ええ、たしかに」

いやな笑みだ。

ホームレスの男が窓をノックし、きびすを返して通りを見張る。

ジェーン・ドウは名刺の裏から鍵を取り、かがみこんでくるぶしのモニターをはずした。小さな箱が即座に電子音を発しはじめる。

「大丈夫かしら？　ばれるんじゃない？」サラがバックミラーで見ながらつぶやく。

ジェーン・ドウが窓を下ろし、待っている男にモニターを渡す。男がそれを自分のくるぶしに取りつける。

電子音が止まった。

ホームレスの男は車の屋根をポンと叩き、ジェーン・ドウとひと言も交わさずに、通りを渡って向こう側の路地に戻った。

「くるぶしのモニターは一般に考えられているほど十全じゃないんだ。携帯の基地局に電波が届かない場所では、データを蓄えておく。そして電波が届く場所でひとまとめにアップロードする。古い機種は、つけた者が活発に動きまわると〝取り外された〟というデータを送信していたんで監視センターは通常、プログラム内に一定の〝期限〟を設定するようになった。装置が一分以上続けて問題を報告すると警告を発するが、一分以内であれば無視する。だからジェーンが一時釈放時にプログラムされたバーチャルな境界線（ジオフェンス）を出ないかぎり、誰も何も気づかない。いまの男は昨日もここにいたぞ。そのとき俺が乗っていたタクシーの運転手さえ、地元の人間じゃないことを見抜いた。おそらく俺たちを待っていたんだな」

じっと耳を傾けていたサラが神経質にバックミラーを見て、ポーターに目を戻した。

ポーターは後ろを向かずにジェーンに尋ねた。「で、俺たちはどこへ行くんだ？」

「あの子から聞いてないの？　シカゴよ、もちろん。近くまで行ったら詳しく教えるわ」

またあの笑みが浮かぶ。邪悪な薄ら笑いが。

「アンソンの手紙を読みたいわ。見せてくれる？」

ポーターはいやだと言いたかった。うるさい、黙って座っていろ、と。だが、何も言わずにダッシュボードに手を伸ばし、黄ばんだ紙を取りだして後ろに放り投げた。

ジェーンがそれを取る音がしても、後ろは見なかった。

絶対に見るものか。

「日記もあったんじゃないかしら。ぜひとも読みたいわ」

ポーターはジェーンに見られる前に、ナイフとロケットの入ったダッシュボードのボックスを閉じた。それから黒と白の作文帳を広げた。「こっちは俺が読んでからだ」

ジェーンはバックミラー越しにサラと目を合わせた。「アンソンは今夜八時までと言ったんでしょう？　さっさと車を出したら？　あの子を待たせたくないわ。人一倍短気なんだから。それに恐ろしい〝玩具(おもちゃ)〟を持っているそうじゃないの。急いだほうがいいわ」

「話しかけられないかぎり、口をつぐんでいてもらおう。わかったか？」

ジェーンは口にチャックをかけるようなジェスチャーをして、手紙に目を戻した。

もう一度バックミラーに不安そうな目を投げ、サラはBMWのギアをドライブに入れて走りだした。「シカゴに出発。せいぜいドライブを楽しんでちょうだい」

101

日記

今日のドクター・オグレスビーは緑の菱形模様のセーターに昨日と同じカーキ色のズボンだ。菱形模様が何かの菌みたいにクローゼットのなかで増殖し、無地や格子柄のセーターを蝕んでいくさまが頭に浮かんだ。毎日菱形模様を着ていると、いつのまにか人は精神科医になるとか？　毎日あのセーターじゃなく、ロックバンドのロゴ入りTシャツと短パン姿で、サンダルをはいていたら、その選択の結果、違う人間になるのかも。だとすれば、人格は着るもので変わるのか？　それとも、その逆で、先に人格が変わるから服装も変わっていくの？　だったら、ぼくは――

「アンソン、何を考えているんだね？」

「すみません」

「謝る必要はないさ。ただ、きみの思いがこの部屋を離れるときは、どこへ行くのかと思っただけだ」

「ぼくはここにいました。どこへも行ってません」

「体はここにいたな。だが心はどこか遠い場所にいた。何を考えていたんだね?」

オグレスビーは眼鏡をはずし、首からたらした。

「ぼくの部屋の少し先にいる女の子は誰ですか?」

「どの女の子かな?」

「ふたつ先の部屋の子です」

オグレスビーは考えるように眉を寄せた。「その子に会ったのかね?」

眼鏡をかけ、メモを取る。

ぼくは首を振った。「泣いているのが聞こえたんです。とっても悲しそうだった」

「それできみも悲しくなるのか?」

「なるべきですか?」

「きみは泣くことがあるのかな、アンソン?」

この質問は少し考える必要があった。ぼくがここへ来てからドクター・オグレスビーが尋ねた、最初の難しい質問だ。この前泣いたのはいつだったか? 思い出せない。ぼくは泣こうと思えば泣くことができる。パチッと指を鳴らすあいだに涙を浮かべられる。でも、そうする必要があった記憶がなかった。そうとも、この前でさえ泣かなかった。でも、あのときのことは思いだしたくない。最後に泣いたのは、リドリーが子犬を産んだ日だ。だけど、子犬たちのことも話したくなかった。父に言われたことがあるんだ。本物の男は、泣く方法はわかっているが泣かないものだ。決して涙を流さない、と。だって、ダーティ・ハリーが悪党どもに向かって銃を振りたてながら、泣きだしたらちっとも怖く見えないじゃないか。悪党どもに銃を向けられて泣きだすのはもっとまずい。

「両親ともどこかに行ってしまい、ひとりぼっちになったと最初に気づいたときは、泣いたかね？」

「はい」

ぼくがそう答えたのは、それがオグレスビーの聞きたがっている答えだったからだ。あのとき、ぼくは一滴の涙も流さなかった。泣いたところでなんの役にも立たないし、何も変わらない。泣くのは時間の無駄だ。ぼくは時間を無駄にはしない。感情に左右されるなんて冗談じゃない。

「だが、きみはここに来てから一度も泣かない」

オグレスビーが眼鏡をはずす。

「泣くのは恥ずかしいことじゃないんだよ、アンソン。そういう感情的な反応は、ひどい苦しみや悲しみに体が折りあいをつけようとしてる証拠なんだ。無理やり感情を抑えこみ、閉じこめるほうが危険だ。ソーダの缶を激しく振ってから蓋を開けたことがあるかい？」

「ソーダは飲みません」

「缶を振ると、なかのガスが活性化する。だから缶を開けたとたんにガスが噴きだす。開けずに活性化したガスのエネルギーがこもったまま放置しておくと、害になるんだよ。どこへも行き場のないエネルギーの分子がぶつかり合い、しばらくして開けたときはまずくなっている」

「ソーダは体に悪いんです」

「きみのふたつ先の部屋の子は、つらい経験をしたから泣くんだ。ほかの患者の話を詳しくするわけにはいかないが、あの子の身に起きたのは途方もなく悪いこと、誰にも起きてほしくないことだった。嘘やごまかしを口にする子にさえもね。あの子が泣くのは、そうすることで受けた傷が少し癒され、少し心が楽になるからだよ。泣くのは正常で正しい反応なんだ。あの子のように泣く子より、泣かない子のほうがはるかに心配だ。アンソン、わたしはきみのことがとても心配だ」

「ぼくは大丈夫です」

「そうか――」オグレスビーは立ちあがり、机の反対側の横をまわって、左側のいちばん上の引き出しを開け、ジップロックの袋をひとつ取りだした。外側に何か書いてあるが、読めなかった。袋のなかにはぼくの折りたたみナイフが入っていた。

オグレスビーはその袋を机の、ふたりのちょうど中ほどに置き、机をまわって椅子に戻るとペンの先で袋を突き、ほんの少し向きを変えた。「いいナイフだな、アンソン。お父さんがくれたのかな？」

「はい」

「取り戻したいだろうね」

「はい」

「わたしがあずかると言ったらどうする？　あるいは捨てる、と言ったら？　ここの職員にあげることもできる。こんなにいいナイフを無駄にするのはもったいないからな」

「それはあなたのものじゃありません」

「違うかな？　いや、わたしのものだと思うね。〝現実所有は所有権決定の九分の勝ち目〟という言葉を聞いたことがないか？　わたしはこのナイフを安全に保管してもらいたいと警官からあずかった。ナイフは武器だ。きみのような少年に武器を持たせていいものかどうかわからないな」

ぼくはオグレスビーを見つめていた。

ナイフを見たかったが、それではオグレスビーの思うつぼだ。この男の思いどおりになんか、絶対になるもんか。

オグレスビーはもう一度袋を突いてから、ゆったり座り直した。「わたしが返してあげたら、これを何に使うつもりかな？　わたしに危険が及ぶかな？　職員が心配する必要があるかな？　泣かない少年がこういうナイフを持ったら、何をするだろうね」

袋のなかにはあるべきものが入っていなかった。ここに連れてこられたとき、ぼくのポケットには母とカーター夫人の写真も入っていたのだ。あれはどこにいった？

オグレスビーが暗がりであの写真をじっと見つめ、小さな頭をいやらしい光景で膨らましているところが目に浮かんだ。そして果てたあと、脱ぎ捨てた菱形模様のセーターで拭うところが。

そんなのだめだ。絶対に許せない。

ぼくはナイフを見た。「ネジを回すときはドライバー代わりになるし、箱を開けるのに使ったこともあるよ。古い木の皮をむいたり、父さんと母さんの車のタイヤから小石をほじりだしたこともあった。ポケットにナイフが入ってると、便利なんです。でもドクターがあずかっていたいなら……そのほうが気が休まるなら、ぼくはかまいません」

オグレスビーはにっこり笑った。「きみの同意が得られてよかったよ。それにたしかにきみの言うとおりだな。わたしもきみぐらいのときにアーミーナイフを持っていたよ。どこへ行くにもあれを持っていったものだ」

父は以前、アーミーナイフはお飾りみたいなものだ、と言ったことがある。かさばるし、役立たずの細々したものがついているせいで使い勝手が悪すぎる、と。本物の男は、よく切れる刃があればそれでじゅうぶんだ、父はそう言った。栓抜きや、はさみ、金属製爪楊枝をポケットに持ち歩きたがる人間は、物事に臨機応変に対処することができない。泣くのはそういう人間だ。ダーティ・ハリーは決してアーミーナイフなんか持たない。でも、オグレスビーはさっきのぼくの答えに満足しているように見えたから、よけいなことは言わなかった。

オグレスビーは鼻の脇を掻き、自分の指を見つめ、それから机に顎をしゃくった。「なあ、アンソン、警察はこのナイフをわたしにあずける前に、ひと通り検査を行ったそうだ。

何を疑っているのか正確には知らないが、なぜか警察はきみのナイフをきわめて注意深く調べる必要があると思ったのだな」

ふいにカーターさんのことが思い出された。自分が湖を最後に訪れたときのことが。父はカーターさんを小さく切り刻んで、ビニールのゴミ袋にきちんと入れて口を閉じると、湖の底に沈めろ、とぼくに言いつけた。ぼくはゴミ袋に石の重しをつけ、水のなかに沈める前にナイフで切込みを入れた。魚に中身の味を教えてやるために。

「警察は何を見つけたと思う、アンソン？」オグレスビーは眼鏡に手を伸ばしたものの、思い直し、それをかける代わりに身を乗りだした。「きみのナイフはあらゆるくぼみ、あらゆる隙間まで漂白剤に浸けられ、隅々までこすって洗った跡があった。真新しいと言ってもいいくらいだったそうだ。きみがいま言ったように、箱を開けたり、タイヤの小石を取ったり、木の皮をむくため、ときどきネジを回すために使っていたことを考えると、漂白剤でそこまできれいに洗うのは奇妙な気がするがね。警察もその点に関心を持ったのではないかな」

「刃をきれいにしておくのが好きなんです」

オグレスビーは黙っていた。長いこと黙ったままでいた。それから、ぽつりと言った。

「ああ、そうだろうな」

十分後、ドクターのあとに従い、オフィスを出た。

ナース・ステーションの前を通り過ぎるとき、ギルマン看護師がいつものようににっこり笑いかけてきた。今日はぼくも微笑み返し、かがみこんでスリッパを調整した。大きすぎて、片方の足がときどき滑りでてしまうんだ。

102

四日目　午前八時二十八分
クレア

くそったれクロズは正しかった。

いまのところ、クロズの調べでクック郡病院の職員のうち、まだぴんぴんしているのに死亡記事が掲載されているのは八人だった。

クロズが雇用者の名前と死亡記事を一致させると、クレアは病院の人事課の協力を得て、ひとりひとりと連絡を取り、何が起きているかを説明して、パトカーに迎えに行かせた。

そして昨夜のほとんどを費やし、ひとり残らずこのクック郡病院に集めたのだった。全員が着の身着のままで、荷物は何ひとつ持ちこまないようにと警告された。食べ物、化粧品、洗面用具、本、携帯電話まで。家族のいる人々は、家族と一緒に来るよう告げられ、自宅を出るときも病院に着いてからも、電話をかけることさえ許されなかった。

クレアは全員を病院のカフェテリアに集めた。

集まった人々はまもなく落ち着きを失くし、苛々しはじめた。ほとんどの職員は自分のシフトが始まり、とにかくカフェテリアを出ていける時が来るのをひたすら待っている。子どもや配偶者はどこにも行く場所がないぶんよけいにつらいかもしれないが、こうして一箇所に集めるのは合理的な解決法だった。カフェテリアは病院の真ん中にあり、警備がしやすい。食事もあるし、広さもじゅうぶんにある。これだけの人数を収容できる隠れ家はシカゴ市警にはないし、数箇所に分けたとしても収容しきれない。署にはそれだけの用意がないのだ。

ナッシュが反対側の扉から入ってきて、難民キャンプのような様相を呈しはじめたカフェテリアを横目で見ながら近づいてきた。

「トラックの少年の身元がわかった。ウェスリー・ハーツラーだ。エホバの証人の信者で、昨日、宗教の勧誘に出かけたまま行方不明になっていた。朝早く集会に出たあと、ほかの信者と一緒に戸別訪問をしていたそうだ」

「どの地域をまわったかわかってる？」

ナッシュは首を振った。「いや、訪問予定先も何も作っていないんだ。まったく組織的じゃないようだな。各自が思い思いの方角に向かった」

「あの子はひとりで回っていたの？」

「カティ・キグリーという少女と一緒だった。ついさっきその子の母親と電話で話したよ。カティも行方不明だ。ふたりの両親には供述書を作成できるように、ここに来てもらうことにした。そのほうが早いと思ってな。もうひとつある」ナッシュは息を継いでから続けた。「アイズリーが言うには、鈍器で頭を殴られたのが少年の死因だそうだ。肺には水はなかった」

「すると拷問されてはいないのね？」

「犯人は少年が邪魔になって始末したんだろう。で、少女のほうは手元に残した」

クレアは携帯を取りだし、クロズが送ってくれた死亡記事リストにある名前に目を通した。「キグリーとハーツラーの死亡記事はないわ」

クレアはちらっとカフェテリアを見まわした。クロズが見つけた記事の八人のうち、四人には子どもがいる。だが、子どもたちは全員無事で、ここに揃っていた。

ナッシュがクレアの視線を追った。「犯人がカティを残したのは、都合よく少女が手に入ったからだ。きみがこのカフェテリアに集めたせいで、魔の手を伸ばせなかったからじゃない。ウェスリーが発見されたがカティが見つかっていないのは、まだ生きている証拠だろう」

「こうしているあいだも、ひどい目に遭っているかもしれないわ」

「だが、こっちも犯人にだいぶ迫ってる」

「ふたりは徒歩で回っていたの？　出発地点に制服警官を送って、手分けして戸別に当たらせて。ふたりで組んでいくようにしてね。ひとりで犯人に出くわすのは危険よ」

「ああ、すべて手配済みだよ。アイズリーの電話を切った直後に要請しておいた。俺もこれから向かう」

クレアはうなずいて、千キロ以上離れた場所にいるプール捜査官に電話を入れた。

二度目の呼び出し音で応じた特別捜査官プールに、クレアはウェスリー・ハーツラーのこと、ビショップの被害者となる可能性がある人々を全員、病院のカフェテリアに集め、警護に当たっていることを報告した。

「この電話を切ったら、すぐにハーレス支局長に電話するといい。ぼくの上司です。戸別訪問のことを話せば、多少とも人員を割いてくれますよ」

カフェテリアにいる全員の視線が痛かった。たくさんの目が、こちらのあらゆる動きを読み、記録しているようだ。クレアはカフェテリアに配置したふたりの警官のそばを通り過ぎ、急ぎ足で廊下に出た。「あたしたちはビショップが計画していた大詰めを邪魔したと思う。きっと報復が来るわ」

「そういう考え方はよくないな。被害者にされる可能性のある人々の安全確保に集中すべきですよ。ビショップは必ず見つけます」書類をめくるような音がして、プールが声を落とした。「ポーターが言った湖で五体の死体が見つかったんです。切断されていて、はっきりしないが、六体の可能性もある。ビニールの袋に突っこまれて重石と一緒に沈められ、湖の底で腐っていました」

「ひどいわね」

「例の日記も見つけました。ポーターが残していってくれたんです」また紙をめくる音がした。「湖のそばにある郵便受けには〝ビショップ〟と走り書きしてある。いまは郡の不動産鑑定所で、あそこの持ち主を調べているところです」

クレアが言った。「ビショップが育った場所は、あたしたちも何カ月か前に探したのよ。でも、行き詰まったの。市町村の古い記録はデジタル化されていなくて、全国的なデータベースがないから、可能性がある郡に見当をつけて調べたの。でも、ビショップという名前の人間があまりにも多すぎた。いずれにせよ、検索をかけたのはイリノイ州とその周辺だけだったわ。サウスカロライナだとは思いもしなかった」

「そうですね。たしかに、古い書類は実際にその場に足を運んで探すしか……」プールの言葉が途切れた。

「何か見つかったの？」

返事がない。

「プール捜査官？」

「ポーターはサウスカロライナと繋がりがあるのかな？」

「サム？　ええ、たしかシカゴに来る前は、チャールストンで勤務していたと思うけど？」

「シカゴには何年に来たんです？」

「どうして？」

プールは重いため息をついた。「湖とその近くの二軒は、敷地も建物もすべてポーターの名義になっています」

103

四日目　午前八時四十九分
ガビー

ガビー・ディーガンはウェスト・ルーズヴェルト通りで五七番のバスを降りると、凍った歩道で二度も滑りそうになりながら降りしきる雪のなかを三ブロック歩き、〈デジグネイティッド・ドライバー〉にたどり着いた。

その教習所はあまり大きくなかった。教習所の名前入りの六台の白いハッチバックに囲まれた、平屋根のずんぐりした四角い建物で、壁のいたるところに真っ赤な文字で〝学生ドライバー歓迎〟と書かれている。車に雪が積もっているところを見ると、どうやら連日の雪で出番がないようだ。

ガビーは風と闘いながら正面のドアを開け、なかに飛びこんだ。五十代半ばの女性がトリビューン紙から目を上げ、けげんそうな顔をした。「今日はお休みなのよ、お嬢さん。書類の整理が追いつかなくて。来週にはこの雪もやむそうだから、来週の予約ならできるけど」

手袋と帽子を脱ぎ、ガビーはカウンターに歩み寄った。煮詰まったコーヒーのにおいがきつくなった。「予約を取りに来たんじゃないの」

女性は面倒くさそうに新聞に目を戻した。「そう。セールスならお断りよ」

「何日か前、友人がここに来たはずなの。覚えてない？」ガビーはリリ・デイヴィーズの写真を携帯の画面に呼びだし、受付の女性に見せた。

女性が不機嫌な顔でガビーを見る。さっさと出ていきなさい、と言われるかと思ったが、新聞を置いて、ガビーの携帯に目を向けた。「かわいい子ね。どこかで見た覚えがあるみたい」受付の女性は携帯を手に取り、目を細めて顔に近づけた。「こんな小さい画面がよく見えるものね。わたしのはタブレットぐらい大きいのよ」

「今週の初めごろ来たはずなんだけど」

女性は首を傾げ、ちらっと新聞を見て、厳しい顔でガビーに携帯を返した。「どういうつもりか知らないけど、冗談はやめてちょうだい」

「冗談なんかじゃ――」

受付の女性は新聞をつかみ、一面を広げてガビーの前に置いた。「警察にあなたのことを通報してもいいのよ」

ガビーは今朝のトリビューン紙を見下ろした。リリの写真が大きく載っている。ほかにふたり、知らない少女の写真と、少年の写真も載っていた。見出しには〈殺人鬼、三人目を殺す。新たな行方不明者。捜査は行き詰まる〉とあった。

「この子はここに来た？」

「もちろん来ないわ。来ていたら覚えているに決まってるでしょ。ここに来たなんて言いふらして歩いたら、警察からご両親に連絡がいくことになるわよ」

ガビーはしつこく食いさがりたかった。記録を確認して、と叫びたかった。が、代わりにカウンターにあった教習所のカードをつかみ、帽子をかぶって手袋をつけると、再びドアを押し開けて冷たい空気のなかに戻った。

外に出ると、リリが送ってきた写真を呼びだし、手にしているiPadを拡大して、そこにあるメッセージを読んだ。それからたったいま手に入れたカードと、建物の正面を見た。

カードにある電話番号もこの建物も、リリのiPadにあるものと同じだが、当選賞品を手に入れるための電話番号は違う。エリアコードも同じではなかった。

ガビーはリリのiPadにある番号にかけ、うなりをあげる風の音に邪魔されないように、電話を耳に押しつけた。呼び鈴が五回鳴ったが、相手は出ない。建物のなかの女性は新聞を読んでいる。

「デジグネイティッド・ドライバー教習所です。ご用件をどうぞ」電話から聞こえてきたのは、ところどころ舌足らずな男のしゃがれた声だった。

104

四日目　午前八時五十分

プール

「盗み聞きするつもりはなかったけど聞こえてきたもんだから。ポーターって誰なの?」

ハナ・バニスター保安官はスツールに座り、ファイルや箱が載ったテーブルの向かいから尋ねた。バニスターはさっきから記録がコンピューターに入力されていないことを謝っていた。郡の規模が小さいため予算も少なく、より緊急な問題が生じるたびに、法的データを現在のシステムに入力するための予算がそちらに振り替えられてしまうのだ、と。現状では、デジタル入力されているのはほんの数年分だけだった。

プールは不動産権利証をきちんと束ねて横に置いていた。ポーターの名前がそこからにらみつけてくるようだ。「シカゴ市警のサム・ポーター刑事です。最近まで、４ＭＫの捜査班を率いていたんです」

「で、最近何があったの？」

少なくとも、この時点でそれを話すことはできない。新たに発覚した事実をどう捉えるべきか、プールにはまだよくわからなかった。「事件に取り憑かれて、少し暴走してしまったんですよ」プールは目の前の箱を調べおえ、それを脇に滑らせた。「ほかにはひとつもポーターの名前はないな。あの湖と家だけだ」

バニスターはあくびをこらえ、座ったまま伸びをした。「ポーターという名前は聞いたことがないわね。わたしはこのあたりで育ったのよ。実際、まさにこの建物の四軒先にある診療所で生まれたの。ここはお互いの繋がりがかなり強い町でね。住民はほとんど農場主よ。長いあいだには、開発業者に家と土地を売った家族もいくつかあるけど、住民のことはよく知っているつもり。もちろん、ここにも騒々しい若い子たちはいるわ。だけど、ここ子どもたちが集まって騒ぐ理由は、ほかに何もすることがないからなの。今朝まで、ここでは六年近くも殺人事件が起きていなかった。エディソン・リンゼリという男の奥さんが、浮気性の旦那を懲らしめようとスープにたっぷりヒ素を入れてね。その直後に保安官事務所に電話をかけてきた。急いで駆けつけると、奥さんはレモネードのグラスを手にしてポーチで迎えてくれたわ」

「開発業者と言えば、タルボット・エンタプライズのアーサー・タルボットという名前に心当たりがありますか？」

「その名前は知ってるけど、ニュースで見たからよ。とんでもない事件だったわね。タルボットがこのあたりの不動産に目をつけたとすれば、庁舎で耳に入ったはずよ。ここじゃ不動産の売買があれば、真っ先に話題になるもの」バニスターはレターサイズのフォルダーを頭の上に掲げた。「見つけた」

「何をです？」

「母屋を焼失させた火事に関する報告書」

保安官はそのフォルダーをテーブルに置いて開き、中身に目を通しはじめた。「一九九五年八月か。わたしが保安官に当選するずっと前ね。その場で放火だと断定されたようね。報告書を書いたのはトム・ラングリンよ。もう退職してるけど、いまでもこの地域に住んでる。直接話を聞きたければ、自宅に連れてってあげるわよ。これによると、あたり一帯にガソリンのにおいが充満してて、消防車が到着するころには、家は完全に焼け落ちていた。そのなかで三人の男の焼死体が見つかった。焼け焦げているせいで死因は断定できなかったとある。生存者がひとり、アンソン・ビショップ、十二歳。湖で釣りをしていて、戻ってきたら煙が見えたと供述。警察は焼死体のひとつは父親で、火をつけたのは母親だとみなしている。母親は姿を消し、全国に指名手配されたけど見つからなかった。家の裏にあるトレーラーはサイモン・カーターと奥さんのリサが借りていた。このふたりも火事のあと行方不明。手配されたけど、やはり見つかっていない。残った男の子はここからさほど離れていないカムデン療養センターに送られた」

「見せてもらえますか？」

保安官はファイルを渡した。

そのとき携帯が鳴りだし、プールはスピーカーフォンにして応じた。

「フランクか？　グランジャーだ。いまハーレスと話していたところだ。すべて報告しておいた。湖ではまだ捜索が行われているが、おそらくあそこに沈んでる死体はあれで全部だろう。完全な死体が五体、刻まれて袋に分けられたのが少なくとも一体だな。あの袋の中身はいろんな人間の部位が混じっている可能性もあるから、検視官の調べが終わるまではたしかなことはわからんが。すべてシャーロットに運ぶところだ。ＦＢＩの科捜研ではそこがいちばん近い」

「お世話になりました。新たな事実が判明したら連絡をお願いします。ぼくに繋がらなければ、ハーレスのほうに」

「俺は家の残骸のところに戻ってる。焼失した家だよ。うちのオフィスで記録を引きだそうとしているが、何も出てこない」

「そのファイルはぼくがいま持っています。バニスター保安官にスキャンしてもらって、メールで送りますよ」

「なんて書いてある？」

プールはついさっきバニスターから聞いた情報を繰り返した。

「トレーラーは焼失をまぬがれていた。つい最近、誰かがいた形跡があるぞ。奥の寝室が荒らされているんだ。誰かがベッドを持ちあげて、床板を剝がしてる。服を詰めたリュック、キャンプ用品が散らばってるよ。何かを探していたんだな」

プールはテーブルの端に置いた日記をちらっと見た。「おそらくポーター刑事でしょう」

「探していたものを見つけたかどうかはわからん。これも全部シャーロットに送る。すべて写真に撮った。母屋を捜索するのにここに重機を持ちこもうと思ってる。だいぶ時間が経っているが、湖で見つかった死体の身元がわかるようなものがあるかもしれんからな」

テーブルに置いてある携帯が振動した。相手の名前が画面に表示される。「すみません、ハーレス支局長から電話が入りました。何かわかったらよろしく」

「もちろんだ」

プールは通話ボタンを押し、上司からの電話に応じた。「プールです」

「フランク、きみの勘が当たったぞ。すぐに飛行場に戻れ」

「何がわかったんです？」

「ステートヴィルの件は、きみの言ったとおりだった。あそこの所長と話したんだ。看守のひとりがリビー・マッキンリーに情報を渡していた嫌疑をかけられていた。だが、証拠がなかったために起訴されず、まもなく配置換えになった。どこへ行ったと思う？」

「どこです？」

「ニューオーリンズだ」

ポーターの携帯が購入された場所か。ふたりが知り合いだった、あるいは同僚だったという記録がありますか？」

「いまのところまだ見つかっていない。その看守のことはついさっきわかったんだ。すぐに調べさせる」ハーレスは続けた。「看守の名前はヴィンセント・ウェイドナー。現在勤務中で、今日の午後四時までは刑務所にいる。すぐに向こうに飛んでくれ。オーリンズ郡刑務所の所長は、必要とあればシフトが終わったあとも、なんとかウェイドナーを引き留めておくと言ってる。だが、きみが到着するまでウェイドナーには何も話すなと頼んでおいた。こっちの手の内を知られたくないからな。湖で何が見つかったか、グランジャーから聞いたよ。看守を尋問し、ポーターとの関係を見つけるんだ。あの男はこの件にどっぷり浸かってるぞ」

プールは支局長に湖と家の登記書類のことを話した。

「すぐにポーターを捕まえろ。いまの情報は何ひとつ漏らすなよ。マスコミに生半可(なまはんか)な記事を書きたててもらいたくない」

「わかりました」

「ノートン刑事とも話した。戸別訪問の手伝いに四チーム送ったところだ。ポーターの上司にも連絡を入れ、経過を知らせておく。われわれは真相に迫っているぞ、フランク」

それを最後にハーレスは電話を切った。

プールはバニスター保安官を見上げた。「申し訳ないがグリーンヴィル空港まで送ってもらえますか?」

バニスターはうなずいた。

プールは名刺を差しだした。「ほかに何かわかったら、ぼくかハーレス支局長に電話をください。支局長の番号は裏に書いてあります。できるだけ早く、そのファイルをグランジャーに送ってもらえるとありがたい」

日記をすくうようにつかみ、プールはドアへと向かった。これは機内で読むとしよう。

105

日記

午前三時三分過ぎ。ぼくは目を覚ました。

ふたつ先の部屋で、女の子がまた泣いている。わんわん声をあげて泣きじゃくってる。

ぼくは天井を見つめた。

ぼくのナイフは、ドクター・オグレスビーの机の引き出しにまたしまわれたに違いない。

あの写真もそこにあるのか？

これは確信がなかった。オグレスビーはあの写真を身近に置いている気がする。ぼくはあれを見たかった。目を閉じると細部まで完全に思い出せる。母と横たわるシーツにくるまったカーターさんの体を思い出すのはこれっぽっちも難しくなかった。カーターさんの裸を湖で見た日のことも同じくらい容易く思い出せる。それからカーター家のキッチンで——

カーターさんは震えていた。〝見てもらいたかったんだと思う。あなたが釣り竿を持って湖に出かけるのを見かけたの。あなたがあそこにいるのを知っていたのよ〟

〝どうして——〟

〝女はときどき望まれたいと思うものなの。それだけ〟彼女はもうひと口飲んだ。〝わたしのこと、きれいだと思う？〟

ぼくはカーターさんのことを、ほんとにきれいだと思っていた。

あの写真を取り返したい。ドクター・オグレスビーがあの写真を手にして、じっと見つめ、妄想で頭のなかをいっぱいにしていると思うと、みぞおちが掻きまわされるようだ。あれはオグレスビーが見ていいものではない。あの男にそんな資格はない。

大きな泣き声。喉を詰まらせて泣いている。

ギルマン看護師の足音がタイルの床に響く。きっとあの子を慰めに行くんだ。これは毎晩の決まりになっていた。いつまでも続く泣き声、ギルマン看護師の足音、廊下の少し先でドアをノックする音、やがて泣き声がくぐもったすすり泣きになり、静寂が訪れる。

通気口から監視しているカメラに気をつけながら、シーツの下で指に挟んだクリップを回した。

このクリップはタイルの床に落ちていた。オグレスビーの部屋から戻るとき、スリッパを調節するためにかがんで拾ったんだ。誰が落としたのか知らないけど、そんなことはどうでもいい。問題はいまこれがぼくの手にあること。これがあればこの部屋の鍵を開けることができる。ここを出ていくときがきたら、そうするつもりだ。でも、まだそのときじゃない。

くぐもったすすり泣きがまた聞こえ、それから静かになった。

どんな子なんだろう？　何があったんだ？

二部屋向こうの少女を、もう少しで頭に浮かべられそうだ。ギルマン看護師がシーツにくるまって横たわるか細い少女を抱きしめ、それからふたりで――

あの写真を取り返さずにここを離れるわけにはいかない。ナイフも絶対に取り戻さなくては。抜け出すのは夜中にしよう。夜は職員の数がいちばん少ないから。

夜が更けてから、ふたり以上の看護師が廊下を歩くのは聞いたことがない。日によっては、ひとりのこともある。もちろん、廊下の突き当たりにいる警備員も考えにいれておかなきゃ。部屋を抜けだし、ナース・ステーションを通り過ぎてオグレスビーのオフィスまで行き、鍵を開ける。なかに入り、ナイフを回収する。

あのナイフは必要だ。あれがなければ、警備員と看護師を通過できない。

だけど警備員の前も看護師の前も通らずに、ナイフを回収することはできない。おまけに監視カメラもある。

父さんなら、どうすればいいかわかるだろう。父さんは常にどうすればいいかわかっていた。

雨はまだやまずに、窓を打ちつづけている。

ふいに電気が点滅した。もしも停電になったら、ここには発電機があるんだろうか？

たぶん、ある。

でも、ないかも。

ギルマン看護師の笑顔は優しい。

ふたつ向こうの部屋の女の子は、笑うことがあるのかな？　どんな笑顔だろう？

ぼくは目を閉じて、どうやって廊下をすり抜けるかをまた考えた。

父さんならこの問題をきっと解決する。

ぼくもそうするつもりだ。

106

四日目 午前十時十二分
クレア

クレアはクック郡病院に到着した直後に徴用した狭いオフィスで、スピーカーフォンのそばをうろうろしていた。天井から床まで段ボール箱や時代遅れになった機材が積まれた、使われていない診療室のひとつだ。カフェテリアからは少し離れていて、ありがたいことに集まっている人々の目を逃れることができる。

電話の相手はナッシュだった。クレアはナッシュとクロズにプールから聞いたことを話したのだ。

ナッシュが電話を覆って大声で悪態をつき、それから言った。「そんなの嘘っぱちだ。わかってるだろ?」

クロズの顔はひどく青ざめていた。大きなノートパソコンの画面の光でいっそう青く見える。「ビショップに違いない。どうやったのか知らないが、郡の登記書類に手を加えたんだ」

クレアもそう信じたかった。「でも……デジタル・データならその可能性もあるけど、紙の書類なのよ。プールが言うには、保安官と一緒に郡庁舎の地下室に行き、そこに眠っていた十箱以上の古い書類から掘り起こしたそうよ。しかも、書類はきちんと整理されてもいなかったみたい。たとえビショップがそこにしのびこめたとしても、ええ、疑いもなくあの男ならそれくらいやってのけるでしょうけど、本物の書類を探しだして、差し替えることなんかできるかしら？」

クロズの表情から、めまぐるしく頭を働かせているのがわかった。「まあ、いくらビショップでも、郡庁舎にしのびこむのはそれほど簡単じゃないだろうな。それに紙の書類となると、二度しのびこむ必要がある。まずは本物を盗み、それを手本にして完全な複製を作ったあとで、偽物を紛れこませに戻る、フォントやフォーマット、紙の種類を知るには、絶対に本物がいる。その点デジタル・データなら、サーバーに潜入し、キーを二、三叩けば、なんの痕跡も残さずに出られる。いまや紙は化石で、ものすごく扱いにくい」

「だが不可能とは言えないだろ」ナッシュが言う。

「言い争うのはやめて。仕事があるのよ。集中しなきゃ。カティって少女の捜索のほうはどんな具合？」

「四ブロック終わった。ＦＢＩと署の連中が合同で当たってるが、天気は最悪だし、徒歩で回ってるからな。なかなか進まない」

クレアはクロズを見た。「死亡記事に合致する名前はあれから出た？」

クロズはため息をつき、ノートパソコンに目を戻しながらペンをつかんで指のあいだで回しはじめた。「もっとデータが必要だ」

「データはあげたでしょ。病院の協力で全職員の名簿にアクセスできるのよ？」

クロズはうなずいた。「ああ、あれは非常に役に立った。八人の被害者候補を見つけられたのは、あの名簿と街の全新聞に載った死亡記事のデータを照合できたからだ。その全員が現在、きみがカフェテリアに作った避難所にいる。だが問題があるぞ。大人の被害者の三人レイノルズ、デイヴィーズ、ビールに戻ると、この病院で実際に働いていたのはデイヴィーズだけだった。レイノルズはユニメド・アメリカ・ヘルスケアで保険のセールスをしていたし、ダーリーン・ビールは医薬品会社の販売担当重役だった。保険や薬を売りに来る連中は病院の職員名簿には入っていない」

「だったら出入り業者の名簿を手に入れればいいわ」

「簡単に言ってくれるな。この規模の病院に何人の営業が出入りしていると思う？」

「クイズに答えてる暇はないの」

「二百三十三人だ」クロズはため息をついた。「そのリストを二十分前にもらったよ。わたしのチームが手分けして調べているところだが、少し時間がかかる」

「この病院に勤務している被害者候補は八人だった。でも狙われた三人のうちふたりが病院の外で働いていたわけだから、ビショップの被害者候補はトータルすればはるかに大きくなるってこと？」

クロズは気に染まぬ様子でうなずいた。「わたしはさっきからそう言ってるぞ。われわれは八家族を保護している。しかし、それだけでは狙われている人間をすべて保護できたことにはならない。犯人はこの八人をあとまわしにして、リストにあるほかの人間を狙うかもしれん」

クレアはクロズのノートパソコンのスクリーンを見ていた。「これで全部？」

「これまでのところは全部だな」

クレアは名前を見ていった。「もっと、的を絞る必要があるわね。いま手にしている情報をじっくり検討しなきゃ。ビショップはこの人たちを無作為に殺してるわけじゃない。パターンがあるはずよ」

「だからわれわれはここにいるわけだ」クロズが応じた。「被害者全員が医療に関わる仕事をしていたというパターンに従ったから」

「ええ。でも、その先は？　被害者およびその候補を繋ぐ糸は何？　あたしたちには見えてないだけで、それがあるはずよ。全員を繋ぐ糸が」

クロズはペンを使い、被害者の職業をチェックしはじめた。「保険のセールス、腫瘍専門医、医薬品のセールス、レントゲン技師、ＭＲＩの技師、看護師がふたり、外科医、外科看護師、スケジュール・アシスタント、退院後の食事指導を行う栄養士、これにパターンが見えるか？　パターンを見抜くのは得意だが、何も浮かんでこないな」

クレアはクロズの手からペンをひったくると、間に合わせのデスクにそれを置いた。「この人たちが、ビショップが誘拐された子どもたちにしたことと、どういう関係があるのかしら？　何度も心肺停止になるまで溺れさせるなんて。よほどの理由があるにちがいない」

「親がしたことの復讐だろうな。それがなんなのかはまだわからないが」ナッシュがスピーカーフォンから言った。「子どもを罰して親のおかした過ちを償わせる。これはビショップの手口だ」

クレアの携帯が鳴った。ポケットから取りだした。「ソフィからだわ。ソフィ？　スピーカーフォンになってるの。あたしとクロズはこの部屋で、ナッシュもほかの電話で聞いてるわ」

ソフィは荒い息をついていた。「この部屋ってどこ？　たったいま、ガブリエル・ディーガンから連絡が入ったの」

107

四日目　午後十二時五十八分
プール

グリーンヴィルからニューオーリンズへのフライトは三時間と少しかかった。アラバマ州の上空でちょっとした気流のなかに突っこみ、G４は墜落するのではないかと心配になるほど揺れ、搭乗中は聞きたくないたぐいの音を発した。空の旅には慣れているプールですら気づいていたら不安にかられたに違いないが、まったく気づかなかった。離陸から着陸まで、ビショップの日記を読むのに夢中だったのだ。

プールは急き立てられるようにページをめくり、あっというまに小さな作文帳を読みおえた。そして最後まで読みおえると、端を折っておいたページに戻り、サウスカロライナのあの焼失した家とトレーラーハウスと湖に関連する特定の出来事を読み直した。ビショップの両親に関連するページの端も折っていた。

つまり、ほとんどのページの端を折ったことになる。

ここに書かれている内容をどう考えるべきなのか？

ポーターはなぜこの日記を手元に置いていたのか？

本当の理由はなんだ？

〝神になりたければ、まず悪魔を知れ〟

空き家の壁にあった落書きの言葉が、出し抜けに頭に浮かんだ。

ポーターはどこまで〝知る〟つもりなのか？

日記の内容はほとんどが真実味を帯びていた。が、その記述はどこかおかしかった。ここに書かれているポルシェではなく、車寄せで朽ちていくフォルクスワーゲン、あるいは隣人のカーター夫妻宅だとビショップが言った家が実際は裏庭のトレーラーハウスだったというような些細な食い違いだけではない。もっと何か、心の深い部分に問題がある気がする。この日記にはまるでおとぎ話のような雰囲気があった。記された事実と注意深く造られた虚構の行間に、いたずら好きの少年の姿がちらつくのだ。そのちらつきのどこかに真実が存在するに違いない。日記の言葉は少年が書いたもの、あの敷地に住んでいた子どもの記憶に基づいたものだ。そして、その敷地が実在したことは間違いない。子どもの目を通して見た世界は、大人の目で見た世界とはだいぶ違う。日記の記述は子どもの目で見たように書かれていた。子どもがそれを書いたのなら、納得がいく。しかしプールはビショップの筆跡を見た。それも通り一遍ではなく、じっくりと見た。人の筆跡は年月の経過、その人が歳をとるにつれて進化する。全体の形はたしかに子ども時代の筆跡に似ているが、歳とともにもっと鋭くなる角もあれば、子どものころは尖っていたところが丸くなることもある。子どもの筆跡には、常に柔軟性というか、ためらいがある。実際にそれが紙に書かれる前に、まず脳がその文字や言葉がどういう形かを思い出すからだ。だが大きくなるとそのためらいが消え、脳の記憶より潜在意識から引きだす部分が多くなる。子どもが書く文字はたとえへたくそに見えても、通常は丹念に考え抜かれ、ゆっくり書かれたものなのだ。大人はじっくり思い出す手間をかけずに急いで書く。プールはクアンティコで筆跡分析コースを取った。筆跡で常に注目を集めたのは子どもと大人の書き方の違いだった。日記で使われている言い回し、言葉の選択、流れ、それはまさしく子どものものだ。だが、筆跡自体は大人のものだった。ビショップが最近書いたものとこの日記を比べれば、この事実が証明されるはずだ。ビショップはこれを最近書いたのだ。一ページ目の警察を揶揄している箇所だけでなく、このすべてを。それなのに、この物語を子どもの言葉で綴ろうとした。

　そのせいでプールは、何ひとつ信じられなかった。

　記述の大半が事実であることは疑う余地がない。だが、それ以外は事実ではない。

　ビショップはただ子ども時代の思い出を語るためにこれを書いたわけではないのだ。語り方を自在に調整することで、読む人間の頭のなかに様々な種をまき、追ってくる者たちをあざむくために書いたのだ。たったいま読んだなかで、たしかだとわかるのはひとつだけだった。湖のなかで発見された切り刻まれた死体は、ほぼ間違いなくサイモン・カーターだろう。カーターの死体がどのように湖の底へ落ち着いたのか、誰がカーターを殺したのかは、この日記からは判断できない。それを決定できるのは今後明らかになっていく証拠だけだ。

日記には、湖からあがったほかの五体に関する説明はひとつもなかった。焼死体についても、真の説明は与えられていない。火事についてもそうだ。ここにある説明は、ビショップがこちらに信じさせたいと思ったこと。それを真に受けるのは危険だ。プールは鵜呑みにする気はなかった。

この日記はまったく異なる角度から読まれるべきだ。ビショップがこちらに信じさせたがっている事実の長いリストとみなすべきだ。そうした〝事実〟が本当か嘘かは別にして、日記の内容自体ではなく、ビショップがこの特定のメッセージを伝えている理由を理解すべきだ。

プールは疲れた目をこすり、小さな窓の外を見た。いつのまにか白い雲が緑の樹木に変わり、道路や建物が形を取りはじめ、空港の滑走路が目に入った。ジェット機の車輪が舗装された滑走路に触れ、ほとんどそれとわからぬほど弾む。ほんの二時間ほど前のローラーコースターのような揺れとは比べものにならない静かな着陸だった。

空港の北のはずれにある連邦政府の格納庫へと向かうと、建物の横にある小さな駐車場から白いSUVが走りでてきた。あの車がプールを刑務所へ連れていってくれるのだろう。車が完全に停止する前に、プールは日記をつかみ、それに乗りこんでいた。

108

日記

「今朝は警察から興味深い電話が入ってね。わたしに何を頼んできたか知りたいかな？」

ドクターが今日着ているセーターは赤い菱形だった。朝食にパンケーキかワッフルを食べたらしく、襟の下にシロップの小さな染みがある。甘いにおいもした。それを嗅ぐと、お腹がすいた。ぼくが食べたのは牛乳を入れたシリアルだった。シリアルも好きだけど、パンケーキやワッフルのほうがずっといい。

母さんのパンケーキが無性に食べたくなった。母さんの作るパンケーキは、とってもおいしいんだ。

「アンソン、また違うことを考えているな。人が話しかけているときは、その声をちゃんと聴く努力をするように。相手の目を見ると、頭のなかの雑音は自然と消えていくものだよ」

ぼくはちゃんとドクターと目を合わせていた。まあ、見てはいなかったけど。

その気になれば、ぼくはドクターの目を突き抜けて、その向こうを見ることもできるし、この小さな頭のなかを覗いて――

「アンソン」

部屋のなかにシロップのにおいが漂っている。

ぼくはドクターと目を合わせた。

それからにっこり笑った。

「はい、ドクター？」

「警察がわたしに何を頼んできたか知りたいかね？」

「はい、ドクター。とても知りたいです」

オグレスビーはノートに目を落とした。「電話してきたのはグリーンヴィル警察のウェルダーマン刑事だ。警察はきみの隣人から話を聞くために何度かきみの家に足を運んだそうだ。ええと」オグレスビーはかすかな音をたててまたノートをめくった。「サイモンとリサのカーター夫妻だ。ふたりとも、まだ帰宅しないようだな。そこでサイモン・カーターの勤め先に確認を入れると、しばらく仕事に出てきていないという。働いていなかった奥さんのほうも同様に行方がわからないらしい」

ドクターは自分のノートを見て、そこに書きこんだことをざっと読み、それから目を上げてけげんな顔でぼくを見た。「つまり、きみの両親も含め、四人の大人が行方不明か死んでいるわけだな。放火と断定されたひどい火事の焼け跡からは三つの死体が見つかった。

そしてわれわれの手元に残された手がかりは、あとに残され、こうしてわたしのオフィスに座っている少年、一滴の涙も流さないように見える少年だけだ」オグレスビーは眼鏡をはずした。いつもと違って芝居がかった身振りはなし。ただ鼻から引っ張り、胸に落とした。「いいかね、アンソン。これはまずいぞ。非常にまずい。警察はたいへんな騒ぎだ。警察はなんとしてもきみと話したがっている。もちろん、そんなことはできない、とわたしは言った。きみは未成年で、わたしの保護下にある。きみを警察の尋問にゆだねるようなことはできない、とね」ドクターは身を乗りだし、声をひそめた。「ところが、ウェルダーマン刑事の電話を切ってから一時間と経たないうちに、今度は先日話した地方検事から電話がきた。検事のことを覚えているかね？　きみのお母さんと話したがっていた人物だ。検事はわたしに、警察にきみを尋問させるべきだと言うんだよ。もちろん、わたしの付き添いのもとに、だが。検事はかなり執拗で、わたしのノートも見せてくれと頼んできた。患者に対する守秘義務がある、会話の内容を明かすことはできない、とわたしは言った。きみのためにきっぱり突っぱねたんだよ。だが、警察や地方検事は、きみがこのすべてになんらかの形で関わっていると思っているようだ。正直言って、それは違うとわたしが否定できるような事実を、きみの口からひとつも聞いていない。わたしが狼たちを食い止めておくには限度があるんだよ、アンソン。何があったか話したほうがきみのためなんだ」

ぼくのナイフがまた机の上に置いてあった。置いたままにしておいたわけじゃないと思う。昨日と同じ場所ではなく、ぼくにいちばん近い角のところに置いてあるから。その気になればさっとつかめる場所に。ジップロックの袋から取りだし、あっというまにあの太い首に突き刺すことができる場所に。オグレスビーが〝危険の恐れあり〟と書く間もないほど早く。

オグレスビーはまたぼくを見ていた。危なっかしく積みあげたジェンガの塔に、もうひとつ意味深な沈黙の積み木が載る。これから一時間でも黙って座り、ぼくがしゃべるのを待つつもりだろう。ぼくにしゃべらせようとこれまで何度もしてきたように。見え透いたやり口だ。

「父さんが火をつけて、母さんと立ち去ったんだ」

オグレスビーは眼鏡をかけた。「ほう、それは興味深い。しかし、それならなぜ車を置いていった？　お母さんの車も置いていったのかな？　どこへ行ったんだね？　なぜきみを連れずに立ち去ったんだ？」

「行き先は知らない。ぼくを置いていった理由も知らない」

「家のなかで死んでいた男たちは誰だ？」

「知らない」

「隣人はどこへ行った？」

「知らない」

「火をつけたのは誰だって？」

「父さんだよ」

オグレスビーはあの写真のことを訊きたいはずだ。ドクターがあれを持っているのはわかってる。たぶんカーキ色のズボンのポケットにしのばせているか、ノートのあいだに挟んであるんだ。

「お父さんはなぜ火をつけたんだ？」

「知らない」

「家のなかで死んでいた男たちは誰だね？　彼らはお父さんに乱暴を働くために来たのか？　お母さんに乱暴を働こうとしたのか？」

気に入らない展開だった。まったく気に入らない。

次々にぶつけられる質問に、ぼくはあまりに早く答えすぎていた。じっくり考えずにおうむ返しに答えている。会話の主導権を握っているのはオグレスビーだ。父さんが見ていたら、きっと怒られる。この会話を自分のペースに引き戻さないと。これじゃ、自分で自分を追い詰めているのと同じ。このままじゃだめだ——

「アンソン、動作学という言葉を知っているかな？」

ぼくは首を振った。

「動作学とは、体の動き、ボディランゲージを解釈する学問でね。顔の表情、仕草、体のあらゆる部分の動きを解釈するんだ。わたしはこの動作学の集中的な訓練を受けている。体のしたがって、誰かが正直でないときは、それがわかる。嘘やちょっとしたでまかせを口にする人々について、わたしがどう思っているかは、すでに話したね？　相手と話す時間が長くなればなるほど、嘘を見抜くのは容易くなり、やがてその人間がわたしを騙せるような嘘をつくのは不可能になる。きみとわたしは、その段階に近づいている。どういうことかと言うと、きみはわたしに嘘をつきつづけることができなくなるわけだ。わたしがそれを見抜いてしまうから。逆に言うと、きみが真実を話せば、それが真実だとわかる。つまり、きみはそろそろ決断しなくてはならないんだよ、アンソン。わたしの質問に正直に答えるか、嘘をつきつづけるか。正直な答えは患者への守秘義務によって守られ、きみに害をなす形で使われることはない。しかし、嘘をつきつづければ、わたしがきみのためにしてあげられることはほとんどなくなる」オグレスビーは椅子の背に背中をあずけた。「きみの医者として、わたしは警官がきみを尋問するのを許すしかない。地方検事の要望に協力するしかない。きみはこの施設から、ここほど居心地のよくない場所に移される。きみのようにハンサムな少年が貨幣とみなされる場所、使い捨ての商品とみなされる場所に。きみはぼろぼろになり、毎日少しずつ死んでいく。そこから這いあがるすべはない。そういう場所に送られたが最後、戻ってくることはできない。さらに深く沈むだけだ。きみは隠れるためにより深い穴を掘ろうとするが、怪物は暗がりを好み、喜んでその穴に飛びこんでくる」

　ドクターは眼鏡をはずした。

「わたしはきみを助けたいんだよ、アンソン。それをわかってもらいたいが、われわれの時間はなくなりかけている」

「今日はここまでにしよう」いつもより十分近く長いセッションのあと、ドクターはそう言うと、ぼくを従えナース・ステーションの前を通ってぼくの部屋に向かった。

途中にあるあの少女の部屋のドアが開いていた。ギルマン看護師が昼食を運んできたのだ。少女はベッドに座り、膝を抱えていた。

そして通り過ぎるぼくを見ていた。ぼくも見返した。

目をそらしたいと思ったとしても、できなかったに違いない。

109

四日目　午後一時十二分

クレア

「さっきも言いましたが、うちでは抽選キャンペーンなんてやってませんよ。なんのことかさっぱりわかりません」

くる。

クレアはカウンター越しに手を伸ばし、そこから引っ張りだしたいと思いながら、デジグネイティッド・ドライバー教習所の受付係をにらみつけた。相手もけんか腰で見返してくる。

クロズが鮮明にして拡大してくれた、リリ・デイヴィーズがiPadを手にしている写真には、明らかにこの建物と前に駐まっている車が写っている。「ここにある写真をもう一度見てください」クレアは死体で見つかったふたりの少女、いまだに行方不明のふたりの写真をカウンター越しに押しやった。

受付係はちらっと見て、クレアに目を戻した。「何度言ったらわかるの。ひとりも見たことはありません。この子たちの誰ひとり、ここには来ていませんよ。この建物の写真を撮ってそれを自分の写真と合成するくらい、誰でもできますよ。その電話番号だってうちのじゃありません。でたらめだわ」

ガビー・ディーガンが今朝かけた写真の番号は、いまはいくらかけても留守電にしか繋がらない。クロズが番号を追跡しようとしたが、プリペイドの電話で、電源が入っていないことがわかった。クロズとナッシュは電話会社に協力を依頼し、ガビーのかけた電話を追跡して、持ち主の位置を突きとめようとしている。

ガビーは小さなオフィスの隅にある椅子に座っていた。隣に座ったソフィがその手を握っている。「ねえ、もう一度話してくれる?」ソフィが優しく言った。

ガビーは涙を拭いた。「リリだけで行かせちゃいけなかった。あたしのせいよ。あたしが一緒に行ってれば、リリはまだ生きてたのに」

「その電話のことだけど、男の人が出たのね？　その男はなんと言ったの？　奇妙な音は聞こえなかった？　何か居所がわかるような――」

ガビーは首を振った。「男の人が出たあと、すぐに切ったんだもの。でも、へんなしゃべり方だった。電話をかけながら、外からここを見ていたの。受付の人は受話器を取らなかった。鳴ったのはここの電話じゃないと思う」

「今日は誰からもかかってこなかった。電話は一度も鳴らなかったわ」カウンターの女性がうなずく。

「へんなしゃべり方って、どうへんだったの？」クレアがガビーに近づきながら尋ねた。

「電話の音で目が覚めたみたいに、眠そうな声だったと思う。ところどころ――」

「口ごもってる感じ？」

ガビーは思い出そうとした。「ううん。そうじゃなくて、なんて言えばいいか。〝s〟が発音しづらいみたい」

「舌足らずな感じ？」受付の女性が尋ねた。「そう言おうとしたの？　舌足らずに聞こえたの？」

ガビーはうなずいた。「うん、それ。舌足らずだった」

クレアはカウンターに戻った。「心当たりがあるんですか？」

受付は受話器をつかみ、番号を押しはじめた。「所長に電話をしないと」

クレアは受話器を取りあげた。「知っていることをいますぐ話してください」

受付の女性はクレアたちを見比べ、深く息を吸いこんだ。「教官のひとりに舌足らずの人がいるの。最近そうなったのよ。後遺症みたいなものだと思う」

「後遺症というと？」

女性はカウンターから出てきて、オフィスの左側の壁にあるスタッフの写真に歩み寄り、そのうちの一枚をはがした。「ポール・アップチャーチ。もう十年近くここで教官をしているわ。一年ほど前に、そこにないものがにおうと言いはじめたのよ。わたしはアーモンドとバニラのにおいがする、って。最初は褒め言葉かと思った。とても優しい人だから。ほんとにいい人なの。ユーモアのセンスもあるし。でも、それからまもなく体が震えだして。いきなり震えだし、次の瞬間にはおさまってる。所長はすぐに勤務からはずして、病院に行かせたの。運転を教えているときに事故を起こしたら大事（おおごと）だもの。で、一週間ほどかけて一連のテストを受けた結果、脳に悪性の腫瘍があることがわかったの。細かく説明してくれたけど、専門的な言葉が多かったものだから、細かいことは覚えてなくて……」

腫瘍……これがすべてを繋ぐ鍵だ。

保険。

腫瘍専門医。

医薬品のセールス。

レントゲン技師。

ＭＲＩの技師。

外科医。

病院。

「ポール・アップチャーチは入院してるんですか？」

「いまは自宅にいるはずよ。たしか三度も手術を受けたのよ。もしかしたらもっと。ここしばらく連絡がないの。一週間以上になるわ。もう二、三日電話がなかったら、様子を見に行くつもりでいたんだけど」

「住所を教えてください」

「ええ、いいですとも」受付の女性はまだ手にした写真を見ていた。三十代前半の男がほほ笑んでいる。「ポールは誰も傷つけたりしないわ。ほんとに優しい人なのよ。あんな目に遭うなんてひどすぎる。まだ若くて、信仰心の篤(あつ)い人なのに」

クレアはすでにナッシュに電話をかけていた。

110

四日目　午後三時四十七分
プール

所長がオフィスに戻ってきてドアを閉めた。

「くそ、困ったことになりましたよ。どうやらわれわれが思ったよりひどい事態だ」ヴァイナ所長はそう言って、連れてきた男を示した。「フレッド・ディレンゾ看守長です。ここのセキュリティを担当している。看守長、こちらはＦＢＩのフランク・プール捜査官だ。いま言ったことを、この人に話してくれないか」

プールは立ちあがり、看守長と握手した。冷たい、じとっとした手だ。ずいぶん神経質になっている。

いやな予感がした。

ディレンゾは咳ばらいをひとつした。「ハーレス支局長から電話をもらったあと、われわれはウェイドナーをそれとなく監視していました。悟られたくなかったので、ふだんと同じ仕事をさせ、カメラでウェイドナーの様子を監視しながらあなたが到着するのを待つことにしたわけです。あなたと話す前に、あの男が言い訳を考える時間を与えたくなかったんですよ。真実を聞きだすには、不意打ちするにかぎる。そうでしょう？」

プールはうなずいた。

ディレンゾ看守長はちらっと所長を見て、プールに目を戻した。「ところがウェイドナーは監視の目をすり抜けた。どうやったのかは知らんが、とにかく逃げたんです」

「いつ？」

所長が両手を上げた。「どうかご心配なく。われわれはウェイドナーを捕まえましたよ。市警の警官たちがこの近くのアパートで、鞄に荷物を放りこんでいるウェイドナーを捕まえました。ここに連れてくる途中です。三十分もあれば着くでしょう。続けてくれたまえ、看守長」

ディレンゾがうなずいた。「言うまでもないが、ここのカメラは受刑者をモニターするためのもので、看守を監視するためではない。そのため、あちこちに看守がカメラに映らない死角があるんです。ウェイドナーはロッカー室で制服を脱ぎ、午後三時に退出する看守たちと一緒にここを出た。しかし所長が言ったように、捕まえました。逃がしはしません。お約束します。彼が何を企んでいたのか把握しようと、ウェイドナーの今日の行動を逆にたどったところ、どうやら偽の裁判所命令を使って、今朝八時に受刑者を刑務所の外に出す手配をしたようです」

「その受刑者というのは？」

所長はプールに書類を差しだした。「名前はわからんのです。捕まったとき、身分証明のたぐいをいっさい携帯していなかったし、前科もない。財布を盗もうとして捕まった女です。ところがですな、シカゴ市警のサム・ポーター刑事が昨日その女に面会したいと申し入れてきた。そして弁護士の立ち合いのもと、三時間半ばかり面会室にいました。ポーター刑事の話では、その女がシカゴで起きた４ＭＫ事件に関連がある、ということでしたよ」

「面会の様子は見られますか？」

「受刑者が弁護士と面会するときは、カメラのスイッチを切ることになってます」

「弁護士の名前は？」

「サラ・ワーナー、地元の弁護士です」所長は答えた。「受刑者がくるぶしにつけているモニターで監視しています。いまはその弁護士のオフィスにいます。位置情報はきちんと送られてきていますよ。われわれに知られずにどこかに行くことはありません」

「独房を見せてもらえますか？」

「すでに調べました。何もありませんよ」

「自分の目で確認したいんです」

その独房は念入りに調べられていた。

看守長の案内でなかに入ると、プールは四方の壁が迫ってくるような気がした。マットレスは片側の壁に立てかけられ、その下の金属製の寝台が見えた。床には服が散らばっている。Tシャツと二枚のスエットパンツだ。シャンプーのボトルと歯磨き粉の中身は流しに空けてあった。

「ときどき受刑者はこういうものに、ちょっとした小物を隠すものでね。たいていはスプーンや歯ブラシから作った〝ナイフ〟のたぐいです」

「何か見つかったんですか？」

「いや」

プールはマットレスに近づき、角や縫い目に指を走らせた。

「それも調べましたよ」ディレンゾ看守長が言った。「何もありませんでした」

プールは自分で確かめた。が、開いている箇所はひとつもなかった。

「さっきも言ったように、ここには何もありません」

プールはため息をついて、マットレスを寝台の上に倒した。寝台が揺れ、音をたてる。

だが、プールは壁のペンキを引っ掻いて綴られた文字を見ていた。ひと言だけではない。その壁全体が文字で覆われていた。何年ものあいだに様々な受刑者が思いを綴り、次の〝住人〟に残していったものだ。だが、その一部はよく知っている言葉だった。それが目に飛びこんできた。

みんなでわが家に戻ることにしよう
飽くなき欲望もその成就も無意味なこと
今日のすべてを喜びが満たし
青い死の海から
命が蜜のようにあふれでる
命のなかには死があり、死のなかに命がある
だから恐れる必要がどこにあろう?
空の鳥は歌っているではないか「死などない、死などない!」と
昼も夜も不死の潮が
この地上へと降りてくる

シカゴの空き家にあった落書きと同じように、わが家、恐れ、死に線が引かれていた。
そしてそのあとに、もう一行付け加えられている。

原罪がきみに死をもたらす

「あれはどういう意味だ?」いつのまに独房に入ってきたのか、プールの肩越しに読んでいたディレンゾが後ろでつぶやく。

詩の落書きに指を走らせると、剝がれたペンキの欠片（かけら）が落ちた。つまり、ほかの落書きと違い、これが壁に書かれたのは最近だ。「聖書の原罪を扱った戯曲からの言葉です。シェイクスピアは『父親の因果が子に報いる』という意味だと言ってます。基本的には、われわれは祖先の罪に責任を負い、祖先はわれわれの罪に責任を負う、ってことかな」

「シェイクスピアだって？　あのジェーン・ドウはシェイクスピアのファンには見えなかったが」

ディレンゾの肩のところで、無線が音をたてた。看守長がボタンを押すと、小さなスピーカーから雑音混じりの所長の声がした。「看守長、ウェイドナーが戻った。そこがすんだら、プール捜査官を第三面会室に案内してくれ」

「承知しました」

111

日記

また夜が来た。

雨は降っていない。

夕食を運んできたギルマン看護師に、ふたつ先の部屋の少女のことを訊いてみたけど、何ひとつ教えてもらえなかった。名前さえ教えてくれない。ギルマン看護師は代わりにベッドにトレーを置いてにっこりした。「食べなきゃだめですよ」

食事なんかどうでもいい。あの子の名前が知りたいんだ。あの子と話したい。肌のぬくもりを感じられるほど、息が感じられるほど近くに行きたい。

泣き声はもう聞いた。あの子が笑えるかどうか知りたい。

夕食は食べなかった。ギルマン看護師が部屋を出ていったのも気づかなかった。

夕食がベッドの隅で冷たくなっていく。

警官と話すなんていやだ。オグレスビーが言った地方検事にも会いたくない。ドクターが言っていた恐ろしい場所に移されるなんて、ものすごくいやだ。

そろそろここを出る潮時だ。

父さんがここにいたら、うまい脱出方法を考えろ、と言ったに違いない。ぼくは計画を立てた。

夜は警備員がひとりと看護師がふたりしかいない。医者は全員帰ってしまう。そしてほかのみんなは自分の部屋で寝ている。だから、決行は夜にしよう。

あの子が泣くのを待つんだ。

泣いてほしいわけじゃないけど。

もう二度と泣いてほしくないけど、あの子は泣くに決まってる。そうしたら、少なくとも看護師のひとりはあの子の部屋のドアを開け、なかに入って慰める。それを確認したら、この部屋の鍵を開け、廊下を進んであの子の部屋に入る。

そして看護師に悲鳴をあげさせる。

ギルマン看護師じゃなく、ほかの看護師があの子の部屋にいればいいけど。ギルマン看護師は好きだもの。でも、たとえギルマン看護師だとしても、悲鳴をあげさせる。そのやり方は父さんが教えてくれた。看護師に大きな悲鳴をあげさせ、もうひとりの看護師と警備員を女の子の部屋に引き寄せて、全員がなかに入ったら——

ちょっと待って。これははっきりさせておかなきゃ。

ぼくは誰も傷つけたくない。誰も怪我をすることはないんだ。ぼくは怪我をさせたいなんて、これっぽっちも思っていないんだから。

でも、させることになるだろう。

彼らはあの部屋に留まる必要がある。ぼくはここを出ていく必要がある。

それが唯一の受け入れられる結果だ。誰も傷つけないですむことを願ってる。あの子に誰かを傷つけるところを見られたくない。

全員をあの部屋に閉じこめたら、ドクターのオフィスに入ってナイフを回収する。危険はあるが、許容範囲だ。それからここを出る。

監視カメラのデータは抜いていこう。記録装置はたぶん警備員のデスクにある。

ナイフが手に入って、もしもあの子の部屋に閉じこめた誰かを傷つけるはめになったら、痛みを止めるために女の子の部屋に戻らなくてはならないかもしれない。父さんならそうしろと言うだろう。母さんならきっとあの女の子も傷つけろと言う。ぼくはきっと彼ら全員の痛みを止め、カメラのデータを抜きとる。これならふたりとも満足するはずだ。あの子を傷つけるのは気が進まないけど、必要とあればそうする。

夜の脱出にはひとつだけ問題がある。深刻な問題だ。それを克服できるという自信がない。ドクター・オグレスビーには、どうしてもさよならを言いたい。

112

四日目　午後四時六分

ナッシュ

「ナッシュ、聞こえるか？」分厚いジャケットのフードで隠れた小さなイヤホンから、エスピノーザの声がした。

ナッシュは耳元に指を持っていきたい衝動をこらえた。「ああ、SWAT隊長、はっきり聞こえる」

「こちらは三秒後に所定位置に着く予定」息を切らして言ったのは部下のブローガンだ。ほんの少し声がくぐもっている。ブローガンのチームはこの裏にある通りに車を停め、気づかれずに目的の家の裏に近づこうと雪のなかを歩いてきたのだ。

クレアが教習所でポール・アップチャーチの住所を手に入れたあと、クロズが陸運局と郡の記録でそこがアップチャーチの自宅であることを確認した。権利証にその名前がある。それによると、アップチャーチは十年近くこの家を所有していた。

ナッシュはアップチャーチの家が面している通りの二ブロック手前に停めたコニーのなかで待機していた。コニーはまるで喉に煙の塊を詰まらせ、咳きこんでいるみたいに排気ガスを吐きだしている。助手席には大きなアマゾンの箱が置いてあった。中身はアサルト・ライフルと重さ五キロの鉛板が二枚。分厚いフリース・ジャケットの下には防弾チョッキを着こんでいる。

「家の裏が見えてきた」ブローガンが報告してきた。「二階に窓が三つ、屋根裏に小窓がひとつ。一階にはふたつある。くそ――」

「どうした?」エスピノーザが尋ねる。

「裏庭は囲われている。高さ一メートル以上の金網のフェンスだ。いまだって六十センチも積もった雪のなかにいるのに、フェンスのところはもっと高い雪だまりができてる。あれを越えるとき、なかの男に全身をさらすことになるな。チームは一軒手前の庭で待機してる。そこを離れたとたん家のなかから丸見えだ。ここからフェンスまで三十秒、フェンスを越えるのに十秒、勝手口に達し、そこを破るのに二十秒。その間、身を隠す場所はまったくない」

「了解」エスピノーザが言った。「ナッシュ、俺の合図で行ってくれ。呼び鈴があっても押すなよ。ノックするんだ。こういう古い家は呼び鈴が壊れていることが多い。だが、外からはわからない。鳴りもしない呼び鈴を押して待っている暇はないぞ。大きな音でノックしろ。その瞬間から五秒数える。アップチャーチに応える時間をやらんとな。五つ数えたら、ワゴン車が通りの両側から来る。ブローガンたちは裏口を蹴破る」エスピノーザが一拍間を置いて続けた。「家の前の階段は全部で九段。手すりは途中で曲がって玄関に達する。フロントポーチは狭い。動きまわる余地はほとんどない。アップチャーチがドアを開けたら、まっすぐ突き進み、段ボール箱を破壊鎚代わりにしてやつを押し倒せ。俺のチームがすぐ後ろに続き、アップチャーチを取り押さえる。とにかくやつのふいを衝き、それからすばやく脇に避けろ」

「やつがドアを開けなかったらどうする？」

「そのときは、俺たちの通り道を塞がないようにしてくれ。俺のチームがきみのすぐ後ろに続き、ドアを破壊する。それから家になだれこむ。ブローガンは裏から入って逃げ道を断つ。ブローガン？」

「はい、隊長？」

「両方のチームが一階を確保したあと、おまえは地下と、あれば半地下に降りてくれ。俺は二階と屋根裏に向かう」

「了解」

「ナッシュ。できるだけ脇にどいてろよ。きみはヘルメットをかぶってない。流れ弾に当たってもらいたくないからな」

「俺も当たりたくないね」

「待て――」エスピノーザが言い、それから続けた。「救急車が到着した。二台とも道路の両端に停めたSWATのワゴン車の後ろで待機する。万が一アップチャーチが外に飛びだした場合に備えて、そのあとに続くパトカーがこのブロックを塞ぐ。全チーム位置についたか？」

「家の裏手、位置についた」ブローガンが応じる。

「東通り、同じく」

「西通り、同じく」

「パトロール六、一一四、三八、一二八、全チーム準備よし」

沈黙。

「ナッシュ？」ブローガンが呼びかけてきた。

ナッシュは息を吸いこんだ。「準備はできてる」

「よし、いつでもいいぞ。あの家の前に車をつけろ。右側の八三番、青に白い縁取りがある家だ。きみのあとに続く」

「了解」

ナッシュは口から息を吸いこみ、少し待ってゆっくり鼻から吐いた。

だが少しも役に立たなかった。相変わらず両手が震え、心臓が狂ったように打っている。これまでの年月、何百回と同じことをやってきたが、そのたびにまるで初めてのような不安に襲われる。サムがかつて、不安を感じずに落ち着いて対処できた日は撃たれる日だ、と言ったことがある。

「とにかくやるしかないぞ」ナッシュはつぶやいた。

コニーのギアはパーキングに入れるたびに引っかかる。古い車はがくんと揺れて前に飛びだした。

「ゆっくり行け、ナッシュ。道路は凍ってる。今朝も除雪してるが、通りはまた雪だらけだ」イヤホンからエスピノーザの指示が聞こえた。「あと六軒。右側だ。坂のてっぺんに達すれば見えてくる」

雪と氷の上を走るときには、ちょうどいい速さがある。それよりも速すぎるか遅すぎると、タイヤが滑り、路面をつかもうとする。コニーはもっと速く走りたがったが、ナッシュは抑えた。青に白の縁取りがある尖った屋根がまず見え、それから玄関扉のすぐ横の家屋番号が目に入った。通りには二台ほど車が駐まっている。雪が積もり巨大な白い山となって型式も何もわからない。だが、目当ての家の前は、二重駐車をしなくてもすむだけのスペースが空いていた。ナッシュはそこに車を入れ、コニーのギアをパーキングに戻した。

耳のなかで再びエスピノーザが言った。「ナッシュが目的地に到着。全チーム、俺の合図を待て」

車のエンジンは切らずにおこうか？　配達の運転手はかけっぱなしにしておくもんじゃないか？　これまでとくに注意を払ったことはないが、この寒さでは理屈にかなっている。車から出てすぐにまた入る、その繰り返しなのだ。いちいちエンジンを切る理由がない。だが、エンジンがかかっていたら、アップチャーチが逃走用に使うかもしれんぞ。やつが通りに逃げだせるとは思えないが、ナッシュは車のエンジンを切って鍵をポケットに入れた。コニーのモーターがまたしても咳きこみ、うめくような音とともに静かになる。

ナッシュはアマゾンの箱を持ち、運転席側のドアを開けて吹雪のなかに出た。雪は激しさを増し、厚い塊となって吹きつけてくる。むきだしの頬を強風になぶられながら、ナッシュは車の前をまわり、おそらく歩道だろうと見当をつけた場所へと向かった。

「動きがある」エスピノーザが耳のなかで言った。「二階の左のカーテンだ」

ナッシュには見えていなかった。階段の下に立って注意深く片手で箱を抱え、もう片方の手で金属の手すりをつかむ。

小さなポーチに達すると、呼び鈴が見えた。反射的に手が伸びたが、ついさっきエスピノーザに言われたことを思い出した。

集中しろ。

ナッシュは後ろを振り向きたかった。通りの左右を見て、全員が位置についているのを確認したかった。が、代わりにドアを叩いた。ドンドンドン。関節が痛くなるほど強く、三回叩く。

目の隅にSWATのワゴン車が通りの両側からすばやく近づいてくるのが見えた。どちらも道路の真ん中で停車したときには、すでに後ろのドアが開き、黒いボディアーマーを着た男たちが次々に飛びおりてきた。

耳のなかにエスピノーザの命令が響く。「行け、行け、行け！」

誰もドアを開けようとしない。

ドアのすぐ横にある細い窓から、なかが見えた。人影はない。階段の雪を踏む重いブーツの足音が聞こえると、ナッシュは体を左にひねってドアから離れた。トーマスかティビドーが、古い木製枠のドアに黒い金属製の破壊鎚を食らわす。二度目で差し錠が曲がり、ドアが勢いよく内側に開いた。黒ずくめの男たちがナッシュの横を通過し、家のなかになだれこむ。

裏手から大きな音がして窓ががたついた。スタングレネードだ。

ブローガンが叫ぶ。「キッチンのテーブルに誰かが寝かされてる！　女の子だ！　ほかは誰もいない！　キッチン、クリア」

「リビングルーム、クリア！」

「地下へ下りる階段がある。下りるぞ！」

「エスピノーザだ、二階の踊り場にいる」ささやくような低い声が告げる。「バスルーム、クリア。ベッドルーム一、クリア。ベッドルーム二――」

エスピノーザの声が途切れ、ナッシュはイヤホンを深く押しこんだ。

「動くな！　動くな！　動く――」エスピノーザの声がとぎれた。

ナッシュはアマゾンの箱からアサルト・ライフルを引き抜き、家のなかに駆けこんだ。二階に上がる階段はリビングの向こう側にある。一段おきにそれを駆けあがった。てっぺんの小さな踊り場で、エスピノーザが武器をふたつ目の寝室にいる何か誰かに向けている。チームのひとりがその後ろで銃口を床に向けていた。

エスピノーザが部屋に入っていく。

イヤホンからブローガンの声がした。もう叫んでいない。「ああ、くそ、これはいったい……くそったれ……ここにもひとりいる。こっちも女の子だ。地下室はそれ以外クリア」

113

四日目　午後四時六分
プール

ウェイドナーは、揃いのテーブルから少し離れた場所にボルトで留められた金属の椅子に座っていた。落ち着きなく視線をさまよわせながら、片手をテーブルに、もう片方の手を膝に置いて、さっきから指をせわしなく動かしている。

プールはマジックミラー越しにウェイドナーを見ていた。「逮捕されたとき、何か言いましたか？」

ヴァイナ所長は首を振った。「まったく抵抗せずに両手を上げたそうだ。荷造りのすんだ鞄には、二千ドルちょっとの現金とシカゴ行きのバスの切符が入っていた。あと十分遅ければ、逃げられてしまったかもしれんな」

「話をしてかまいませんか？」

所長は肩をすくめた。「わたしはすでに尋問したが、何も言おうとしない。遠慮などどうぞ」

プールはふたつの部屋を隔てている金属製のドアを開け、面会室に入ってドアを閉めた。

ウェイドナーが顔を上げ、それからテーブルの上の手に目を戻した。

プールは向かいの椅子に座った。「やあ、ヴィンセント。ぼくはＦＢＩのフランク・プール特別捜査官だ。きみはずいぶん忙しい朝を送ったようだな。その話も聞きたいが、まずリビー・マッキンリーときみの関係を話してくれないか」

ウェイドナーは指の動きを止めた。「弁護士を呼んでくれ。サラ・ワーナーだ。いますぐ呼んでくれ」

「いいとも。だが、長いあいだ刑務所で働いてきたきみのことだ、弁護士を呼べばどうなるかわかっているだろう？」プールは言った。「協力を拒否して弁護士に介入させれば、ぼくはきみを助けられない。したがって、きみはあらゆる罪状で裁かれることになる。脱獄を画策、教唆、幇助した罪、逃亡罪……かなり長い刑を食らうぞ。だが、いくつか質問に答え、協力してくれれば、ぼくはきみを助けることができる」プールはテーブル越しに身を乗りだした。「いいか、ぼくがここにいるのはいま追っている事件のためだ。きみはその手がかりにすぎないから、きみのしたことを罰しようとは思っていない。だが、あの鏡の向こうにいる所長と看守長は、きみがしたことに機嫌をそこねている。ここに残れば、ここの連中がきみを見せしめにするぞ。きみを厳しく罰し、自分たちの力を誇示する。ぼくに協力してくれれば、シカゴに連れて戻ると約束しよう。どのみちシカゴに向かうところだったんだろう？　バスで行く必要はない。ルイ・アームストロング空港には、FBIの専用機が待っているんだ」

ウェイドナーは身を乗りだした。「弁護士を呼んでくれ。サラ・ワーナーだ。いますぐ呼べ」

「アンソン・ビショップのことを話してくれ。なぜきみはやつを助けた？」

ウェイドナーは黙っている。

「きみが脱獄を手伝った女は誰だ？　ビショップの母親なのか？」

沈黙。

結局プールはそのあと二時間、ウェイドナーとこの部屋で過ごすことになった。

114

四日目　午後四時七分
ナッシュ

ナッシュは開いている戸口に近づいた。

狭い部屋のなかでは、エスピノーザが窓辺にある机についている男に銃を向けていた。さきほどカーテンが動いた窓だ。

男は警察が近づくのを見ていたのだ。

だが、逃げようとはしなかった。うなだれて、背を向け、指を広げた両手を机の上に置いている。「武器は持っていない」

エスピノーザが突進するように近づき、男の左腕を乱暴に背中に回し、右腕も回すと、ベルトの後ろから引きだした太い結束バンドで拘束する。そのあいだ、後ろに控えていた部下のティビドーがライフルを構え、油断なく男の頭に狙いをつけていた。

ナッシュは左耳のところから始まり、黒いニット帽の下に消えている大きな切開の傷を見つめた。傷口の肉が炎症を起こして赤くなり、乾いた血がこびりついている。ナッシュは床に散らかった服に足を取られて転びそうになりながら部屋を横切り、黒い帽子を剝ぎ取った。

男の頭には、ほとんど髪の毛がなかった。最後に剃ったのは何日か前らしく、ところどころ不規則な形にうっすらと毛先が頭を出している。

「化学療法のせいでね。申し訳ない。ひどく醜いに違いないな」

ところどころ発音が舌足らずだ。

「ポール・アップチャーチだな？」エスピノーザが男を椅子から立ちあがらせた。「おまえには黙秘する権利がある……」

エスピノーザがおきまりの警告を口にするあいだ、ナッシュは部屋を見まわした。ピンクを基調にした明るい部屋だ。小さなベッドの上掛けはハローキティ柄のキルト、その上にぬいぐるみがいくつも置いてあり、壁にはたくさんの絵が貼られている。子どもが描いたように見える絵。才能のある大人が描いた完璧な線と色の絵。

部屋の隅に少女の服を着た、子どものマネキンがあった。赤いセーターに青いショートパンツ。エスピノーザがポール・アップチャーチを机から引き離すと、男の手があったところにも絵が見えた。マネキンと同じ服を着た少女の絵だ。どうやらそれに色を塗ろうとしていたらしいが、ぐちゃぐちゃになっていた。キャップを取ったカラーペンが何本も机に転がっている。

「どうか、その子に手荒くしないでくれ」エスピノーザとティビドーに引きたてられ、マネキンのそばを通りすぎながら、男が血走った目で言った。

「ナッシュ刑事?」イヤホンからブローガンの声がした。「キッチンに来てください」

「すぐ行く」

階段を下りて見上げると、SWATに囲まれたアップチャーチが廊下から階段へ引きたてられてくるのが見えた。誰のマイクが拾っているのか男が泣く声が聞こえたが、同情は感じなかった。

ほとんど家具のない、狭いリビングルームを横切る。

次の部屋がキッチンで、ふたりの男がそこにあるテーブルの両側に立っていた。

テーブルには二階のマネキンや絵と同じ、赤いセーターに青いショートパンツ姿の少女が横たわっていた。手のひらを上に向け両手を胸の上で交差させている。その手の上に、黒い紐が結ばれた白い小箱が載っていた。

「意識はないが生きてます」ブローガンがそっと頭を触りながら言った。「ここに乾いた血がついているが、傷はなさそうだ。地下室にも同じような年齢の少女がひとりいます。目に見える傷はないが、やはり意識がありません」

ナッシュは少女の手の上にある白い箱を見つめた。「薬で眠らされているのかな？」

「たぶん」

救急救命士が駆けこんできて、少女を取り囲んだ。女性と男ふたりの三人組だ。あっというまに腕に血圧帯が巻かれ、男のひとりがまぶたを持ちあげて光を当てる。女性は手首をつかんでいた。「脈は六十三」

「血圧は百二と七十だ」

三人の指が上半身、頭、手足の先端を探る。「外傷はなさそう。頭の血はこの子のものではないと思う。きっとあれね」救命士はリノリウムの上を幾筋も流れ、固まっている床の血だまりを示した。

ナッシュは初めてそれに気づいた。

救急救命士がストレッチャーを入れ、テーブルの横につけた。

「待ってくれ」ナッシュはポケットの手袋をはめると、注意深く少女の手から箱を取った。

救命士たちが少女をストレッチャーに移し、体を固定させていく。

ナッシュは白い箱をテーブルに置いて黒い紐を引っ張った。紐が解(ほど)けた。

キッチンがしんとなったが、ナッシュは気づかなかった。救命士を含め、全員が動きを止めたのも気づかず、箱の蓋を開け、それを横に置いた。

明らかにビショップの小箱と同じものだ。

なかの白い綿の上には、頭に青いプラスチックがついた銀色の小さな鍵が載っていた。金属部分にJ・H・S・Hと彫りこまれている。ナッシュはそれを取りだし、箱の横に置いた。なかにあるのはそれだけだ。

「それ、病院のロッカーの鍵じゃないかしら?」女性の救急救命士はそう言うと、まだ血圧カフを手にしている仲間を見た。「ねえ、リック? これはクック郡病院の鍵よね? ジョン・H・ストロンガーJr記念クック郡病院だもの」

リックと呼ばれた救命士がうなずき、ブローガンに尋ねた。「もうひとりいると言いましたね?」

「地下にいる。同じ状態だ。薬で眠ってるんだと思う。口の周りに裂傷があるが、深いものじゃなさそうだ」

リックはストレッチャーに乗せた少女の脚を指さした。「太腿に注射針の跡がある。最近のものです。さっきのバイタルからすると、プロポフォールか同様の鎮静剤でしょう。状態が安定しているのは、純度の高い薬物による昏睡状態と一致しますね。外傷のせいで意識がないなら、バイタルはこれほど安定していませんから」そう言って、ほかのふたりに顔を戻した。「キャット、きみとディアズは一足先にこの子をクック郡病院へ運んでくれ。マイクに担架を持って、地下室に来いと言うんだ。俺たちはもうひとりを連れてあとを追う。ふたりとも血液を採取し、精密な毒物検査をするように、無線で連絡を入れておいたほうがいいな」

女性救命士がうなずき、担架の片端を持った。もうひとりが別の端を持ち、ふたりは意識のない少女をキッチンから運びだした。

ナッシュはキッチンの裏にある階段を暗がりへと下りていくリックに従った。ブローガンがあとをついてきた。

115

日記

それから三日間、ぼくは動作学について考えた。

父のことを考え——

母のことを考えた。

ドクターが言った警察と、ぼくが送られるひどい場所のことも考えた。

少女が泣く声に耳を傾けた。真夜中に、ひどくつらそうに泣く声に。

ぼくは自分の内に引きこもり、残りのすべてを締めだした。

そしてあの子の泣き声で頭をいっぱいにした。そうすると、ふたつ先の部屋を横切ってくる。あの子の指が伸びてくるような気がした。すぐそこにいるように、細い指がぼくに触れてくる。あの子がベッドで泣かずにはいられないような、つらい思い出を忘れるために、ぼくのとくとくという心臓の音を聞いている、聞きたがっているところを想像した。

ぼくをドクターのところに連れていくために、毎日迎えが来たにちがいないが、その記憶はぼくの頭には残らなかった。頭の外の世界は暗くなり、黒い場所、遠くの穴になった。

父が教えてくれたようにぼくは時を制御してそのなかで泳ぎまわり、時の波のなかに姿を消した。

116

四日目　午後五時二十三分

ナッシュ

一時間もすると、小さな家の壁が四方から迫ってくるような閉塞感に襲われ、ナッシュは病院のクレアに電話をかけた。「クレア、ひどい事態だ。最悪だぞ。ビショップとこの男は……」ナッシュは電話を耳に押しつけ、現場を汚さないように床に置かれた板を踏みながらのろのろと地下室を横切り、間に合わせの檻から、階段のすぐ横の大きな冷凍庫を改造したタンクへと足を向け、また檻へと戻った。気がつくと、いつのまにか檻のなかに立っていた。鑑識があらゆる表面をこすっていく。ひとりは奥の隅から血の混じった吐しゃ物を集めていた。

クレアも歩きながら話しているように息を切らしていた。「キッチンのテーブルにいたのはカティ・キグリーだとわかったわ。トラックで見つかったウェスリー・ハーツラーと、昨日の午後、宗教の勧誘をするために一緒に戸別訪問をしていた行方不明の少女よ。まだ昏睡状態でICUにいるけど、状態は安定してる。毒物検査でプロポフォールが発見された。医者は目が覚めるまで眠らせておくことにしたの。覚めたらすぐに話を訊くわ。体にいくつか電気で焼けた跡があるの。でも表面的なもので、長くは残らないみたい」

ナッシュは水槽の横に積みあげられた車のバッテリーに目をやった。その話はすでにクレアにしてある。それが使われた状況は考えたくなかった。「ラリッサ・ビールの容態はどうだ？」

クレアがほかの誰かに何か言い、電話に戻った。「ラリッサは危篤（きとく）状態。同じく鎮静剤をのまされているけど、あの子にはそのほうがよかった。三十分前に手術室に入ったわ」

クレアは声を落とした。「やつらはあの子にガラスの破片を呑ませたのよ。口のなかにも、喉にも、胃にも裂傷がある。体のなかがずたずたなの。どれほどの痛みだったか想像もつかない」

ナッシュは目を閉じた。「これはどういうことなんだ、クレア？　これはビショップがいままでやってきたことよりも、はるかにひどいぞ。ビショップとアップチャーチの繋がりはなんだ？」

「プールに連絡を取ろうとしているんだけど、留守電になっちゃうの。アップチャーチの名前がわかったから、クロズがふたりの繋がりを探してる。でも、まだ何ひとつ見つからない。ビショップは一匹狼だというのがあたしたちの分析だったのよ。今回の事件はまるで辻褄が合わない。アップチャーチはあの冷凍庫を一種の感覚遮断（アイソレーション）タンクに改造した、というのが鑑識の判断よ」

「何タンクだって？」

「感覚遮断タンク。脳科学者が開発して五〇年代に流行ったらしいわ。タンクのなかの塩水を正確に三十四・一七度、つまり人間の皮膚の基本温度に熱して、そのなかに入ると、すべての感覚が遮断される。外の世界のものは何ひとつ見えないし、聞こえない。皮膚温度の塩水のなかだと体が軽くなり、浮いているような感じがしてリラックスできるというわけ。瞑想とか、そんな目的もあるみたい。体外離脱ができるという噂もあったそうよ」

ナッシュはタンクの横にあるジャンプケーブルの錆びた金属部を見た。「だが、これはリラックスできるようなものじゃなかった」

クレアの電話が鳴るのが聞こえた。「ちょっと待って。別の電話が入ったわ」

ナッシュは鑑識員が檻の隅から緑のキルトを拾い、そっとたたんで大きな証拠袋に入れるのを見守った。

もう一分でもそこにはいられない気がして、ナッシュは階段を上がりキッチンに戻った。ゆっくりそこを横切り、クレアが戻るのを待つ。ようやく待っていた声が聞こえたときには、マネキンとすべての絵がある二階の部屋の前まで来ていた。

「ナッシュ？」

「ああ、聞こえてる」

「いまのはアップチャーチをシカゴ市警に護送していたパトロール・チームからの電話だ

ったの。アップチャーチは後部座席で気を失ったそうよ。行き先を変更し、急遽ここに連れてくることになった」

「気を失った？」

「突然、叫びはじめて頭に手をやろうとしたらしいわ。でも背中で手錠をかけられてるから、それができなかった。で、頭をドアにぶつけた。たぶん、それしかなかったのね。発作か何かを起こしたんじゃないかな」

「偽装だった可能性はないのか？ 逃げるための？」

「そんなふうには聞こえなかった。でも万一を考えて、後部のドアはここに着くまで開けるな、と釘を刺しといた。病院の鍵を持った警官が到着して、それを受けとりに行く途中。合うロッカーがあるかどうか見てみる。警官たちには、少し残ってアップチャーチを院内に運びこむ手伝いをしてもらう。アップチャーチは絶対に逃がさないわ」

「わかった。ロッカーが見つかったら教えてくれ。俺は鑑識の仕事が終わるまでこっちにいる」ナッシュはマネキンがある部屋に入った。絵の一部はすでに証拠袋におさまっている。残りはベッドの上に広げられ、鑑識員が一枚ずつ写真を撮っていた。

117

四日目　午後六時七分
クレア

　クレアは三階でエレベーターを降り、用務係のあとに従い建物の端へと向かっていた。

「ロッカー室はもうここだけですよ。その鍵が下にあるロッカーのどれにも合わなかったとすると、ここのどれかですね」

　クレアは病院中を歩きまわってきたところだった。足を止めたのは、カティ・キグリーの様子を見に立ち寄ったときと（カティはまだ目覚めていなかった）、パトロールの警官たちがポール・アップチャーチを車から降ろして院内に運ぶのを監督したときだけだ。アップチャーチは急患用入り口に乗りつけたパトカーからストレッチャーに移され、そこに手錠で繋がれて個室に運びこまれた。クレアは病室の外に警官をふたり配置した。

　これで逃亡の恐れはまずない。

　アップチャーチは意識を取り戻しているが、護送中に見舞われた発作のためにしゃべれなくなっている、とクレアは医者に告げられた。アップチャーチが意味のある言葉を口にしたら、すぐさま連絡をくれるよう、担当医には頼んであった。

用務員は廊下の突き当たりにあるドアの前で足を止め、手にしたキーリングにある鍵を差しこんだ。ドアが開くと、自動的に明かりがついた。用務員がドアを押さえ、クレアはなかに入った。「ありがとう」

「同じ鍵がふたつあればよかったのに。ふたりで探すほうが早いですもの。左側が女性、右側が男性のロッカーです」

広い部屋は、壁でふたつに区切られていた。すべての壁沿いにロッカーが並び、中央にはさらに二列並んでいる。そのあいだにベンチが置かれていた。

クレアは携帯を取りだし、もう一度プールにかけようとした。

「ここは電波が届かないんですよ」用務員がそれを見て言った。「放射線機器が置いてあるので、この階は携帯が使えないんです。上に行くか、一階まで下りないとだめ。一階には中継器がいくつも置いてあります」

クレアは顔をしかめ、電話をポケットに戻した。プールはあとまわしだ。

右手にある最初の列と向き合うと、上の段の右端に鍵を差しこんだ。回らない。でも、まだ千ものロッカーが残っている。クレアは鍵を引き抜いて次のロッカーに差しこんだ。

118

日記

ドクターがぼくを見つめていた。

ぼくらはオフィスで向き合っていた。ナイフが机の隅に置いてある。

ぼくには見えない誰かの重たい手が、肩に置かれていた。

ドクターが身を乗りだした。ドクターの吐く息はたまねぎのにおいがする。

「アンソン」

ナイフをつかむべきだ。計画なんか忘れて、あのナイフをつかみ――

ぼくは悲鳴をあげた。喉が焼けるように、剃刀で裂かれるように痛むほど大きな悲鳴を。

気づいたときには自分の部屋に戻っていた。自分のベッドで――天井を見上げていた。

ここを出たいのに、あの少女はもう泣かない。

ぼくの計画はあの子が泣くことにかかっているのに。

まだこれを続けなきゃならない。まだこういう夜を。

あのナイフをつかめばよかった。

119

四日目　午後六時三十八分
プール

フランク・プールは何十回目かに面会室を出て、廊下の壁にもたれた。コンクリート・ブロックの壁を思い切り殴りたいところだが、そんなことをすれば関節が砕ける。

「あいつはしゃべりませんよ」ディレンゾが言った。「わたしが尋問を代わって試してみてもいいが、結果は同じでしょうな。ああいう手合いはいやってほど見てる。おまけにやつは看守として、たいがいの連中よりルールを知ってますからね。こっちの限界はお見通しだ」

「あの男のアパートで何か見つかりましたか？」

看守長は首を振った。「あの男は狭い部屋に住んでる。〝住む〟という言葉はおおざっぱに使ってるんですよ。一枚の写真も絵もなく、テレビもなし。キッチンの折りたたみテーブルと椅子、それに寝室の床に敷いたマットレス以外は家具もなし。警官はやつが荷造りをしているところを捕まえた、と言ってるが、わたしの印象じゃ荷造りは最初からしてあったんですな。シカゴからこっちに来たときのまんま、鞄から出してなかったんでしょう。この街は一時的に滞在する場所にすぎなかった。今朝あの女を出獄させ、ここに来た目的を果たしたから、さっさとおさらばするつもりだった、とこういうことでしょうよ」

「ステートヴィルのほうは？」

「ヴァイナ所長は午後いっぱい向こうの所長と連絡を取ろうとしてましたが、まだつかまりません。とんでもなく忙しいのか、電話に出るのを避けてるのか」ディレンゾが舌打ちした。「この仕事に就いてかれこれ二十五年、誰も彼も疑ってかかるのが癖になってましてね。わたしの言うことは無視してくれて結構だが、おたくのボスとうちのボスからひっきりなしに電話がかかる。ほかからもかかってるかもしれない。ステートヴィルの所長はいまごろ床を這いまわり、壁をよじ登って所内の浄化に努めているんでしょう。誰かが訪ねていかないかぎり、ウェイドナーが向こうで何をしたにしろ、その不祥事に蓋をしてもっともらしい言い訳をひねり出すまでは、まず電話で話すことはできないでしょうな」

ウェイドナーはリビー・マッキンリーとビショップの連絡係を務めたのだ。

ディレンゾがガラス窓に顔を向けた。ウェイドナーの表情はこの数時間ますます頑なになっている。「そろそろ時間切れですな。あの男はもう二時間以上も弁護士を呼んでくれと言いつづけてる。ニューオーリンズの基準に照らしてすら、おたくはひとつ以上の制限を破ってる。厳密に言えば、われわれはもうウェイドナーと話してはいけないんです」

「弁護士には電話してくれたんだね？」

「ええ。だが、携帯もオフィスの電話も留守電になってます」

「ジェーン・ドウのほうは？」

「おたくが言ったとおり、泳がせてます。ワーナーのオフィスの近くから、動いてません。くるぶしのモニターに内蔵されてる追跡装置によると、通りの向かいの路地にいる。あそこにはいくつか放置されてる建物があるが、とくに見るべきものはありません。誰かを待ってるんですな。それか、何かが起きるのを。市警の覆面パトカーがあらゆる出入り口を見張ってます。安全な距離を保ち、路地の出入りを監視してるんです。迎えが来たら、モニターを取るつもりでしょうが、遠くには行けませんよ」

「ポーターの姿はないんですね？」

「ええ、いまのところは。ワーナーとどこかへ行ってまだ戻ってこないんでしょう。あるいはワーナーはオフィスにいるがステートヴィルの所長を見做（みな）って、電話は無視してるのかもしれない。どっちか知る方法はないですね。ワーナーの住まいはオフィスの上だから。とくに理由がなくても何日も外に姿を見せない可能性もありますよ」

プールが上司のハーレスに報告を入れると、ハーレスはポーターが受刑者を刑務所から出したのは、ビショップを受刑者に会わせるために違いない、と考えた。路地で落ち合うことにしたのは、弁護士が自分のオフィスを犯罪者に提供するリスクを回避したためだろう。オフィスの外であれば弁護士は自分の関与を否定できる、ハーレスはそう言ったが、プールにはそもそも弁護士がなぜポーターを助けたのか理解できなかった。免許を取りあげられ生計の手段を失うばかりか、刑務所に放りこまれる恐れもあるというのに。

言うまでもなく、ハーレスの疑惑はサム・ポーターがビショップと手を組んでいる、という持論に基づいている。だがその前提もプールにはしっくりこなかった。ポーターがビショップの仲間だという上司の持論は、これまで明らかになった事実とあてはまらない。

ハーレスは指示を残した。ポーターを見張れ。ビショップの母親を餌にしてビショップを釣りあげろ。母親がいる場所に網を張り、ビショップが姿を現したら、すぐさまその網を絞れ。それまでは離れて監視しろ、と。

だが、ウェイドナーをいくら尋問しても空回りするばかり。ここでできることは何もない。プールは看守長に言った。「その弁護士のオフィスに連れていってもらえませんか？」

120

四日目　午後七時十三分
クレア

クレアは一八一二番のロッカーにJ・H・S・Hと彫りこまれた銀色の鍵を入れ、それを回した。これまで試してきたロッカーと同じように、空振りだと思っていた。それが回るとは、ましてドアが開くとは思いもしなかった。

「ねえ？」

ロッカー探しに付き添っている用務員が読んでいた本から目を上げ、イヤホンをはずした。「はい、なんでしょう？」

「一八一二番のロッカーは誰が使ってるの？」

用務員は額にかかったブロンドの髪を押しやり、横に置いたフォルダーをすばやくめくると、三ページか四ページ目で手を止め、リストに指を走らせた。「ええと……まあ」

「どうしたの？」

「腫瘍専門のランダル・デイヴィーズ先生のロッカーだわ。先生は……一昨日亡くなったんです。病院中がその話でもちきりなんですよ。前日まで健康そのものだったのに、ひどい発作を起こして。お嬢さんが……」

クレアの耳には、もう用務員の言葉は入ってこなかった。

ロッカーのドアを引き、ゆっくり開けていく。

なかには厚さ五センチもあるフォルダーが入っていた。そのうえに真っ赤なりんごが載っている。注射器が一本、突き刺さっている。

クレアは手早くポケットからラテックスの手袋を取りだしてつけた。証拠袋が必要だ。

「バッグを取ってきてくれる？　まだ管理事務所にあると思う」

二本の指でそっとロッカーからりんごを取りだし、手に持ってじっくり見た。針の周囲の果肉はほんの少し変色しているが、それ以外は新鮮だ。注意深くすぐ後ろのベンチにそれを置き、厚いフォルダーを取りだして、ベンチのりんごの横に置く。

ラベルには、ポール・エドワード・アップチャーチ、とあった。

フォルダーには、少なくとも二百ページ分ぐらいの紙があった。ただ挟んであるだけのもの、留めてあるものと様々だ。報告書、メモ、検査結果、測定した画像の写真、どれもほぼ一年近く前の日付だ。

いちばん上に、見慣れた活字体のメモが載っていた。

やあ、ノートン刑事、それともナッシュ刑事かな? きっとふたりのどちらかだね。ほかの人々よりも元気だったといいが。

B

121

日記

もう何日も書いていなかった。

今日は何日なんだろう? こんなことじゃ、父さんに叱られるな。うん、きっとものすごく叱られる。

いまは午後三時二十四分。それは体内時計が教えてくれる。でも、何日かはわからない。ここに来て何日経つのかもわからない。毎日同じことの繰り返し、そのせいで曜日の区別もつかなくなってしまう。

ドアの鍵をあける音が聞こえて、顔をあげるとドクター・オグレスビーが開いたドアのそばに立っていた。

「今日の気分はどうだね、アンソン？」

「いいよ」

ささやくような低い声でぼくがそう答えるのを聞いて、ドクターは驚いたようだった。ぼくがしゃべったのも、質問に答えたのも、久しぶりだったからだろう。

ぼくはまずベッドの端に座り、それから腰を浮かして立ちあがった。

いつもなら、ぼくを迎えに来たとき、ドクターは目が合うと笑みを浮かべる。でも今日は浮かべなかった。ぼくの部屋を見まわし、ドレッサーの上に置かれた完食してある昼食のトレー、椅子の上にたたまずに置いてある昨日の服を見ていった。廊下で拾ったクリップはマットレスの角の下に差しこんであるが、ドクターの目が一瞬そこで留まったような気がした。でも、きっと思いすごしだ。あれはカメラに映らないようにちゃんと注意して置いたのだから。

「行こうか、アンソン」

ドクターはドアを大きく開け、先に行けと合図した。ナース・ステーションを通るとき、いつもと違ってギルマン看護師はにっこり笑いかけてくれずに、机にある書類を見下ろし、それをめくっていた。

少女の部屋のドアは開いていた。ベッドに座っている姿が見えるかとなかを覗いたが、少女の姿はなかった。ベッドのシーツが剝ぎ取られ、部屋のなかは完全に空っぽだ。違う、空っぽ以上だ。〝気配〟がまったく感じられない。

「あの子はどこ？」

ドクターはぼくの肩に手を置き、進め、とうながした。「ほら、立ち止まるんじゃない」

ドクターのオフィスの外には、ふたりの男が座っていた。どちらもしわくちゃのスーツを着ている。ぼくたちが近づいていくと、ふたりとも顔を上げた。

ひとりが立ちあがった。「この子か？」

肩をつかむドクターの手に力がこもり、それから抜けた。「そう、この子がアンソン・ビショップだ。アンソン、この人はわたしが話した刑事さんだよ。ウェルダーマン刑事と、パートナーの……すまない、きみの名前は失念した」

もうひとりの男も立ちあがり、ズボンのしわをなでた。「ストックス。エズラ・ストックスです」

「アンソン、後ろを向いて背中に手を回せ」ウェルダーマン刑事が言った。

ぼくは言われたとおりにした。

冷たい金属の輪が手首にかかり、カチリと音をさせて留まる。

手錠だ。

刑事は両方の手首をもう一度ずつカチカチいわせて輪を縮めた。金属の輪が手首に食いこむ。「きつすぎるよ」

「そうか？」

マットレスの下のクリップ。あれがあれば、こんな鍵ぐらい簡単に開けられるのに。

「行くぞ」ウェルダーマンが再び言い、ぼくの背中を押した。

ストックス刑事が先に立って警備員のデスクを通過し、ブザーの音をさせて開いたドアの外に出ると、何度か廊下を曲がり、エレベーターに乗って、ようやく玄関の外に出た。後ろでドクター・オグレスビーがウェルダーマン刑事と話しているのが聞こえたが、声が低すぎて内容は聞きとれなかった。

歩道の縁で白い車が待っていた。泥や埃だらけの汚い車だ。ストックスが後ろのドアを開けた。

ぼくは足を踏ん張った。するとウェルダーマンが手錠を持ちあげ、肩のつけ根が痛むほど腕を回した。「さっさと乗るんだ、坊主」そう言って、ぼくを車に押しやった。

「この子とちょっとだけ話していいかな、ふたりだけで」ドクター・オグレスビーがぼくの後ろから言った。

「急いでくれよ」手錠をつかんでいた手が離れ、ふたりの刑事は車の前へとまわった。ストックスがポケットから煙草を取りだし、ウェルダーマンが片手を上げ、「そんな時間はない」と言うのが聞こえた。

ドクターはぼくを自分のほうに向け、歩道に膝をついた。「わたしはきみに話すチャンスを与えたんだぞ、アンソン。何度もそのチャンスを与えた。もうきみのためにできることは何もない」

「あの子はどこ？　どこへ行ったの？」

「あのふたりに協力するんだ。きみは若い。きっとこれを乗り越えられる」

「ぼくのナイフを返して」

ドクターは身を乗りだした。ぼくを抱きしめるの？　そう思っていると、耳元でささやいた。「ナイフ？　なんのことだね？」

それから体を起こし、ぼくから一歩離れた。「幸運を祈っているよ、アンソン。きみの幸せを祈る」

それから刑事たちに手を振り、ふたりを呼んだ。

ストックスがぼくを後部座席に押しこみ、大きな音をたててドアを閉めた。

122

四日目　午後八時一分
ポーター

三人は驚くほど早くシカゴに着いた。

　このBMWがパトカーに止められる心配はないとサラは請け合ったが、ポーターは一度ならず速度計に目をやり、針が赤い部分にかなり食いこんでいるのを見てひやひやせずにはいられなかった。

　シカゴの明かりが見えてくると、サラはようやく速度を落とした。スピード違反で捕まるのを心配したからではなく、車の数がとたんに多くなり、落とさざるを得なかったのだ。

「二六Aで高速を下りて」ジェーン・ドウがニューオーリンズのあの路地を離れてから初めて口を開いた。

　最初のうちポーターは、ビショップの日記にあったことをあれこれ質問し、真実を聞きだそうとした。カーター夫妻のこと、フランクリン・カービーとブリックスのこと、ビショップの父親、つまり夫のこと、ビショップのことさえも聞こうとした。だが、ジェーンは何も答えようとせず、鋼（はがね）のような目を向けるか、窓の外を飛ぶように過ぎていく風景に目を戻すだけだった。

「無口なジェーンがようやく口を開いたわね」サラが右車線に入りながら言った。「で、正確にはどこへ行くの？」

「二六Aを出て」

「二六Aね、わかったわ。それから？」

　ジェーンは黙っている。

　サラが呆れて目をくるりと回した。「わかったわ。でも、右車線に入る必要があるときは、前もって教えてよ。タイミングを逃すと渋滞につかまってしまうわ」

シカゴの街がさらに近づき、まもなく車は高層ビルに囲まれていた。

最近雪が降ったらしく、すべてが明るい白い膜に覆われていた。朝が来るころには、高速道路沿いの雪はところどころ黒ずんだ冴えない灰色に変わる。だが、いまのところは柔らかそうで真っ白だった。ニューオーリンズでは必要なかったポーターのジャケットは、車のトランクに入っていた。

BMWが速度を落とし、サラは出口車線の端沿いを回りながら高速道路の下を通っていった。除雪はされていたが、サラが雪と氷の道路を運転した経験がどれくらいあるかわからない。ポーターは念のため、注意深く運転しろと警告した。

「坂を下りきったら、インディペンデンス大通りをハミルトンまで南に向かって」

ポーターはその地域を知っていた。車はウェスト・ガーフィールドとK-タウンに向かっているのだ。「あまり安全な地域とは言えないな」

「観光に来ているわけじゃないのよ。それにわたしたちは遅れてる」

「八時を二分過ぎただけだ」

「アンソンはきっかり八時と言ったわ」

しばらく走ったあと、ジェーンがまた指示を出した。

「ワシントンで左に折れて」

サラは言われたとおりに曲がった。

「あそこよ。あそこに車を入れて裏へ回りなさい」

ポーターは頭を窓に押しつけるようにして見上げた。「ギヨン・ホテルか？　何年も前に取り壊されたと思っていたが」

ジェーンは古い友だちに会ったような目で窓の外を見つめていた。「いろいろな人が破壊しようとしたけど、結局、連邦政府が八五年にここを歴史的建造物に指定したのよ」

サラは建物の裏にある駐車場に車を入れ、ギアをパーキングにした。「次はどうするの？」

「なかに入るのよ」

「どうやって？　板張りされているわ」

ポーターは建物をよく見た。サラの言うとおりだ。一階から五階まで、ベニヤ板があらゆる開口部を覆っている。いくらなんでも、五階からは入れない。こういう場所はギャングやホームレスにとっては、格好の避難所になる。それを恐れてか、非常梯子はとうの昔に取り外され、建物自体も金網のフェンスに囲まれていた。

「いいから早く車から降ろして。さっきも言ったけど、すでに遅れているのよ」

123

四日目　午後八時七分
プール

「受刑者があそこにいるのはたしかなんですか?」張り込みは数えきれないほど何度も経験してきたプールだが、気がつくと本を読むディレンゾの横で助手席のドアを指先で叩いていた。忍耐力が切れかけているのだ。

「電話して確認するのはかまわんが、十五分前はあの路地にいましたよ。あそこは袋小路でね。モニター装置によると、受刑者は動いてる。あそこにいますよ」

プールはここに到着してから、二度もハーレスに電話をしていた。だが、ハーレスは遠くから見張り、ビショップが来るのを待て、と頑として言い張っていた。ポーターが受刑者を刑務所から出したのは、ただ路地に残していくためではないはずだ。ポーターたちは帰ってくる、ハーレスはそう確信していた。

だが、ハーレスは間違っている。そればかりか、プールはこの近くにビショップがいるとは思えなかった。この状況のすべてがおかしい。「モニターをはずすにはどうするんです？」

「刑務所でも説明したが、はずすことは絶対にできませんよ」

「絶対できないことなど、ひとつもないですよ。もう一度説明してくれませんか」

「モニターには個別の鍵があり、これは合い鍵を作れない。誰かがモニターを切り落としたら、ヴァイタルが落ちつづけ、警報が鳴る。ジェーン・ドウの鍵二一三八番はちゃんとあるべき場所にありますよ。それも確認しました」

「ウェイドナーがその鍵に近づくことはできたのかな？」

「ジェーン・ドウの鍵はちゃんとある。それひとつしかありません」

プールは毒づいた。くそ、もっと早く気づくべきだった。「誰かが鍵を確認することは、ウェイドナーもわかっていた。だからほかの鍵と取り換えたんですよ。二一三八の鍵を取り、そのあとに間違っても誰も確認しない鍵をかけておいたに違いない。ぼくならそうします」

「路地に入れば、見張っていることがばれる。後戻りはできませんよ」

プールはすでに車を降りていた。

124

四日目　午後八時八分
クレア

クレアはナッシュの電話を切った。

ナッシュはまだアップチャーチの家にいる。

クレアとクロズはロッカーから回収したアップチャーチのフォルダーの中身をテーブルに広げ、目を通していた。そこには現在カフェテリアにいる全員の名前があったが、出てくる名前は八人だけではなかった。様々な書類にはほかにも十二の名前が散見される。クレアは街中にパトカーを走らせ、フォルダーに出てくる人物を迎えにやり、ここに連れてこさせる手筈を整えた。

「ここにもうひとりいるぞ」クロズが言った。「アンジェリーク・ウォルティマイヤー、階下の救急病棟の看護師だ。アップチャーチは一カ月前にここに来て、ひと晩入院したらしいな」

クレアは後ろにいるスーにうなずいた。フォルダーにある人々をここに集めるために、この用務員のスーに協力を頼んだのだ。スーはすでに階下に電話をかけていた。

「アップチャーチは三回手術を受けた。すべてこの病院で行われてる」クロズが言った。「いっそ傷口にファスナーを取りつけたほうがよかったくらいだ。頭を開けてこそぎだすたび、腫瘍はますます勢いをまし、増殖しはじめる。最初の腫瘍はゴルフのボール大だった。それが……見ろよ、わずか数カ月でこんなに大きくなってる」

「四回目の手術をする準備にかかってるところよ」クレアがつぶやいた。「手術台で死んでくれればいいのに」

「まだ生きているのが不思議なくらいだな。すでに脳細胞の大部分をかきだされてるから、アップチャーチの頭にはもう政治家並みのおつむしか残っていないだろう」

「刑事さん？」

ドクター・ハーシュが開いているドアのところに立っていた。年齢は五十歳ぐらい、小さな丸い眼鏡をかけ、あざやかな紫のネクタイをした男だ。「なんでしょう？」クレアは答えた。

「カティ・キグリーの意識が戻りました。ご両親が一緒です」

クレアはクロズを見た。

「行けよ。これはわたしが引き受ける」

クレアは急いで部屋を出た。エレベーターまで行くと、後ろからついてくる医者に尋ねた。「ラリッサ・ビールのほうは何か進展がありました？」

ハーシュは顎を掻いた。「あの子はまだ手術中ですよ。持ちこたえるとは思うが、ああいうタイプの損傷を修復するには時間がかかるんです。しかし、執刀医はグランダルだ、優秀な外科医ですよ。喉を診てもらうために専門医を呼んだと聞きました。とくに声帯をね。いまの段階ではなんとも言えないが、後遺症が残るとすれば、しゃべるほうでしょうから。手術はまだ少なくとも一時間はかかるはずです」

エレベーターの扉が開き、ふたりは廊下を左へと歩きだした。

カティ・キグリーは二階の個室にいた。制服警官がひとり、ドアの外で警護している。ドアの小窓から覗くと、カティは上体を起こしてしきりに両手を動かしていた。母親と父親はベッドの左側に立っている。医師がドアを開け、クレアを先に通した。カティと両親がクレアに顔を向けた。

父親がすばやくクレアとベッドのあいだに入った。「いや、娘は休む必要がある。体力が戻ったらすぐに供述しますよ」さきほどはスーツ姿だったが、ジャケットとネクタイは隅にある椅子の上に置かれていた。クロズの話では弁護士だという。

「いいのよ、お父さん。わたしは大丈夫。助けになりたいの」

カティの母親が娘の手を握りしめた。「ええ、そうね。でも、お父さんの言うとおりよ」

クレアは立ちふさがる男を押しのけ、突き飛ばしたい衝動にかられたが、心のなかで五秒数え、無理やり笑みを浮かべた。「お気持ちはよくわかります、キグリーさん。本当です。長くはかかりません。まだ記憶が新しいうちにお話をうかがうのがいちばんなんです。医師に同席してもらって、少しでもお嬢さんの体に障った場合はすぐ中止しますから」

カティが父親に訴えた。「お父さん、これは大事なことなの。その人と話をさせて」

父親は動こうとしない。「娘にこんなことをした怪物は捕まったんだろう?」

「どうやらふたりいたようなんです」

「お願い、お父さん」

父親は目を閉じ、うなずいた。「わかった。しかし一分だけだぞ」

「感謝します」クレアは父親の横を通り過ぎ、ベッドの右側、カティの母親の反対側に腰を下ろした。そして携帯電話を取りだし、それをシーツにくるまれた上掛けの上に置くと、手を伸ばして点滴の針が刺さっているほうの手を取った。「あなたが助かって本当によかった。この会話を録音してもいい?」

「ええ、どうぞ」

「覚えていることをすべて話して。最初から、ゆっくりでいいのよ。些細に思えることが決定的な手がかりになることもあるの」

カティはうなずき、顔をゆがめてくしゃみをした。

「大丈夫?」母親が尋ねる。

クレアはベッドの横にあるテーブルからティッシュを取ってカティに渡した。

少女は潤んだ目をそっと拭った。

125

四日目　午後八時八分
プール

建物の角をまわりこんで路地に入ると、五、六組の目が恐怖を浮かべてプールを見つめた。もつれた白髪まじりの髪を色付きビーズで飾った五十代の女が、あわてて脇に寄り、建物の外壁に貼りつくようにして、段ボールの箱を片足で自分のほうに寄せた。

プールがバッジを見せると、向きを変え、うなずいて路地の奥へと顎をしゃくった。

その路地は間口が約二・五メートル、奥行きは十メートルぐらいか。大きな段ボールの箱と、シーツからゴミ袋まで多様な材料をガムテープで留めた間に合わせのテントが壁際にずらりと並んでいる。小便と腐った食べ物のにおいがした。

その女が再び顎をしゃくった。プールはその視線をたどった。

六メートルほど入った左側の壁に、冷蔵庫の箱が押しつけられている。

路地にいた人々がそこから離れ、あらゆる方向に散りはじめた。三人がプールの横を走って通り抜け、通りに出ていった。警官たちがホームレスを捕まえているのが聞こえる。片手を銃に置き、プールは冷蔵庫の箱に近づいて側面を蹴った。「ＦＢＩのフランク・プール特別捜査官だ。そこから出てこい」

反対側の端から片手が突きだされた。もう片方の手がそれに続く。プールは汚らしい青いシャツにジーンズの男がすり足で姿を現すのを見守った。

ディレンゾが銃を手にプールの後ろにやってきた。「くそ」

そのホームレスの男のくるぶしには、モニターが設置されていた。

プールはきびすを返し、ディレンゾの横を走り抜けた。「ワーナーのオフィスだ！　来い！」

126

四日目　午後八時九分
ポーター

「トランクを開けてくれないか」ポーターは頼んだ。

三人はホテルの裏の隅、フェンスのすぐ外に駐車した車のそばに立っていた。

ポーターは最初に車を降り、後ろに回って自分とサラのコートをつかんだ。ニューオーリンズの暖かい冬のあとでは、まるで氷のバケツに放りこまれたようだ。車を降りてきたサラにコートを渡すと、後部のドアを開け、ジェーン・ドウが降りるのに手を貸し、その肩に自分のコートをかけてやった。

「あら、紳士なのね」ジェーンが嫌味たっぷりに言う。

ジェーンが寒い思いをしないように、という配慮ではなく、なるべく行動を制限したかっただけだ。まだ手錠はかかっているものの、この女は何をしでかすかわからない。「どうやって入るんだ？」

「あら、あなたは知ってるはずよ」ジェーンは金網が破れている箇所を通過し、建物の裏へと駐車場を横切りはじめた。サラがそのあとを追う。

ようやく入る方法がわかった。ポーターは助手席へと走って戻り、ダッシュボードの小物入れを開けて、カーター夫妻のトレーラーで見つけたロケットと鍵が入っているジップロックの袋を開けた。

ナイフを入れた袋に目が行く。その袋も開け、両方ともポケットに入れると、車のドアを閉め、急いでふたりのあとを追った。

敷地内は除雪されていないとあって、ギヨン・ホテルの周囲は雪が高く積もり、ひどく歩きにくかった。うなる風がそれを建物に叩きつけ、裏と横の壁沿いには二階に達するほど高く雪が積もっている。風に舞う白い粉が、まるで白い湖にかかる霧のように見えた。

建物へと向かう足跡は、雪のなかに三組残っていた。サラとビショップの母親のほかにもうひと組。ビショップはすでにここに来ているのだ。おそらくはひとりで。やつの足跡はすでに半分埋まりかけている。あと二、三時間もすればすっかり消えてしまうだろう。

ポーターは搬入口の横にある分厚い金属扉のところで、ふたりの女性に追いついた。サラは煉瓦壁のなかに少し引っこんだ扉の横に立って、ジェーンをにらみつけている。わけもなくにやつきながら《ベイビー、イッツ・コールド・アウトサイド》を口ずさんでいたジェーンが、扉の鍵穴を示した。「早くしてよ、刑事さん」

ポーターは顔をしかめたものの、ポケットから鎖を取りだした。そして、寒さのせいだ、と自分に言い訳しながら、震える手でそこについている鍵を差しこんだ。

誰かが最近油を差したらしく、鍵はスムーズに回り、カチリと音がした。ポーターはドアを引き開け、ふたりの女性を先に通して、氷のような風がうなりをあげて抗議するのもかまわずにドアを閉めた。

サラが携帯電話を取りだし、懐中電灯代わりに照らす。

三人が立っているのはキッチン、正確に言えばかつてキッチンだったところだ。

電気製品のほとんどは、とうの昔に運び去られ、テーブルのたぐいもない。残っているのは誰も欲しがらないガラクタだけだ。天井はあちこち崩れ、漆喰の塊と朽ちた木切れが床に散乱していた。

「ひどい場所」サラが携帯を動かし、キッチン全体を照らした。

ポーターは床のごみを注意深く避けながら歩きだした。「ビショップはどこだ?」

「こっちよ」ジェーンがすり足で前に出る。

ポーターとサラはそのあとから、ひと続きの錆びたガス台と、何が入っているのか左手の壁際に天井まで積みあげてある木製の荷箱を通り過ぎた。

目の高さに丸い窓がついたスウィングドアは、かつてはロビーとキッチンを隔てていたに違いないが、いまは片方が床に倒れ、壁際に留めてあるもう片方も残った蝶番から危なっかしく傾いている。その開口部の向こうにちらつく蠟燭の光が見えた。

三人はロビーに入り、かつては豪奢に飾りつけられていた場所を見渡すカウンターをまわりこんだ。遠くの隅には蜘蛛の巣だらけの古いポップコーンの自動販売機が立っている。

「バター味のポップコーンの中カップは、ベーコンエッグ、ビッグマック、フライドポテトの朝食とステーキの夕食を合わせたよりも脂肪が多いんだ」ビショップがロビーのどこかから言った。「だからうちでは、ポップコーンを食べなかったのかな、母さん?」

ポーターは暗がりに目を凝らした。まるで音のない歌に合わせるように壁際にも天井にも影が躍っている。

「こっちですよ、サム。もう少し目が暗がりに慣れるのを待たないとね」

ベルが鳴り、ポーターはぱっと正面扉のほうを見た。ビショップは見上げるような扉の横、ベルボーイのデスクの隣に立っていた。銃を手にしているが、銃口は床を向いている。三八口径のようだ。髪はポーターが最後に見たときより長くなり、無精髭が顔の半分を覆っている。髪を染めるとか、なんらかの変装をしているものと思っていたが、それ以外はポーターが知っていた、頭につきまとって離れない男のままだった。

ポーターは二、三歩前に出て、ジェーンの前に立った。「きみが銃を使うタイプだと思わなかったが」

「これ？」ビショップは銃を構え、微笑んで、それを振りまわした。「非常時だから」それからポーターの後ろに目をやった。「しばらく、母さん。元気だった？」

ジェーンが返事をする前に、ポーターはさらに一歩前に出た。「爆弾はどこだ、ビショップ？　お母さんをここに連れてきたら、仕掛けた場所を教えてくれるという約束だぞ。ふたりの少女も解放すると約束した」

「ええ、たしかに」ビショップは三八口径の銃口で頭の横を掻いた。「でも、時間制限も設けたはずですよ。悲しむべきことに、あなたは遅刻した。相手を待たせるのはふつうでも礼儀にはずれる行為だが、いまの状況下では致命的な結果をもたらしかねない。あなたは時間厳守の人だと思っていたんですが」

ポーターはポケットのなかで脚に触れるナイフの重さを感じた。

「できるだけ飛ばしてきたのよ」サラが後ろで言った。

ビショップは銃口を下ろし、ベルボーイのデスクのまわりをまわった。「でしょうね。

これだけの時間で到着できたとは、大した運転だった。必死になってもぎりぎり間に合わない時間を設定するなんて、ちょっと意地が悪かったかな」ビショップは壁にもたれた。古い木枠がビショップの重みできしむ。「リラックスしていいですよ。いまのところはまだ誰も死んでない。人が死ぬには、常にそれに相応しい時がある。しかし、残念ながらあなた方が遅れたせいで、一緒に過ごす時間がだいぶ短くなってしまった。この数日の出来事を一緒に検討し、話すチャンスが持てればいいと思っていたが、それがだめになった。この種の会話には時間が必要ですからね。爆弾はまだ時を刻んでいます。ここにいるぼくらのヒーローはそれを確認したがっている。ぼくらはそれぞれ差し迫った問題を抱えているようですね」

ビショップは銃を持った手を脇に下ろし、二、三歩前に出た。「サム、足枷ぐらいはずしてあげればよかったのに。あれは少しばかり原始的だと思いませんか？」

ジェーンがすり足で前に出た。「また会えて嬉しいわ、アンソン。とても嬉しい」

ビショップは微笑した。「この場所を覚えてるよね。あんたには好ましい思い出がたくさんある場所だ」そう言って凝った造りの天井を見上げ、朽ちた木工部と精巧な模様を見ていった。「ここの壁には幽霊がいるんですよ、サム。彼らが悲鳴をあげているのが聞こえませんか？　ぼくには聞こえる。昨日のことのように。リビーの声がいちばん大きい」

ポーターは手を伸ばし、横にいるジェーンの髪をつかんで引き寄せた。彼の着せかけたコートの下で鎖がじゃらじゃらと音をたてる。もう片方の手でポケットのナイフをつかむと、スイッチを弾き、鋭い刃をむきだしの白い喉に当てた。「くそ、ビショップ、もう一度訊くぞ。爆弾はどこだ？　ふたりの少女はどこだ？」

ビショップは微笑し、銃を構えた。「よかった、ぼくのナイフを持ってきてくれたんですね、サム。これが終わったら銃と交換しましょうか？　それは愛用のナイフなんです」

ビショップは部屋を横切ってきた。一歩ごとに銃口が大きくなる。

ジェーンはポーターを押しやろうとした。「借りは返したわ、アンソン。わたしはもうどこへも逃げられない。頼まれたことは全部そのとおりにした。何もかも」

「そうかな？　まあ、ほとんどね」

窓に残っているガラスが震えるほど大きな音とともに、三八口径が火を噴いた。

サラが悲鳴をあげる。

ジェーン・ドウが頭をのけぞらせ、ポーターの胸に倒れこんだ。

「これでおあいこになったかな？　うん、なったと思う」ビショップが言った。

127

四日目　午後八時九分
プール

「あれだ！」ディレンゾが叫んだ。「あの縦長の建物(ショットガン・ハウス)、白に緑の縁取りがあるやつです！」

プールは路地をあとにし、猛然と走って通りを横切った。タクシーがけたたましい音をたてて急ブレーキをかけ、運転手がわめく。

プールはかまわずワーナーのオフィスへと急いだ。オフィスのなかは暗かった。

窓のひとつから覗いてみたが、奥にある誰もいない机と二、三脚の椅子がぼんやり見えるだけだ。

人の気配はまったくない。

彼は思い切りドアを叩いた。「サラ・ワーナー、ＦＢＩのフランク・プール特別捜査官だ。いますぐこのドアを開けてもらいたい！」

なかからはなんの応答もない。

小さなポーチに上がり二階の窓のひとつを覗こうとしたが、暗すぎて何も見えない。

プールはオフィスのドアに戻り、取っ手を回した。

「サラ・ワーナー！」

再びドアを叩いた。

反応はない。

プールは肩のホルスターのグロックをつかみ、握りを使ってドアの窓ガラスを割ると、ガラスで腕を切らないように手を入れてなかから取っ手を回した。

ドアを開け、なかに入る。片手で壁を探り電気のスイッチをつけた。

「サラ？　ポーター？　入りますよ！　いるなら、両手を上げて下りてきてください」

二階の床がきしんだ。プールはとっさにそちらに銃を向けた。誰かが二階で動いたのか？　それとも気温の変化で古い建物がきしむような音を発しただけか？

狭いオフィスの裏は暗がりのなかへと廊下が伸びている。オフィスの明かりはその開口部と装飾的な木工細工までしか届かない。プールは息を吸いこみ、そちらに向かった。角から銃口を先に突きだし、その向こうで待っているものに引き金を引くつもりで、ぱっと飛びだす。だが見えたのは二階に上がる階段だけだった。プールはそこの明かりもつけようかと思ったが、やめることにした。二階に誰かがいるとしたら、自分が上がっていくのを知らせる必要はない。まだ下にいると思わせておくほうがいい。

最初の段にそっと足を下ろし、慎重に体重をかけていく。板がきしみ、こちらの位置を二階の人間に知らせるだろうか？　だが、なんの音もしなかった。

プールは階段を上がっていった。しだいに上の暗がりに目が慣れ、開口部の輪郭が見えてきた。アルコーブのようなものが。その向こうにあるドアは閉まっている。

冷たい金属の取っ手をつかみ、音をたてないようにゆっくり回す。鍵はかかっていなかった。シリンダーがカチリとかすかな音をさせて引っこむ。

ドアが開いたとたん、ひどいにおいが鼻を打った。

腐っていく肉のにおいだ。

明かりは消えていた。部屋のなかは真っ暗だ。

なかに入って壁のスイッチを入れ、思わず毒づいた。

女性がソファからこっちを見ていた。うつろな目は白く濁っている。肩をすぼめて座り、横に傾いている。だいぶ前に血が下へと流れてしまった顔は真っ白。そのせいでよけいに額にあいた黒い穴、周囲がすぼまったような銃創が目立つ。撃たれたときには食事をしていたらしく、膝とすぐ横のクッションに判別のつかないぐちゃっとしたものがこぼれていた。

犯人はおそらくちょうどプールが立っている場所に立ち、この戸口から被害者の不意をついたのだろう。

プールは死体に近づき、そのそばに膝をついた。

死んでいる女性は今朝刑務所を出た受刑者ではなかった。その可能性はまずない。この死体は殺されてから何日か、おそらく一週間は経っている。かつて血の通っていた体を腐敗が蝕んでいた。右手の指に銀の指輪がはまっているが、指の肉がその指輪の周囲でホットドッグのように膨れていた。

「くそ」いつの間にか二階に来ていたディレンゾ看守長が、後ろでつぶやいた。「サラ・ワーナーだ」

128

四日目　午後八時十四分
ポーター

「母さん、携帯電話をサムに渡してくれる？」ビショップが言った。銃口から立ちのぼる煙が顔の前の空気をゆらめかせている。

サラがポーターに電話を差しだした。「アンソンたら、どうしてこの刑事さんに、あなたのお父さんは死んだなんて言ったの？　そんな嘘をつく子に育てた覚えはないわよ。あなたのあの〝日記〟には、嘘ばかり書いてある」

ジェーンの死体がポーターの手をすり抜け、足元に倒れた。

ポーターはナイフを取り落とした。

心臓がものすごい音をたてて打っていた。いったいどうなっているんだ？

ビショップは近づいてくると膝をついてナイフを拾いあげ、三八口径をポップコーン自動販売機の隣にあるカウンターに置いた。

「すべてが嘘じゃないよ。ちょっとだけさ。罪のない嘘をここで少し、あそこで少し。母さんも昔はそういうのが得意だったじゃないか」

ポーターはサラが伸ばした手と携帯電話、床に倒れた死体に目をやった。

「顔色が悪いですよ、サム。座ったほうがいい。ときどきぼくはあなたのことが心配になる」ビショップはかたわらにある壊れた家具の山から木製の古い椅子をつかみ、埃を振り落とした。背もたれと座面の花柄は穴だらけ、詰め物もぼこぼこだ。何かが脚のひとつを嚙んだ跡が残っている。

「くそったれ、どういうことなんだ？」ポーターはつぶやいた。「いったい……」

「ほらほら、サム。汚い言葉はだめですよ」

サラが呆れて目をくるりと回した。「まあ、アンソン。あなたときたら、お父さんそっくり」

ポーターは足元の死体を見下ろした。額に銃弾の丸い穴があいているが、血はほとんど出ていない。後頭部に弾が出た跡がないから、なかに留まっているのだ。おそらくホローポイント弾だろう。ポーターがビショップの母親だとばかり思っていた女の目は、まっすぐ前を見つめていた。命を失くした唇が最後の言葉を永遠に留めている。

〝借りは返したわ、アンソン。わたしはもうどこへも逃げられない。頼まれたことは全部そのとおりにした。何もかも〟

何もかも。

「これはいったい……？」その言葉が口をついて出た。残りが舌の端に引っかかる。

ビショップは床の死体のそばに膝をつき、うつろな目を覗きこんだ。「この女の名前はローズ・フィニッキー、殺されるだけのことをしたんですよ。百回死んでも償えないようなことを」

「フィニッキー？　この女はいったい何を……リビーを殺したのか？　だから……？」

「すべてを話せる時間があればよかったが、さっきも言ったように、あなた方は遅刻した。世界は誰も待ってはくれないんです。ぼくたちは今日、山ほどやることがある」

ポーターは自分を見ているサラの、ビショップの母親の視線を感じた。だが、ポーターはサラを見ることができなかった。あの顔を見ることはできない。いまは。ひょっとすると二度と見られないかもしれない。サラが微笑を浮かべていることがポーターにはわかっていた。人が殺されたというのに。息子が人ひとりを冷酷に殺したというのに。「母親も殺すつもりなのか？」

サラが身じろぎした。「この子はわたしを傷つけたりしないわ。そうでしょう、アンソン？」

「そうかな？」

「あなたの頼みを聞いて、フィニッキーをここに連れてきてあげたじゃないの」サラが言い返す。

ビショップは首を傾げ、微笑んだ。「そしてフィニッキーもぼくの頼みを聞いて、母さんをここに連れてきた。ふむ、物事は自然とうまくいくみたいだな」

ビショップはナイフの刃をズボンの腿のところで拭き、折りたたんでポケットに入れた。

「フィニッキーはとんでもなく恐ろしい悪事を働いていた。その多くがここで、この建物で行われたんです」ビショップは言った。「ぼくはこの女を長いこと探していた。母を探していたのと同じくらい長くね。言うまでもないが、理由の程度に差はありこそすれ、どっちも隠れる理由がありました。でも、永遠に隠れつづけられる者はいない」

ポーターの目がカウンターの銃へと戻った。あそこまでは一メートル半もない。あれを奪うことはできる。「父親がまだ生きているとしたら、どこにいるんだ？　なぜ死んだという物語をでっちあげた？」

ビショップは低い声で笑った。「刑事さんはまだわからないみたいだよ、母さん」

「まだね。でも、そのうち突きとめるわ。この人ならやるわよ」サラはそう言ってすぐ後ろに来ると、ポーターの肩に手を走らせた。

ポーターは銃に飛びついた。

サラの横をかすめて銃をつかむと、カウンターからすくいあげるように持って、小さく横に足を踏みだし、ふたりに向かって銃を向けた。「ふたりとも動くな」

ビショップが微笑む。「サム、そんなことをしても――」

ポーターはビショップの頭のすぐ横を撃った。銃声がロビーにこだまし、銃弾が鈍い音をたてて遠くの壁にめり込む。

ビショップの母親があえぐように息を吸いこんだ。「言ったでしょう、アンソン。この人はあなたを撃つって」

「いや、撃たなかったよ、母さん」

「きみの電話を貸せ」

「母さん、サムに携帯をあげてよ」

「渡すつもりだったわ。けど、この人が動転して受けとろうとしなかった」ビショップの母親は前に進みでて電話を差しだした。

ポーターはひったくるようにつかみ、指でディスプレーを動かした。「ビショップのそばに戻れ」

電波が入らない。

「電話をするなら、上に行かないと。こういう古いホテルは携帯電話に友好的じゃないんです。四〇五号室にちょっとしたプレゼントを置いてある。あそこなら電話も通じるはずだ。四〇五号室に行けばかかりますよ」

ポーターはロビーを見まわした。遠くの隅に螺旋(らせん)階段がある。「ふたりとも一緒に来るんだ。爆弾を仕掛けた場所と、ふたりの少女がいる場所を言え。それからふたりで仲よく刑務所に入ってもらう。言うとおりにしないと、また撃つぞ。今度は母親を撃つ。わざとはずす気にはならんかもしれん」

ビショップは両手をポケットに突っこんだ。「母をぼくのところに連れてきてくれたことは感謝しますよ、サム。フィニッキーもね。一石二鳥だった。最近はぼく自身が旅をするのは少しばかり……難しいから。あなたはとても役に立ってくれた。この数カ月は結構苦労したが、ようやくまとまりはじめた。おかげで先の見通しがだいぶ明るくなってきました」

「あそこの階段へ行くんだ。いますぐに」

ビショップは微笑した。「あなたはぼくらをこのまま行かせ、ひとりで階段を上がって四〇五号室へ行き、電話をかける。いま考えている電話ではなく、まるで違う内容の電話をね」

「これが最後だ。階段に向かえ」

ビショップは母親の手を握るとにっこり笑った。「ぼくが言ったとおりにしてもらいますよ、サム。なぜかと言えば……」

129

四日目　午後九時十一分
クロズ

クロズはクック郡病院の間に合わせのオフィスで、両手にコーヒーカップをひとつずつ持ち、中身をこぼさないように気をつけながらパソコンに戻った。部屋のいたるところに、ポール・アップチャーチのファイルの中身が戦略的に置かれていた。

この二時間、クロズはすべてのページに目を通し、あらゆる名前を確認し、全員をこの病院に連れてくるために配置したチームと連絡を取り合っていた。最初に連れてきた八人のほかに、配偶者や子どもたちを入れずに、全部で三十二人がここに集まった。あまりにも人数が多いので、カフェテリアにおさまりきらず、クレアはその隣の職員ラウンジをふたつ乗っ取らざるを得なかった。いまクレアはそこで大勢の人々を落ち着かせ、警護の制服警官たちを組織し、供述を取ろうとしている。

ここにいる人々のほとんどが、なぜ警察が突然家にやってきて、半ば強制的に連れてこられたのか見当もつかないようだ。クレアの話では、アップチャーチの名前を覚えていたのはほんのひと握りだけだという。アップチャーチの身に起こった出来事はたしかにひどいが、こういう大病院では珍しいとは言えない。日常的に死に関わっている人間は、職場で生じる結果と自分をおのずと切り離すようになる。いわば頭のなかに仕切りを設けていくのだ。

カティ・キグリーは目を覚まし、夢中でしゃべっている。カティは自分ともうひとりの少女がどんな目に遭ったかクレアに話した。クロズはそれをクレアから聞いた瞬間に、残酷非道な行為から自分を切り離した。頭に仕切りを作るのは得意中の得意だ。

ラリッサ・ビールは二十分前に手術室を出て、父親に付き添われて回復室にいる。目を覚ましたら、やはり意識を取り戻した母親と広い部屋に移ることになっていた。どちらもいまのところ完全に回復すると考えられている。

クロズはふたつのカップを置いて、指の関節を鳴らした。

さてと、このプロジェクトを片付けてしまおうか。

ベッドが呼んでいる。もうすぐあそこでシーツに包まれ、ゆっくり休めるだろう。

そのとき、ノートパソコンのスクリーンの隅で警告が点滅しはじめた。

クロズはそれをクリックし、メッセージを拡大した。

「くそ」

もう少しでコーヒーのカップをひっくり返しそうになりながら、パソコンを囲んでいる大量の紙を掻きまわし、携帯を見つけて短縮ダイヤルでクレアにかけた。だが、留守電になっている。

「くそ、くそ、くそ」

ナッシュの短縮ボタンを押す。

呼び出し音が一回。

二回。

三――

「なんだ?」ナッシュが応じた。

「いまどこにいる?」

「まだアップチャーチの家だ。おそらくあと一時間はかかるな。どうしてだ?」

「この前ビショップのノートパソコンが使われたら連絡がくるよう追跡設定をしたのを覚えているか?」

「ああ」

「あれがヒットした。やつは近くにいるぞ」

「住所を送ってくれ。エスピノーザにも頼む。あいつのチームは帰ったばかりだ」

130

四日目　午後九時十五分

クレア

クレアはいまにも叫び声をあげそうだった。頭が割れそうに痛い。鎮痛剤を三錠のみこんだが痛みは少しも和らがない。

クレアが立っているのは、カフェテリアの真ん中だった。周囲には、大人と子ども、医療関係者が少なくとも四十人か五十人。クロズがアップチャーチのファイルから拾いだした人々で、ひとり残らずビショップが新聞に掲載した何十もの死亡記事と結びつく。誰もがクレアに向かって、さもなければ互いに声高に叫んでいた。

この人たちを一刻も早く家に帰すことができれば、それに越したことはない。

一時間ほどカティ・キグリーと過ごし、少女が何をされたか聞いたあと、カティの話で浮かんだ光景が頭にこびりついて離れなかった。ラリッサ・ビールも目を覚ましたという知らせをたったいまもらった。ラリッサの父親がクレアの居所を突きとめたのだ。ラリー・ビールは病院中を歩きまわったと言いながら近づいてきた。医者に喉を休めるよう言われているから話すことはできないが、娘は書くことはできるという。目を覚ました瞬間から書きはじめた。そして父親のヒステリックな状態からすると、ラリッサの話はカティの話よりも凄惨なようだ。

「みなさん、静かに！」

数人がクレアのほうを見た。つかのまカフェテリアのわめき声が低くなる。が、すぐにもとに戻った。

クレアは椅子のひとつに立った。「ちゃんと話を聞いてくれれば、それだけ早く帰れるんですよ！」クレアは質問事項を書いた紙を頭の上で振った。「さきほど回した質問事項の紙をまだ提出していない方は、それに書きこみ、警官に渡してください！」

一メートル半しか離れていないところで、小さな女の子がなんの理由もなく金切り声で泣きだし、騒音のボリュームがさらにあがった。母親が急いで抱きあげ、揺すったが、女の子は泣きやまない。目の隅にドクター・モートンがカフェテリアに戻ってくるのが見えたが、クレアの姿が目に入ったとたん、きびすを返した。

クレアは誰もここから出さないように厳命したのだが、警察が間に合わせの保護施設に集めた様々な医療専門家は、クレアの命令をたんなる提案だとしか思っていないらしく、電話で病院のあちこちに呼びだされるたびに出ていく。多くの場合、患者の命がかかっているとあって、これはクレアの権限ではどうにもできないことだった。もともと、誰ひとりカフェテリアに留まらねばならない義務はないのだ。出ていったきり戻ってこない者も何人かいるに違いない。

クレアの電話がポケットのなかで振動した。

かけてきたのは――サラ・ワーナー？　知らない名前だ。あとでかけなおそう。

通話を拒否したとき、クロズから二度電話がかかっていたことに気づいた。

ここが終わったら、クロズのオフィスに戻るとしよう。

アップチャーチのファイルを分析しているクロズが、何かを見つけたのだろうか？　りんごから突きでていた注射器の検査結果を、科捜研が知らせてきたのか？　クレアと連絡が取れず、その報告がクロズのところに行ったのかもしれない。

また電話が振動した。

サラ・ワーナーだ。

クレアは通話ボタンを押し、電話を耳に押しつけると、少しでもよく聞こえるように、もう一方の耳を手で覆った。「ノートン刑事です！」

電話の向こうの声は女性ではなく男のものだったが、なんと言ったのか聞こえなかった。ここはうるさすぎるのだ。「待ってください、ちょっと待って！」

クレアは椅子から下りて、人々を押しのけて廊下に出た。エレベーターのところまで行くと、再び言った。「すみませんでした、ノートン刑事です。なんのご用ですか？」

「ポール・アップチャーチを逮捕したのか？」

「どなたですか？」

「俺だよ、クレア」

「サム？」

「ああ」

クレアはカフェテリアを振り返った。警備中のパトロール警官がこちらを見ている。廊下を少し進み、警官に背を向けた。「いまどこにいるの？」

「俺は……あいつが爆弾を仕掛けたと思ったんだ。あいつは俺にそう思わせた。だが爆弾じゃなかった。まったく見当はずれだった……」

「サム、なんの話かさっぱりわからない。誰のことを言ってるの？　アップチャーチなら逮捕した。爆弾なんて持ってなかったわ」

「あの少女たちも保護したのか？　ふたりの少女、ラリッサ・ビールともうひとりだ」

「ええ、サム。ふたりともここにいる。助かったのよ。すっかりよくなる」

待って。何かがおかしい。

「サム、どうしてアップチャーチのことを知ってるの？　彼を逮捕したことはまだニュースになっていないはずよ。ナッシュかフランク・プールと話したの？」

「くそ、クレア。俺はしくじったんだ。とんでもなくしくじった」

「何が起きてるの、サム？　詳しく話して」

電話の向こうで、ポーターが息を吸いこむのが聞こえた。「ポール・アップチャーチは生きているのか？」

「ええ。エスピノーザのチームがあっさり逮捕した。ナッシュの話だと、アップチャーチは警官が来るのを待っていたみたい。まったく抵抗しなかったそうよ。でも署に向かう途中で発作を起こし、意識不明になって、急遽この病院に運びこまれたの。いまは手術中。ステージ４の脳腫瘍。あまり芳しくないみたい」

「膠芽腫だ。アップチャーチの脳には脳腫瘍のなかでももっとも悪性とされる膠芽腫があるんだ」サムが低い声で言った。

「どうして知ってるの？　そもそもなぜアップチャーチの名前を知っているのよ？　誰と話したの？」

ポーターは黙りこんだ。

「サム？」

「ふたりの少女はどこにいる？」

「ふたりともここにいるわ」

「くそ」

「サム？　どうしたの？」

ポーターはまた息を吸いこんだ。「ふたりを隔離するんだ。ふたりと、ふたりと接触した者を、いますぐに。誰ひとりその病院を出すな」

「なんですって？」

ポーターは答えない。

「サム、いったいなんなのよ?」

「ビショップはふたりの少女に、感染力のかなり高い致死性の病原菌を注射したと言っている。そのウイルスを手に入れた場所も明かした。おそらく事実だと思う。脅しが本物だと確認できるように、その病院に菌のサンプルを置いてきたそうだ。〝白雪姫も同じように騙された〟と、きみたちに伝えてくれとビショップに頼まれた。この言葉に心当たりはあるか?」

「病院のロッカーで注射器が刺さったりんごを見つけた」クレアは口ごもりながら告げた。

「ポール・アップチャーチのファイルの上にあったの」

「クレア、よく聞いてくれ。これからきみにある名前を言う。用意はいいか?」

よくない。

「どうぞ」

「ドクター・ライアン・ベイヤー。ジョンズ・ホプキンズ病院の神経外科医で、集束超音波治療と呼ばれる治療法の専門医だ。どうやらこの治療法ならアップチャーチを助けることができたらしい。だが、非常に効果的だが、まだ治験段階とみなされている治療だったために、保険会社はその費用をカバーしようとしなかった。クック郡病院で行われた治療はどれもみな時間の無駄だった、アップチャーチの治療に関わった全員、医者、看護師、保険会社、医薬品会社のすべてが、アップチャーチの頭を切り刻んだだけで、救うどころか病状を悪化させた、とビショップは考えている。保険会社は金を出し渋り、ほかのみんなも無駄だとわかっている治療でお茶を濁した、と。ビショップはアップチャーチを助けたがっているんだ」

「どうしてそれを知ってるの？」

「この電話を切ったら、さっき言ったドクター・ベイヤーにすぐに連絡を取り、その病院に来てもらってくれ。ビショップが言うには……」

ポーターの声が途切れ、それからまた戻った。「ビショップはこう言っている。病原菌はまだたっぷりある。アップチャーチが死んだら、それをシカゴの住民に無作為に注射する、と。その医者を見つけるんだ、クレア。菌の確認を急がせふたりの少女と接触した者をすべて隔離しろ。なんとしても広域感染を防がなくては」

「いまビショップと一緒なの？」

「もう切らないと。すまない。本当にすまない」

その言葉を最後に電話が切れた。

カフェテリアの喧騒が一気に戻ってきた。集めた人々をカフェテリアにとどめておこうとするふたりの制服警官の向こうから、怒鳴り声が廊下に漏れてくる。

クレアは手にした質問事項の紙を見下ろした。カティ・キグリーと一時間過ごしたあと、あたしは全員にこれを配ってまわった。

質問事項の紙がクレアの手から滑り落ちた。鋭い痛みがみぞおちを掻きまわし、骨のなか深くに居座った。

クレアはくしゃみをした。

131

四日目　午後九時四十三分
ナッシュ

エスピノーザは指を五本立て、音もなく数えた。

四。

三。

二。

一。

ブローガンが手にした破壊鎚をドアにぶつける。分厚い木製扉の真ん中が割れ、穴が開いた。

「行け！」

SWATチームがギヨン・ホテルの四〇五号室にひとりずつ消え、やがてナッシュは荒れ果てた廊下にひとりになった。ロビーで死体が見つかった。囚人服を着て足枷と手錠をつけた女性が、額に一発食らっていた。まるで処刑されたように。

クロズが付近のWi-Fi機器を使って三角測量し、ビショップのノートパソコンがここにあることがわかったのだ。その後エスピノーザが小型装置を使い、四〇五号室にこの建物内で唯一電波を発する機器があることを突きとめた。

「手を上げろ！」

「動くな！」

「銃を持ってるぞ！」

イヤホンから聞こえる声と開いているドアから聞こえる声が重なり、どの声が誰のものかわからなくなる。何かが倒れる音がした。ふたつ目のドアか？

「ナッシュ！　来てくれ」

ナッシュは廊下を横切った。防弾チョッキがウエストに食いこみ、息をするのが難しい。四〇五号室に入ると、六挺のアサルト・ライフルに取りつけられたフラッシュライトの光が一箇所に集まっていた。

ひとりの男に。

その男はドアを背にして椅子に座り、両手を上げていた。ノートパソコンのスクリーンが、すぐ前の古風な机で白い光を放っている。十冊あまりの白黒の作文帳がその横に積んであった。机の片側には三八口径の銃が置かれていた。

「サムか?」

ポーターがゆっくり振り向こうとする。

「動くな――」ティビドーが命じる。

「銃を下ろせ!」ナッシュはSWATチームに怒鳴った。「サム? こんなところで何をしているんだ?」

ポーターは机の端を見下ろし、目を閉じた。

エスピノーザとトーマスがライフルを壁に向ける。フラッシュライトのビームが色褪せた花柄の壁紙とそこに貼ってある額入りの写真を這うように照らしていく。

ナッシュはその光を目で追いながら、壁に近づき、額のひとつをよく見た。

サムが写っている。いまよりずっと若いサム、三十代か? サムはカメラに向かって笑っていた。その横に同じく笑顔の少年が立っている。十四歳か十五歳ぐらいだ。

エスピノーザがけげんな顔をした。「あれは?」

「アンソン・ビショップだろう」ナッシュはかすれた声で言いながら、ほかにも二枚ばかり見た。「全部そうだ」

ナッシュは部屋を横切り、ポーターに歩み寄った。「サム、これはなんなんだ?」

ポーターが答えるように口を開けたが、なんの言葉も出てこなかった。

ノートパソコンのスクリーンに、ポーターの顔を照らすほど明るくメッセージが光っている。


やあ、サム。

混乱しているでしょうね。

質問もあるんじゃないかな。

132

日記

警察がどこにあるのか、ぼくは知らなかった。

まあ、知らないと言えば、カムデン療養センターがどこにあるのかも知らない。この何週間か自分がどこで過ごしたのか、ぼくには見当もつかなかった。

ぼくらは長いこと走りつづけた。

チャールストンの街が窓の外を飛ぶように過ぎていく。建物はどれもあまり高くなかった。そういえば父さんが、建設業者があまり空に近づきすぎるのを街の条例が禁じているんだよ、と言ったことがあった。

ぼくはドクター・オグレスビーを傷つけたかった。

これまで経験したことのないほど激しい怒りがこみあげてくる。でも、できるだけそれを抑えた。時間と同じように、怒りも制御することができる。閉じこめてためておき、もっとも必要とするときにその蓋を開くことができるんだ。

正しい時がきたら、その蓋を、栓を引き抜くとしよう。

ふたりの警官は、ひと言もしゃべらなかった。

質問攻めにされると思っていたのに、何も訊こうとしなかった。ぼくに話しかけてこないだけじゃなく、互いにしゃべりもしない。

ぼくも黙りこんで、沈黙にしゃべらせた。

チャールストンの街が後ろに消えかけている。ここがどこなのか、目印になるものはひとつもなかった。ウェルダーマン刑事がバックミラーでちらちらぼくを見てくる。ぼくはその目を見返した。

街の外に出て三十分もしたころ、車は舗装された二車線の通りを離れ、両側が背の高い草に覆われた砂利道に入った。

このふたりは警察には行かなかった。心配すべきだったのだろうが、ぼくは不安も抑えこんだ。

車は砂利道の突き当たりにある大きな農家の前で停まった。母と同じくらいの歳の女性が手を振り、近づいてきた。髪の短い、白い水玉模様の黄色いワンピースを着た人だ。

ウェルダーマン刑事がミラー越しにまたちらっとぼくを見て、相棒と一緒に車を降りた。後部のドアには取っ手がない。背中で手錠をかけられていなくても、自分で出るのは不可能だった。

刑事たちは茶色い髪のその女の人と話しはじめた。何を言っているかは聞こえないが、ときどき車のほう、ぼくのほうを見ている。ウェルダーマンは女の人のそばに残り、ストックス刑事がようやくぼくの横のドアを開け、ぼくが車から降りるのを手伝った。

女性が低い声をもらす。「まあ、そんなものが必要なの?」

ストックス刑事の顔が赤くなった。「坊主、後ろを向け」

刑事は手錠をはずした。

ぼくは手首をこすった。

ウェルダーマンがトランクを開け、緑のダッフルバッグを下ろして女の人に渡した。

「施設で何枚か着るものを用意してくれた。大してないよ。この子のサイズのものがあまりなかったんだ。火事で全部燃えてしまったし」

女性がぼくのところへ来て、すぐ前に立ち、にっこり笑った。「アンソン、フィニッキーよ。あなたはしばらくわたしと一緒にここで過ごすの」

そして肩越しに振り向き、大きな声で言った。「ポール、いらっしゃい。新しいルームメイトよ」

そのとき初めて、ポーチに立っている少年が見えた。ひょろりと背の高い子だ。その子は昇る太陽から逃れる唯一の影から出て、砂利の上を横切ってくると、女の人からバッグを受けとりながらぼくに片手を差しだした。「やあ、アンソン。ぼくはポール・アップチャーチだ。きっとここが気に入るよ」

これを聞いてストックス刑事が鼻を鳴らした。

女の人が目を細めたが、すぐにまた笑顔になった。「二階に連れていってあげなさい、ポール。この子に部屋を見せてあげて」

「はい、マダム」

「アンソン？」ウェルダーマンに呼ばれ、ぼくは彼のしかめ面を見上げた。

「われわれはきみが何をしたか知っている。みんなが知っているんだ。まもなくそれを証明できるだろう。いくつかの事実を繋げればいいだけだからな。荷解きをするがいい。だが、そこにある服は借りものだぞ。もうすぐ新しい服を着ることになる。新しい部屋、新しいルームメイトができる」

ぼくは笑顔でウェルダーマンとストックス刑事を見上げた。「ふたりとも、乗せてきてくれてありがとう。お会いできて嬉しかったです」

ぼくはポール・アップチャーチのあとについていった。

大きく口を開けている農家のなかへと。

この家は外から見るよりもずっと大きいように思えて、なかに入った瞬間ぼくは戸惑った。だけど、そう感じたのはたくさんの壁でいくつもの部屋に区切られているせいかもしれない。それとも間口よりも奥行きのほうがはるかに深いからか？　この両方が組み合わさったせいだろうか？

玄関を通り抜けて小さなリビングルームに入ると、ぼくは振り向いた。開けたままの扉から外が見える。

ふたりの刑事はまだ外にいてフィニッキーと話していた。戸口のすぐ外に広がる世界は、家のなかよりはるかに明るく見える。家のなかの空気は動かなかった。よどんでいるとか、黴臭いわけじゃない。ただ、動かないんだ。蓋に釘を打たれたすぐあとの棺（ひつぎ）のなかに閉じこめられた空気みたいに。

「フィニッキーさんの名前はなんなの？」ぼくは尋ねた。

階段を上がろうとしていたポールが足を止め、振り向いた。「そんなの誰が気にする？」

「ぼくが」

ポールは肩をすくめた。「さあね。あの人はただのフィニッキーさんさ。最初からずっとそうだ。フィンでもなければフィニッキー夫人でもない。マダムと呼んでも怒らないかもしれないけど、きみはだめだぞ。長いあいだには、ほかの子たちがいくつかもっといい呼び名を思いついたかもしれない。ただし間違いなくあの人の前では口にしなかったね」

「ほかの子どもたち？」

ポールは五段上がり、踊り場の二段手前でまた足を止めた。「ここがなんなのか、知ってるよね？　あいつらに教えてもらっただろ？　あのふたりは教えることもあるが、何も言わないこともある。ぼくらはそれぞれの事情からあのドアを入ってくる。悪賢いやつもいるし、こういうところが初めてって子もいる。けど、きみは轢かれる寸前の鹿みたいな顔はしてないから、こういうのは慣れてるのかと思ったんだ」

ポールは階段を下りてきてぼくの手をつかみ、激しく振った。「ようこそ、ぼくたちの家に。ケーキも歓迎会もないけどね。いるのはぼくだけ。だけど、知らない家に入って出くわすものには、もっとひどいものもあるよ。こういうとこには解説のビデオとか、パンフレットがあると思うだろ？　だけど予算が厳しいんだ。ビデオを作る計画があるとしたら、ロッド・サーリングに語りをやってもらいたいな。ほら、『トワイライト・ゾーン』の。あの人はすごい。昔の人だけど、すごい才能だ」

ポールは階段を踊り場まで駆けあがり、両手を振りあげてくるっと回ると、一オクターブ低い声でサーリングの真似をした。「〝われわれが知っているものの先には、五次元の世界があるのです。そこは宇宙空間のように広大で、光と影、科学と迷信、人間の恐怖がもたらす穴と人間の知識がもたらす頂の狭間にある、時が存在しない、永遠のような世界なのです〟ねえ、人は死んだらそこへ行くのかな？　そこはどんなところなんだろう？」ポールは自分の声に戻ってそう言うと、ぼくの答えを待たずに再び物真似を続けた。「〝この次元を人は想像力と呼びます。そここそ、われわれが――」ポールはくるくる回るのをやめ、手すりをつかんで止まった。「さまよえる子どもたちのフィニッキー・ハウスと呼ぶエリアなのです」

ぼくは笑わずにはいられなかった。こんなにたくさんの言葉が、こんなに速くひとつの口から出てくるのは、初めて聞いた。

ポールは大きな階段のてっぺんへと顎をしゃくった。「こっちだよ」

階段の壁は、ほとんど子どもたちの写真で埋まり、その下の花模様の壁紙が見えないくらいだった。少なくとも百枚、もっとあるかもしれない。あらゆる年齢の男の子や女の子だ。笑顔もあれば、にらむような顔もある。全員がそびえるように建つ大きな家の前に立っていた。

ポールがてっぺんに近いところにある茶色い額を指さした。「ぼくはここ。心配ないよ。もうすぐきみの番も来る。ぼくらみんなと同じようにカメラの前に立つことになる」

そう言ったときのポールの口調と声の調子にはどこか妙なところがあった。尻すぼみになったその声に、何か思いが込められているようだ。

「ここには何人子どもがいるの？」

ポールは階段のてっぺんに行くと、くるりと振り向いた。「きみは八番目だよ。女の子が三人、男の子が五人、七歳から十六歳まで。ぼくは十五歳だ。あと三年すれば、連中はぼくを無防備な世界へと解き放つしかなくなる。神がその住民たちに慈悲を与えられんことを」

ぼくも階段を上がりきった。細長い廊下が伸びていた。その両側の壁も写真で覆われている。左右どちらの壁にも、写真のあいだにドアが挟まっていた。

ポールは左手にあるドアのひとつを指さした。「あれはヴィンセント・ウェイドナーの部屋だよ。ぼくらはヴィンセント・ウェイドナーとは話さない。ヴィンセント・ウェイドナーを避ける。そうすればあっちもきみを避けてくれる。それがどっちにとってもベストみたいだ」

ポールが廊下を横切り右手にあるふたつ目のドアを開けた。「これがぼくらの部屋。ここには個室はふたつしかない。ほとんどがふたり部屋なんだ。それでも、ぼくがこれまでいたいくつかの場所よりもましさ。ここより狭い部屋に、六人の女の子と一緒に入れられたこともある。毎晩誰かの足を顔に押しつけられるはめになったよ」ポールはさっと部屋に入り、頭を突きだした。「バスルームは廊下のはずれのこっち側にあるドア。右側が男子用、左側が女子用だ。出るときはドアを開けておく。それなら誰も入ってないことがわかるだろ？　バスルームの戸棚には、マッチを入れておくから。どばっと排便したあとのにおい消しだ。最新のヌード雑誌はビニール袋に入れて水のタンクに隠してある。読んだあとは、ちゃんとジップロックを締めてくれよ。ぐしょぐしょのポルノなんか最悪だから。出るときはすべてを元の場所に戻すこと。掃除は順番。下にある冷蔵庫に当番表がある」

ポールは部屋のなかに消えた。「来ないのか？」

ぼくはつかのま部屋の外に立ち、狭い廊下の壁を覆っている写真を見上げた。フィニッキーさんはそれほど年寄りじゃない。何年ぐらいここを経営しているんだろう？　何人の子どもたちがここに来て、やがて出ていったんだ？

部屋に入ると、真っ先に二段ベッドが目に入った。

昔から二段ベッドが欲しかったんだ。

借りものの服を入れたダッフルバッグは、下のベッドの真ん中に置いてある。

「ぼくは先輩だから、上の段をもらうよ」ポールが言った。「ぼくより長くここにいたら、いつか上の段がきみのものになるかもしれない。うん、その日を夢見て過ごすといいよ」

廊下の壁と同じように、この部屋の壁もほとんど壁紙が見えない。でも、廊下と違ってここには絵や漫画、スケッチが貼ってあった。「これ、きみが描いたの？」

「うん、全部ぼくのオリジナルさ」ポールが誇らしげにうなずき、小さな机へと部屋を横切り、スケッチ帳を持ってきた。「自作の漫画を作ってるんだ。主人公は、ありとあらゆるトラブルに巻きこまれる女の子。この子はものすごくお転婆なんだよ。ちょっと色っぽいだろ？　慎重に市場調査した結果、女の子を主人公にした漫画のほうが、どっちの子どもにも人気があるみたいなんだ」そう言って、自分の頭の横をとんとんと叩いた。「いつも考えてる。マーケティングは大事だから。出版社は常にそれを念頭に置いているからね」

ぼくは少女の絵をじっくり見た。かわいい子だ。ぼくらと同じくらいの歳で、口の端をきゅっと上げ、生き生きした瞳でいたずらっぽく笑っている。ポールの絵のディテールは驚くばかりだった。漫画は結構読んでいるから、少しばかり鑑定眼はあると思う。ポールの絵はぼくが読んだ漫画よりすごいとは言わないが、同じくらいよく描けている。

「その漫画、タイトルはあるの？」

ポールの目が輝いた。「タイトル？　もちろんだよ。『メイベル・マーケルの不運な冒険』さ」

「ものすごくうまいね」

ポールはスケッチ帳を唇に持っていき、自分が描いた絵にキスした。「メイベルはぼくの娘みたいなもんさ。そのうち父さんを金持ちにしてくれる、かわいい娘だ」

そのときくぐもった泣き声が聞こえた。廊下の向かいの、ドアが閉まっている部屋から聞こえてくる。

この泣き声はよく知っていた。

ポールがスケッチ帳を机に置いて、ぼくの視線をたどった。「昨日来た子だよ。まだ自分の部屋から出てこない。ゆうべはあの子の泣き声で、みんな眠れなかった。でも最初のころは大目に見ることにしてるんだ。ふたりの女の子が交代で慰めてたみたい」ポールは言葉を切り、考えこむような顔をした。「里親のなかにはひどいのがいるからな。そのうちきみもあの子も、ここに慣れるよ。フィニッキーさんはリビーって呼んでた気がする」

ぼくはそのドアに一歩近づいた。

ポールがぼくの腕に手を置き、ぎゅっとつかんだ。

そしてささやくよりも小さな声で言った。「連中はぼくらの話を聞いてると思う。しゃべることに気をつけろよ」

謝辞

サム・ポーターと彼の物語に〝家〟を見つけてくれた、エージェントのクリスティン・ネルソン、鋭い目で編集を担当してくれたティム・ムーディに特別の感謝を。最初の読者であるサマー・シュレイダー、ジェニー・ミルチマン、エリン・クフィヤトコフスキ、ダーレン・ベゴヴィッチ、ジェニファー・ヘンクス、ビショップの日記を読み、彼の頭のなかをつつきまわったあと、ぼくが見つけたものを形にする手助けをしてくれたきみたちに感謝する。

すばらしい妻のダイナ、信じてくれて、そしてきみでいてくれてありがとう。

最後にアンソン・ビショップにひと言。このささやかなダンスを終わらせる準備ができたかな？

訳者あとがき

本書『嗤う猿』は、ミステリーファンの心を摑んだJ・D・バーカーの『悪の猿』で始まる三部作の、二作目にあたる。再びシカゴ市警の刑事、サム・ポーターを中心に、前作でおなじみの顔ぶれが活躍する物語は、今回、シカゴだけでなく、ニューオーリンズ、サウスカロライナにも飛び、思いがけぬ方向へと展開していく。

四カ月前シカゴ市警が4MKを取り逃がしたあと、この事件はFBIのシカゴ支局の管轄となったが、多くの罪もない若い女性を殺したビショップを、ポーターは何としても捕まえたいと密かにその足取りを追っていた。そんなとき、真冬のシカゴにまたしても陰惨な事件が起こる。市内の公園にある凍りついた池で、少女の死体が発見されたのだ。同じ日、やはり十代の少女が行方不明だという知らせが入り、新たな連続殺人の幕が開く。一見何の共通点もなさそうな被害者たちだが、何らかの繫がりがあるにちがいない。それこそが事件の謎を解く鍵になるとポーターはにらむ。一方、新聞やニュースは残酷非情な〝4MKが舞い戻った〟と騒ぎたて……。

本書『嗤う猿』は、前作で特捜班を指揮して活躍したサム・ポーターがビショップに囚われ、目玉をえぐられそうになる、という衝撃的なシーンから始まり、意表を衝く展開の連続で終盤まで突っ走る。刑事たちは誘拐された少女を救いだし、犯人を捕まえることができるのか？　マスコミが騒ぐように、今回の事件も４ＭＫが引き起こしたものなのか？　シカゴ市警の刑事たちに、ビショップの足取りを追うＦＢＩ捜査官、情報を求めてニューオーリンズへ飛ぶポーター。随所に挟まれたビショップの日記が、現在と分かちがたく結びついた過去を紐解いていく点は、シリーズ三作に共通した手法。サイコ・ミステリーの醍醐味を存分に味わわせてくれる一冊である。

Ｊ・Ｄ・バーカーは、ホラー作家協会のブラム・ストーカー賞で〝Forsaken〟が最終審査に残り、世界的ベストセラー作家の仲間入りを果たした。４ＭＫシリーズは、スティーヴン・キング、ディーン・クーンツなどと比較されてきたバーカーによる初のミステリーである。ストーカーの遺族の依頼で書いた『ドラキュラ』の前日譚も大好評を博し、ブラム・ストーカー賞にノミネートされただけでなく、パブリッシャーズ・ウィークリーで二〇一八年秋のＳＦトップ10入りを果たし、ブックリストのクライム・ノベル部門でも二〇一八年後半の最も期待される作品リストに含まれた。多くの言語に翻訳された著作は、映画およびテレビ化権が取得されていることから、近々映像化される可能性もある。本シリーズ完結編となる〝The Sixth Wicked Child（原題）〟も、日本でも年内の刊行が予定されている。4MK事件のあっと驚く展開とその結末をご期待いただきたい。

最後に、本書の魅力を語る評を、いくつか抜粋してご紹介しておこう。

ずば抜けた完成度を持つ作品。複雑なストーリーだが、ぐいぐい引きこまれる。登場人物が実に巧みに描かれ、会話はなめらかで、エンディングは——まるで全速力で走る列車がいきなり山の側面にぶちあたるように、意外かつ衝撃的だ。

——ブックリスト

秀逸なミステリー……クライマックスでいきなり断ち切られるエンディングが、完結編におけるさらなる大混乱を予測させる。

——パブリッシャーズ・ウィークリー

衝撃的で、読みはじめたら止まらない……クライム・スリラーの模範ともいうべき作品。スティーヴン・キングとマイクル・コナリーを足して二で割ったような魅力がある。まさにこのジャンルを書くために生まれてきたJ・D・バーカーによる、期待の最新作！

——リアル・ブック・スパイ

二〇二〇年二月

富永和子

追いつめられていく
刑事ポーターと、
それを嘲笑う四猿。
ふたりの写真が
意味するところは……？

すべての謎は、いまひとつに
繋がり、明らかに——

“The Sixth Wicked Child”
（原題）

2020年秋 発売！

シリーズ最終話！　二〇二〇年秋発売予定

THE SIXTH WICKED CHILD（原題）

J・D・バーカー著　　富永和子 訳

〈本文抜粋〉

1

五日目　午前五時十九分
トレイ

「おい、クソ野郎、ここがホテルに見えるか？」

トレイはいきなり蹴られ、怒鳴られた。この時間だと、警官か警備員？　たんに腹を立てた住人かもしれない。トレイ・ストーファーはそう思いながら、黴臭いキルトにくるまったままじっとしていた。こちらが動かずにいれば、相手はうんざりしてそのまま立ち去ってくれることもある。

また蹴りがきた。

速い、鋭い蹴り。それが腹部を直撃した。

トレイは悲鳴をあげたかった。男が蹴りだした脚をつかみ、反撃したかった。が、じっとこらえた。

「なんとか言え。おまえに言ってるんだぞ！」

またしても蹴り。さっきより強烈なやつが。今度はあばらに食いこむ。トレイはたまらず、うめきながらキルトをもっときつく巻きつけた。

「おまえみたいなのがうろうろしてると、この辺の価値がさがるんだよ。子どもは怖がるし、年寄りも外に出られなくなるだろ。ちょっと買い物に行くのにも、おまえみたいなゴミを跨がなきゃならないなんておかしいだろ？」

ってことは、ここに住んでる男か。こういう苦情を言われるのは、初めてではない。

「いい気持ちでお休みかよ。俺は朝の五時に、ここで何をしてると思う？　おまえがここですやすや寝てるあいだ、デルフィンズ・ベイカリーで十時間も働いてきたんだぞ。そのまえは十二時間も、あのくそったれキッチンでこき使われた。今日だって、十時間もすれば、またそこに戻る。そうやって家賃を払い、社会に貢献してるんだ。俺は絶対にホームレスにはならん。おまえら怠け者のクソとはちがう。のらくらしてないで、働けよ！」働きたくても、十四歳じゃまともな仕事にはありつけない。親の同意でもあればべつだけど、それは不可能だ。

トレイはまた蹴られるのを覚悟した。ところが、男はいきなりキルトをつかんで引きはがし、脇に放り投げた。キルトがビシャッという音をたて、階段下の半分溶けた雪のなかに落ちる。

震えながら体を丸め、トレイは次の蹴りに備えた。

「なんだ、女か。それもまだ子どもじゃないか？」男はさっきよりずっとやさしい声で謝った。「悪かったな。なんて名前だ？」

「トレイシー。みんなトレイって呼ぶ」そう言ったとたんに、答えたことを悔やんだ。こういう連中に口をきいたら、どうなるかわかってるのに。口を閉じて、透明人間でいるほうがましなのに。

男は左手に紙袋を持ったまま膝をついた。それほど年寄りじゃない。二十代半ばぐらい？ 分厚いコートを着て、紺のニット帽をかぶっている。そこからはみだしている髪は茶色、瞳ははしばみ色。紙袋からいい匂いが漂ってくる。

トレイが袋を見ているのに気づいた男が訊いてきた。「俺はエミットだ。腹が減ってるのか？」

トレイはうなずいた。これも間違いだとわかっていたが、ものすごくお腹がすいているせいで、つい反応してしまった。

エミットと名乗った男は紙袋から小さなパンの塊を取りだした。パリパリの表面から蒸気が立ちのぼり、シカゴの凍るような空気のなかを漂っていく。トレイはつかのま、湖を渡り、うなりをあげて通りを過ぎていく寒風を忘れた。

男にも聞こえるほど大きくお腹が鳴った。

エミットはパンをちぎり、トレイに差しだした。それにかぶりついて、嚙む手間さえかけずにふた口で飲みこむ。「もっと欲しいか？」

だめだとわかっているのに、トレイはうなずいていた。

男が息を吐き、人差し指の横でトレイの頬をなでる。その指が顔から首へ、セーターの襟元からなかへと滑りこんだ。

「なかに来いよ。好きなだけパンを食っていいぞ。食べるものはほかにもある。温かいシャワーも、やわらかいベッドも。俺が――」

トレイは両手で力いっぱい男の肩を押しやった。片膝をついて身を乗りだしていた男が、バランスを崩してしりもちをつき、階段の金物の手すりに頭をぶつけた。その手から紙袋が落ちる。

「くそアマ！」

トレイはすばやく立ちあがり、紙袋とリュックサックをつかんだ。五段ある階段を駆けおりて、キルトをすくいあげ、マーサー通りを走りだした。あの男が追ってくる心配はしていなかった。ああいう連中は、めったに追いかけてはこない。でも、ときどき——

「二度と来るなよ！　今度見かけたら、おまわりを呼ぶぞ！」

ちらっと振り向くと、男はすでに立ちあがってバッグを拾いあげ、建物のなかへと消えるところだった。だいぶ離れているのに、扉が開いた瞬間にもれてきた空気の温かさが、感じられるようだ。

トレイはローズヒル墓地まで全力で走った。早朝とあって門には鍵がかかっているが、トレイは痩せている。体をくねらせて鋳鉄製の棒のあいだをすり抜け、リュックサックとキルトも引きこむと、墓地に入った。

シカゴには、たくさんのシェルターがある。でも、こんな時間に開いているところはひとつもない。どのシェルターも午後七時から真夜中のあいだに閉まり、それ以降は受け入れてくれないのだ。受付が開いていても関係ない。満員に決まってるから。シェルターに入るには、昼ごろから並ばなくてはならないこともある。ホームレスの数に比べて、ベッド数が足りないのだ。

それにトレイはむしろ通りのほうが安全と感じていた。エミットみたいな男はどこにでもいる。とくにシェルターにはああいうのが多い。夜のあいだ鍵のかかる部屋でああいう男に出くわすことに比べたら、風にさらされずにすむビルの入り口の階段の上や路地で出くわすほうがはるかにましだ。シェルターでは、ああいう男たちが集団でトレイみたいな若い娘や女を餌食にすることもあった。

墓地は少しも怖くなかった。ホームレスになってから二年、シカゴにあるどの墓地でも、少なくとも一度は寝たことがある。

このローズヒルは、なかでもお気に入りだ。オークウッドやグレースランドと違って、ローズヒルの霊廟には、夜のあいだも鍵がかからない。墓地のなかは警備員が何人か見回りをしているが、今夜みたいに寒い夜はオフィスにこもっていることが多い。トレイは彼らがカードゲームに興じたり、テレビを観たり、眠っていたりするのを、何度も窓から覗いたことがあった。

〝静けき道〟に積もった新雪を踏みながら、トレイは霊廟のひとつに向かった。雪のなかに残る足跡のことはそれほど心配していなかった。そのうち風が消してくれるから。でも、わざわざ危険をおかすのは愚かだから、丘の上にたどりつくと、そのまま左に曲がって〝至福の道〟へと入らず、歩いている道を突っ切って〝至福の道〟沿いの木立に入った。

明かりはひとつもなかったが、空には満月に近い月がかかっている。まもなくその光を反射している池が見えてくると、トレイは思わず足を止め、目の前に広がる雪景色を眺めた。水際にたたずむ大理石の像に守られ、うっすらと雪の積もった池の氷がきらめいている。像のあいだには石のベンチも置かれていた。

なんて静かで、心安らぐ場所だろう。

最初のうち、トレイは水際でひざまずいている娘に気づかなかった。長いブロンドの髪を背中にたらして池に顔を向け、じっと動かずにいるせいで、彫像のひとつに見えたのだ。青ざめた肌は、まとっている白い服とほとんど変わらないくらい白い。なぜか裸足で、コートどころか、透けて見えるほど薄い白い服しか着ていない。頭を傾け、両手を胸の近くで組んで、一心不乱に祈っているように見える。

トレイは声をかけずに近寄っていった。やがてほかのすべてと同じように、この娘もうっすらと雪に覆われているのが見えた。横に回りこむと、娘ではなく年配の女性だった。どこもかしこも真っ白ななか、赤い細い線が額の生え際から顔の横を走り、左目の隅からも細い線が赤い涙のように頰を伝っている。口の片端からも。この線は祈る女性の唇を真っ赤な薔薇のように染めていた。

女性の額に、何か書いてある？

待って。書いてあるんじゃない。

膝の前、雪のなかに、銀色のトレーが置いてあった。高級レストランの洒落た夕食会か何かで使われるような、トレイが一生テレビや映画でしか見ることがない、高級品だ。その上に黒い紐をかけた白い箱が三つ載っていた。

箱の後ろ、女性の胸には、道端に座ってお金を恵んでもらうときにトレイが持つのと似たような、ボール紙の表示が立てかけてあった。

でも、文句は違う。そこに書かれているのは——

父よ、わたしをお許しください

どうすればいいかわからず、トレイは走りだした。

二〇二〇年秋発売予定
〝The Sixth Wicked Child（原題）〟に続く

訳者紹介　富永和子

東京都生まれ。獨協大学英語学科卒業。主な訳書に、バーカー『悪の猿』、パリス『完璧な家』『正しい恋人』(以上ハーパー BOOKS)、ローンホース『スター・ウォーズ レジスタンスの復活』(ヴィレッジブックス)などがある。

嗤う猿

2020年3月20日発行　第1刷

著　者　J・D・バーカー

訳　者　富永和子

発行人　鈴木幸辰

発行所　株式会社ハーパーコリンズ・ジャパン
東京都千代田区大手町1-5-1
03-6269-2883(営業)
0570-008091(読者サービス係)

印刷・製本　中央精版印刷株式会社

定価はカバーに表示してあります。

ISBN978-4-596-54133-8